पंकज बिष्ट

पंकज बिष्ट का जन्म 20 फरवरी, 1946 को हुआ। भारत सरकार की सूचना सेवा के दौरान 'योजना' पत्रिका अंग्रेजी के सहायक सम्पादक, आकाशवाणी के अंग्रेजी समाचार प्रभाग में समाचार सम्पादक व संवाददाता रहे। फिल्म प्रभाग में पटकथा लेखक रहे तथा 'आजकल' पत्रिका का सम्पादन किया। 1998 में स्वैच्छिक अवकाश लिया।

उनकी प्रमुख कृतियाँ हैं—'पन्द्रह जमा पच्चीस', 'बच्चे गवाह नहीं हो सकते?', 'टुंड्रा प्रदेश तथा अन्य कहानियाँ', 'चर्चित कहानियाँ' (कहानी-संग्रह); 'लेकिन दरवाज़ा', 'उस चिड़िया का नाम' और 'पंखवाली नाव' (उपन्यास); 'गोलू और भोलू' (बाल उपन्यास); 'हिन्दी का पक्ष', 'कुछ सवाल कुछ जवाब' (लेख-संग्रह)।

भारत की लगभग सभी मुख्य भाषाओं के अलावा अंग्रेजी तथा कुछ यूरोपीय भाषाओं में उनकी रचनाओं के अनुवाद हुए हैं। उन्होंने साहित्य, संस्कृति व मीडिया के अलावा राजनीतिक विषयों पर लगातार लेखन किया है। फिलहाल 'समयांतर' पत्रिका के सम्पादक हैं।

मैं ऐसे समाज की कामना करता हूँ जहाँ हर व्यक्ति अपनी निजी कला की रचना में लगा हो और कलाकार होना (जहाँ) असाधारण होना न हो। वैसे भी कला का इतना अधिक महत्त्व तो नहीं है!

—रेनर वार्नर फ़ासबिंडर

लेकिन दरवाज़ा

पंकज बिष्ट

राधाकृष्ण पेपरबैक्स

पहला सजिल्द संस्करण
राधाकृष्ण प्रकाशन प्राइवेट लिमिटेड द्वारा
1982 में प्रकाशित

राधाकृष्ण पेपरबैक्स में
पहला संस्करण : 1997
चौथा संस्करण : 2025

राधाकृष्ण पेपरबैक्स : उत्कृष्ट साहित्य के जनसुलभ संस्करण

राधाकृष्ण प्रकाशन प्रा. लि.
जी-17, जगतपुरी, दिल्ली-110 051
द्वारा प्रकाशित

शाखाएँ : अशोक राजपथ, साइंस कॉलेज के सामने, पटना-800 006
पहली मंजिल, दरबारी बिल्डिंग, महात्मा गांधी मार्ग, प्रयागराज-211 001
1, अनमोल सोराबजी सन्तुक लेन, धोबी तलाव, मरीन लाइंस, मुम्बई-400 002

वेबसाइट : www.radhakrishnaprakashan.com
ई-मेल : info@radhakrishnaprakashan.com

विकास कंप्यूटर एंड प्रिंटर्स
ट्रॉनिका सिटी-201 102
द्वारा मुद्रित

मूल्य : ₹399

LEKIN DARWAZA
Novel by Pankaj Bisht

ISBN : 978-81-267-245-9

अम्मा को...

अपने सभी मित्रों की सलाह और प्रोत्साहन का मैं आभारी हूँ, विशेषकर इन्द्रा वर्मा, अनत रमेश और योगेन्द्र दत्त शर्मा का, जिन्होंने अपना अमूल्य समय देकर हर तरीक़े से मेरी मदद की।

क्रम

मैं क्यों पैदा हुआ 9
शेरवुड का सत्य 18
पहली मुलाक़ात 27
'कल्चर वाले लोग' 45
मेरा ढोल 50
कविता : 'कामरेड मनोहर सिंह' 58
'इनसानी फ़ितरत' 62
'नरो वा कुंजरो वा' 81
उस रात के बाद 97
जब वे लौटे 108
कला का अर्थ 114
अब घर जाना है 123
प्रेम-ध्वनि 132
कम ऑन डार्लिंग 149
प्लॉट 157
समय के चेहरे पर 164
मेरा कोट 169
य = य 178
मेम शा'ब की चाय 184
मेरी पसन्द 198
वर्दी और नामर्दी 207
बेगुनाह हाथों का रंग 218

अपनी-अपनी ज़िन्दगी 225
उसका कुत्ता 230
योग क्षेम वहाम्यहम् 245
सफलता की कला 254
एक नर, एक नारी 258
मछली-मछली 265
मेज़ ने कहा 274
वापसी 282
संशोधनवादी 289
देब्बू का दाँत 297

मैं क्यों पैदा हुआ

अप्रैल के दो दिन गुज़र चुके थे। तीन को मैंने जन्म लिया।

ख़ुदा का लाख-लाख शुक्र है। अड़तालीस से कुछ ज़्यादा ही घंटों का अन्तर रहा, इसलिए महीने को लेकर कभी विशेष आपत्ति नहीं रही। होगा साला 'क्रूएलेस्ट मंथ।' अपना सारा अफ़सोस तो साल को लेकर रहा है।

नीलाम्बर ने एक बार मज़ाक़ में कहा था—हर सच्चाई की विडम्बना मज़ाक़ में ज़्यादा अर्थवान और संहारक नहीं हो जाती?—इस तरह के साहित्य-विरोधी माहौल में पैदा होने वाला, क्या साहित्यकार बनेगा?

'इस तरह' से उसका तात्पर्य 1940 के नोबेल पुरस्कारहीन वर्ष से था।

नीलाम्बर का सरोकार पेशेवर क़िस्म का था, इसलिए सही भी था। आख़िर साहित्यकार को भी तो कुछ नज़र आना चाहिए। वह क्या हवा-पानी पर जिएगा? न साहित्य अकादेमी, न ज्ञानपीठ और जो था (यानी नोबेल) वह भी ग़ायब!

काश, मेरे पैदा होने के वर्ष में एक अंक, मात्रा एक अंक का हेर-फेर हुआ होता!

या तो मुझे ही गर्भ में नोबेल कमेटी की गड़बड़ को भाँप कर छठमासी हो जाना चाहिए था—ठीक 31 दिसम्बर, 1939 को—या फिर मेरा पैदा होना ही एक साल मुल्तवी हो गया होता।

पर न तो मैं ही अभिमन्यु हुआ और न ही 'स्वास्थ्य एवं परिवार कल्याण मंत्रालय' के साथ-ही-साथ 'मेरी स्टोप्स' तब इतना सक्रिय। अब माता-पिता का भी क्या दोष।

इसलिए यह कलंक 'एल्बैट्रास' हो गया है। ("श्राइव मी, श्राइव मी, होली मैन।")

"तीसवाँ वर्ष संकट का समय है", आर्थर मिलर ने लिखा है, "पहाड़ी की चोटी है तीस, जहाँ से आप दोनों ओर देख सकते हैं...सूरज और अँधेरा, अपना यौवन और अपनी मृत्यु—एक ही नज़र में!"

पर अगर किसी को इसका बोध अगले दस वर्ष और न हो?

तो अपशकुन ही कहलाएगा।

वह जी रहा था यानी सिर्फ़ जीव था। और मैं जीव नहीं रहना चाहता था।

सन् 1980 है यह।

यदि आप कुछ कर रहे होते हैं, तो सदा जल्दी में होते हैं। समय कभी पर्याप्त नहीं होता।

और जब आप कुछ नहीं कर रहे होते तो समय कटता ही नहीं।

पर ज़िन्दगी में, मेरा अर्थ हम सबकी ज़िन्दगी से है—जो कुछ कर रहे होते हैं और जो कुछ भी नहीं कर रहे होते हैं—ऐसा मौका भी आता है कि हम जान जाते हैं, समय की लगाम हाथ से निकल गई है (या कभी थी ही नहीं)। हम ढलान पर जाती गाड़ी में सवार हैं, जिसका स्टेयरिंग मात्र हमारे हाथ में है, पर उसकी गति और लक्ष्य को निर्धारित कर रहा है उतार। या समय एक बड़ी चट्टान है, टूटकर चोटी से लुढ़कती हुई। और कभी-कभी यह अनुभूति भी होती है कि चट्टान ने लुढ़कते हुए आप ही को कुचल दिया है।

यह पश्चात्ताप की स्थिति है। एक आवश्यक स्थिति, जो टॉलस्टाय से लेकर आर्थर मिलर और देवेन भंडारी तक, सब जगह मिल जाएगी।

दस वर्ष अन्धकार थे, मृत्यु की ओर तय किये गए।

अब इतना ज़िगरा नहीं कि पूरे चालीस वर्षों पर सोचा जा सके।

नहीं, आर्थर मिलर का दोष नहीं था, यह सब स्वयं ही शुरू हुआ।

ऐसा भी नहीं कि अचानक कहा जाए, बल्कि बीमार होने जैसा कि आप खींचे जा रहे हों और अन्ततः एक दिन बिस्तर पर आ पड़ें।

एक लेखक के नाते (या लेखक होने के भ्रम में) जीते रहने के लिए आवश्यक था कि इस संसार को बनाए रखने के लिए कुछ-न-कुछ लिखना-पढ़ना होता रहे। पर यह भी असम्भव होता जा रहा था। पिछले वर्ष एक कहानी छपी। दो-तिहाई हिस्से के गुज़र जाने के बावजूद इस वर्ष कहानी तो छोड़, एक पैरा भी जमकर नहीं लिख पाया हूँ। और पढ़ने के नाम पर मैंने सिर्फ़ वे रचनाएँ पढ़ीं, जो एक पत्रिका के सम्पादकीय विभाग में होने के कारण मजबूरी है।

अस्वस्थ-सा होने के कारण उस दिन देर तक कमरे में ही लेटा रह गया था और अन्ततः अकेलेपन से उकता, शारीरिक क्षमता न होने के बावजूद, कहीं निकल जाने की तैयारी कर रहा था कि न जाने कहाँ से भटकता हुआ नईम आ टपका।

"कैसे आ गए?" मैं अपनी प्रसन्नता दबा नहीं पाया।

"तुम तो जब कमरे में होते हो, तब भी खिड़कियाँ बन्द रखते हो कि कहीं ताज़ी हवा आकर अकेलापन न तोड़ दे और तुम्हारा आधुनिकताबोध न गड़बड़ा जाए। फिर खिड़की खुली होने का सबब! ख़ैरियत तो है?" वह बहुत ही प्रसन्न मूड में था।

"यार! थोड़ा बुख़ार है", मैंने अपनी कलाई उसकी ओर बढ़ा दी। "घुटन-सी हो रही थी इसलिए खिड़की खोल दी। असल में खिड़की बन्द इसलिए रखता हूँ कि सड़क की ओर से हल्ला बहुत आता है। न जाने कहाँ-कहाँ से बच्चे यहाँ जमा हो जाते हैं।" मैंने सफ़ाई दी।

"आज हल्ला नहीं आ रहा है!" उसने नब्ज़ देखते हुए मज़ाक़ किया।

"सच बात यह है कि आज अकेलापन बहुत ही अखर रहा है। शायद बुख़ार से दुःस्वप्न दीख रहे थे। डर-सा लगने लगा। बच्चों की आवाज़ों से कुछ स्वस्थ महसूस कर रहा हूँ।"

"क्या कहा?" उसने बनावटी आश्चर्य से आँखें तानते हुए पूछा, "बच्चों की आवाज़ों से स्वस्थ महसूस कर रहे हो! चेंज, चेंज, चेंज!" वह हँसा।

"तुम कैसे आ टपके?" मैंने मुस्कराते हुए प्रश्न दोहराया।

"इधर से गुज़र रहा था, देखा तुम्हारे कमरे की खिड़की खुली है।" उसने मेरा हाथ छोड़ दिया, "ज़्यादा बुख़ार नहीं लगता। क्या थर्मामीटर है?"

और वह साथ ही चारपाई पर बैठ गया।

"बुख़ार ज़्यादा नहीं है, पर न जाने क्या हो रहा है! असल में सारी ज़िन्दगी ही अस्त-व्यस्त हो गई है।"

"दो लाइनें याद आ रही हैं, कहो तो सुना दूँ।"

मैं स्वीकृति में मुस्कराया।

किसको आती है मसीहाई
किसे आवाज़ दूँ
बोल ए खूँख़ार तनहाई
किसे आवाज़ दूँ!

"बहुत बढ़िया!" मैंने आँखें बन्द कर गर्दन हिलाई।

वह कुछ देर मुझे देखता रहा, फिर कमरे में एक नज़र दौड़ाते हुए बोला, "यार, बड़ी किताबें ख़रीदी हैं तुमने। आजकल क्या चल रहा है?"

"खूँख़ार तनहाई।" मैं मुस्कराया। "न लिख पा रहा हूँ और न पढ़! बस अपने को धोखा देने के लिए किताब-पर-किताब ख़रीदता जाता हूँ।"

"नहीं लिख पा रहे हो, हूँ।" किताबें परखते हुए उसने कहा, "पर यह नई बात है क्या?"

"इस नौकरी में कुछ नहीं हो सकता," उसके व्यंग्य पर ध्यान दिये बग़ैर मैंने फ़ैसला देने वाले अन्दाज़ में गर्दन हिलाई।

"नौकरी तो नौकरी है, चाहे यह हो या वह।"

"नहीं, फ़र्क़ है! हमारे यहाँ आपको दिन-भर अंट-शंट पढ़ना पड़ता है, इससे दिमाग़ थक जाता है और किसी काम का नहीं रहता।"

"तुम इतने 'इन्वॉल्व' क्यों होते हो?" वह मुस्कराया।

"तुम हँस रहे हो! मैं 'सीरियसली' नौकरी छोड़ने की सोच रहा हूँ।" मैंने उसकी ओर देखा, वह अभी भी मेरी बात को गम्भीरता से लेने को तैयार नहीं था। मैं बोलता

गया, "जहाँ तक 'इन्वॉल्व' न होने का सवाल है, यह हमारे काम में सम्भव नहीं है। जो चीज़ें छँटती हैं, वे अन्ततः छपती हैं और एक पत्रिका में काम करने के नाते आप भी हर प्रकाशित चीज़ के लिए ज़िम्मेवार हो जाते हैं।"

"तुम्हारे यहाँ जो इतना सारा कूड़ा छप रहा है, क्या तुम उस सब की ज़िम्मेवारी लेने को तैयार हो?" उसने थोड़े आश्चर्य से पूछा और दीवार से पीठ लगाकर जम गया।

"यही तो संकट है! नीति-निर्धारण में आप कुछ नहीं हैं, इसके बावजूद एक नैतिक ज़िम्मेवारी है। हर शब्द का अर्थ है और आप इन्हें इनके विभिन्न रूपों में समझते हैं। आप जानते हैं, अनर्थ हो रहा है, पर कुछ नहीं कर सकते। आपकी सजगता, आपकी संवेदनशीलता, आपका ज्ञान, आपके लिए पीड़ा है।"

"काट दिया करो ऐसी चीज़ों को।"

"तुम भी बच्चों वाली बात कर रहे हो। किस-किस शब्द को कोई काटेगा?"

"तो दुखी मत होओ। जो कर पाते हो, उसी से सन्तोष करो। क्या तुम्हारी ही पत्रिका है जो 'फ़ैशन की डोर, ओर न छोर' जैसे लेख छाप रही है? अरे मियाँ, होड़ लगी है घटियापन की! अब सिर्फ़ तुम्हारे कमरे में दुखी बैठने से थोड़े ही हिन्दी पत्रकारिता का स्तर उठने वाला है। बाई द वे, ये ऐसे काव्यात्मक शीर्षक किस प्रतिभा का कमाल हैं?" वह मुस्कराने लगा।

"यही तो कारण है कि मैं इससे निकलना चाहता हूँ। मैं 'क्रिएटिव राइटर' हूँ और पत्रकारिता मुझे या मेरी जो कुछ भी रचनात्मकता है, उसे खा रही है। मैं पिछड़ता जा रहा हूँ।"

मैं वापस नौकरी छोड़ने की अपनी बात पर लौट आया। असल में पत्रकारिता पर नहीं, मैं अपने बारे में गम्भीर और व्यवस्थित बातचीत करना चाहता था।

इसके पीछे कारण भी थे। बीस साल के लेखन में एक कहानी-संग्रह, एक कविता-संग्रह और एक अधूरा उपन्यास—यही पूँजी है। यह सही है कि मैं लेखक माना जाता हूँ। (साहित्य अकादेमी के 'राइटर्स हूज़ हू' में मेरा भी नाम है : भंडारी, देवेन; बर्थ : 1940; एज्यूकेशनल क्वालीफ़िकेशन्स : एम.ए. हिन्दी; पब्लिश्ड वर्क्स : 'आवाज़ों का जंगल', ए कलैक्शन ऑफ़ पोएम्स। सब-एडीटर 'दिशा' फ़ोर्टनाइटली!)

यह एंट्री उन दिनों की है जब मेरा कहानी-संग्रह छपा नहीं था पर आज जब अपने लेखन पर नज़र डालता हूँ तो 'राइटर्स हूज़ हू' की 'एंट्री' खिल्ली उड़ाती-सी लगती है। पिछले बीस वर्षों से नवोदित और युवा लेखक कहलाते आ रहा हूँ—यानी ऐसा युवक जिसमें लेखन की कुछ सम्भावनाएँ हैं। पर पहली बात यह है कि कोई कब तक युवा रह सकता है? और दूसरे, अगर सम्भावनाएँ हैं तो बीस साल तक वे सामने क्यों नहीं आईं? एक आदमी की ज़िन्दगी में बीस साल क्या कम होते हैं? असल में चिर युवा वह होता है जो अन्दर से सड़ चुका होता है, जैसे किसी फल का विकास आधे में ही रुक जाए पर अन्ततः एक दिन वह ख़ुद ही टपक जाता है।

सम्भवत: अन्दर कहीं यही आतंक था, जो धीरे-धीरे बढ़ रहा था, और मुझे विश्वास-सा हो गया था कि इस स्थिति के लिए नौकरी ज़िम्मेवार है।

"कौन कहता है, तुम पिछड़ रहे हो? अभी 'आलोचना' में जो कहानी पर लेख है, उसमें तुम्हारी चर्चा है। क्या कभी ऐसा हुआ है, मेरा मतलब जब से तुम लिख रहे हो और सम्पादक बने हो, कि तुम्हारी चर्चा न हुई हो? अरे भई, यह तुम्हारी रचनात्मक क्षमता और ऊर्जा का ही कमाल तो है!" वह मुस्कराया।

"तुम मज़ाक़ न करो," मैंने उसे बीच में ही टोक दिया, "मैं जानता हूँ, तुम क्या कहना चाहते हो! पर इसके लिए मैं ज़िम्मेवार नहीं हूँ।"

"चलो, मान लेते हैं, यह नौकरी काफ़ी उबाऊ है और तुम्हारी मानसिक थकावट और दबाव के लिए ज़िम्मेवार है। पर वह कौन-सा काम है जिसमें तुम नहीं ऊबोगे और अपना तथाकथित रचनात्मक कार्य भी कर पाओगे?" उसने गम्भीरता ओढ़ते हुए पूछा।

"टीचिंग!" मैंने तत्काल उत्तर दिया, "उसमें मज़े हैं। एक लेक्चरर को एक दिन में एकाध पीरियड से ज़्यादा नहीं पढ़ाना पड़ता। उसके बाद अपना काम करो। देख रहे हो, अध्यापकों ने हिन्दी साहित्य रौंद दिया है।"

वह हँसने लगा, "तुम जानते हो, मॉडल टाउन लालाओं और यूनिवर्सिटी के डॉक्टरों का टाउन है, और मेरा दुर्भाग्य या सौभाग्य कि मैं इस मोहल्ले में फँसा हूँ। कई ऐसे अध्यापकों को मैं जानता हूँ, जो अपने काम से उकताए हुए हैं और पत्रकारिता को ज़्यादा 'एक्साइटिंग' धन्धा मानते हैं। उसी मोहल्ले के लालाओं को लो! वे कभी धन्धा बदलने की बात नहीं करते फिर चाहे छोले बेचते हों या घासलेट। क्या कोई काम अपने-आप में 'डल' या एकरस होता है? सच्चाई यह है कि हम अपने काम से इसलिए ऊब जाते हैं कि जीवन के प्रति हमारा दृष्टिकोण साफ़ नहीं है।"

"पर...", मैं कुछ और कहना चाहता था कि उसने टोक दिया।

"अब पर-वर बाद में? भूख लगी है। या तो चाय बनाओ, नहीं तो बतलाओ, सामान कहाँ है?"

"तुम बैठो! काफ़ी थके लगते हो!" अब मेरा ध्यान उसके चेहरे की ओर गया। अपनी लगभग छह फुटी काया में वह ज़रूरत से ज़्यादा ही कमज़ोर लग रहा था। थकान से उसका साँवला रंग गहरा हो गया था और चौड़ी-बड़ी नाक से पूरा चेहरा ढका-सा लग रहा था।

"तुम्हारी तबीयत ठीक नहीं है, मैं बना लूँगा।"

पर मैं अब तक उठ चुका था।

चाय और रात की ख़रीदी रोटी मैंने उसके आगे रख दी। वह आज 'नया दिन' में छपी आलोक की एग्ज़ीबिशन की मेरी समीक्षा पढ़ रहा था।

"मक्खन नहीं है, कहो तो ले आऊँ?" मैंने पूछा।

"नहीं, चलेगा।" उसने चाय का कप ले लिया। एक घूँट लेकर बोला, "तुम मुझे इसका मतलब समझा सकते हो।"

"किसका?" सब-कुछ समझने के बावजूद मैंने पूछा।

उसका चेहरा गम्भीर था। जैसा कि अक्सर होता था, यह उस तरह की गम्भीरता भी हो सकती थी जैसी कि वह सामने वाले को उड़ाने के अन्दाज़ में दिखाता था।

उसने बिना उत्तर दिये समीक्षा पढ़नी शुरू कर दी :

"दिल्ली के युवा और संवेदनशील चित्रकार आलोक की यह दसवीं एकल प्रदर्शनी है। श्रीधराणी कला दीर्घा में प्रदर्शित सभी चित्र अमूर्तन सन्दर्भों के हैं। अमूर्तन सन्दर्भों के बावजूद ये चित्र उगते सूरज, तपती धरती और लाल घुमड़न और लाल उछाल से जुड़ जाते हैं...या इनसे जोड़े जा सकते हैं। लाल एक बहुत ही ऐन्द्रिक और आक्रामक रंग है, पर आलोक ने लाल को (तैल रंगों के बावजूद) जो जलरंगी प्रवाह दिया है, उसने बहुत ही कोमल और मर्मस्पर्शी बिम्बों का रूप दिया है। अपनी महानता में ये हमें कहीं अपने ही अन्दर दूर तक ले जाते हैं, जैसे आह्लाद के आत्मीय क्षणों में कोई सराबोर-सा हो। पर मूलत: ये किसी प्रकृति के दृश्यजगत के चित्र हैं जो कहीं रंग-संवेदना से ढके हुए हैं और कहीं धातुक चादरों की तरह तने हुए। ये चित्र कहीं एक नई प्रक्रिया के चित्र भी लगते हैं, जिनमें आलोक रंगों और तपी-सी आकृतियों को कहीं अनाटकीय और कहीं अत्यन्त नाटकीय ढंग से रखना चाहते हैं। इसके बावजूद हमारा ध्यान रंगसार पर भी जाता है, आकृति पर भी, रंग-स्तरों पर भी और उनमें भरे हुए अर्थों पर भी।"

मैं लिख सकता हूँ, अर्थ समझाना मेरा काम नहीं है। एक बार मैंने प्रयत्न किया कि कुछ कहूँ, पर कह नहीं पाया।

"तुम कितने साल से यह कला-समीक्षा का कॉलम लिख रहे हो?" उसने ख़ुद ही उत्तर दिया, "कम-से-कम दस साल से, और लगातार तुम वही लिख रहे हो जो दस साल पहले लिखते थे।" वह ज़ोर से हँसा, "जब तुम्हें ही नहीं पता कि तुम क्या लिख रहे हो तो बतलाओ, पढ़नेवाले की समझ में क्या आएगा?"

"हर विधा की एक भाषा होती है," मैंने कहना शुरू किया, "एक 'टर्मिनोलॉजी' होती है, उसकी अपनी सीमाएँ होती हैं, और उन्हीं में रहकर हमें अपनी बात कहनी होती है।"

"वह सब तो ठीक है, पर उसका कुछ अर्थ भी तो होगा! क्या कोई कला-विधा अपने-आप में एक अलग द्वीप है?"

"पर इसका अर्थ यह नहीं है कि कला में और भैंस चराने में कोई अन्तर ही नहीं होता!" मैंने झुँझलाकर कहा।

"लगता है, तुम्हें मेरी बात बुरी लग रही है," उसने स्लाइसों को चाय में डुबोते हुए कहा, "मेरा इरादा तुम्हें किसी तरह से चोट पहुँचाने का नहीं है।"

"नहीं, बुरी नहीं लग रही है, पर तुम्हारे साथ दिक़्क़त यह है कि तुम हर चीज़ में आर्थिक कारण ढूँढ़ते हो, जबकि कला मूल रूप में आत्माभिव्यक्ति का माध्यम है। अर्थशास्त्र-अर्थशास्त्र है, और कला-कला। दोनों को गड्डमड्ड करने से तुम किसी के बारे में भी सही दृष्टि नहीं बना पाओगे।"

उसने डबल रोटी लगभग ख़त्म कर दी थी। चाय का आख़िरी घूँट भरकर बोला, "तुम आज काफ़ी गम्भीर मूड में हो। क्या चाहते हो कि ऐसे में यह चर्चा चालू रहे?"

मैं कुछ नहीं बोला।

"तुम्हारा ट्रांजिस्टर कहाँ है? ऐसे मूड में विविध भारती काफ़ी सहायक साबित होती है।"

"मज़ाक़ न करो! जब तुम्हारे पास जवाब नहीं रहता, तुम सारे मामले को मखौल बना देते हो!" मैंने आक्रामक हो कहा।

ऊपरी तौर पर वह अविचलित रहा, पर उसका स्वर गम्भीर हो गया, "देखो, तुम जानते हो, मैं तुम्हारी बातों से सहमत न हूँ और न हो सकता हूँ। यह मैंने कब कहा कि कला और अर्थशास्त्र में कोई अन्तर नहीं है। मैं तो कला और समाज के अन्तर-सम्बन्धों की बात कर रहा हूँ। जिस तरह अर्थशास्त्र की एक सामाजिक भूमिका है, उसी तरह से कला की भी एक भूमिका है।"

"क्या भूमिका साहब, वह?" मैंने थोड़ा व्यंग्य किया।

"एक सामाजिक गतिविधि के रूप में कला ने प्रारम्भ से ही हर महान सभ्यता के चरित्र को निर्धारित किया है या हर सभ्यता की कला दूसरी सभ्यता की कला से भिन्न रही है।

"कला और समाज ऐसी अवधारणाएँ हैं जिन्हें एक-दूसरे से अलग करके नहीं देखा जा सकता। जोड़ने, समन्वय और ऊर्जा प्रदान करनेवाली शक्ति के तौर पर समाज किसी-न-किसी रूप में कला पर निर्भर है।

"प्रश्न यह है कि जिस कला की तुम समीक्षा करते हो, उसकी हमारे समाज के सन्दर्भ में क्या भूमिका है?"

मैं चुप रहा।

"कुछ भी नहीं! क्योंकि यह नक़ल है...अपनी विषय-वस्तु में भी और फ़ॉर्म में भी। इसलिए यह हमारे समाज के चरित्र की प्रतीक नहीं है। तुम्हें शब्दों का यह जो जाल बुनना पड़ता है, वह भी इसलिए कि अपनी सारी तथाकथित आधुनिक संवेदना के बावजूद इसकी आत्मा को पकड़ने में तुम असमर्थ हो। रंग-रूप की बात तब होती है, जब भीतर खोखला होता है।"

सामने लटकी आलोक की पेंटिंग को कुछ सेकंड उसने देखा। फिर मुस्कराया, "इधर मौसम बदलने पर कोई पार्टी नहीं हो रही है?"

"तुम आओगे!" मैंने आक्रमण किया।

"हमें कौन बुलाता है?" वह उठ गया।

"हम बुलाएँगे, बैठो तो!" मैंने उसका हाथ पकड़ लिया।

"नहीं, मुझे एक इंटरव्यू में पहुँचना है।"

"किसी चीज़ का इंटरव्यू है?"

"'साप्ताहिक परिवर्तन' में एक जगह है; जो भी रख लें—उप-सम्पादक या सहायक सम्पादक।" और वह चला गया।

मैं फिर से अकेला रह गया। बाहर अब बच्चे भी नहीं थे। इक्की-दुक्की गाड़ियों या स्कूटरों की आवाज़ बीच-बीच में आ जाती। 'देखो, पाँच साल हो गए हैं इसे बेरोज़गार हुए, कोई सिलसिला ही नहीं मिलता!' मैं सोचने लगा, 'कैसा दुर्भाग्य है कि इतने प्रतिभाशाली लड़के अपने जीवन के सबसे रचनात्मक वर्ष काम की तलाश में गवाँ देते हैं।'

नईम के चले जाने के बाद भी बहुत देर तक उसका व्यंग्य कचोटता रहा। मैं आलोक की पेंटिंग्स की तारीफ़ इसलिए तो नहीं करता कि उसने मुझे एक पेंटिंग भेंट की है। वह वास्तव में अच्छा पेंटर है। उसकी पेंटिंग्स लगातार पिछले दस वर्षों से नेशनल एग्ज़ीबिशन में चुनी जाती हैं और वह दो बार ललितकला पुरस्कार ले चुका है। हम दोस्त हैं। पर क्या इससे उसके मूल्यांकन और अच्छा कलाकार होने में कोई फ़र्क़ पड़ता है? हाँ, मैंने उस पर लेख लिखे हैं, टी.वी. के लिए उसका इंटरव्यू लिया है, पर वह यह डिजर्व करता है। क्या किसी भी ऐरे-गैरे पर लेख लिखा जा सकता है? आख़िर पक्षपात भी तो उसी के साथ किया जा सकता है न, जिसमें कुछ हो!

आलोक को पार्टी देने की आदत है। अपने बर्थ-डे, बेटे के बर्थ-डे और हर एग्ज़ीबिशन से पहले वह पार्टी देता है। इस बहाने बैठना हो जाता है। और फिर सिर्फ़ मैं ही तो नहीं होता, हिन्दी-अंग्रेज़ी के लगभग सभी समीक्षक होते हैं। मुझे कई दफ़ा लगता है, नईम की कड़वाहट बहुत बढ़ गई है और उसे हर चीज़ को शंका से देखने की आदत हो गई है। पर इस तरह की बातों का कोई अर्थ नहीं होता! हर बार चीज़ों के सिर्फ़ नकारात्मक पहलुओं को देखना आपका फ्रस्टेशन ही ज़ाहिर करता है।

मैंने पेंटिंग पर नज़र डाली। शायद यह सोचकर कि आलोक की रचनात्मक सामर्थ्य को फिर से अपने दिमाग़ में ताज़ा कर भीतर चल रहे द्वन्द्व में अपना पक्ष मज़बूत कर सकूँ। तीन गुणा दो के कैनवास पर हरे, काले और सलेटी रंगों से कुछ इस तरह की आकृति बनी हुई थी जैसे कोई समुद्री जीव, जिसके अंग पानी के प्रवाह के साथ किसी भी दिशा में जा सकते हों। पेंटिंग का नाम 'ऑक्टोपस—तीन' था। यह मैंने स्वयं चुनी थी।

आज पेंटिंग पूरी तरह अर्थहीन और सतही लगने लगी। अर्थ ढूँढ़ने की कोशिश अगर छोड़ भी दें, तो भी रंग और 'स्पेस' का इस्तेमाल कुछ इतना बचकाना था कि पूरी पेंटिंग अपने-आप में एक-दूसरे को काटती आकृतियों का एक जमघट हो

गई थी। रंगों का चुनाव भी कुछ इतना रुचिहीन था कि आकृतियों को और अधिक निष्प्राण और लिजलिज़ा बना रहा था।

पेंटिंग को और अधिक देख पाना असम्भव हो गया। मैं झटके से उठा और उसे उतारकर खाट के नीचे डाल दिया। उसके साथ ही मैंने पिकासो और शेरगिल के शीशे-जड़े प्रिंटिंग भी उतारकर रख दिये। बहुत हो गया। अब ज़्यादा बातें नहीं सुनी जातीं।

बोलनेवाले तो बोलते रहते हैं, मैंने तर्क किया।

सही है, लेकिन सच्चे लोगों की बातें या सच्ची बातें शायद सिर्फ़ तर्क या कुतर्क के चलते काटी नहीं जा सकतीं।

मेरे अन्दर एक नईम आ बैठा था।

मैंने लेखों की पुरानी फ़ाइल निकाली और देखने लगा। मेरा और अनुपस्थित नईम का झगड़ा बढ़ गया था।

मैं अपने को दोहरा रहा हूँ, यह बात ग़लत है। इन सारे वर्षों में मैंने अधिक पढ़ा, देखा और चिन्तन किया है—मैं सिद्ध करने पर तुल गया। एक पाँच साल पुरानी समीक्षा निकालकर मैं पढ़ने लगा :

"दिल्ली कला विद्यालय के युवा और प्रतिभाशाली चित्रकार आलोक के चित्रों की चौथी प्रदर्शनी हाल ही में आइफ़ैक्स हॉल में आयोजित की गई। आलोक के ये चित्र मूलत: सैरों की प्रकृति में होने के बावजूद एक अत्यन्त आधुनिक संवेदना—अकेलापन, एकान्त और सन्नाटा—लिये हैं, जैसे आप कहीं लम्बे रेगिस्तान की किसी अन्तहीन रात में गुज़र-से रहे हों, क्योंकि ये एक नीली चादर से विभिन्न रंगतों में कहीं ढके-से लगते हैं। जिससे बाकी सभी रंग सिवा धूसर को छोड़कर, जो लगभग सभी चित्रों में आधार-सा है, गौण हो गए हैं। प्रयुक्त रूपाकारों से एक ओर जहाँ चित्र-देश के विभाजन का काम किया गया है वहाँ दृश्यमान की रचना का भी। नीले वर्ण और इसी वर्ण की कई रंगतों की यह घुमड़न और एकीकरण सम्भवत: इसीलिए है कि वह हमें रंग विशेष की अनुभूति के निकट ले जाना चाहते हैं।"

सिर घूमने लगा। कौन अपने को दोहरा रहा है, मैं या आलोक?

मुझे अपने-आप से ही उबकाई आने लगी, जैसा कि किसी सड़ी चीज़ को खा लेने से हो जाता है। पर यहाँ तो स्वयं मैं ही सड़ रहा था और इस सड़ाँध को जब महसूस किया तो अपने दस वर्ष व्यर्थ जान पड़े थे। मुझे इतना गहरा धक्का लगा कि कई महीनों तक मैं अपना कॉलम नहीं लिख पाया।

डिप्रैशन के दौर की यह शुरुआत थी।

शेरवुड का सत्य

इसी मानसिक स्थिति में एक अरसे बाद मुलाक़ात हुई थी। हम एक ही शहर में रह रहे थे। लेकिन पिछले आठ वर्षों में धीरे-धीरे हमारा मिलना कम होता गया था और अब यह नौबत आ गई थी कि इस मुलाक़ात में डेढ़ साल का अन्तराल ही नहीं था, अचानक भी हुई थी।

वे दोनों रीगल सिनेमा की ओर से आ रहे थे और मैं ट्रैफिक लाइटों की गड़बड़ का फ़ायदा उठा, वहीं चौराहे पर अटकी बस से उतर कॉफ़ी हाउस को लपक रहा था। नीलाम्बर मुझे देख, जहाँ का तहाँ खड़ा हो गया—बाँहें फैला, जैसे किसी फ़िल्म के आख़िरी दृश्य में नायक नायिका के आग़ोश में आ जाने का इन्तज़ार करता है। भरी सड़क पर और वह भी कनॉट प्लेस जैसे आधुनिक बाज़ार में (जहाँ मिलने का अर्थ सिर्फ़ दो अक्षर का 'हाय' होता है)। उसकी पत्नी के सामने इस रामायणी ढंग से गले मिलने में यद्यपि मैं ज़बरदस्त सकुचाहट महसूस कर रहा था, पर उसकी हरक़त मुझे भी बहा ले गई। वह देर तक मुझे अपनी बाँहों में थामे थपथपाता रहा। अन्ततः मैंने ही अपने को अलग किया, पर उसकी एक बाँह फिर भी मेरे कंधों पर रही।

"अरे भई, कहाँ रहते हो?" उसने एक हाथ को हवा में असहाय झटका, "यार, कभी-कभी तो मिल लिया करो। कुछ नहीं, तो फ़ोन तो हो सकता है!"

"कहाँ जाऊँगा?" मैं मुस्कराया, "कई बार फ़ोन किया, पर तुम मिलो तब न?" मेरे स्वर में शिकायत नहीं, सफ़ाई थी।

"कहाँ किया?" उसने कुछ सशंकित होकर पूछा।

"दोनों जगह—घर भी, कॉलेज भी।"

उसके घर में पिछले तीन वर्ष से फ़ोन था।

"अच्छा!" उसने मुँह बनाकर सुमन को देखा।

"तुमने भी तो कॉफ़ी हाउस आना बिलकुल छोड़ दिया है!" और कुछ पूछने का मौक़ा न देकर, मैंने उसे बचाव की स्थिति में डाल दिया।

"बस यार, क्या बताऊँ, समय ही नहीं रहता," उसने सिर को झटकते हुए कुछ कड़वे स्वर में कहा, "बड़ा अजीब हो गया है। कुछ समझ नहीं आता! फिर तबीयत भी थोड़ी ख़राब चलती है।"

उसकी हताशा चौंकाने वाली थी। उसकी बात का जवाब न देकर मैं मुड़ा, "क्या हाल है, सुमन जी!"

"चलिए, आपने 'रिकॉगनाइज़' तो किया!" सुमन ने आँखों को अधमुँदी कर व्यंग्य से कहा, "ठीक है, आप कैसे हैं?" वह अनुग्रहीत करने वाले अन्दाज़ में हौले से मुस्कराई।

"ठीक-ठाक हूँ।" मैं भी मुस्कराया, "बच्चे कहाँ हैं?" मैंने औपचारिकताएँ निबाहते हुए एक नज़र उसे ऊपर से नीचे तक देखा और फिर ख़ुद ही घबराकर सामने देखने लगा।

वह 'कैवलीन क्लीन' टाइप की कोई विदेशी जीन और हाईनेक का सफ़ेद स्वेटर पहने थी। पहले जैसी ही स्लिम बॉडी, प्ले बॉय बन्नी टाइप के बड़े-बड़े स्तन और उसी अनुपात में वृहत् नितम्ब। एक बहुत ही सन्तुलित (शायद 38-28-38) और सम्पूर्ण मिस इंडिया मार्का शरीर—दो बच्चों की माँ होने के बावजूद बिना किसी झोल या सिकुड़न के। बहुत सावधानी से प्लकिंग कराई पतली स्याह भौंहें (जिससे उसका माथा कुछ ज़्यादा चौड़ा और आँखें उदग्र हो गई थीं, गहरे (पिएना या वैलकेनो रैड) लिपस्टिक से पुते होंठ...तेज़ लिपस्टिक का उसे पुराना शौक़ था...और लेडी डायना स्पैंसर से पेज-कट बालों में उसकी उम्र कुछ नहीं तो दस वर्ष धुल जा रही थी। लगा इस सुमन ने सँवरना कुछ ज़्यादा ही कर दिया है...जैसे भौंहें बनाना और रूज नई चीज़ें थीं। उसका शरीर मेरे लिए शुरू से ही ज़बरदस्त आकर्षण का केन्द्र रहा था और इसलिए उसमें होनेवाला छोटे-से-छोटा परिवर्तन मेरी नज़र से बचता नहीं था।

"एडी तो नैनीताल है!" सुमन कह रही थी।

"कौन?"

"आदित्य!" नीलाम्बर ने स्पष्टीकरण दिया।

"और अनुपमा आया के साथ रह लेती है!" सुमन ने मुस्कराते हुए समझाया।

"नैनीताल किसके साथ?" मुझे थोड़ा आश्चर्य हुआ। नीलाम्बर का घर तो अलमोड़ा है, फिर यह स्कूल की छुट्टियों का भी समय नहीं था।

"हॉस्टल में है!" सुमन ने तत्काल समझाया और इससे पहले कि मैं पूछता कौन-से स्कूल में, उसने पूरे नाटकीय अन्दाज़ में घोषणा की, "शेरवुड में डाल दिया है, कैसा स्कूल है?"

मुझे सुमन का यह पूछना बहुत ही दिखावटी और सप्रयत्न लगा, पर इस घोषणा से उसका चेहरा ही गर्व से दीप्त ही नहीं हो उठा था, बल्कि नीलाम्बर के भी चेहरे पर ऐसी मुस्कराहट थी, जैसी किसी ज़माने में उसकी साहित्यिक योजनाओं के सफल हो जाने पर आ जाती थी।

"यह तो ऐसा ही हुआ कि बैलगाड़ी में चलने वाले से आप बोइंग 737 के बारे में राय माँगें!" मैं हँसा, "आप तो जानती ही हैं कि मैं कमेटी के स्कूलों में पढ़ा हूँ।" मेरी नंगई ने उन पर थोड़ी रोक लगाई और वे सिर्फ़ हँस-भर दिये।

मुझे ईर्ष्या होने लगी। नीलाम्बर भाग्यवान आदमी है। उसके साथ हर चीज़ इस तरह से सुव्यवस्थित होती है जैसे किसी ऑटोमेटिक कारख़ाने की एसैम्बली लाइन। कॉलेज से निकलते ही उसे 'दिशा' जैसी पत्रिका में सम्पादकी मिली, फिर जैसा कि चाहता था वह लेक्चरर लग गया। उसके बाद सुमन जैसी पत्नी मिली और बच्चे—पहले लड़का, फिर लड़की—इस तरह से पैदा हुए जैसे ऑर्डर देकर बनवाए हों।

उसकी संकल्प-शक्ति का तो मैं गुलाम हूँ। उसने ज़िन्दगी को इस तरह नाथा है जैसे गाड़ी का बैल। वह न जाने कब से कहा करता था, मैं अपने बच्चों को म्युनिसपैलिटी के टाट पर नहीं बैठने दूँगा। उसके दिमाग़ में 'शेरवुड' और 'ऑल सेंट्स' रहा करते थे। एक बार उसने मुझे बताया था कि फ़ील्ड-मार्शल मानेकशा शेरवुड के 'प्रोडक्ट' हैं (पहला फ़ील्ड मार्शल)। बाद में यह सूचना भी उसी ने दी कि कबीर बेदी और अमिताभ बच्चन भी वहीं पढ़े हैं। 'इफ़ यू वांट टु बी सक्सेसफुल इन लाइफ़, यू ऑट टू हैव ए गुड एज्यूकेशनल बैक-ग्राउंड। पब्लिक स्कूल का निकला बच्चा कहीं मात नहीं खा सकता। वह इंफ़ीरियरिटी कम्पलैक्स का शिकार नहीं होता है।' यह बात साफ़ थी कि 'गुड एज्यूकेशन' से उसका क्या मतलब हुआ करता था। मैं उन दिनों डॉ. लोहिया के 'अंग्रेज़ी हटाओ' (अंग्रेज़ी न जानने के कारण) की फ़िलॉसफ़ी से काफ़ी प्रभावित चल रहा था, इसलिए आश्चर्य करता रहा था कि क्या एक साहित्यकार (मेरा मतलब हिन्दी के साहित्यकार से है) भी ऐसा सोच सकता है!

"अनुपमा तो अब बड़ी हो गई होगी?" प्रश्न के बहाने मैंने एक बार फिर सुमन के चेहरे पर भरपूर नज़र डाली।

"किसी दिन आओ न!" उसने बहुत ही औपचारिक ढंग से कहा। वह मेरी नज़र में छिपी अपनी प्रशंसा का पूरा रस ले रही थी। "तुम्हें बहुत याद करती है। कहती है, दाढ़ी वाले अंकल नहीं आते।" वह इस बार व्यंग्य से मुस्कराई थी। मैं भी मुस्कराया और नीलाम्बर को देखने लगा। न वह हँसा और न ही उसने किसी तरह की बात की।

नीलाम्बर को दाढ़ी का बहुत शौक़ था। कॉलेज के दिनों से ही उसने दाढ़ी रखनी प्रारम्भ कर दी थी और अगले दस वर्षों तक दाढ़ी, उन दिनों काफ़ी हद तक लम्बे और हल्के-से पीले उसके 'हाई बोन चीक' चेहरे को इस तरह छिपाए थी जिस तरह उर्दू शायरी में 'माहताब' की हलकी बदली। पर शादी के कुछ साल बाद उसने अपनी दाढ़ी साफ़ करवा दी थी, तब उसका चेहरा किसी स्कूली लड़के-सा चिकना और मासूम नज़र आने लगा था। आजकल उसने मूँछें रखा ली हैं—गुंटर

ग्रास की तर्ज़ पर, घनी और दोनों ओर झुकी होंठों के सन्धि-स्थल तक आई हुई। अब उसका चेहरा आश्चर्यजनक रूप से गोल और मांसल हो गया है। सामान्य से कुछ छोटी उसकी आँखें मैटल फ्रेम के चश्मे के पीछे कुछ इस तरह मँडरा नहीं थीं, जैसे आसपास की हर चीज़ से उकताकर किसी नई चीज़ की तलाश कर रही हों, जिससे कुछ देर को ही सही, तारतम्य बैठा सके। पिछले डेढ़-दो साल में उसके बाल इतने ज़्यादा उड़ गए थे कि जगह-जगह से ताल नज़र आने लगी थी। वह मोटा भी हो गया था। तोंद क़मीज़-पैंट के बटनों पर अनावश्यक दबाव डालने लगी थी और गले पर चमड़ी सलवटें ले रही थी। मैंने अन्दर कहीं हलकी सान्त्वना महसूस की, समय उतना पक्षपात नहीं कर रहा था, जितना भ्रम हो गया था। इसके बावजूद अपने सवाना ग्रीन सूट—कहाँ सिलवाया होगा—उन दिनों तो 'ए गाइड टु वैलड्रैस्ड मेल' वाला 'ऐडवर्टाइजिंग कम्पेन' भी नहीं चल रहा था—और चौड़ी नीले छापे की रेशमी हैंडलूम की टाई में वह इतना दमक रहा था कि उम्र और समय की करतूर पर ध्यान नहीं जा पाता था। वह सूट नहीं पहना करता था—मैं एक ज़माने की बात कर रहा हूँ—बल्कि सूट पहननेवालों की खिल्ली उड़ाया करता था। दिल्ली लिपिकों का शहर है, गज़ेटेड और नॉन-गज़ेटेड। ये ब्रिटिश औपनिवेशिक परम्परा के निष्ठावान उत्तराधिकारी हैं और लाल पत्थरों के अर्धमुग़ल-अर्धगोथिक सचिवालय के दालानों, बरामदों और गुम्बदों में मँडराती सरों और लॉर्डों की आत्मा के सामने आज भी सिर नवाते हैं। सूट इनकी मजबूरी है। वह हर बने-ठने लेखक को देखकर कहता—यह लेखक नहीं, लिपिक, फ़ंडामैंटली लिपिक हैं, इसलिए उस औपनिवेशिक कल्चरल हैंगओवर का शिकार हैं।

कुल मिलाकर उसका चेहरा-मोहरा मुझे इस समय आगा खाँ जैसा लग रहा था या यह कहना ठीक रहेगा, किसी मल्टी नेशनल कम्पनी के बहुत ही सफल एक्ज़ीक्यूटिव-सा। इसके बावजूद कि वह ऊपरी तौर पर बहुत प्रभावशाली नज़र आ रहा था, उसके चेहरे पर एक बीमार थकान थी जो ऊपरी टीम-टाम के बावजूद छिप नहीं पा रही थी। यह शायद उसकी बातों की कड़वाहट के कारण था कि मैं उसके चेहरे को, उसके हर शब्द को सही परिप्रेक्ष्य में समझने के लिए, ध्यान से देखता जा रहा था।

"किसी पार्टी में जा रहे हैं?" मैंने पूछा।

"नहीं, किसी से मिलने!" उसने जल्दी में सफ़ाई दी।

कुछ और पूछना बेकार था। मेरा अनुभव था कि वह कभी भी सही और पूरी बात किसी को नहीं बताता था। दूसरों के प्रति एक अजीब क़िस्म की अविश्वसनीयता और अपने तईं एक 'सुपर' आत्मविश्वास का वह शिकार था। सम्भवत: मनोविज्ञान वाले इसका स्पष्टीकरण असुरक्षा की गहरी पैठी भावना के रूप में दें, पर यह उसकी सफलता में सहायक ही सिद्ध हुई थी। यही वह गुण था कि जिसके चलते वह अपनी

हर 'योजना' सफल बना ले जाता था और दूसरों को ज़रा भी आभास हुए बिना उनका इस्तेमाल कर जाता था। पहली बार जब मुझे उसके इस 'गुण' का पता चला कि वह लोगों का इस्तेमाल ही नहीं करता, उन्हें मूर्ख भी समझता है तो बहुत दुख हुआ और ग़ुस्सा भी आया था।

उन दिनों हम यूनिवर्सिटी में ही थे। सोश्योलॉजी में एम.ए. करने के बाद वह रिसर्च कर रहा था। मैं एम.ए. में था। यूनिवर्सिटी बन्द होने को थी। अप्रैल रहा होगा। गर्मी अपने डौले दिखाने लगी थी। मैं कमरे में लेटा कुछ पढ़ रहा था। बहुत हुआ तो दस बज रहे होंगे, तभी नीलाम्बर प्रकट हुआ था।

"क्या कर रहे हो?" उसने दरवाज़े से ही पूछा।

"यों ही, आओ, आओ!" मैं एकदम खड़ा हो गया। मैं उसकी बहुत इज़्ज़त करता था। वैसे भी वह 'सीनियर' ही नहीं, उम्र में भी मुझसे बड़ा था।

"बहुत सीरियसली लगे हुए हो पढ़ाइ में, क्यों?" वह मुस्कराया! "दिनभर घोटा लगाने का प्रोग्राम है क्या, या...!"

"नहीं-नहीं, घोटा कहाँ, एक बार भी ठीक से नहीं पढ़ पाया हूँ।" मैंने झेंपते हुए कहा, "कुछ प्रोग्राम है क्या?"

स्पष्ट था कि वह कोई प्रोग्राम बनाकर आया है और यह मेरे लिए इम्तहानों के आतंक में भी, ख़ुशी की बात थी।

"फ़िल्म देखने का आइडिया है?" उसने पूछा।

"कौन-सी?" मैंने पूछा।

"ब्रिज ऑन द रीवर क्वाई, डैविड लीन की फ़िल्म है। जानते हो क्या स्टार कास्ट है।"

मैं उसका मुँह देखता रहा।

"एलैक गुइनिस और विलियम हॉल्डेन।" उसने मेरा मुँह देखा।

अजनबी नाम थे। वैसे भी अल्मोड़ा से ग्रेजुएशन करने वाले लड़के को क्या पता कि एलैक गुइनिस क्या होता है और डैविड लीन क्या? हाँ, दिलीप कुमार, राज कपूर और अशोक कुमार को मैं जानता था और उनकी कई फ़िल्में देखी थीं।

मेरी चुप्पी का उसने सही अर्थ लगाया।

"नून शो देखेंगे, फिर सीधे आ जाना!" उसने समझाया।

आकर पढ़ लूँगा, मैंने सोचा। मैं नहीं जानता, मेरे पिता ने किस तुफैल में—शायद देखा-देखी—मुझे हिन्दी में एम.ए. करने लखनऊ भेज दिया था और पैसे की कमी कभी महसूस नहीं होने दी थी। पर इसका मुझ पर उलटा असर हुआ था और मैं यह कभी नहीं भूल पाता था कि हलवाई पिता को मेरे लिए कितनी कड़ाहियाँ माँजनी पड़ती हैं।

फ़िल्म ढाई बजे छूटी। मैं भाव-विभोर था।

पढ़ाई और इम्तहानों से परे अभी भी मैं मलेशिया के जंगलों में ही घूम रहा था (तब मुझे पता नहीं था कि फ़िल्म की शूटिंग श्रीलंका में हुई थी)। उन दिनों अंग्रेज़ी फ़िल्में देखने की मैं अकेले हिम्मत नहीं कर पाता था और फिर जो देखा होता था, परदेसी रहन-सहन और जीवन-मूल्यों से अनभिज्ञ होने के कारण, उसको समझने के लिए मुझे नीलाम्बर की मदद आवश्यक हो जाती थी। वह कैमरे की भाषा समझता था। हर महत्त्वपूर्ण दृश्य और शॉट का जो प्रतीकात्मक अर्थ वह बतलाता था, मुझे चकित और मुग्ध कर देने के लिए वह काफ़ी होता था। उसकी मौलिकता तब मेरे सिर पर सवार थी। मैं फ़िल्म पर कुछ देर और बात करना चाहता था।

थोड़ी देर हम साथ चलते रहे थे। मैं फ़िल्म पर चर्चा चलाने की कोशिश कर रहा था, पर वह हाँ-हूँ कर टालता जा रहा था।

अन्ततः उसने कह दिया, "तुम जाकर पढ़ो, मैं शाम को आऊँगा!" वह रिक्शे में बैठा और चल दिया।

यद्यपि उसके शुष्क और तटस्थ व्यवहार ने मुझे काफ़ी देर तक 'अपसैट कर दिया, पर यह सोचकर कि उसने यह मेरी भलाई के लिए किया है, मैंने अपने को समझा लिया।

पर दो दिन बाद मुझे जो झटका लगा, वह नीलाम्बर के बारे में राय बनाने में निर्णायक साबित हुआ। उसकी 'गर्लफ्रेंड' यूनिवर्सिटी छोड़कर चली गई थी और ऐसे में उदासी और अकेलेपन को काटना उसके लिए भारी हो गया था। एक बोतल बीयर में ही वह ज़रूरत से ज़्यादा भावुक हो उठा था, इसलिए कुछ ऐसी बातें बोल गया, जिनसे मैं यह जान सका कि फ़िल्म वाले दिन साढ़े तीन बजे उसका वी.सी. से 'एपाइंटमेंट' था। साढ़े तीन बजे तक का समय कटना विरह की मानसिकता में चूँकि भारी हो रहा था, इसलिए उसने फ़िल्म देखने का निर्णय किया था और मुझे साथ ले गया था। पर वह मुझे यह नहीं बताना चाहता था कि वह वी.सी. से मिलने जा रहा है या सम्भवतः मुझे नहीं मिलवाना चाहता होगा, इसलिए मुझे चौराहे पर छोड़ दूसरे रास्ते से घूमकर गया था।

यह कहना बेकार है कि वह सोश्योलॉजी डिपार्टमेंट में लेक्चररशिप के चक्कर में था और अगर दुर्भाग्य से वी.सी. न बदलता तो वह निश्चित रूप से लखनऊ विश्वविद्यालय में ही होता।

"तुम कुछ तबीयत के बारे में कह रहे थे।" मैंने बात का रुख़ मोड़ दिया। मैं उसको सुमन के सामने कभी भी 'एम्ब्रैसिंग' स्थिति में नहीं डालता था।

"कुछ नहीं यार, गैस ने बहुत परेशान कर रखा है। इधर कुछ हाई ब्लड प्रैशर भी हो गया है!" नीलाम्बर ने उखड़े स्वर में कहा।

"गैस है?" मुझे कुछ सन्तोष हुआ, "मैं भी गैस से बड़ा परेशान हूँ।" मैं मुस्कराया।

"तुम्हें कब से गैस हो गई, भई।" उसने कुछ चिन्तित होकर पूछा।

"कोई दो साल से!" मैंने मुँह बिगाड़ते हुए कहा, जैसे गैस चढ़ने लगी हो।

"ज़रा शराब और चरस कम करो!" वह एकदम बड़ा भाई हो गया, "कुछ इलाज भी कर रहे हो या यों ही थैला लटकाए घूमते रहते हो?" फिर उसने स्वयं ही बताना शुरू किया कि ऐलोपैथी से बेहतर होम्योपैथी रहेगी। लहसुन इस बीमारी में बड़ा फ़ायदेमंद साबित होता है। एक ताँबे का बर्तन लो, उसमें रात-भर पानी रखो और सुबह एक गिरी इस पानी से ख़ाली पेट निगल लिया करो। "सबसे बेहतर यह है कि एकाध आसन किया करो। उसके मुक़ाबले कोई चीज़ नहीं है!" वह थोड़ा रुका और जैसे कुछ याद आया हो, फिर बोला, "हैल्थ के बारे में अभी भी तुम्हारे वही विचार हैं या कुछ बदले हैं?"

मुझे सेहत को लेकर चिन्तित होना सदा बहुत बचकाना लगता था। वेट लिफ्टिंग, कसरत और योग आदि को मैं बहुत ही बेहूदा और 'एंटी-इंटलैक्चुअल' मानता रहा हूँ। आज के ज़माने में जब कि एक बालिश्त की रिवॉल्वर छह आदमियों को एक मिनट में ठंडा कर सकती हो, शारीरिक शक्ति के बारे में चिन्तित होना बेहूदा लगता है। शारीरिक शक्ति की सीमा है और उसे सदा ध्यान में रखा जाना चाहिए। यह मेरी थीसिस थी, पर ये सब पुरानी बातें हैं।

मैं उसकी बात पर मुस्कराया, "नहीं, थोड़ी 'एक्सारसाइज़' करता हूँ।"

उसे ख़ुशी हुई कि मैं बदला हूँ, चाहे मजबूरी में ही सही। मैं झूठ भी नहीं बोल रहा था। इधर स्वास्थ्य ने मुझे असहाय कर दिया। गैस का प्रकोप कहाँ और कब हो जाएगा, पता नहीं चलता था। गैस सीधे सिर में चढ़ती, फिर जी मिचलाता और चक्कर आने लगते। एकाध बार ऐसा भी हुआ था कि मैं दफ़्तर में ही चक्कर खाकर गिर गया था। असमय और अंटशंट खाने से पेट का सत्यानाश हो गया था। कुछ भी पचता नहीं था और अब नौबत यह थी कि खाना ही आतंक हो गया था। पिछले डेढ़ साल में मैंने सब कुछ किया था—हर तरह का परहेज़, दवा, टोटका और प्रार्थना—यहाँ तक कि शराब और चरस भी कम करके देखी थी, पर कुछ नहीं हुआ।

अचानक मेरा ध्यान सुमन की ओर गया। वह हमारी बातों से ऊबी हुई बेचैन खड़ी इधर-उधर देख रही थी।

"देर हो रही है भई!" हमने नीलाम्बर से कहा। फिर मुझसे बोली, "आप घर क्यों नहीं आते? घर आओ, तब साहब से 'डिटेल' में 'कंसलटेशन' कर लेना। यहाँ सड़क पर बातें हो सकती हैं क्या?" वह कुछ रुकी, "वैसे आप इनसे पूछिए, क्या इन्होंने शराब कम की है? दूसरों को नसीहत देना आसान है।"

यद्यपि उसने सारी बातें मुस्कराकर कही थीं, पर उनके पीछे छिपी कटुता इतनी प्रबल थी कि मैं अन्दर तक तिलमिला उठा।

"तुम कहाँ जा रहे हो?" नीलाम्बर ने उसकी बातों को अनसुना करने की कोशिश की। सम्भवत: इसके अलावा कोई रास्ता भी नहीं था। यह तरीक़ा उसने अनुभव से ही ईजाद किया होगा।

"कॉफ़ी हाउस!" मैंने थोड़ा झिझकते हुए और जितना सम्भव हो सका, हौले से कहा।

सुमन कॉफ़ी हाउस को कामचोर, गप्पी और उचक्कों का अड्डा मानती थी। जब हम कहते कि नहीं, वहाँ लेखक, कलाकार और बुद्धिजीवी आते हैं, तो वह गुर्राकर कहती, "लेखक! आप जैसे! अज्ञेय आते हैं वहाँ? राजेन्द्र यादव, निर्मल वर्मा, हुसैन, स्वामीनाथन, सतीश गुजराल...कौन आता है? सिवा कुछ छुटभैयों के...जिनसे कुछ काम-वाम तो किया जाता नहीं है, अब क्या करें! चलो, मिल-बैठकर गालियाँ ही दें। दूसरों को कोसने से कोई लेखक नहीं बना है।"

हमने तर्क करने की कई बार कोशिशें की थीं...ये सब लोग वहाँ आते थे, एक ज़माने में। हम में से कई लोग आगे चलकर उसी तरह 'स्टार' हो जाएँगे, जिस तरह आज ये लोग हैं। जिनके नाम से तुम आतंकित हो। फिर लेखक के लिए एक-दूसरे के साथ मिलकर बैठना और चर्चा करना ज़रूरी है वरना आदमी की 'ग्रोथ' रुक जाती है।

"सुनिए! ये बातें मुझे मत समझाइए। मैंने बहुत 'इंटलैक्चुअल' देखे हैं (यानी हम जैसे)! सच बात तो यह है कि आप लोग, अपनी कामचोरी और 'इनर्शिया' को ढकने के लिए, एक-दूसरे की असफलता के दर्द बाँटने के लिए और एक-दूसरे का इस मायने में कि मैं ही अकेला नहीं हूँ, सहारा बनने के लिए, वहाँ जमा होते हैं।"

एक-दूसरे के फ्रस्ट्रेशन, असहायता और नाउम्मीदी के दौर में सहारा बनना मेरे विचार में अपने-आप में कोई छोटा काम नहीं है—मैंने कई बार उससे कहना चाहा था, पर न जाने क्यों चुप रह जाता था। इसके बावजूद उसकी बातों में दम था। वे पूरी तरह तत्त्वहीन नहीं थीं। सिवा इसके कि इस आलोचना के पीछे उसकी जो मंशा रहती, वह असहनीय थी।

जैसे वह हमें जान-बूझकर 'ह्यूमिलियेट' करती। एक बार कहने लगी, "जानते हो, पहाड़ी इतने गप्पबाज़ क्यों होते हैं?"

"क्यों?" मैं एकदम घबरा गया था।

"इसलिए कि पहाड़ों में ठंड बहुत होती है और ठंड में आग सेकने के अलावा कोई काम नहीं हो सकता। आग के पास बैठे क्या करें, चलो, गप्पें ही मारें!" और वह बहुत ही उन्मत्त ढंग से देर तक हँसती रही थी।

मैं उसकी इस 'मौलिक खोज' से स्तब्ध रह गया था और विरोध-स्वरूप एक अरसे तक उनके घर नहीं गया।

"ठीक है, तुम मेरा इन्तज़ार करना!" नीलाम्बर ने बहुत ही दृढ़ स्वर में कहा, "मैं घंटे-भर में आ रहा हूँ।" और वह जनपथ की ओर चल पड़ा। सुमन कुछ क्षण जड़ बनी रही, फिर बिना एक शब्द भी बोले नीलाम्बर के पीछे, जो अब तक कुछ नहीं तो दस क़दम आगे निकल चुका था, चल पड़ी।

सुमन के पीछे छूट गए सेंट के गुबार में डूबा मैं तब तक उनको देखता रहा, जब तक कि वे मोड़ पर ओझल नहीं हो गए और फिर अगले एक घंटे, जब तक कि नीलाम्बर आ नहीं गया, मैं उनके तनाव को अपने 'नर्व सिस्टम' पर और सेंट की गंध को अपनी इन्द्रियों में महसूस करता रहा।

पहली मुलाक़ात

त्रिवेणी में 'दिशांतर' का नाटक-समारोह चल रहा था। तब वहाँ एक ही बिल्डिंग थी। वह प्लॉट, जिस पर आज नई बहुमंज़िली इमारत और एयरकंडीशंड सभागार है, खाली पड़ा था। त्रिवेणी गार्डन थियेटर के अलावा मंडी हाउस के आसपास उन दिनों और कोई थियेटर नहीं था—न श्रीराम सेन्टर, न कमानी और न ही एल.टी.जी.। एन.एस.डी. के अपने थियेटर थे, पर वे व्यावसायिक नहीं थे। और तो और, सप्रू हाउस भी तब 'चढ़ी जवानी बुड्ढे नूँ' युग में प्रविष्ट नहीं हुआ था। वह ज़माना ही और था। फ़िल्मों ने ओम शिवपुरी, सुधा शिवपुरी, दिनेश ठाकुर और सविता बजाज जैसे कलाकारों को बम्बई ने नहीं खींचा था और मोहन राकेश चुरुट पीते हुए अभी किसी सुपर स्टार की तरह त्रिवेणी में नज़र आ जाते थे। सब 'दिशान्तर' से जुड़े थे। मोहन राकेश का नवीनतम और सनसनीखेज़ सफलता प्राप्त करने वाला नाटक 'आधे अधूरे' स्टेज किया जा रहा था। नीलाम्बर ने नाटक देखने का ही निमंत्रण नहीं दिया था, अपनी नई मित्र से भी मिलवाने का वायदा किया था। यद्यपि नाटक साढ़े छह बजे से शुरू होना था, पर मुझे पाँच बजे ही पहुँच जाने का आदेश था।

वे लोग बाहर बैठे कोक पी रहे थे। 'प्रिंट ऑर्डर' का दिन होने के कारण मुझे न चाहते हुए भी देर हो गई। नीलाम्बर ने हाथ हिलाया। मैं बदले में और तेज़ चलने लगा था। कुछ ऐसा इत्तफ़ाक़ था कि उसके साथ बैठी लड़की की पीठ मेरी ओर थी। उसने नीलाम्बर के हाथ हिलाने के बावजूद मुड़कर नहीं देखा, इसलिए उसकी शक्ल मैं तब तक नहीं देख पाया, जब तक कि सामने ही नहीं पहुँच गया। नीलाम्बर ने बग़ल में रखी कुर्सी से सामान उठाकर मुझे बैठाया और फिर 'कुछ देखा क्या-चीज़-पेश-की-है' वाले अन्दाज़ में परिचय करवाया, "ये हैं सुमन, सुमन सरीन!"

मैंने कुर्सी से थोड़ा उठकर हाथ जोड़े, "नमस्कार!"

"हैलो!" उसने हाथ नहीं जोड़े, बैठे-बैठे सिर्फ़ गर्दन हिलाई। पर वह मुस्कराई थी—बहुत ही नियंत्रित पर स्वाभाविक ढंग से।

मैं सकपका गया—उसकी औपचारिकता, व्यक्तित्व और मुस्कराहट सबसे। बेइन्तहा ख़ूबसूरत ओवेल शेप चेहरा...(क्या कहेंगे हिन्दी वाले अंडाकार, अंड-चक्र) और बड़ी-बड़ी तरल आँखें घनी बोझिल पलकों से आवृत्त, जैसे हल्के सुरूर में हों।

उसके चेहरे की लालिमा से नवम्बर की वह ठंडी और बुझती शाम दीप्त होकर दहक रही थी। वह नवीनतम फैशन के मुताबिक़ नाइलोन के स्लैक्स और सामने के बटनों वाली शर्ट पहने थी। मैं ज़िन्दगी में इस तरह की लड़की के साथ पहली बार बैठ रहा था।

ये तब के 'इम्प्रैशन' हैं, आज वैसा 'इलैक्ट्रिफ़ाइंग' असर सम्भव नहीं है। उलटे आज कहूँगा एक सपाट संवेदनहीन चेहरा—गुड़िया-सा, असामान्य रूप से कामुक शरीर, जिसे रंग-रोगन ने और भी भड़का दिया हो। गोया औरत नहीं, साक्षात कामुकता से जा टकराए हों। अगर फ़िल्मी उपमा देने की इजाज़त हो तो राकेल वैल्च, बो डैरेक या अपनी ज़ीनत अमान सरीखी, जिनके शरीर से सेक्स चू रहा होता है।

"ये देब्बू है!" नीलाम्बर ने मेरा परिचय करवाया, "देवेन भंडारी?"

नीलाम्बर मुझे सदा देब्बू ही कहा करता था। और यह उसका अधिकार भी था। वह मेरा साहित्यिक गुरु, 'गॉड फादर' और हीरो भी था। मैं उसका अनुयायी, रक्षित, भक्त और शिष्य। कविता मैंने लखनऊ जाकर शुरू की थी। उससे पहले मैं पंत और महादेवी की नक़ल पर कुछ तुकें ही भिड़ाया करता था। नीलाम्बर से परिचय होने के बाद ही मुझे पता चला था कि आधुनिकता होती क्या है और कविता का अर्थ सिर्फ़ तुकबन्दी नहीं है। अकविता आन्दोलन उन दिनों जोरों पर था और नीलाम्बर उसके प्रवक्ताओं में था। आन्दोलन को परिभाषित करने वाले उसके लेख और वक्तव्य 'ज्ञानोदय', 'शनिश्चर, 'माध्यम', 'उत्कर्ष' आदि कितनी ही पत्रिकाओं में प्रकाशित होते थे। उसे मेरे कविताई के शौक़ के बारे में न जाने कैसे पता चल गया था। एक दिन बहुत ही 'रिलैक्स्ड मूड' में मेरी चारपाई पर लेटे-लेटे उसने यों ही, 'कुछ होना चाहिए' वाले अन्दाज़ में कह दिया, "अरे भई, सुना, तुम भी लिखते हो। हमें भी दिखाओ न अपनी कविताएँ!"

मैं इस अवसर का कई दिन से ठीक उस तरह इन्तज़ार कर रहा था जिस तरह से भारतीय बालाओं के लिए कहा जाता है कि वे दुल्हन बनने के इन्तज़ार में रहती हैं। प्रारम्भिक झिझक के बाद मैंने मेज़ से अपनी प्लास्टिक के कवरवाली (उस ज़माने में हज़रतगंज से पाँच रुपये में ख़रीदी) नोटबुक उठाई और उसकी ओर बढ़ा दी।

उसने पहला पृष्ठ खोला और मुस्कराकर मेरी ओर देखा। मैं उस मुस्कराहट का तत्काल कोई अर्थ नहीं लगा पाया। अचानक उसने हाथ हिला-हिलाकर ऐसे पढ़ना शुरू कर दिया, जिस तरह टी.वी. कवि-सम्मेलन में कवि लोग 'मुझे देखो, मुझे देखो' वाले अन्दाज़ में कविता सुनाते हैं :

शून्य साँसों का मधुर वियोग,
छुड़ाता अधर-मधुर संयोग
मिलन के पल केवल दो चार
विरह के कल्प अपार।

पंत की ये पंक्तियाँ मैंने 'ओम् श्री गणेशाय नमः' की तरह पहले ही पृष्ठ पर सुलेख में अंकित कर रखी थीं।

"आ-हा-हा! क्या बात है!" उसने गर्दन हिलाई। फिर मेरी ओर आँखें तरेर कर पूछा, "क्या इश्क़-विश्क कर रहे थे अल्मोड़े में?"

मैं बेबस खिसियाहट भरी मुस्कराहट मार कर ही रह गया।

उसने कुछ पृष्ठ खलनेवाली लापरवाही से पलटे और नोटबुक वापस थमाते हुए कहा, "तुम अपनी चुनिंदा कविताएँ ख़ुद सुनाओ।"

नोटबुक को हाथ में लेकर मैं कुछ देर तक तौलता-सा रहा। दिल हुआ, खिड़की से बाहर फेंक दूँ।

"सुनाओ!" उसकी आवाज़ ने विचार-प्रवाह को मोड़ दिया। वह आँखें बन्द कर दीवार से लग गया। मैंने धीरे-धीरे पृष्ठ खोले और अन्ततः निर्णय पर पहुँच गया।

"शीर्षक है—अमृत आशा!" मैं रुका।

"हूँ!" उसने आँखें नहीं खोलीं।

मैं पढ़ने लगा :

स्नेह न कर पाओ यदि
तो न घृणा मुझसे करना
'आशा' पूर्ण करो न करो
पर निराश भी मत करना
'अमृत' की न कोई चिन्ता है
गरल पान को ना कहना।

मैं एक भी शब्द बिना अटके नहीं पढ़ पाया था। एक ऐसी घबराहट, जो बाद में मुझे नौकरियों का इंटरव्यू देते समय हुई थी (तब यह क्या किसी इंटरव्यू से कम था—साहित्यिक जीवन में मेरे प्रवेश से पहले की परीक्षा...उसी तरह का तिरस्कार, अवमानना, व्यंग्य और तटस्थता)।

जहाँ तक कविताओं का सवाल था, मैं उस दिन भी उनके बचकानेपन से अनजान नहीं था। पर मेरी समझ में यह नहीं आ पा रहा था कि इनमें कमी कहाँ है। एक मासूम प्रत्याशा थी, प्रेरणा और आश्वासन के दो शब्द सुनने की। मैं बड़ी देर बाद उसकी ओर देखने की हिम्मत कर पाया। वह आँखें बन्द किये पड़ा था—निर्लिप्त और कुछ हद तक ऊबा हुआ।

शायद 'अमृत आशा' सुनाकर मैंने ग़लती कर दी, मैं सोचने लगा। पर एक ज़माने में मेरी यह कविता बहुत लोकप्रिय हुई थी और मैं लोकप्रियता को उत्कृष्टता से 'कंफ़्यूज़' कर गया था। बी.ए. के दौरान लिखी थी यह कविता। इसका भी एक किस्सा था। हमारी क्लास में दो लड़कियाँ पढ़ती थीं—सरदारनी अमृतकौर और

आशा पंत। कवि होने के नाते मैं दोनों पर एक साथ फ़िदा हो गया था (और मुझे यह बात ग़लत भी नहीं लगी—हम तो सौन्दर्य के पुजारी हैं)। मुश्किल यह थी कि दोनों में से कोई भी मुझसे बात करने तक को राज़ी नहीं थी (राज़ी हो भी तो कोई क्यों—न अक्ल, न शक्ल), इसलिए मैंने अपनी पीड़ा को कविता में ढाला था। यह बात और है कि इसके बावजूद मुझे 'लिफ़्ट' की जगह चेतावनी ही मिली। सरदारनी ने भरी क्लास में मुझे धमकाया था कि अगर मैं बाज़ नहीं आया तो अपने पापा जी से कह दूँगी और मैं डर भी गया था। पर इस कविता के चलते पाप्युलरिटी मैंने ख़ूब हासिल की और कॉलेज के 'एस्टेब्लिश्ड' कवियों में गिना जाने लगा। (पर उन दिनों बाबू के डर से चाहते हुए भी न बाल बढ़ा पाया और न ही दाढ़ी रख पाया, चाह जितनी भी होती। हाँ, कुर्ता-पाज़ामा और पान-बीड़ी मैंने तभी शुरू कर दिये थे।)

मैं अभी सोच ही रहा था कि सो गया लगता है कि नीलाम्बर ने धीरे-धीरे आँखें खोलीं और रूखे स्वर में कह दिया, "अगर यही कविताएँ हैं तो बेहतर है, कुछ और करो!"

मैं उसका शुक्रगुजार हूँ कि उसने सीधे-सीधे नहीं कहा कि मिठाई बनाओ, क्योंकि इससे मुझे जो चोट लगती, शायद सांघातिक सिद्ध होती। मेरा इशारा लेखकीय जीवन से है। मैं अपने पैतृक व्यवसाय से पहले ही त्रास्त था और लखनऊ विश्वविद्यालय में प्रवेश लेने के बाद अपना परिचय देते हुए कक्षा में यह न कह पाने के ग़म को कि मेरे पिता मंत्री हैं या एम.एल.ए. हैं या डॉक्टर हैं या वकील हैं, कुछ नहीं तो मास्टर ही हैं, दिल से ऐसे लगा बैठा था कि जैसे कि 'चंदामामा' की कहानियों के राजकुमार ख़ूबसूरत कन्याओं के ग़म को लेकर सूखने लगते हैं। यद्यपि उस दिन मैं अपनी इज़्ज़त किसी तरह मेरे पिता 'बिज़नेसमैन' हैं जैसी 'वाइडर टर्म' इस्तेमाल कर बचा ले गया था, पर अन्दर कहीं 'अन-इंटलेक्चुअल' वंश का काँटा 'ज़िगर के पार' न हो पाने वाले अन्दाज़ में रह गया था और लगातार टीस रहा था।

अचानक उसने मेरा चेहरा देखा। उसकी आवाज़ यद्यपि कुछ नर्म हुई, पर शब्द अभी भी किसी हत्यारे के चाकू से एक के बाद एक किये गए वार की तरह बिना आवाज़ मेरे शरीर में गड़ते गए। शायद तुर्गनेव ने कहीं कहा है कि शब्द हत्या कर सकते हैं।

नीलाम्बर ने कहा था, "ये लौंडियाँ-रिझाऊ, सुकोमल हाय-हुई नहीं चलेगी। दुनिया कहाँ से कहाँ पहुँच गई है और तुम अभी छायावाद की लिजलिज़ाहट में ही लोट लगा रहे हो!" उसने थोड़ा 'पॉज़' मारा, और पटाक्षेप किया, "अगर कविता को लेकर सीरियस हो तो पहले जान लो कि आज हो क्या रहा है, लिखा क्या जा रहा है।" उसने रुककर मेरा चेहरा देखा और दोनों हाथों को हवा में हिलाता हुआ वह उठा, "वर्तमान से कटा, अपने परिवेश से अनभिज्ञ लेखक, सफल नहीं हो सकता।"

क्या पैग़म्बरी बात थी, पर 'आज क्या हो रहा है', 'वर्ममान से कटा' जैसे जुमलों का क्या अर्थ है? समझने में मुझे काफ़ी वर्ष लग गए। उसकी बातें उसके

व्यवहार में किस तरह मूर्त होती थीं, यह अपने-आप में एक 'फ़ेनोमिना', एक चमत्कार था। जब कविता में 'पिता' आया तो उसने पिता सीरीज़ की कई कविताएँ लिखीं (हे, पिता!, पिता तुम)। पिता जब चिड़िया में बदला तो उसकी कविता पंख-पंख हो रही थी। (चिड़िया ने कहा, चिड़िया ने सुना)। चिड़िया का स्थान जैसे ही पेड़ ने लिया, जगह-जगह पत्ते-ही-पत्ते हो गए (पेड़ तुम खड़े हो, पेड़ तुम अड़े हो)। पेड़ के बाद आया बच्चा! ग़नीमत रही कि गू-मूत नहीं हुआ। पर सबसे बड़ा ज़लज़ला क्रान्ति के साथ आया (वरना किसके साथ आता!), उसका हर शब्द सिर्फ़ क्रान्ति की चाह और आह हो गया। नीलाम्बर सबसे अधिक सामयिक था, इसलिए सब जगह, छप रहा था—'धर्मयुग' से लेकर 'सैनिक समाचार' और 'पहल' से लेकर 'उत्तरार्द्ध' तक में और इससे यह बात स्वयंसिद्ध हो जाती थी कि सफल लेखक कौन होता है।

अगले दिन जब मैं कवि हो पाने की सारी सम्भावनाओं से विहीन होने की हताशा में 'क्या जो कर दूँ' वाले पहाड़ी मूड में छठा पीरियड ख़त्म कर लंच के लिए लौट रहा था कि नीलाम्बर इन्तज़ार करता मिल गया। खाना खाने के बाद वह मुझे अपने कमरे में ले गया और पाँच-सात नई-पुरानी पत्रिकाएँ व तीन-चार कविता-संग्रह (मलयराय चौधरी से राजकमल चौधरी तक) थमा दिये। बाद में उन्हें पढ़ते हुए मैं इस नतीजे पर पहुँचा कि लिंग, योनि, मैथुन जैसे शब्दों का पान, बीड़ी, सिगरेट की तरह इस्तेमाल करने वाले मेरी कविताओं की सुकोमल भावनाओं को क्या समझ सकेंगे! इन्हें समझने के लिए तो वैसी ही अनुभूति वाला चाहिए। 'वैसी ही अनुभूति वाले' से मेरा तात्पर्य पंत, प्रसाद, महादेवी से था। कुछ दिन मैं इस आधुनिकता को अपने ठेठ खसियेपन में 'रैज़िस्ट' करता रहा, पर इसी दौरान एक नई घटना घट गई।

एक दिन वह बोला, "मैं ज़रा बनारस जा रहा हूँ।"

"क्यों?" मैंने पूछा था।

"गिन्सबर्ग से मिलने!" उसने बहुत दम्भ से बतलाया।

"किससे मिलने?" मेरा अज्ञान उन दिनों बहुमुखी था।

"अमेरिकी बीट पोएट!" उसने कहा।

मेरी समझ में न गिन्सबर्ग आया और न ही बीट। पर उसके पास भी इतनी फुर्सत नहीं थी कि तत्काल सारी बात समझा दे।

बनारस वह दो दिन के लिए गया था, लौटा दस दिन बाद। जिस तरह नई विवाहिता पहली बार ससुराल से लौटकर सिर्फ़ अपने पति के किस्से सुनाती रहती है, नीलाम्बर गिन्सबर्ग की गाता रहा। उसी से मुझे पता चला कि गिन्सबर्ग कविता सुनाता-सुनाता भावविभोर हो अपनी पैंट तक उतार देता है। "ही बिकम्स वन विद द पोइट्री।" उसने कहा था।

"पैंट!" मैं पैंट और कविता में तालमेल नहीं बैठा पाया था।

"वह अपनी पैंट नहीं उतारता, पूरी 'मिडिल-क्लास हिपोक्रेसी' को नंगा कर देता है।"

लगभग स्तब्ध कर देने वाला स्पष्टीकरण था, पर इससे भी बड़ी बात यह थी कि उसके पास एक बहुत बड़ा तोहफ़ा था...अमूल्य और दुर्लभ। गिन्सबर्ग ने उसे अपना अमेरिका में भी बैन कविता-संग्रह 'हॉउल एंड अदर पोयम्स' भेंट किया था। फ़िल्मी गानों की किताब से थोड़ी मोटी, पर आकार में चौड़ी कार्डबोर्ड की जिल्दवाली किताब के पहले ही पृष्ठ पर लिखा था—'फ़ॉर नीलाम्बर—एलन गिन्सबर्ग।'

नीलाम्बर ने उस काले बाल-पैन की इबारत पर बहुत ही हौले-हौले दो-तीन बार अपनी उँगलियाँ चलाई थीं और माँगने पर भी बड़ी देर तक मुझे किताब छूने नहीं दी थी। फिर उसने मुझे 'हॉउल' की कई चुनिंदा पंक्तियाँ सम्भवतः उसी अन्दाज़ में, जिस अन्दाज़ में चरस के नशे में गिन्सबर्ग ने अपनी पैंट खोलते हुए मणिकर्णिका घाट की सीढ़ियों पर पढ़ी होंगी, सुनाई थीं :

आई सॉ द बैस्ट माइंड्स ऑफ माई जैनरेशन
डैस्ट्राइड बॉई मैडनैस,
स्टारविंग हिस्टिरिकल नैकेड,...

कविता का अधिकांश हिस्सा मेरी समझ में नहीं आ रहा था, पर गिन्सबर्ग के ज़बरदस्त कवि होने में शंका नहीं थी। वह सुनाता जा रहा था :

मोलोक हूज़ लव इज़ एंडलैस आयल एंड स्टोन।
मोलॉक हूज़ सोल इज़ इलैक्ट्रिसिटी एंड
बैंक्स। मोलॉक हूज़ पावर्टी इज़ द स्पैक्ट्रे ऑफ जीनियस।
मोलॉक हूज़ फ़ेट इज़ ए क्लॉउड ऑफ़ सेक्सलैस हाइड्रोजन
मोलॉक हूज़ नेम इज़ द माइंड।

उसके बिम्ब, उपमाएँ और विषय—सबने मुझे स्तब्ध कर दिया था। 'हॉउल' ख़त्म भी नहीं हुई कि नीलाम्बर ने दूसरी कविता शुरू कर दी 'अमेरिका', जिसकी लगभग गाली के स्तर पर साफ़गोई की लाइनों—

अमेरिका, आई हैव गिवन यू ऑल एंड नाऊ आई एम
अमेरिका टू डॉलर्स एंड ट्वंटीसेवन सैंट्स जनवरी 17, 1956
आई कांट स्टैंड माई ओन माइंड।
अमेरिका व्हैन विल वी एंड द ह्यूमैन वार।
गो फ़क यूरसैल्फ़ विद यूर एटम बम।

ने मुझे हिला दिया। पढ़ते-पढ़ते जब नीलाम्बर थक गया, तो उसने किताब मुझे पकड़ा दी और ख़ुद चारपाई पर आँखें बन्द करके लेट गया जैसे 'लाइसर्जिक डाइथलामॉइड' लेकर गिन्सबर्ग के काव्यलोक में उतर रहा हो। यद्यपि तब तक मुझे बीट, हंगरी जैनरेशन, हिप्पी और ड्रग्स के 'विद्रोह' के बारे में कुछ भी पता नहीं था और न ही इस सन्दर्भ में गिन्सबर्ग के महत्त्व से ही परिचित था, इस पर भी सीधे किसी कवि द्वारा (और वह भी अमेरिकी) भेंट किये अपने संग्रह के महत्त्व को मैं ख़ूब समझता था।

मैंने किताब को कई बार उलट-पलटकर देखा था और मैं नीलाम्बर की महानता से त्रास्त रह गया था।

इसके साथ ही नीलाम्बर, गिन्सबर्ग पर एक विश्लेषणात्मक लेख लिखने में जुट गया और मुझे इसी लेख को प्रकाशन से पूर्व पढ़ने का सौभाग्य प्राप्त हुआ था, जिससे बीट और भूखी पीढ़ी तथा विद्रोह के सन्दर्भ में नशे के महत्त्व के बारे में पता चला था। लेख बाद में 'धर्मयुग' में सचित्र छपा था। एक चित्र में नीलाम्बर भालू जैसे दाढ़ी-बाल बढ़ाए गिन्सबर्ग के साथ खड़ा था। पृष्ठभूमि में चिता जल रही थी और साथ ही गंगा बह रही थी। एक अन्य चित्र संग्रह के पहले पृष्ठ का था जिसमें नीलाम्बर का नाम और एलन के हस्ताक्षर नज़र आ रहे थे।

हिन्दी जगत इस लेख से बाद में हिला, पर मैं पहले ही नीलाम्बर का गुलाम हो गया था। वैसे भी मैं उसकी विद्वता और अध्ययन की प्रवृत्ति से आतंकित था। उसका कमरा किताबों से अटा पड़ा रहता था और इसी कमरे में मैंने पहली बार सार्त्र, कामू, काफ़्का, किर्केगार्द, इब्सन, हैमिंग्वे, बोउवा, जाँ जेने, जैक लडन, ईलियट, पाउंड और ओसबर्न जैसे नाम सुने थे। इसी कमरे में मैंने पहली बार पिकासो, डाली, लात्रेक, देगा, वैन, गाग, हैनरी मूर, हुसेन, आरा, सूज़ा और हेब्बार के बारे में जाना था। कुल मिलाकर मेरे साहित्यिक जीवन की वास्तविक नींव नीलाम्बर की छत्रच्छाया में और उसी के कमरे में पड़ी थी।

इसी अध्ययन, मनन और दिशा-निर्देश का ही फल था कि मुझे 'आधुनिक' बनने में ज़्यादा देर नहीं लगी। यद्यपि अगले कई माह मैंने नीलाम्बर से कविताओं पर बात ही नहीं की, पर वह बीच-बीच में यों ही पूछ लेता था, "कुछ लिख रहे हो?"

मैं हर बार टाल जाता। वह मुझे, किसी अनुभवी शिक्षक की तरह पूरा समय दे रहा था। यह बात उसके दिमाग़ में शंका से परे रही होगी कि 'लौंडा' साहित्य का मारा है, इसलिए लिखेगा ज़रूर। और मैं लिख भी रहा था, नई तर्ज़ पर। यह मैं नहीं मानता कि तब उसे मुझ में कुछ नज़र आया होगा क्योंकि उसने बीच-बीच में 'कुछ लिख रहे हो?' तो पूछा था, पर कभी यह नहीं कहा था कि 'दिखलाओ, क्या लिखा?'

अन्ततः एक दिन मैंने ही हिम्मत करके उसे कुछ ताज़ी लिखी कविताएँ दिखला दीं।

"सुनाओ!" वह मेरे बिस्तर पर एक सिगरेट जलाकर अधलेटा बैठ गया।

मैंने गला खँखार कर इस तरह पढ़ना शुरू किया जिस तरह कोई युवक कवि पहली बार मंच पर आता है :

हर सुबह शहर
उठता है अख़बारों में।
शाम तक अख़बार
भीगकर लिथलिथे हो जाते हैं।
बन्द कमरों में ज़िन्दगी
तैरने लगती है
डूबी-फूली लाश-सी।

"हूँ! और पढ़ो!" उसने सिगरेट की राख को टूट कप में झाड़ते हुए कहा।

उसका 'रिस्पांस' अप्रत्याशित रूप से उत्साहवर्धक था। मेरे अन्दर विश्वास बढ़ रहा था। मैंने दूसरी कविता पढ़नी शुरू की :

नंगा नाचता है
हर एक कमीना!
सूखी चमड़ी और हाड़ चमकाती पीढ़ी का
बताता है स्वयं को
एकमात्र मसीहा!
मैं कहीं नहीं पाता स्वयं को—
न नंगों में, न अधनंगों में
न मसीहों में और न पीड़ितों में
मैंने भोगी हैं काली,
स्तनहीन लड़कियाँ,
भूखे लड़के, पीले चेहरे हड्डी उभरे
सूनी आँखों—बिना मांसवाले और
पैसेवाली बुढ़ियाँ...
मैं कवि हूँ!

"हूँ!" वह मुस्कराया था। मैं उसका मुँह देख रहा था। उसने आगे बढ़ने का इशारा किया और पहली सिगरेट से ही नई सिगरेट जलाकर आँखें फिर अधमुँदी कर लीं।

वह गम्भीर था। मैं उत्तेजित।

मैंने कुछ और कविताएँ सुनाईं। उसने निर्णय दिया :

"हूँ! यू हैव गॉट टेलेंट, लिखो!" उसने मेरी पीठ वास्तव में थपथपाई और दो-तीन कविताएँ छाँटकर उन्हें ख़ुद पढ़ा।

"पैन!" अचानक उसने मेरी ओर बिना सिर उठाए इस तरह हाथ फैलाया, जिस तरह फ़िल्मों में सर्जन ऑपरेशन थियेटर में अपने सहायक से औज़ार माँगते हैं। उसका ध्यान कविता में ही था। मैंने भी उसी फुर्ती से मेज़ से झपटकर पैन उसके हाथ में थमा दिया।

उसने कुछ परिवर्तन यहाँ-वहाँ किये, कुछ शब्दों को बदला। मुझे दिखलाया और फिर बिना कुछ कहे उन्हें जेब में रख लिया। उसने प्रतिभा ढूँढ़ ली थी।

जब कुछ दिनों बाद डाक से मिली 'प्रतिशोध' की प्रति में मैंने अपनी दो कविताएँ एक साथ छपी हुई देखीं, तो मेरी ख़ुशी का ठिकाना नहीं रहा। एक नये लेखक का जन्म हो चुका था, जिसका नाम देवेन भंडारी था।

नीलाम्बर ने माता-पिता द्वारा रखा मेरा परम्परागत नाम देवेन्द्र सिंह भंडारी ही सम्पादित कर दिया था (मुझे आश्चर्य होता है, उसने अपना नाम क्यों नहीं बदला होगा)।

नीलाम्बर ने हमारे परिचय को विस्तार देना शुरू किया, "सुमन ने मेरे प्ले में महत्त्वपूर्ण भूमिका निभाई थी। तुमने देखा था ना!"

मेरी समझ में नहीं आया, यह प्रश्न था या अनुमोदन। यदि यह प्रश्न था, तो बहुत कष्टदायक था, क्योंकि सीधे-सीधे यह कह पाना तब मेरे लिए सम्भव नहीं था कि आसपास तो छोड़ मेरे पूरे मोहल्ले में कोई टी.वी. न तो 'स्टेटस सिम्बल' ही हो पाया है और न ही इतना मनोरंजक कि आप 'चित्रहार' और घिसी हुई नहीं, तो पिटी हुई बम्बइया फ़िल्म के साप्ताहिक कार्यक्रमों को, फ़र्श पर बैठे पड़ोसी बच्चों के पीछे रैक्सीन के सोफ़े पर पराई बहुओं के सान्निध्य में, अपने बड़प्पन का आनन्द लेते हुए देख सकें।

शायद नहीं, निश्चित तौर पर आख़िरी वाक्य, 'तुमने देखा था ना।' अनुमोदन ही था, क्योंकि वह उत्तर के लिए रुका नहीं था।

"शी एज ए टैरिफ़िक एक्ट्रेस!" वह कह रहा था, "एन.एस.डी. के अगले प्ले में देखना, इसने 'डेस्डिमोनो' की भूमिका निभाई है। शी इज ए रीयल सैन्सेशन ऑफ़ डैल्ही थियेटर वर्ल्ड!"

"बस, बस! बहुत हो गया!" सुमन ने गद्गद् होकर नीलाम्बर को टोका।

"नो-नो! नो जोक, देब्बू! मैं एक शब्द भी 'एक्ज़ेज़रेट' नहीं कर रहा हूँ। कल का 'टाइम्स ऑफ़ इंडिया' देखा था? अमिता मलिक ने अपने कॉलम में 'स्पेशली' सुमन की तारीफ़ की है।"

मैं 'टाइम्स ऑफ़ इंडिया' देखता तो था, पर टी.वी., रेडियो की समीक्षा में मेरी रुचि कैसे हो सकती थी? न तो मेरे पास रेडियो था, न ही टी.वी.! और तो और, मैंने इनके लिए तब तक कुछ किया भी नहीं था। कुछ भी हो, वह वाक़ई सीरियस था। असल में लड़कियों में ज़बरदस्त सफलता के पीछे शायद उसका यही गुण सर्वाधिक

सहायक रहता था—बेतहाशा और बेइन्तहा सीरियस होकर तारीफ़ करना और करते चले जाना, जब तक कि लड़कियाँ तारीफ़ के इस तूफ़ान में अपना सन्तुलन न बिगाड़ लें। फिर तारीफ़ किसकी कमज़ोरी नहीं है! वैसे इसके अलावा भी उसमें कई गुण थे, जो लड़कियों को बहुत माफ़िक आते हैं, जैसे कि वह बहुत ख़ूबसूरत था, पढ़ा-लिखा, इंटैलिजेंट और बोहेमियन 'इमेज' बनाए। वह ज़बरदस्त और प्रभावशाली वक्ता था। यहाँ तक कि जब वह मंच पर नहीं होता तब भी ऐसा लगता, जैसे किसी गोष्ठी को सम्बोधित कर रहा हो। उसमें शब्दों के चुनाव की अद्‌भुत प्रतिभा थी, जो उसकी धीरे-धीरे 'कल्टिवेट' की गई आवाज़ के उतार-चढ़ाव के कारण अत्यन्त गरिमामय और सम्मोहक हो जाती थी। मुझे आश्चर्य होता कि वह कैसे बहुत ही चालू बात को भी इस तरह प्रस्तुत कर देता है जैसे महावाक्य कह रहा हो। इस सब पर उसका 'मैनरिज़्म'। अपने गम्भीर स्वर को और भी कलात्मक और मायावी बनाने के लिए वह अपनी कलाइयों और उँगलियों का परिचालन इतने लयात्मक और स्वाभाविक ढंग से करता कि यह अन्तर कर पाना असम्भव हो जाता कि उसकी बात को सम्प्रेषित कौन कर रहा है—कलाइयों और उँगलियों की गति या स्वरों में छिपे अर्थ!

बीच-बीच में कभी वह अपने मनमौजी बालों को खीजकर हाथ से वापस सिर पर पटकता और कभी उसकी लम्बी, नर्म और गोरी उँगलियाँ दाढ़ी को इस तरह सहलातीं, जैसे कोई यूनानी दार्शनिक विचारमग्न हो। यह भी होता कि वह बात करता-करता खो जाता और जब आप काफ़ी देर बोल चुके होते, तो पाते कि आप एकालाप कर रहे हैं। निश्चित ही आपको कोफ़्त होती, पर तभी वह जैसे नींद से जागता, "सॉरी यार! क्या कह रहे थे तुम?"

उसके चेहरे पर एक बहुत ही मासूम मुस्कराहट होती। आप माफ़ कर देते—लेखक हैं।

यह सब उसके व्यक्तित्व को चमकाने वाले अलंकरण थे। वह लेखक था, इंटलैक्चुअल था और सिर से पैर तक लेखक और 'इंटलैक्चुअल' के अलावा और कुछ भी नहीं लगता था।

मुझे याद है, प्रभावशाली और आकर्षक तो वह लखनऊ के दिनों से ही था, पर इस तरह का 'मैनरिज़्म' और 'सोफ़ैस्टिकेशन' तक नहीं था। यह दिल्ली की देन थी...।

इस बार वह मेरी ओर मुड़ा। "मैंने तुम्हें दब्बू के बारे में तो बतलाया ही है, सुम्मी!"

मैं यह तो बताना ही भूल गया कि नीलाम्बर बहुत ही जल्दी अनौपचारिक सम्बन्ध स्थापित कर लेता था। जैसे कि सुमन से उसकी जान-पहचान अधिक-से-अधिक दो महीने पुरानी रही होगी, क्योंकि अभी पिछले सप्ताह ही तो उसका नाटक 'क्या आपने मेरे बारे में सुना है' टेलीकास्ट हुआ था और इस हिसाब से इनका परिचय नाटक की रिहर्सल के दौरान होना चाहिए था। मुझे अच्छी तरह याद था कि नीलाम्बर

ने लगभग एक महीने पहले ही कहा था कि 'यार, आज रिकॉर्डिंग पूरी हो गई है।' और देखिए इसी बीच सुमन सरीन सुम्मी हो गई थी।

"हाँ-हाँ, मैंने इनकी कविताएँ पढ़ी हैं। हाल ही में आपकी एक कविता 'सारिका' में थी।"

" 'सारिका' में नहीं, 'साप्ताहिक हिन्दुस्तान' में।" मैंने तत्काल कहा।

"आपका फ़ोटो भी था, बहुत अच्छा था।" उसने मेरी बात पर ग़ौर नहीं किया। उन दिनों 'सारिका' शुद्ध कहानी की पत्रिका थी, फिर फ़ोटो वाली बात के पश्चात यह पूछने की हिम्मत नहीं रही कि क्या कविता आपने पढ़ी।

नीलाम्बर ने बातचीत ज़्यादा बढ़ने नहीं दी और बागडोर अपने हाथों में सँभाल ली। "सुम्मी, अगर देब्बू को सही रूप में देखना है, तो इसकी कविताएँ सुनो। ही इज़ ए जीनियस, आई टैल यू! मोस्ट प्रोमिज़िंग यंग पोएट!" वह मेरी ओर मुख़ातिब हुआ, "सुनाओ अपनी नई कविता!" उसने कुछ इस ढंग से कहा जैसे माँ-बाप अपने नये-नये स्कूल जाते बच्चे को 'इंट्रोड्यूस' करवाते समय उससे 'ट्विंकिल-ट्विंकिल' वाली अंग्रेज़ी पोएम सुनवाते हैं—'अच्छे बच्चे डैडी-की-बात-मानते हैं?' वाले अन्दाज़ में।

घटनाचक्र ने कुछ अप्रत्याशित मोड़ ले लिया। मैं कुछ घबराया-घबराया चुप ही रह गया। वास्तव में मैंने इधर कविताएँ लिखी ही नहीं थीं। यह ऐसा दौर था जब मैं लेखक के नाते अपनी विधा के सम्बन्ध में फ़ैसला करने के निर्णायक दौर में पहुँच गया था। मेरी समझ में आ गया था कि या तो आप कवि हैं या उपन्यासकार-कहानीकार। दोनों विधाओं में एक साथ रचना सम्भव नहीं है। विधा का चुनाव, मुझे लगा था, लेखक की रचनात्मक क्षमता और स्वभाव पर निर्भर है। मैंने अपना पहला उपन्यास लिखना शुरू कर दिया था और आदतन उसके पहले तीन चैप्टर नीलाम्बर को दिखला भी दिये थे। यद्यपि उसकी प्रतिक्रिया बहुत ही उत्साहवर्धक थी, फिर भी वह मेरे उपन्यासकार में बदलने से कोई बहुत ख़ुश नहीं था। उसका मानना था (न जाने क्यों) कि मैं मूल रूप से कवि हूँ और इसी विधा में मेरी प्रतिभा सही अभिव्यक्ति पाती है। पर कविता की बिम्बात्मकता, प्रतीकात्मकता, अमूर्तन और कोमलता से मैं तालमेल नहीं बैठा पा रहा था।

"इधर कुछ नहीं लिखा लगता है! उपन्यास में ही जुटे होंगे, क्यों?" उसने कोंचा।

"नहीं, ऐसी बात नहीं है। कुछ भी नहीं हो पा रहा है।" मैंने थोड़े दबे स्वर में कहा।

"आख़िर उपन्यास तो लिख ही रहे हो!" उसने पुलिसवालों की तरह जवाब-तलब शुरू कर दिया।

"नहीं, हफ़्ते में एकाध पेज भी बड़ी मुश्किल से लिख पाता हूँ!" मैंने स्वीकार कर लिया।

यह पूरी तरह झूठ भी नहीं था। दिल्ली आकर मैं कुछ 'रणि' जैसा गया था। हर शाम कहीं-न-कहीं कुछ-न-कुछ होता। कहीं आर्ट एग्ज़ीबिशन है तो कहीं ड्रामा,

कहीं गोष्ठी है तो कहीं पार्टी या फ़िल्म शो। और सांस्कृतिक दौड़ में पिछड़ न जाने के चक्कर में दिन इस तरह निकल जाता, जैसे किसी 'सुपर फास्ट ट्रेन' में बैठे हुए छोटा स्टेशन। इस तरह हर दिन मेरे लिए अजनबी और बेगाना होता जा रहा था जिसके बीच से मैं गुज़रता तो था, पर उसे पहचान नहीं पाता था।

"क्या उपन्यास लिखने वालों को कविताई की मनाही है या कविता से उपन्यास गड़बड़ा जाता है?" उसने व्यंग्य किया।

"हर रचना की अपनी ज़रूरतें हैं और सामान्यत: उन्हें ही पूरा करने में सारी शक्ति लग जाती है। इसके अलावा हर विधा की संरचना दूसरी से भिन्न है। इसलिए जल्दी ही इधर-उधर नहीं किया जा सकता।"

"नहीं, कविता तुम बदलाव के लिए भी लिख सकते हो, 'जस्ट फ़ॉर ए चेंज!' यह तुम्हें 'फ्रेश' कर देगी।" वह कुछ रुका, "यह तुम अचानक उपन्यास के पीछे क्यों पड़ गए हो?"

"अचानक नहीं!" मैं मुस्कराया, "बहुत सोचकर!"

"हम भी सुनें, आपने क्या सोचा?" उसने मज़ाक़ किया।

"मुझे ऐसा लगता है, यदि आज जीवन को उसकी सम्पूर्णता, समग्रता, विविधता और जटिलता में अपनी पूरी तार्किकता के साथ पकड़ना है, तो ऐसी विधा को अपनाना होगा जो ज़्यादा लचीली हो और कम संवेदनात्मक गहनता की माँग करती हो।"

"क्या कविता यह काम नहीं कर रही है? ईलियट, नरूदा, ऑडन की कविता इसका प्रमाण है कि कविता सार्वकालिक है।"

"नहीं, ये सब कवि जीवन को सिर्फ़ टुकड़ों में पकड़ते हैं। जो काम एक 'वार एंड पीस', 'यूलिसिस' या 'ट्रायल' करता है, वह काम पूरे एक दौर की कविता करती है। कविता एक विधा के रूप में पुरानी पड़ गई है और इसको प्रासंगिक बनाने का हर प्रयत्न इसे और भी अधिक जटिल, 'कंफ़्यूज़िंग' और निरीह बना देता है। यह अचानक नहीं है कि सारी तथाकथित आधुनिक कविता एकालाप है।"

"तुम्हारा दिमाग़ ख़राब हो गया है!" नीलाम्बर ने बिगड़कर कहा, "मुझे नहीं पता था, तुम कुतर्क करने में इतने माहिर हो गए हो!"

"जैसा कि डी.एच. लारेंस ने कहा है, 'उपन्यासकार संत, वैज्ञानिक, दार्शनिक और कवि—सबसे बड़ा है। यह ठीक है कि ये सब लोग मानव-जीवन के विभिन्न अंशों के महान चितेरे हैं पर सम्पूर्ण को कभी भी नहीं पकड़ पाते। सिर्फ़ उपन्यास ही में सारे पक्षों को अभिव्यक्ति मिलती है। उपन्यासकार होने के नाते मैं अपने को इन सबसे बड़ा समझता हूँ।' "

"इतना दंभ! लारेंस फ़ॉसिस्ट था। तुम भी उसी की तरह पागल हो जाओगे।" और वह चुप हो गया।

मुझे लगा, कुछ अति हो गई है। नीलाम्बर और मेरे सम्बन्ध पूरी तरह सामन्ती थे। मुझे प्रश्न करने की तो छूट थी, पर तर्क करने की नहीं, और मैंने यही भूल कर दी थी।

"छोड़िए भी ये बातें! मेरी समझ में तो आप लोगों की ये हिन्दी नहीं आ रही है। आप अपनी कविता सुनाइए!" सुमन ने स्थिति को सहज बनाने के लिए आग्रह किया।

"वह कविता सुनाओ, जो तुमने मुझे पिछली बार दिखलाई थी।" नीलाम्बर ने अपने को नियंत्रित कर लिया था।

सौभाग्य समझिए कि नोटबुक थैले में ही थी, वरना उस दिन कविता न सुनाना अवज्ञा और गुरु-द्रोह हो जाता। नीलाम्बर का जिस तरह का मूड हो चुका था, ऐसे में वह नहीं मानता कि मैं इसलिए नहीं सुना रहा हूँ कि कविताएँ मुझे याद नहीं रहती हैं। पर नीलाम्बर ने जिस कविता को सुनने की माँग की थी, उसने मुझे बहुत ही असमंजस में डाल दिया था—ख़ासतौर पर सुमन, उर्फ़ सुम्मी के कारण।

सुमन शायद मेरी बच्चों की-सी घबराहट ताड़ गई, बोली, "अरे सुनाइए भी, हम कोई क्रिटिक थोड़े ही हैं!"

नीलाम्बर ने सिगरेट सुलगा ली थी और वह पूरी तरह कविता सुनने की मुद्रा में आ गया था।

मैंने अभी भी थैले को हाथ नहीं लगाया था और किसी अप्रत्याशित मदद की आशा में कुछ और इन्तज़ार कर रहा था कि सुमन ने कहा, "अरे! आप तो बहुत शरमाते हैं। अच्छा लीजिए, मैं उधर को मुँह कर लेती हूँ।" और वाक़ई उसने मुँह मोड़ लिया।

"पहाड़ी है ना!" नीलाम्बर ने कुछ चिढ़े अन्दाज़ में कहा।

अधिक टालमटोल नहीं चलेगी, जानकर मैंने धीरे-धीरे नोटबुक निकाली और पढ़ना शुरू कर दिया :

मुझ जैसे कुछ और भी
लोग खड़े हो जाते हैं
आकर नव-कला-वीथी में
(बहुत सारे अजनबियों के बीच)
मैं शेरगिल के चित्रों में
अपने को जड़ा पाता हूँ
और हुसेन की नीली लड़की
भी मैं हूँ।
और हूँ
छाता, लालटेन बुझी हुई।
ओडियन की दीवार पर

टुकड़े-टुकड़े कर
जड़ दिया है मुझे
गुज़राल ने
और मैं देखता हूँ
सामने
आँख दबाए सोफ़िया।
जुड़ नहीं सकता
पचास करोड़ को जन्म देनेवाली
अधनंगी औरत का स्तन।
चीख़ने दो। चीख़ना ही नियति है
मेरी और इस औरत की।

"बहुत बढ़िया! बहुत बढ़िया!" दोनों ने लगभग एक साथ कहा।

"देखा, सुम्मी तुमने!" नीलाम्बर कहने लगा, "क्या इमेजरी है! ऐसा 'एलियनेशन' किसी और कविता में देखा है, आई मीन हाल की हिन्दी कविता में? कितने थोड़े शब्दों में पूरे देश की स्थिति को पकड़ा है! और इस हरामी को देखो, अब कविता नहीं लिखना चाहता। कहता है, कविता की अभिव्यक्ति की सीमा बहुत संकीर्ण है। प्यारे, एक अकेली कविता ने वे काम किये हैं, जो ढेर पोथे नहीं कर पाए—इतिहास इसका साक्षी है।" यद्यपि पहले नीलाम्बर चुप हो गया था, पर उसने मेरी बात को स्वीकारा नहीं था। और जो बचा था, वह कहता जा रहा था—

"कविता मानवीय पीड़ा, हताशा, सुख, आह्लाद, वात्सल्य, प्रेम, घृणा, दर्द, आशा, आकांक्षा और संघर्ष व साहस को अभिव्यक्ति देने का सबसे प्रभावशाली, गहन और मितव्ययी माध्यम है। सबसे ज़्यादा प्रभावशाली विद्या.... ।"

वह और भी बहुत कुछ कहता—मेरी एक-एक अवधारणा और तर्क की धज्जियाँ उड़ाता हुआ कि कविता क्या है, जीवन क्या है, साहित्य क्या है और क्या होना चाहिए और कविता और गल्प में मूल अन्तर कहाँ है, लेकिन तब तक रेस्तराँ बन्द हो रहा था। नाटक का समय हो चुका था।

पर्दा उठने के साथ ही मैं नाटक में डूब गया। उन दिनों यह नाटक इतना चर्चित था कि आधुनिक होने के लिए 'आधे-अधूरे' और राकेश की रचना-प्रक्रिया पर चर्चा आवश्यक थी। इसलिए मैं व्यक्तिगत रूप से नाटक को पूरी बारीक़ी से देखना चाहता था। इसके अलावा नाटकों ने चूँकि हिन्दी लेखन को एक नया क्षेत्र दिखला दिया था जिससे यदि पैसे की दृष्टि से नहीं भी कहा जाए, तो प्रसिद्धि की दृष्टि से रातोंरात सफल हुआ जा सकता था। नीलाम्बर का उदाहरण सामने था, उसने कुल

दो नाटक लिखे थे और उसके दूसरे नाटक 'आपने मेरे बारे में सुना है' ने तो उसे दिल्ली नाट्य जगत की एक हस्ती ही बना दिया था। एक लेखक के रूप में इससे बड़ी महत्त्वाकांक्षा और क्या हो सकती है! इसलिए मैं भी अन्य लेखकों की तरह नाटक का एक ज़बरदस्त प्लाट—स्पष्ट तौर पर जो 'वेटिंग फ़ॉर गोदो' की परम्परा में था—और लिखने की बलवती इच्छा लिए घूम रहा था और अक्सर अकेले में सोचा करता था कि त्रिवेणी थियेटर गार्डन के बाद मेरा नाटक जिसका नाम मैं तय नहीं कर पाया था—सीधे आफ़ ब्राडवे में होगा।

नीलाम्बर आदतन मुझसे कह चुका था, "नाटक लिखो! यह क्षेत्र अधूरा है और कविता-कहानी से पैसा भी ज़्यादा है। अगर नाटक सफल रहा, न होने का कोई मतलब भी नहीं है...तो समझो दो-तीन हज़ार तो आसानी से पीट देगा।"

दो-तीन हज़ार! मैं मुग्ध रह गया था। यह आठवें दशक की अपूर्व महँगाई से ज़रा पहले की बातें हैं। उन दिनों मूल्य सूचकांक 20 प्रतिशत की दर से नहीं बढ़ा करता था। नये लोग इसे नहीं समझ पाएँगे। यह इतिहास है। आज के लेखकों को क्या पता कि तब व्यावसायिक पत्रिकाएँ कविता के दस रुपये देती थीं। 'दुनिया का सबसे बड़ा हिन्दी दैनिक' एक लेख के पच्चीस से तीस रुपये देता था। इस सन्दर्भ में सोचिए, दो हज़ार का उन दिनों क्या अर्थ होता था! यह आँकड़ा ही अपने-आप में रोमांचित कर देने वाला था। मैं बेचैन हो चुका था और किसी तरह उपन्यास ख़त्म कर नाटक को हाथ में लेना चाहता था।

नीलाम्बर की सलाह पर मैं अमल भी करने लगा था और उसकी दी हुई 'टिप्स' की कुतुबनुमा के सहारे मैंने ओ. हेनरी की एक कहानी का ही नाट्यरूपान्तर नहीं किया था, बल्कि सफ़ाई से उसे अपनी, जी हाँ मौलिक विषय-वस्तु बनाकर, प्रस्तुत कर दिया था और किसी तरह रेडियो को भेजने की सोच रहा था। नीलाम्बर का कहना था कुछ आवश्यक 'चेंज' के बाद उसे टी.वी. में भी दिया जा सकता था। इसके अलावा नीलाम्बर मुझे लगातार पढ़ने को भी मजबूर कर रहा था और इस दो हज़ार की प्रत्याशा के चलते मैंने इब्सन, एल्बर्ट एल्बी, बैकेट, ईलियट, पिंटर जैसे कठिन नाटककार भी पढ़ डाले थे, जो अक्सर ही मेरी समझ से बिलकुल परे हो जाते थे। इस सारी उठापटक के बावजूद मेरा पहला नाटक आज भी अधूरा पड़ा है, पर यह सब बाद में...।

कुछ भी हो, नाटक दिलचस्प था। ओम शिवपुरी का 'ट्रिपल रोल'—क्या बात है, मैं सोच रहा था। मैं अपने नाटक की हीरोइन के ट्रिपल रोल की सम्भावनाओं पर विभिन्न कोणों से विचार ही नहीं करता जा रहा था, बल्कि साथ-ही-साथ दिमाग़ी नोट्स भी तैयार कर रहा था।

प्रारम्भ में सुमन और नीलाम्बर बीच-बीच में नाटक को लेकर कुछ-न-कुछ चर्चा करते रहे। एकाध बार नीलाम्बर ने मुझे भी कुछ समझाया था, पर ज़्यादातर वे

आपस में ही व्यस्त रहे कि ऋचा की जगह अगर आशा होती या दिनेश ठाकुर की जगह बलराम होता, तो मज़ा आ जाता। लाइटिंग यों होनी चाहिए थी। सुधा शिवपुरी की आवाज़ बहुत 'हाई पिच्ड' है, आदि। कुल मिलाकर मेरे लिए वे कुछ ज़्यादा ही टेक्निकल बातें थीं क्योंकि 'डायलॉग डिलीवरी' व 'लाइटिंग' की बारीकियों का मुझे कोई पता नहीं था, पर धीरे-धीरे उनकी बातचीत कम होती गई और अन्ततः बिलकुल थम गई। मुझे बहुत आराम मिला।

ठंड कुछ बढ़-सी गई थी। सुमन ने शाल ओढ़ ली थी। मैं भी हलकी झुरझुरी महसूस करने लगा था। नवम्बर में दिल्ली में रात को हाफ़ स्लीव्ज का स्वेटर पहनना 'एडवेंचरिज़्म' टाइप की ही कोई चीज़ मानी जाएगी। पर तब तक मैं जवान था।

नाटक फिर मोड़ ले रहा था, मैं ठंड भूल-सा गया।

अचानक लगा, नीलाम्बर और मेरी गद्दी के बीच घास आ गई है। वह सुमन के शाल में हिस्सेदारी कर रहा था। वे सबसे बेख़बर थे। मुझे यह हरकत कुछ नागवार लगी। मैं कुछ और दूर सरककर नाटक में रमने की कोशिश करने लगा। अभी 'दूसरा आदमी' ही चल रहा था। मैं उनकी ओर नहीं देखना चाहता था, पर ध्यान गड़बड़ा गया था।

ठंड बहुत तेज़ महसूस होने लगी थी। जवान होने के बावजूद 'एडवेंचर' की भी हद होती है, मैं सोच रहा था कि तभी स्टेज पर रोशनियाँ बुझने लगीं। पर्दा गिरा और बाहर उजाला हो गया।

बावजूद इसके कि सुमन ने बिजली की तेज़ी से नीलाम्बर के कन्धे से शाल खींचकर अपने चारों ओर लपेट ली थी, न चाहते हुए भी मेरी आँखें उसकी शर्ट के खुले पल्लुओं से जा टकराईं। एकदम अँधेरे से उजाले में पटक दी गई आँखें ज़्यादा कुछ देख नहीं पाई थीं, फिर भी मैं दहल गया। अभी तक चौंधियाई आँखों को मैंने हड़बड़ाहट में घुमाया। कई जाने-पहचाने चेहरे थे—लेखक, पत्रकार, समीक्षक और टॉप इंटलैक्चुअल जो नाटक-दर-नाटक मिलते जाते हैं। वही ख़ूबसूरत लड़कियाँ स्लैक्स या प्यारे सिल्क की साड़ियों से सजीं और कोल्हापुरी चप्पलें चरमरातीं हर जाने-माने कलाकार और महत्त्वपूर्ण व्यक्ति के आगे या साथ चलतीं, आपको भी जीवन में आगे बढ़ने के लिए ललचातीं। संस्कृति और सौन्दर्य की ऐसी रेल-पेल में भी अकेले होने की दर्दनाक प्रतीति के बावजूद कितना अच्छा लगता है यह आश्वासन कि आप भी कोई सामान्य नहीं हैं—लेखक हैं बुद्धिजीवी हैं—और आपके मनोरंजन का एकमात्र माध्यम हॉलीवुड और बम्बइया फ़िल्में नहीं हैं। मंडी हाउस के आसपास घूमते हुए मुझे आज भी उस तरह का आत्म-विश्वास और सन्तोष रहता है, जिस तरह का अक्सर नस्ली कुत्तों में में अपने मालिक के अहाते में चौकीदारी करते हुए होता है।

सुमन अपना पर्स नीलाम्बर को सौंपकर टॉयलेट चली गई थी।

कैसी भयानक हिम्मत है इस लड़की में! मैं फिर से उसके बारे में सोचने लगा था, कि नीलाम्बर ने पूछा, "कैसा लग रहा है?"

"अच्छा है! बढ़िया!" बोलने में मैं सहज नहीं रह पा रहा था। सारी तंत्रिका-तंत्र में शर्ट टोलों की तरह जल-बुझ रही थी। फिर भी मैंने सप्रयत्न खँखार कर गला साफ़ किया, "एक्टिंग के लिहाज़ से ज़बरदस्त है!"

यह बात मुझे बचकानी लगी, पर कुछ बोला तो—यह सोचकर सन्तोष हुआ।

वह दोनों हाथ पीछे घास में टिकाए और दाएँ पैर को बाईं रान पर रखे बहुत ही 'रिलैक्स्ड' मूड में बैठा था। वह मुस्कराया 'अभी-तुमने-देखा-ही-क्या-है' वाले अन्दाज़ में।

"पूरा देख लूँ, फिर राय दे पाऊँगा!" उसकी बहुत ही मुखर मुस्कराहट की प्रतिक्रिया-स्वरूप मैंने कहा।

"नहीं, नाटक अच्छा है!" उसके लिए मेरी राय की क़ीमत नहीं थी, "स्टेज भी अच्छा हुआ है।" उसने अन्तिम बात कहकर मेरे लिए कोई गुंजाइश नहीं छोड़ी।

सुमन बाथरूम से लौट आई थी।

"मेरा पर्स!" उसने खड़े-खड़े ही पूछा।

नीलाम्बर ने मेरे और अपने बीच रखा पर्स उसे पकड़ा दिया। अपनी जगह पर बैठकर सुमन ने मुझसे बचाते हुए कोई काली-सी चीज़ जिसे वह बाथरूम से लाई थी, पर्स में डाल दी।

"आओ, चाय पिएँ!" नीलाम्बर उठ गया। मैं भी उसके पीछे उठा और पर्स को बाएँ कन्धे पर लटकाते हुए सबसे अन्त में सुमन उठी।

"तुम क्या लोगी, सुम्मी?" नीलाम्बर ने पूछा।

क्या रहा होगा वह काला-सा, मेरा ध्यान अभी भी लगातार सुमन के आसपास ही मँडरा रहा था।

"कोक!" सुमन कह रही थी।

मैं पिछड़ गया था।

"तुम क्या लोगे देब्बू!" उसने स्टाल की भीड़ में शामिल होने से पहले रुककर पूछा, "चाय या कॉफ़ी!"

"चाय!" मैंने कहा।

"श्योर! वैसे कॉफ़ी अच्छी रहेगी!" उसने कहा।

"ठीक है, कॉफ़ी ही चलेगी!" मेरी स्वीकृति के लिए पूरी तरह रुके बिना ही वह भीड़ में शामिल हो गया था।

"बोर तो नहीं हो रहे हैं, आप!" सुमन ने पूछा। मेरी समझ में नहीं आया, यह उसने सिर्फ़ बात करने की गर्ज़ से पूछा है अथवा शरारती बच्चे के-से छेड़ने वाले अन्दाज़ में।

"जी नहीं, बहुत अच्छा नाटक है।" मैंने विनम्र होकर कहा। बहुत सम्भव है, मैंने थोड़ा सिर भी झुकाया हो।

"ऐ कोक!" नीलाम्बर की हाँक ने बातचीत का सिलसिला चलने ही नहीं दिया।

मैंने लपककर बोतल थाम ली। फिर उसने कॉफ़ी के कप पकड़ाए और ख़ुद भी साथ में आ खड़ा हुआ।

कॉफ़ी चालू क़िस्म की थी, पर गर्म होने के कारण बुरी नहीं लग रही थी।

"कैसी है?" सुमन ने कोक की दो घूँट के बाद पूछा।

"हैव ए सिप!" नीलाम्बर ने प्याला आगे बढ़ाया।

सुमन ने हाथ बढ़ाने की जगह मुँह बढ़ाया। नीलाम्बर थोड़ा उसकी ओर झुका, कप उसके मुँह से लगा दिया। सुमन ने एक घूँट भरा, "उई, इट्स टू हॉट!" वह चहकी।

मैं मूर्ख की तरह आँखें फाड़े देखता रहा। इस प्रसंग ने मुझे इस तरह गुदगुदा और हतप्रभ कर दिया था, जिस तरह कोई फ़िल्मी दृश्य—अपनी ज़िन्दगी से अलग, बहुत दूर की चीज़—आपके आगे अचानक यथावत घट जाए।

घंटियाँ बजीं। बाहर अँधेरा हुआ और मंचवाला नाटक फिर शुरू हुआ। अब मेरा मन बिलकुल भ्रमित हो गया था—अस्थिर भटकने लगा। नाटक 'विलिंग सस्पैंशन ऑफ़ डिसबिलीफ़' है। ज़िन्दगी की विश्वसनीय नक़ल। पर यहाँ ज़िन्दगी और नाटक का अन्तर, कम-से-कम तब, मेरे लिए गड़बड़ा गया था। कौन किसकी नक़ल कर रहा था, समझ नहीं आ रहा था।

सुमन ने फिर से अपने शाल से नीलाम्बर को भी ढक लिया था। मैं शायद उन्हें देख रहा था। वह मुस्कराई थी, "ठंड तो नहीं लग रही?"

"नहीं, नहीं, नहीं...!" मैं इस तरह घबराया, जैसे चोर।

वह ज़ोर से हँसी। मंच पर 'तीसरा पुरुष' आ गया था। वह क्या कह रहा था, मैंने सुनने की कोशिश करनी चाही।

सुमन की आवाज़ फिर सुनाई दी, "ठंड से बचना है, तो किसी-न-किसी को साथ रखिए...!" और वह मुँह दबाकर फिर हँसी।

"अन्यथा पूरे कपड़े पहनकर आया करिए...!" नीलाम्बर ने बात पूरी की और सुमन को चुप रहने का इशारा।

हम सब नाटक देखने लगे। क्या हो रहा था, समझ नहीं आया। शाल की तपिश मैं भी महसूस करने लगा था। मैं फिर सोचने लगा, सुमन बाथरूम से क्या लाई होगी? और सोचता गया।

नाटक चलता रहा। अचानक लगा, शाल ऐसे काँप रही है जैसे आँधी में छोलदारी।

समझ में आ गया, सुमन बाथरूम से क्या लाई थी—ब्रेसरी।

‘कल्चर वाले लोग’

मैं लगभग सारे रास्ते चुप रहा। हम सुमन को छोड़ने जा रहे थे। रात मुझे नीलाम्बर के साथ ही रहना था।

“इतनी रात जमुना-पार!” मैंने जब इजाज़त चाही थी, सुमन ने आश्चर्य और आतंक, जिसमें जमुना-पार के प्रति अपरोक्ष घृणा थी, एक साथ प्रकट कर दी थी।

रही-सही कसर नीलाम्बर ने पूरी कर दी, “क्यों, क्या बच्चे रो रहे हैं, वहाँ? आज हमारे साथ रह लो, वहाँ तो रोज़ ही जाते हो।”

इसके बाद फिर से जाने की बात करने की मैं हिम्मत नहीं कर पाया था।

नाटक ख़त्म होते ही मैं उन लोगों का साथ छोड़ देना चाहता था। दिन-भर की थकान के कारण दिली इच्छा थी कि किसी तरह कमरे में पहुँचूँ और पसर जाऊँ। इसके अलावा एक और कारण भी था। उनके साथ चलते हुए ऐसा लग रहा था, मानो सारी दुनिया आपकी ओर देख रही हो, जो मेरे लिए बहुत ही असुविधाजनक ख़याल साबित हो रहा था। मैं जान-बूझकर पीछे छूट जाता था और बाहर भी तब तक खड़ा होना पड़ा, किसी अजनबी की तरह अलग ही खड़ा रहा, बिना गर्दन उठाए।

सुमन ने ख़ुद एक स्कूटर-रिक्शा से तीन सवारी की बात तय की थी। और अब मैं भी दक्षिणी उर्फ़ ‘साउथ डैल्ही’ की ओर जा रहा था।

ठंड काफ़ी बढ़ गई थी। स्कूटर के चलने से हवा चुभने लगी थी, पर मैं दो की सीट पर तीन के बैठे होने से ज़्यादा त्रस्त था। जहाँ तक जगह का सवाल था, मेरे लिए कमी नहीं थी। वे ‘एक दूजे में खो जाएँ’ वाली ‘स्टाइल’ में बैठे हुए थे और इतने मशगूल थे कि मैं लगभग अस्तित्वहीन हो गया था।

सुमन से उठती यूरोपीय महक नवम्बर की उस अनावश्यक ठंडी हवा में मिल, सारे रास्ते किसी तेज़ नशे की तरह, नथुनों से होती हुई मेरे पोर-पोर में समाती रही। इस गंध और घटनाओं से मैं कुछ इस क़दर उद्वेलित था कि ठंड ने असर ही नहीं किया। मैं सोचता जा रहा था, यह क्या तरीक़ा है! क्या एक ज़िम्मेदार लेखक को यह शोभा देता है? कलाकार होने का अर्थ बेहूदगी पर उतर आना है, सारी मर्यादाओं को भूल जाना है?

इसके साथ ही नीलाम्बर के तर्क भी मेरे दिमाग़ में घूम रहे थे। उसका मानना था कि साहित्य समाज के बन्धनों को तोड़ता है। वह नये मूल्य और मानदंड स्थापित करता

है। समाज व्यक्ति की स्वतंत्रता और विकास में चूँकि बाधक है, इसलिए हम उसके नियम नहीं मानते। प्रमाण के तौर पर वह कई कविताएँ सुना सकता है—गिन्सबर्ग से लेकर राजकमल चौधरी और अपनी तक। साहित्य महान है, उसका रचयिता महान है, इसलिए किसी भी तथाकथित सामाजिक नियम से परे है।

ठीक है! कला और कलाकारों को लेकर सम्भवत: ठीक ही होगा। इसके बावजूद मेरे लिए यह सब, पचा पाना आसान नहीं हो रहा था। मैं उनके 'विद्रोह' की सार्थकता के बारे में, सामाजिक या वैयक्तिक कोई भी, सन्तोषजनक उत्तर नहीं खोज पा रहा था।

क्या है यह लड़की! हर अनुभव, हर अनुभूति और हर संवेदना को शुद्ध ऐन्द्रिक स्तर पर भोग लेना चाहने वाली! प्रेम को ऐन्द्रिक स्तर पर कब तक खींचा जा सकता है? इससे तो हर बार एक नई सनसनी की आवश्यकता होगी और तब सम्भवत: आज के ऐन्द्रिक सुख प्रदान करने वाले स्रोत या तो सूख जाएँगे, नहीं तो बासी तो पड़ ही जाएँगे। जीवन ऐन्द्रिक सुख से आगे भी कुछ है या नहीं?

मैं अचानक दार्शनिक हो उठा था और उनके व्यवहार को बहुत ही अमूर्त नैतिक मानदंडों से व्याख्यायित करने में लगा था (फ्रॉयडीय अवधारणाओं और भारतीय नैतिक मूल्यों का इससे बेहतर समन्वय फिर कभी भविष्य में भी मैं अपने पात्रों के पक्ष में नहीं कर पाया।), जबकि वे स्पर्श-सुख के क्षणों को उनके सूक्ष्मतम अंशों में भोग रहे थे।

इस दार्शनिकता के पीछे—हर हिन्दू अन्तत: दार्शनिक होता है, जो अपने शोषण से लेकर पराये के शोषण तक को तार्किक संगति प्रदान कर देता है—मेरी (अभाव की) सांस्कृतिक पृष्ठभूमि थी, जहाँ लड़की के साथ बात करना भी अनैतिकता के मोहल्ले में घुस जाना था, उसके शरीर को छूना साफ़ पतन!

फिर मैं सोचने लगा, यह कौन-सा इससे शादी करने जा रहा है? जहाँ तक मौज मारने का सवाल है, क्या बुराई है! खींच लेने दो! वैसे भी वे दोनों, नीलाम्बर की सारी किताब आधुनिकता (उस समय वह काफ़ी अंशों तक व्यवहार में परिणत नज़र आ रही थी) के बावजूद मुझे जीवन के प्रति अपने दृष्टिकोण में ही अलग-अलग नहीं नज़र आ रहे थे, बल्कि समाज के दो ऐसे वर्गों के लग रहे थे जिनके बीच का अन्तर जोकि कभी कम नहीं हो पाता, पर उनमें सामान्य स्तर पर सम्बन्धों के स्थापित हो पाने की एक अमूर्त सम्भावना नज़र आती रहती है। इस तर्क ने कि दोनों ही इतने मूर्ख नहीं हैं कि विवाह जैसे ग़लत लक्ष्य के बारे में चिन्तित हों, अन्तत: सारे द्वन्द्व की सघनता को तात्कालिक रूप से हलका कर दिया।

पर इस सारे प्रसंग में मुझे नीलाम्बर की तेज़ी से 'रंग बदल' लेने की अद्भुत क्षमता पर आश्चर्य हो रहा था। मैं होता, तो क्या इतनी फुर्ती और सहजता से यह सब कर पाता? पर शायद मुझमें और नीलाम्बर में मूल अन्तर हमारी दृष्टि का था। मैं

अपने सारे लेखकीय दावों के बावजूद अन्दर कहीं कट्टर 'प्यूरिटन' और परम्परावादी था, जिसके लिए संस्कारों को तोड़ना महायुद्ध जीतना होता है, और वह अपने सारे तौर-तरीक़ों, 'एप्रोच' में आधुनिक और प्रगतिशील था। इसलिए मैं इस निर्णय पर पहुँचा कि अगर कल को कुछ अप्रत्याशित होता भी है, तो यह प्रसंग भी उस पर कोई दूरगामी प्रतिकूल भावनात्मक असर नहीं छोड़ेगा। ऐसा तब तक हुआ भी नहीं था। मेरे देखते-देखते दो 'प्रेम' (या चाहें, तो मित्रता कह लें) उसने लखनऊ में ही किये थे और दिल्ली में तीन-चार साल के भीतर उसका यह दूसरा प्रसंग था। पहले के बारे में वह मुझे लिखा करता था। लेकिन जब मैं दिल्ली पहुँचा तब वह पहले प्रसंग की असफलता के तूफ़ान से गुज़र रहा था। मुझे लगा था, नीलाम्बर को उस 'बेवफ़ा दिल्ली वाली' से वास्तविक प्रेम रहा था अन्यथा वह इतना दयनीय और टूटा हुआ नज़र न आता। मेरे विश्वास के पीछे और भी कारण थे। इसमें सबसे बड़ा यह था कि उस 'असफल प्रसंग' के पश्चात् (जब नीलाम्बर ने कई प्रेम-कविताएँ लिखी थीं।) आगामी तीन वर्ष तक 'प्रेम-फ्रंट' पर उसने कुछ भी नहीं किया। तीन-वर्षीय अन्तराल के बाद, यह नया सम्बन्ध शुरू हुआ था और शायद इसीलिए इतना गहन और तीव्र था, पहाड़ी नाले की तरह, हर रोक और सीमा के प्रति आँख मूँदे।

मुझे शक नहीं था कि अपनी अदम्य काम-शक्ति या 'लिबिडो' के कारण नीलाम्बर के लिए बहुत देर तक औरत और रचना से अलग रह पाना सम्भव नहीं है। वह अपनी ऊर्जा या तो रचनाओं के ज़रिये 'एग्ज़ास्ट' करता है या औरतों के साथ। बल्कि एक हद तक वे एक-दूसरे के पूरक थे। इसलिए मैं 'शारीरिक स्तर' पर औरतों से 'इन्वॉल्व' होना उसकी रचनात्मकता को बनाए रखने के लिए लगभग एक ज़रूरत के रूप में स्वीकार किये हुए था। पर जहाँ तक सुमन का सवाल था, उसे देखकर ही मुझे आतंक हो रहा था। वह मुझे एक ख़ूबसूरत बघेरन-सी लग रही थी—जिसका शारीरिक आकर्षण हर अनजान के लिए सांघातिक हो सकता था। इस 'शरीर' के सामने रहते नीलाम्बर के लिए सृजनात्मक संघर्ष को चालू रख पाना सम्भव न हो पाए। यह अपने-आप में ही साधन और साध्य दोनों हो जाएगी। और यही मेरी चिन्ता थी या नीलाम्बर के प्रति भीतर कहीं किसी सुप्त कोटर में दबी अपनी ईर्ष्या को मैंने यह रूप दिया था। यह असम्भव नहीं है कि उन दोनों के सम्बन्धों को लेकर मेरे भीतर चलनेवाला यह धाराप्रवाह द्वन्द्व मूलत: लड़कियों को न रिझा पाने की कमज़ोरी के कारण रहा हो, फिर भी मैं यह कहने से नहीं चूकना चाहता कि मुझे उसी दिन लग रहा था कि इस लड़की को सदा सन्तुष्ट रख पाना नीलाम्बर क्या, किसी के लिए भी सम्भव नहीं हो सकता, क्योंकि नीलाम्बर लेखक है, इसलिए सिर्फ़ शारीरिक या भौतिक स्तर पर ही जीता नहीं रह सकता और इस लड़की की अदम्य और अपार ऐन्द्रिक और भौतिक कामनाओं के थमने या कभी घटने की कोई सम्भावना नहीं है। वैसे यह भी हो सकता है कि नीलाम्बर उसकी

काम-शक्ति को मोड़कर कुछ अंशों तक रचनात्मक कार्यों में लगा सके, जैसा कि मुझे बताया गया था कि वह नाटकों में भाग लेती है, पर उस समय ऐसे कोई लक्षण नहीं थे। उलटा उसे हर हालत में पा लेने की इच्छा के वशीभूत नीलाम्बर स्वयं उसके स्तर पर उतर रहा था।

मूलचन्द का चौराहा पार कर हम विक्रम होटल से आगे निकल चुके थे। सड़कें हल्के-से कोहरे के बावजूद फ्लोरोसेंट ट्यूबों की सुव्यवस्थित क़तार में 'रात के हाथों में दिन की मोहिनी तसवीर-सी' वाली अदा में जगमगा रही थीं। और तसवीर यथार्थ से सदा ज़्यादा ख़ूबसूरत और रोमांटिक होती है। स्कूटर ज़रा तेज़ी से एक बार बाईं ओर, फिर दाईं और मुड़ने के बाद ग्रेटर कैलाश में प्रवेश कर गया था। दोनों ओर बनी-अधबनी कोठियों का सिलसिला शुरू हो चुका था। उन्होंने कुछ अप्रत्याशित ढंग से ठीक होंठों का चुम्बन लिया...तत्काल अनदेखा कर मैं कोठियों की भव्यता का अनुमान लगाने की कोशिश करने लगा।

"यहीं रोकना, अगले मोड़ पर!" नीलाम्बर ने कहा।

वे दोनों उतरकर चार-पाँच मिनट बात करते रहे। मैं बैठा ही रहा। सुमन ने 'बाय' कहा और इससे पहले कि मैं समझ पाता कि यह 'बाय' मेरे लिए भी था, वह चली गई। मेरा हाथ आधा उठा और वापस लौट गया।

लौटते हुए नीलाम्बर बहुत ख़ुश था...अभिभूत। सामान्य तौर पर फ़ालतू बोलने से बचनेवाला नीलाम्बर उस दिन रास्ते भर बोलता ही रहा।

"जहाँ वह उतरी, उससे थोड़ा आगे इनकी कोठी है," वह मुझे समझा रहा था, "पैसे वाले लोग हैं।"

जिस तरह की कोठियाँ मैंने देखी थीं उसके बाद इसमें शक की गुंजाइश भी नहीं थी।

"क्या काम है इनका?" मैंने पूछा।

"मोटर पार्ट्स का बिज़नेस है। करोलबाग में दुकान है। अब प्रोडक्शन भी शुरू कर दिया है। ओखला में कारख़ाना है। यहाँ मार्केट में भी एक बुटिक खोला है।" वह मुझे सब-कुछ बतला देना चाहता था, "सबसे बड़ी बात यह है कि 1947 के बाद 'ईज़ी मनी' वाले 'न्यू रिच' नहीं हैं। 'दे आर नॉट अपस्टार्ट्स'! इनके दादा का लाहौर में बड़ा बिजनेस था। कल्चर्ड लोग हैं। सुमन ने मिरांडा से ग्रेजुएशन किया है, अब एन.एस.डी. में थर्ड ईयर में है।"

मेरे दिमाग़ में कुछ मूल बातें पूछने का विचार घूम रहा था कि इसके साथ तुम कैसे लौंडों का-सा व्यवहार करने लग जाते हो, पर उसके मूड को देखकर हिम्मत नहीं हुई।

"कैसी लगी लड़की?" मेरी चुप्पी उसे अच्छी नहीं लगी।

समझ में नहीं आया, क्या कहूँ। नीलाम्बर की आँखें मेरे चेहरे से विचारों की टोह ले रही थीं। रात के सन्नाटे में भागे जा रहे थ्री-व्हीलर के अन्दर आती-जाती स्ट्रीट-लाइट की चमक में उसकी बच्चों की-सी उत्सुकता व उत्साह से चमकती आँखों और कामुकता से अभी भी दैदीप्त चेहरे को, मैं कभी भुला नहीं पाया हूँ।

"अच्छी लड़की है!" मैंने भरसक उत्साह दिखलाते हुए कहा।

"अच्छी, बस!" नीलाम्बर को सन्तोष नहीं हुआ और अचानक ही मैंने उसकी आवाज़ में एक अजीब क़िस्म का ऐसा कम्पन महसूस किया, जो अक्सर किसी नशे की मादकता के बाद हो जाता है। वह मुस्करा रहा था—सम्भवतः मेरे सौन्दर्य के प्रति ठंडे 'रिस्पांस' पर। वह शायद इसे मेरी शालीनता भी मान बैठा हो, क्योंकि उसकी मित्र का सम्मान करना मेरा फ़र्ज़ था।

"बहुत अच्छी है...!" मैंने थोड़ा अटकते हुए कहा और फिर अपनी बात को स्पष्ट किया, "असल में अभी-अभी परिचय हुआ है, इसलिए ज़्यादा कुछ कह पाने की स्थिति नहीं है। पर इतना तो कह सकता हूँ कि बहुत सुन्दर और ख़ुश-मिज़ाज है।"

नीलाम्बर इससे ज़्यादा शायद मुझसे उम्मीद करता भी नहीं था। वह मेरे स्वभाव से परिचित था, जिसके चलते मैं बुरी चीज़ को भी अच्छा और बहुत अच्छी चीज़ को भी सिर्फ़ अच्छा ही कहा करता था। मैंने इतना कहकर भी परम्परा तोड़ दी थी।

"हूँ!" उसने प्रसन्नता में काफ़ी देर तक अपनी गर्दन हिलाई, "आख़िर लेखक हो! तुम्हारी पकड़ कोई सामान्य थोड़े ही है!" यह मेरे लिए 'कम्पलीमेंट' था। "लेखक मानव प्रकृति का अध्येता होता है...पारखी, इसलिए यह मत कहो कि एक ही बार मिला हूँ।"

मैं चुप था, पर प्रसन्न!

"जल्दी ही कहीं बैठेंगे," वह फिर कहने लगा था, "तब विस्तार से बातें हो पाएँगी। तुम देखना, लड़की कितनी 'शार्प' है। वैसे पढ़ी कॉन्वेंट और अंग्रेज़ी मीडियम से है, पर हिन्दी कविता के बारे में भी उसकी जानकारी देखकर दंग रह जाओगे। सही मायने में पढ़ी-लिखी है।"

इसका अर्थ था कि नीलाम्बर उसे 'कल्टिवेट' कर रहा है। यह अच्छी बात है, मैंने सन्तोष किया था।

मेरा ढोल

नीलाम्बर उन दिनों लक्ष्मीबाई नगर में रह रहा था। उसके पास किसी सरकारी नौकर से किराये पर लिया लगभग पूरा-का-पूरा टाइप-थ्री क्वार्टर था।

खाना पकाने, खाने और उसके बाद भी काफ़ी देर तक वह सुमन की ही चर्चा करता रहा। मैं इस चर्चा से इस तरह ऊब चुका था, जैसे अक्सर कक्षा में सौन्दर्यशास्त्र पर डॉ. रामस्वरूप मिश्र का लेक्चर सुनते हुए सुबह-सुबह ही ऊँघने लगता था। पर आज तो मैं वास्तव में थका हुआ था, नींद में था और सुमन के बारे में अनजान होने के कारण उस चर्चा में भाग लेन में भी असमर्थ था। पर वह इस सबसे बेख़बर रहा।

अचानक उसने पूछा, "तुम्हें राकेश की याद है?"

"राकेश कौन?" विषयान्तर हो जाने के सुख के बावजूद ऊँघ के कारण मैं याद नहीं कर पाया।

"अरे वही जो तुमसे एक साल सीनियर था। कहानी-वहानी लिखा करता था।"

"अच्छा-अच्छा, राकेश माथुर की बात कर रहे हो।" उसके ज़ोर से बोलने से मैं थोड़ा-सा जगा था।

"हाँ! वही राकेश माथुर! आजकल यहीं है। टी.वी. सेन्टर में प्रोड्यूसर हो गया है।"

"अच्छा!" मुझे नींद के बावजूद ख़ुशी हुई। अपना आदमी है, कभी काम आएगा।

"तुम्हें आज तक उसके बारे में कुछ पता ही नहीं है?" उसे आश्चर्य हुआ, "कितने साल हो गए हैं, तुम्हें दिल्ली आए!" उसके स्वर का अन्दाज़ बदलने लगा।

मेरे पास मुस्कराने के अलावा और कोई रास्ता नहीं था।

"अरे यार, ये दिल्ली है! दो साल में तो लोग, यहाँ कहाँ से कहाँ पहुँच जाते हैं और तुम हो कि खसिया-के-खसिया ही रहोगे। अपने साथियों-दोस्तों तक की तुम्हें ख़बर नहीं है।" उसने झिड़का।

दिल्ली को लेकर वह उन दिनों मुझे आतंकित किये रहता था। 'ये दिल्ली है'— एक क़िस्म से उसका तकियाक़लाम हो गया था। यद्यपि नगर-बोध को लेकर मैंने कविताएँ यहाँ आने से पहले ही लिखनी शुरू कर दी थीं, पर वास्तविक महानगरीय संत्रास को समझना और महसूस करना 'ज्ञानोदय' के 'महानगर विशेषांक' के बाद से ही शुरू किया था।

"तुमने आज तक कोई प्रोग्राम किया या नहीं टी.वी. पर?" उसने पूछा।

"नहीं!" मैं उसने पूछने के अन्दाज़ से ही घबरा गया था।

"एक अख़बार में बैठकर तुम क्या कर रहे हो!" वह लगभग चीख़ने लगा या सम्भवत: रात के सन्नाटे में उसकी थोड़ी-सी ऊँची आवाज़ भी चीख़ने लगने लगी हो, "ये दिल्ली है! अगर तुम ख़ुद नहीं बताओगे कि तुम क्या हो और क्या कर सकते हो, तो यहाँ तुम्हें कोई पूछनेवाला नहीं है, प्यारे! अपनी पोज़ीशन का फ़ायदा उठाना सीखो। लोगों से मिलो-जुलो, कहीं आया-जाया करो, ये क्या तमाशा किये बैठे हो कि दफ़्तर ख़त्म हुआ और दौड़कर जमुना-पार कोठरिया में जा दुबके। क्या सब-एडीटर का सब-एडीटर ही रह जाना है, या कुछ करने का भी इरादा है!"

मेरी नींद टूट गई थी और एक-एक शब्द मेरे मस्तिष्क में इस तरह झनझनाता फैल रहा था, जैसे किसी स्टीरियो से निकलता तेज़ डिस्को या रॉक संगीत!

"मैं तुम्हें एक बात बता दूँ, अगर तुमने अपना ढोल अपने-आप नहीं पीटा, तो सुन लो, चाहे कितना भी अच्छा लिखो, लोग तुम्हें पहचानने तक नहीं जा रहे हैं?"

मैं खिसियाया-सा मुस्कराता रहा। सम्भवत: इससे वह और भड़क गया, "तुम्हें अभी कुछ नहीं पता। यहाँ लोग अपने बारे में अपने-आप लेख लिखते हैं और दोस्तों व चेलों के नाम से छपवाते हैं। अपनी छपी रचनाओं पर विभिन्न नामों से प्रशंसा-पत्र भिजवाते हैं, और एक तुम हो कि अपने दफ़्तर से दो किलोमीटर टी.वी. सेंटर तक नहीं जा सकते! सिर्फ़ पन्द्रह पैसे लगते हैं।" उसने मुझे उँगली से समझाया।

"तुम्हें अपनी प्रतिभा के बारे में भ्रम तो नहीं है?" उसने अचानक पूछा। वह मुस्कराया, "यह जान लो, यहाँ प्रतिभा-व्रतिभा कोई मायने नहीं रखती!" हँसी इतनी कड़वी भी हो सकती है! कई दिन तक कड़वाहट मेरे दिमाग़ में घूमती रही।

"तुम्हें पता है, तुम्हारी पत्रिका में अनिल शर्मा नामक लौंडे के लेख-पर-लेख क्यों छपते हैं? क्या हिन्दुस्तान की सबसे बड़ी प्रतिभा वही छोकरा हो गया है कि हर दूसरे अंक में लेख के साथ उसका फोटो छापा जाए?" वह एक पल रुका। यद्यपि यह बात स्वयं मुझे भी कुछ परेशान किये थी, पर मैं इसे अपने सम्पादक का युवा प्रतिभाओं को बढ़ावा देने का ही महान प्रयत्न मानकर शान्ति करे बैठा था।

"इसलिए कि," नीलाम्बर ने झटके से कहा, "वह तुम्हारे कवि-डॉक्टर-सम्पादक की कविताओं पर दिल्ली विश्वविद्यालय से रिसर्च कर रहा है, क्या समझे!"

मैं उसका मुँह ही देखता रह गया और कई दिन तक इस दोहरे धक्के से उभर नहीं पाया—दोहरा इसलिए कि एक ओर नीलाम्बर ने मेरे सम्पादक की पैंट उतार दी थी और दूसरा अपने बारे में बढ़ रहे भ्रम को बहुत ही निर्ममता से मेरे ही मुँह पर कुचल दिया था।

सम्पादक के बारे में उसने जो रहस्योद्‌घाटन किया था, उससे कई गुना अधिक बेचैन मैं अपने बारे में सुनकर हुआ था। पर सच्चाई तो सच्चाई है। अपनी प्रतिभा को

लेकर जो भी भ्रम हुआ था, वह भूल थी! यह तथ्य कई दिन तक कमरे में फँसे पंछी-सा मेरे दिमाग़ में टकराता रहा। यह अचानक नहीं था कि सारे हिन्दुस्तान से चुपचाप मुझे ही चुनकर उप-सम्पादक बनाया गया था और वह भी 'दिशा' जैसी महत्त्वपूर्ण व्यावसायिक-साहित्यिक पत्रिका का। वह व्यावसायिक-साहित्यिक पत्रिकाओं का स्वर्ण-युग था। पत्रिकाओं की साहित्यिक छवि का इतना ह्रास नहीं हुआ था और चूँकि तब तक खुशवंत सिंह ने 'इलेक्ट्रेटेड वीकली' के माध्यम से कवर-स्टोरी की बीमारी नहीं फैलाई थी, इनकी गम्भीरता का आडम्बर बना हुआ था। ऐसी स्थिति में किसी रंगीन पत्रिका में काम करने के सुख और गौरव का अनुमान लगाया जा सकता है। नीलाम्बर स्वयं मुझसे पहले 'दिशा' में काम कर रहा था और लेक्चरशिप मिल जाने के बाद, जिसकी जोड़-तोड़ में वह कई वर्षों से लगा हुआ था, पत्रकारिता छोड़ गया था।

मैं 'दिशा' से पहले लखनऊ के ही एक सांध्य दैनिक 'सितारा' में ट्रेनी-कम-उप-सम्पादक के तौर पर डेढ़ वर्ष से एक सौ पिचहत्तर रुपये में घिसटता बड़ी हसरत से दिल्ली की ओर देख रहा था। यों नीलाम्बर को मैंने कई बार अपनी निराशा और बदहाली के बारे में जब-तब लिखा था और हर पत्र के बाद उसने मुझे दिल्ली आ जाने को कहा था पर तार से बुलावा पहली बार ही आया था, इसलिए इस बार रुकने का प्रश्न ही नहीं था।

स्टेशन पर लेने वह स्वयं आया था और घर पहुँचते-पहुँचते मैं सारी बात समझ गया था। नहा-धोकर उसी दिन हम सम्पादक डॉ. सुरेशचन्द्र 'रेखा' जी से मिले थे और अगले ही दिन मेरे हाथ में एपाइंटमैंट लेटर था। मैं नतमस्तक हो गया, कृत्-कृत्। बिना 'एप्लिकेशन' के एपाइंटमैंट भारत जैसे देश में, जहाँ क्लर्क की नौकरी के लिए ही पी-एच.डी. मिल जाते हों। नीलाम्बर की प्लानिंग को मानना पड़ा था। सच बात तो यह है कि उस दिन मेरे पास न तो कोई सर्टिफिकेट था और न ही किसी छपे लेख की कटिंग, पर नीलाम्बर की माया अपरम्पार थी, उसने मेरी वह 'इमेज' बना रखी थी कि लगा, सम्पादक जी भी मुझे लेकर स्वयं को कृतार्थ महसूस कर रहे हैं।

एक सप्ताह के अन्दर मैं पूरी तरह दिल्ली आ गया था, छह सौ रुपये की तनख़्वाह पर।

मेरी चुप्पी देख उसने कुछ कोमल स्वर में समझाना शुरू किया, "मेरा मतलब यह नहीं है कि तुम हर समय जुगाड़बाज़ी में ही लगे रहो, पर कम-से-कम इधर-उधर मिलने तो जाया करो। लोगों से सम्पर्क तो रखा करो! यह पी.आर. का ज़माना है, अगर पब्लिक रिलेशनिंग प्रॉपर नहीं है, तो समझ लो, चाहे कितना ही बढ़िया लिखो, लोग तुम्हें नहीं जान पाएँगे। रेडियो, टेलीविज़न पर आया-जाया करो!" इसके बाद भी वह कुछ कहता रहा, पर मैं शायद सो गया।

अगले दिन दोपहर को कॉलेज से सीधा वह मेरे दफ़्तर आया।

"चलो!" आते ही उसने आदेश दिया।

सौभाग्य से उस दिन काम भी कोई बहुत ज़्यादा नहीं था। यद्यपि मेरी समझ में नहीं आ रहा था कि वह कहाँ जा रहा है, फिर भी मैं उठकर बाहर आ गया। उसने एक स्कूटर-रिक्शा किया और हम 'आकाशवाणी' के गेट पर थे। यानी राकेश माथुर से मिलने जा रहे थे।

राकेश नीलाम्बर को देखते ही प्रसन्न हो गया। मैं सोच रहा था, आख़िर इस नीलाम्बर में ऐसा क्या है कि हर व्यक्ति इससे ख़ुश रहता है! जहाँ तक मेरा सवाल था, उसने पहचानने तक से इनकार कर दिया।

मुझे उसकी हरकत पर बहुत ग़ुस्सा आ रहा था। साला बनता है! मैंने और इसी राकेश ने न जाने कितनी बार साथ कविताएँ पढ़ी थीं, पर अब ऐसा दिखा रहा था, जैसे मैं कोई कीड़ा-भुनगा होऊँ और यह इतना बड़ा आदमी, जिसे सैकड़ों लोग रोज़ मिलते हों, इसलिए कीड़े को याद रखना कहाँ तक सम्भव है! दिल हुआ, भाड़ में जाए ऐसा टी.वी. प्रोग्राम, चलें!

पर मामला नीलाम्बर का था। मैं तो सिर्फ़ कठपुतली था, असली चलाने वाला तो वही था और वह कोई अनाड़ी नहीं था।

नीलाम्बर ने बात का रुख़ मोड़ा, "और क्या चल रहा है। इस बीच कुछ लिखा या नहीं?"

"लिखना, देखो, कहाँ हो सकता है? यहाँ इतना काम है कि घर पहुँचते-पहुँचते बिलकुल पस्त हो जाता हूँ।"

"वो कहानी जो लिख रहे थे, उसका क्या हुआ?"

"अरे!" उसके चेहरे पर चमक आई। इस बीच दो एक्ट्रेसनुमा लड़कियों ने आकर बीच में ख़लल डाली, "हैलो!" राकेश ने उनसे मुख़ातिब होकर कहा, "कैसे डॉली? आओ बैठो!" पर वहाँ कुर्सी सिर्फ़ एक थी, इसलिए उसने एक लड़की को अपने सामने मेज़ पर ही बैठा लिया और फिर उससे अगली रिकॉर्डिंग, स्टूडियो, कैमरा-मैन, मेकअपमैन, न जाने क्या-क्या चर्चा करता रहा। किसी तरह लड़कियों से पिंड छूटा, पर वह इस तरह चुप हो गया, जैसे कुछ सोच रहा हो। फिर बोला, "हाँ तो, क्या कह रहा था मैं?"

"वो कहानी के बारे में!" नीलाम्बर ने मुस्कराकर कहा।

"अरे हाँ!" वह भी थोड़ा मुस्कराया, "असल में यार नीलाम्बर भाई, क्या बताऊँ, कहानी तो लगभग पूरी हो गई है, पर 'फ़ेयर' करने की फ़ुरसत नहीं मिल रही है! तुम तो जानते ही हो कि इस मामले में कितना 'पर्टिकुलर' हूँ। एक शब्द भी इधर-से-उधर नहीं हो सकता। अब देखो, एक जगह शब्द था 'धीमे-धीमे'।...नहीं, ऐसे नहीं! मैं तुम्हें 'सिचुएशन' बताता हूँ। नायक सोया हुआ है।" वह खड़े होकर

इस तरह बताने लगा, जैसे ड्रामा डाइरेक्ट कर रहा हो, "कमरे में उसकी प्रेमिका आती है और वह नहीं चाहती कि प्रेमी उठे। अब मैंने रौ में लिख दिया 'धीमे-धीमे!' पर यह मुझे जम नहीं रहा था! मैंने कितना सोचा, क्या बताऊँ और अन्त में शब्द खोज ही लिया—हौले-हौले!"

वह थोड़ी देर रुका, "देखा!" उसने झटके से कहा, फिर पॉज़ दिया, "देखा! देखा तुमने नीलाम्बर भाई, हौले में जो बात है, वह धीमे में कहाँ है!" और वह अपनी सीट पर जा बैठा।

"वाक़ई!" नीलाम्बर ने कहा, "लाओ, सिगरेट पिलाओ!" उसने हाथ बढ़ाया।

दराज़ से सिगरेट निकालते हुए राकेश कहता गया, "इस तरह की सेंसिबिलिटी तुम्हें निर्मल वर्मा में मिलेगी, जहाँ शब्द-संगीत के स्तर पर 'कम्युनिकेट' करने लगते हैं; या 'अज्ञेय' में, जहाँ एक-एक शब्द की अपनी ही एक दुनिया होती है।"

"चलो!" उसने अचानक कहा और अपनी सीट छोड़ दी। मैं भी यंत्रचालित-सा खड़ा हो गया।

"कहाँ?" नीलाम्बर ने बैठे-बैठे ही पूछा।

"अरे, चलो यार! अब इतने दिनों में आए हो, चाय-कॉफ़ी कुछ तो होनी ही चाहिए!"

पाँचवीं मंज़िल से ग्राउंड फ़्लोर में कैंटीन पहुँचने तक वह लगातार 'धीमे' और 'हौले' के अन्तर के सन्दर्भ में विश्व-साहित्य में अपनी टक्कर के लेख़कों की ही बात करता रहा। मुझे लगा, मेरा दिमाग़ ख़राब हो जाएगा।

जब वह कॉफ़ी बक चुका, तो नीलाम्बर ने कहा, "अरे, तुम जल्दी कहानी ठीक-ठाक करके इन्हें दे दो। ये 'दिशा' में हैं, कहानियाँ ही देखते हैं, तुम्हें तो मालूम होगा!"

इस बार उसे झटका लगा, "अरे आप वहाँ हैं, कब से?"

"दो साल हो गए!" मैंने कहा।

"और कभी मिले भी नहीं! यार, अपने लोगों से भी इस तरह की बेरुख़ी। आया करो न, भई!"

"और सुनो," नीलाम्बर ने लोहे की गर्मी को पहचान लिया, "अपनी एक अच्छी-सी फ़ोटो और परिचय भी दे देना।"

"ठीक है, कब आएँगे आप?" उसने मुझसे पूछा।

"जब कहो, कल आ जाएँ, बोलो!" नीलाम्बर ने मुझे बोलने का मौक़ा नहीं दिया।

"कल! कल नहीं यार, एकाध दिन का समय दो!" उसने बड़े ही विनीत स्वर में समय माँगा।

"अच्छा चलो, पक्का रहा, परसों! देवेन, परसों तुम इसी समय इनसे कहानी ले लेना, ठीक!"

मुझे कुछ कहना ही नहीं पड़ा। सब-कुछ उसने स्वयं ही तय कर दिया।

सच्चाई यह है कि मुझे नीलाम्बर का उस मूर्ख और दंभी राकेश उर्फ टी.वी. प्रोड्यूसर को इतना चढ़ाना बिलकुल अनुचित लगा। मैंने बाहर आते ही पूछा, "हम क्यों आएँगे इसकी कहानी लेने!" मेरा स्वर हल्के क्रोध और घृणा से भरा था।

"क्यों, आने में क्या हर्ज है?"

"क्या यह इतना बड़ा लेखक है, जिससे कहानी लेने आना पड़ेगा?" मैंने प्रत्युत्तर में पूछा, "बड़ा निर्मल वर्मा बना फिर रहा है!"

"अरे भई, यह किसने कहा कि यह बड़ा लेखक है! पर तुम यह देखो कि यह लेखक बड़ा न सही, मूर्ख तो बड़ा है। और लेखक होने के नाते एक करैक्टर-स्टडी ही सही!" नीलाम्बर अभी भी पूरी तरह शान्त रहा। उसकी एक विशेषता, कभी भी 'टैम्पर लूज़' न करना है। वह तत्काल 'रिएक्ट' करने में विश्वास नहीं करता और उसके हर काम के पीछे एक योजना होती है। यही धैर्य और योजनाबद्धता (जिसे जोड़-तोड़ भी कहा जा सकता है) उसकी सफलता के रहस्य थे। तीस-बत्तीस वर्ष की उम्र में ही वह हिन्दी के प्रमुख लेखकों में शुमार हो गया था। इसके पीछे सिर्फ़ जोड़-तोड़ थी, यह कहना भी ग़लत ही होगा। एक लेखक के रूप में उसकी क्षमताएँ असीमित थीं। दिल्ली आने के पाँच वर्ष में उसके तीन उपन्यास, दो फूल-लैंथ प्ले और दो कविता-संग्रह प्रकाशित हुए थे। इनमें से उपन्यास धारावाहिक रूप से हिन्दी में प्रकाशित होने के बाद 'मातृभूमि' (मलयालम) और 'किर्लोस्कर' (मराठी) में भी रूपान्तरित हो प्रकाशित हो चुके थे। यद्यपि पहले दो उपन्यास 'काग़ज़ के पंख' और 'रात से पहले' लोकप्रिय हुए थे पर तीसरे उपन्यास 'अपना चेहरा' ने एक गम्भीर साहित्यकार के रूप में उसकी धाक जमा दी थी। यह भी सुनने में आया था कि किसी विश्वविद्यालय में उस पर रिसर्च हो रही है।

मैं नीलाम्बर की इस 'करैक्टर-स्टडी' वाली बात से भी ठंडा नहीं हुआ।

"मुझे नहीं करनी ऐसी करैक्टर-स्टडी! न मिले टी.वी. प्रोग्राम! इस तरह के नख़रे उठाना मेरे लिए असम्भव है!" मैंने सिर झटकते हुए कह दिया था।

वह हँसने लगा। फिर उसने मेरे कन्धे पर हाथ रखकर समझाना शुरू किया, "देखो, यह बिलकुल मूर्ख है। तुम क्या समझते हो, मैं इसे बड़ा भारी लेखक मानता हूँ? इसका अर्थ यह भी नहीं है कि हम भी हर समय अपने ही अहम् में रहें! यह सामन्ती प्रवृत्ति कि साहब हम तो किसी के आगे झुकते नहीं, कहीं नहीं ले जाएगी। इसमें सम्मान का इतना बड़ा कोई प्रश्न 'इन्वॉल्व' नहीं है कि तुम अंगद का पैर बन जाओ। हर आदमी की अपनी एक दुनिया होती है, अपने व्हिम्स और अपने भ्रम, जिनमें वह जीता है। उसी में उसे सन्तोष मिलता है, उसी में उसके अहम् की तुष्टि होती है। अगर ऐसा न हो, तो मैं तुम्हें बताऊँ, वह पागल हो जाएगा या आत्मघात कर लेगा। हम इस स्थिति पर पहुँचने की प्रक्रिया को तीव्र करने के लिए क्यों ज़िम्मेवार बनें! क्या फ़र्क़ पड़ जाता है, अगर हमारे दो शब्दों से किसी को सुकून मिले!"

"हम इस भ्रम को और अधिक गहरा करने में भी क्यों सहायक हों? यह अपने-आप में अनैतिक और अपराध नहीं है क्या? जितनी जल्दी कोई यथार्थ के निकट पहुँचे, मैं तो समझता हूँ, उतना अच्छा होगा!"

"ठीक बात है, पर तुम यह भूल जाते हो कि यथार्थ को जानने के बाद आदमी या तो संन्यासी हो जाएगा या आत्महत्या कर लेगा! यथार्थ को जानना इतना आसान नहीं है, प्यारे, जितना कहना! तुम समझ रहे हो न मेरी बात!"

मैं चुप रहा। यद्यपि अभी भी तर्क किया जा सकता था कि यथार्थ को जानने वाला आदमी जीवन को बेहतर ढंग से समझ सकता है और ज़्यादा शान्ति और सन्तोष के साथ जी सकता है, क्योंकि अन्ततः एक दिन इस भ्रम का निवारण होना अनिवार्य है, तब क्या होगा? क्या तब ज़िन्दगी और अधिक दयनीय नहीं हो जाएगी!

वह कहता गया, "मान लो, अगर तुम किसी धार्मिक व्यक्ति के आगे यह सिद्ध कर दो कि ईश्वर जैसी कोई चीज़ होती ही नहीं, तो कभी सोचा है, परिणाम क्या होगा—पागलपन, अनाचार और बहुत सम्भव है...मौत! इसी तरह यदि तुम इस राकेश को बतला दो कि तुम मूर्ख और 'इनसिग्निफ़िकेंट' हो, तो क्या यह बेचारा बावला नहीं हो जाएगा? असल में ऐसा भी नहीं है कि यह जानता न हो कि इस वर्ग-समाज में हमारा स्थान और महत्त्व नगण्य है और आज जिस पद पर यह बैठा है, उससे ऊपर भी कई और पद हैं, जिनके आगे इसे मस्तक नवाना पड़ता है और देखा जाए, तो उसी हीन-भावना का परिणाम यह व्यवहार है। जब तुम इसे निकट से देखोगे, तब जानोगे कि यह बच्चों जैसे सरल स्वभाव का है। तुम्हें शायद इसकी पारिवारिक पृष्ठभूमि का पता नहीं है। इसके पिता किसी छोटे-मोटे वकील के मुंशी थे। किसी तरह उन्होंने इसे पढ़ाया, वज़ीफा-दान आदि पर। और यह सोचता है कि प्रोड्यूसर बनकर इसने कोई बहुत बड़ा तीर चला दिया है। यद्यपि मैं यह मानता हूँ कि यह लेखक-वेखक नहीं है, पर है संवेदनशील प्राणी, और इसे साहित्य और कला की थोड़ी समझ भी है—कम-से-कम यहाँ आसपास नज़र आने वाली छैलाओं और शोहदों से तो हर हालत में अधिक ही है। वैसे भी एक बार मिलने से ही किसी के बारे में राय क़ायम नहीं कर लेनी चाहिए। 'इट इज़ टू हेस्टी ए डिसीज़न।'"

यद्यपि उस दिन मैंने इस 'पोलेमिक्स' को, जैसा कि अक्सर ही होता था, और आगे बढ़ाना उचित नहीं समझा और कुछ हद तक मेरे पास जवाब थे भी नहीं, पर बाद में भी जब मैंने सोचा, नीलाम्बर की बात कई मायनों में सही लगी। असल में हम लोग एक अरसे तक बदहवास-से अपनी ही मान्यताओं के मद में सिर्फ़ रूढ़ियों और विश्वासों, आस्थाओं और भ्रमों या स्वप्नों को ढहाने में लगे हुए थे, पर हमारे पास उनके स्थान पर देने को क्या था? इन ढहाई गई आस्थाओं और विश्वासों के खँडहर ही तो! इसलिए बेहतर यह था कि हमारे पास इस संहार से पूर्व अपनी आस्था और

विश्वास हों, जो हर मायने में परम्परागत दुनिया से बेहतर हों, जिसमें हम असन्तुष्ट हैं, थक गए हैं और पनाह चाहते हुए भी कहीं जा नहीं सकते हैं।

काफ़ी देर की चुप्पी के बाद नीलाम्बर ने कहा, "मैं तुमसे यह नहीं चाहता कि तुम इसे अपना लो, पर ज़रूरत से ज़्यादा छुआछूत ठीक नहीं है!"

यानी अपना काम निकालो। मुझे इस सांसारिकता से कोई उज्र भी नहीं था।

कनॉट-प्लेस तक हम पैदल आए। टी-हाउस के पीछे के ढाबे में, जो लेखकों का उन दिनों प्रिय अड्डा था, हमने खाना खाया और जाते हुए वह मुझे ऑफ़िस के दरवाज़े तक भी छोड़ गया।

"मैं परसों आऊँगा! तुम इन्तज़ार करना!" उसने जाते हुए कहा था और परसों जब वह आया, राकेश से कहानी लेता आया था। साथ में एक टी.वी. का कॉन्ट्रैक्ट फ़ॉर्म भी था। कविता-वविता के किसी कार्यक्रम में मुझे भी शामिल कर लिया गया था।

कविता : 'कामरेड मनोहर सिंह'

दिल्ली पहुँचने पर सबसे अधिक चकित मुझे नीलाम्बर की नई शब्दावली ने किया था। मानवीय पीड़ा, इयत्ता, विद्रोह, ऊब, स्वतंत्रता और अलगाव जैसे शब्दों से, जो अब तक उसे प्रिय थे, ऐसा लगता, ज़बरदस्ती बचने का प्रयत्न हो रहा है। इसमें से किसी शब्द का इस्तेमाल मान लो अगर वह कर भी गया, तो उसकी ऐसी व्याख्या करता, जो अब तक की मेरी परिचित व्याख्या से भिन्न होती। वर्ग-संघर्ष, शोषण, पूँजीवादी व्यवस्था, मुक्ति, सामंतवाद, बुर्जुआ, लुंपन, कामरेड और कम्प्राडोर—ये नये शब्द थे, जो अब उसके मुँह से सुनाई देने लगे थे। उसके कमरे में कम्यूनिस्ट साहित्य भरा पड़ा था। 'पेरिस रिव्यू', 'एंकाउंटर' और 'लन्दन मैगज़ीन' का स्थान 'फ्रंटियर', 'इकोनॉमिक एंड पोलिटिकल वीकली' (जिसे वह ई.पी. डब्ल्यू. कहता था), पी.डी. (यानी 'पीपुल्स डैमोक्रेसी') व 'न्यू एज' जैसी पत्रिकाओं ने ले लिया था।

वह कम्यूनिस्ट हो गया था।

उसने मुझे मारिस कार्नफ़ोर्थ की 'डायलैक्टिकल मैटिरियलिज़्म', एमिल बर्न्स की 'ह्वाट इज़ मार्क्सिज़म?' और मार्क्स व एंगल्स की कई किताबें दीं। कुछ को मैं पढ़ पाया था और अधिकांश मैंने बिना पढ़े ही कुछ दिन रखने के पश्चात्, लौटा दी थीं। उसने सारी व्यावसायिक पत्रिकाओं का लगभग बहिष्कार-सा कर दिया था और 'लड़ाई', 'कामरेड मनोहर सिंह', 'मुक्ति' आदि शीर्षक की कई छोटी-बड़ी चर्चित कविताएँ लिख रहा था। इन नई रचनाओं को पढ़कर मैं लगभग सकते में आ गया था। आख़िर इस नीलाम्बर को हो क्या गया है? सारी कविताएँ एक जैसी और एक ही विषयवस्तु पर। एकाध बार हिम्मत कर मैंने कह भी दिया था। मेरी बात से वह लगभग बिगड़ गया, "ये कविताएँ तुम्हारे लिए नहीं हैं, जनता के लिए हैं! जन-संघर्ष को दिशा देने के लिए हैं, मार्चिंग सॉन्ग बनने के लिए हैं। तुम्हारी दृष्टि को नव-औपनिवेशिक सांस्कृतिक साम्राज्यवाद ने पूरी तरह विकृत कर दिया है, इसलिए तुम्हें ये भौंडी और सपाट लग रही हैं! जानते हो, साहित्य का उद्‌देश्य क्या है?"

मेरे उत्तर की उसने प्रतीक्षा नहीं की।

वह बोलता गया, "साहित्य का उद्‌देश्य है—जनता को जागृत करके आर्थिक शोषण व सामाजिक और राजनीतिक उत्पीड़न से मुक्त कराने में सहायक होना।

कलाकृतियाँ और रचनाएँ अपने-आप में लक्ष्य नहीं हैं, बल्कि एक प्रक्रिया का अंग हैं। इसलिए यह समझना भूल है कि जो कृति तुमने आज रच दी, वह सदा-सर्वदा के लिए अमर हो गई। शाश्वत जैसी कोई चीज़ नहीं होती, बल्कि कला और साहित्य अपनी सही अभिव्यक्ति परिवर्तन की इस प्रक्रिया में ही पाता है।"

इस भाषणबाजी के अन्त में उसने कहा, "तुम हिन्दी साहित्य के अलावा भी कुछ और पढ़ा करो!" और इसके साथ ही रैक़ से तीन किताबें निकालकर मेरे हाथ में रख दीं। इनमें एक क्रिस्टोफ़र कॉडवैल की 'इल्यूज़न एंड रीयलिटी', दूसरी जार्ज लूकाच की 'मीनिंग ऑफ़ कंटैम्पोरेरी रीयलिज़्म' तथा 'मार्क्स एंड एंगल्स ऑन लिटरेचर एंड आर्ट्स' थी। फिर अपना लिखने का पैड उठाकर मेरे हाथ में थमाते हुए बोला, "लिखो!"

वह बोलता गया, "माओ के येनान के भाषण और लेनिन की 'ऑन आर्ट एंड लिटरेचर' ख़रीद लेना, सस्ती ही है। कॉडवैल की 'स्टडीज एंड फ़र्दर स्टडीज़ इन डाइंग कल्चर', गोल्डमान की 'द हिडन गॉड', ई. एम. एस. की 'मार्क्सिज़्म एंड लिटरेचर' भी ज़रूरी है। वैसे अब तुम शाश्वत साहित्य के अलावा ब्रेख्त, नरूदा, लू शुन, चेख़व, नाज़िम हिकमत, मायकोवस्की, निराला और मुक्तिबोध भी पढ़ो। निराला को नये सिरे से पढ़ना आवश्यक है!"

यद्यपि इतनी सारी किताबों के नाम सुनकर ही उस दिन मेरे छक्के छूट गए थे, पर धीरे-धीरे ये मेरे लिए दुनिया को समझने का एक नया माध्यम साबित हुई थीं और अन्ततः मुझे न जाने कैसे विश्वास-सा हो गया था कि बात चाहे नीलाम्बर जो करे, पर उसने इनमें से किसी को भी ध्यान से नहीं पढ़ा है। वैसे उसने एक पुस्तिका भी इस बीच लिख मारी थी—'समाजवाद और साहित्यकार की भूमिका', जो मार्क्स से लेकर नामवर सिंह तक न जाने कितने उद्धरणों से भरी पड़ी थी, इस पर भी मेरी शंका बरक़रार रही थी। एक बार दिल हुआ था, उसे उसी के द्वारा दी हुई किताब 'मार्क्स एंड एंगल्स ऑन लिटरेचर एंड आर्ट्स' से वह टुकड़ा अलग से लिखकर दूँ, जिसमें एंगल्स ने उन्नीसवीं शताब्दी के पूर्वार्द्ध के युवा जर्मनी आन्दोलन के कुछ लेखकों के सम्बन्ध में लिखे थे, जो स्वयं को 'वास्तविक समाजवादी' कहते थे। एंगल्स ने लिखा था कि ये लेखक राजनीतिक सन्दर्भों और सरलीकृत सैद्धान्तिक घोषणाओं का इस्तेमाल बड़ी मात्रा में पाठक पा लेने के लिए कर रहे हैं, अपनी कलात्मक प्रतिभा की कमी को छुपाने के लिए राजनीतिक 'सैन्सेशनलिज़्म' का सहारा ले रहे हैं।

परन्तु जहाँ तक नीलाम्बर का सवाल था, मेरी समझ में नहीं आता था कि हो क्या रहा है? क्या वह भी इसी राजनीतिक 'सैन्सेशनलिज़्म' का शिकार है और अपनी 'प्रतिभा की कमी' को विचारधारा की ढाल से छिपा रहा है?

क्या उसकी ईमानदारी पर शंका की जा सकती थी?

पर इसका प्रश्न ही नहीं उठता था। कोई भी कम्यूनिस्ट पार्टी पागल थोड़े ही थी कि उसे इतनी जल्दी कार्ड दे देती। इसके अलावा पार्टी में उसका रुतबा था। पार्टी की कोई भी सांस्कृतिक गतिविधि उसके बिना पूरी नहीं होती थी। वह कभी सांस्कृतिक गतिविधियों में भाग लेने पटना जाता, तो कभी कलकत्ता। कभी उसके पास त्रिवेन्द्रम से निमंत्रण रहता, तो कभी बाँदा से और यह सब पार्टी की ओर से। हर जगह कम-से-कम हिन्दी क्षेत्र में, वह पार्टी का अनौपचारिक तौर पर सांस्कृतिक प्रवक्ता ही था। और क्या यह सब ग़लत हो सकता था? मैं क्या पार्टी के लोगों से ज़्यादा कम्यूनिज़्म समझने लगा था—कदापि नहीं! मेरी ही समझ का कुछ फेर था और मैं इस पर ज़्यादा नहीं सोचा करता। नीलाम्बर को उपर्युक्त टिप्पणी लिख भेजने की धृष्टता करने की मैं सोच कैसे सका, ख़ुद अपने पर आश्चर्य होने लगता।

पर उस दौरान दिल्ली के साहित्यिक क्षेत्रों में एक बात काफ़ी प्रचलित थी कि नीलाम्बर ने लेक्चरशिप पार्टी के माध्यम से हासिल की थी। यह कैसे सम्भव हुआ, उसे कुछ इस तरह समझाया जाता था—'ड्यूटा' यानी दिल्ली यूनिवर्सिटी टीचर्स एसोसिएशन पर पार्टी-समर्थित अध्यापक संघ का क़ब्ज़ा था। हर कॉलेज की इंटरव्यू कमेटी में पार्टी-समर्थक प्रोफ़ेसर के अलावा ड्यूटा का भी एक प्रतिनिधि होता था। इंटरव्यू बोर्ड के सदस्य आपस में तय कर लेते और 'इस कॉलेज में तेरा और उस कॉलेज में मेरा' के अन्तर्गत वामपंथ दिल्ली विश्वविद्यालय में फल-फूल रहा था (यह बात और है कि इसी के समान्तर कांग्रेसी और संघी भी पनप रहे थे।) और नीलाम्बर के साथ यही हुआ था। अन्यथा दिल्ली विश्वविद्यालय के फ़र्स्ट-क्लासों को छोड़कर इस गुड सेकंड-क्लास को कैसे लेक्चरशिप मिली—यह प्रश्न उपयुक्त स्पष्टीकरण के बाद अमोघ अस्त्र की तरह आता था।

इन बातों से मेरी नीलाम्बर पर श्रद्धा घटी नहीं। यदि पार्टी ने ऐसा किया भी, तो कौन-सा ग़लत किया था? सब यही तो कर रहे हैं। फिर नीलाम्बर कोई सामान्य उम्मीदवार नहीं था। जिस कॉलेज में वह पढ़ा रहा था, उसे भी उस पर गर्व था और लड़के, कहा जाता था कि अन्य सैक्शनों से उठकर, उसका लेक्चर सुनने आते हैं। इसके अलावा सच बात यह थी कि तब तक मैं दिल्ली में पूरी तरह जम नहीं पाया था और नीलाम्बर के अलावा, जो मुझे अपने छोटे भाई और प्रिय शिष्य के रूप में प्यार करता था, मेरा कोई सहारा था भी नहीं, जबकि यहाँ वातावरण सारा-का-सारा बहुत ही असहिष्णु और गला-काट क़िस्म का था।

यद्यपि लोग उसके मुँह पर कुछ कहने से घबराते थे, पर अक्सर ही परोक्ष रूप से सुनने को मिलता कि ये साले पहाड़ी 'गैंग' बनाकर काम करते हैं। दिल्ली आए साल नहीं होता कि हिन्दी के मूर्धन्य साहित्यकार-पत्रकार बन जाते हैं।

दिल्ली आने के कुछ ही दिनों बाद एक बात मेरी समझ में आ गई कि भारत जैसे ग़रीब देश में वामपंथी होना सफलता के लिए सबसे आसान नुस्ख़ा है, फिर आप चाहे

राजनीति से रोटी कमा रहे हों, या साहित्य से! राजनीति ने 'समाजवादी समाज की रचना' से लेकर 'ग़रीबी हटाओ' जैसे उत्तेजक नारे दिये थे, पर हुआ क्या? समाज में क्या और अधिक असमानता नहीं आई? ग़रीबी क्या और नहीं बढ़ी? फिर अगर साहित्यकार ने वही काम छोटे स्तर पर किया, तो उसे किस बात का दोष! (तब तक कमलेश्वर ने बम्बई में टी.वी. से अपना 'परिक्रमा' कार्यक्रम शुरू नहीं किया था, जिसमें वह चुन-चुनकर ग़रीबों को सामने ला रहे थे, इसलिए छोटे स्तर पर कह रहा हूँ। हाँ! 'समान्तर आन्दोलन' चल निकला था और नीलाम्बर की सिफ़ारिश पर मेरी एक कहानी 'अपने संघर्ष'—यानी बेरोज़गारी—की रोंगटे खड़े कर देनेवाली दास्तान के साथ छपी थी। 'मेरी सत्य कथा', मेरी कहानी यानी रचना से ज़्यादा प्रभावशाली साबित हुई थी और एक अन्तर्राष्ट्रीय कम्पनी के भारतीय मैनेजर की कम पढ़ी पत्नी ने—वह हिन्दी जो पढ़ती थी—एक पत्र में मेरी स्थिति पर द्रवित होकर लिखा था कि वह अपने पति से कहकर मुझे कोई काम दिला सकती है)। हो सकता है, मेरा यह तर्क नीलाम्बर के बचाव में लगे, पर क्या मेरी बात ग़लत है? असल बात यह है कि जो लोग परिवर्तन के पक्ष में होंगे, क्या वे इस तरह से गाएँगे-बजाएँगे! और जिन लोगों को रोटी कमानी है, उनके लिए हर काम पेशा ही तो है, फिर चाहे वह राजनीति हो, साहित्यकारी हो या वेश्यावृत्ति!

'इनसानी फ़ितरत'

नीलाम्बर जब कॉफ़ी हाउस पहुँचा, थका-थका सा और 'टैंस' लग रहा था। ज़रूर भिड़ंत हुई होगी, मैंने सोचा।

संयोग से शनिवार था। जहाँ देखो, साहित्यकार-ही-साहित्यकार नज़र आ रहे थे। छुटभैये ही सही, साहित्यकार तो थे। सरकारी दफ़्तरों और बाबुओं के शहर दिल्ली की मानसिकता भी वैसी ही है। शहर का जीवन सरकारी गतिविधियों से नियंत्रित होता है। रविवार की छुट्टी के कारण शनिवार की शाम को साहित्यिक चर्चा और मेल-मिलाप की गुंजाइश निकल आती है।

लगभग पाँच साल से कॉफ़ी हाउस और साहित्य की गतिविधियों से बिलकुल कट जाने के बावजूद नीलाम्बर की लोकप्रियता चकित करनेवाली थी। हमारी मेज़ तक आते-आते ही उसे आधा घंटा लग गया।

उसके लिए कुर्सी खींचकर मैं ऑर्डर देने के लिए बैरे को बुलाने जा ही रहा था कि उसने रोक दिया, "नहीं, कॉफ़ी अभी शरत ने पिलाई है।"

"एक कप और सही, हमारे साथ!" सुरेन्द्र ने कहा।

"नहीं, बिलकुल नहीं! मेरी तबीयत ठीक नहीं है!" उसने दृढ़ स्वर में कहा और एक के बाद एक से हाल-चाल पूछने लगा।

"बैठो ना!" मैंने आग्रह किया।

बेमन से बैठते हुए उसने यों ही जो चाहे उत्तर दे दे वाले अन्दाज़ में, पूछा, "और क्या चल रहा है? साहित्य जगत में?"

"सब सन्नाटा है!" तरुण ने कहा, "न जाने क्या हो गया है साहित्य को! आपके ज़माने में आन्दोलन तो चल जाते थे, अब तो कोई वैसा जुगाड़िया भी नहीं रहा कि दो-चार लौंडों को अपने साथ कर ले। 'मिडियाकर' और 'पिगमीज़' का दौर है। एक-दूसरे को काटने के अलावा कुछ नहीं होता। ऐसा लगता है, अगले सौ साल तक भी साहित्य में कुछ नहीं होने जा रहा—मेरा मतलब हिन्दी साहित्य से है!" उसने स्पष्ट किया।

"यानी इनके ज़माने में सिर्फ़ आन्दोलन चलते थे!" मैंने चुटकी ली।

नीलाम्बर मुस्कराया, पर मेरी बात उसने अनसुनी कर दी, "अरे यार, इतना निराश होने से काम नहीं चलेगा," वह तरुण को सम्बोधित कर रहा था, "यह सब तो चलता ही रहता है। किसी ने कहा भी है कि लेखक मेले में ले जाए जा रहे जानवरों की तरह हैं। एक ही खेत के होने के बावजूद एक-दूसरे को ठसका लगाए बग़ैर चल ही नहीं सकते। तुम लोग हो, नये लोग! तुम्हें आस्था नहीं खोनी चाहिए।"

"अगर मैं ग़लत हूँ, तो आप बताइए इस बीच कौन-सा कहानीकार, कवि या उपन्यासकार ऐसा है जिस पर आप हाथ रखकर कह सकते हैं कि यह निराला, मुक्तिबोध, यशपाल, या छोड़िए मोहन राकेश तक के स्तर तक पहुँच पाएगा?" वह साँस लेने को रुका, "अन्तिम आन्दोलन चाहे जैसा भी था कहानी में 'नई कहानी' ही थी...मेरा मतलब है जिसे गम्भीरता से लिया जा सके! वैसे तो 'समान्तर' जैसे कई चक्कर चले, पर उनका कोई अर्थ नहीं होता! और कविता की हालत तो यह है कि छायावाद के बाद बस अन्तहीन बंजर है, जिसमें मुक्तिबोध एक मात्र नख़लिस्तान नज़र आता है।"

"और धूमिल?" किसी ने पूछा।

"धूमिल अच्छा कवि है, महत्त्वपूर्ण है, पर महान नहीं है।" अपनी स्पष्टवादिता के लिए चर्चित तरुण ने फ़तवा दे डाला।

"अच्छा छोड़ो हिन्दी साहित्य को, तुम बताओ तुम क्या लिख रहे थे?" नीलाम्बर बहस के मूड में नहीं था। हिन्दी साहित्य के एक ज़माने के सबसे सशक्त और ऊर्जावान माने-जाने वाले लेखक नीलाम्बर पांडे ने स्वयं पिछले सात वर्षों से ऐसा कुछ नहीं लिखा था, जिसे महत्त्वपूर्ण कहा जा सके, सिवा फुटकर कविताओं और टी.वी. व रेडियो पर 'स्क्रिट' या उसी तरह की किसी चीज़ के। यही नहीं कि इस बीच उसकी कोई किताब प्रकाशित नहीं हुई, बल्कि इधर उसके पिछले उपन्यासों पर भी चर्चा बन्द हो गई थी। उलटे, ऐसी नकारात्मक स्थिति पैदा हो गई थी कि उसके बहुचर्चित और महत्त्वपूर्ण उपन्यास 'अपना चेहरा' को काफ़्का के 'ट्रॉयल' की छायानुकृति क़रारा जा रहा था।

"कुछ भी नहीं, बस कुछ छिटपुट काम के!" तरुण ने कहना शुरू किया, "वह भी कहीं कोई समीक्षा लिख दी, तो कहीं कोई प्रतिक्रिया! ऐसा लगता है, सब चुक गया है! मैं तो इस नतीज़े पर पहुँचा हूँ, अगर लेखन करना है तो 'फुल टाइम' ही करना होगा, वरना बेहतर है, जर्नलिज़्म ही ठीक से करें। आप बताइए, दिनभर देशी-विदेशी अंग्रेज़ी पत्र-पत्रिकाओं के लेखों का चर्बा बनाने और टीपने के बाद दिमाग़ में क्या रह जाएगा? शाम तक ऐसा हो जाता है, जैसे अमूल दूध का ख़ाली डिब्बा। इसके बाद भी क्या लिखना-पढ़ना सम्भव है?"

तरुण की उपमा पर सब हँस पड़े। हाल ही में उसके घर लड़का हुआ था और साहित्य के अलावा उसे दूध का भाव भी पता चल गया था।

वह भी मुस्कराया, "सच बात है, ऐसे में न साहित्य हो पा रहा है, न पत्रकारिता!"

"खाने के लिए कुछ तो करना ही होगा!" नीलाम्बर ने बहुत ही उखड़े स्वर में कहा।

"तो ठीक है, शरीर और दिमाग़ की भी सीमा है। कब तक खींचिएगा, क्या-क्या करिएगा?" तरुण ने तत्काल कहा।

नीलाम्बर इस बार कुछ नहीं बोला, मुस्कराया तक नहीं। उसने अपना चश्मा उतारा और उसे पोंछकर सामने बैंक ऑफ़ बड़ौदा की भीमकाय बिल्डिंग देखने लगा। चश्मा थोड़ी देर यों ही हाथ में रहा और फिर वापस पहनकर उसने तरुण को देखा, जैसे अँधेरे में आँखें बैठाने के लिए आप कुछ देर के लिए स्थिर हो जाते हैं। इतने दिन बाद और इतने निकट से नीलाम्बर को देखने के कारण मुझे उसकी हरकतें बड़ी अजीब लग रही थीं, अन्दर-ही-अन्दर कहीं दहशत पैदा करके दिमाग़ को एक बेचैन ख़याल से भरती हुईं।

अचानक वह उठता हुआ बोला, "अच्छा मैं चलता हूँ, ज़रा जल्दी में हूँ!"

मुझे लगा, साहित्य पर बातें करना उसके लिए असुविधाजनक सिद्ध हो रहा है, जैसे कोई उसके मर्म को जान-बूझकर छू दे रहा हो।

मैं सोच ही रहा था कि क्या करूँ, वह बोला, "तुम अभी बैठोगे? आओ, चलो।"

"चलता हूँ, ज़रा पैसे दे दूँ!" मैंने कहा।

"कितने पैसे हैं, तरुण को दे दो, वह दे देगा।" वह एकदम बेचैन हो उठा था।

"तरुण के सामने मेज़ पर पैसे रखकर मैं भी उसके पीछे कॉफ़ी हाउस की दूसरी मंज़िल से नीचे उतर आया।

पान वाले से '501' का बंडल लेते-लेते ही वह कहने लगा, "यहाँ बहुत भीड़ है! अजीब घुटन हो रही थी!" बीड़ी के बंडल को दोनों हथेलियों के बीच चलाकर ढीला करते हुए उसने पूछा, "तुम यहाँ रोज़ कैसे बैठते हो?" फिर वह मुस्कराया, शायद उसे अपने दिन याद आ गए। उसने एक बीड़ी सुलगाई और चल पड़ा। वह अपने में इतना खोया हुआ था कि उसे मुझसे पूछने का ध्यान तक नहीं रहा। चौराहे पर वह हरी बत्ती के इन्तज़ार में रुक गया। कोई ख़ास ट्रैफिक नहीं था। मैं पार करना चाहता था, पर उसने मुझे भी लपककर पकड़ लिया और तब तक पकड़े रहा जब तक कि हरी बत्ती नहीं हो गई। हम इनर सर्किल की ओर बढ़ने लगे। यद्यपि उसने बताया नहीं कि हम कहाँ जा रहे हैं, पर मैं जानता था वह कहाँ ले जा सकता है है—एकान्त की तलाश में किसी शान्त-से रेस्तराँ में।

बाईं ओर हाथ उठाकर उसने कहा, "देखो! 'रैम्बल' भी बन्द हो गया है।"

"बीड़ी निकालो!" मैंने हाथ बढ़ाया।

"अरे, सॉरी!" उसने बंडल मेरे हाथ में रख दिया, "अब वह कनॉट प्लेस नहीं रहा जो हमारे ज़माने में हुआ करता था। न अब 'टी-हाउस' रहा है, न पुराना टैंट वाला कॉफ़ी हाउस। ऐसा लगता है, जैसे एक ज़माना गुज़र गया हो!"

"ज़माना तो गुज़रता ही है!" मैंने मुस्कराकर कहा, "सिवा परिवर्तन के कोई भी चीज़ शाश्वत नहीं है।"

वह थोड़ा-सा मुस्कराया। मार्क्स का यह वाक्य किसी ज़माने में वह अक्सर सुना दिया करता था।

"नये रेस्तराँ खुल रहे हैं!" मैंने अपने स्वर को भरसक आशावादी बनाते हुए कहा।

"नहीं, इनमें वह बात नहीं है जो अपने कॉफ़ी हाउस और टी-हाउस में थी। उनकी एक परम्परा थी, एक अपनापन था। ये नये रेस्तराँ, कैसे अजनबी लगते हैं! बल्कि मुझे तो तुम्हारे कॉफ़ी हाउस में भी सुकून नहीं मिल रहा था, जैसा टैंटवाले कॉफ़ी हाउस या टी-हाउस में मिला करता था।"

उसने 'रैम्बल' की बात नहीं की, जहाँ वह और सुमन कभी बैठा करते थे।

वह ज़रूरत से ज़्यादा 'नॉस्टेलजिक' हुआ जा रहा था, जैसे कोई बूढ़ा पीछे मुड़कर देखता है। मुझे यह सब अच्छा नहीं लगा। एक तो स्वयं मैं ही अपने एकाकीपन और कुछ न कर पाने की हताशा से ग्रस्त था, उस पर नीलाम्बर का यह प्रलाप बहुत ही असह्य-सा होता जा रहा था। कॉफ़ी हाउस में न बैठ पाना उसकी अपनी अन्दर की बेचैनी दिखा रहा था, न कि 'कॉफ़ी हाउस' की असमर्थता। आख़िर इसे हो क्या रहा है? नीलाम्बर इतना असंगत, यथार्थ से कटा और निराशावादी कब से हो गया है!

"सुनो, तुम्हारे पास 'मून एंड सिक्स पैंस' है?"

"मून एंड सिक्स पैंस?" मेरी समझ में नहीं आया।

"मॉम का पॉल गोंगा पर जो नॉवल है।"

"अरे हाँ, 'मून एंड सिक्स पैंस'! नहीं, मेरे पास तो नहीं है। वह तुमने ही तो मुझे पढ़ने को दिया था! तुम्हारी कॉपी कहाँ गई?"

"न जाने कौन उल्लू का पट्ठा ले गया! हमारे यहाँ जो भी साला आता है, अंग्रेज़ी का मास्टर होता है! एक-न-एक किताब उठाकर चलता बनता है! साले कपड़ों और सैंटों पर तो रुपया पानी की तरह बहाएँगे, पर किताब पर धेला लगाना नहीं जानते! चलो, ठीक है, आप किताब ले जा रहे हैं लेकिन वापस करना भी तो याद होना चाहिए। साले सब स्मगलर हैं, हाथ आई चीज़ लौटाना सीखा हो, तब न!"

मेरी समझ में थोड़ी देर नहीं आया कि यह बात किसके लिए कही जा रही है! असल में उसका इशारा सुमन के सम्बन्धियों की ओर था। पर इस बात के साथ ही मुझे वह दिन याद आया जब मैं, नीलाम्बर और सुमन एक-साथ स्कूटर-रिक्शा पर गए थे और मेरे नथुनों में एक बहुत ही मादक और अजनबी गंध भर गई थी। ठीक वही महक आज नीलाम्बर से उठ रही थी। यह कोलोन (जिसे मैं शुरू में कोलगन कहा करता था) है या सैंट, मैं सोचने लगा।

"यह कौन-सा सैंट है, बड़ा बढ़िया है!" मैंने तारीफ़ वाले अन्दाज़ में कहा। नीलाम्बर जैसे ही किसी व्यक्तित्व को ध्यान में रखकर किसी ने कपड़ों के विज्ञापन

की कॉपी में 'ऊज़िंग कोलोन, कानफ़िडैंस एंड कॉकिनैस' लिखा होगा। यद्यपि वह आज काफ़ी निराशाजनक और हारे हुए जुआरी-सा हो रहा था, पर अपने विश्वास के कारण सदा से ही इतने आदर्श क़िस्म का था कि विज्ञापन ही हो सकता था।

"तुम यह कौन-सा सैंट लगाते हो?" उसकी अस्वाभाविक चुप्पी को हिलाने की कोशिश में मैंने अपना प्रश्न दोहराया।

"होगा कोई साला!"

"विदेशी है?" मैं उसके उखड़े जवाब से हतोत्साह नहीं हुआ।

"हाँ, स्मगलर लाता रहता है अपनी बहन के लिए ऐसी चीजें!"

यह मेरे लिए नई बात थी। असल में नीलाम्बर सुमन के भाई पवन के बारे में कह रहा था। वह ग्रेटर कैलाश में बटिक चलाया करता था। नीलाम्बर ने पहली बार उसे स्मगलर कहा था, वरना मैं पवन को 'बिज़नेसमैन' के रूप में जानता था। मैं हँस दिया।

"अरे, मैं ठीक कह रहा हूँ!" उसे मेरा हँसना अच्छा नहीं लगा, "वह वाक़ई स्मगलिंग करता है, वरना कोठियाँ, क्या तुम समझते हो, रातोंरात ऐसे ही बन जाती हैं!"

हम 'इनर सर्किल' के ब्लॉक धीरे-धीरे पार करते जा रहे थे। बाज़ार कभी का बन्द हो चुका था। बिजली की कमी के कारण 'नियोन साइनों' पर पाबन्दी थी और बरामदे अँधेरे-उजाले में कटे-फटे पड़े थे, जैसे चीनी मिट्टी का कोई बर्तन टूटकर बिखर गया हो। आमदोरफ़्त लगभग ख़त्म ही-सी थी, सिवा गाड़ियों के जो, सैन्ट्रल पार्क को नाइलोन के काले फन्दे की तरह कसती सड़क पर, तेज़ी से दौड़ रही थीं। दुकानों के नाम पर बीच-बीच में रेस्तराँओं के आगे पान व पत्रिकाओं-किताबों वाले बैठे थे। नीलाम्बर नियमपूर्वक हर किताब वाले से पूछ रहा था, "अरे सुनो! तुम्हारे पास मॉम का नॉवल 'मून एंड सिक्स पैंस' है?"

हर जगह एक ही जवाब मिल रहा था, "नहीं साहब! राबिन्स का लेटेस्ट नॉवल है, 'बैटेसी', चेज़ का भी...।"

"नहीं-नहीं, ठीक है!" नीलाम्बर उन्हें बीच में ही काटकर बढ़ जाता था।

मैं उससे कह चुका था, फुटपाथ पर किसी भी ढंग की चीज़ की उम्मीद बेकार है, पर वह हर बार मेरी बात दोहरा अगली दुकान पर फिर वही प्रश्न कर बैठता है।

मुझे उसकी झक पर खीझ आने लगी, "अरे यार, कल ले लेना! गलगोतिया के यहाँ ज़रूर मिल जाएगी।"

उसको असल में कुछ भी बताने की आवश्यकता नहीं थी और चूँकि सोए को ही जगाया जा सकता है, इसलिए मैं यदा-कदा नज़र आ जाती इक्की-दुक्की औरतों को देखने लगा। सम्भवतः धन्धे के लिए निकली औरतें! इधर दिल्ली में वेश्यावृत्ति काफ़ी बढ़ गई है। और सड़कों पर रात-बेरात निकली सामान्य अकेली औरत और 'कॉल गर्ल्स' के बीच अन्तर कर पाना असम्भव होता जा रहा है।

“आई हेट ऑल दिस!” नीलाम्बर ने मुझे चौंका दिया। हम ओडियन के सामने से सड़क पार कर रहे थे। नियमपूर्वक उसने मेरा हाथ पकड़ रखा था—सड़क पार कर जाने की मेरी बेचैनी के प्रति आज वह कुछ ज़्यादा ही सजग लग रहा था।

“यह है ही घृणास्पद!” मैंने हामी भरी, “पर जिस देश में अधिसंख्य लोगों को पेट भरना असम्भव हो, वहाँ यह सब नहीं तो और क्या होगा?” कुछ दार्शनिक अन्दाज़ में मैंने अपनी बात पूरी की।

इस बार नीलाम्बर की बारी थी। वह भौचक रह गया। उसने मुझे घूरा, जैसे तोल रहा हो कि मंशा क्या है! इससे मैं थोड़ा बेचैन हो उठा। पर उसने स्पष्ट किया, “मैं इस सैंट की बात कर रहा था।”

आह! कम्युनिकेशन गैप! मैं मन-ही-मन मुस्कराया। बैचलर हूँ, इसलिए औरत आकर्षित करती है, फिर चाहे वेश्या ही क्यों न हो! और नीलाम्बर इस समय चूँकि अघाया हुआ है, इसलिए औरत और सैंट के भी विरुद्ध है।

“उसने ज़बरदस्ती लगा दिया!” नीलाम्बर ने सुरक्षात्मक लहज़े में कहा।

मेरी समझ में नहीं आया कि वह इस तरह से स्पष्टीकरण क्यों दे रहा है! मैं बातचीत के माहौल को बदलना चाहता था, इसलिए सैंट की बात कर बैठा था।

“असल में आज किसी विदेशी पार्टी से मिलना था, इसलिए मना भी नहीं कर सका!” वह फिर बोलने लगा, “तुम बताओ देब्बू, क्या यह मेरा काम है?” उसने मेरी ओर देखा, “मैं ही बना हूँ इस एक्सपोर्ट-इम्पोर्ट का रैकेट करने को!”

“क्या?” वह बहुत आवेश में था और मेरी समझ में कुछ आ नहीं रहा था।

उसने मेरे ‘क्या’ की ओर ध्यान दिये बिना पूछा, “कुछ है तुम्हारे पास?”

“लोगे?” मुझे हार्दिक प्रसन्नता हुई। काफ़ी देर हो चुकी थी पिए हुए, सम्भवतः इसीलिए मेरी इन्द्रियाँ और तंत्रिका-तंत्र ठीक से काम नहीं कर रहे थे। “बड़ा बढ़िया माल है।” मैंने अपनी प्रसन्नता को बाँटना चाहा।

“कोई पहाड़ से लाया क्या?”

“हाँ, आया पहाड़ से ही है। चलो, पार्क में बैठते हैं!”

बैठते हुए याद आया, “अरे, सिगरेट तो है ही नहीं!”

“बैठो-बैठो, मेरे पास है।” उसने कोट की जेब से पैकेट निकाल मेरे हाथ में थमा दिया।

अजीब-सा नाम था! न डनहिल, न मर्लबरो, कैंट-द्यू मॉरियर।

“फ्रैंच है!” उसने मेरी उत्सुकता को सन्तुष्ट कर दिया।

“स्मगल्ड!” मैंने प्रसन्नता-मिश्रित आश्चर्य से कहा।

“तुम भरना शुरू करो।” उसे मेरी बढ़ती हुई उत्सुकता और बच्चों जैसी बेहूदी ख़ुशी अच्छी नहीं लगी।

“तुम्हें ऐसा माल मिलता कहाँ से है?” मैंने हतोत्साह होने से इनकार कर दिया।

"विदेशियों से मिलने के लिए यह माल बीवी निकालती है। आज जिससे मिलना था वह फ्रैंच था, इसलिए सिगरेट भी फ्रैंच है और सैंट भी!" वह व्यंग्य से हँसा।

"कौन-सा है?" मैं सैंट को लेकर परेशान था।

"जाँ पोत्यू!" उसने कहा।

"यार, यह तो...!" मैं कहना चाहता था कि सिगरेट भरने के लिए ठीक नहीं रहतीं, पर उसने मामले को ख़त्म कर दिया।

"अब तुम ज़्यादा चक्कर में न पड़ो! जो है, उसी से काम चला लो! करो ज़रा जल्दी!" वह बेचैन था। क्योंकि मैं बार-बार उसकी बात को घुमाव दे रहा था और वह अपने उदास मूड में पूरी तरह डूबा रहना चाहता था, इसलिए बातचीत में उसे आनन्द नहीं आ रहा था।

मैं चुपचाप सिगरेट भरने में लग गया। जब तक सिगरेट तैयार हुई, वह घास पर आँखें बन्द किये लेटा रहा। पर चरस के पहले ही दम के साथ वह फिर बोलने लगा।

"मैं तुम्हें समझाता हूँ!" वह जानता था कि स्पष्ट संकेतों के बावजूद मैं उसकी बातों को पूरी तरह पकड़ पाने में असमर्थ हूँ।

"तुम्हें पता है न कि सुमन ने 'परिधान' नाम की कम्पनी खोली है।"

"हाँ!" मैंने अपना ज्ञान दिखाया, "लगभग तीन साल पहले!"

"हूँ! चार साल हो गए हैं।" उसे मेरा बीच में बोलना वाक़ई अच्छा नहीं लगा, "पहले ऐसा था कि हमने कुछ कारीगर रख रखे थे और पाँच-दस हज़ार का माल बनाने का ऑर्डर लेते और एक्सपोर्टर के सुपुर्द कर देते थे। आराम से दो-ढाई हज़ार मिल जाता था, जो काफ़ी था!" वह थोड़ा रुका, पर तुरंत ही, शायद इस डर से कि मैं कहीं फिर न बोलने लगूँ, शुरू हो गया, "पर इधर एक नया 'डैवलपमेंट' शुरू हुआ है।"

वह फिर रुका, बात नया मोड़ जो ले रही थी।

"आज जिस फ्रैंच से हम मिलने गए थे, वह अगले सीज़न तक बारह लाख का माल तो सिर्फ़ हमसे ही चाहता है। सीज़न, यानी बहुत हुआ, तो मार्च तक सारा माल डिलीवर हो जाना चाहिए।" वह उँगलियों में गिनने लगा, "अक्टूबर तो निकला समझो! नवम्बर, दिसम्बर, जनवरी, फ़रवरी, मार्च—यानी पाँच महीने में! पवन ने न जाने कहाँ से फाँसा है! हो सकता है, वह साला भी कोई स्मगलर हो। ख़ैर, आज हम उससे 'प्रिलिमिनरी' बात कर आए हैं। एक हफ़्ते के अन्दर सैम्पल दिखाने हैं, डिज़ाइन उसने दे दिये हैं। अगर एप्रूव हो गए, तो 'कॉन्ट्रैक्ट' हाथ में ही समझो।"

शुद्ध 'काले कश्मीरी' से मैं इतना संवेदित हो उठा था कि दूब के पत्तों के काँपने की मरमर तक मेरा पोर-पोर सुन रहा था। बारह लाख मेरी प्रमुदित चेतना में इस तरह गूँज रहे थे जैसे पहाड़ी मन्दिर की घंटियाँ घाटी में। कोई भी नकारात्मक बात मुझे असहनीय हो रही थी। "यह तुम्हें कैसे लगा कि वह भी स्मगलर होगा?" मैंने पूछा।

"जिस आराम से वह हमारी शर्तें मानता गया, वह शंका पैदा करता है।"

"कुछ भी हो, तुम अपने काम से काम रखो! बारह लाख! मज़ा आ जाएगा, प्यारे! पाँच महीने में कुछ नहीं, तो तीन-चार लाख शुद्ध तुम्हारे होंगे!"

"अरे, नहीं यार!" वह खीझा, "अभी बहुत रगड़ा है। 'कॉन्ट्रैक्ट' मिल भी गया, तो एक्सपोर्ट लाइसेंस जुटाना होगा। फिर गारंटी का पैसा इकट्ठा करो। और सबसे बड़ी बात कि जितना बड़ा ऑर्डर उतना बड़ा 'एस्टैब्लिशमेंट'। पूँजी कहाँ है? इतनी सामर्थ्य किसके पास है?"

मैं थोड़ी देर उन्मत्त हँसता रहा, "यार, तुम यह सारा काम सुमन पर छोड़ दो, समझे! तुममें न हो, उसमें बहुत सामर्थ्य है। वह अपने-आप कर लेगी सारा इन्तज़ाम! उसके पिता तो हैं ही, फिर भाई है! तुम बस उसकी थोड़ी मदद कर दो और निश्चित होकर लेखन में लग जाओ।" और मैंने प्रवचन के बाद आँखें बन्द कर लीं।

"लगता है, तुम्हें चरस चढ़ गई है।" उसने बहुत ही रूखे बल्कि अपमानजनक लहजे में कहा। हो सकता है, थोड़ा असर हो, पर असली नशा बारह लाख के आँकड़े का था, जिसने मेरे दिमाग़ को एल.एस.डी. की तरह तरंगायित कर दिया था। एल.एस.डी. उड़ने का सिर्फ़ भ्रम ही पैदा करती है, पर बारह लाख वास्तव में उड़ा सकता है। और अगर मेरे परोक्ष व्यवहार में मादकता के चिह्न थे, तो इसके लिए चरस कतई ज़िम्मेदार नहीं थी। आश्चर्य कि नीलाम्बर इस बात को समझने में असमर्थ था। बात मुझे लग गई। दिल हुआ, कह दूँ, ज़िन्दगी-भर जितनी तुमने रोटी खाई होगी उससे ज़्यादा की चरस मैं पिछले पाँच साल में पी गया हूँ। रहे होगे तुम हिन्दी के गिन्सबर्ग किसी ज़माने में, पर मैं आज भी हिन्दी का कॉलरिज ही हूँ।

पर नीलाम्बर था, उस पर हड़काए जानवर-सा बौखलाया हुआ—मैंने स्वयं को तत्काल नियंत्रित कर लिया। (क्या इसके बावजूद मैं नशे में कहलाया जाऊँगा?)

"अरे, वो उल्लू की पट्ठी मुझसे कह रही है कि मैं नौकरी छोड़ दूँ।"

"ठीक है, लिखने में लग जाओ!" मुझे सलाहकार की भूमिका निबाहने में आनन्द आने लगा था।

"यार, तुम चुप भी रहोगे या नहीं!" वह बिगड़ गया।

मैं खिसियाया हुआ उसका मुँह ही देखता रह गया।

"नौकरी इसलिए छोड़ दूँ जिससे कि मैं अपना पूरा समय दर्ज़ियों, डिज़ाइनरों और फ्रैंच व अमरीकी 'इम्पोर्टरों' और 'एक्सपोर्टरों' में लगा सकूँ?" वह इतना उत्तेजित हो उठा था कि उसे अपनी आवाज़ पर नियंत्रण ही नहीं रहा।

"क्या यह मेरा काम है? बोलो! मेरा काम है? बताओ!"

उसका 'बोलो, बताओ' कुछ इस तरह का था, जैसे कि अक्सर रेडियो-नाटकों में गायक नाज़ुक मौक़ों पर उत्तेजित हो जाता है, इसलिए प्रभावशाली और सफल भी रहा।

मैंने थोड़ी देर सोचने का-सा उपक्रम किया, फिर उसी नाटकीय प्रभाव को बनाए रखने के लिए अपने स्वर को हल्के आवेश से कँपाते हुए कहा, "नहीं-नहीं, तुम ऐसी ग़लती कभी न करना!" मैं थोड़ा रुका, "यह कपड़े का धन्धा तुम्हारा काम नहीं है। यू आर ए राइटर!" और अचानक मुझे अपने स्वर को सप्रयत्न आवेशमय बनाए रखने की आवश्यकता नहीं रही। मेरे अन्दर का लेखकीय दंभ सिर उठा चुका था। मैं अंग्रेज़ी में ही जारी रहा, "यू हैव गॉट ए सोशल रिसपॉन्सिबिलिटी टु फुलफ़िल, डोंट फ़ारगैट दैट!"

"नहीं जी, बिलकुल नहीं!" कुल पल के विराम के बाद वह बोला, "मैं तलाक़ लेने की सोच रहा हूँ।"

अभी-अभी निभाई अपनी भूमिका के प्रति असीम सन्तोष और शायद चरस की हलकी तंद्रा में होने के कारण भी ऐसा झटका महसूस हुआ, जैसा बेरोज़गारी के दिनों में, सारा दिन भटकने के बाद डेरे को लौटते हुए आख़िरी बस में ऊँघते हुए अचानक ब्रेक लग जाने पर लगता है—सामने की सीट के लोहे के डंडे पर सिर के टकरा जाने का-सा!

"तुम्हें इस पर शान्ति से सोचना चाहिए। उत्तेजना में कुछ न कर बैठना। मेरा तो कहना है कि तुम्हें उससे बात करनी चाहिए। आख़िर वह भी तो 'आर्टिस्ट' है, वह 'आर्टिस्ट' का दर्द समझेगी।"

वह मेरी बात पर हँसने लगा। पर मैं इससे हतोत्साह नहीं हुआ, "उससे कहो, वह अपना काम करती रहे और तुम्हें अपना काम करने दे। इस तरह तुम अपना लिखना भी कर सकते हो और तुम्हें धन की भी कमी नहीं रहेगी!"

"काश, चीज़ें इतनी सीधी होतीं!" उसने मेरी पूरी बात की जड़ ही साफ़ कर दी। इसका दूसरा अर्थ यह था कि तुम बेवकूफ़ हो। समझ में चूँकि कुछ नहीं आया, इसलिए मैं चुप ही हो गया।

"देखो देब्बू! मैंने सारी बातों पर सोच लिया है। तुम क्या सोचते हो, मैंने उसे समझाया नहीं होगा? मैं उसे बहुत समझा चुका हूँ। सच्चाई यह भी है कि मैं उससे डरने लगा हूँ। अब संवाद की स्थिति नहीं रही है। मेरे पास या तो उसकी बात मान लेने के या चुप हो जाने के अलावा और कोई रास्ता रह ही नहीं जाता। जब भी मैं कहता हूँ, इसे मत बढ़ाओ...जानते हो, वह क्या कहती है?" उसने मेरा मुँह देखा।

"उसका सीधा प्रश्न होता है—'तुम मुझे खिला सकते हो? तुम्हारी तनख़्वाह में तो मेरे बच्चों की फ़ीस भी नहीं निकल पाती।' पर अगर तुम अपने बच्चों को शेरवुड में पढ़ाओगे, तो निश्चय ही मेरी तनख़्वाह में कुछ नहीं होगा। वरना पन्द्रह-सोलह सौ क्या कम होते हैं?"

"किसने कहा है कि एक हज़ार रुपये महीने का मकान लो? थोड़े 'मॉडैस्ट' मकान में भी तो रहा जा सकता है। पर उलटा वह मुझे समझाती है—'लिखकर ही क्या

हो जाएगा? इतने लोग लिखते हैं, तुम भी लिख रहे हो। जितना पैसा तुम साल-भर में अपने लेखन से कमाते हो, उतना तो मैं एक महीने में अपने एक कारीगर को देती हूँ'।"

"देब्बू! वह ग़लत नहीं है!" मेरे धक्क रह गए चेहरे को देखते हुए उसने कहा, "पर सवाल यह है कि क्या आदमी लिखने का काम सिर्फ़ पैसा कमाने के लिए चुनता है? अगर मैं गुलशन नंदा हो जाऊँ, तो उसे प्रसन्नता होगी। और अगर हैराल्ड रॉबिन्स जैसी कोई चीज़, तो महानतम प्रसन्नता, पर वह मुझे ऐसे लेखक के रूप में नहीं चाहती जिसके उत्पादन को 'ग्रॉस नेशनल प्रोडक्ट' के साथ नहीं जोड़ा जा सके!" वह लेट गया।

"जानते हो, मेरे अन्दर कैसी आँधी चलती है? क्या मैं रेगिस्तान होता जा रहा हूँ। समझ में नहीं आता, क्या हो रहा है! एक रेत का दलदल है, शायद बच नहीं सकता!"

उसने आँखें बन्द कर लीं, जैसे अन्दर के घुमड़ते तूफ़ान को दबा रहा हो। मैंने उसे इतना कमज़ोर और असहाय कभी नहीं देखा था। क्या वह इस सबको छोड़ भागने की अपनी किसी योजना को कार्यान्वित करने के लिए नैतिक साहस जुटाने के तहत ही 'मून एंड सिक्स पैंस' ढूँढ़ रहा है, जिसका नायक चालीस वर्ष की उम्र पार कर जाने के बाद एक दिन अचानक जमा-जमाया घर और कारोबार छोड़, पेंटर बनने के चक्कर में निकल पड़ता है।

"नहीं, ऐसा कुछ नहीं है। अभी तुममें बहुत सम्भावनाएँ हैं। अभी बहुत सामर्थ्य है तुममें।" मैंने उसे ढाढ़स बँधाते हुए कहा, "तुम्हारी उम्र में तो अक्सर लोग लिखना शुरू करते हैं। असल में आदमी परिपक्व भी चालीस के बाद ही होता है। थोड़ा धैर्य रखो, जो भी करो, ज़रा सँभलकर करना!"

यद्यपि मैं कह गया, पर अपने शब्दों के खोखलेपन से मैं अनभिज्ञ नहीं था। उम्र का लेखन से कोई रिश्ता नहीं है। शैली, कीट्स, बायरन, काफ़्का चेख़व...न जाने कितने लेखक हैं जो चालीस तक भी मुश्किल से पहुँचे। यह ग़लत नहीं है कि लेखक एक पल की भी बर्बादी नहीं सह सकता।

"लगता है, इस तरह अब और नहीं खींचा जा सकता।" वह भरा हुआ था।

मैंने सोचा, जितना हो बोलने देना चाहिए।

"वह मुझे समझाती है, 'ज़िन्दगी दुबारा नहीं मिलेगी। ज़वानी ऐसे ही निकल जाएगी, बिना 'एंजॉय' किये। इस लिखने से कुछ नहीं होने वाला'!"

"यह मूलतः एक औरत का वक्तव्य है, जो पूरी तरह भौतिक स्तर पर जीना चाहती है और जीती है। क्या तुम सोच सकते हो कि आर्टिस्ट ऐसी बात करेगा?" उसने मेरे घुटने पर अपनी उँगली ठोकते हुए पूछा, "किसी भी आर्टिस्ट के लिए सदा यह बात महत्त्वपूर्ण रहेगी कि एक रचनाकार के नाते हम समाज के लिए क्या कर जाते हैं, न कि कितने आदमी या औरतों के साथ सोते हैं, कितने क़िस्म के सैंट लगाते हैं, कितने बड़े मकान में रहते हैं, कैसी कार चलाते हैं, हमारे पास ग्रुंडी का टी.वी.

है या पाई का, हमारा टू-इन-वन नेशनल पैनासोनिक है या हिटाची, हमारा कैमरा पैंटैक्स है या कैनन!...बकवास! यह साली कोई ज़िन्दगी है! दिन-रात, सुबह-शाम सिर्फ़ फ्रिज, टी.वी., कार की बकवास! इसीलिए मिली है ज़िन्दगी कि इन्हें जुटाओ और जुटाते-जुटाते ही मर जाओ! इसी का नाम है इन्जायमेंट...! सच्चाई यह है देब्बू कि आदमी-औरत के सम्बन्ध मूलत: मादा-नर मकड़ी की तरह हैं।"

"क्या मतलब?"

वह थोड़ी देर रुका, मुस्कराया और फिर बोलने लगा, "तुमने एपिरस मकड़ी के बारे में नहीं सुना? इस जाति के नर को मादा के पास बहुत सँभलकर जाना होता है। अगर नर संभोग के बाद समय रहते ही अलग नहीं हो गया, तो शारीरिक तृप्ति के साथ-ही-साथ मादा की प्रेम की तात्कालिक इच्छा का स्थान परभक्षण की मूल प्रवृत्ति ले लेती है और वह नर को खा जाती है। सम्भवत: यह सावधानी मानव नर के लिए भी आवश्यक है!"

"नहीं, नहीं, नहीं! इस तरह की उपमा सही नहीं है!" मैंने कहा, "साँप भी तो अपने बच्चों को खा जाता है, क्या इसको भी हम मानव पर लागू कर सकते हैं? नहीं-नहीं, यह उपमा बहुत क्रूर है!" मैं हँसा।

उसने मेरी बात पर ध्यान ही नहीं दिया।

मैंने फिर से कहा, "सुमन बिज़नेस के मामलों में तेज़ है। वह सब अकेले ही सँभाल लेगी।"

मैं सुमन को कभी 'भाभी' नहीं कहता था। वह भी इसे पसन्द नहीं करती थी। वैसे भी नीलाम्बर की पत्नी होने के बावजूद उसको लेकर जिस तरह की कल्पनाएँ और इच्छाएँ मेरे दिमाग़ व चेतना में बैठी थीं तथा जिन स्थितियों में मैंने उसे देखा था, ऐसे में उसके साथ कोई आदरसूचक रिश्ता जोड़ पाना लगभग असम्भव था।

"इसमें एक पेच है", वह वापस बिज़नेस पर लौट पाया, "चूँकि हम, मेरा मतलब सुमन से है, इतना बड़ा काम अकेले नहीं कर सकते, इसलिए पवन इसमें पार्टनर होगा, सच्चाई यह है कि यह ऑर्डर उसी के कारण मिल रहा है...।"

मैंने उसे टोका, "अभी तो तुम कह रहे थे कि 'सैम्पल एप्रूव' करवाने हैं?"

"हाँ, करवाने हैं, पर वह कोई बड़ा काम नहीं है।" वह साँस लेने के लिए रुका। उसने एक बार मुझे तीखी नज़रों से देखा और फिर बोलने लगा, "मुझे लगता है, यह सब 'स्टेज मैनेज्ड' है। मैं जैसे 'कवर' के रूप में इस्तेमाल किया जा रहा होऊँ। जिससे कि सारे मामले को एक 'रिस्पैक्टेबिलिटी' मिल जाए। सुमन को यह 'आइडिया' पवन का ही दिया हुआ है कि मैं नौकरी छोड़ दूँ। तुम जानते ही हो, वह किस तरह के धन्धे में है, और कौन जाने यह भी उसी धन्धे को छिपाने के लिए नहीं है? इस सारे दुस्साहस के पीछे पवन है। मैंने जब भी सुमन से पूँजी के बारे में कहा है, वह कहती है, 'यह कोई समस्या नहीं है।' पवन जानता है कि मुझे उससे असीम

घृणा है। मैं उससे बोलता तक नहीं हूँ, पर वह लगातार अपनी बहन को भड़काता है। और पैसे की चमक अंधा बनाकर छोड़ती है, देब्बू!"

स्मगलिंग! इंटरनेशनल रैकेट! फ्रैंच आदमी! (क्या पता चार्ल्स शोभराज हो?) बारह लाख! इस सबने मेरी उद्दीप्त इन्द्रियों को कुछ इस रंग में रंग दिया कि जैसे अपने अमिताभ की कोई फ़िल्म देख रहे हों। अचानक मुझे नीलाम्बर अपने टॉप क्लास सूट में अमिताभ लगने लगा। उसका पाँच फुट चार इंच का क़द खिंचकर स्वयं ही छह फुट दो इंच हो गया। लम्बी जिर्राफ़-सी टाँगें और चिंपाजी-से लटकते हाथ—मैं 'एक्शन' का इन्तज़ार करने लगा।

"चाहे कुछ हो जाए," अमिताभ की बेहद मर्दाना और सुस्पष्ट आवाज़ मेरे कानों में पड़ी, "मैं इस रैकेट में शामिल नहीं होने वाला हूँ। नहीं, मुझे ऐसा पैसा नहीं चाहिए! इससे बेहतर मैं भूखों मरना पसन्द करूँगा!"

मुझे झटका लगा, अमिताभ का आत्मविश्वास तो कभी कम होता ही नहीं। नहीं, यह सलीम-जावेद की कहानी का नायक नहीं, नीलाम्बर था। एक सामान्य और ईमानदार नागरिक—बल्कि एक लेखक, जिसकी आत्मा ने अन्ततः विद्रोह कर दिया था।

विद्रोह, इनसान की फ़ितरत है। इसके ऐतिहासिक यथार्थ को झुठलाना बेकार है—बल्कि हमें इसमें अस्तित्व के सिद्धान्त को ही खोजना चाहिए।

"विद्रोही क्या होता है?" कामू लिखता है, "ऐसा आदमी जो 'नहीं' कहता है, परन्तु जिसके नहीं कहने का तात्पर्य त्याग नहीं है। वही आदमी जैसे ही, अपने बारे में सोचना शुरू करता है, 'हाँ' कर देता है।"

"क्या सोच रहे हो?" नीलाम्बर ने पूछा।

"विद्रोह के हर क़दम में सम्बन्धित आदमी अपने अधिकार के हनन के प्रति जुगुप्सा ही नहीं महसूस करता, बल्कि अपने ही कुछ पक्षों के प्रति सम्पूर्ण और स्वाभाविक निष्ठा भी महसूस करता है।"

"क्या मतलब?" नीलाम्बर ने चकित होकर पूछा।

"मतलब साफ़ है," मैंने कहा, "तुम अपने लेखकीय पक्ष के प्रति सम्पूर्ण और स्वाभाविक यानी 'स्पॉन्टेनियस' वफ़ादारी महसूस करने लगे हो। तुम विद्रोही हो और विद्रोह तुम्हारे लिए आवश्यक है!"

"अच्छा, बहुत हो गया, उठो अब!" वह खड़ा हो गया।

विद्रोह पर मुझे कामू की 'ल होमे रिवोल्ते' अभी याद आनी शुरू ही हुई थी कि उसने उठने का आदेश दे दिया। असल में कई दिनों से मैं कोई गम्भीर चर्चा नहीं कर पाया था, इसलिए मेरी तर्क-बुद्धि खुजला रही थी और इसके लिए नीलाम्बर से बेहतर आदमी कौन मिल सकता था! आजकल के लौंडे अपने को लेखक तो कहते हैं, पर किताबों से कोई रिश्ता नहीं रखते (वह काम पाठकों का जो हुआ!)।

"चलो, चाय पिएँगे!" उसने अपने आदेश को तर कर दिया।

मैंने थैला उठाया और अनिच्छापूर्वक उसके साथ हो लिया।

"बोलो, कहाँ चलें?"

"जहाँ तुम्हारी इच्छा हो!" बहस के न बढ़ पाने ने मुझे निराश कर दिया था।

"तुम्हारी भी तो कोई इच्छा होगी।" उसने कोंचा।

मैं चुप रहा। जब मैं दिल्ली आया ही आया था, तो नीलाम्बर मुझे अक्सर कनॉट प्लेस के बढ़िया रेस्तराँओं में एक-एक करके ले जाता था। जैसे कोई अपनी क़स्बाई पत्नी को शहरी-संस्कृति से वाक़िफ़ कराता है—क्या कहते हैं 'कल्चरल एडप्टेशन'! तब भी वह ऐसे ही पूछा करता था, पर ले जाता अपनी मरज़ी की ही जगह था। यद्यपि तब मैं इन रेस्तराँओं से अपरिचित था, इसलिए सुझाव की गुंजाइश ही नहीं थी, पर आज जब कि इनमें से अधिकांश को देख चुका हूँ इसमें या उसमें कोई अन्तर नज़र नहीं आता। जहाँ तक नीलाम्बर का सवाल है, वह 'वैंगर' या 'नरूला' या 'स्टैंडर्ड' की 'कनफ़ैक्शनरी' में अन्तर कर सकता है। वह बता सकता है पेस्ट्री कहाँ की बेहतर है, और केक कहाँ का! वही बतला सकता है कि कोना कॉफ़ी 'वोल्गा' की बढ़िया रहेगी या 'यूनाइटेड कॉफ़ी हाउस' की! यद्यपि मेरे लिए अब ये रेस्तराँ अजनबी नहीं हैं, पर आज भी इन जगहों में मैं इतना आत्मसजग हो उठता हूँ कि जीभ के अस्तित्व को ही भूल जाता हूँ। नीलाम्बर को लेकर अक्सर मुझे महसूस हुआ है कि अपनी सारी प्रगतिशीलता और ज्ञान के बावजूद (यह मेरी ग्रन्थि भी हो सकती है) वैभव और समृद्धि से उसे एक सांघातिक क़िस्म का लगाव है।

" 'ओपन हाउस' चलते हैं!" हर बार की तरह उसी ने फ़ैसला किया।

" 'जनपथ होटल के ओपन हाउस' में!" वह मुस्कराया मेरे अज्ञान पर।

मुझे इस मायने में भी नीलाम्बर का आभारी होना चाहिए कि उसने वैभव और ऐश्वर्य के उन क्षेत्रों की, जो मेरे जैसों के लिए वर्जित हैं, यदा-कदा ही सही, झलक तो दिखाई। उसी के कारण मैं चाइनीज़ और कॉन्टिनैंटल डिशेज़ का स्वाद ले पाया, वरना सम्भव था कि ढाबों की तन्दूरी रोटी, आलू की सब्जी और साबुत उड़द की दाल खाता-खाता ही परम-लोक प्राप्त कर जाता।

पर इसका दूसरा पक्ष भी है। इस वैभव, सम्पन्नता और ऐश्वर्य की तुलना में अपने जीवन की कमियों और कमर-तोड़ संघर्ष ने मुझे पलायनवादी बना दिया। क्षमा कीजिएगा, मैं अपने चरस और नशे के सेवन को इस तरह से 'डिफैंड' नहीं कर रहा हूँ, क्योंकि आत्मरक्षा का एक भी शब्द अन्ततः स्वयं को अपराधी साबित करना है और मैं मानता हूँ कि अगर हम अपराधी नहीं हैं, तो हमें आक्रामक होना चाहिए। यह क्या बात है कि सिर्फ़ अपराधी या उसी क़िस्म के लोग आक्रामक हों!

वह हौले-हौले कुछ बुदबुदाने लगा था। अचानक बोला, "देखो, कितनी बढ़िया हैं फ़ैज़ की ये लाइनें :

अपनी तनहाई समेटेगा बिछाएगा कोई
बेवफ़ाई की घड़ी, तर्के मुदारत का वक़्त
इस घड़ी अपने सिवा याद न आएगा कोई
तर्के दुनिया का समाँ, ख़त्मे मुलाक़ात का वक़्त
इस घड़ी ऐ दिले आवारा कहाँ जाओगे,
इस घड़ी कोई किसी का भी नहीं, रहने दो!"

"वाह! वाह! बहुत अच्छी हैं!" मैंने बिलकुल मुशायरे वाले अन्दाज़ में दाद दी। पर मेरे गद्‌गद् होने से भी बड़ी एक बात हुई। ऊँघते शहर, हलकी ठंडी अक्तूबरी हवा, मायूस दोस्त, चरस के मंथर नशे और उस पर फ़ैज़—सबने मिलकर मेरा पुराना कवि जगा दिया। मानता हूँ, ऐसी स्थिति में मुनासिब तो यह होता कि मैं भी टक्कर की कोई चीज़ उर्दू अदब से ही सुनाता। 'आवारा' ग़ज़ल के कई टुकड़े याद भी आ रहे थे, पर इस डर से कि नीलाम्बर कहीं यह न कह दे कि अरे, कुछ नया सुनाओ, इसे तो राजेन्द्र यादव से लेकर कमलेश्वर तक काफ़ी गा-बजा चुके हैं—बजाने से तात्पर्य रिकॉर्ड से है, और जब कमलेश्वर जी ने इसे 'डाक बँगले' में इस्तेमाल किया था, उन दिनों रेडियोग्राम ही 'इलैक्ट्रॉनिक्स' में 'इन किंग' था—मजाज़ को भुलाना पड़ा। उधर उर्दू शायरी की नज़ाकत और परम्परा को देखते हुए, यह भी निश्चित था कि आवारगी, मायूसी, अकेलेपन और बर्बादी को लेकर न जाने कितनी ग़ज़लें कही गई होंगी और कही जा रही होंगी। ऐसे में जबकि सारा मामला मेरे ज्ञान और साहित्य-प्रेम यानी अस्तित्व को ही चुनौती हो, कोई और रास्ता था?

"सुनो!" मैंने टोका, वह झूम-झूमकर फ़ैज़ की उन्हीं लाइनों को दोहरा रहा था।

"इधर मैंने भी कुछ कविताएँ लिखी हैं।" मैंने 'एसर्ट' करने की कोशिश की।

उसने कोई उत्साह नहीं दिखाया, बीते दिनों का-सा! सिर्फ़ 'अच्छा' कहकर रह गया।

पर चूँकि मेरा कवि पैंट झाड़कर खड़ा हो गया था, और नीलाम्बर का उन्हीं लाइनों पर लगातार झूमना एक चुनौती होता जा रहा था, पीछे हटने का प्रश्न ही नहीं रह गया। वैसे आज जब से मैं नीलाम्बर के साथ था, एक अजीब बात हो रही थी। वह जितना निराशा और हताशा की बातें करता, मैं उतना ही आशावादी और दृढ़ होता जा रहा था। क्या यह इत्तफ़ाक़ मात्र था, या उसकी निराशा की प्रतिक्रिया? ख़ैर, कुछ भी हो, मैंने कविता शुरू कर दी :

बिछी पड़ी है
ज़िन्दगी
रास्ते पर मेरे
साँप-सी मरे!

"अरे वाह!" वह मुस्कराया, "आजकल तुकबन्दी कर रहे हो या हाईकू टाइप का कोई मसाला है!"

"सुनो तो यार!" मैं हतोत्साह नहीं हुआ।

"हाँ सुनाओ!" उसने हँसते हुए कहा। इस हँसी में खोट नहीं था। अच्छा लगा। मेरा पुराना दोस्त, जो मुझे भाई की तरह प्यार करता था, आज की, बहुत सम्भव है, इस सप्ताह की, पहली हँसी हँस रहा था।

मेरा स्वर स्वयं ही ऊँचा हो गया :

बिछी पड़ी है
ज़िन्दगी
रास्ते पर मेरे
साँप-सी मरे
डर नहीं
डर की सम्भावना मात्र।

"अच्छी है! अच्छी है!" तारीफ़ में वह कसर नहीं करता था। "अभी हाल में लिखी?" उसके स्वर में शंका थी।

मैं अभी सोच ही रहा था कि क्या कहूँ, वह बोला, "बहुत अच्छा लग रहा है, तुम्हें आशावादी होता देख! कहीं प्रेम तो नहीं कर रहे हो?" वह ज़ोर से हँसा—ठहाका लगाकर।

मैं कुछ देर उसके चेहरे को पढ़ने का प्रयत्न करता रहा—क्या व्यंग्य कर रहा है? पर नहीं। वहाँ शुद्ध आह्लाद था। वास्तविक प्रसन्नता।

अबकी बार मैं मुस्कराया—किसी शरारती बच्चे की तरह, अपने मासूम और सफल झूठ पर। वास्तव में यह कविता भी (अगर आप इसे कविता कहें, तो) कोई तीन-चार साल पुरानी थी। इधर तो मैंने कुछ लिखा ही नहीं था? जो लिखा था, वह ऐसा था कि अवांछित बच्चे की तरह देखने की इच्छा नहीं होती थी।

"तुम्हारा स्कूटर कहाँ है?" बात बढ़ने पर कहीं पकड़ा न जाऊँ, यह सोचकर मैंने घुमा दिया। इसके अलावा दिन-भर का थका होने के कारण दो किलोमीटर पैदल चलना मुझे अच्छा नहीं लग रहा था, वह भी सिर्फ़ एक कप चाय के लिए।

"क्यों, थक गए हो?"

"नहीं तो...!"

"अरे यार! ज़रा-सा तो है।"

"ज़रा-सा! कॉफ़ी हाउस से बरास्ता बरामदे, दो किलोमीटर से कम नहीं होगा। इस साली नई दिल्ली की विशेषता, जानते हो, क्या है?" मैं रुका। यह उसी की 'स्टाइल' थी।

उसने प्रश्नवाचक दृष्टि डाली।

"यह गाड़ी वालों के लिए बनी है। हर चीज़ यहाँ लगती ज़रूर नज़दीक है, पर उसकी वास्तविक दूरी अगर नापने लगो, तो थका देनेवाली सिद्ध होती है।"

"अरे वाह! तुमने तो 'दिल्ली' की ही नई परिभाषा दे दी।" वह फिर हँसने लगा।

"तुम स्कूटर क्यों नहीं लाए, क्या ख़राब था?" मैं मूल प्रश्न पर लौट आया।

वह थोड़ी देर चुप रहा।

"ज़िन्दगी बहुत थोड़ी है," उसने हौले-हौले, जैसे एक-एक शब्द को तोल कर बोल रहा हो, कहना शुरू किया, "मैं अब किसी तरह का 'रिस्क' नहीं लेना चाहता। 'टू व्हीलर' का कोई भरोसा है?" उसने मेरी ओर देखा, "मान लो एक्सीडेंट हो गया या यों ही 'स्किड' कर गया! चलो मरा नहीं, हाथ-पैर ही टूट गए या आँखें ही जाती रहीं, तो क्या करूँगा! अपंग होकर जीना, मैं कल्पना नहीं कर सकता!" उसने आतंक में आँखें बन्द कर लीं।

मैंने टटोलती नज़रों से देखा। चढ़ गई, मुझे विश्वास हो गया। दो सिगरेट एक साथ, ज़्यादा भी होती है।

"क्या देख रहे हो? मेरी बात अजीब लग नहीं है? साफ़ बात यह है कि मैं मरना नहीं चाहता। मैं अपनी सारी योजनाएँ पूरी होती देखना चाहता हूँ। मेरे दो नाटक अधूरे पड़े हैं। एक आत्मकथात्मक उपन्यास मेरे ज़ेहन में चील की तरह चक्कर लगा रहा है।"

उसने 'योजनाएँ' कहा, 'स्वप्न' नहीं। वह सजग था।

"कभी सोचा था," वह रुका नहीं, "धीरे-धीरे जब जम जाऊँगा, लेखन के अलावा और कुछ नहीं करूँगा। उस स्थिति के लिए अब नये सिरे से प्रयत्न करना चाहता हूँ।" उसका स्वर निर्णयात्मक हो गया।

"तुम्हें अजीब लगेगा, पर सच बात यह है कि आजकल मुझे एक अजीब तरह का भय घेरे रहता है। स्कूटर चलाते हुए लगता है, सामने आती गाड़ी से टकरा जाऊँगा। जैसे कि स्कूटर पर मेरा नियंत्रण हो ही नहीं। डी.टी.सी. की कोई बस ही पीछे से टक्कर मार देगी, या हो सकता है कि ठीक समय पर ब्रेक का वायर टूट जाएगा, और मैं सामने से आ रही डबल डेकर के नीचे आ जाऊँगा।" उसने थोड़ी देर को आँखें बन्द कर लीं। पर उसके चेहरे पर आतंक या घबराहट नहीं, बल्कि थकन जैसी कोई चीज़ थी...हारते हुए आदमी की-सी असहायता!

मैंने उसका ध्यान बँटाने का आख़िरी और ज़ोरदार प्रयत्न किया, "तुम्हें मेरा हाईकू पसन्द नहीं आया, एक और बढ़िया चीज़ सुनो!"

उसने टोकने की कोशिश की।

"अरे यार, कभी-कभी हमारी भी सुन लिया करो।" कहकर मैं शुरू हो गया, शीर्षक है 'पहाड़-पानी' :

यहाँ पानी नहीं, सिर्फ़ चट्टान है।
चट्टान और कहीं पानी नहीं और धूल-भरी सड़क
सड़क पहाड़ियों में घूमती
पहाड़ जो पानी-विहीन और चट्टानी हैं
अगर पानी हो तो हम रुकें और पिएँ
चट्टानों के बीच कोई रुक या सोच नहीं सकता,
पसीना सूख गया है और पाँव मिट्टी में रुपे हैं
काश! चट्टानों में कहीं पानी होता
कीड़ा खाए दाँतों से मृत पहाड़ थूक नहीं सकते
यहाँ न कोई खड़ा रह सकता है, न लेट सकता है
न बैठ सकता है
ख़ामोशी तक नहीं है पहाड़ों में
बस सूखी, बाँझ, वर्षाहीन गर्जन है
एकान्त भी नहीं है पहाड़ों में
उलटा मनहूस लाल चेहरे चिड़चिड़ाते, गुर्राते हैं
कच्चे मकानों के दरवाज़ों से!

"किसका अनुवाद है?" उसने पूछा।

"अनुवाद! अरे महाराज, शुद्ध 'ओरिजनल' काम को अनुवाद कह रहे हो!" मैंने नक़ली आश्चर्य प्रकट किया।

वह थोड़ा मुस्कराया। मैं भी बदले में हँसा। सोचा, कुछ कहेगा, पर वह फिर अपने में ही डूब गया।

"आहऽ!" जैसे कुछ पकड़ा हो वह कहने लगा :

हियर इज़ नो वाटर बट ओनली रॉक
रॉक एंड नो वाटर एंड द सैंडी रोड।

"मैं तो भूल ही गया था कि ईलियट एक ज़माने का तुम्हारा प्रिय कवि रहा है, अनुवाद कैसा लगा?" मैंने कहा।

"बेहतर यह है कि अपना समय ख़राब न करो!" उसका स्वर इतना कड़वा था कि जो उसने नहीं कहा (मूलतः वह सलीक़े वाला, सभ्य आदमी है)—'और दूसरों का भेजा'—वह भी मैं समझ गया। इसके बाद उसे छेड़ने का ख़तरा उठाना सम्भव नहीं रहा।

वह सड़क से दूर फुटपाथ के भी दूसरे छोर पर चलता रहा। चुपचाप ही हम सारा रास्ता पार कर गए थे और अब 'ओपन हाउस' में बैठे थे। मैंने जब से होटल में पैर रखा था, थ्री स्टार डीलक्स के वैभव ने मेरे नशे को क़ाबू कर लिया था।

चाय और पकौड़ों का ऑर्डर देकर उसने बहुत देर पहले की अपनी बात का, जिसे मैं लगभग भूल ही गया था, सिरा फिर से पकड़ लिया।

"सुमन कहती है, मैं गाड़ी बहुत धीरे चलाता हूँ, किसी बूढ़े की तरह। पर मान लो, साठ-सत्तर की स्पीड पर जा रहे हों और टायर बर्स्ट कर गया, तो! आई डोंट लव स्पीड एनी मोर।" उसने अंग्रेज़ी में कहा, "स्पीड इज़ डेंजरस!"

मैं मुस्करा उठा, उसके वाक्य 'विविध भारती' पर ट्रैफ़िक पुलिस के विज्ञापन-से—धीरे चलिए, देख के चलिए—लगे। सौभाग्य से, वह अपने में ही इतना खोया था कि मेरी मुस्कराहट की ओर उसका ध्यान नहीं गया।

"यह 'फ़िनोमिना' इतना बढ़ गया है देब्बू कि कभी-कभी तो टैक्सियों और बसों में भी जाते हुए डर लगता है। ये लोग बहुत 'रैश' चलाते हैं। मिनी बसों में तो मैं सिद्धान्ततः बैठता ही नहीं हूँ, जैमपैक्ड बस कहीं उलट गई तो दम घुटकर मरना निश्चित जानो!"

"मृत्यु-भय!" मैंने कहा।

वह चुप रहा।

क्या हो गया है इस नीलाम्बर को, मुझे आश्चर्य होता है। एक ज़माना था, जब यही नीलाम्बर हेमिंग्वे, जैक लंडन और दज़ाई असामू की पूजा करता था। वह मुझे बतलाता, किस तरह हेमिंग्वे ने अपने को गोली मार ली थी और किस तरह जैक लंडन ने नींद की गोलियों का सहारा लिया। बाद में मिशीमा और काबाबाता की आत्महत्याओं को भी मेरे लिए उसी ने 'रेशनलाइज़' किया था। उन दिनों हम जीवन की व्यर्थताओं को लेकर बहस करते—क्या हो जाएगा, अगर आप महान हो भी गए, तो? क्या हो जाएगा, अगर नोबेल पुरस्कार ही मिल गया और आपको किसी चीज़ की कमी न रही—प्रसिद्धि, प्रतिष्ठा, सम्मान और पैसा! प्रश्न सदा यह रहेगा कि जीवन है क्या? जीवन का अर्थ क्या है? हम क्यों जी रहे हैं? इसकी सार्थकता क्या है?

वास्तव में इन बहसों में मेरी भूमिका बहुत सीमित क़िस्म की होती थी। इनका जनक नीलाम्बर ही होता और वही इनको तार्किक परिणति तक ले जाता। मज़े की बात यह है कि यह आठवें दशक के शुरू की बात है, तब नीलाम्बर का 'कम्यूनिस्ट पीरियड' (बतर्ज़ 'ब्लू पीरियड') चल रहा था। उसमें चूँकि मेरी श्रद्धा उन दिनों कुछ उसी तरह की थी जैसी कि जिम जोन्स पर उसके अनुयायियों की रही होगी—मेरा भी कम्यूनिस्ट पीरियड ही था।

इस सन्दर्भ में जो मुझे आज लगता है और ज़्यादा सही भी है कि उन चीज़ों—पद, सम्मान, प्रतिष्ठा और सम्पन्नता के प्रति इस तथाकथित निरपेक्षता, तटस्थता और एक हद तक घृणा के पीछे हमारी अदम्य लालसा और ऊपरी आत्मविश्वास के बावजूद, अपनी सीमित योग्यता के प्रति आन्तरिक सजगता रही होगी।

मैंने उसके चेहरे पर नज़र डाली। सम्पन्नता ने एक चमक ला दी थी—जैसी अक्सर प्लास्टिक के गुड्डों में होती है। उसके हाथ कुछ इस बेहूदे तरीक़े से नाज़ुक और मुलायम हो गए थे कि लगता किसी लड़की का हाथ हो। वह मुलगाँवकर के कैलेंडर-चित्रों-सा भगवान नज़र आने लगा था, जो 'स्त्रियोत्तम' अधिक लगते हैं। उसके सारे 'मैनरिज़्म' में इधर एक बहुत ही परोक्ष क़िस्म का संयम आ गया था, जैसा कि अक्सर आत्ममुग्ध लोगों में होता है। इस चमक के बावजूद उसकी आँखें अधसीसी के मरीज़ों-सी बेचैन मँडराती रहती थीं। हो सकता है, वह मेरी तरह अनिद्रा का भी शिकार हो। उसकी आँखों की पोपटें भारी और गहरी भूरी हो गई थीं, ऊपरी तौर पर दमकीले चेहरे पर कुल मिलाकर कुछ इस तरह का एक जाल फैला था, जिसके पारदर्शी तानों को गोरे चेहरे पर पहली नज़र में पकड़ पाना बिलकुल असम्भव था।

"क्या सोच रहे हो?"

"कुछ नहीं!" मैं मुस्कराया।

"तरंग में हो?" उसने छेड़ा।

मैंने जवाब नहीं दिया। नशा मेरी कमज़ोरी है और इसको लेकर मज़ाक़ ज़्यादा सहन नहीं हो पाता।

"तुम मुझे ग़लत न समझना," वह फिर गम्भीर हो गया, "मैं मौत से नहीं घबराता। मरना तो एक दिन है ही, पर मेरा सारा डर व्यर्थता से है। जैसे-जैसे समय निकल रहा है, मैं और भी अधिक आतंकित और बीमार होता जा रहा हूँ। देब्बू, मैं जानवर की मौत नहीं मरना चाहता!" उसने मेरा हाथ कसकर पकड़ लिया, "मैं कुछ करके मरना चाहता हूँ!"

अब नीलाम्बर की पीड़ा मेरी समझ में आई। वह स्वयं को शेक्सपीयर, टॉलस्टाय, बालज़ाक और हेमिंग्वे के साथ देखना चाहता है। उसका सारा संकट अमरत्व का ही रहा है।

अमरत्व! अहो, अमरत्व!

'नरो वा कुंजरो वा'

सब क्या अचानक हुआ था? मेरा तात्पर्य नीलाम्बर के आज की स्थिति में पहुँच जाने से है।

अपने लक्ष्य को प्राप्त कर लेने की उसकी लगन अद्‌भुत तो थी, पर अक्सर बहुत भौंडे स्तर पर भी उतर आती थी।

जैसे कि, एक स्वाभाविक बात हुई थी। सुमन उसे भा गई थी—अपनी आक्रामक सुन्दरता के कारण, पर वह सीधे-सीधे इसे स्वीकार नहीं करना चाहता था।

"ए प्योर ब्यूटीफुल वुमैन इज़ नो वुमैन!" उसने मुझसे सुमन की तारीफ़ करते हुए कहा था।

"पर सुन्दरता अपने-आप में कोई छोटी चीज़ नहीं है!" मैंने दबी ज़बान से कहा।

"निश्चित रूप से," वह मुस्कराया, "पर औरत को, जो कि प्राणी पहले है, सुन्दरता से 'आइडैंटिफ़ाई' नहीं किया जा सकता। किसी वस्तु की अन्तिम परिणति सुन्दर होना हो सकती है, पर औरत होने के लिए और भी कई गुण चाहिए!"

यह बात नीलाम्बर ने उस रात कही थी, जब हम सुमन को छोड़कर लौट रहे थे। उसकी बात ने मुझे इतना प्रभावित किया था कि मैंने इसे अगले दिन शब्दशः अपनी डायरी में नोट कर लिया।

ख़ैर, "ए प्योर ब्यूटीफुल वुमैन इज़ नो वुमैन" का दूसरा अर्थ यह था कि सुमन सुन्दर तो है ही साथ ही, एक 'इंटलैक्चुअल', एक कलाकार और एक संवेदनशील व्यक्ति के गुण भी उसमें हैं। इसकी पुष्टि के रूप में सुमन की नेशनल स्कूल ऑफ़ ड्रामा की पृष्ठभूमि को प्रमाण मानना, आगे चलकर उसके बारे में नीलाम्बर से बात करते हुए एक लाज़मी शर्त या आधार हो गया था।

इसमें शंका नहीं कि आज भी सुमन से पहली मुलाक़ात में यही लगता है कि आप किसी बहुत ही गम्भीर और विदुषी महिला से मिल रहे हैं (न कि बात कर रहे हैं)। उसकी चौंधियाने वाली ख़ूबसूरती के कारण पहली ही बार में यह सम्भव नहीं हो पाता कि आप उसके चेहरे को इतनी भी देर देख सकें कि एक सरसरी राय बनाने की स्थिति में हो पाएँ। वह ज़्यादातर चुप रहती है। पर इस भ्रामक चुप्पी के पीछे किसी भी तरह का मननशील प्राणी नहीं छुपा होता है। सच्चाई यह है कि अपनी

सुन्दरता के प्रति अत्यधिक मुग्धता और वर्ग-सजगता ने उसे बहुत ही दंभी व हठी बना दिया है। और अपने से कम समृद्ध ही नहीं, कम सुन्दर लोगों से भी वह आज तक ऐसे बोलती है, जैसे कृतार्थ कर रही हो। पर जैसे ही खुलने का वह ज़रा भी प्रयत्न करती है, वास्तविकता का सपाट चेहरा सामने आ जाता है।

सुमन के अन्दर इन सारी ख़सलतों को ढूँढ़ लाने के पीछे नीलाम्बर का कोरा अंधा या बावला प्रेम ही था, कह पाना मुश्किल है (यह गुंजाइश, जो कि दशमलव एक प्रतिशत के आसपास है, मैं इसलिए मान रहा हूँ कि प्रेम में कुछ भी सम्भव है)।

असम्भव तो यह भी नहीं था कि नीलाम्बर सुमन को भी अपनी 'इमेज बिल्डिंग' के लिए इस्तेमाल कर रहा हो या जो कुछ मेरे पास हो, वह सबसे बढ़िया हो, जैसी क्षुद्र सामन्ती प्रकृति का शिकार रहा हो। कुछ भी हो, एक ज़बरदस्त 'पब्लिक रिलेशन्स-मैन' की सारी विशेषताओं को, सिवा उसकी आक्रामकता और दिखावे के (ऐसा नियंत्रण एक लेखक ही के लिए सम्भव है), इस्तेमाल करते हुए उसने सुमन को बहुत ही सहज ढंग से, एक 'इंटलैक्चुअल' के रूप में 'प्रोजेक्ट' कर दिया।

वह कुछ दिनों तक सुमन को गोष्ठियों और पार्टियों में इस तरह साथ लेकर घूमता रहा जिस तरह लौंडे, कॉलेज के दिनों में ब्लेज़र के ऊपर 'यूनिवर्सिटी चैम्पियन' का मोनोग्राम लगाए घूमते हैं। विदेशी जीन में सिगरेट फूँकती, सौन्दर्य के दर्प से दैदीप्य वह आत्ममुग्धा, कुछ ऐसा फ़ालिजी असर डालती कि गोष्ठियों का विषय और पार्टियों का केन्द्र बन जाती। सेक्स का भूखा हिन्दी-जगत ठहर जाता। और तभी नीलाम्बर उसे कुछ इस सफ़ाई से, बिना किसी नुक़सान के, निकाल ले जाता जैसे कि परीकथाओं में शहज़ादे, शैतानों की माया नगरी से, राजकुमारियों को निकाल ले जाते हैं। महिलाओं के विशेषज्ञ धुरन्धर लेखक-डॉक्टर-सम्पादक हाथ मलते रह जाते।

यद्यपि मैं मानता था कि नीलाम्बर की प्रकृति में मैं परिचित हूँ, इसके बावजूद अक्सर उसका व्यवहार इतना अननुमेय होता कि मैं स्तंभित रह जाता। यह अहसास मुझे, नीलाम्बर के प्रति ग़ुस्से से कम और अपने प्रति हताशा से ज़्यादा, भर देता। सुमन का सन्दर्भ भी कुछ ऐसा ही था।

नीलाम्बर ने कहा था कि सुमन नेशनल स्कूल ऑफ़ ड्रामा में है, वह 'ऑथेलो' में नायिका की भूमिका निभा रही है और टी.वी. में उसके प्ले में भी 'लीड रोल' कर चुकी है। मैंने मान लिया था। तब मुझे बहुत-सी बातों का पता नहीं था। उदाहरणस्वरूप कि एन.एस.डी. का कोई भी छात्र डिप्लोमा पूरा किये बग़ैर स्वतंत्र रूप से रेडियो, टी.वी. तथा स्टेज पर काम नहीं कर सकता। नहीं, ऐसा नहीं था कि सुमन वहाँ रही ही नहीं थी, पर सच्चाई यह थी कि उसने तीसरे वर्ष की पढ़ाई पूरी किये बग़ैर स्कूल छोड़ दिया था। जहाँ तक 'ऑथेलो' में डेस्डिमोना की भूमिका का सवाल था, अपनी सुन्दरता के कारण उसे 'ऑफ़र' दिया गया था, पर मुझे बाद में पता चला कि निर्देशक उसकी ख़ूबसूरती के बावजूद उसके भावशून्य चेहरे और यांत्रिक अभिनय

से इतना हताश हो गया कि अन्ततः नाटक के मंचन से एक सप्ताह पहले ही उसने सुमन को निकाल बाहर किया। निराशा के इसी दौर में, उसका परिचय नीलाम्बर से, उसके टी.वी. नाटक की तैयारी के दौरान, हुआ था (वैसे ऐसी मुलाक़ात टी.वी. सेन्टर के अलावा हो भी कहाँ सकती थी?) नीलाम्बर ने उसे अपने नाटक में भूमिका ही नहीं दिलवाई थी, बल्कि भावनात्मक सहारा भी दिया था। यानी जब मैं पहली बार सुमन से 'त्रिवेणी' में मिला था और मुझे उसके बारे में जो कुछ भी बताया गया था, वह अर्द्धसत्य था।

ऐसा क्यों?

सम्भवतः इसलिए कि मैं नीलाम्बर के सबसे निकट था और उसके बारे में सारी पूछताछ मुझी से शुरू होती थी। वह चूँकि मेरी मूर्खताओं, जैसे कि झूठ बोलते हुए लड़खड़ा जाने की कमज़ोरी, से परिचित था, इसलिए मुझे सत्य के अंश ही बताए गए थे। और जैसाकि उसका अनुमान था, जो भी मैंने लोगों से कहा (अपने अज्ञान की दृढ़ता से) वही फैला। बाद में सच्चाई जान लेने के बाद, मुझे कई दिन तक यह सोचकर रोमांच होता रहा कि नीलाम्बर को ज़रा भी डर नहीं रहा कि कोई ऐसा व्यक्ति भी मिल सकता है, जो सच्ची बातें जानता होगा। पर जल्दी ही बात मेरी समझ में आ गई। नीलाम्बर को लेखकों के अज्ञान पर, दोस्ती से ज़्यादा, भरोसा था।

यहाँ मामला सिर्फ़ तर्क (या कतुर्क) भर का रह जाता है—कि नीलाम्बर ने दोस्ती का इस्तेमाल किया या अज्ञान का!

उस दिन मेरे घर में पार्टी का कार्यक्रम था।

मैं बहुत ख़ुश था। उन दिनों मैं ज़्यादातर ख़ुश ही रहा करता था। यह दिल्ली में मेरे स्वर्णयुग का दौर था।

मेरी इस ज़्यादातर बनी रहने वाली ख़ुशी का मुख्य स्रोत तिगुनी से भी अधिक तनख़्वाह की नई नौकरी थी। नौकरी भी रंगीन पत्रिका की उप-सम्पादकी की। इस रुतबे को कोई लेखक ही समझ-समझा सकता है।

मैं नार्थ एवेन्यू में एक एम.पी. फ़्लैट की बरसाती में रह रहा था। अवसर था टी.वी. पर पहली कविता पढ़ने के पश्चात् रचनात्मक उपलब्धि के पचास रुपये का चेक। दो बोतल दारू, छह बीयर तथा चबैने में काजू और वैफ़र्स लिखवाए थे उसने। यद्यपि उसने जो भी लिखवाया था, मैं इतनी श्रद्धा से ख़रीदकर लाया, जैसे कि कोई अनुष्ठान के लिए 'सामग्री' लाता है—पर मेरी समझ में यह बात नहीं आ रही थी कि आख़िर इतनी दारू जाएगी कहाँ! (यह कहना शोभा नहीं देता कि मुझे ठीक से पता नहीं था कितने लोग आ रहे हैं।) शाम को कमरे में पाँच आदमी और एक औरत जमा हुए। नीलाम्बर और मेरे अलावा तीन और व्यक्ति—राकेश माथुर, अरुण सागर और शैलेश 'स्वप्न' थे। अरुण भी राकेश के साथ टी.वी. में ही था और

शायद उन दिनों साहित्यिक कार्यक्रम देख रहा था। शैलेश 'स्वप्न' रंगीन साप्ताहिक 'स्वदेश' का सहायक सम्पादक था।

'स्वदेश' और नीलाम्बर के सम्बन्ध महत्त्वपूर्ण थे। उसके दो उपन्यास 'काग़ज़ के पंख' और 'रात से पहले' 'स्वदेश' में ही धारावाहिक प्रकाशित हुए थे, और उन दिनों भी, दो लाख की प्रसार संख्या वाले इस साप्ताहिक ने ही नीलाम्बर को रातोंरात हिन्दी का सबसे चर्चित और लोकप्रिय लेखक बनाया था।

इधर नीलाम्बर 'अकविता' और 'भूखी पीढ़ी' वाले दौर से निकल चुका था, यह मैं देख तो रहा था, पर समझ नहीं रहा था। मैंने एक दिन इसी गफ़लत में—समझ और देखने में तालमेल न बैठ पाने—उससे पूछ लिया, "तुम उपन्यास लिखने में किसको आदर्श मानते हो?"

तब तक शिवानी का 'चौदह फेरे' और 'कृष्णा कल्लि' हॉलीवुड की फ़िल्म 'गॉन विद द विंड' या अपनी 'नागिन' की तरह 'हिट' हो चुके थे।

असल में नीलाम्बर के भी दोनों उपन्यास कुमाऊँ की पृष्ठभूमि पर थे, जिनमें ख़ूबसूरत पहाड़, गहरा नीला आकाश, बादलों के खेल, इठलाते झरने, बलखाती नदियाँ, शुभ्र-श्वेत पर्वत-मेखला और हरे-भरे जंगल थे, जिनके मध्य रूपसी, सरल बालाएँ थीं, धीरोदात्त नायक थे, खलनायक थे, पिछौड़ा ओढ़े, नथ झलकाती माताएँ-बहनें थीं, ऐपण से चित्रित पटांगण और चाक थे, जम्मू के छौंक की सुगन्ध और गौहत के डुबके और रसभात की सपोड़ा-सपोड़ आदि-आदि थी।

"तुम क्या चाहते हो? किस पर लिखूँ?" वह बाक़ी बात स्वयं ही समझ गया था।

"ये पहाड़, बादल, आकाश तो लगातार चल रहा है!" मैंने मुस्कराकर कहा। नीलाम्बर का इस तरह फँसना कभी-कभी ही होता था, "अब मैं सोचता हूँ वहाँ की वास्तविक ज़िन्दगी के बारे में लिखे जाने की बारी है।"

"तो लिखो न तुम! किसने रोका है?"

"यह कोई व्यक्तिगत मामला नहीं है। फिर सच तो यह है कि मैं अभी वास्तविक अर्थों में लेखक हूँ ही कहाँ, इसलिए यह बात मैं एक सजग पाठक के तौर पर एक ज़िम्मेदार लेखक से कह रहा हूँ।"

यद्यपि प्रत्यक्ष तौर पर मैंने यह बात उसके आहत अहं को थोड़ा सहलाने के लिए कही थी, पर काफ़ी अंशों तक यह सच भी थी। तब तक मेरी कोई पुस्तक प्रकाशित नहीं हुई थी और निकट भविष्य में प्रकाशित होने की सम्भावना भी नज़र नहीं आ रही थी।

"क्या है वह वास्तविक ज़िन्दगी, ज़रा सुनूँ।" वह थोड़ा नम्र तो पड़ा, पर कड़वाहट अभी थी।

कोई और मौक़ा होता तो मैं ही चुप लग जाता, पर उस दिन मैं भी कुछ अड़ ही गया, "उदाहरणस्वरूप अल्मोड़े को ही लें..." मैंने कहना शुरू किया, "वहाँ

नन्दादेवी की घंटियों की गूँज के अलावा भी बहुत कुछ होता है, जैसे..." उसे टोकने का मौक़ा न देकर मैं बिना साँस लिए बोलता रहा, "वहाँ की एकमात्र इंडस्ट्री पढ़ाई है। बेरोज़गारी, हताशा और नाउम्मीदी पढ़े-लिखों को पागल बना रही है। क्या इसीलिए वहाँ के पढ़े-लिखे पागल पूरे इलाक़े में प्रसिद्ध नहीं हैं?" मैंने साँस ली।

उसने मौक़े का फ़ायदा नहीं उठाया।

"वहाँ की लड़कियाँ वर की तलाश में एम.ए., डबल एम.ए. करती बूढ़ी हो जाती हैं, और हर दूसरे घर में कोई-न-कोई टी.बी. से घुटकर दम तोड़ता नज़र आता है!" मेरा स्वर दिलीपकुमार की तरह आवेग से काँपने लगा था।

"इसके अलावा, क्या बाक़ी पहाड़ की हालत किसी से छुपी है? जंगल अब साफ़ हो गए हैं। लोगों को जलाने तक को लकड़ी नहीं मिल रही हैं। रोटी छोड़, लोगों को पानी तक दुर्लभ हो गया है। क्या ये विषय नहीं हैं? इन पर कौन लिखेगा?"

"सुनो-सुनो!" नीलाम्बर ने मुझे रोका, "भावुक होने से काम नहीं चलता। ये बातें बिलकुल सही हैं और बहुत ज्वलंत विषय हैं। मैं तुम्हारे 'कन्सर्न' और 'कमिटमेंट' की इज़्ज़त करता हूँ, पर इन विषयों को पढ़ेगा कौन, मेरे भाई?" उसने मेरी ओर देखा। मुझे उसकी बातों के घुमाव ने एकदम हतप्रभ कर दिया, जैसे आपके प्रतिद्वन्द्वी ने यह कहते हुए एकदम हाथ-पैर जोड़ दिये हों कि मारना है तो मार ले।

"देखो!" वह फिर बोलने लगा, मैं प्रतिशोध करना चाहता था, पर सब कुछ इतनी तेज़ी से बदला था कि समझ नहीं आ रहा था, कहना क्या है?

"हमें आम पाठक तक पहुँचने के लिए उसका स्तर उठाना होगा और स्तर उठाने के लिए उस तक पहुँचना होगा। लोकप्रिय साहित्य की अपनी भूमिका होती है, जो किसी भी तरह से कम महत्त्वपूर्ण नहीं है। एक ज़माने में क्या हम ही 'जासूसी दुनिया' और 'माया-मनोहर कहानियाँ' नहीं पढ़ा करते थे? और क्या बाद में हमने सार्त्र और कामू नहीं पढ़े? तुम लोगों को सीधे 'यूलिसिस' या 'ए वार एंड पीस' नहीं पढ़ा सकते। प्रूस्त और काफ़्का पढ़ने के लिए 'ट्रेडीशन' चाहिए। भावुकता, कोरी आदर्शवादिता और उतावलेपन का परिणाम अक्सर उलटा होता है!"

"पर...," मैंने टोकना चाहा।

"मेरी बात सुनो...," उसने बोलने नहीं दिया, "हिन्दी का अधिकांश पाठक पहली 'जेनरेशन' का शिक्षित है। उसकी कोई साहित्यिक परम्परा नहीं है और इसलिए हिन्दी के हर ज़िम्मेदार लेखक को दोहरी भूमिका निबाहनी है—साहित्य रचने के साथ-ही-साथ पाठक के मानसिक स्तर को उठाने की। तुम मेरी बात समझ रहे हो ना!"

मैंने फिर कुछ कहने की कोशिश की, जो कि मेरे उसकी बात से पूरी तरह सहमत न हो पाने का ही संकेत थी।

"मैं समझ रहा हूँ," उसने फिर रोक दिया, "तुम्हारी बात मूलतः सही है और मेरी नई रचना इसका ठोस प्रमाण होगी। इसके अलावा तुम मुझ पर सस्ती लोकप्रियता

का आरोप नहीं लगा सकते। यद्यपि मैं इससे सहमत नहीं हूँ कि लोकप्रिय होते ही लेखक घटिया हो जाता है। तुम मेरे दो उपन्यासों का तो नाम ले रहे हो, पर तीसरे के बारे में चुप हो! क्या मेरा तीसरा उपन्यास भी इन दो जैसा ही है?"

उसका इशारा 'अपना चेहरा' की ओर था।

"मैं मानता हूँ कि हर सजग लेखक की पहली ज़िम्मेदारी और प्रतिबद्धता उस समाज के प्रति है, जिसकी वह सीधी उपज है। यही नहीं, सम्भवतः यदि ईमानदारी से कोई लेखक कुछ लिखना चाहता है, तो अपने समाज के अलावा और किसी के बारे में कुछ लिख ही नहीं सकता। 'अपना चेहरा' चूँकि मूलतः महानगरीय संवेदनाओं की कृति है, इसलिए मैंने उसकी चर्चा नहीं की।" इस बात के पीछे कोई गहन चिन्तन या साहित्यिक मान्यता जैसी बात नहीं थी, पर अपने तर्क पर मैं स्वयं ही कई दिनों तक मुग्ध होता रहा।

"अब तुमने बात को बिलकुल दूसरा ही मोड़ दे दिया है—'अनुभूति की प्रामाणिकता' जैसा!" नीलाम्बर यद्यपि मेरी बात से तिलमिला उठा था, पर उसने सारे मामले को उड़ा देना चाहा, "तुम मेरी बात का स्पष्ट उत्तर दो कि क्या 'अपना चेहरा' किसी भी तरह से लोकप्रियता की श्रेणी में बैठता है? या क्या उसके साहित्यिक और कलात्मक गुण किसी अन्य समकालीन कृति से उन्नीस हैं? लेखक को किस विषय पर लिखना चाहिए और किस पर नहीं, इसकी चर्चा हम बाद में करेंगे।"

"नहीं! यह तो मैं मानता हूँ।"

"फिर? इसके अलावा, देब्बू, यह न भूलो कि अगर आपको पाठक-वर्ग जानेगा ही नहीं, तो आपकी रचनाएँ पढ़ेगा कौन...?"

"जानेगा?" मैंने बीच में ही प्रश्न किया।

"जानने से मेरा मतलब यह है कि आप में और पाठक के बीच में ऐसा विश्वास पैदा हो जाना कि उसे लगे कि आप उसी के लेखक हैं। उससे उसी की भाषा में बात करते हैं और आप उसे अपने ज्ञान से प्रताड़ित नहीं कर रहे हैं।"

"उसी के बारे में नहीं?" मैंने छेड़ा।

"यह आवश्यक नहीं है!" उसका स्वर थोड़ा चढ़ गया, पर नियंत्रण से बाहर नहीं हुआ, "आप बात किसी भी विषय पर कर सकते हैं—रैंडियर से लेकर ओराँग-ओटाँग तक, यह लेखक की क्षमता पर निर्भर करता है। जितना क्षमतावान लेखक होगा, उतनी विविध बातें उसकी रचनाओं में आएँगी—टॉलस्टाय से लेकर हैमिंग्वे तक न जाने कितने लेखक इसका प्रमाण हैं। पर प्रमाण उनको नज़र आते हैं, जो देखते-सुनते हैं!" उसने मुस्कराकर कहा।

मैं खिसिया गया।

"छोड़ो इन बातों को! पर देब्बू..." जब कभी वह लाड़ दिखाता तो मेरा नाम रह-रहकर इतने सहज ढंग से पुकारता कि मेरा सन्तुलन बिगड़ने लगता, "सबसे

बड़ी बात यह है कि 'पॉप्युलर मैगज़ीनें' आपकी क्रान्तिकारी कृतियों को नहीं छापने जा रहीं। तुम्हें समझना चाहिए," उसने चेतावनी वाले अन्दाज़ में कहा, "सम्पादक भी नौकरी कर रहा है। अगर कोई 'हाई ब्रो' चीज़ छाप दी, तो उसे पढ़ेगा कौन? सर्कुलेशन गिरा, तो सम्पादक जी कॉफ़ी हाउस में चप्पलें चटखाते नज़र आएँगे!"

यद्यपि मैं कुछ हद तक नीलाम्बर को छेड़ रहा था, पर पहाड़ के प्रति मेरा सरोकार 'जैनुइन' था। बात के पीछे मूल धारणा यह थी कि पहाड़ी जीवन को 'वल्गराइज़'—बतर्ज़ 'हिमालय की गोद में' न किया जाए। गम्भीर लेखन से मेरा तात्पर्य कुमाऊँ के जीवन पर 'अस्तित्ववादी' लेखन से क़तई नहीं था। पर अब, चूँकि नीलाम्बर कई बार 'देब्बू' कह चुका था, मामला कुछ इस तरह का हो गया था, जैसे कि पिता-पुत्र या बड़े भाई-छोटे भाई का!

वह मेरे चेहरे पर आते-जाते भावों को कुछ देर पढ़ता रहा, फिर बोला, "देब्बू!" उस दिन का यह अन्तिम 'देब्बू' था, इससे ज़्यादा और मैं खपा नहीं सकता था; "हमें अपने 'कॉज़' के लिए हर माध्यम को 'एक्सप्लायट' करना चाहिए और मैं वही कर रहा हूँ। बल्कि इससे तो पार्टी तक सहमत है!"

जब सवाल पार्टी-लाइन का ही हो गया हो, तो बोलने की गुंजाइश रहती ही कहाँ है? मैं चुप हो गया था।

आदमियों के बारे में बतला चुका हूँ। एकमात्र महिला मेहमान और छठी प्राणी थी सुमन।

यद्यपि महत्त्व के लिहाज़ से उसका स्थान उस दिन की पार्टी में नगण्य था, पर उसके 'एक्ज़ाटिक' सौन्दर्य ने अन्दर-अन्दर कहीं मुझे भी भेद दिया था और उसके आने की सम्भावना मात्र से ही (उन दिनों तक नीलाम्बर के साथ छाया की तरह नज़र आती थी) मैं पिछले एक सप्ताह से उत्तेजित घूम रहा था।

जिस उत्साह से मैंने उस दिन कमरे को झाड़-बुहार कर सजाया, वह देखने लायक़ था, अड़तालीस रुपये दर्जन की उस दुकान में सबसे बढ़िया चाय पीने के लिए चार मग और साठ रुपये दर्जन के कटवर्क के छह काँच के गिलास भी मैंने 'सामग्री' के साथ ख़रीदे। मैं यह किस भावना के वशीभूत होकर कर रहा था, स्वयं मेरे लिए समझ पाना असम्भव था। क्या मैं सुमन को कप-गिलास या कॉटेज इंडस्ट्रीज इम्पोरियम से ख़रीदे बारह रुपये के चार ताज़े गुलाबों से रिझा सकता था? फिर क्या मुझे पता नहीं था कि सुमन किससे सम्बन्धित है और नीलाम्बर और मुझमें कितना अन्तर है?

चाय, खाने के सामान और पीने की 'सामग्री' ने कुल मिलाकर दो सौ सत्तर की चपत लगाई, जबकि कमाई हुई थी पचास रुपये। वैसे मेरे पास इस ख़र्च का एक तर्क था, नीलाम्बर का दिया हुआ। उसने कहा था, यह 'इन्वैस्टमेंट' है और नौकरी-मजूरी की शुद्ध पहाड़ी परम्परा में जन्मने और बढ़ने के कारण इस भारी-

भरकम और आकर्षक शब्द से लगभग अप्रभावित रहने के बावजूद मैंने अपने ख़र्चे को 'रेशनलाइज' करते हुए, इसी मद में डाल दिया था।

छह बजते-बजते नीलाम्बर और सुमन आ पहुँचे। आते ही नीलाम्बर ने सामान पर नज़र दौड़ाते हुए पहला प्रश्न किया, "बर्फ़ का इन्तज़ाम किया?"

"अरे! अभी लाता हूँ!" कहता हुआ मैं दौड़ा। सोचा था, मेरी दक्षता और अभिरुचि की तारीफ़ होगी, पर यह क्या? मैं सिर्फ़ वही कर सका था, जो नीलाम्बर ने बताया था! अपना दिमाग़ ज़्यादा नहीं चला था।

बर्फ़ लेते हुए याद आया कि सुमन तो चाय से ज़्यादा कोक पसन्द करती है। मैंने कोक की दो बातलें भी ले लीं।

कमरे में पहुँचा, तो देखा किवाड़ भिड़े हैं। समझ नहीं आया, क्या करूँ? खटखटाने की हिम्मत नहीं हुई। वैसे भी खटखटाने का अर्थ नहीं था, क्योंकि यह मानना असम्भव था कि उन्होंने मेरी पदचाप नहीं सुनी होगी।

मैं मुँडेर के सहारे खड़ा होकर नीचे सड़क पर आती-जाती सवारियों को देखने लगा।

सुमन के एन.एस.डी. से निकाले जाने के कारण के रूप में फैली एक कहानी मैंने बाद में सुनी थी (जो मुझे उस समय अपने ही कमरे में न घुस पाने के कारण याद आने लगी थी) कि एक एकाध बार क्लासेज़ के टाइम में संदिग्धावस्था में पकड़ी गई थी। इस बात की सच्चाई पर मुझे सदा शंका होती रही थी, पर उस समय मैं थोड़ा डगमगाता-सा महसूस कर रहा था।

नीचे स्कूटर रुका। दूरदर्शन के प्रोड्यूसर-द्वय थे। मैं ज़ोर से खाँसा और दरवाज़े की ओर मुँह कर कहा, "राकेश आ गया है।"

और बर्फ़ को दरवाज़े के बाहर गलता छोड़ अगवानी के लिए नीचे उतर गया।

जब मैं मेहमानों को लेकर ऊपर पहुँचा, तब वे दोनों बाहर खड़े थे।

इधर-उधर की चर्चा के बाद, बातचीत ने मोड़ लिया। अचानक अरुण सागर ने नीलाम्बर से कहा, "गुरु! अगली पार्टी तुम पर 'ड्यू' हो गई है।"

"कारण तो बताओ, पार्टी साली क्या मायने रखती है!" नीलाम्बर मुस्कराया। उसकी आँखों में किसी तरह की कोई उत्सुकता नहीं थी, सिर्फ़ एक चमक थी, सन्तोष की।

"तुम्हारा नाटक 'एप्रूव' हो गया है," अरुण ने पूरे वाक्य को इस तरह से तोड़ा जैसे रेडियो पर घोषणा हो रही हो।

"थैंक्यू!" नीलाम्बर ने कहा, "डायरेक्ट कौन करेगा?"

"अभी निश्चित नहीं है, पर एकाध दिन में पता चल जाएगा!"

"मैं चाहता हूँ, तुम ही करो, क्योंकि तुम मेरे लेखन से परिचित हो! तुम्हारे पिछले प्रोडक्शन ने जो 'इम्पैक्ट' डाला है, उसे कौन नहीं जानता!"

"देखो, क्या होता है!" अरुण ने फूँक ली।

मैं समझ रहा था कि नीलाम्बर उसके अहं को इतना तुष्ट कर रहा है कि बेटा बचकर नहीं जा सकता।

"असल में तुम्हें मीडिया की जो पकड़ है, वह 'रेयर' है। वैसे स्क्रिप्ट में ही इतना दम है कि कोई भी डायरेक्ट कर सकता है, पर मैं यह नहीं होने दूँगा। आई एम गोइंग टु टॉक टु स्टेशन डायरेक्टर टुमारो। आइदर यू, ऑर नोबडी!"

"अच्छा, अच्छा सुनो," अरुण ने गद्गद होकर टोका, "बॉम्बे स्टेशन से अगले हफ़्ते तुम्हारा पहला नाटक टेलिकॉस्ट हो रहा है।"

"गुड न्यूज़!" नीलाम्बर मुस्कुराया, "सुना सुमन, पिपुल विल सी यू इन बॉम्बे!"

"हाँ," सुमन बहुत प्रसन्न हुई, पर नीलाम्बर की ख़ुशी इतनी औपचारिक थी कि मुझे शक हुआ, वह सारी बातों को पहले से ही जानता है।

"तुम्हें शायद पता नहीं," नीलाम्बर मेरी ओर मुड़ा, "देब्बू, कि अरुण आई.आई. एफ.टी. की प्रोडक्ट है और ऋत्विक घटक का स्टूडेंट रहा है!"

"अच्छा!" के आगे मैं कुछ नहीं कह पाया। मैंने तब तक घटक का सिर्फ़ नाम ही सुना था और इतना-भर जानता था कि घटक बंगाल का ऐसा डायरेक्टर है, जिसकी प्रतिभा से राय मोशाय आतंकित रहते हैं।

उसने फिर कहा, "मणि कौल, कुमार शाहनी, के.के. महाजन वग़ैरह—सब इसी के साथ के पढ़े हैं।"

मैं इनमें से भी किसी के कृतित्व से परिचित नहीं था। सच्चाई यह है कि फ़िल्मों में मेरी रुचि यद्यपि सदा से ही बहुत सीमित क़िस्म की रही थी और आज भी नीलाम्बर-सा एकेडमिक लगाव नहीं है कि लाइब्रेरियों में जाकर 'सिने स्ट्रक्चरलिज़्म' और 'अत्योरिज़्म' पर 'फ़िल्में क्वार्टरली' और 'साइट एंड साउंड' में लेख पढ़ता फिरूँ। पर इसके पीछे मूलतः मेरा स्वाभाविक या प्राकृतिक पिछड़न है, फ़ैशन के साथ जल्दी तालमेल न बैठा पाने की ऐसी ख़तरनाक कमी, जैसी कि पहाड़ियों को विटामिन-ए के कारण हो जाती है। सौभाग्य की बात यह है कि फ़िल्मों में 'नई लहर' की धुआँधार चर्चा के चलते, चूँकि इन लोगों के नाम और चित्र पत्र-पत्रिकाओं में जहाँ-तहाँ छप रहे थे, मैं निपट अज्ञानी रहने से बच गया था।

नीलाम्बर अब अरुण से पूछ रहा था, "यार, ये तुम्हारे दोस्तों की फ़िल्में दिल्ली में नहीं दिखलाई जा रही हैं कहीं?"

"शायद अगले हफ़्ते 'माया दर्पण' हो!"

"कहाँ? कहाँ?" नीलाम्बर से इस तरह की उत्सुकता की उम्मीद नहीं की जा सकती थी।

"वैसे मैक्समूलर भवन में होना तय है, फिर भी जहाँ होगी, मैं तुम्हें बता दूँगा। ज़रूर देखनी चाहिए—इट इज़ नॉट ए फ़िल्म ओनली, इट इज़ ए लाइफ़-टाइम एक्सपीरिएंस! ए रीयल फ़िल्म बाई एन आर्टिस्ट, हू नोज़ हिज़ मीडियम!"

"तुम देख चुके हो!" नीलाम्बर ने आँखें सिकोड़कर पूछा।

"हाँ!" अरुण के स्वर का गर्व छिपा नहीं रह पाया।

"कहाँ?" नीलाम्बर की पिछड़ जाने की हताशा मुझे भी पीड़ा पहुँचाने लगी थी। "यार, हमें भी बतला दिया करो न ऐसी चीज़ों के बारे में!"

नीलाम्बर की गिड़गिड़ाहट से द्रवित होकर या अरुण के अहं से ठेस खाकर, राकेश के लिए चुप रहना असम्भव हो गया, "अरे यार, ये पिछली बार बम्बई गया था, वहीं देखकर आया है!"

"तुम कुमार की फ़िल्म तो देखो, तब पता चलेगा कि फ़िल्म मीडियम होता क्या है!" अरुण ने न तो नीलाम्बर की गिड़गिड़ाहट की ओर ध्यान दिया और न ही राकेश की खिजलाहट पर। वह बोलता गया, "रंगों का इस्तेमाल किस तरह किया जाता है और उससे 'टोटल कम्युनिकेबिलिटी' को किस तरह विस्तार दिया जाता है। कुमार 'वर्ड्स' से नहीं, 'विज़ुअल्स' से अपनी बात कहता है। और यहीं पता चलता है डायरेक्टर का! अरे भाई, फ़िल्म तो 'विज़ुअल आर्ट', क्या कहते हैं हिन्दी वाले—'चाक्षुष कला' है, उसमें शब्दों का क्या काम!"

"क्या कहा चाकचुक?" सुमन खिलखिलाई।

उसकी हँसी ने मेरा भी ध्यान भंग कर दिया। यद्यपि मैं सुन अरुण को रहा था, पर देख और सोच सुमन के बारे में ही रहा था, जो मुझसे बिलकुल लापरवाह अरुण पर टकटकी लगाए थी।

अरुण मुझे अच्छा नहीं लग रहा था।

"ब्रेसाँ का शिष्य रहा है न?" उसकी हँसी की ओर ध्यान दिये बग़ैर नीलाम्बर ने पूछा।

"हूँ!" अरुण ने हामी भरी, "कुछ भी हो, उसने भारतीय सिनेमा को नया मोड़ दिया है। रे के बाद सबसे महत्त्वपूर्ण भारतीय फ़िल्म-मेकर है!"

शैलेश 'स्वप्न' ने, जो अब पहुँच रहा था, वह आवश्यक राहत दी, जिसकी तलाश में मैं बड़ी देर से था।

वह ठीक से बैठा भी नहीं कि मैंने पूछा :

"शुरू करें?"

"शुभ काम में देरी!" अरुण हँसा।

"तुम, सुना है, बम्बई गए थे!" स्वप्न' ने बात फिर बम्बई की ओर मोड़ दी। मेरी समझ में नहीं आ रहा था कि इतने सजीव माध्यम पर ये लोग इतनी रूखी और गरिष्ठ बातें कैसे कर रहे हैं! मुझे लगा अगर कुछ देर और फ़िल्मों पर बातें चलीं, तो मैं ज़िन्दगी-भर के लिए फ़िल्म देखना ही न छोड़ दूँ!

"हाँ, कुछ दिन के लिए गया था।"

"क्या चक्कर था!"

मैं हताश होकर धीरे-धीरे सारा सामान सजाने लगा था।

"यों ही, बस ज़रा पुराने साथियों से मिलने!" अरुण कह रहा था।

"गुरु, क्यों छिपा रहे हो? हमने तो सुना है कि तुम एफ.एफ.सी. से 'लोन' के चक्कर में गए थे!" 'स्वप्न' ने मुस्कराते हुए कहा।

"गया था, इसलिए बात भी कर ली!" अरुण को बातचीत में मज़ा आ रहा था।

"क्या हुआ?" 'स्वप्न' छोड़ने को तैयार नहीं था।

"अभी तो, यार शुरुआत है। देखो, क्या होता है? 'स्क्रिप्ट सबमिट' करने के बाद ही कुछ पता चलेगा!" अरुण मुस्कराया।

"किसकी कहानी चुनी है?" 'स्वप्न' का अगला प्रश्न था।

ये वे दिन थे जब हिन्दी साहित्य में जो कुछ भी हो रहा था, सब फ़िल्मों के लिए! या यों कह लीजिए, ऐसा लग रहा था, हिन्दी साहित्य की रचना ही जैसे फ़िल्मों के लिए हुई हो! निर्मल, यादव, राकेश, मन्नू भंडारी और कमलेश्वर (जी हाँ! यह 'बर्निंग ट्रेन' से पहले की बात है) की रचनाओं पर धड़ाधड़ फ़िल्में बन रही थीं, इसलिए 'स्वप्न' की पूछताछ नाजायज़ भी नहीं थी।

"कुछ कहानियाँ हैं दिमाग़ में। एक अपना भी प्लाट है और एक स्क्रिप्ट पर नीलाम्बर भी काम कर रहा है। देखते हैं, क्या तय हो पाता है?" अरुण की बात को घुमाने के बावजूद शंका की गुंजाइश नहीं रही कि कहानी नीलाम्बर की ही अन्तिम होगी, या है।

'स्वप्न' का मुँह जिस तरह से खुल गया था, उससे उसे लगे धक्के की प्रबलता का मैं कुछ ही अनुमान कर पाया। वैसे वह मूलतः गीतकार था, पर कई वर्ष पहले उसने भी कुछ कहानियाँ लिखी थीं और इन्हीं को भेड़ने के चक्कर में अरुण का इंटरव्यू और रंगीन चित्र 'स्वदेश' में छपा था। नीलाम्बर ने शैलेश का स्वप्न बेकार कर दिया था।

"हमारा इरादा कुछ गीत रखने का भी है!" अरुण ने ढाँढ़स बँधाने वाले अन्दाज़ में कहा, "एक टाइटिल सॉन्ग की भी बात है।"

'स्वप्न' चुप ही रहा।

"गीत भी होंगे!" अचानक मेरे मुँह से निकला।

"क्यों? गीतों के होने में क्या आपत्ति है?" अरुण ने मेरी ओर तरेर कर देखा।

'नई लहर' में गीत नहीं होते, यह मैंने सुना था। अभी मैं अपनी बात को स्पष्ट करने के लिए आवश्यक साहस और शब्द जुटा ही रहा था कि अरुण समझाने लगा, "असल में हमारा इरादा पूरी तरह आर्ट फ़िल्म का नहीं है। हम ऐसी फ़िल्म बनाना चाहते हैं, जिसे आम आदमी भी समझ सके और आर्ट की 'स्पिरिट' भी बनी रहे।"

"यह बढ़िया आइडिया है!" मैंने दिल से प्रशंसा की।

" 'कम्प्रोमाइज़' ज़रूरी है, नहीं तो फ़िल्म को उठाएगा कौन?" अरुण ने साँस ली, "अब देख रहे हो न, एफ.एफ.सी. की फ़िल्मों का क्या हाल हो रहा है! सिर्फ़

'भुवन शोम' रिलीज़ हो पाई है, बाक़ी डिब्बे में बन्द हैं। मैंने अभी कुमार और कौल से यह बात साफ़ कही कि ऐसे काम नहीं चलनेवाला है।"

"तो क्या कहा उन्होंने!" 'स्वप्न' ने मरे से स्वर में पूछा।

"लैट् दैम से व्हाटएवर दे लाइक! तुम ज़रा अपना संग्रह तो देना!"

"कब चाहिए?" 'स्वप्न' की आवाज़ में प्राण होने के लक्षण नज़र आने लगे थे।

"अरे, जल्दी दो, भाई! 'कम्पोज़' भी तो करवाने हैं। अभी नहीं है?...एकाध दिन में दे देना।" अरुण ने कहा।

"एक कॉपी है तो, पर ज़रा ख़राब-सी है!"

"अरे ठीक है, चलेगी! लौटते हुए दे देना।"

मैंने मौक़ा देखकर नीलाम्बर से कहा, "सुमन के लिए कोक है।"

न जाने उसने कैसे सुन लिया, "क्यों यह 'डिस्क्रिमिनेशन' क्यों?"

मेरी समझ में नहीं आया, क्या कहूँ! इस स्थिति का तो मैं अनुमान ही नहीं लगा पाया था।

"ठीक है! चिन्ता न करो, बीयर चलेगी!" नीलाम्बर ने इस अन्दाज़ में कहा, जैसे साहब लोग दफ़्तरों में अपने 'सबॉर्डिनेटों' से कहते हैं यानी, आप अब दूर रहिए।

मैंने हाथ समेटे, राहत की साँस ली और किनारे पर बैठ गया।

नीलाम्बर ने शराब की बोतल खोली और धीरे-धीरे पाँच पेग बनाने लगा।

"पाँच क्यों?" अरुण ने पूछा।

"मैं नहीं लूँगी!" सुमन ने बहुत ही नाज़ुक मुस्कराहट से कहा।

"अरे वाह! ऐसा कैसे चलेगा?" अरुण बोला, "तुम नहीं लोगी, तो हम भी नहीं लेंगे!" उसने मुँह बनाया।

"मैं ये ले रही हूँ!" सुमन ने बीयर की बोतल हवा में पैंडुलम की तरह हिलाते हुए कहा।

"नहीं जी, ये सब बाद की बातें हैं!"

"बड़ी गड़बड़ हो जाएगी! डैडी को पता चल गया, तो गज़ब हो जाएगा।"

"अरे, तुम भी क्या बात करती हो! आज तक पता नहीं चला, तो अब क्या लगेगा?" वह अड़ा रहा।

"अरे नहीं, अरुण," सुमन ने बहुत ही फुसलाने वाले अन्दाज़ में कहा, "पिछली बार उन्हें शक पड़ गया था। बहुत डाँटा! अबकी बार घर में नहीं घुसने देंगे।"

"क्या बात करती हो! क्या तुम्हें घरों की कमी है? तुम्हारी एक आवाज़ में एक लाख दरवाज़े एक साथ खुल जाएँगे!"

इस बात ने सुमन को ध्वस्त कर दिया। वह दिल खोलकर हँसी और बड़ी देर तक हँसती रही। मैंने उसे इस तरह मदमस्त हँसते हुए ज़िन्दगी में पहली और आख़िरी

बार भी उसी दिन देखा। वह हँसी मेरे दिल में कुछ इस तरह बिंध गई, जैसे टेप पर आवाज़ और जब कभी मैं आँखें बन्द करके याद करता हूँ, अपनी पूरी प्रबलता में बज उठती है। बाद में मैंने एक कविता लिखी :

वह अपने लम्बे गीले बालों को
अभी भी सुखाती है
रेलिंग से लगी—
(सीमेंट तप गया है, तुम्हारे पैर
झुलस जाएँगे, जाओ, अन्दर लौट जाओ)
और जून की अलसाई
मायूस
दोपहर
धीरे-धीरे बेहोश होने लगती है।
उसके बालों से टपकी बूँदें
भाप बनकर नहीं उड़ीं
बल्कि धूल-भरे फ़र्श पर
घाव बनकर रह गईं।
वह गुनगुनाहट सारी दीवारों पर
बिंध गई, जो
अनायास बज उठती है...!

ये कुछ पंक्तियाँ हैं, वरना कविता काफ़ी लम्बी थी—इतनी रोमांटिक और ऐन्द्रिक, कि सबने एक स्वर से तारीफ़ की थी।

"नीलाम्बर, कर क्या रहे हो?" अरुण बोला, "डालो न उस गिलास में!"

नीलाम्बर ने सुमन की ओर देखा।

"ठीक है, थोड़ा डालो!" सुमन ने हरी झंडी दिखला दी।

मैंने नीलाम्बर से सुमन और सुमन से नीलाम्बर की ओर देखा। वह छठे गिलास में बिना किसी भाव के, सधे हाथों से शराब डाल चुका था। मेरा दिल हुआ, कह दूँ कि अगर नहीं लेती तो ज़िद न करें, पर नीलाम्बर की अजीब-सी चुप्पी ने मुझे हतोत्साह कर दिया।

"चीयर्स!" सबने एक साथ कहा था। गिलास खनके। मैं थोड़ा चिन्तित हुआ, पर काँच साबुत था। एक क़िस्म से यह अच्छा ही हुआ कि मैं चुप रह गया। अन्यथा बाद में जिस तरह नीलाम्बर ने गीतों वाले मामले में मुझे घुड़का था, एक और लताड़ सहनी पड़ती।

दो दिन बाद जब नीलाम्बर से मुलाक़ात हुई थी, तो उसने बात ही इस तरह शुरू की थी, "यार तू साला पहाड़ी-का-पहाड़ी ही रहेगा! तेरी समझ में नहीं आया कि वह तो उसका दिल रखने की कोशिश कर रहा है और तू लगा कला पर विचार छाँटने।"

मैं हतप्रभ उसे देख रहा था।

उसने स्पष्ट किया, "यार, ज़रा समझना चाहिए। असल में अरुण तो उसे टाल रहा था, तुमने बीच में टाँग फँसा कर मामला ही टेढ़ा कर दिया। फ़िल्म में कोई गीत-वीत नहीं होगा। अगर गीत ही लेने हैं, तो फिर हरिवंश राय 'बच्चन' के नहीं लेंगे? 'नीरज' और गुलज़ार से क्या यह 'स्वप्न' बढ़िया गीत लिखता है?"

और मुझे अपनी मासूमियत पर कई दिनों अफ़सोस होता रहा। मेरे लिए ज़िन्दगी और जिन्दगी के लिए होने वाले नाटक में अन्तर कर पाना इसके बाद भी कई वर्षों तक सम्भव नहीं हो पाया था।

गोदार और 'फ़िल्म ग्रामर', त्रूफो और फ़ैलिनी जैसे शब्द, जो शराब के बावजूद मेरे अन्दर नहीं घुल पा रहे थे, पहली बार उसी दिन सुनने को मिले। बातचीत में लगातार कट जाने से मेरी खीझ ग़ुस्से में बदलने लगी। एक बार दिल हुआ कि खड़े होकर कह दूँ, यह मेरा कमरा है। मैं अब फ़िल्मों पर किसी भी तरह की बकवास नहीं सुनना चाहता, पर नशे के बावजूद नीलाम्बर का अंकुश इतना मज़बूत था कि 'अमेरिकन अंडरग्राउन्ड' और 'फ्रेंच न्यू वेव' पर नीलाम्बर और अरुण के बीच के पांडित्य की टक्कर को मैं बेचैन, मगर चुप सुनता रहा।

अचानक 'स्वप्न' ने पूछा, "यार, यह तो ठीक है कि तुम्हारी स्क्रिप्ट नीलाम्बर लिख रहा है पर तुमने कास्ट के बारे में नहीं बताया।"

मैंने नोट किया, सुमन न जाने कब से अरुण के नज़दीक बैठी, साक़ी बनी हुई है। मेरी चिन्ता नया आयाम लेने लगी।

'स्वप्न' के प्रश्न में सामान्य उत्सुकता नहीं, पर क्रूर व्यंग्य छिपा है, तब मेरी समझ में आया। 'स्वप्न' का नीलाम्बर पर किया गया यह इतना सटीक प्रहार था कि मैं डर गया, कहीं नीलाम्बर कुछ कर न दे।

"कास्ट...कास्ट...!" अरुण की ज़बान लड़खड़ाने लगी थी, "मेरी हीरोइन होगी सुमन, सुमन सरीन!" और उसने सुमन को अपने बाहुपाश में लगभग कस लिया। वे दोनों इसी तरह काफ़ी देर बैठे एक-दूसरे की आँखों में झाँकते-मुस्कराते रहे। अरुण ने ही अन्त में अपनी बाँहें ढीली कीं।

"मेरी फ़िल्म हीरोइन-बेस्ड होगी...मैं किसी भी साले को हीरो रख सकता हूँ। माइन्ड इट, हीरोइन बहुत जरूरी और सिगनिफ़िकेंट होती है!" उसने न जाने किससे कहा।

"माइकेल...माइकेल...माइकेल एंजेलो एंतोनिओनी—क्या नाम है साले का—ने कहा है कि मैं महिला चरित्रों को अधिक महत्त्व देता हूँ, क्योंकि वास्तविकता महिलाओं

की मानसिकता से बेहतर ढंग से सामने आती है। वे ज़्यादा सहज होती हैं, ईमानदार होती हैं, समझे! मैं भी यही मानता हूँ। इसलिए मेरी हीरोइन सुमन होगी। क्योंकि मैं भी एंतोनिओनी की तरह औरतों को पुरुषों से ज़्यादा बेहतर तरीक़े से समझता हूँ। और वह मेरे ज़्यादा निकट हैं!" अरुण ज़ोर से हँसा और उसने सुमन को फिर कस लिया।

मेरा सिर चकराने लगा। नशे और स्वच्छन्दता से मेरी घबराहट बढ़ गई। मैंने बाजू से ही चेहरे का पसीना पोंछा।

अचानक अरुण ने पूछा, "तुमने 'संस्कार' देखी थी?" प्रश्न मुझसे पूछा गया था।

"नहीं।" मैंने बिना समझे सिर हिला दिया।

"फिर तुमसे क्या बात हो सकती है?" वह हँस रहा था, "उसका जो हीरो था... घुटमुंड गिरीश कर्नाड, उसी से बात कर रहा हूँ।"

कहीं सुमन ने चीख़ मार दी या नीलाम्बर ही भिड़ गया, तो! मैंने सामने चारपाई पर रखे तौलिये से तड़तड़ तीन-चार बार फिर से पसीना पोंछा। एमपियों का इलाक़ा! साली पुलिस को आते एक मिनट नहीं लगेगा। फिर ज़मानती भी ढूँढ़ पाना मुश्किल हो जाएगा। (आप मेरे डर की खिल्ली न उड़ाएँ! वह और ही जमाना था। तब एमपियों के क्वार्टरों से डाकुओं और भड़ुओं के रहने व पकड़े जाने के समाचार अख़बारों में नहीं मिलते थे।)

मैं उठकर पेशाब करने और हवा खाने बाहर आ गया। जब लौटा, तो सौभाग्य कहिए, सब शान्त था। अरुण और सुमन अलग-अलग बैठे थे। नीलाम्बर आश्चर्य की हद तक सामान्य था, सिर्फ़ उसने अपनी बीयर सबसे पहले समाप्त कर दी थी। उसने घड़ी देखी और अँगड़ाई लेते हुए कहा, "चला जाए, बहुत रात हो गई है!"

"क्या बजा है?" अरुण ने अपनी घड़ी देखी, "अरे यार, अभी तो बारह भी नहीं बजे! ऐसी भी क्या जल्दी है, चलते हैं।"

"ये एमपियों का इलाक़ा है," नीलाम्बर की आवाज़ में एक ठंडापन था, "हल्ला हो रहा है, कोई भी आपत्ति कर सकता है! वैसे भी इसका मकान-मालिक आजकल आया हुआ है।"

मैंने एक असहाय-सी हँसी हँसकर उसकी बात का समर्थन किया।

"कोई बात नहीं, हम इसे दूसरा मकान दिलवा देंगे।" अरुण की आवाज़ में ख़ास दिल्ली वाला बड़बोलापन था।

"क्या बजा है?" सुमन ने जैसे नींद से जागते हुए पूछा।

नीलाम्बर चुप रहा।

मैंने झट घड़ी देखकर कहा, "बारह बजने में कोई सात मिनट हैं।"

"अरे बाप रे! मुझे देर हो गई है!" सुमन ने एक ही घूँट में बाक़ी गिलास ख़ाली किया और उठने लगी।

अरुण ने उसका हाथ पकड़कर एक झटके से बैठा दिया, "अरे, बैठो न डियर!"

"नहीं, नहीं!" वह अचानक चिन्तित हो उठी थी।

"दो मिनट बैठो तो, हम तुम्हें छोड़कर आएँगे! ज़रा गिलास तो ख़ाली कर लें!"

"तुम छोड़कर आओगे?" सुमन ने पूछा, "श्योर...!"

"श्योर, जानेमन श्योर!" और अरुण के साथ ही बाक़ी सब लोगों ने भी अपने-अपने गिलास ख़ाली कर दिये।

"चलो!" अरुण ने कहा, पर उससे खड़ा नहीं हुआ जा रहा था। उसने मदद के लिए हाथ फैलाया और सुमन ने थाम लिया।

मैं नीचे तक उन्हें छोड़ने आया।

सुमन अरुण के साथ चली गई।

नीलाम्बर को राकेश और 'स्वप्न' के साथ टैक्सी में जाना पड़ा।

मैं सुमन और शराब से मस्त कमरे में लौटा। कमरा लगातार सुमन की मादक गंध से भरा था। सोने से पहले मैं फ़र्श पर फैले गिलासों और बोतलों को किनारे कर देना चाहता था, पर गिलास उठाने की जगह मैं उन्हें देखने लगा। जो ढूँढ़ रहा था, जल्दी ही मिल गया। गिलास में, अभी भी लिपस्टिक लगी थी। मैंने थोड़ी देर तक उस निशान को अपने होंठों से छुआ और फिर अपनी जीभ पर सुमन के होंठों की छाप न जाने कितनी देर महसूस करता रहा। अन्ततः मैंने गिलास में बची हुई आधी घूँट को तीन हिस्सों में गटका! इतना गहरा नशा था कि उठना असम्भव हो गया। मैं वहीं, जहाँ सुमन बैठी थी, ढेर हो गया!

उस रात के बाद

दो दिन बाद नीलाम्बर से मुलाक़ात हुई। उस रात का कोई निशान नहीं था, सिवा गीत वाले मामले पर डाँट लगाने के। मैं लगातार कोशिश करता रहा कि उसके चेहरे से कुछ पढ़ जाऊँ, पर वह रोज़ की तरह ही कोमल, बौद्धिक और आत्मलिप्त-सा नज़र आया। थोड़ा छोटा क़द होने के बावजूद नीलाम्बर निश्चित रूप से ख़ूबसूरत आदमी था। वह बहुत अच्छा तैराक था और उन दिनों रोज़ सुबह एक घंटा कसरत करने से उसकी देह बहुत ही सुगठित और मांसल थी। वेटलिफ्टरों के-से शरीर के बावजूद उसके चेहरे पर ऐसा कोमल भाव रहता जैसा अक्सर दस-बारह साल के लड़कों के चेहरों पर होता है। शायद यही कारण था कि वह 'महिलाओं का पुरुष' था। ये विचार असल में इसलिए उठ रहे थे कि मैं उसकी और अरुण की तुलना करना चाहता था। अरुण भी ख़ूबसूरत था, लम्बा-चौड़ा, पर इंटलैक्चुअल नहीं था। इसलिए उसके चेहरे की सपाटता या जड़ता एक सीमा के बाद सहनीय नहीं रह जाती थी। वह फ़िल्मों के अलावा किसी भी चीज़ पर बात नहीं कर सकता था, जबकि नीलाम्बर राजनीति से लेकर ज्योतिष, मार्क्सिज़्म से लेकर वेदांत—सब पर धाराप्रवाह बोलता था। नहीं, उनका कोई मेल नहीं था! मुझे थोड़ा सन्तोष हुआ। वैसे एक ओर मैं यह भी सोच रहा था कि अगर सुमन को जाना ही है तो आज ही चली जाए। ऐसी छिनाल लड़की का साथ रहना-ना रहना एक-सा है। बल्कि न रहना ही बेहतर है।

कुल मिलाकर नीलाम्बर की ऊपरी सामान्यता ने मुझे पूरी तरह आश्वस्त नहीं किया। नीलाम्बर या तो दिल्ली आकर इतना 'लिबरल' हो गया है कि उसे अपनी प्रेमिका के मध्य-रात्रि में पर-पुरुष के साथ और वह भी ऐसे जो कि सामान्य स्थिति में नहीं हो, जाने में कोई आपत्ति नहीं है या फिर फ़िल्म के चक्कर में वह इस सारे मामले को नज़र-अन्दाज़ कर जाना चाहता है। कौन जाने, यह दोनों प्रेमियों की मिलीभगत से हो रहा हो। और तीसरी सम्भावना यह थी कि सुमन और उसके बीच के सम्बन्ध ही उथले थे।

जो भी हो, वे यथावत मंडी हाउस के इलाक़े और कनॉट प्लेस में एक-दूसरे के हाथ में हाथ डाले घूमते नज़र आते रहे। इधर सुमन के पास टी.वी. के कई 'एसाइनमेंट' थे। मैं भी टी.वी. स्टेशन के चक्कर काटने लगा था और बहुत गम्भीरता

से एक नाटक लिखने में जुट गया था। हाँ, इसी बीच मेरी पहली सफलता मोपासाँ की एक कहानी का नाट्य-रूपान्तरण थी जिसे मैं टी.वी. को दे भी चुका था। (यानी उस रात का असर औरों पर हुआ हो अथवा नहीं, मुझ पर अवश्य हुआ था।)

शायद दो महीने गुज़र चुके थे। उससे पहली ही शाम टी.वी. पर मेरा नाट्य-रूपान्तर दिखाया गया था, मैं 'हाई स्पिरिट्स' में था। उस दिन दफ़्तर से जल्दी उठ आया था और 'त्रिवेणी कैफ़ेटेरिया' में बैठा बेताबी से नीलाम्बर की प्रतीक्षा कर रहा था।

नीलाम्बर अकेले ही आया।

"सुमन कहाँ है?" मैंने बैठने से पहले ही प्रश्न दाग़ दिया। मैं सुमन से अपनी तारीफ़ सुनना चाहता था।

"आ रही है!" कहकर वह मेरे रूपान्तरण का मूल्यांकन करने लगा। उसने इस बीच मुझे नाट्य-कला की कई बारीकियाँ समझाईं और कई देशी-विदेशी लेखकों की कहानियाँ सुनाईं जिनका मौलिक नाटक लिखने से पहले मैं हाथ-सफ़ाई के लिए रूपान्तरण कर सकता था।

मैंने मौक़ा लगते ही पूछा, "वह तुम्हारी फ़िल्म का क्या हुआ?" और अपना नींबू-पानी का गिलास एक ही घूँट में समाप्त कर दिया। पाइप से पीने में मुझे तृप्ति नहीं होती है, ठीक वैसे ही जैसे कि आलू के परांठों को छुरी-काँटे से खाने पर भूख नहीं मिटती।

"स्क्रिप्ट तैयार हो गई है। अगले महीने वह बम्बई जा रहा है।" उसने बहुत ही बेरुख़ी से कहा। और दीवार पर लगी पेंटिंग्स देखने लगा। पेंटिंग वाला 'कैफ़ेटेरिया' मैंने पहली बार दिल्ली आकर ही देखा था।

'वह' यानी अरुण!

नीलाम्बर की कड़वाहट जो पिछले ढाई महीने से कहीं दबी थी, उभर आई। तो क्या इसका यह अर्थ हो सकता है कि सुमन के साथ उसके सम्बन्ध सन्देहास्पद चल रहे हैं!

लगा, नीलाम्बर पहली बार मात खाने जा रहा है। मुझे दुख हुआ। मैंने बात आगे नहीं बढ़ाई...।

इसके बाद नीलाम्बर से मेरी मुलाक़ात फिर एक महीने नहीं हुई। यद्यपि यह अन्तराल कुछ ज़्यादा था, पर एक तरह से असामान्य भी नहीं था। जब से वह प्रेम कर रहा था हम कभी-कभी दस-बारह दिन तक भी नहीं मिल पाते थे। और इधर तो स्थिति ही सामान्य नहीं चल रही थी।

मैं उन दिनों दफ़्तर समय से भी कुछ जल्दी ही पहुँचता था। नौकरी के प्रति मेरा उत्साह और लगन सम्पादक जी के शब्दों में औरों-के-लिए आदर्श वाली स्थिति पर चल रहे थे। वैसे भी अकेला आदमी कमरे में क्या करे, इसलिए भी जल्दी निकल पड़ता था।

पर उसी दिन देर हो गई। पहली रात पार्टी थी—शायद किसी एम्बैसी में। फोकट का माल समझकर कुछ ज़्यादा पी जाने से तबीयत बिगड़ गई थी, तब तक मैं स्वयं को फोकट का माल जन्मसिद्ध अधिकार—अगर आप हैं पत्रकार—के नाते पचा जाने की मानसिक व शारीरिक स्थिति के अनुकूल नहीं बना पाया था। इसलिए सुबह काफ़ी देर, कुछ तो ख़राब तबीयत और कुछ ग्लानि के कारण, उठ ही नहीं पाया था।

ग्लानि और वमन के धक्कों से किसी तरह उबर कर जब मैं दफ़्तर पहुँचा, तो टेबुल-डायरी पर अनावश्यक रूप से मोटे शब्दों में लिखा था—फ़ोन—टी.वी. माथुर।

'हैंग ओवर' ने कंफ्यूज़न बढ़ा दिया।

"शर्मा जी," मैंने कड़वाहट से पूछा, "ये टी.वी. माथुर क्या बला है?"

"अरे भई, टी.वी. से आपका फ़ोन था, प्रोड्यूसर माथुर का। कह रहे थे फौरन कॉन्टैक्ट करें!" वह हँसे, "कोई प्रोग्राम करवाना चाहते होंगे।"

मैंने उनकी हँसी की ओर ध्यान न देकर सीधे फ़ोन मिलाया।

"गुरु, बहुत ज़रूरी काम है!" माथुर की पान की पीक से सनी आवाज़ कानों में पड़ी, "अभी, आज ही, एक इंटरव्यू करना है, फ़ौरन आ जाओ!"

"लेकिन...!" मैं कहने जा रहा था—यार, आज तो काम है और फिर तबीयत भी ठीक नहीं है!—पर उसने बोलने नहीं दिया।

"ये लेकिन-वेकिन बन्द करो! फ़ौरन आओ! तुमसे एक सलाह भी लेनी है।"

"माथुर साहब, आज बहुत काम है। कल मैटर प्रेस में जाना है और मेरी तबीयत भी आज ठीक नहीं है," मैंने झिझकते हुए कहा। वैसे भी मैं निर्णय नहीं कर पा रहा था, क्योंकि टी.वी. का आकर्षण ज़बरदस्त था। अपना चेहरा कौन नहीं देखना चाहता, फिर चाहे वह बदसूरत ही क्यों न हो!

"यार, नख़रे न करो!" माथुर ने झिड़का, "मैं तुम्हें एक घंटे में फ़ारिग़ कर दूँगा।"

यह जानते हुए भी कि टी.वी. का चक्कर ही ऐसा है कि पूरा दिन न ले—यह चमत्कार ही होगा, मैं मना नहीं कर पाया।

"ठीक है, मैं इन्तज़ार कर रहा हूँ!" माथुर ने मेरी चुप्पी को स्वीकृति मान फ़ोन बन्द कर दिया।

मैं तब सोच भी नहीं सकता था कि यह दिन इतना महत्त्वपूर्ण होने जा रहा है—हम दोनों की ज़िन्दगी में! सम्भवतः मुझसे ज़्यादा नीलाम्बर की ज़िन्दगी ने मोड़ ले लिया था। और, वह निर्णायक था।

दूरदर्शन केन्द्र में पता चला, जापान की किसी हिन्दी-प्रेमी महिला से इंटरव्यू लेना है।

मैंने और माथुर ने खड़े-खड़े रिसेप्शन पर ही प्रश्न तैयार किये। हमें इन्तज़ार नहीं करना पड़ा। वह ठीक समय पर पहुँची।

माथुर ने परिचय करवाया, "कुमारी योको शिगेहारू। दिल्ली विश्वविद्यालय में रिसर्च कर रही हैं!"

मैंने हाथ जोड़े और बड़ी देर तक जुड़े ही रह गए।

मैं अब तक कुछ और ही सोच रहा था। कोई छोटी-मोटी अधेड़ यूनिवर्सिटी प्रोफ़ेसर टाइप की चीज़ होगी, पर वह एक सुखद आश्चर्य की तरह मेरे सामने खड़ी थी। नाज़ुक, पतली-दबली, तेईस-चौबीस वर्ष के आसपास की वय की युवती, जिसका पीत वर्ण सोने की तरह दमक रहा था। वह जापानी ढंग की रेशमी स्कर्ट और अपने छोटे क़द को छिपाने के लिए ऊँची एड़ी की सैंडिल का सहारा लिये थी।

यदि भारतीय मानदंड से देखा जाए, तो वह सुन्दर नहीं थी। छोटी आँखें, गोल चेहरा, हल्के स्तन और छोटा ही क़द। पर यौवन का अपना सौन्दर्य होता है, जो अक्सर क़द-काठी और सफ़ेद-पीले-काले सभी रंगों को लाँघ जाता है।

मैं झूठ नहीं कहूँगा, योको मुझे बेइन्तहा भा गई और फिर लगातार मेरे दिमाग़ में घूमती रही योको के प्रति इस अदम्य आकर्षण के पीछे मेरी अपनी सीमाएँ थीं, जैसे कि छोटा क़द और स्वयं मेरे चेहरे का मंगोल पुट—'कबूतर-सी आँखें, गोल चेहरा'—और कुछ अजीब चौड़ी नाक। सम्भवत: मेरे दबे मंगोल जीन योको के प्रति स्वाभाविक आकर्षण महसूस कर रहे थे। रिकॉर्डिंग में देर नहीं लगी। साढ़े बारह तक वाक़ई काम समाप्त हो गया।

मैं पहले ही जल्दी में था, योको के कारण बेताबी और बढ़ गई। वह कनॉट प्लेस जा रही थी और साथ जाने के इस अवसर को मैं गँवाना नहीं चाहता था।

चलने लगा, तो राकेश ने रोक लिया, बोला, "यार, अब क्या जल्दी है, लंच हो रहा है खाना खाकर जाना! तुमसे कुछ ज़रूरी बातें भी करनी हैं।"

यद्यपि राकेश से पहचान पुरानी कही जा सकती है, इस पर भी हमारे सम्बन्ध औपचारिकता से आगे नहीं बढ़ पाए थे। पर आज जिस तरह की आत्मीयता का माहौल था, उसके चलते और टी.वी. में अपने भविष्य को देखते हुए, उसके आग्रह को दरकिनार करके नहीं जाया जा सकता था।

उसने मुझे बाहू से थामा और लगभग खींचते हुए कहा, "ज़रा ये काग़ज़ कमरे में रख आते हैं, फिर चलते हैं!"

मन मारकर मुझे योको को पाँचवीं मंज़िल पर ही टा-टा करना पड़ा और अगली मुलाक़ात के लिए कई महीने इन्तज़ार भी। मेरे दिमाग़ में एक बार यह विचार भी कौंधा था कि माथुर ने मुझे जान-बूझकर रोक लिया है, जिससे योको से मेरी मित्रता न बढ़ पाए। पर नियति की चाल राकेश नहीं काट पाया।

योको से मेरे दो-वर्षीय सम्बन्धों का यह आधार था।

ग्राउन्ड फ़्लोर की पिछली ओर के कॉफ़ी हाउस में ज़्यादा लोग नहीं थे। एक किनारे की सीट पर जमते हुए माथुर ने कहा, "यार, तुम अपने आदमी हो, इसलिए तुम्हें बता रहा हूँ।"

अपने आदमी से उसका मतलब यू.पी. वाले से था। क्या यही बकवास सुनाने के लिए रोका होगा? मुझे कोफ़्त हुई।

"सबसे बड़ी बात यह है कि तुम राइटर हो, कवि हो।" वह जारी रहा, "मेरा मतलब है कि एक 'सैंसिटिव पर्सन' हो, इसलिए इन बातों को समझ सकते हो!"

मैं, योको और जापान में खोया होने के बावजूद सजग हो उठा। यद्यपि तब मैं, जैसा कि उसने बाद में कहा था, 'इन बातों' से लगभग अनभिज्ञ था, पर लक्षण कुछ इतने प्रबल थे कि ग़लती नहीं हो सकती थी।

फिर भी स्वयं को आश्वस्त करने के लिए मैंने उसके चेहरे का जायज़ा लेने वाले अन्दाज़ में देखा। फूली, अनावश्यक रूप से लाल नाक, जैसे लगातार जुकाम हो और बाहर को निकली बड़ी-बड़ी बैल-सी भारी पपोटों से ढकी रुक्ष आँखें, जिन पर वह बीच-बीच में इस तरह से हाथ फेरता था, मानो रात-भर का जगा हो। लगातार पान खाने से उसके दाँत ही नहीं, होंठ भी काले पड़कर जगह-जगह पैरों की बिवाइयों-से चटक गए थे, जिनसे ताज़े खाये पान की पीक चमकती रहती। कुल मिलाकर एक अजीब आकर्षणहीन, बल्कि जुगुप्सा पैदा करने वाला चेहरा! तेज़ी से उड़ रहे बालों को उसने तात्कालिक फ़ैशन के मुताबिक कुछ इस तरह बढ़ा रखा था कि अगर उसने पैंट-क़मीज़ की जगह कुर्ता-पाजामा पहना होता तो सारंगी बजाने वाला लगता।

वह भी इस बीच चुप रहा। उसकी गर्दन थोड़ी-सी बाईं ओर को झुकी और उसने अपनी आँखें कुछ इस तरह सिकोड़ीं, मानो गहरी आवेगात्मक उथल-पुथल को क़ाबू करने का प्रयत्न कर रहा हो। पर यह सब सायास था, किसी अभिनेता की तरह अपने पात्र के चरित्र को जीने का प्रयत्न। अभिनय चाहे कितना भी सफल हो, पर वह है मूलतः प्रयत्न ही।

नहीं, यह चेहरा प्रेमी का नहीं हो सकता। 'प्रूफॉक' का भी नहीं। वहाँ वह, चमक, कोमलता और खोयापन नहीं था, जिसके चलते ऐसे लोगों को देखते ही अमेरिकी कहते हैं, "सन ऑफ़ ए बिच इज़ इन लव"। पर तब वह एक अनुभवी और खेला-खाया आदमी भी तो था। सिद्ध, अपने मनोभावों का इश्तहार चेहरे पर चिपकाए थोड़े ही चलते हैं!

"ऐसा है कि वह है न रचना! बड़ी अच्छी एक्ट्रैस है। तुमने देखा होगा, नीलाम्बर के प्ले में लीड रोल उसी का था।" माथुर ने भूमिका प्रस्तुत की।

उसका या सुमन का, मैं समझ नहीं पाया और पूछता-पूछता भी रह गया।

"उसने कल शाम बुलाया था!" माथुर ने बाईं जाँघ पर रखे दाएँ पैर को इस गति से हिलाते हुए कहा जैसे कि अल्लारक्खा के तबलावादन से तादात्म्य बैठा रहा हो।

"बुलाया था!" मैंने उत्सुक होकर दोहराया।

"उसका कहना यह है कि वह मुझे चाहती है!" उसका पैर तीन ताल में अब भी काँप रहा था।

अपने अनुमान की, मैंने तो देखते ही कह दिया था वाली, सफलता ने मुझे इतना अभिभूत कर दिया कि मैं चीख़ता-चीख़ता रह गया।

"अच्छा।" मैंने भरसक सामान्य रहने की कोशिश की।

उसने लम्बा पॉज़ दिया, "और...", पिछले वाक्य को ही जारी रखते हुए मणिकौल के पात्रों की-सी तटस्थता बनाए हुए कहा, "मुझसे शादी करना चाहती है!"

"शादी! पर...!" मैं समझ नहीं पाया, कहूँ या न कहूँ।

"मेरा बड़ा बेटा दस साल का है, प्यारे!" उसने ख़ुद ही स्पष्ट कर दिया।

"फिर?" मेरे मुँह से निकला, "क्या वह यह नहीं जानती?"

"जानती क्या नहीं! सब जानती है—मेरी बीवी है, तीन बच्चे हैं। इसीलिए तो तुम्हारी सलाह चाहिए, मामला 'कम्प्लिकेटेड' है!"

"आप उससे साफ़ कह क्यों नहीं देते?" मैंने सीधा रास्ता सुझाया।

"यार, तुम्हारी समझ में नहीं आ रहा है, मामला कितना नाज़ुक है!" उसने आश्चर्य और खेद प्रकट किया। मैं थोड़ा झेंप गया।

"लौंडों की-सी बात मत करो, भाई!" उसने आक्रमण जारी रखा, "ज़रा समझो!"

मैं सचेत हो गया, पर बोला कुछ नहीं। वह भी थोड़ी देर रुका, जैसे मुझे समझने-बूझने का मौका दे रहा हो।

"मैंने उसे एक दिन यहीं, अपने कमरे में सारी बातें समझाईं। जानते हो, उसने क्या कहा?" उसने कुछ पल को अपनी आँखें मूँद लीं, जैसे कि नाटक के मुख्य पात्र का 'क्लोज़ अप' लिया जा रहा हो।

"क्या?" मैंने पूछा।

मामला आशा से अधिक दिलचस्प हो गया था। राकेश की क़िस्सागोई में कहीं योको भी खो गई।

"उसने कहा," राकेश फिर शुरू हो गया, "अगर तुम मुझे इस तरह ठुकराओगे, तो मैं यहाँ से कूदकर आत्महत्या कर लूँगी।"

"किसने कहा?" मैंने घबराकर पूछा।

"रचना ने, और किसने!"

"कहाँ से कूदकर? तुम्हारे कमरे से!"

"और नहीं तो क्या यहाँ ग्राउंड फ़्लोर से! मेरे कमरे से—पाँचवीं मंज़िल से, समझे!"

मैं झेंपकर चुप हो गया। कहाँ हैं ऐसी लड़कियाँ, मैं सोच रहा था, जो इस तरह प्रेम करती हैं? दिल में आया, एक बार रचना से मुझे भी मिलना चाहिए।

"यहाँ तो हमें रोज़ ही लड़कियाँ टकराती हैं, गाजर-मूली की तरह, पर वह डिफ़रेंट क़िस्म की है। हाथ में लेकर घूमने वाली नहीं। बहुत बड़े घर की है। उसका पिता अंडर-सेक्रेटरी है और ख़ुद भी बैंक ऑफ़ टोक्यो में ऑफ़िसर है। अब बताओ, मुझे क्या करना चाहिए?" और वह कटलेट खाने में लग गया।

आख़िर कुमारी रचना ने इसमें देखा क्या होगा? राकेश सदा से ही मेरे लिए ढाढ़स का स्रोत है। उसकी शक्ल को देखने के बाद मुझे अपने ऊपर ज़्यादा अफ़सोस नहीं होता।

"मैं अपने बीवी-बच्चे कैसे छोड़ सकता हूँ?" उसने मेरे उत्तर की प्रतीक्षा नहीं की। "यह असम्भव है! आई लव माई फ़ैमिली! मैं ऐसा आदमी नहीं हूँ। मैंने उससे कहा भी था कि भई मेरी बीवी घरेलू है। पढ़ी-लिखी तो वह भी बी.ए. है, पर यह सोचो, अब वह जाएगी कहाँ? खाएगी कहाँ से?"

मैं चुप ही रहा।

"जानते हो, उसने क्या कहा?"

"क्या?" मेरे लिए अपनी उत्सुकता दबाए रख पाना असम्भव हो रहा था।

"बोली, तुम उसको अपनी पूरी तनख़्वाह दे देना, तुम्हारा ख़र्चा मैं देखूँगी। मैं तुमसे यह नहीं कहती कि तुम उसे छोड़ दो, पर मैं तो अपना प्रतिदान माँग रही हूँ।"

क्या डायलॉग था! वास्तविक! धड़कता हुआ!

जब कुछ समझ ही न आया, तो मैं हथियार डालने वाले अन्दाज़ में पूछ बैठा, "पर वह आपके पीछे पड़ क्यों गई है?"

"तुम, यार, बिलकुल बच्चों वाली बात करते हो?" उसने झिड़का, "अरे भाई, उसे एक पुरुष चाहिए," वह रुका, "मर्द होने के लिए कुछ और बातें ज़रूरी होती हैं। आज औरत मर्द की शक्ल नहीं देखती। ऐसे पुरुष की सबसे ज़्यादा माँग है, जो इंटलैक्चुअल हो और जिसका सोशल स्टेट्स भी हो। मैं ऑफ़िसर हूँ और मैं आर्टिस्ट भी हूँ," उसने कॉफ़ी की एक लम्बी घूँट लेने के बाद अपनी बात पूरी की, "हमारे जैसा आदमी कहाँ मिलता है, जिसमें दोनों बातें हों!"

इस बारे में क्या कहा जा सकता था? पर मुझे हरीकृष्ण याद आ गया। वह हमारे साथ एम.ए. कर रहा था। काला रंग, बदशक्ल और जिराफ़ जैसा बेहूदा लम्बा, पढ़ने में फिसड्डी और बेइन्तहा बातूनी क़िस्म का लड़का था वह। असल में, उसे 'लड़का' कहकर इस शब्द का अवमूल्यन करना है। तब कोई 28-30 का रहा होगा। वह कहा करता था, "बेटा देवेन्द्रसिंह पहाड़ी, लड़कियों का कुछ पता नहीं, कब किस पर मर मिटें! उनको किस शक्ल में क्या भा जाए, कहा नहीं जा सकता! जैसे कि तेरी पहाड़ी छोटी नाक या चिंपाजी जैसी आँखें ही, हो सकता है, मधुबाला को भा जाएँ!"

“अबे साले, चुप!” मैंने उसे धमकाया था, क्योंकि मुझे लगा था कि इस तरह से अपने बदसूरत चेहरे को डिफ़ैन्ड करना एक क़िस्म की आत्मदया ही है। क्यों न इस पर बात ही न की जाए!

“नहीं बेटा पहाड़ी, समझो बात को!” वह अड़ा रहा, “लड़कियों के मामले में सबसे बड़ी बात जो ‘काउंट’ करती है, वह यह है कि तुम में ‘कान्सिस्टेंसी’ कितनी है!”

यद्यपि सच्चाई यह है कि आज तक ग़लती से भी न तो मेरी पहाड़ी छोटी नाक और न ही चिंपाजी जैसी आँखों ने किसी को मुग्ध किया है, इस पर भी प्रत्यक्ष रूप से ‘अब बकवास बन्द कर’ कहने के बावजूद उस दिन मैं उसे कुछ अतिरिक्त गम्भीरता से ही ले बैठा था।

हज़रतगंज के सबसे बढ़िया फ़ोटोग्राफर से एक कैबिनेट साइज़ का फ़ोटो खिंचवाकर मैंने एक बहुत लम्बे ख़त में, जिसमें मीर, ग़ालिब से लेकर मजाज़ और अपनी कविताओं के भी कुछ हिस्से पिरोए थे, मधुबाला को भेज दिया और उत्तर की प्रतीक्षा में कई साल ‘मुहब्बत की झूठी कहानी पे रोए’ गा-गाकर अपना गला घिसता रहा था। उत्तर तो नहीं आया, पर इस चक्कर में किशोर कुमार से बेमतलब की अदावत हो गई जो आज मधुबाला के जन्नतनशीं हो जाने के कई साल बाद भी चल रही है। मैं किशोर कुमार के गाने पसन्द ही नहीं कर पाता हूँ।

छोड़िए किशोर को (दिल का रोगी है, इसलिए अब आगे कुछ नहीं कहूँगा), पर कमाल तो उस साले हरीकृष्ण ने किया। अपनी बात को उसने शब्दश: (मनसा, वाचा, कर्मणा) यथार्थ कर दिखलाया। वह क्लास क्या, यूनिवर्सिटी की सबसे ख़ूबसूरत, शोख़ और चुलबुली मधुबाला उर्फ़ रश्मि (वह ‘मुगलेआज़म’ का ज़माना था, इसलिए हर तुलना मधुबाला से होती थी) को ले डूबा। (अब आपको क्या बताऊँ, नीलाम्बर तक रश्मि के बारे में पूछता था!) इसके बाद जीवन में इतना गहरा धक्का मुझे सिर्फ़ मधुबाला के कैंसर से मरने से ही लगा था।

चूँकि बाबा हरिकृष्ण के सिद्धान्त में मुझे न्यूटन के सिद्धान्त की-सी सार्वभौमिक सत्यता नज़र आई, इसलिए मैं इस नतीजे पर पहुँचा कि टी.वी. आर्टिस्ट सुन्दरी रचना को (टी.वी. आर्टिस्ट है, सुन्दर तो होगी ही, यह अन्तर्निहित है) टी.वी. प्रोड्यूसर मिस्टर राकेश माथुर (तीन बच्चों के बाप) का पागलपन की हद तक भा जाना बराबर सम्भव है।

“तुम योग के बारे में कुछ जानते हो?” राकेश ने अचानक पूछा।

“नहीं, मैं तो कुछ नहीं जानता।” मैंने बिना चूँ-चाँ किये हथियार डाल दिये। पर यह विषयान्तर बड़ा अजीब था। मैंने समस्या पर औपचारिक रूप से विचार शुरू ही किया था और सुझाव देने ही जा रहा था कि इस विषयान्तरण का सबब समझ में नहीं आया।

"योग में ऐसी सिफ़्त है कि वह आदमी को बूढ़ा नहीं होने देता। देखो, मेरा हाथ!" उसने अपना हाथ मेरे सामने कर दिया।

"हाथ लगाकर देखो, कैसा वज्र-सा है!"

दिल हुआ कि कह दूँ, वह तो नज़र ही आ रहा है, पर चुपचाप उसका हाथ छूकर देखा।

"है न!" उसने दबाव डाला।

"हूँ!"

"यह सब योग का कमाल है!" वह बहुत ख़ुश हो गया। मुझे आशा नहीं थी कि वह मेरी 'हूँ' को इतनी गम्भीरता से लेगा। "यह मर्दानगी को बढ़ाता है!" वह जारी रहा, "मैं औरतों के साथ पैंतालीस मिनट के बावजूद वैसा-का-वैसा ही रहता हूँ, समझे!"

यद्यपि मेरा अनुभव उन दिनों लखनऊ के रंडी-बाज़ार के एकाध फेरे तक ही सीमित था, पर अनुभव तो था। मैं चकित-सा उसकी शक्ल देखने लगा।

"तुम मेरी पत्नी से पूछ सकते हो!" मेरी आँखों में झाँकती हुई शंका को काटने के लिए उसने कहा।

मैं झेंपकर मुस्कराने लगा। यह विचार ही अपने में इतना बेहूदा था कि सिर्फ़ झेंपा जा सकता था।

"और यही वह राज है, जिसके कारण रचना आत्महत्या करने को तैयार है, समझे!"

"यानी कि रचना के साथ यह शयनसुख प्राप्त कर चुका है!" विचारमात्र से मेरे सारे बदन में सनसनी फैल गई।

"इसमें आश्चर्य की कोई बात नहीं है। मैं तुम्हें योग की कुछ ऐसी क्रियाएँ सिखाऊँगा कि तुम भी वज्र हो जाओगे!" उसने मेरा हाथ बहुत ही हिक़ारत से इस तरह दबाया, जैसे किसी पिलपिली चीज़ को छू रहा हो। फिर वह थोड़ा मुस्कराया और हाथ की उँगलियों को जोड़कर कराटे की तरह आड़ा चलाते हुए कहा, "तुम्हारा यह सारा ढीलापन मैं निकाल दूँगा।"

मैं टुकुर-टुकुर उसका मुँह देखता रहा।

"तुमने बिजरौली क्रिया के बारे में सुना है!" उसने मेरी हाँ-ना की प्रतीक्षा नहीं की, "मैं आजकल वही कर रहा हूँ! अगर सफल हो गया, तो दुनिया की औरतों को मेरे सान्निध्य के लिए लाइन लगानी होगी!"

"क्या होती है वह?" मैंने पूछा।

"यह वह क्रिया है, जिसे शिवजी किया करते थे और इसीलिए पार्वती हर जन्म में उनकी पत्नी बनीं। यह परम पुरुष हो जाने की क्रिया है।"

"कैसे होती है?" मेरी उत्सुकता दबी न रह सकी। बेहूदेपन का भी एक आकर्षण होता है।

"आ गए न चक्कर में, प्यारे!" वह ठठाकर हँसा। "अभी नहीं बताऊँगा। हाँ, अगर सफल हो गया तो तुम्हें मुझे गुरु मानना पड़ेगा।"

मैंने सोचा, क्यों न अभी गुरु मान लूँ और पसोपेश में था कि चरण स्पर्श करूँ या नहीं, कि उसने फिर अचानक ही विषय-परिवर्तन कर दिया।

"अरे हाँ! नीलाम्बर कहाँ है?"

"यहीं होगा! वैसे मुझसे कई दिनों से मुलाक़ात नहीं हुई है।" नीलाम्बर के बीच में आते ही चरण-स्पर्श का इरादा स्वयं ही मुल्तवी हो गया।

"तुम्हें कुछ पता नहीं? शहर में रहते हो या कहीं और?"

"क्या हुआ?" मैं घबरा गया।

"होना क्या था, वह चिड़िया को लेकर उड़ गया है!"

"कौन, किसको?" मुझे झुँझलाहट होने लगी।

"कौन, किसको नहीं, नीलाम्बर सुमन के साथ 'एलूप' हो गया है। मामला पुलिस में है। उसका बाप तुम्हारे पास नहीं आया अभी पुलिस लेकर?" उसने कन्हैयालाल वाले ठेठ फ़िल्मी अन्दाज़ में कहा।

"नहीं तो! यह सब कब हुआ?" पुलिस के नाम पर ही मैं डर गया।

"तीन-चार दिन पहले की बात है, भई! यहाँ पुलिस आई थी। अरुण के बारे में पूछताछ करने!"

"अरुण कहाँ है?" मैंने पूछा।

"वह बम्बई गया हुआ है फ़िल्म के सिलसिले में। पहले शंका थी कि अरुण के साथ भागी है, पर अब पता चला है कि नहीं, नीलाम्बर के क़ब्ज़े में है।"

ओह, तो नीलाम्बर ने अरुण की अनुपस्थिति का पूरा लाभ उठाया। पुलिस के बीच में आने के बावजूद मुझे अन्दर-ही-अन्दर ख़ुशी हुई—नीलाम्बर अजेय है।

पौने दो बज रहे थे। राकेश ने उठते हुए कहा, "तुम मेरे वाले मामले पर ज़रा गम्भीरता से सोचकर राय देना, अच्छा! फिर मिलते हैं अगले हफ़्ते किसी दिन।"

हाथ मिलाकर कैंटीन के दरवाज़े पर ही मुझे छोड़कर वह ऐसा गया, जैसे पहचानता भी न हो। मैं कई बातें जानना चाहता था, पर अचानक लगा कि राकेश ने इतना सारा आडम्बर, उलटे मुझसे सिर्फ़ नीलाम्बर के बारे में ज़्यादा-से-ज़्यादा जानकारी हासिल करने के लिए ही किया था! मुझे हँसी आ गई। अरुण ही नहीं, राकेश भी बुद्ध सिद्ध हुआ था।

उसी दिन शाम को पुलिस के साथ सुमन के पिता और भाई मेरी तलाश में इस तरह दफ़्तर पहुँचे, जैसे किसी ने भिजवाए हों।

उन्होंने दुनिया-भर की पूछताछ की। और अल्मोड़ा, नैनीताल व लखनऊ के सारे पते, जो मैं जानता था, नोट कर लिए।

बाद में मुझे अफ़सोस भी हुआ। जब पुलिस नीलाम्बर के घर जाएगी, तो उसके रूढ़िवादी और संस्कारी पिता को कितना धक्का लगेगा! मुझे चुप रहना चाहिए था। पर पुलिस की वर्दी का ही मुझ पर कुछ ऐसा आतंक बैठा कि मैं झूठ बोलने की स्थिति में नहीं रहा (नीलाम्बर क्या अकारण ही मुझ पर विश्वास नहीं करता!), जबकि वे बड़े अदब से पेश आए थे। मुझे अपनी कायरता पर अफ़सोस हुआ। आख़िर पुलिस साली कर क्या लेती! मेरे पीछे बारह मंज़िल की 'नया दिन' की इमारत थी!

जाते हुए सुमन के पिता ने बड़े अफ़सोस से कहा, "इस लड़की ने मेरी पगड़ी उछाल दी है। मैंने ठाका कर दिया था, अब बिरादरी में क्या मुँह दिखलाऊँगा?" फिर एक लम्बी साँस लेकर आकाश की ओर इबादत में हाथ उठाते हुए बोले, "तक़दीर दा लिखिया कौन मेट सकदा है? लड़का अमेरिका में डॉक्टर था, अब मास्टर के साथ ज़िन्दगी काटनी पड़ेगी, तब पता चलेगा!"

उन्हें भागने की जगह 'स्टैंड' लेना चाहिए था और यहीं फ़ैसला करवाना था। पर मैं जानता था, इसमें नीलाम्बर का दोष नहीं था, क्योंकि जहाँ तक मैं समझ पाया था, सुमन चलचित्त क़िस्म की थी और सम्भवतः उसके पास यही एक तरीक़ा रह गया था।

यद्यपि मैंने दिल से महसूस किया कि उसके पिता के साथ ज़्यादती हुई है और मुझे उससे काफ़ी सहानुभूति भी थी, पर उसकी आख़िरी बात ने मुझे चिढ़ा दिया। साला मोटर पार्ट्स का व्यापारी, लेक्चरर को मास्टर कह रहा है! इस पर भी मैं उन्हें दूसरी मंज़िल से उतरकर नीचे तक छोड़ने आया।

उन्होंने जाते हुए मुझसे कहा, "बेटा, तुम अपने दोस्त को समझाओ, उनका कोई मेल नहीं है!"

उनके स्वर की हताशा ने मुझे भावुक कर दिया। मैं चुप आँखें नीची किये इस तरह सुनता रहा, जैसे नीलाम्बर की सारी करतूत के लिए सिर्फ़ मैं ही ज़िम्मेवार होऊँ।

जब वे लौटे

वे लौटे, तो पति-पत्नी थे।

हिन्दी साहित्य जगत में यह उसी तरह की घटना थी, जिस तरह की पाँच साल बाद भारतीय जीवन में परमाणु बम के विस्फोट से हुई।

सब कुछ था इस शादी में—रोमांस, एडवेंचर और सौन्दर्य—हर लेखक का स्वप्न, पर जिसे पाता बिरला ही है।

ग्लैमर जोड़ा सुमन के पिता ने। जब उन्होंने विवाह को स्वीकार किया—इसके अलावा क्या कोई रास्ता था—तो पूरे धूम-धड़ाके से! पूरे घटना-क्रम को वह तार्किक परिणति यानी 'ओबेराय इनकान' तक ले गए। यह पहला अवसर था—साला, हिन्दी साहित्य याद रखेगा—जब किसी लेखक का विवाह-भोज 'बैंकेट हॉल' में हुआ था।

हम सब खो गए—वहाँ की चमक में, भीड़ में और वैभव में!

एक बार—सम्भवत: प्रसंग पार्टी के बाद का ही रहा होगा—मैंने नीलाम्बर से कहा था, "बहुत एडवांस क़िस्म की लड़कियों के साथ निबाह पाना ज़रा मुश्किल काम है।"

"क्या मतलब?" उसने भौंहें सिकोड़ लीं।

यह कहना बेवकूफ़ी होगी कि वह मेरा इशारा नहीं समझा। चूँकि सुमन के साथ बढ़ते उसके सम्बन्धों के संदर्भ में मैं कई दिन से स्पष्ट बात करना चाहता था, इसलिए तैयार भी था। असल में मेरी बेवकूफ़ी यह थी कि तब तक मैं स्वयं को असंपृक्त रखने की आधुनिकता तक नहीं पहुँच पाया था। फिर सच तो यह है कि हम सबके अन्दर एक उपदेशक, एक नैतिक और कर्तव्यपरायण पुरुष हर समय विद्यमान रहता है, जो मौक़ा मिलते ही प्रेत की तरह सवार हो जाता है। मेरे पास तर्क था—दोस्त को आगाह करना कर्तव्य है!

गला साफ़ कर, ऊपरी तटस्थता दिखलाते हुए, मैंने हौल-हौले कहना शुरू किया, "हम तथाकथित 'मिडिल क्लास' या 'लोअर-मिडिल क्लास' के लड़कों के लिए 'अपर क्लास' की लड़कियों के साथ जीवनयापन कर पाना सम्भव नहीं है! मैं तो कहूँगा, सोचना भी ग़लत है।"

"क्यों?" वह सिगरेट पी रहा था और धुआँ इस तरह निकाल रहा था, जैसे साँस का ही हिस्सा हो।

"क्योंकि हम एक अलग आर्थिक और सांस्कृतिक पृष्ठभूमि की उपज हैं।"

"यानी?"

"यानी हमारे नैतिक मानदंड, मानसिकता और जीवनयापन का तरीक़ा अलग है!"

"तुम्हारी पूरी मान्यता ग़लत धारणाओं पर आधारित है। मुझे नहीं पता, तुम किस 'लोअर-मिडिल क्लास' और 'किस अपर क्लास' की बातें कर रहे हो?"

शायद उसको मेरा वर्गीकरण अपमानजनक लगा था।

"जिस समाज में आज हम रह रहे हैं," वह कहता गया, "उसमें कोई भी क्लास अन्तिम नहीं है। अगर तुम क्लास-निर्धारण का आधार आर्थिक मानते हो, तो सम्भव है, कल तुम या मैं उच्चतम वर्ग में होंगे और अगर तुम सांस्कृतिक परम्परा और पृष्ठभूमि की बात करते हो, तो ब्राह्मण होने के नाते मेरी सामाजिक स्थिति टाटा-बिड़ला से भी ऊँची है।"

मैं नया-नया कम्यूनिस्ट हो रहा था। वर्ग-विभाजन की इतनी बारीकियाँ मैं नहीं जानता था। समझ में नहीं आया कि इसका क्या उत्तर हो सकता है।

"असल में," वह रुका नहीं, "तुम कुछ सतही बातों और व्यवहार से वर्ग निर्धारित कर रहे हो। साफ़ क्यों नहीं कहते कि मुझे लड़कियों के सिगरेट और शराब पीने में आपत्ति है, आदमियों के नहीं!" वह सीधे विषय पर उतर आया।

"नहीं," मैंने उसके व्यंग्य को काटना चाहा, "मैं हर किसी के शराब सिगरेट पीने के ख़िलाफ़ हूँ!"

"अपने?" वह हँसा।

"अपने भी!" मैं गम्भीर रहा, "पर जहाँ तक महिलाओं का सवाल है, हमारे समाज में उनकी जो स्थिति है, उसमें उनके ज़्यादा ख़िलाफ़!

"महिलाओं के आगे बढ़ने का मैं समर्थन करता हूँ, पर इसका अर्थ यह नहीं है कि वे आधुनिकता के नाम पर पुरुषों के सारे व्यसनों और बुराइयों को अपना लें!"

अपनी बात स्पष्ट कर, मैं उसके उत्तर की प्रतीक्षा करने लगा।

"बेहतर हो, हम सीधे नाक पकड़ें।" उसने दो-तीन कश एक साथ लगाए और टोंटे को पैर से मसलते हुए बोला, "जहाँ तक 'एडजैस्टमेंट' का सवाल है, मेरा मानना है कि 'एडवांस' क़िस्म की लड़कियों में 'एडजस्टेबिलिटी' घरेलू क़िस्म की लड़कियों की बनिस्बत कहीं अधिक होती है। जानते हो, क्यों?"

मैं चुप रहा।

"इसीलिए कि वे घर की चारदीवारी के अलावा बाहर की दुनिया से भी परिचित होती हैं। वे अधिक 'रेशनल' होती हैं और उनमें अपने साथी की ज़रूरतों को समझने की क्षमता अधिक होती है, इसलिए उसके 'एडवांसमेंट' में सहायक होती हैं, रोड़ा तो हरगिज़ नहीं बनतीं।"

"तुम देख ही रहे हो, हिन्दी के हर तीसरे लेखक ने अपनी अनपढ़ या अधपढ़ी पत्नी छोड़ रखी है, क्यों? इसका कारण यह है कि वे लेखकों के मानसिक स्तर तक नहीं पहुँच पातीं और उन्हें पता नहीं है कि आज की दुनिया में अपने 'प्रोफ़ेशन' में आगे बढ़ने या कम से कम अपना स्थान बनाए रखने के लिए कितने संघर्ष की आवश्यकता होती है!"

"जब तुम्हारे ये हिन्दी लेखक शादी कर रहे थे, तो क्या इनकी आँखें बन्द थीं?" मैंने कुछ तैश में कहा।

"इस तरह बातें नहीं हो सकतीं," उसने झिड़क दिया। "वैसे सच्चाई भी यह है कि उन्हें शादी कई दबावों में करनी पड़ती है, अब चाहे वे कुछ भी हों। तुम हर एक से अपने जैसा क्रान्तिकारी होने की आशा नहीं कर सकते।" वह मुस्कराया।

"वैसे यह उनकी पेटीबुर्जुआ मानसिकता से जन्मी हीनता का परिणाम है," मैंने सीधे-सीधे कह दिया, "फिर भी तुम्हारी बात मान लेता हूँ, पर तब प्रश्न उठता है कि दुनिया-भर के मानसिक स्तर की चिन्ता करने वाले अपनी बीवी का मानसिक स्तर क्यों नहीं उठा पाते?"

"तुम भी क्या बात कर रहे हो! ये बातें सैद्धान्तिक स्तर पर ही ठीक लगती हैं। व्यावहारिक जीवन में एक ही काम हो सकता है—या तो लेखन कर लीजिए, या बीवी का मानसिक स्तर उठा लीजिए। बीस वर्ष का काम एकाध दिन में नहीं हो सकता। बीवी को गोद में बैठाकर अ-आ-क-ख पढ़ाने का समय किसके पास है?"

"अ-आ-क-ख या ए-बी-सी-डी?" मैंने व्यंग्य से पूछा।

"जो भी समझो!" वह अविचलित रहा।

इधर, यदा-कदा ही सही, पर ऐसी स्थिति भी आने लगी थी, जब उससे सहमत हो पाना मेरे लिए कठिन होने लगा था। तो क्या यह नीलाम्बर के जादू के उतरने की शुरुआत थी?

"तुम्हारी दूसरी बात का जवाब देना अभी बाक़ी है।" उसने कहा।

पर मेरी इच्छा अचानक इस विषय पर बात करने की ही नहीं रही। मैंने कोई उत्साह नहीं दिखलाया।

"यह ठीक है कि सिगरेट और शराब पीना कोई अच्छी बात नहीं है, पर जब हम बाहर निकलते हैं, कई चीज़ें ग़लत भी करते हैं। असल में, सीखने और आगे बढ़ने की यही प्रक्रिया है। इसलिए इस विषय में ज़्यादा घबराने की आवश्यकता नहीं है। महिलाओं में दिमाग़ है, वे अपना भला-बुरा जानती हैं। उन्हें अपने निर्णय अपने-आप ही लेने दो!"

वह रुका।

मेरी चुप्पी को उसने विजय मान लिया।

उसने मेरा चेहरा देखा और दूने उत्साह से शुरू हो गया, "असल में, तुम्हारा संकट ही 'टिपिकल' यथास्थितिवादी का है। तुम्हारे पूरे तर्क के पीछे सामन्ती पुरुष-दम्भ काम कर रहा है, जो स्वयं तो सब कुछ कर लेना चाहता है—शराब पीना, दूसरी औरत के साथ सोना, पर महिलाओं के व्यवहार को ख़ुद नियंत्रित करना चाहता है, अपनी शर्तों पर, और दुहाई देता है नैतिक और सामाजिक मूल्यों की, क्यों?"

वह 'वीमेन्स लिब मूवमेंट' के प्रवक्ता की तरह बोल रहा था। मेरा दिल हुआ, पूछूँ कि ये सारी आज़ादियाँ तो अमेरिका और यूरोप में औरतों को मिली हुई हैं, फिर वे शोषण और उत्पीड़न की बात क्यों कर रही हैं? क्यों संगठन बना रही हैं? सवाल यह है कि अगर जींस पहनना, आगे बढ़ना और सीखना है, तो फिर समस्या ही क्या रह जाती है? आगे बढ़ने के लिए भटकना क्या आवश्यक शर्त है? किसी ने कहा है, सबसे बुद्धिमान वे होते हैं, जो दूसरों की ग़लतियों से सीखते हैं। कम बुद्धिमान अपनी ग़लतियों से सीखते हैं और जो किसी की ग़लतियों से नहीं सीखते, वे...!

यह सब तर्क चालू रखा जा सकता था, अगर लगता, कहीं कुछ असर हो रहा है। इसलिए मेरे 'सबसे भली चुप' पर अड़ जाने और नीलाम्बर के अथाह सन्तोष ने, उसके वक्तव्य के साथ ही बात समाप्त कर दी।

यद्यपि यह चकाचौंध व पैसे के खेल से मैं कई दिनों तक लगभग अवसन्न-सा रहा और तर्क करता रहा कि नीलाम्बर सुमन को मुझसे कहीं अधिक समझता है तथा विवाह के पश्चात् दोनों में 'मैच्योरिटी' आना स्वाभाविक और लाज़मी है, इस पर भी विवाह से मेरी पूरी तरह सहमति नहीं हो पाई।

विवाह को महीना हुआ होगा। वे दहेज के हवाई टिकट का लाभ उठाकर कश्मीर से लौटे ही थे कि अचानक मुलाक़ात हो गई। सुमन साड़ी में कुछ ज़्यादा ही आकर्षक और शालीन लग रही थी। बाली स्टाइल के जूड़े में उसका चेहरा बहुत ही सौम्य नज़र आ रहा था। आवाज़ की हर खनक और शरीर की हर लचक के साथ उसके बड़े-बड़े तिब्बती कुंडलों की कम्पन से मेरी सारी ज्ञान और कर्मेन्द्रियाँ रह-रहकर झंकृत हो उठती थीं।

नीलाम्बर का भी जवाब नहीं था। उसकी रुचि का सदा से ही जवाब नहीं था। अगर वह खादी का कुर्ता भी पहनता, तो भी उसके चुनाव की दाद दिये बग़ैर नहीं रहा जाता था और उस दिन तो वह नवीनतम फ़ैशन की चौड़े कालर वाली हलकी नीली छपी रेशमी क़मीज़ और रायल ब्लू पैंट पहने था। वे ख़रीदारी के चक्कर में थे और ज़बरदस्ती में, मैं भी घसीट लिया गया।

चाहे टाई हो या साड़ी, बैडशीट हो या टॉवल—सुमन एक-एक चीज़ के लिए दुकान के बाद दुकान छान रही थी। बेइन्तहा ऊबाऊ और थकाने वाला काम था। सुमन के अदम्य आकर्षण के बावजूद मैं रह-रहकर पीछे छूट जाता था। मुझे साथ

चलने में झिझक-सी भी आ रही थी, जैसे कोई बौना दो भव्य और विशाल प्राणियों के बीच चल रहा हो। सुमन की अनावश्यक लम्बाई उस दिन नीलाम्बर के सामने अखर नहीं रही थी। वे दोनों 'मेड फ़ॉर इच अदर' लग रहे थे। अजीब प्रसंग था। नीलाम्बर की प्रिय कोल्हापुरी चप्पलें आज सुमन के पैरों में थीं, वह स्वयं गर्मी के बावजूद जूते डाले था।

सौ रुपये की चादर, पचासी की टाई और बावन रुपये का तौलिया—सब नई बातें थीं मेरे लिए। तो क्या बौनेपन का यह आभास सिर्फ़ मन से था।

नीलाम्बर के बैलबाटम के फड़फड़ाने से अचानक उसकी एड़ियाँ झलक उठीं। ढाई इंच से तो क्या ही कम होंगी। और तब मैंने जाना, बौनापन शारीरिक भी था।

ख़रीदारी के समाप्त होने से पहले ही मैंने प्रस्ताव रखा, "कॉफ़ी हाउस चला जाए!"

"ठीक है चलते हैं, क्यों सुमन?" नीलाम्बर ने अपनी सहमति देते हुए पूछा।

"जी नहीं!" सुमन की आवाज़ ने हम दोनों को एक साथ चौंका दिया।

"काढ़ा पीना मेरे वश का नहीं है!" वह बिना मुस्कराए कहती गई, "कुछ मिलता भी है आपके कॉफ़ी हाउस में? नो, प्लीज़ नो!"

उसके शब्दों में छिपी घृणा को देख लेने के पश्चात् हममें से फिर किसी की हिम्मत नहीं हुई कि कॉफ़ी हाउस का नाम लेते।

"किसी दिन घर आओ!" बोल्गा के कोने में 'कोना' का इन्तज़ार करते हुए नीलाम्बर ने कहा।

"कब?" नीलाम्बर के दाम्पत्य जीवन को देखने को मैं उत्सुक था।

"जब चाहो," वह मुस्कराया, "पर तुम्हें मालूम है, हमने घर बदल लिया है?"

"कहाँ?" तब तक नीलाम्बर लाजपत नगर में था।

"डिफेन्स कॉलोनी, नोट कर लो!"

मैं पता नोट कर रहा था कि सुमन ने इस तरह टोका जैसे नहीं चाहती हो कि मैं पता भी नोट करूँ, "एक बात कहना चाहती हूँ, अगर बुरा न मानें!"

"कहिए न!" मैंने आग्रह किया।

"ऐसा है कि आप अब तक तो नीलू के बुलाने से आते थे, अब मैंने आपको बुलाना है!"

"क्या नीलाम्बर और आप में अन्तर है?" बात मेरी समझ में नहीं आ रही थी।

"अन्तर है!" वह मुस्कराई।

मैं एक के बाद दूसरे का मुँह देखने लगा।

"आप नीलू के दोस्त हैं, मेरे नहीं!" और वह ज़ोर से खिलखिलाई। मेरा कहना सिर्फ़ यह है कि अभी मैं घर ठीक से 'मैनेज' नहीं कर पाई हूँ!" उसने मेरे 'कन्फ़्यूजन' को साफ़ करते हुए कहा, "कुछ दिन और लगेंगे, फिर मैं आपको 'फ़ॉर्मली इन्वाइट' करूँगी, ठीक है?"

"क्यों नहीं, क्यों नहीं!" मुझे बहुत अच्छा लगा था, घर के प्रति उसका उत्साह। इसके अन्दर महिलाओं के सभी गुण बाक़ी हैं—मैंने सोचा।

"अरे! ये तो अपने ही घर का जैसा है सुम्मी!" नीलाम्बर ने खीझ कर कहा।

"वह बात ठीक है, पर अब किसी बैचलर के कमरे में नहीं आना है। मेरी भी तो कुछ 'रिस्पान्सिबिलिटी' है!" सुमन ने अपनी असहमति ज़ाहिर कर दी।

"नहीं, ठीक है!" मैंने नीलाम्बर को रोकते हुए सुमन से कहा, "आप घर बसा लें मैं तभी आऊँगा। देखता हूँ, आपका कौशल!"

"अगर पसन्द आया, तो!" सुमन ने सिगरेट जलाते हुए पूछा।

"अपनी जैसी एक लड़की मुझे भी दिलवानी पड़ेगी!" मैंने कहा और हमारे साथ नीलाम्बर को भी हँसना पड़ा।

कला का अर्थ

डेढ़ महीना ज़्यादा नहीं होता—विशेषकर तब, जबकि मेज़बान कोई ख़ूबसूरत महिला हो।

सुमन के बुलावे के साथ ही नीलाम्बर मुझे लिवा भी ले गया।

डिफ़ेंस कॉलोनी में, पीछे नाले की ओर, बिलकुल नई कोठी थी। इसकी बरसाती में नीलाम्बर का गृहस्थ-आश्रम शुरू हो रहा था।

यद्यपि यहाँ बरसाती को बाँटकर दो कमरों में तब्दील कर दिया गया था, पर लाजपत नगर का एक कमरा इन तथाकथित दो कमरों से थोड़ा ही छोटा, पर भव्य था। अलग किचन और बाथरूम के अलावा थोड़ा खुला बरामदा जैसा भी उपलब्ध था। मुझे आश्चर्य हुआ, इन्होंने उतना बढ़िया सेट क्यों छोड़ा होगा!

हाँ, पहला मकान पुराने क़िस्म का था। कमरे में यहाँ से वहाँ तक बिजली की लाइनें, चौड़ी और ऊँची दीवारों को इस तरह से काटती थीं, जैसे कि किसी बच्चे ने दीवार पर अपनी पेंसिल आज़माई हो। यहाँ वह शरारत नहीं थी। दरवाज़े के साथ ही सीधे हाथ को दीवार के रंग के सनमाइका में लगे पियानो टाइप के स्विच चट-पट हल्के गुलाबी शेड में छिपे बल्बों को बहुत ही कोमल प्रकाश से भर, कमरे को रोमांटिक बना रहे थे। ट्यूब लाइट का इस्तेमाल वे लगभग नहीं करते थे। मैं जब दीवार पर लगे चित्रों को देखने खड़ा हुआ था, तब नीलाम्बर ने थोड़ी देर के लिए ट्यूब जलाई थी।

सुमन का कहना था कि यहाँ किचन छोटा होने के बावजूद—उसमें एक साथ दो आदमी नहीं आ सकते थे—काफ़ी सुविधाजनक था। स्टैंडिंग के साथ ही साथ सिंक भी था।

इस सबके बावजूद साढ़े चार सौ रुपये की अतिरिक्त क़ीमत पर मकान मेरी समझ में नहीं आया।

घर देखकर हम वापस ड्राइंग रूम में आ बैठे। गहरी काली पालिश के 'एग्ज़ीबीशन' सोफ़े पर डनलप-पिलो की हल्के भूरे रंग की 'टेपेस्ट्री' से आवृत्त गद्दी पर बैठते हुए मैंने एक-एक चीज़ पर हौले-हौले नज़र दौड़ाई। कोने में सजे ब्रास लैम्प के बेंत के शेड से रोशनी छनकर रंगीन लिनोलियम की मैटिंग को और

भी अधिक आकर्षक बना रही थी। सेन्टर टेबल के पारदर्शी टॉप पर हरा काँच का इतना 'एब्सट्रैक्ट' ऐश-ट्रे था कि मैं उसमें स्वयं सिगरेट झाड़ने की हिम्मत तब तक नहीं कर पाया, जब तक कि दो बार राख फ़र्श पर टपका देने के बाद, नीलाम्बर ने ही उसे ठीक मेरे सामने नहीं कर दिया।

स्लाइडिंग काँच के दरवाज़ों के शो केस में कलात्मक पीसेज़ सजे थे। पीतल के बुद्ध, तिब्बती शैली का ही पीतल का दहाड़ता शेर, लकड़ी के हाथियों का जोड़ा और टैराकोटा का बना बाँकुड़ा का घोड़ा। कुछ चीज़ें मेरी पहचानी थीं, जैसे कि बुद्ध और शेर, पर वे नीलाम्बर के कमरे में इतने आकर्षक नहीं लगते थे। सोफ़े के साथ ही उसी रंग की लकड़ी का तीन ख़ाने का रैक था, जिसमें पिकासो से लेकर मार्क्स तक विभिन्न विषयों पर नीलाम्बर की चुनिन्दा और नई किताबें करीने से सजी हुई थीं। चारों ओर दीवारों पर एक-एक फ्रेम था—पहला सम्भवतः चाइनीज़ वुडकट, दूसरा पिकासो की 1907 की पेंटिंग 'लैस दिमासलैस द एविगनान' का रिप्रोडक्शन, तीसरा बसोहली शैली का 'प्रोषित पतिका नायिका' का चित्र और चौथा फ्रेम नीलाम्बर की कॉलेज के दिनों बनाई गई ऑयल पेंटिंग थी।

आधुनिक मुहावरे और रोमांटिक प्रभाव से सप्रयत्न बचने के बावजूद स्पष्ट नज़र आ जाता था कि प्राकृतिक सौन्दर्य चित्रकार की अंतश्चेतना में गहरे जमा हुआ है, पेंटिंग अपनी सघनता में किसी जलरंगी लैंडस्केप का-सा प्रभाव डालती थी—पहाड़, घाटियाँ और उन पर तैरते बादल। (पहाड़ी साला कितना भी आधुनिक होने का प्रयत्न करे, पर पहाड़ ही उसके आड़े आ जाता है।)

इस असफल 'आधुनिकता' और अनगढ़ तकनीक को—नीलाम्बर ने चित्रकारी किसी से सीखी नहीं थी—जो उस पेंटिंग को कुछ अंशों तक चालू और बचकाना बना रही थी, अगर तूल न दें, तो चित्रकार की क्षमता ध्यान खींचे बग़ैर नहीं रहती थी। द्विआयामी रह जाने के बावजूद चित्र की लयात्मकता, सहजता और लौकिकता विलक्षण थी।

इस पेंटिंग से—जिसे नीलाम्बर ने शीर्षकहीन छोड़ दिया था और मैंने 'सुमेरु' नाम दिया था—मेरा लगभग रागात्मक रिश्ता था, जो अब क़रीब बीस साल पुराना हो चुका है। सीधी बात यह है कि यह पेंटिंग चित्रकला से मेरे परिचय, समझ, प्रेम और रोटी का आधार बनी थी।

जब मैंने पहली बार नीलाम्बर से अपनी पेंटिंग को स्पष्ट करने को कहा था, तो उसने कहा था, "तुम हर चीज़ को दो और दो चार के अर्थों में क्यों देखते हो? ये बाल मिठाई थोड़े ही हैं!" (वही दर्दनाक नस कि तुम हलवाई के बेटे हो।)

इसके बाद वह आगे बढ़ा था, "एक बार पिकासो से किसी ने तुम्हारी तरह का ही प्रश्न किया था। उत्तर जानते हो, क्या था?" नीलाम्बर अपने विशेष अन्दाज़ में रुका था।

"पिकासो ने कहा, 'लोग सदा किसी चित्र की व्याख्या करने पर क्यों आमादा रहते हैं? पक्षियों के गीत, रात्रि या किसी फूल की क्यों व्याख्या नहीं की जाती?'"

"देखो, हर कलात्मक द्विधार्थकता, अस्पष्टता या गुत्थी को समझने की आवश्यकता नहीं है। हर कृति में इनका अपना एक स्थान होता है। कॉलरिज ने कविता के बारे में कहा है कि वह हमें तब और भी अधिक आनन्द देती है, जब हम उसे सामान्य तौर पर, न कि सम्पूर्ण रूप से, समझने का प्रयत्न करते हैं। यही बात चित्रकला के साथ भी लागू होती है, विशेषकर आधुनिक कला के साथ। चित्रकारी या किसी चित्र का मूल तत्त्व ही आनन्द देना है और हमें मूलतः किसी भी कृति में सबसे पहले यही तलाशना चाहिए, जबकि तुम शुरुआत ही चीर-फाड़ से कर रहे हो!"

यह गुरु-मंत्र था जो मैंने (हलवाई वाले प्रसंग से आहत होने के बावजूद) उसी समय कंठस्थ कर लिया और आज तक इसी के सहारे (नीलाम्बर की दी हुई फ़िशर और बर्ज़र की किताबों के बावजूद, जिन्हें लौटाना अभी बाक़ी है) जी रहा हूँ।

यद्यपि सँकरी दीवारों पर लटके चित्र वह प्रभाव नहीं डाल रहे थे, जो उनसे अपेक्षित था, पर वातावरण को कलात्मक बनाने में वे महत्त्वपूर्ण भूमिका निबाह रहे थे।

एक कोने में टेलीविज़न हलकी आवाज़ में चल रहा था। सारा असर इतना गहरा था कि मैं तारीफ़ किये बग़ैर नहीं रह सका।

"हर एक चीज़ बता रही है कि कलाकारों का घर है।" मैंने मुग्ध भाव से कहा। मेरा दिल भी घर के लिए आह भर उठा था।

"घर के कलात्मक होने से कोई कलाकार नहीं हो जाता। वैसे मैं तुम्हारा शुक्रगुज़ार हूँ, तुमने कलाकार कहा, 'इंटीरियर डेकोरेटर' नहीं!" और वह हँसने लगा।

"मैं जानती हूँ तुम्हें व्यवस्था पसन्द नहीं है!" सुमन ने उसकी बात को बहुत सामान्य ढंग से लिया, "तुम गन्दगी में रहने के आदी हो गए हो!"

"हाँ, थोड़ा समय तो लगेगा ही!" मैंने भी मुस्कराते हुए सुमन का पक्ष लिया। वैसे भी मुझे नीलाम्बर की अनावश्यक क़िस्म की आलोचना ठीक नहीं लग रही थी।

"दो कमरे का घर तो कम से कम होना ही चाहिए!" सुमन ने मेरी तारीफ़ स्वीकार करते हुए कहा, "अकेला आदमी एक कमरे में रह सकता है, पर फ़ैमिली के लिए न तो यह सम्भव है और न ही 'डीसैन्ट'।"

नीलाम्बर की पढ़ने की चिरपरिचित टेबल बाहर खुले में पड़ी थी। मैं सोचने लगा, लिखने के लिए नीलाम्बर ने क्या प्रबन्ध किया होगा?

वह कहती जा रही थी, "वैसे वह कमरा बड़ा था, पर उसमें किया क्या जा सकता था? जहाँ देखो, किताबें, अख़बार और मैगज़ीन। इनके अलावा और कुछ नज़र नहीं आता था। गोदाम जैसा हो रहा था!"

और मैं पूछने जा ही रहा था कि नीलाम्बर पढ़ने कहाँ बैठता है कि उसने चुप्पी तोड़ी, "अरे, सुनो! अगर तुम्हें कुछ पुरानी मैगज़ीनें चाहिए, तो लेते जाना, वरना वे भी रद्दी में जाएँगी!"

"अच्छा सुनिए, कितना तो ढेर इन्होंने जमा कर रखा था, मतलब बे मतलब! कई-कई सालों के अख़बार थे। अरे भई, जो ज़रूरी है, उसे काटकर रख लीजिए, बाक़ी फेंको! पता नहीं, इन्हें रद्दी से ऐसा क्या प्रेम है!"

नीलाम्बर कुछ कहना चाहता था, पर सुमन ने बोलने नहीं दिया, "सुनो, या तो घर में कूड़ा रख लो या ख़ुद ही रह लो—दोनों बातें एक साथ नहीं हो सकतीं। आप जानते हैं," उसने मुझे सम्बोधित किया, "ना, ना करते भी एक सौ तीस रुपये की रद्दी बेची, 'कैन यू इमेजिन'?"

उसने जिस तरह से मुँह बना-बनाकर और हाथ मटका-मटकाकर सारा मामला समझाया था, मैं हँसे बिना नहीं रह पाया। नीलाम्बर मुस्कराया तक नहीं। वह टेलीविज़न देख रहा था। उसके चेहरे पर जिस तरह के भाव थे, वे बतला रहे थे कि पत्र-पत्रिकाओं को कूड़ा कहना उसे पीड़ा पहुँचा रहा है।

मुझे नीलाम्बर के लखनऊ और लाजपत नगर के कमरे याद हो आए। चारों ओर बस किताबें ही किताबें। यहाँ तक कि फ़र्श और चारपाई के नीचे भी वह अख़बार और किताबें रख देता था। जब भी जाओ, कमरा चारमीनार के तम्बाकू की महक से भरा रहता। नगर निगम के कूड़े के ट्रक से ज़्यादा छलछलाकर भरे ऐश-ट्रे के अलावा फ़र्श पर सिगरेट के टोटों, ख़ाली डिब्बियों और जली तीलियों का क़ालीन बिछा होता। (राख और धूल की बात करने का कोई अर्थ नहीं है, क्योंकि वह इन मोटी-मोटी चीज़ों के कारण खलती नहीं थीं।)

वह अपनी झूला खाट पर किस तरह सोता होगा, मुझे सदा आश्चर्य होता था।

जब भी उसके कमरे में जाइए और पानी माँगिए, वह सुराही की ओर इशारा कर कहता, "यार, उससे ले लो!"

सुराही सौभाग्य से ख़ाली नहीं होती—पानी चाहे जितने भी दिन का हो—पर पीने के लिए कोई बर्तन समझ में नहीं आता था। रसोई ख़ाली होती और बर्तन एक-एक कर पहले ही वहीं सुराही के पास ढेर नज़र आते, पर एक भी साफ़ नहीं। अन्ततः एक गिलास आप को स्वयं धोना पड़ता और जब आप पानी पी रहे होते कि उसकी आवाज़ सुनाई पड़ती, "यार, ज़रा-सा मुझे भी देना!"

और जब आप उसे देने के लिए गिलास धोने लगते कि वह बहुत मासूम ढंग से कहता, "अरे भई, क्यों पानी फेंक रहे हो, ऐसे ही दे दो!"

मैं उसकी बात सुनकर हँस पड़ता था। उसका छोटा-मोटा काम निबटा देना मुझे सदा बहुत अच्छा लगता था। लेखक है, उसके पास इन दो छोटी-मोटी बातों के

लिए समय कहाँ है! वह तो लापरवाह होता ही है! मैं हर बार सुराही छालकर नये सिरे से भरकर रख आता था।

"यह तो कुछ नहीं," सुमन रुकने को नहीं आ रही थी, "अभी तो जितनी बेची, उससे दोगुनी रद्दी घर में और पड़ी है!"

"यह टेलीविज़न कब लिया?" मैंने बात को मोड़ दिया।

"पापा ने दिया है," नीलाम्बर कुछ कहना चाहता था, पर सुमन पहले ही बोल उठी थी, "ग्रुंडी का है!"

"बड़ा अच्छा रिसेप्शन है!" ग्रुंडी क्या होता है, मुझे पता नहीं था।

"जर्मन टेक्नोलॉजी का कमाल है!" सुमन के स्वर में आया गर्व टेलीविज़न की तसवीरों से ज़्यादा चमकीला था, "इंडियन तो बस दूसरे ही दिन गड़बड़ करने लगते हैं!"

दिल हुआ, कहूँ, भारतीय सेटों में अधिकांश पुरज़े 'इम्पोर्टेड' ही हैं, पर अभी खाना खाना था।

सारा वार्तालाप मेरे और सुमन के बीच सीमित हो गया था। नीलाम्बर एक के बाद एक सिगरेट फूँकता जा रहा था। प्रत्यक्षः शान्त चेहरे के पीछे क्या बेचैनी उमड़ रही थी, कहा नहीं जा सकता था। शायद नये माहौल में स्वयं को 'एडजस्ट' करने का संघर्ष हो।

सुमन जब भी किचन में देर लगाती, हम साहित्य और पत्रकारिता पर चर्चा करने लगते।

"तुम्हारे उपन्यास का क्या हाल है?" उसने पूछा।

"काफ़ी लिख लिया है!" मैंने टालने वाले अन्दाज़ में कहा।

"कितना?"

"कोई ढाई सौ पृष्ठ, पर इधर कई दिन से लिख नहीं पाया हूँ।"

"क्यों नहीं लिख पाए?" उसकी चिन्ता बहुत ही स्वाभाविक क़िस्म की थी।

"समझ में नहीं आता, समय कहाँ चला जाता है!" मैंने असहाय होकर कहा, "फिर आजकल कला-समीक्षा का भी चक्कर रहता है।"

"कॉलम शुरू कर दिया है?"

"हाँ!" मैंने सिर हिलाया।

यह कॉलम भी मुझे नीलाम्बर की ही भेंट थी। यद्यपि 'दिशा' और 'नया दिन' सहयोगी प्रकाशन थे, पर 'नया दिन' का सम्पादक भी उसका दोस्त था और नीलाम्बर ने ही मेरा नाम उसे सुझाया था। असल में कुछ दिन वह स्वयं यह समीक्षा करता रहा था, पर इधर एक तो नाटकों में व्यस्त करने के कारण और दूसरा यह निर्णय करने के बाद कि वह अपना समय पत्रकारिता में बर्बाद नहीं कर सकता, उसने कॉलम छोड़ दिया था।

मैं यह काम नहीं करना चाहता था। मुझे लगता था कि कला की समझ मुझमें नहीं के बराबर है। पर नीलाम्बर ने कहा था, "ज़्यादा विनीत मत बनो। तुम्हारी समझ अच्छे-अच्छों से अच्छी है। मैं हिन्दी-अंग्रेज़ी सब समीक्षकों को नज़दीक से जानता हूँ।"

इसके साथ ही उसने मुझे अपने संकलन में से 'एस्सेज़ ऑन सीइंग' तथा 'नैसेसिटी ऑफ़ आर्ट' देते हुए कहा था, "ये दो ही काफ़ी हैं, इन्हें चाट जाओ! इंडियन आर्ट के लिए कुमारस्वामी देख लेना। फ़िलहाल इतना ही काफ़ी है, बाद में हर्बर्ट रीड, वाल्टर बैंजामिन, और सुसान सोनटाँग भी पढ़ लेना, उसके बाद तुम्हें दुनिया में कोई मात नहीं दे सकता!"

झूठ नहीं बोलूँगा, मैं उन दो किताबों को भी पूरी तरह नहीं पढ़ पाया। मैंने दूसरा रास्ता अपनाया, जो आसान था। अंग्रेज़ी और हिन्दी अख़बारों की समीक्षा का चालू मुहावरा ध्यान से देखा, इसमें बारी-बारी से कुछ शब्द फ़िशर और कुछ बर्ज़र के मिलाकर प्रगतिशील समीक्षा शुरू कर दी।

"उपन्यास अभी कितना और बढ़ाना है?" नीलाम्बर ने पूछा था।

"यही कोई साढ़े तीन-चार सौ पृष्ठों का होगा।"

"क्यों, क्या 'वार एंड पीस' लिख रहे हो?" उसने पूछा, "अब 'यूलिसिस' और 'झूठा सच' लिखने का ज़माना नहीं है। पोथे पढ़ने की आज फुरसत किसको है? उपन्यास दो-ढाई सौ पृष्ठों से किसी भी दशा में ज़्यादा नहीं होना चाहिए। इससे बड़ा उपन्यास छापने वाला तुम्हें नहीं मिलेगा, बेहतर है, उसे अब मत बढ़ाओ।"

"नहीं, ज़्यादा नहीं बढ़ाऊँगा!" मैंने यों ही कह दिया, दिल रखने को। पर क्या व्यावसायिक सफलता या सीमाओं के चक्कर में मैं अपनी विषयवस्तु के साथ न्याय भी न करूँ। यह भी क्या बात करता है, मैंने उसी समय सोचा था।

"किसी से बात की?"

"कैसी?"

"अरे भाई, 'सीरियलाइज़' करने की!"

"नहीं तो!" मैंने ऐसे कहा, जैसे काम न करके आने वाला छात्र कक्षा में दंडित होने से पहले मुंड हिलाता है।

"किसी पब्लिशर को पकड़ा?"

यह प्रश्न भी मेरे लिए उतना ही परेशानी पैदा करने वाला था। "अभी नहीं!" मैंने यथासम्भव सहजता से कहा।

"तो फिर लिख क्या रहे हो, कद्दू! तुम भी रहोगे निरे पहाड़ी!" वह खीझ मुझ पर निकाल रहा था, "भाई साहब, उपन्यास तो लिखा ही जाएगा। पहले कहीं 'सीरियलाइज़ेशन' की बात तय करो, तब बढ़ना आगे!"

अजीब बात थी। मैं तो सोच रहा था कि लिखना मुश्किल काम है! लिखा गया, तो कोई न कोई छापेगा! आज नहीं छपेगा, तो दो दिन बाद छपेगा!

"सुनो!" उसने नई सिगरेट जलाते हुए कहा, "पहला काम 'सीरियलाइज़ेशन' की बात तय करना है!" उसके स्वर में इस बार तीखापन बिलकुल नहीं था, "इससे तुम्हें पब्लिसिटी मिल जाएगी, फिर किसी भी प्रकाशक को छापने में दिक़्क़त नहीं होगी!"

असल में मुझे अपने उपन्यास के 'सीरियलाइज़' हो पाने में ही शंका थी। मैंने एक ऐसे पहाड़ी गाँव में रहने वालों के जीवन-संघर्ष को विषयवस्तु बनाया था, जहाँ न बिजली थी, न सड़क, न स्कूल, न डॉक्टर! जहाँ के लगभग सारे के सारे पुरुष काम की तलाश में जवान होते ही परदेस चले जाते थे और रोमांस के नाम पर औरतों की आहें और सात हज़ार फुट की ऊँचाई की ठंड थी। मैं औरतों की उबाऊ और सपाट ज़िन्दगी को, उसकी पूरी भयावहता में पकड़ना चाहता था।

यद्यपि उन दिनों हिन्दी पत्रकारिता आज जितनी 'लोकप्रिय' नहीं हुई थी, पर तब भी रंगीन पत्रिकाओं का झुकाव तो स्पष्ट था ही। इस उबाऊ व प्रेम और रोमांस-विहीन कथा-प्रसंग को कौन छापता!

मेरी चुप्पी से सम्भवतः वह मेरे दिल की बातों को भाँप गया। बोला, "एक बात बता दूँ, 'क्लासिक' के चक्कर में न पड़ना। 'इंटलेक्चुअलिज़्म' दिखाने का अभी काफ़ी समय है। पहले अपने को थोड़ा 'प्रोजैक्ट' करना ज़रूरी है और इसके लिए उपन्यास में 'रीडेबिलिटी' होनी चाहिए!"

पर मैं बहुत पहले ही निर्णय कर चुका था कि नीलाम्बर के दो उपन्यासों-सा वल्गर मैं कुछ नहीं लिखूँगा, फिर उपन्यास चाहे छपे या न छपे। और हुआ भी यही। ख़ैर, 'सीरियलाइज़ेशन' की बात अगर न भी सोचें—क्योंकि उपन्यास मैं पूरा ही नहीं कर सका—तो भी अंश तो छपवाए ही जा सकते थे, पर मैं सारे हिन्दी पत्रकारिता-जगत में सम्बन्ध और लेन-देन की स्थिति में होने के बावजूद वह भी नहीं करवा सका।

ऐसे में विषय-परिवर्तन ही बेहतर था।

"तुम्हारे नये नाटक का क्या हाल है?" मैंने पूछा।

"वैसा का वैसा पड़ा है! इधर कुछ नहीं किया!"

मैं हँसा, "घर तो बसा लिया!"

"आँ...हाँ, घर बस गया है!" वह भी मुस्कराया, "यह भी ज़रूरी था!"

"नीलू, प्लीज!" सुमन ने आवाज़ लगाई।

वह उठकर सुमन की मदद करने लगा।

मैं सुमन का मुरीद हो गया था, इसलिए खाना और भी अच्छा लगा।

"सॉरी, मीठा कुछ नहीं बन पाया!" उसने कहा, "इसीलिए बर्फ़ी मँगानी पड़ी!"

"बर्फ़ी बढ़िया है।" मैंने डकारते हुए कहा।

"असल में बिना फ्रिज के बड़ी मुश्किल होती है!" वह गृहस्थ-जीवन की

कठिनाइयाँ समझाती रही, "हर चीज़ फौरन इकट्ठा कर पाना भी तो 'पॉसिबल' नहीं है। अभी तो काम चल जाता है, पर अगले महीने तो ठंडे पानी के बग़ैर मर जाएँगे, बाप रे!" उसने आतंक में आँखें बन्द कर लीं, "पर नीलू समझे, तब ना! इन हज़रत के पास तो कुकर तक नहीं था!"

"अब घर जुटाना मेरा काम थोड़े ही है!" नीलाम्बर ने बहुत ही हल्के से प्रतिवाद किया।

"हाँ जी! यह तो औरतों का ही काम है!" मैंने समर्थन किया।

वह बोली, "जब आप लोगों को 'फ्लर्ट' करना होता है, तो आप कहते हैं, औरत और मर्द में भेद नहीं है, पर जब ज़िम्मेवारी आती है तो मामला औरतों का हो जाता है, क्यों?"

मेरी बोलती ही बन्द हो गई।

"अब तुम यह ज़्यादती कर रही हो!" नीलाम्बर ने हँसकर कहा।

"ज़्यादती नहीं, मैं सच कह रही हूँ! एंड ट्रुथ इज़ ऑलवेज़ बिटर!"

"अरे, तुम इस बेचारे से क्या कह रही हो!" नीलाम्बर हँसता रहा, "इसने तो आज तक किसी लड़की का हाथ तक नहीं छुआ है!"

मैं भी हँसने लगा।

उसने जोड़ा, "और मेरी सलाह है, छूना भी नहीं!" फिर वह ठठाकर हँसा—टी-हाउसी हँसी।

"मैं किसी 'पर्टिकुलर' के बारे में नहीं कह रही हूँ!" सुमन मुस्कराई भर, "आप इसे अपने पर न लें! मैं तो मर्दों की पूरी कौम की बात कर रही हूँ।" अचानक सीधे उसने मुझसे प्रश्न किया, "आप बतलाइए, क्या मैं ग़लत कह रही हूँ?"

"नहीं, आपकी बात ग़लत नहीं है!" मैंने हामी भरी। "जोक्स एपार्ट, मैं आपकी बात से मूलतः सहमत हूँ!"

वह सन्तुष्ट हो गई।

वे दोनों मुझे छोड़ने बस-स्टॉप तक आए।

रास्ते में सुमन ने कहा, "सुनिए, आपने एक काम करना है।"

"क्या?" मैंने अपने को तत्काल प्रस्तुत करते हुए पूछा।

"किसी लड़के का ध्यान रखना है!"

"घर के काम के लिए?" मैंने स्पष्ट करवाना चाहा।

"हूँ! कोई पहाड़ी लड़का मिल जाए, तो अच्छा रहेगा! महरी-वहरी तो बहुत नख़रे दिखलाती हैं!"

"क्यों, एक पहाड़ी लड़का काफ़ी नहीं है!" नीलाम्बर के मज़ाक़ में जो कड़वाहट थी, वह कोई पहाड़ी ही समझ सकता था।

"नहीं! एक और चाहिए!" वह भी हँसी, फिर उसने मुझसे कहा, "यह ज़रूरी करना है!"

"ठीक है!" मेरा उत्साह मर गया था, फिर भी मैंने कहा, "ध्यान रखूँगा!" और नीलाम्बर के जवाब के बावजूद मुझे सुमन का 'पहाड़ी लड़का' कहना देर तक सालता रहा था।

अब घर जाना है

'ओपन हाउस' से निकलते हुए नीलाम्बर ने पूछा, "कुछ और है?"

मुझे आश्चर्य हुआ। पिछले डेढ़ घंटे के अन्दर हम दो बार पी चुके थे, इसके बावजूद उसे चरस की तलाश थी। मेरे पास जितना माल था, मैंने झाड़-झूड़कर उसी के सामने भर दिया था।

"और चाहते हो?" मैं सोचने लगा, इस समय कहाँ मिल सकती है?

"है?" उसने पूछा।

"नहीं तो! कहीं ट्राई करें?"

"कहाँ से लाते हो?"

"अजमेरी गेट से! चलें।"

"नहीं, रहने दो!"

"शायद अब मिले भी नहीं!" मैंने शंका व्यक्त की।

वह कुछ देर चुप रहा, फिर बोला, "क्या दारू का इन्तज़ाम नहीं हो सकता?"

"इस समय तो मुश्किल है!" मैंने घड़ी देखी। साढ़े नौ से भी ऊपर थे और दुकानें सात बजे बन्द हो चुकी थीं। "एक आदमी को जानता हूँ, शायद मिल जाए! ट्राई मार लेते हैं!"

"क्या ज़्यादा दूर है?"

"नहीं, रीगल के पीछे ही है, पर तुम चाहते क्या हो?"

"कुछ भी यार, कुछ भी मिल जाए!" उसने कुछ खीझते हुए कहा।

"तो मेरे यहाँ चलो, थोड़ी रम है!"

"थोड़ी कितनी?"

"तुम्हारे लिए पर्याप्त!" मैं मुस्कराया।

"मैं अभी दो बोतल पी सकता हूँ। तुम्हें शायद पता नहीं, आज तुम जिस नीलाम्बर से बातें कर रहे हो, वह 'ॲलकोहलिक' है।"

"हाँ-हाँ, ठीक है, हो जाएगी!" मैं हँसा, पर वह आश्चर्यजनक रूप से गम्भीर था।

"इतनी दूर कौन जाएगा, प्रेस क्लब चलते हैं!" अचानक उसने सुझाया।

"तुम वहाँ के भी मेम्बर हो?" मैंने पूछा। मुझे मालूम था कि वह एन.एस.सी.आई. का मेम्बर है और बिना नाग़ा स्क्वैश खेलने के बावजूद उसकी तोंद बढ़ रही है।

"क्यों, तुम नहीं हो?" उसे आश्चर्य हुआ। "मैं जर्नलिस्ट हूँ? जब था तब मेम्बर भी था!" उसने जोड़ा।

"पर आजकल तो क्लबों में शराब बन्द है!" मुझे याद आया।

"वह तो ठीक है, पर क्या तुम वाक़ई मेम्बर नहीं हो?" वह मेरी मेम्बरशिप को लेकर ही अड़ा रहा।

मैंने चुप्पी साध ली।

"बड़ा आश्चर्य है!" उसे शायद उपदेश देने का मौक़ा लम्बे अरसे बाद मिला था, "आख़िर तुम क्या कर रहे हो! तुम्हें वहाँ जाना चाहिए, लोगों के साथ उठना-बैठना चाहिए। अगर किसी से मिलोगे नहीं, तो आगे क्या बढ़ोगे? यह पी.आर. का ज़माना है, जानेमन! नई बहू की तरह मत सिमटे रहो!"

"घर चलें?" प्रवचन से उकताकर मैंने पूछा, "आओ, बाहर से थ्री-व्हीलर मिल जाएगा।" मैं उसे होटल के कम्पाउंड से बाहर ले जाना चाहता था।

पर वह नहीं माना, "अभी टैक्सी आ जाती है!" कहकर वह स्टैन्ड की ओर देखने लगा और जब तक टैक्सी नहीं मिल गई, दरवाज़े पर ही खड़ा रहा।

टैक्सी में बैठते ही उसकी 'सोशियल-साइकोलॉजी' की क्लास शुरू हो गई, "मैं तुम्हारे इस दब्बूपन को आज तक समझ नहीं पाया हूँ! क्या तुम सोचते हो कि लोगों के साथ सम्बन्ध बढ़ाने से नुक़सान होगा? मुझे तो लगता है, मानवीय सम्बन्धों के महत्त्व के प्रति तुम्हारा दृष्टिकोण ही गड़बड़ा रहा है!"

मैं हँसने लगा, पर उसने ध्यान ही नहीं दिया।

"तुम्हें शायद पता हो, दब्बूपन एक बीमारी है और कई क़िस्म की विकृतियाँ पैदा कर देती है। उदाहरण के लिए, ऐसे आदमी का दृष्टिकोण सेक्स के प्रति अपराध व घृणा का हो जाता है।"

"लेकिन मैं तो...!"

"इस भावनात्मक दमन का, जानते हो, कितना भयानक नतीजा होता है!" उसने मेरी बात अनसुनी करते हुए कहा, "यौन-विकृति, नशाख़ोरी, अपराध और यहाँ तक कि आत्महत्या!"

यह जानते हुए भी कि वह हलकी तरंग में है, मैं कहना चाहता था कि मैं सेक्स ख़ूब 'एन्जॉय' करता हूँ जिस तरह से तुम आज 'अॅलकोहलिक' नीलाम्बर हो उसी तरह से मैं भी 'वूमैनाइज़र' दब्बू हो गया हूँ। मेरे सम्बन्ध कई महिलाओं से रहे हैं और हैं। यह भी जानते हो कि योको और मैं डेढ़ वर्ष तक बाक़ायदा पति-पत्नी की तरह रहे हैं।

"यह मैं नहीं कह रहा हूँ!" उसने मेरे लिए बोलने की गुंजाइश ही नहीं छोड़ी, "यह मनोवैज्ञानिकों का कहना है!" उसने पूरी तरह आतंकित कर दिया।

मैं चुप रहा। अगर कहीं ग़लती से भी प्रतिरोध हो जाता, तो वह फ्रॉयड, जुंग, लैंग ओर न जाने किस-किस मनोवैज्ञानिक को 'कोट' करके इतने प्रमाण प्रस्तुत कर देता कि मुझे स्वयं को बीमार मानने के अलावा कोई रास्ता नहीं रह जाता।

"तुम्हें इससे निकलना चाहिए!" उसने सलाह दी थी। (कौन जानता था अन्तत: मुझे ही उसे भी इससे निकालना होगा।)

यद्यपि उस समय इस सारे मनोविश्लेषण ने मुझे ग़ुस्से से भर दिया था और मुझे लगातार यह कहकर अपने को ठंडा करना पड़ा था कि नीलाम्बर को चरस चढ़ गई है, पर उसकी बातें बाद में, कई दिनों तक, कई तरह से मुझे कचोटती रहीं।

नीलाम्बर ने ऐसा क्यों कहा होगा? अजीब बात थी, इस बीच बिलकुल कटा होने के बावजूद वह मुझे इतना समझता है, यह ख़ुद मेरे लिए कुछ इस तरह से आतंक पैदा करने वाला था, जैसे कि आपका निजी डॉक्टर आपकी गोपनीय बीमारी के बारे में 'प्रेस कॉन्फ्रेन्स' बुलाने की धमकी दे।

अपने बारे में दूसरों से बहुत ज़्यादा सच बातें सुनना ख़राब ही नहीं, पीड़ाजनक भी होता है।

यह ग़लत नहीं है कि मेरे सम्बन्ध कई औरतों से रहे हैं—वेश्याओं से लेकर (अक्सर होनहार क़िस्म की) लेखिकाओं तक और मैं अपने पौरुष की सार्थकता पर स्वयं ही तृप्ति और सन्तोष महसूस नहीं करता रहा हूँ, बल्कि दूसरी पार्टी के भी 'कम्पलीमेंट' इकट्ठे करता रहा हूँ। पर यह जब था, तब था। चीज़ें जब बदलने लगीं, तो फिर रुकी नहीं। पहले मैंने महसूस किया कि मैं 'होनहारों' की जगह वेश्याओं को अधिक पसन्द करने लगा हूँ। क्यों? यह मेरी तब समझ में आया, जब मैं औरतों को सिर्फ़ चित्रों ('प्लेबॉय' व 'पेंटहाउस' की पुरानी प्रतियों और स्वीडन की अठपेजी चित्रावलियों) और शब्दों के माध्यम से अकेले कमरे में महसूस कर आत्मतृप्ति से सन्तुष्ट होने लगा। 'होनहारों' से बचने का तर्क यद्यपि मैंने यह दिया था (अपने को) कि इनके पीछे कौन समय ख़राब करे, उसमें तो मैं क्या से क्या कर लूँगा, पर सच्चाई यह थी कि मैं 'होनहारों' की शारीरिक क्षमता और 'सम' की जैविक अपेक्षा से तालमेल बैठाने में पिछड़ने से घबराता जा रहा था, जबकि वेश्याओं (हारी-थकी और व्यावहारिक) को इस तरह के प्रतिदान या 'सम' की अपेक्षा नहीं रहती।

यद्यपि मैंने कभी भी—जाने या अनजाने—आत्मघात का प्रयत्न नहीं किया, पर क्या मानसिक और शारीरिक असफलता की बढ़ती काली छाया, वेश्यागमन, अश्लील साहित्य की मजबूरी और यौन की स्वयं-तृप्ति के साथ बढ़ती नशाख़ोरी और लम्बे एकान्तवास के कारण उपज़े आत्मधिक्कार, ग्लानि और आत्महीनता ने मुझे लम्बे 'डिप्रेशन' या विषाद के दौर में नहीं झूलने को छोड़ दिया था? और क्या यह भी ग़लत है कि अपने एकाकीपन व विषाद के इस दौर में मैंने आत्महत्या के तरीक़ों पर विभिन्न दृष्टिकोणों से विचार किया है और करता हूँ?

कमरे में पहुँचते ही मैंने एक बोतल रम उसके सामने रख दी।

"अरे वाह! आजकल घर में 'बार' रखे हो!" वह ख़ुश हो गया।

"कोई दे गया था, मैं कम पसन्द करता हूँ, इसलिए पड़ी रह गई।" कहकर मैं गिलास आदि का प्रबन्ध करने में लग गया।

काफ़ी देर तक हम चुपचाप पीते रहे। नशे के गाढ़ा होने के साथ उसका 'डिप्रेशन' कम होने लगा और चर्चा राजनीति की ओर मुड़ गई।

मैंने पूछा, "अब कम्यूनिस्टों के बारे में क्या कहना है?"

"कौन-से कम्यूनिस्ट?"

यह पैंतरेबाज़ी अब अच्छी नहीं लगती। मैं क्या कह रहा हूँ, उसे पता था।

"यह मोरारजी भाई की स्टाइल कब से अपना ली है? भाई साहब, यह प्रेस कॉन्फ्रेंस थोड़े ही है!" मैंने कहा।

वह हँसा, "तुम चाहते हो, इन्दिरा गांधी की स्टाइल अपनाऊँ!"

"क्यों, प्रोग्रेसिव बुर्जुआज़ी तो क्रान्ति में मददगार होती है! उसकी नक़ल अच्छी बात है।" मैंने नक़ली गम्भीरता से कहा।

"नहीं! मैं इससे सहमत नहीं हूँ।" अचानक ही उसका स्वर बदल गया, "डांगे की बात अब 'इर्रेलैवेंट' हो गई है। इन्दिरा गांधी का विरोध समय की अनिवार्यता है। वह 'डिक्टेटोरियल टैडेंसीज़' को 'रिप्रेजन्ट' करती हैं। लेफ़्ट पार्टियों की एकता की जो बात आज चल रही है, वह सही दिशा की ओर एक सही क़दम है!"

मज़ाक़ में कही बात को उसने गम्भीरता से ले लिया था। मैं अक्सर उस पर कम्यूनिस्टों को लेकर छींटाकशी किया करता था, पर यह मेरा शुद्ध निजी रूप था। सार्वजनिक तौर पर मैं इधर लगातार वाम से वामतर होता जा रहा था। इस सन्दर्भ में एक मज़े की बात यह थी कि अपनी 'वामपंथी छवि' के बावजूद मैं किसी एक पार्टी की नहीं था और इसलिए सुविधानुसार जो चाहे बोल देता था या जैसा कि नीलाम्बर का कहना था, ग़ैरज़िम्मेदारी 'एफ़ोर्ड' कर सकता था।

यह वह दौर था, जबकि डांगे की पुत्री की नवीनतम रचना 'अखिल भारतीय कम्यूनिस्ट पार्टी' अभी भ्रूण ही थी।

"मुझे आश्चर्य है, तुम डांगे को 'इर्रेलैवेंट' कह रहे हो! क्या वह अपनी पॉलिटिक्स नहीं कर रहा है!"

"तुम्हारी बात सही है। उसके द्वारा पैदा ख़तरा शायद घातक हो!" फिर कुछ सोचते हुए बोला, "लगता है, सर्प-न्याय हो रहा है। हम उसे ही खा रहे हैं, जिसके जनक हैं!"

"अच्छा यह बताओ कि क्या सी.पी.आई. रूस के विरुद्ध जा सकती है? यह इन्दिरा-विरोध कब तक चलेगा?" मैंने भी गम्भीरता ओढ़ ली।

"इस विषय में बहस की गुंजाइश कहाँ है?" उसके स्वर में निराशा थी, "क्या तुम सोचते हो, सी.पी.एम. 'इंडिपेंडेंट' लाइन ले सकती है?"

वह एक क्षण को रुका।

"नहीं!" उसने स्वयं ही उत्तर भी दिया, "यह पीड़ादायक है, पर सच है!"

"क्यों?" मैंने पूछा

"कुछ निहित स्वार्थों के चलते यह फ़िलहाल सम्भव नहीं है। यह किसी के हित में नहीं है—न पार्टी के, न जनता के—पर लगता है पूरी भारतीय राजनीति की नियति निजी स्वार्थों पर निर्धारित होते रहना है।"

"इसका अर्थ तो यह हुआ कि सी.पी.एम. भी अन्ततः इन्दिरा का समर्थन करेगी, क्योंकि रूस तो इन्दिरा का सबसे बड़ा समर्थक है?" मैंने मज़ा लिया।

"कमोबेश यही होगा!" वह चुप हो गया।

"देब्बू, एक बात नहीं भूलनी चाहिए," वह फिर बोलने लगा, "तथाकथित लोकतांत्रिक व्यवस्था को स्वीकार करनेवाली पार्टियों से क्रान्ति की आशा करना हथेली पर सरसों उगाना है!"

"तुम तो नक्सलाइट हो रहे हो!" मैं हँसा।

मेरी बात को नज़रअन्दाज़ कर, वह कहता गया, "सी.पी.एम. को लो। उसे त्रिपुरा, केरल और सर्वोपरि बंगाल की चिन्ता है, मुझे फिर भी नहीं लगता कि वह इन्हें बचा ले जाएगी। ऐसे अपनी गद्दी-बचाओ-माहौल में क्या हो सकता है? यूरोप की कम्यूनिस्ट पार्टियों को देख रहे हो। यह यूरोकम्यूनिज़्म क्या है? कम्यूनिज़्म माइनस रिवोल्यूशन! यानी समाजवाद के नाम पर आराम-सत्ता-सुख! इटली की कम्यूनिस्ट पार्टी, कम्यूनिस्ट वर्ल्ड के बाहर, यूरोप में सबसे बड़ी है, पर क्या वह कभी सत्ता को पूरी तरह सँभाल पाएगी! यही हाल फ्रान्सीसी कम्यूनिस्टों का है। ये सब लोग शासक वर्ग के सिर्फ़ 'लैकीज़' हो सकते हैं और इनका यह चरित्र दिन-ब-दिन पुख़्ता होता जाएगा। ये राज्य, जिनमें हमारे कम्यूनिस्ट शासन करते रहे हैं, आख़िर क्या है?—डिग्निफ़ाइड म्युनिसपेलिटियाँ! मैं तुम से दिल की बात कह रहा हूँ। तुम जानते हो, मैं कम्युनिस्ट हूँ और आज भी पार्टी मेम्बर हूँ, पर अब किसी चीज़ में आकर्षण नहीं रहा है।"

बात सही थी। यद्यपि नीलाम्बर जो कारण दे रहा था, उससे सहमत होना आवश्यक नहीं था, एक ज़माने में (जब दिल्ली फ़तह कर रहा था) वह बहुत सक्रिय था और इतनी कम उम्र में ही 'प्रोग्रेसिव राइटर्स एसोसिएशन' के सचिव पद तक पहुँच गया था, जिसका उसने भरपूर लाभ भी उठाया, दो बार वह रूस और एक बार हंगरी घूमा। उसके उपन्यास 'अपना चेहरा' का, भयानक रूप से व्यक्तिवादी होने के बावजूद, रूस की दो-तीन भाषाओं में अनुवाद हुआ था और उस दौरान यह भी कहा जाता था कि नीलाम्बर को शीघ्र ही 'सोवियत लैंड नेहरू एवार्ड' मिलने वाला है, जो उसकी जोड़-तोड़ की क्षमताओं और पुरस्कार की नाज़ुकी या 'वल्नरेबिलिटी' को देखते हुए मुझे कभी असम्भव नहीं लगा था कि

तभी वह साहित्य की दुनिया से निकलकर परिवार की दुनिया में खो गया था। सुमन ने 'सरस्वती' को धक्का दे दिया।

यहाँ आकर नीलाम्बर के वक्तव्य से निकलने वाली ध्वनि पर शंका होने लगती है। हो सकता है, कम्यूनिस्ट पार्टी से निराशा भी एक कारण रहा हो, पर मेरा मानना है कि उसकी सिमटन के मूल में पारिवारिक दबाव ही मुख्य थे।

"मुझे कोई भ्रम नहीं है।" वह फिर कैथॉलिक हो गया और पश्चात्ताप या स्वीकारोक्ति के दर्दनाक लहज़े में, जो आज उसके पूरे मूड पर छाया हुआ था, बोलने लगा, "इन लोगों का क्रान्ति से तो रहा दूर, जनता से भी आज कोई नाता नहीं रहा है। क्या एयर-कंडीशंड कमरों में बैठकर ऊँची-ऊँची सैद्धान्तिक बहसों से क्रान्ति होती है? असल में ये पार्टियाँ अपने-आप में 'एस्टैब्लिशमेंट' बन गई हैं, जो 'अपर क्लास' के शोहदों का राजनीति-शौक़ पूरा करती हैं, बस! या यूँ कह लो, उन्हें 'गेनफुल्ली एंगेज' किये रहती हैं। कैरियरिस्टों का अड्डा! एकेडमिक वर्ल्ड में घुसने का स्प्रिंग बोर्ड! हाँ, नक्सलाइटों की बात मैं नहीं कर रहा हूँ, क्योंकि मैंने उन्हें नज़दीक से देखा नहीं है, पर वे भी इतने विखंडित हैं कि कुछ कर पाएँगे, शंका होने लगती है! वैसे मैं फ़िलहाल उनकी ईमानदारी पर शंका नहीं कर रहा हूँ!"

नशे और थकान ने मेरी इन्द्रियों को जकड़ लिया था। नीलाम्बर की बातें यद्यपि मेरे लिए न तो नई थीं और न ही विस्फोटक, पर उसका इस स्पष्टता से उन्हें स्वीकार करना सनसनीखेज़ था, जिसने मेरी नींद को एकबारगी झकझोर दिया था। उसका मोह बिखर रहा था और असन्तोष किसी दर्दनाक फोड़े की तरह रिसने लगा था।

ऐसा व्यक्ति, जो स्वयं एक ज़बरदस्त अवसरवादी रहा हो, जिस तरह से सारी बातें स्वीकार कर रहा था, वह कोई छोटे-मोटे परिवर्तन का द्योतक नहीं था। पहले वह अकवि यानी व्यक्तिवादी था। दिल्ली आकर अचानक एक दिन सी.पी.एम. में शामिल हो गया था। उसी ज़माने में नक्सलवादी आन्दोलन चरमावस्था में था, वह उनका भी 'सिम्पैथाइजर' हो गया। (क्यों? यह प्रश्न प्रारम्भ में मुझे सालता रहा, पर बाद में मेरी समझ में आया। इससे दो बातें हुईं—एक क्रान्तिकारी लेखक के रूप में उसकी 'इमेज' बनी और दूसरा उसकी ईमानदारी पर लोगों का विश्वास जम गया।) कुछ साल बाद अन्ततः वह सी.पी.आई. में शामिल हो गया। ऐसा नहीं था कि कभी कम्यूनिस्टों ने उसे छोड़ दिया हो, बल्कि वे तो आज भी उसे हाथों-हाथ उठाते थे, पर सम्भवतः उसी के अन्दर कहीं इस सारी जोड़-तोड़ की व्यर्थता और सही मायने में कुछ न कर पाने की निराशा के कारण उपजा अवसाद था। मैं निर्णय नहीं कर पाया कि यह रचनात्मक है या उसे और भी नकारात्मक सोच की ओर ले जाने वाला है!

यह भी तो सम्भव है, मैंने सोचा था, कि इस सारी स्पष्टवादिता के पीछे नशा रहा हो—चरस और रम का बेहद कसैला, पर 'सब्लिमेट' करने वाला नशा!

"खाने का क्या है?" उसने पूछा।

"तुम घर नहीं जाओगे?"

"क्यों, 'रैनेगेड' को रोटी नहीं खिलाओगे क्या?"

"अरे नहीं!" मैं ज़ोर से हँसा।

"फिर? मैं खाने के बारे में पूछ रहा हूँ और तुम भगाने की सोच रहे हो! हो सकता है, भई, तुम इधर ज़्यादा 'मिलिटेंट' हो गए हो!" और उसने भी ज़ोरदार ठट्ठा लगाया। नशे से उसका चेहरा लाल हो गया था और माथे पर पसीने की बूँदें झलक रही थीं। लगभग आधी बोतल के बाद से ही मैंने पीना बिलकुल बन्द कर दिया था, पर वह अब भी पिए चला जा रहा था और असामान्य रूप से सजग व हाज़िर-जवाब हो रहा था।

"नहीं-नहीं! अगर तुम रहो, तो खाना बना लेते हैं!" मैंने थोड़ा खिसियाते हुए कहा।

"अरे भाई, बनाओ ना! 'बना क्या लेते हैं'! क्या बनाओगे?"

"जो कहो!"

"खिचड़ी बना लो! तुम अच्छी बना लेते हो!" वह मुस्कराया।

मैं उठने को हुआ ही था कि उसने टोक दिया, "पहले इसे ख़त्म कर लो!"

अभी भी चौथाई बोतल बची थी।

"नहीं!" मैंने गर्दन हिलाई, "अब नहीं लूँगा।"

उसने दबाव नहीं डाला।

मैं किचन के दरवाज़े पर पहुँचा ही था कि फिर आवाज़ आई, "अरे सुनो, दाल-चावल लाकर मुझे दे दो, मैं बीन देता हूँ।"

वह नहीं होता, तो मैं इस बीनने-बानने का चक्कर भी नहीं फैलाता, पर उसका 'बोहेमियन' दौर समाप्त हो चुका था। यहाँ तक कि उस दौर में भी ऊपरी तौर पर वह चाहे जितना भी सफ़ाई के प्रति लापरवाह नज़र आता रहा हो, अन्दर से बहुत सजग था। विशेषकर खाने-पीने के मामले में वह किसी भी तरह की गन्दगी नहीं बर्दाश्त करता था और यहाँ तक कि दिसम्बर-जनवरी में भी बेनाग़ा नहाया करता था।

नशे के बावजूद उसने दाल-चावल बहुत सावधानी से बीने और उन्हें लेकर किचन में ही पहुँच गया। थोड़ी देर उसने मेरे काम का निरीक्षण किया, फिर आवश्यक आदेश देकर, जैसे कि 'आलू दो से ज़्यादा नहीं डालना; प्याज़ छोटे हैं, दो डाल दो और मसाले कम न करना', लड़खड़ाता हुआ चला गया।

जब मैं खिचड़ी लेकर कमरे में पहुँचा, नीलाम्बर सोफ़े पर पीछे सिर लगाए खर्राटे भर रहा था। बोतल ख़ाली हो चुकी थी, पर उसका गिलास अभी आधा था।

झकझोरकर उठाना पड़ा। उसने खिचड़ी बस चखी-भर। शायद पसन्द नहीं आई या फिर नींद (या नशे) ने भूख को क़ाबू कर लिया था।

"अब घर जाना है!" उसने पानी के गिलास में ही साथ धोते हुए कहा।

घड़ी देखते हुए मैंने कहा, "अब दो बजे रात कहाँ जाओगे, यहीं सो जाओ!"

"क्यों, क्या दो बज रहे हैं?" वह थोड़ा बेचैन हो उठा।

"दो भी बज ही जाएँगे, एक चालीस हो गए हैं!"

"नहीं, जाना पड़ेगा!" उसने बहुत ही निर्णायक स्वर में कहा और सहारा लेकर उठने लगा।

उसकी बेचैनी को देखते हुए मैंने दबाव नहीं डाला। "दो मिनट बैठो, मैं तुम्हें बाहर तक छोड़ देता हूँ।" कहकर मैं झूठे बर्तन समेटने लगा।

किचन में थोड़ी देर लग गई। लौटा, तो वह फिर से खर्राटे ले रहा था। एक बार सोचा, सो गया है तो सोने दो, पर फिर ख़याल आया, घर में कहा नहीं होगा, कहीं सुमन ही ढूँढ़ती न आ जाए और मैं उसे सोता ही छोड़कर टैक्सी लेने चला गया।

वे अब ग्राउन्ड फ़्लोर में ही रहते थे। लगभग सारे मकान की रोशनी गुल थी। सिर्फ़ पोर्टिको का एक बल्ब घनी रात के अँधेरे और सन्नाटे में अपनी हलकी रोशनी से अजीब-सा सुकून दे रहा था।

मैंने बैल बजाई और इन्तज़ार करने लगा।

देर तक कहीं कोई हलचल नहीं हुई। इतनी रात गए लोगों को उठाना अच्छा नहीं लगा। नीलाम्बर टैक्सी में सोया पड़ा था। समझ नहीं आया, क्या करूँ! वापस लौटने से पहले एक बार और घंटी बजाई—ज़रा ज़ोर से और देर तक।

इस बार अन्दर बत्ती जली और गोपाल ने दरवाज़ा खोला।

मैं गोपाल को टैक्सी तक ले गया। हम दोनों अभी नीलाम्बर को उतार ही रहे थे कि सुमन नाइटी ठीक करती बरामदे में आ खड़ी हुई।

"कौन है?" उसने वहीं से पूछा।

"शाब हैं, मेम शाब!" गोपाल इतने साल दिल्ली में रहने के बावजूद 'स' और 'श' में अन्तर नहीं कर पाया था।

नीलाम्बर अब तक इतनी गहरी नींद में डूब चुका था कि उसको टैक्सी से बाहर निकालना ही मुश्किल हो रहा था। चलते समय भी वह सोया हुआ था, पर इतना नहीं कि सशरीर उठाना पड़े।

हम उसे किसी तरह से ले जा रहे थे कि सुमन ने दूसरा प्रश्न किया, "क्या हुआ इन्हें?"

मैं अब भी चुप रहा।

वह थोड़ी देर तटस्थ खड़ी हमें देखती रही, फिर उसने गोपाल से कहा, "इसे यहीं ड्राइंग रूम में डाल दो!"

"बास्टर्ड!" वह बड़बड़ाई, "ब्लडी ड्रंकर्ड!" उसके चेहरे की मांस-पेशियाँ तन गईं और हर शब्द ज़हर-बुझे तीर-सा मुझे भेदने लगा।

"क्यों लाए इसे इतनी रात को? क्या तुम्हारे यहाँ जगह नहीं थी?" वह मुझसे पूछ रही थी, "यह शरीफ़ों का मोहल्ला है, जुमना-पार नहीं। मेरे यहाँ शराबियों के लिए जगह नहीं है!" वह झटके से मुड़ी और चली गई।

मेरा दिमाग़ इस तरह जम गया जैसे शॉक-ट्रीटमेंट के बाद हो जाता है। मैं न जाने किस शक्ति से चलता रहा!

हमने नीलाम्बर को सोफ़े पर लिटाकर जल्दी-जल्दी उसके जूते, टाई और कोट उतारे और बाहर निकलते हुए मैंने गोपाल से कुमाऊँनी में कहा, "सुण भुला कांबलैल ढक दिये!"

"दाज्यु, आप जाओ!" गोपाल ने मुझे आश्वस्त किया, "मैं देख लूँगा!" वह भी नहीं चाहता था कि मैं वहाँ टिकूँ। मैं बाहर आ गया।

टैक्सी मेरा इन्तज़ार कर रही थी।

लौटते हुए नीलाम्बर से हुई एक बात मेरे दिमाग़ में किसी अपशकुन की तरह मँडराने लगी।

जब मैंने जनपथ को आते हुए उससे पूछा था, तुम स्कूटर क्यों नहीं लाए, उसने एक अजीब उलटा प्रश्न किया था, "तुम्हें पता है, मेरा कितने का 'इंश्योरेन्स' है?"

मैं क्या बतला सकता था? सिर्फ़ मुस्कराकर रह गया।

"पचास हज़ार का लाइफ़ इंश्योरेन्स और पचास हज़ार का पर्सनल एक्सीडेंट!" उसने स्वयं बताया, "अगर मैं कल को किसी एक्सीडेंट में मारा जाता हूँ, तो सुमन को क्या तकलीफ़ होगी? हम अजीब समाज में रह रहे हैं। यह पहले असुरक्षा पैदा करता है, फिर सुरक्षा के नाम पर सरकारी तौर पर व्यापार करता है। क्या जाल है!"

उसने थोड़ा रुककर फिर पूछा था, "देब्बू, क्या मेरा सब्स्टीट्यूट पैसा हो सकता है?"

मुझे उसकी बात का जवाब देना बेतुका लगा।

"सम्भवतः हाँ!" उसने ख़ुद ही कहा, "एक लाख रुपया मायने रखता है। इससे सुमन को अपने कपड़ों का कारोबार बढ़ाने के लिए अच्छी रक़म मिल जाएगी और मेरे बच्चों को सुरक्षा! एक मायने में एक सम्मान की ही बात है। जिस देश में कमला-विमला की क़ीमत दो-ढाई हज़ार हो, तुम्हें ख़ुश होना चाहिए कि तुम्हारे दोस्त का दाम पचास गुना आँका गया है!"

प्रेम-ध्वनि

नीलाम्बर से लदा होने के बावजूद नये 'वॉल टु वॉल' हरी ईर्ष्या उर्फ़ 'ग्रीन एनवी' क़ालीन के आतंक में मैंने बरसात से भीग-भागकर खजहे कुत्ते की खाल-सी घिनौनी और विकृत हो गई चप्पलें बाहर ही उतार दी थीं। (सम्भव नहीं था, वरना अपने पैर भी, जिन्हें आख़िरी बार इजा ने हाईस्कूल के दौरान रगड़-रगड़कर ठीक से साफ़ किया था, बाहर ही छोड़ देता!)

"दाज्यू, चलो!" गोपाल की जल्दी स्पष्ट थी और मेरा चप्पल उतारने के लिए रुकना उसकी समझ में नहीं आ रहा था।

यद्यपि इस बार कमरे का जायज़ा मैं ठीक से नहीं ले पाया था, पर सारी घबराहट, अपराध-भाव—मैंने कहा था नीलाम्बर से पीने को?—और धीरे-धीरे ठंडे होते जा रहे बेहद ख़ुशनुमा मौसम की रात में, उतने ही गर्मागर्म स्वागत के बावजूद कमरे के कार्पेट के अलावा दूसरे मुख्य परिवर्तन ने स्वयं ही अपने बारे में बता दिया।

दाईं खिड़की पर एक टन का 'ब्लू स्टार' एयर-कंडीशनर कुछ इस तरह लगा था कि कूलर का हटना, ऊष्ण कटिबंधीय क्षेत्रों में रहने वालों से, दक्षिणायन होते सूर्य के बावजूद, बच नहीं सकता था। पर नया फ्रिज और फ़िलिप्स के नवीनतम मॉडल के (मॉडल का नाम मुझे याद नहीं आ रहा, नीलाम्बर ने बताया तो था) स्टीरियो 'टर्न टेबल' के बीस-बीस वाट के तीन-तीन फुट ऊँचे स्पीकर बड़े रौब से निर्द्वन्द्व होकर अंग्रेज़ी ढर्राम-ढुरूम म्यूज़िक किसी मेल-गाड़ी के नये लोकोमोटिव से उड़ाते, मैंने पिछली बार ही देख लिए थे।

उस बार जब नीलाम्बर ने, दो सौ पचासी लीटर के फ्रिज से बीयर निकालने के बाद, बड़े उत्साह से रिकॉर्ड सुनाने शुरू किये तो एक ही एल.पी. के साथ मेरा धैर्य जवाब दे गया और अन्ततः मुझे कहना पड़ा था, "तलत या मुकेश का कुछ नहीं है क्या? ये पाश्चात्य संगीत अपने बस का नहीं है!"

"ठीक है," वह मुस्कराया था, "ऐसी चीज़ सुनाता हूँ, जो तुम्हें पसन्द आएगी!"

फिर वह देर तक पैटुला क्लॉर्क, मेरी हॉपकिन्स और टॉम जोन्स के रिकॉर्ड सुनाता रहा, जो मुझे फिर भी सह्य लगे। (मुकेश और तलत का तो जवाब नहीं है, मैं मन-ही-मन दोहराता रहा था)।

हाँ, एक गाने पर मैं दाद दिये बग़ैर नहीं रह सका था। उसका मुखड़ा, जो मुझे आज भी याद है—'यू मेक मी शाई यू सच ए गुड लुकिंग वूमैन' सुनकर कहा था, "क्या बात है!"

सारा माहौल ही ऐसा था (सुमन सामने बैठी थी) कि मैंने मान लिया था कि गाना मेरी ओर से गाया जा रहा है। वैसे यदि मैं गाता, जो मेरा विश्वास है कि ज़्यादा प्रभावशाली होता, तो निश्चित रूप से बतर्ज़ मुकेश 'देखती ही रहो आज दर्पण न तुम' ही गाता। सुबोधता के अलावा भी गानेवाले की बेहद मर्दानी और कामुक आवाज़। मुझे रॉक और बीट से ज़्यादा सरल और ग्राह्य लग रही थी।

पर सुमन मेरी पसन्द पर बड़े दयाभाव से हँसी थी।

"ये तुम क्या आर्काइव से निकाल रहे हो?" उसने नीलाम्बर से कहा था, "कुछ नया क्यों नहीं सुनवाते!"

"क्या सुनवाऊँ?" यद्यपि नीलाम्बर ने पूछा था, पर मुझे लगा, ख़ुद उसे भी वही पसन्द है जिसे सुमन 'आर्काइव' का माल कह रही है, अन्यथा ये रिकॉर्ड आते कैसे?

"कैनी रोज़र्स या डोना समर सुनाओ!"

फिर वह मुझे बताने लगी थी कि, "कैनी के सिर्फ़ स्टेट्स में ही दस लाख रिकॉर्ड बिक चुके हैं। ही इज़ ए क्रेज़!"

अब तक कैनी मेरी मजबूरी का फ़ायदा उठाने लगा था। इलैक्ट्रिक इन्स्ट्रूमेंटों के हाहाकार की पृष्ठभूमि में कैनी की दहाड़ के साथ सुमन बुदबुदाती झूमने लगी थी। हारकर मैंने भी, कन्फ़्यूशियस की औरतों को दी गई सलाह को याद करते हुए, अपनी चप्पल के घिसे तलुए से नंगे फ़र्श को थपथपाना शुरू कर दिया था।

दूसरा रिकॉर्ड उसने ख़ुद लगाया।

"डोना समर को सुनो, क्या वॉयस है—रॉ एंड सैन्सुअस! यह भी प्लेटिनम रिकॉर्ड है—द वनडरर!" उसने बड़े नाटकीय ढंग से कहा और ऐसी अदा से, जैसे कि जुबिन मेहता आर्केस्ट्रा कंडक्ट करते समय अपने 'बैटन' से इशारा करता होगा, प्लेयर ऑन कर दिया।

कमरा वहशी संगीत से भर गया।

(आपको पता है, कन्फ़्यूशियस ने क्या कहा था?

मैं बताता हूँ। एक बार औरतें उसके पास पूछने गईं कि अगर उनके साथ बलात्कार हो रहा हो, तो क्या करना चाहिए?

कन्फ़्यूशियस ने कहा—विरोध!

पर अगर पुरुष शक्तिशाली हो—औरतों ने प्रश्न किया।

तो उसका आनन्द लेना चाहिए—उसने सलाह दी थी।)

रिकॉर्ड के ख़त्म होते-होते मेरी दशा बन्द कमरे में हड़काए हुए जंगली कबूतर-सी हो गई। मुझे अपनी श्रवणेन्द्रियों पर ही शंका होने लगी। मैं मुकेश-तलत भूल गया। रहम चाहता था, पर शब्द जवाब दे गए।

शायद मेरा चेहरा इतना रुआँसा नज़र आने लगा था कि सुमन को ही दया आ गई।

"नीलू डियर, ही इज़ नॉट एंजाइंग! इन्हें टेप सुनवाओ, ही कैन ओनली इन्जॉय दैट!" उसने कुछ इतने शरारती अन्दाज़ में कहा कि मैं संगीत से लगभग अधमरा होने के बावजूद इस तरह तड़फड़ाया, जैसे ज़िबह होने से पहले शिकार। या ख़ुदा, अब क्या बाक़ी है? मैंने घुटने टेक दिये।

वह सिर्फ़ मुस्कराया और प्लेयर बन्द कर, मेरी 'चकित है दुख' वाली मुद्रा को मद्देनज़र रखते हुए पाश्चात्य व भारतीय संगीत की बारीक़ियाँ और अन्तर समझाने लगा।

सुमन ने कुछ देर संगीत पर शुद्ध शास्त्रीय 'बकवास' सुनी, पर जब यह असह्य हो गया तो उठकर अन्दर चली गई।

इस बीच नीलाम्बर एक तरफ़ तानसेन, बैजू बावरा से लेकर अलाउद्दीन खाँ, रविशंकर और कुमार गंधर्व और दूसरी ओर मोज़ार्ट, बाख, वैगनर, वर्दी से लेकर जॉन लिनन और जोन बॉयज पर न जाने क्या-क्या बोलता रहा था, पर मैं बहुत ललक से उसी ओर देख रहा था जहाँ सुमन ओझल हुई थी, और सोच रहा था, कितने सुखी हैं वे लोग जो हर बन्दिश से परे हैं! (सच्चाई यह है कि इतने साल बाद भी मैं। यह निर्णयपूर्वक नहीं कह सकता कि ललक उसकी स्वतंत्रता ही के प्रति थी, रैंगलर में बन्दी उसके 36 इंची नितम्बों से उसका कोई सरोकार नहीं था)।

जब मुझे लगा, वह अपनी बात पूरी कर चुका है, मैंने कुछ इस बेवकूफ़ाना अन्दाज़ में, जैसे किसी पहाड़ी गाँव की दुकान में पूछ रहा होऊँ, 'इंडिया किंग' है क्या, पूछा, "क्या टेपरिकॉर्डर है तुम्हारे पास?"

"हाँ भई है!" उसके स्वर से मैं झेंप गया।

"इसके भाई ने एक जापानी टू-इन-वन लाकर दिया है!" वह व्यंग्य से मुस्कराया, "ज़रा देखो, क्या टेस्ट है!"

"गोपाल!" नीलाम्बर ने आवाज़ लगाई, "ज़रा बैडरूम से टेपरिकॉर्डर लाना!... अरे, कैसेट भी लेते आना!"

गोपाल जब टेपरिकॉर्डर लेकर आया, तो नीलाम्बर ने पूछा, "कला कहाँ है?"

कला के नाम से ही मैं चौकन्ना हो गया था।

"कहीं गई है," भोले पहाड़ी नौकर ने कहा, "पता नहीं, कहाँ!"

"ठीक है!" नीलाम्बर ने गर्दन हिलाकर उसे जाने का इशारा करते हुए कहा, "अगर आए तो बता देना!" और नीलाम्बर ने कमरे के दरवाज़े भेड़ दिये।

"क्या कला अभी यहीं है?" मैंने परोक्ष रूप से लापरवाह बनते हुए पूछा। यद्यपि कला के नाम से ही मैं बेचैन हो उठा था, पर 'डिब्बाबन्द संगीत' के आतंक ने, जिसे

नीलाम्बर दरवाज़ा भेड़कर सुनाने जा रहा था—क्या उसे आशंका थी कि मैं आधे में ही भाग खड़ा होऊँगा—मेरी बेचैनी को नियंत्रण में रखा।

"मैंने बुलवाया था, 'चैकअप' के लिए!" उसने जान-बूझकर मेरी ओर नहीं देखा और किसी सिद्धहस्त सर्जन की तरह—ऑपरेशन से पहले की व्यस्तता के साथ—रिकॉर्डर से उलझा रहा।

और जब तक मैं यह पूछ पाने का निर्णय कर पाता कि क्या कला की तबीयत फिर ख़राब है, कि तब तक टेप से अजीब-सी आवाज़ें आने लगीं—"आह-ओह—इस्सऽ सऽ सऽ सऽ!"

ये साला क्या हो रहा है! मेरा दिमाग़ कला से हट गया।

मेरे अचरज पर वह मुस्कराया। और कैसेट का प्लास्टिक का डिब्बा मेरे हाथ में रख दिया।

'सोनी' के लेबल के नीचे छपा था—'लव साउंड्स : डोना समर'। अब माजरा समझ में आया। इस तरह की चीज़ें क्या घर में रखी जा सकती हैं, मुझे बड़ा अजीब लगा।

"क्या तुम्हारे पास प्रोजेक्टर है?" मैंने पूछा।

"क्यों?" वह हतप्रभ रह गया।

"यों ही पूछा रहा था!" मैंने टाल दिया, "यह कितनी देर और चलेगा?"

"नहीं सुनना चाहते?" वह थोड़ा सकपका गया था।

कला का नाम सुनने के बाद से किसी चीज़ में मन नहीं लग रहा था और चूँकि अनजाने ही मैं उसकी प्रतीक्षा करने लगा था, इसलिए हर आहट को सुनना चाहता था—गेट के खुलने की आवाज़ से लेकर उसके सैंडिलों से उठती नज़दीक आती पदचाप तक। मैं उठकर उसका स्वागत करूँगा, कैसी हो?...वह क्या कहेगी, मैं अनुमान नहीं लगा पा रहा था।

"काफ़ी है!" मैंने बेचैन हो कहा, "अधेड़ बैचलर के लिए बहुत है!" और मैं मुस्कराने लगा, एक थकी-हारी मुस्कराहट! इसके अलावा अब तक पन्द्रह मिनट की साँईं-सूँईं, सिसियाहट और फुसफुसाहट हो भी चुकी थी। अपनी तंत्रियों, इन्द्रियों और मस्तिष्क पर—ऐसे मौक़े पर, जबकि वे पहले ही तनाव में हों—और अधिक दबाव सहना मेरे लिए असह्य होता जा रहा था।

'प्रेम-ध्वनि' के बाद उसने नया टेप नहीं लगाया था। पर आज चूँकि 'संगीताध्याय' शुरू हो गया था, इसलिए नीलाम्बर संगीत पर ही चालू रहा।

"हिन्दुस्तानी संगीत जड़ हो गया है। असल में परम्परा से हमारे असन्तुलित और विवेकहीन लगाव ने हमारी कला व संस्कृति को ही प्राणहीन और असामयिक बना दिया है!"

उसने मेरी ओर देखा। मैं प्रतीक्षारत था, इसलिए संस्कृति पर भारी-भरकम बहस में, जो उसका प्रिय शौक़ थी, भाग लेना मेरे लिए सम्भव नहीं हुआ। वह मेरी चुप्पी

से हतोत्साह नहीं हुआ और किसी मंत्री की तरह अपने बंधुआ श्रोता का फुल-बटा-फुल दोहन करता रहा।

"असल में हम 'विकास' नाम का शब्द ही भूल गए हैं। सिर्फ़ नक़ल जानते हैं, चाहे वह मशीनों की हो या संस्कृति की!

"अब इस तथाकथित रॉक या बीट म्यूज़िक को ही लो। क्या है यह संगीत? और कैसे इसका जन्म हुआ? हमारे तथाकथित उच्च वर्ग का इससे कोई सरोकार नहीं है। असल में रॉक और बीट संगीत अफ्रीकी और पश्चिमी संगीत का ऐसा सम्मिश्रण है जो अपनी अपील में सटीक और ऐन्द्रिक है। और यही अपरम्परागतता, सुबोधता और ऐन्द्रिकता इसकी सफलता जनप्रियता का रहस्य है। इसके बाद तुम्हें यह जानकर आश्चर्य नहीं होगा कि पश्चिम में इसका संरक्षक और श्रोता मज़दूर और युवा वर्ग है! दूसरे शब्दों में तुम कह सकते हो कि यह पश्चिमी सभ्यता का लोक-संगीत है!"

वह साँस लेने को रुका।

'पश्चिम का लोक संगीत' वाली बात मुझे काफ़ी विचारोत्तेजक लगी। और कोई समय होता, तो इस पर कुछ विस्तार से पूछता, पर उस विभाजित मनःस्थिति में कुछ सूझा ही नहीं।

"संगीत के रूप में अपनी सीमाओं के बावजूद रॉक की सबसे बड़ी विशेषता इसका स्थापित उत्पीड़क, जनविरोधी सामाजिक मूल्यों के ख़िलाफ़ युवा आन्दोलनों का हथियार बनना है, जबकि हमारे लिए यह उन्हीं मूल्यों का प्रतीक बन गया है, जिनका वास्तव में यह भंजक रहा है। इसे कहते हैं, विडम्बना!"

"नक़ल!" मैंने कहा।

"विडम्बना तुम्हें भारी लग रहा है?" वह हँसा।

मैंने स्वीकारोक्ति में सिर हिलाया।

"यह बात भारतीय संगीत में नहीं है!" वह फिर चालू हो गया, "रॉक का जो निकटतम भारतीय रूप है, उसे आप फ़िल्मी संगीत कह सकते हैं। इसमें रॉक और बीट वाली 'पंच' नहीं है, उलटे इसने जो क़हर ढाया है, उसका अनुमान तुम दिल्ली में बैठकर नहीं लगा सकते। सारे लोक-संगीत का ताना-बाना टूट रहा है। उसकी मादकता, स्वच्छन्दता और स्वस्थ कामुकता का स्थान फ़िल्मी संगीत की विकृति और कुंठा लेती जा रही है। यह विकास नहीं है, एक अपशिष्ट सांस्कृतिक घालमेल का तांडव है—अच्छे-बुरे के विवेक से परे! जैसा अक्सर नदियाँ करती हैं, बाढ़ में! मुझे अफ़सोस है, हम जोन बॉयज या अर्जेन्टाइना के उस गायक जैसा, जिसकी बाद में शायद हत्या कर दी गई थी, एक भी क्रान्तिकारी गायक पैदा नहीं कर पाए हैं। हाँ, लता जी हमें निश्चेष्ट से निश्चेष्टतर करती जा रही हैं, अब आप 'आँख में पानी' भरे जाइए!"

मुझे न तो पता कि जोन बॉयज ने क्या गाया है और न ही अर्जेन्टाइना के उस गायक का, जो क्रान्ति के गीत गाता खेत हुआ था, मैंने नाम-भर सुना था। पर मुझे इसका आभास था कि नीलाम्बर लता मंगेशकर को (जिसका नाम 'गिनीज़ बुक ऑफ़ रिकॉर्ड्स' में है) पसन्द नहीं करता और वह भी सिर्फ़ इसलिए कि वह दिन में तीन गीत रिकॉर्ड करवा देती है। (जैसा कि उसका कहना था, तीनों में कोई मूल तो छोड़, सामान्य अन्तर भी नहीं होता। उसका यह भी मानना था कि लता के बीस हज़ार गानों को कुल मिलाकर पाँच-सात गानों में घटाया जा सकता है। यानी वे इन्हीं का दोहराव हैं—कहीं 'सा' पर अलाप है तो कहीं 'गा' पर, बस!)

अपने संगीत के इस हृदयहीन, थोक क़िस्म के क़त्लेआम ने भी मुझे ज़्यादा उकसाया नहीं। मैं नीलाम्बर को काट सकता था। मुझे भोजपुरी का गायक भिखारी ठाकुर, जिसके बारे में मैंने कहीं उड़ते-उड़ते पढ़ रखा था, याद हो आया, पर 'संस्कृति की रक्षा करें गुरु गोलवलकर या अटल जी' वाली मुद्रा अपना कर मैं कला के बारे में ही सोचता रहा।

मेरे दिमाग़ में संगीत की नई परिभाषा घूम रही थी। संगीत वह ध्वनि या ध्वनियों का पुंज है, जो आपको प्रफुल्लित कर देता है। यह ध्वनि या ध्वनियाँ एक अर्थ-विशेष को सम्प्रेषित करती हैं।

पर आज, अब तक सुने सारे रिकॉर्ड न तो वह अर्थ-विशेष सम्प्रेषित कर पाए थे, जिसकी चाह में मैं था, और न ही वह प्रफुल्लता, जो संगीत का मूल है। यहाँ तक कि नीलाम्बर का संगीत पर मौलिक भाषण भी मुझे उस अर्थ-विशेष की चाह से विमुख नहीं कर पाया। मैं अर्जुन हो गया था।

व्यक्तिगत परिभाषा के अन्तर्गत संगीत मेरे लिए वह ध्वनि-विशेष हो गया था, जो एक जोड़ी पैरों के आघात से निकलना था। जिसके लिए मुझे मोर्ज़ाट छोटा लग रहा था। और जोन बॉयज, जिसका गीत 'लव इज़ ए फ़ोर लैटर वर्ड' अन्त में नीलाम्बर ने ज़बरदस्ती सुनवाया, 'नान-एनटिटी'!

प्रतीक्षा का उत्ताप और अनिश्चितता की पीड़ा और नहीं सही गई! मुझे लगता है, मैं आत्मपीड़क भी हो गया हूँ। हार मानना और फिर उसे लेकर कई दिनों तक बेचैन रहना, मेरा जैसे स्वभाव ही-सा हो गया है। मैं अपने को अक्सर ही महान भारतीय दुखान्त नायक देवदास के (हालाँकि मैं उस पीढ़ी का नहीं हूँ—यह कहने की छूट चाहूँगा) प्रोटोटाइप के रूप में देखता रहा हूँ। नीलाम्बर चाहता था मैं और बैठूँ, पर मैंने उसकी एक नहीं सुनी और उठ खड़ा हुआ। सच बात यह है कि तनाव के इन क्षणों का एक उपचार चरस था, पर उन दिनों सुंमन के लिहाज़ और एक घर की मर्यादा की सजगता के कारण मैं इससे बचता था! इसलिए भी बैठ पाना सम्भव नहीं हो रहा था।

गेट पर मैंने पूछ ही लिया, "अब कैसी तबीयत है?" मैं थोड़ा झिझका था और फिर वाक्य पूरा किया था, "कला की?"

जैसे नीलाम्बर उत्तर के लिए तैयार था। ऊपरी तौर पर सामान्य नज़र आने के बावजूद मुझे उसके हाव-भाव में अपराधी की-सी मनोदशा की झलक नज़र आई। उसकी आँखों में, सामान्य तौर पर रहने वाली एक बहुत ही सजग या चौकन्ने क़िस्म की चमक का स्थान, आत्मग्लानि की हलकी उदासी ने ले लिया।

"कोई ख़ास ठीक नहीं है!" वह कुछ रुका था, "मैं उसे यहीं रखना चाहता था, पर तुम्हें तो मालूम ही है, वह कैसे चली गई। अल्मोड़ा जाकर न जाने क्या हुआ, अचानक ही 'सीरियस' हो गई!"

मेरे दिमाग़ में कई बातें एक साथ आड़ी-तिरछी रेखाओं-सी एक-दूसरे को काटने लगीं।

उसने एक लम्बी साँस ली, "असल में दो औरतों का, फिर चाहे वे माँ-बेटी हों, बहनें हों, भाभी-ननद हों या सा-बहू, साथ रह पाना सम्भव नहीं है!" यद्यपि उसका स्वर अफ़सोस से भरा था, पर उसके शब्द जिस अर्थ की ओर ले जा रहे थे, वह शुद्ध बुद्धिजीवीय चालाकी—जो हर स्थिति को हमारे लिए अपराध या ज़िम्मेदारी से मुक्त कर तार्किक और सह्य बना देती है—जुगुप्सा पैदा करनेवाली थी। मैं इस शुद्ध वेदान्तिक और भारतीय चरित्र से सदा घृणा करता रहा हूँ।

"हूँऽऽ!" मैंने ज़ोर से हुँकार भरी थी।

मेरे और नीलाम्बर के सम्बन्धों की घनिष्ठता का रहस्य यह रहा है कि हम अपनी-अपनी लक्ष्मण-रेखा के प्रति आवश्यकता से अधिक सजग हैं! मेरी बेचैनी का उसे आभास था। उसने फिर कुछ नहीं कहा।

कैसी अजीब बात थी! पर शायद 'अपराध' को ढकने में इस तरह की असंगतता आ ही जाती है। क्या इस सामान्यीकरण का कोई अर्थ है कि दो औरतें, फिर चाहे वे कोई भी क्यों न हों, साथ नहीं रह सकतीं?

बाद में याद आया कि चलते समय मैंने उससे 'अच्छा चलता हूँ' तक नहीं कहा था। मुझे अफ़सोस हुआ, मैं आख़िर किससे नाराज़ हूँ? अपने से या नीलाम्बर से? मैं मात्र इसलिए छोटा अपराधी हूँ कि मेरी ज़िम्मेदारी सामाजिक तौर पर ठहराई नहीं जा सकती! पर इस अपराध में अपनी भागीदारी की वीभत्सता और भयावहता की चिरन्तन सजगता से बेचैन मैं हर समय किसी 'स्केपगोट' की तलाश में रहता और नीलाम्बर में ख़ामियाँ ढूँढ़ना मेरी इसी आत्मरक्षा का हिस्सा था।

तो क्या मेरा वहाँ से उठ आना मूलतः इसीलिए नहीं हुआ था कि अपने अहेर को देख पाने का साहस अब मुझमें नहीं था?

कहने को कला से मेरा परिचय अल्मोड़ा में हुआ, पर कारण नीलाम्बर ही था। 1963-64 का दौर था। देश-भक्ति के गाने गाने के बाद देश सुस्ता रहा था। मैं यूनिवर्सिटी में आया-ही-आया था, जबकि उसे चौथा साल चल रहा था। नीलाम्बर स्थापित होता जा रहा था और उसकी कविताओं का 'मैं' किसी अपंग की तरह

बड़बोला और मुँहजोर। नई कविता अस्तमान थी। अकविता ग्रीनविच विलेज से बरास्ता टालीगंज आ रही थी। अगर आप इसे व्यक्तिनिष्ठ परिप्रेक्ष्य में चाहें तो कह सकता हूँ, पाउंड-इलियट जा रहे थे, गिन्सबर्ग-मलय आ रहे थे।

छुट्टियाँ हों न हों, मैं अक्सर घर को दौड़ जाता था और नीलाम्बर छुट्टियों के बावजूद विश्वविद्यालय और कॉफ़ी हाउस छोड़ नहीं पाता था। एक शहर का होने के कारण, जैसा कि ऐसी स्थितियों में होता है, मुझे अतिरिक्त ज़िम्मेदारी निभानी पड़ती थी। देखा जाए तो ले जाने के लिए अक्सर सन्देशा भी नहीं होता था और उसकी इजा के सदा के प्रश्न 'क्यों रे देबुआ, वो इतना बड़ा क्या हो गया है कि दो-दिन को आ भी नहीं सकता?' से बचने के लिए मुझे कुछ गढ़ना पड़ता था।

लौटते समय उसकी इजा के उलाहने—कि उससे कहना फ़ौरन आए, नहीं तो मैं उसका कान खींचने वहीं आऊँगी, या अगली बार उसे लेकर आना, नहीं तो तुझे घुसने नहीं दूँगी—आदि के अलावा बाल-सिंगौंड़ी के डिब्बों, खाजे और बुने स्वेटरों से मैं लदा होता था।

मैं हर बार निर्णय करता हुआ आता कि इस बार नीलाम्बर को बख़्शूँगा नहीं, पर होता उलटा ही था।

वह व्यंग्य से पूछता, "मिल आए इजा-बाबू से?" और मैं एकदम 'डिफैंसिव' हो जाता।

हर छुट्टी में मेरा घर भागे-भागे जाना नीलाम्बर के लिए मज़ाक़ का कारण था, पर मैं चूँकि पहली बार घर से अलग हुआ था, इसलिए नये माहौल में—चाहे वह कितना ही उल्लासमय क्यों न रहा हो—अपने को रमा नहीं पाया था। अल्मोड़ा उन दिनों मेरे ज़ेहन में लगातार छाया रहता था। पर आज वहाँ एक हफ़्ते में दम घुटने लगता है। बल्कि इधर मैं वर्षों से वहाँ नहीं गया हूँ, न ऐसी कोई विशेष इच्छा ही होती है। जिसे मुझसे मिलना होता है, वह ख़ुद ही आ जाता है।

दो बेटियों पर वह इक़लौता बेटा था। जब कभी, किसी तरह, मैं नीलाम्बर से उसकी इजा के बारे में कहता भी तो वह टाल जाता। मुझे आश्चर्य होता, यह इतनी ममतामयी माँ को इस तरह क्यों उड़ा देता है? आख़िर क्या माँ-बाप की भावनाओं से इसका कोई सरोकार नहीं है? पर मुझे बाद में लगा था बात कुछ और है। अपनी स्वतंत्र प्रवृत्ति के कारण उसे, विशेषकर अपनी माँ का वात्सल्य और अनावश्यक देखभाल बंदिश की तरह लगती थी। ऐसा नहीं था कि वह अपनी माँ को प्यार नहीं करता था, पर जैसा कि एक बार उसने स्वयं कहा था, "देब्बू, मुझे नहीं मालूम मैं कब क्या करूँगा? यानी मैं कुछ भी कर सकता हूँ!"

"यानी बहुत कुछ करना चाहते हो!" मैंने टोका था।

"सही कहते हो!" वह मुस्कराया था, "और इजा को मैं इस स्थिति के लिए तैयार कर देना चाहता हूँ।"

अब सोचता हूँ, तो चकित रह जाता हूँ। कैसा सटीक था उसका अनुमान अपने बारे में। उसकी इस रागात्मक तटस्थता ने, चाहे वह ओढ़ी हुई थी या स्वाभाविक, अपने माता-पिता को आगे की उथल-पुथल के लिए वाक़ई तैयार कर दिया था।

नीलाम्बर के बाद गौरी थी। उसके विवाह की मुझे याद नहीं है। एक बार से ज़्यादा मैंने उसे देखा भी नहीं।

कला सबसे छोटी थी। नीलाम्बर और उसके बीच कुछ नहीं तो दस-बारह साल का अन्तर है। उन दिनों दसवीं या ग्यारहवीं में रही होगी। अक्सर स्कूल की 'यूनिफार्म' में ही वह अपनी दो चुटियाएँ झुलाती हमारे घर कभी अपनी इजा को बुलावा देने और कभी सामान पहुँचाने आती थी। छोटे क़द की पतली-दुबली लड़की थी वह, जिसे अगर फ्रॉक पहना दो, तो छठी कक्षा की छात्रा-सी लगे। उस अति सामान्य लड़की में अगर कुछ विशेष था, तो वह उसकी असामान्य क़िस्म की चुप्पी और स्थिरता! इजा के लाख कहने पर भी, मुझे याद नहीं पड़ता, उसने कभी हमारे यहाँ कुछ खाया हो। एक अजीब क़िस्म के आत्म-गौरव से वह सदा सजग रहती। मेरे बाबू मज़ाक़ करते, बुढ़ापे की सन्तान ऐसी ही होती है, पर मैं इससे सहमत नहीं था। पित्त के रोगी-से रक्तहीन चेहरे पर उसकी आँखें अजीब क़िस्म से चमकीली और सजग थीं। ऐसा लगता था, जैसे हर चीज़ का वह जायज़ा ले रही हो, उसके हर पक्ष को परख रही हो। मैं तब भी बात करते हुए ज़्यादा देर उसकी ओर नहीं देख पाता था।

हमारी पहचान की यही पृष्ठभूमि थी।

लीलाधर जी कई मायनों में प्रगतिशील थे। इसका सबसे बड़ा प्रमाण उनका सीमित परिवार था। मिडिल स्कूल के मास्टर होने के बावजूद उन्होंने सारी व्यवस्था—समय पर बड़ी लड़की का विवाह और नीलाम्बर को उच्च शिक्षा दिलाना—इस तरह से कर रखी थी कि उनकी रिटायर्ड ज़िन्दगी की आरामदेहता निश्चित थी। नीलाम्बर की, एक प्रतिभाशाली वजीफ़ा-प्राप्त छात्र होने के कारण, जीवन में सफलता साफ़ नज़र आ रही थी, पर लीलाधर जी के यह कहते फिरने के बावजूद कि मैंने अपना काम पूरा कर दिया है, कला की ज़िम्मेवारी नीलाम्बर की है, मैं अब संन्यास ले सकता हूँ—पूत के पाँवों को वह पहचान गए थे। (आख़िर चूक होती भी कैसे? नीलाम्बर का कहना था, उसके पूर्वज चंद राजाओं के दीवानों में से थे—मंत्री क्या आम चीज़ होते हैं!) उन्होंने कला का भी सारा प्रबन्ध कर रखा था। सी.टी.डी. और इंश्योरेंस के पैसे एक पहाड़ी लड़की को ब्याहने के लिए काफ़ी होते। पर एक प्रतिभावान पुत्र का पिता होने का आग्रह था। एक अहम्, जिसकी तुष्टि वह नीलाम्बर से चाहते रहे होंगे, अन्यथा कला का विवाह भी उनके लिए कोई मुश्किल नहीं था।

कला 1972 में दिल्ली आई। नीलाम्बर को लेक्चरशिप करते तब तक दो साल से ज़्यादा हो चुके थे।

सुमन की पहली डिलीवरी होने वाली थी, इसके बावजूद सुमन का कला-प्रेम थमने को नहीं आ रहा था और आख़िरी दिनों तक वह 'कला और संस्कृति' के 'जोएंट्स' में सिगरेट फूँकती दिखलाई दे जाती थी। नीलाम्बर जानता था कि सुमन उन औरतों में नहीं है, जो बच्चे के साथ दिन-रात 'आऽ आऽ ओऽ ओऽ' करती रहे। पर यह भी सम्भव नहीं रह गया था कि नौकर के अलावा एक आया भी रखी जाए। यद्यपि कला के दिल्ली आने का तात्कालिक कारण सुमन की पहली डिलीवरी ही थी, पर अन्ततः उद्देश्य उसे नीलाम्बर के सुपुर्द कर देना था।

आदित्य के पैदा होने से कुछ दिन पहले उसकी माँ भी अपनी बहू की सेवा और होने वाली सन्तान का स्वागत करने आई, पर ज़्यादा दिन रह पाना उनके लिए सम्भव नहीं हो सका।

इसके दो कारण थे।

लीलाधर जी उन दिनों जीवित थे तथा किसी के हाथ का पका न खाने के कारण घोर ठंड में उन्हें अपने-आप खाना पकाना पड़ता था, जो कि रिटायर्ड ज़िन्दगी में भी यंत्रणा ही था।

इससे भी बड़ा कारण यह था कि सुमन की 'लिबरेटेड' गतिविधि और दिनचर्या रूढ़िवादी बुढ़िया के लिए सहन कर पाना सम्भव नहीं हो पा रहा था।

बच्चा महीने-भर का भी नहीं हुआ था कि उसकी रिहर्सलें ही नहीं शुरू हुईं, बल्कि एकाध बार पार्टियों से भी वह बारह-एक बजे लौटी (बहुत सम्भव है पीकर)! नीलाम्बर की माँ जब भी उसके कमरे में घुसती, अपनी नाक बन्द कर लेती थी। कहा नहीं जा सकता कि इसके पीछे तम्बाकू के धुएँ को सहन न कर पाना था या औरत के धूम्रपान से असहमति, पर यह सच था कि सुमन उन दिनों बेइन्तहा सिगरेट पीने लगी थी और जब भी जाइए सेंट के दुरुपयोग के बावजूद उसका कमरा धुएँ और तम्बाकू की महक से भरा रहता।

उधर सुमन की अपनी नाराज़गी थी—सास उसके हाथ का छुआ खाने से भी परहेज़ करती थी।

इन दो ध्रुवों के मध्य तालमेल बैठाने में नीलाम्बर असमर्थ था। इजा की इस मायने में तारीफ़ करनी चाहिए कि पुत्र की सीमाओं को देखते हुए उन्होंने नीलाम्बर को 'शो डाउन' के लिए मजबूर नहीं किया।

इसलिए इजा तो ससम्मान चली गई, पर कला फँस गई। यह सब देखने के बाद इजा कला को छोड़ना नहीं चाहती थी, न कला ही स्वयं वहाँ रहना चाहती थी, पर कुछ बच्चे का ध्यान और कुछ सुमन का कला से व्यवहार उन दिनों ऐसा था कि उसे रुकना पड़ा।

कला के साथ सुमन को परेशानी थी भी नहीं, क्योंकि न तो कला इस स्थिति में थी कि भाभी की आदतों को चुनौती दे पाती और न ही इतनी परम्परावादी कि सुमन को उसकी हर आदत खटकती।

इसके अलावा मंच, टी.वी., रेडियो—हर जगह सुमन कुछ-न-कुछ कर रही थी, इसके लिए समय चाहिए था, जो कला ही दे सकती थी।

नीलाम्बर भी अपनी ज़िम्मेदारी के प्रति सचेत था। उसने कला का मेरठ विश्वविद्यालय से इतिहास में एम.ए. का फ़ॉर्म भरवा दिया था। इससे कम-से-कम तात्कालिक रूप से, कला की स्थिति आया के स्थानापन्न से बेहतर हो गई थी।

दो साल बाद एम.ए. फाइनल का इम्तहान देने के साथ ही जब कला ने कटाई-सिलाई के प्राइवेट स्कूल में दाख़िला लिया, तो मुझे बड़ा आश्चर्य हुआ था। कला का 'स्कूल' मेरे घर के नज़दीक ही था। मैं तब तक जमुनापार से लाजपतनगर आ गया था, पर नीलाम्बर अभी उसी बरसाती में था।

उन्हीं दिनों की बात है। मैं दफ़्तर को निकल रहा था कि कला मिल गई। यद्यपि उसका मिलना कोई विशेष बात नहीं थी, पर हम दोनों के लिए काफ़ी असुविधा पैदा कर देता था। तब तक हमारे बीच लम्बे परिचय के बावजूद एक अजीब-सी दूरी बनी हुई थी। एक तो कला का स्वभाव और दूसरा उसके प्रति मेरा—नीलाम्बर की बहन होने के कारण—अनावश्यक रूप से सजग होना, इसके मूल कारण थे। यद्यपि हम एक-दूसरे से बात करते थे, पर अगर कभी इत्तफ़ाक़ से भी अकेले पड़ जाते, तो दोनों के लिए समय बड़ा बोझिल हो जाता।

मैंने रोज की तरह ही पूछा, "क्या हाल है दाज्यू का?"

"ठीक है!" उसका स्वर उस दिन कुछ इतना अस्वाभाविक था कि मैं पूछे बिना नहीं रह सका, "क्या बात है?"

"कुछ नहीं!" उसकी आवाज़ टूटने लगी।

"क्या भाभी से लड़ाई हुई?"

"नही!" कहते-कहते उसका गला रुँध गया, 'कुछ नहीं हुआ!' उसने कह तो दिया, पर आँसुओं का बाँध टूट गया।

आँसुओं ने मुझे हतप्रभ कर दिया। भरे बाज़ार में उसका टूटना असामान्य लक्षण था। पर मेरी तात्कालिक चिन्ता सरेआम तमाशा होने से बचना था। मैं जितनी दिलासा देता, उबाल को उतना ही उमड़ना था।

मैं उसे कमरे में ले आया।

मेरे हर प्रश्न का जवाब सिर्फ़ सुबकियाँ थीं और न जाने कितनी देर तक यही चलता रहा।

मैं जानता था, वह कमज़ोर लड़की नहीं है। उसके आत्मसम्मान का पता उसकी शक्ल से नहीं लग सकता था, पर वह एवरेस्ट से भी ऊँचा था। आज तक कभी ऐसा नहीं हुआ था कि उसने घर या सुमन के बारे में एक भी शब्द कहा हो। यह पहली बार नहीं था कि वह मेरे कमरे में आ रही थी। इससे पहले भी वह नीलाम्बर का

सन्देश देने आ चुकी थी, पर यह भी सच है कि मैं उनके परिवार का आत्मीय नहीं था। नीलाम्बर और मेरे सम्बन्ध परिवार से परे थे।

सुमन को जितना मैं जानता था, अनुमान लगा सकता था कि उसने सीमा लाँघ दी होगी।

अन्ततः कला ने खुलना शुरू किया।

नीलाम्बर और सुमन के बीच पैसों को लेकर बना रहने वाला तनाव अब तू-तू, मैं-मैं पर पहुँच गया था। नीलाम्बर के चले जाने के बाद ताने कला को सुनने पड़ते थे। आज भी यही हुआ था। नीलाम्बर के सामने, और पीछे भी, सुमन ससुराल वालों को गालियाँ देती रही थी। पहाड़ी उसके लिए बर्तन माँजने वाले भूखे-नंगे लोग थे, जो वह बिना कोताही के सुबह से कई बार दोहरा चुकी थी।

"उनको कितना पैसा चाहिए, मेरी समझ में नहीं आता!" कला ने कहा, "रोज़ न जाने कैसे-कैसे लोगों को बुलाती हैं। कोई डायरेक्टर है, तो कोई प्रोड्यूसर। कोई टेलीविज़न का है, तो कोई रेडियो का। भाभी को जितना रेडियो, टी.वी. से मिलता है, उससे ज़्यादा की तो पार्टियाँ हो जाती हैं!"

मैं समझ रहा था, कैसी पार्टियाँ होती होंगी। मैंने कहा, "नीलाम्बर को कहना चाहिए न कि इस एक्टिंग-फेक्टिंग के धन्धे को बन्द करो।"

"कोई सुने तब न!" वह थोड़ा रुकी, "जानते हैं, भाभी का क्या जवाब होता है? 'मैं घरेलू औरत नहीं हूँ कि बच्चे खिलाऊँ और रोटी पकाऊँ।' एक बार दाज्यू ने बहुत ज़ोर डाला, तो उसने साफ़ कह दिया, 'तुम मुझे अपना कैरियर बनाने के लिए इस्तेमाल नहीं कर सकते। तुम घर का काम देखो, मैं कमाती हूँ।"

"इसके बाद क्या रह जाता है?" कला ने मुझसे प्रश्न किया।

मैं चुप रहा।

"भाभी ने महरी भी निकाल दी है!" कला रुकी नहीं, "और ठीक भी है, जब अपने ही ख़र्चे पूरे नहीं हो पाते, तो नौकर की तनख़्वाह कहाँ से आए! इस कुएँ को पूरने के चक्कर में दाज्यू रात-रात भर न जाने क्या-क्या लिखते हैं, पर हालत बिगड़ती ही जा रही है।" वह थोड़ा रुकी।

"आपको आश्चर्य होगा," उसने कुछ सोचते हुए कहा, "आज दाज्यू को मेमसाहब को रिहर्सल पर जाने के लिए तो बीस रुपये देने पड़े और अपने लिए दो रुपये उन्होंने मुझसे माँगे।"

"माई गॉड!" मैंने कहा।

"भाभी बड़े घर की लड़की हैं! वह बस में नहीं चल सकतीं, यहाँ तक कि सब्ज़ी लेने भी स्कूटर-टैक्सी में जाती हैं।"

इसका मुझे कुछ-कुछ अनुमान था, पर स्थिति इतनी बिगड़ गई है, यह मैं नहीं जानता था।

"क्या 'इन्द्रजीत' के नाम से दाज्यू लिख रहा है?" मैंने अचानक प्रश्न किया।

कला के होंठ कुछ फड़के-से पर वह फिर चुप मुझे देखती रही।

मुझे अफ़सोस हुआ। यानी यह अफ़वाह सच थी कि 'सुरुचि पॉकेट बुक्स' की 'इंस्पेक्टर इन्द्रजीत' सीरीज़ का 'घोस्ट राइटर' नीलाम्बर ही था।

पर मेरे लिए यह रहस्योद्घाटन पहले वाले झटके की पृष्ठभूमि में कम विस्फोटक साबित हुआ। क्योंकि इस 'घोस्ट राइटिंग' के बारे में मुझे बहुत ज़्यादा विश्वास या प्रमाण दिलवाने की आवश्यकता नहीं थी। कला यदि एक बार 'नहीं' या यह भी कह देती कि 'मुझे पता नहीं', तो भी मेरी शंका मिटने वाली नहीं थी।

यद्यपि मैंने कभी भी नीलाम्बर से स्पष्टीकरण नहीं माँगा, पर मुझे यह विश्वास ही नहीं हुआ कि पंजाबी नाटक 'चढ़ी जवानी बुड्ढे नूँ' की तर्ज़ पर, हिन्दी दर्शकों की कमज़ोरियों को मद्देनज़र रखते हुए लिखा गया नाटक 'पहले यार, फिर घरबार' सुमन का लिखा हुआ है। सामान्यत: मैं हर उस नाटक को, जिसमें सुमन होती, देखने जाता था, पर इसे देखने नहीं गया।

नाटक सफल नहीं हुआ। मुझे अनुमान लगाते देर नहीं लगी कि इसका कारण नीलाम्बर ही रहा होगा, क्योंकि साहित्यिक पृष्ठभूमि के कारण एक सीमा से आगे गिरना उसके लिए सम्भव नहीं हो पाया होगा।

इस असफलता ने मुझे प्रसन्न कर दिया। नीलाम्बर ने या कहिए सुमन ने इसके बाद और कोई नाटक नहीं लिखा, पर असफलता ने दोनों के बीच की कटुता बढ़ा दी। नोटों से वंचित रह जाने से सुमन का नीलाम्बर से लेखक के रूप में विश्वास ही उठा दिया और नीलाम्बर को, 'इस चक्कर में कहाँ तक गिर गए' वाली ग्रन्थि ने, सुमन के प्रति आक्रोश से भर दिया।

पिछले चार वर्षों में नीलाम्बर ने कुछ भी ऐसा नहीं लिखा था, जो उसकी पहले की कृतियों ने नज़दीक भी कहीं ठहरता। वह प्रतिभावान था, पर सिर्फ़ प्रतिभा ही तो सब कुछ नहीं होती। रचना का मूल्य रचनाकार ज़िन्दगी देकर चुकाता है, पर नीलाम्बर उलटा कर रहा था। वह पूरी तरह भड़ैत हो गया था। आप उससे जो चाहे लिखवा सकते थे, बस उसे पैसा चाहिए था। वह हर पत्रिका में छप रहा था और उसके नाम पर जो छप रहा था (सोफ़िया लाराँ से तूतमखामेन तक), वह सिर्फ़ अफ़सोसजनक था।

मैंने जब भी उससे कहा कि वह व्यावसायिकता के इतने दबाव में क्यों लिख रहा है तो वह दास्तोवस्की से लेकर रांगेय राघव और जैक लंडन से लेकर आर्थर मिलर तक न जाने किस-किस का हवाला देने बैठ जाता।

जिस तेज़ी से वह इस दलदल में धँस रहा था, मैं उसके हश्र की कल्पना भी नहीं करना चाहता था।

पैसे की इस अन्तहीन माँग को वह लिखने से कैसे पूरा करेगा, मेरी समझ ही दग़ा दे जाती थी। मैंने अक्सर स्वयं को उसकी जगह रखकर भी सोचा था। और हर बार मुझे एक ही रास्ता नज़र आया था—सुमन से अलग हो जाना!

मैं जानता था, यह आसान नहीं है, पर और कोई समाधान कम-से-कम मैं नहीं सोच पाता था।

"आपको पता नहीं होगा, आदित्य के होने पर बाबू ने पाँच हज़ार रुपये भेजे थे!" कला ज़बरदस्त बदले के मूड में थी। वह सब-कुछ बतला देना चाहती थी।

"पाँच हज़ार! नीलाम्बर ने माँगे थे?"

"माँगे तो नहीं! पर उनकी हालत इतनी ख़राब थी कि इजा ने बाबू को सब विस्तार से लिख दिया। बाबू ने जो था, भेज दिया!"

जहाँ तक नीलाम्बर की आर्थिक दशा का सवाल था, वह शादी के कुछ ही दिन बाद से बिगड़ने लगी थी। उसी दौरान मैंने भी उसे एक हज़ार रुपये दिये थे, जो वह तब तक लौटा भी नहीं पाया था। जो जीवन-पद्धति, वह या उसका परिवार, आदर्श बनाए हुए थे, उसमें इसके अलावा और कुछ सम्भवत: हो भी नहीं सकता था।

सुमन डिलीवरी के लिए ग्रेटर कैलाश के एक नर्सिंग होम में भर्ती हुई। तीन दिन बाद जब उसकी छुट्टी हुई, तो मेडिकल बिल ही डेढ़ हज़ार के क़रीब था। जिस एयर-कंडीशन कमरे में वह रही थी, उसी का किराया सौ रुपये रोज़ था। नीलाम्बर का सौभाग्य था कि डिलीवरी नार्मल हुई।

इसके बाद सुमन ने अपने पहले बेटे के लिए जो ख़रीदारी शुरू की, वह कमोवेश आज तक जारी है।

सुमन के घर की समृद्धि का आतंक, शक्ल का मोह और चुनौती-भरे तानों ने नीलाम्बर को पंगु कर दिया था। वह जो कुछ कर रहा था, सब प्रतिक्रिया में था। बढ़ती हीन-भावना उसका व्यक्तित्व ही धूमिल करती जा रही थी।

अब कहीं कला शान्त हुई थी। एक गिलास पानी पीने के बाद मुँह धोया और फिर से सामने आ बैठी।

पहली बार मैंने उसका चेहरा ध्यान से देखा।

रोने से यद्यपि उसकी आँखें लाल हो गई थीं, पर गुब्बार के निकल जाने से वह स्वस्थ नज़र आ रही थी। वह अपने भाई से ज़रा भी नहीं मिलती थी, सिवा अपने छोटे क़द के! यौवन ने कुल मिलाकर कोई विशेष परिवर्तन नहीं किया था। आज भी उसका गोल चेहरा भरा हुआ नहीं था। जिससे गाल की हड्डियाँ स्पष्ट उभरी नज़र आतीं। इनसे उसके चेहरे की सुन्दरता बढ़ती नहीं थी—जैसा कि उन दिनों की मेरी प्रिय हीरोइन सोफ़िया लाराँ का 'हाई बोन चीक' चेहरा रातों की नींद ख़राब करता था—बल्कि एक अजीब क़िस्म की बीमार थकन से चेहरे को भर देती थी। यद्यपि यह लगभग स्थायी भाव जैसी ही थी, पर उस समय घर में

लगातार बने रहने वाले तनाव और झगड़े के कारण ज़रूरत से ज़्यादा विकराल नज़र आ रही थी।

इसके बावजूद उसकी आँखें की चमक असामान्य थी। बड़ी-बड़ी पुतलियाँ कुछ इतनी स्याह थीं कि आकर्षित किये बिना नहीं रहती थीं। सम्भव है कि इस स्याही का कारण उसके चेहरे की कपड़े-सी सपाट सफ़ेदी रही हो। थके और बीमार से चेहरे को तपस्वियों के तेज़-सी उसकी आँखें चमत्कार की तरह आलोकित किये रहतीं।

लगभग पाँच फुट के दुबले-पतले क़द वाली कला के स्तन शरीर के लिहाज़ से असन्तुलित लगते थे। इनकी असामान्यता से सजग वह अपनी लम्बी गर्दन को कुछ झुकाकर चलती।

मुझे इतालवी इंप्रैशनिस्ट चित्रकार अमेदिओ मोदग्लियानी की नायिकाएँ याद हो आईं—कहीं उदासी के अथाह सागर में खोईं कहीं वीराने में भटक गए बच्चे-सी घबराईं, कहीं अन्तहीन प्रतीक्षा में क्षितिज के उस पार देखतीं और कहीं स्वयं अपनी ही नाज़ुक गर्दन को सँभाल सकने में असमर्थ, सिर झुकाए।

मेरी लगातार चुप्पी और आँकते जाने ने उसे विचलित कर दिया।

"अब चलती हूँ!" उसने अचानक कहा, पर वह उठी नहीं।

मैं नहीं जानता, उसे मेरा इस तरह देखना अच्छा लगा या बुरा, पर मैं सहम-सा गया।

"नहीं, बैठो!" कहकर मैं घबराहट में सीधा किचन में चला आया। अभी मैं स्टोव जला भी नहीं पाया था कि वह दरवाज़े पर आ खड़ी हुई।

"क्या कर रहे हो?" उसने मुस्कराकर कहा।

"थोड़ी चाय पीते हैं!" मैंने बिना गर्दन मोड़े हुए कहा।

"ठीक है, आप यहाँ से निकलो!" उसने आदेश दिया।

"मेरी चाय का लोहा तुम्हारे भाई साहब भी मानते हैं!" मैंने मुस्करा कर कहा।

"लेकिन बहनजी लोहे वाली चाय नहीं पीतीं।"

"पर 'ट्राई' करने में क्या नुक़सान है?" मैंने हँसते हुए कहा।

"मुझे प्रयोगों में ज़्यादा विश्वास नहीं है!" कहते-कहते उसने पूरे किचन पर नियंत्रण कर मुझे हाथ पकड़ बाहर कर दिया और जब तक चाय नहीं बन गई, मुझे कमरे में बैठना पड़ा।

"यह सब क्या हो रहा है?" मैंने चाय पीते हुए कहा, "मैं नीलाम्बर से इस सारे मामले पर बात करूँगा।"

"मेरा नाम न लीजिएगा।"

"मैं पागल हूँ क्या?" मैंने उसे आश्वासन देते हुए कहा, "वैसे भी मैं बहुत-सी बातें जानता था, पर मुझे अन्दाज़ नहीं था कि हद पार हो गई है।"

अचानक मुझे याद आया, "अरे हाँ! ये तुमने एम.ए. के बाद सिलाई-कटाई का क्या धन्धा शुरू कर दिया है?"

“क्यों, क्या बुरा है?” उसने मुझे ध्यान से देखा।

“यही करना था, तो पहले भी किया जा सकता था! शायद इसलिए कि यह न लगे कि कुछ नहीं कर रहीं!”

मैंने यह नहीं कहा कि बच्चे की देख-भाल कर रही हो। नीलाम्बर के प्रति मैं क्रोध और दया से एक साथ भर उठा था।

“इसमें भी चक्कर है!” वह मुस्कराई, “असल में अब भाभी अपने भाई के साथ मिलकर ‘फ़ैब्रिकेशन’ का काम शुरू करना चाहती हैं।”

“क्या मतलब?” मैंने बीच में ही टोककर पूछा।

“एक्सपोर्ट के लिए कपड़े सिलने का काम। आजकल जो चल रहा है।”

“हाँ! हाँ!”

“वह चाहती हैं कि मैं इसके लिए तैयार हो जाऊँ!” वह थोड़ा रुकी, “बल्कि वह तो कह रही थीं कि मैं उसके भाई के बटिक में सेल्सगर्ल का काम कर लूँ, पर मुझे वह आदमी ही ठीक नहीं लगता।

“दाज्यू ने तो साफ़ ही कह दिया कि हमारे यहाँ लड़कियाँ दुकानों में काम नहीं करतीं। इस पर भाभी बिगड़ गई थीं। कहने लगीं—‘आप लोगों के यहाँ तो बहुत-सी बातें नहीं होतीं। सिर्फ़ भूखे मरना और भीख माँगना आता है।’”

“ ‘तुमने आज तक किसी पहाड़ी को भीख माँगते देखा’? दाज्यू ने पूछा था। जानते हैं, भाभी ने क्या जवाब दिया?—‘मुझे हर पहाड़ी भिखमंगा लगता है!’ ”

“उल्लू की पट्ठी!” मेरा ख़ून खौल गया, “साली, अपने को राकफ़ैलर की औलाद समझती है। न जाने यह नीलाम्बर सुन कैसे लेता है? मैं होता, तो एक झापड़ में बत्तीसी हाथ में रख देता!”

मेरे शुद्ध खसिया रूप ने कला का काफ़ी मनोरंजन किया। वह देर तक खिलखिलाती रही।

“अब आपको कुछ नहीं बतलाया जा सकता!” उसने कहा, “आपका भरोसा नहीं है। भाभी ने तो न जाने क्या-क्या कहा है, अगर आपने सुन लिया, तो कहीं खुखरी चमकाते अभी न पहुँच जाएँ!”

अपनी गाली-गुफ़्तार पर मुझे शर्म आने लगी। बात बदलने के लिए मैंने कहा, “वैसे अगर सुमन का यह काम हो जाए, तो अच्छा रहेगा। नीलाम्बर को काफ़ी राहत मिल जाएगी!”

“मैं उनके साथ काम नहीं कर सकती! अगर दाज्यू न हों, तो मैं एक दिन यहाँ न टिकूँ। मुझे दाज्यू की दशा पर तरस आता है, आप कुछ करो!”

“खुखरी लेकर जाऊँ!” मैंने उसको फिर से उदासी में डूबने से निकालने के लिए मज़ाक़ किया।

वह थोड़ा मुस्कराई।

"आप मेरे लिए कोई नौकरी ढूँढ़ दीजिए!" उसने कहा, "मैं अब यहाँ नहीं रह सकती।"

"अच्छा ठीक है, मैं देखूँगा!" मैंने सांत्वना देने वाले अन्दाज़ में कहा, पर सच्चाई यह थी कि मेरी समझ में उसकी बात ही नहीं आई थी। क्या नौकरी करके वह अकेली रहेगी? अगर यहाँ नहीं रहना चाहती, तो अल्मोड़ा क्यों नहीं चली जाती? इसके अलावा अगर नीलाम्बर चाहता, तो कला की नौकरी निश्चित तौर पर लगा सकता था। उसके सम्बन्धों और पहुँच की थाह मैं भी नहीं पा सका था।

कमरे से निकलने से पहले मैंने उससे कहा, "अगर बुरा न मानो, तो एक बात कहना चाहता हूँ!"

"क्या?" उसकी आँखें अनजानी प्रत्याशा से चौकन्नी हो गईं।

"तुम ये रख लो!" मैंने काँपती आवाज़ में कहा और पसीने में भीग रहे पचास के नोटों से बन्द मुट्ठी को उसकी ओर बढ़ा दिया।

"क्या है?" मेरी 'नर्वसनैस' पर वह मुस्करा दी।

"तुम ले लो!" मैंने बहुत आग्रह से कहा।

"पहले दिखलाइए, क्या है?" उसने अपने दोनों हाथ पीछे कर लिए।

मेरे अन्दर इतनी हिम्मत नहीं थी कि हाथ पकड़ कर पैसे उसकी मुट्ठी में रख देता। उसकी ज़िद के आगे मुझे झुकना पड़ा। मैंने मुट्ठी खोलकर दिखा दी।

"मेरे पास पैसे हैं!" उसके हाथ वैसे ही पीछे को तने रहे।

"मैंने कब कहा, नहीं हैं, पर मैं भी तो तुम्हारे भाई जैसा ही हूँ! ले लो, यह तुम्हारा अधिकार है!" मैंने लगभग हारते हुए कहा।

शायद मेरी हताशा पर उसे दया आ गई। इसके बावजूद यह कह कर कि ज़रूरत हुई तो फिर ले लूँगी, उसने सिर्फ़ बीस ही रुपये लिए।

कम ऑन डार्लिंग

"अगले हफ़्ते हम वैष्णव देवी जा रहे हैं!" बस-स्टैंड को लौटते हुए कला ने कहा।

"कौन-कौन?" मैंने पूछा।

"भाभी, दाज्यू और शायद मैं भी!" वह प्रफुल्लित हो उठी थी। उसके चेहरे पर बच्चों की-सी—खिलौने के आश्वासन वाली—चमक लौट आई थी। अनुमान नहीं लगाया जा सकता था कि यही लड़की अभी कुछ देर पहले फूट-फूटकर रोई होगी। अजीब संयोग है कि दोनों भाई-बहनों का चेहरा अद्‌भुत रूप से बच्चों की-सी मासूमियत लिए रहता है। इस भोलेपन को, जोकि अब नीलाम्बर में उतना नहीं रहा जितना चार-पाँच साल पहले तक हुआ करता था, कला के चेहरे से उम्र और उदासी का स्थायी भाव भी कम नहीं कर पाया है। अगर फ्रॉक और दो चोटी कर उसका फ़ोटो खिंचवाया जाए...मैंने सोचा, तो जवानी की ओर तय किये उसके पन्द्रह साल एक ही झटके में वापस सिमट जाएँगे। वह दस-बारह साल की स्कूली लड़की हो जाएगी।

"क्यों जा रहे हैं?"

"भाभी ने कोई मनौती माँगी है!"

"काम शुरू करने से पहले आशीर्वाद लेने!"

"हूँ!" वह मुस्कराई।

"तुम भी सन्तोषी माँ का व्रत करती हो?" मैंने छेड़ने वाले अन्दाज़ में पूछा।

"हाँ, कई साल से।" उसने अपने स्वाभाविक भोलेपन से कहा। पर जब उसने मेरा शरारत से मुस्कराता चेहरा देखा, तो आँखें मटकाकर बोली, "अरे, आप भी तो दाज्यू के साथी हैं!"

वह थोड़ा मुस्कराई, "मुझे मालूम है, आपकी नास्तिकता फ़िलहाल चल रही है!"

उसकी चुटकी ने मुझे निरस्त्र कर दिया। मैं उसे स्टॉप पर छोड़कर लौट गया, पर दिन-भर उसका व्यंग्य मुझे गुदगुदाता रहा। आख़िर बहन किसकी है, मैंने सोचा।

जहाँ तक नीलाम्बर की नास्तिकता का सवाल था, उसमें मुझे सन्देह नहीं था। ठुल धोतिया ब्राह्मण होने के बावजूद, उसने कभी जनेऊ नहीं पहना था। सम्भव है, उसका यज्ञोपवीत संस्कार भी नहीं हुआ हो। वह मुझे कई बार करीम के यहाँ ले गया था और बिना पूछे 'बीफ़' का ऑर्डर दे देता था। उसे मैंने जामा मस्जिद के ढाबों में

खाते हुए भी कभी झिझकते नहीं देखा, जबकि स्वयं मुझे शुरू में इन चीज़ों को लेने में भयानक अंतर्द्वन्द्व का शिकार होना पड़ा था। सच कहूँ, तो आज भी मैं ये चीज़ें सामान्य होकर नहीं खा सकता हूँ।

पर बदलती परिस्थितियों ने किस तरह उसे क़ाबू किया, इसका मैं अनचाहे ही प्रत्यक्षदर्शी हो गया था।

शादी के कुछ ही महीनों बाद की घटना है।

मैं टी हाउस के सामने रेलिंग से लगा, किसी परिचित के आने के इन्तज़ार में आती-जाती लड़कियों को हसरत से निहारता शाम काट रहा था। न उस दिन कोई प्रदर्शनी थी और न ही प्रेस के नाम का किसी नाटक का फ्री पास।

नीलाम्बर ने ऐसी ही किसी शाम, कभी, जब हम दोनों कला-साहित्य से मुक्त अपने-अपने अकलेपन में असहाय उतरा रहे थे, कहा था, "देब्बू, कहीं भी चले जाओ, दिल्ली जैसी 'टैरेफिक' लड़कियाँ चाहे बम्बई हो या कलकत्ता, तुम्हें देखने को नहीं मिल सकतीं!"

उन दिनों मैंने न बम्बई देखा था, न कलकत्ता। इस पर भी कलकत्ता वाली बात मैं मानने को तैयार नहीं था। बंगाली लड़कियों के लावण्य का मैं भक्त रहा हूँ।

"कितने दुर्भाग्यशाली हैं हम लोग," वह कहता जा रहा था, "कि हमारी आधी शक्ति औरतों के लिए आहें भरने में निकल जाती है!" (अपनी तो पूरी इसी चक्कर में गई।)

मैं सोच रहा था, अगर लेखक ही होना था, तो हमें यूरोप (पश्चिमी) में ही पैदा होना था। अगर भारत में हो भी गए थे, तो कम-से-कम अंग्रेज़ी में लिखना चाहिए था, पर अब क्या हो सकता था? हाँ, अंग्रेज़ी में लिखना शुरू किया जा सकता था, पर टाट-पट्टी के स्कूलों की पृष्ठभूमि के बाद यह हरकत आत्मघाती हो सकती थी—इस अर्थ में कि हिन्दी में ही तालव्य 'श' और दंती 'स' की जो तमीज़ अट्ठाईस-तीस साल में सीख पाए थे, उससे भी हाथ धो लेने की सम्भावना ज़्यादा थी।

मुझे भी हर शाम आदमियों से घिरे टी हाउस या कॉफ़ी हाउस की मेज़ पर बैठकर, औरतों के बारे में इस तरह बात करना, जैसे कोई भूखा रोटी के लिए तरसता है, अच्छा नहीं लगता था। पर नीलाम्बर की इस तरह की बातों ने उस दिन मुझे थोड़ा चकित कर दिया था। वह इस मामले में सदा से ही अपवाद रहा था, क्योंकि इस रूढ़िग्रस्त पाखंडी समाज में भी औरतों का सान्निध्य उसके लिए कभी समस्या नहीं रहा था।

...बात उस शाम की हो रही थी। मैं इन्तज़ार के बहाने लड़कियाँ देख रहा था कि मैंने सुमन को देखा। नीलाम्बर भी था। वे पार्लियामेंट स्ट्रीट की ओर से आ रहे थे। मैं ख़ुश हो गया।

"नीलाम्बर!" मैंने पूरे ज़ोर से आवाज़ लगाई।

उसने मुझे देख लिया था, "अरे देब्बू," वह थोड़ा रुका, "कैसे हो?" और कुछ औपचारिक ढंग से मुस्कराकर उसने पूछा।

लगा, जैसे मेरे मिलने से उसे वैसी प्रसन्नता नहीं हुई, जैसी होनी चाहिए थी।

"ठीक हूँ!" मैं बुझ गया।

"अकेले हो?"

"कोई न कोई आता होगा!" मैंने कहा, "कहीं जा रहे हैं क्या?"

जान-बूझकर मैंने सीधा प्रश्न कर दिया।

मैं सोचने लगा, कॉफ़ी पीने को पूछने की औपचारिकता करूँ या नहीं! नीलाम्बर को उत्तर देने में प्रत्यक्ष तौर पर समय लग रहा था, जिसका दूसरा अर्थ यह था कि वह कोई वाज़िब बहाना ढूँढ़ रहा है, इसलिए मैं ही बोल उठा, "अगर समय है, तो एक कप कॉफ़ी हो जाए!"

'अगर' लगाने के अलावा मैंने मणिकौल की फ़िल्मों के पात्रों की तरह स्वयं को अपने संवाद से पूरी तरह तटस्थ कर, निमंत्रण को भरसक औपचारिक, बना दिया था, जिससे कि कम-से-कम नीलाम्बर को स्पष्ट हो जाए कि मेरी उनमें कोई रुचि नहीं है।

"अरे, आप आओ हमारे साथ! ज़रा मन्दिर तक जा रहे हैं। लौटकर कॉफ़ी पिएँगे।" सुमन ने निमंत्रण स्वीकार करते हुए कहा।

"अरे, उसे क्यों बोर कर रही हो!" नीलाम्बर ने झल्लाते हुए कहा।

"इसमें बोर होने की क्या बात है? यहीं इनका कौन-सा बड़ा 'एंटरटेनमेंट' हो रहा है! लुक, हॉउ लॉस्ट इज़ ही लुकिंग, जस्ट लाइक ए चाइल्ड!"

"नो! यंगमैन!" मैंने बात काटी, "लॉस्ट यंगमैन!" और उसके साथ हँसने लगा।

"चलो! चलो! लड़कियाँ ही देखनी हैं, तो मन्दिर के बाहर देख लेना!" सुमन ने मुझे हाँका।

और मैं भी झोला सँभालता साथ हो लिया था।

मंगलवार की वजह से हनुमान के भक्तों का ताँता था।

"तुम प्रसाद ले आओ!" पर्स से नोट निकालते नीलाम्बर को देते हुए सुमन ने कहा, "हम लाइन में लगते हैं!"

नीलाम्बर प्रसाद ख़रीदने चला गया और हम दोनों, पहाड़ी सड़क की तरह चक्कर लेती दर्शनार्थियों की पंक्ति की पूँछ पर, आ गए। औरतों की लाइन छोटी थी, पर सुमन ने ख़ुद न लगकर मुझे मर्दों वाली लाइन में खड़े हो जाने का आदेश दिया और स्वयं भी साथ ही बातें करती हुई सरकने लगी।

"आप नहीं लगेंगी लाइन में?" मैंने आश्चर्य से पूछा।

"नहीं," कहकर वह पूछने लगी, "आजकल कवर पर क्या छप रहा है?"

"वही सब," मैंने मुस्कराकर कहा, "औरतों और नेताओं के अलावा कौन-सा विषय है?"

"मेरे पास कुछ ट्रांसपेरेंसियाँ हैं," वह मेरी बात से बिलकुल विचलित नहा हुइ, "ज़रा देखना तो, क्या इस्तेमाल हो सकती हैं?"

"आपकी हैं, तो क्यों इस्तेमाल नहीं होंगी?" मैं मुस्कराया, पर मुझे यह बात अच्छी नहीं लगी। यह मैं जानता था, उसका इशारा किस बात की ओर है, फ़ोटोग्राफी उसके वश की चीज़ नहीं है।

शुरू में नीलाम्बर ने सुमन का एक चित्र कवर पर छपवाया था। तब बात ही और थी, इसलिए मैंने भी, यह सोचकर कि लड़की फाँसने में लगा है, पूरी मदद की थी। आज विवाह के पश्चात् और वह भी एक नामी और सम्मानित लेखक की बीवी होकर यह करना, क्या शोभा देता है? इसके अलावा कोई मौक़ा भी तो होना चाहिए। मान लो, अगर दिल्ली के नाटकों पर कोई 'स्टोरी' जा रही हो, तो सुमन को ही छापा जा सकता था, पर शुद्ध मॉडल होकर छपना मेरी समझ में नहीं आ रहा था।

मैंने नई बात शुरू कर दी, "आजकल आप क्या कर रही हैं?"

"यह बात नीलाम्बर को बतलाने की नहीं है?" उसने मेरी बात का जवाब देने की जगह मुझे आगाह किया, "ही इज़ ए स्ट्रेंज फैलो! वैसे तो 'लिबरेटेड' बनता है, पर है 'फंडामेंटली आर्थोडॉक्स'," वह बोलती रही, "मुझे मॉडलिंग के कई ऑफ़र मिल रहे हैं, पर वह मानता ही नहीं है। अभी इमेज एडवरटाइजिंग के पास किसी कपड़ा मिल का बहुत बड़ा 'कम्पेन' था, उन्होंने कई चक्कर लगाए, पर पंडित जी टस्स-से-मस्स नहीं हुए। आप समझ गए न!"

"मैं समझ गया, उससे कुछ नहीं कहूँगा!" मैंने उसे आश्वस्त कर दिया।

"ये वही ट्रांसपेरेंसियाँ हैं, जो उन्होंने ट्रायल के लिए खींची थीं।"

मुझे बाद में पता चला कि जिस 'कम्पेन' की वह बात कर रही थी, वह वास्तव में तौलियों का था, जिसके विज्ञापन में वह सुमन के गुदाज़ और सेक्सी शरीर का इस्तेमाल करना चाहते थे। कैसे करते, यह स्पष्ट था, इसलिए नीलाम्बर की आपत्ति भी समझ में आने वाली थी।

"आप आजकल मॉडलिंग के अलावा क्या कर रही हैं?" मैंने अपने प्रश्न को स्पष्ट करते हुए दोहराया।

"मॉडलिंग तो छूट ही गई है," उसने अफ़सोस से कहा, "पर हाँ, इधर नाटकों में काफ़ी काम है। फ़िलहाल एल्बर्ट एल्बी के 'हू इज़ एफ्रेड ऑफ़ वर्जीनिया वुल्फ़' की रिहर्सल चल रही है। इसके बाद ही 'माउस ट्रैप' शुरू हो जाएगा!" उसने बहुत फ़ख्र से कहा।

"अंग्रेज़ी में है या...?"

"अंग्रेज़ी में!" उसने प्रश्न पूरा ही नहीं होने दिया, "एक नया ग्रुप बना है—'डाइलॉग', वही स्टेज कर रहा है। ये लोग सिर्फ़ अंग्रेज़ी थियेटर ही करेंगे!"

"अच्छा! डायरेक्ट कौन कर रहा है?"

" 'वर्जीनिया वुल्फ़' को जेम्स मेनोर डायरेक्ट करेगा। 'माउस ट्रैप' भी शायद वही करे। जेम्स का नाम तो तुमने सुना ही होगा। अभी पिछले हफ़्ते ही 'टाइम्स ऑफ़ इंडिया' ने जेम्स का बहुत बड़ा इंटरव्यू छापा था। 'राडा' का ट्रेंड है। उसके बाद कई साल लन्दन की रॉयल शेक्सपीरियन कम्पनी के साथ जुड़ा रहा।"

"क्या एंग्लो-इंडियन है?"

"नहीं, इंडियन क्रिश्चन है। बट यू सी ही इज़ प्रोबेबली द फ़र्स्ट इंडियन हू हैज़ डायरेक्टेड प्लेज़ फ़ॉर लंडन थियेटर। उसके डायरेक्ट किये 'किंग लीयर' ने तो, सुना, इंग्लैंड के थियेटर वर्ल्ड में तहलका मचा दिया था। 'लंडन टाइम्स' ने उसे 'जीनियस' कह दिया।"

मुझे अपने अज्ञान पर सुमन के सामने पहली बार शर्म आई। ख़ैर, जहाँ तक उसके रोल वाली बात थी, वह सही हो सकती थी। पब्लिक स्कूली पृष्ठभूमि के कारण उसका अंग्रेज़ी उच्चारण इतना अधिक आंग्ल था कि बी.बी.सी. में न्यूज-रीडर हो सकती थी। और इसीलिए उसे सदा से ढूँढ़-ढाँढ़ कर अंग्रेज़ी नाटकों में लिया जाता था, जहाँ उसके शुद्ध उच्चारण का आतंक, उसकी नाटकीय प्रतिभा की कमी को ढक लेता था। अन्यथा कोई भी समझदार डायरेक्टर उस जैसी ठूँठ अभिनेत्री को 'हू इज़ एफ्रेड ऑफ़ वर्जीनिया वुल्फ़' जैसे जटिल नाटकों के लिए नहीं लेता।

पर यह भी सम्भव था कि 'राडा' उर्फ रॉयल एकेडमी ऑफ़ ड्रामेटिक आर्ट्स का यह जेम्स इतना प्रभावशाली हो कि काठ की गुड़िया से भी एक्टिंग करवा ले जाए। फिर 'राडा' आख़िर 'राडा' है!

इसी बीच नीलाम्बर भीड़ में से एक किलो मिठाई का डिब्बा उठाए प्रकट हुआ था।

"तुम यहाँ क्यों लगे?" उसने छूटते ही प्रश्न किया।

"कहाँ लगना था?" सुमन ने मुँह बिगाड़ कर पूछा।

"क्यों, औरतों वाली लाइन दिखलाई नहीं दी क्या?" नीलाम्बर ने सारी कटुता के बावजूद आवाज़ ऊँची नहीं होने दी।

"तुम कैसी बातें करते हो?" सुमन लगभग झल्ला उठी।

मेरी समझ में नहीं आया, क्या हो रहा है।

"सारे रास्ते तुम्हें समझाती आ रही हूँ, तुम फिर भी वही कह रहे हो! हाउ यू बिकम सो इनसैनसिटिव सम टाइम्स। यू नो आई कांट टच इट।"

"आई नो एवरी थिंग, बट यू डांट वांट टु नो दैट आई डिसलाइक हिपोक्रेसी। आई नैवर एंटर एनी टैम्पल, नाइदर आई एम गोइंग टु एंटर दिस वन। मेरा इन बातों में क़तई विश्वास नहीं है!" नीलाम्बर शब्दों को चबाकर बोलता रहा।

"मुझे तो विश्वास है!" सुमन ने बिना किसी आवेश के कहा।

"तो तुम चली जाओ! उसमें क्या है!" उसने हाथ से रास्ता भी दिखलाया।

"ओए होए!" सुमन ने अपना माथा पकड़ लिया, "अच्छा, छोड़ो ये बातें! क्या तुम मेरे 'बिहाफ़' पर नहीं जा सकते?" उसने नीलाम्बर का मूड देखते हुए पैंतरा बदल दिया था। अब उसके स्वर में ज़िद या अधिकार नहीं, आग्रह और मिन्नत थी।

सुमन थोड़ी देर उसे देखती रही। नीलाम्बर चुप हो गया था। लगा, 'कम्प्रोमाइज़ कैंडिडेट' मुझे ही बनना होगा।

"प्लीज!" सुमन ने पुचकारा।

स्टेज पर चाहे भावों का संचालन और नियंत्रण वह कभी भी प्रभावशाली ढंग से न कर पाई हो, पर वास्तविक ज़िन्दगी में एन.एस.डी. की अपनी (अधूरी) ट्रेनिंग का वह भरपूर लाभ उठाती थी।

"प्लीज!!" उसने दोहराया, "आज चले जाओ, आइन्दा कभी नहीं कहूँगी, प्रॉमिस! जस्ट फ़ॉर मी, यू नो माई हैल्पलैसनैस, प्लीज़!"

नीलाम्बर कुछ नहीं बोला। उसने मुझे बाजू से पकड़ कर लाइन के बाहर खींच लिया और मेरी जगह ख़ुद खड़ा हो गया। उसके व्यवहार ने मुझे हतप्रभ कर दिया। मेरे साथ उसने कभी इस तरह का उजड्ड व्यवहार नहीं किया था। मैंने उसे जाने को नहीं कहा। नाराज़ी है, तो अपनी बीवी को दिखलाए।

फिर सोचा, नीलाम्बर को इस तरह से मेरे सामने परास्त होना शायद ज़्यादा अखर गया है। मुझे उस पर दया आ गई। मैंने सुझाया, "आप लोग यहीं रहो, मैं चढ़ा आता हूँ!"

"इक्वली बैड!" नीलाम्बर ने मुझे दूर रहने का संकेत कर दिया।

पर नहीं, ऐसी बात नहीं थी। मैं जानता हूँ, उसके साथ मन्दिर जाना, मात्र मन्दिर जाना नहीं, पूरे एक विश्वास और दृष्टिकोण का सवाल हो सकता है, जबकि भगवान से कोई निकट का ताल्लुक न होने के बावजूद—वैसे भगवान सिंह का मैं बेटा हूँ—मैंने मन्दिर में न घुसने की क़सम नहीं खा रखी है।

इससे पहले कि नीलाम्बर कुछ और बके, सुमन ने कहा, "हम उधर दुकानों में हैं, तुम भी आ जाना चाट खाने!" वह शरारत से मुस्कराई और मुझे खींचकर भीड़ में सरक गई।

मन्दिर के साथ लगी पैंठ का चक्कर लगाने के बाद, हम एक किनारे खड़े होकर नीलाम्बर का इन्तज़ार करने लगे थे।

"एक बात पूछूँ?" मैंने कहा।

"बोलिए?" वह नीलाम्बर को देख रही थी।

"क्या आप नास्तिक हैं?"

असल में मेरी समझ में अब तक नहीं आ रहा था कि आख़िर वह ख़ुद क्यों नहीं गई? क्या उसने मनौती मानी होगी कि हे हनुमान! मैं अपने नास्तिक पति को आपके सामने झुकाकर मानूँगी?

"नास्तिक!" वह ज़ोर से हँसी, "मेरा तो ईश्वर पर पूरा विश्वास है, मेरे ही कारण तो नीलाम्बर अन्दर गया है।"

"तो आप...?"

तत्काल उसने मेरी बात का जवाब नहीं दिया। उसने नये सिरे से भीड़ में नीलाम्बर को तलाशा, फिर प्रश्न बन आए मेरे चेहरे को देख कर बोली, "असल में 'पीरियड' का समय है...इसलिए, वरना आपको ये नाटक देखने को नहीं मिलता!"

मैं सकपकाकर दूसरी ओर देखने लगा, जिधर कॉफ़ी हाउस है।

नीलाम्बर को हमने मन्दिर की सीढ़ियाँ उतरते हुए ही देख लिया। उसके माथे पर लाल टीका दूर से ही चमक रहा था। सफ़ेद और काले बड़े-बड़े चैकों की क़मीज़ और किसी फ़िल्मी हीरो-से सँवरे बालों के नीचे लगे टीके ने, कम-से-कम मेरी नज़र में, उसे बहुत ही हास्यास्पद बना दिया था। कोई और मौका होता, तो मैं ठठाकर हँसता, पर अभी-अभी हुए कांड के बाद वह मुझे इतना निरीह लगा था कि मैं दया किये बग़ैर नहीं रह पाया।

सुमन ने उसकी ओर हेलन-बिन्दु-मार्का मारू नज़र से देखा और हँस पड़ी, "हाय रे! मेरे सैंया का तो आज धर्म ही भ्रष्ट हो गया!"

मैं भी हँस पड़ा।

"लैट अस सैलिबरेट द न्यू रिलिजन!"

नीलाम्बर अब भी चुप रहा, तना हुआ।

"क्या बीयर पिलाएँगी?" मैंने भी मज़ा लिया।

"ठीक है! बीयर ही सही!"

पर नीलाम्बर अब भी नहीं हिला।

"ऑफ़ कोर्स यू आर हैंडसम नीलू, बट इन एंगर यू बिकम डिवास्टेटिंगली हैंडसम!" सुमन ने कहा।

तब तक 'दीवार' और 'नमकहराम' फ़िल्में बनी नहीं थीं, नहीं तो मैं आराम से कह सकता था—'अमिताभ बच्चन की तरह हैंडसम', पर मैंने इस 'रेडिमेड' और सर्वग्राह्य उपमा से वंचित होने के बावजूद जड़ दिया, "स्पेशली जब टीका लगा रखा हो!"

मेरी बात पर वह थोड़ा मुस्कराया। मुझे अपनी मौलिकता पर विश्वास हो गया।

"नाऊ कम ऑन डार्लिंग!" सुमन ने कहा, "अब ग़ुस्सा थूक दो!" और थूककर दिखला दिया कि ऐसे थूको।

सुमन की एक विशेषता सदा से यह रही है कि वह एक्टिंग और ज़िन्दगी में अन्तर नहीं कर पाती, या करती। कभी-कभी यह बहुत अच्छा लगता है, जैसे उस समय जब वह अपने रूठे पति को मना रही थी। पर सामान्यत: उसकी यह एक्टिंग किसी हिन्दी फ़िल्म की चालू अभिनेत्री की हरकतों-सी वाहियात लगने लगती थी।

नीलाम्बर के बाजू को प्यार से थपथपाते हुए वह बोली, "लाओ, परसाद तो दो!" और हथेली फैलाई, "ऐसा भी ग़ुस्सा किस काम का!"

नीलाम्बर अब भी कुछ नहीं बोला, पर वह धीरे-धीरे सहज हो रहा था। उसने डिब्बा खोला और एक बर्फ़ी का टुकड़ा देने ही जा रहा था कि सुमन ने रोक दिया।

"नहीं-नहीं, आधा! मैं इतना मीठा नहीं खा सकती! पहाड़न थोड़े ही हूँ!" वह फिर मुस्कराने लगी।

नीलाम्बर के बर्फ़ी तोड़ने में न जाने कैसे आधा टुकड़ा उछलकर ज़मीन पर जा गिरा।

"रहने दो!" नीलाम्बर ने लगभग चीख़कर कहा।

पर अब तक सुमन झुक चुकी थी। नीलाम्बर के 'रहने दो' दोहराने के बावजूद उसने गिरा हुआ टुकड़ा उठाया, फिर उसे इत्मीनान से अपने महकते रुमाल से पोंछा, दोनों पलकों से लगाया और इससे पहले कि हम कुछ समझते, मुँह में डाल लिया।

नीलाम्बर इस तरह जम गया, जैसे कोई पर्वतारोही बर्फ़ की दरार से छह महीने बाद निकाला जाए। मैं घबराकर ज़मीन देखने लगा। ज़बरदस्त छिड़काव या साथ लगे नल के लगातार बहने से चारों ओर दूर तक चिपचिपाहट फैली हुई थी, जिस पर से होकर सैकड़ों भक्त गुज़र रहे थे।

मैं अनुमान नहीं कर पाया कि वैष्णव देवी जाने के लिए नीलाम्बर किस तरह राज़ी हुआ होगा!

प्लॉट

कला के आने के ठीक दो दिन बाद की बात है। रात दस बजे के क़रीब लौटा, तो देखा, नीलाम्बर कमरे के बाहर इन्तज़ार में खड़ा है।

मैं सशंकित हो उठा।

"कितनी देर हो गई?" मैंने पूछा।

"अभी आया था, दो मिनट पहले! ग़नीमत है, तुम टाइम से ही आए।"

"ख़ैरियत तो है?" मैंने दरवाज़ा खोलते हुए पूछा।

"क्यों, क्या बहुत 'ऑड' समय पर आया हूँ?" उसने प्रश्न किया।

"नहीं! ऐसी बात नहीं है, पर तुम ऐसे समय पर काफ़ी दिन बाद आए हो!" दिमाग़ में कला वाली बातें घूम रही थीं, इसलिए अनुमान नहीं लगा पा रहा था कि क्या हुआ होगा! "बात तो कुछ है ही।" मैंने ज़ोर देकर कहा।

"हाँ, है!" वह फिर चुप हो गया।

बेमतलब का 'सस्पेंस क्रिएट' करनेवाली उसकी आदत कई बार बहुत ही खिजा देती है।

"क्या है?" मैंने पूछा।

"साधारण नहीं है!" वह फिर चुप हो गया।

"साधारण तुम्हारे साथ कुछ नहीं होता!" मैंने चुटकी ली और पंखे को रिवॉल्विंग कर ठीक सामने बैठ गया।

"चाय का कुछ जुगाड़ है?" उसने ज़रूरत से ज़्यादा सामान्य बनते हुए कहा।

मेरा धैर्य छूट गया, "सब-कुछ है", मैंने ज़रा ज़ोर से कहा, "सब-कुछ है—दारू, ड्रग्स, चरस, चाय...जो चाहो मिलेगा, पर बताओ बात क्या है?"

"यार, तुम घबराओ नहीं!" उसने जूते के तस्मे ढीले करते हुए कहा, "कोई ख़राब ख़बर नहीं है। पहले चाय की करो, तब सब विस्तार से बताऊँगा! मैं बहुत थका हुआ हूँ!" उसने जूते उतारे और लेट गया।

शक्ल बता रही थी कि वह थका हुआ है, पर आशंका से मैं लगभग असन्तुलित हो चुका था, इसलिए अड़ गया, "चाय मैं तब बनाऊँगा, जब तुम दो शब्दों में बता दोगे कि बात क्या है?"

वह ख़ूब ज़ोर से हँसा, "यार, तुम्हारी ज़िद तो बच्चों जैसी है, पर उत्सुकता कुछ उस तरह की, जैसी औरतों में स्कैंडलों के प्रति होती है!"

"कुछ भी हो, पर पहेलियाँ बुझाना मेरे वश का नहीं है!" मैंने बिना उसकी हँसी में शामिल हुए कहा।

"अच्छा बाबा, बताता हूँ, पर तुम पहले यह बताओ तुम्हारे पास ड्रग कौन-कौन-सी है?" वह उठकर बैठ गया।

"एल.एस.डी., हीरोइन, डैक्साड्रिन, मैंड्रैक्स—बोलो, तुम्हें कौन-सी चाहिए?" मैंने चिड़चिड़ाते हुए जल्दी-जल्दी नाम गिनवा दिये।

"ऐसा कोई बहुत सेंसेशनल मामला नहीं है, तुम थोड़ा नार्मल रहो!" वह मुस्कराया, "मुझे एक फ़िल्म लिखने का ऑफर मिला है, उसी के सम्बन्ध में बात करने आया हूँ!"

"अब मैं चाय बनाता हूँ!" मैं उठ गया, "कहो तो, मुहूर्त के लिए थोड़ी मिठाई लेता आऊँ!"

"पूरी बात तो सुन लो!" उसने रोकना चाहा।

"नहीं, बाक़ी चाय के बाद सुनूँगा!" कहकर मैं किचन में आ गया।

"चाय अच्छी बनाते हो!" वह काफ़ी 'रिलैक्स्ड' मूड में था।

"हलवाई का बेटा जो हूँ!" मैं मुस्कराया, "पर इस समय चाय की तारीफ़ नहीं, फ़िल्म के बारे में सुनना है!"

"तुम्हें सुमन के मामा के बारे में तो पता है न?"

"नहीं!" मैंने गर्दन हिलाई।

उसका नाटककार अभी भी अपनी हरकतों से बाज़ नहीं आ रहा था।

"सुमन के एक मामा हैं, डायरेक्टर!"

"क्या नाम है?"

"राजीव सेठी! सुना है नाम?"

"हाँ, याद पड़ता है! अभी हाल में इनकी कोई फ़िल्म आई थी क्या नाम था...?"

वह चुप रहा।

मैंने दिमाग़ पर ज़ोर डाला, "क्या नाम था...'तेरी गलियाँ'?"

"हाँ, ठीक है!" वह मुस्कराया, "इधर लगता है, काफ़ी फ़िल्में देख रहे हो!"

"जी.के. में पास हो गया, क्यों?" मैंने उलटा प्रश्न किया।

"ख़ैर, उस फ़िल्म ने 'नार्दन सर्किट' में काफ़ी अच्छा बिजनेस किया। वह नई फ़िल्म लॉन्च करनेवाले हैं, जो 'नई लहर' और कमर्शियल के बीच की हो, 'रजनीगंधा' टाइप!"

"हूँ! पर यार, वह तो बहुत ही 'कमर्शियल' क़िस्म का डायरेक्टर है!"

"उनसे कुछ दिन पहले एक प्लॉट पर बात हुई थी!" उसने मेरी बात अनसुनी करते हुए कहा, "आइडिया उन्हें पसन्द आया, पर कुछ फेरफार चाहते थे। यह समझो, मूल रूप से प्लॉट पर सहमत हैं। आज उनका टेलीग्राम आया है। फ़ोन पर भी उन्होंने पवन से कहलवाया है कि फ़ौरन बम्बई पहुँचूँ!"

"ठीक है, पहुँचो!" मैंने नियंत्रित उत्साह से कहा, "पर ज़रा ध्यान रखना कि शुद्ध कमर्शियल मामला न हो जाए!"

मेरे बार-बार कमर्शियल-कमर्शियल कहने से उसे अन्ततः भड़का दिया।

"यार, ये कमर्शियलिज़्म क्या है?" उसने प्रश्न किया, "मैं चाहूँगा कि मेरी रचना ज़्यादा-से-ज़्यादा लोग पढ़ें, अगर फ़िल्म है तो देखें! फ़िल्मों पर आक्रमण करने से पहले यह ध्यान रखना चाहिए कि फ़िल्म-निर्माण और लेखन कार्य में मूलभूत अन्तर है।

"जहाँ तक लिखने का सवाल है, उसमें आप मनचाहा प्रयोग कर सकते हैं, पाठक की चिन्ता किये बग़ैर! फ़िल्मों में इस तरह की मनमानी, बल्कि बौद्धिक आतंक नहीं चल सकता। एक फ़िल्म में लाखों रुपये लगे होते हैं, उन्हें वसूल भी करना होता है।"

"जानते हो, बड़ा कलाकार कौन होता है?" उसने प्रश्न किया।

मैं चुप रहा।

"क्या कोई कलाकार अपने पाठक, दर्शक या श्रोता को ठेंगे पर रखकर जी सकता है?" उसने दूसरा प्रश्न दागा।

मैं अब भी चुप रहा।

"बड़ा कलाकार वही है, जो कला और जनरुचि के बीच तालमेल बैठा सके, जैसे हिचकॉक।

"हिचकॉक की सारी फ़िल्मों की विषयवस्तु हत्या, हिंसा और अपराध है। वह हर मायने में व्यावसायिक फ़िल्मकार है, पर तुम्हें मालूम होना चाहिए कि वह नई फ़िल्मों के तथाकथित मसीहाओं—फिर चाहे वह गोदार हो या त्रूफ़ो, शैबरॉल हो या बर्तोलूसी—सबका आदर्श है—'अत्योर एक्स्ट्रा आर्डिनेयर'!"

फ़िल्में मेरा क्षेत्र नहीं हैं! हिन्दी में ज़बरदस्त फ़िल्म फ़ैशन के बावजूद मैं अछूता ही रह गया हूँ। ये नाम मेरे लिए आतंक थे और कमोबेश आज भी हैं। मैं ब्रेसाँ, मणिकौल और कुमार शाहणी की फ़िल्में देखते हुए सोया नहीं, इसे अपने कला-प्रेम की उपलब्धि मानता रहा हूँ। अब ऐसे मामले में, जिसमें न अपना दख़ल था और न ही समझ, हस्तक्षेप का ख़ामियाज़ा नीलाम्बर के भाषण के रूप में भोगना पड़ रहा था।

"त्रूफ़ो ने, जानते हो, हिचकॉक पर क्या लिखा है?"

मैंने सम्पूर्ण अज्ञानता और आतंक में सिर हिला दिया, "नहीं!"

"त्रूफ़ो मानता है कि हिचकॉक का, सीधे यानी बिना शब्द की सहायता के, शक, जलन, चाह और घृणा जैसे व्यक्तिगत भावों के फ़िल्मांकन में कोई सानी नहीं है। और विरोधाभास देखो। हिचकॉक एक ओर अपनी सरलता व स्पष्टता के कारण भाषाओं और भौगोलिक सीमाओं के बन्धन तोड़ता हुआ विश्वव्यापी दर्शकों तक पहुँचता है; और दूसरी ओर जटिल व महीनतम मानवीय सम्बन्धों को दर्शाने में उसका जवाब नहीं है!"

सच बात यह है कि मैं नीलाम्बर की लम्बी-चौड़ी बातों को ठीक से समझने में असमर्थ था। पर हिचकॉक की जो तीन फ़िल्में 'साइको', 'नार्थ बाई नार्थ-वेस्ट' और 'डायल एम फ़ॉर मर्डर' मैंने देखी थीं। (भला हो नीलाम्बर का!) उनके आधार पर मैं उसके साथ ही त्रूफ़ो को भी चुनौती देने के लिए बेचैन हो उठा।

"त्रूफ़ो का कहना है," वह फिर शुरू हो गया, "यदि सिनेमा को साहित्य के समानान्तर ही कला-विधा मान लिया जाए, तो हिचकॉक काफ़्का, दास्तोवस्की और पो सरीखे 'एंग्ज़ाइटी' के कलाकारों की पाँत में होगा।"

"होगा!" मुझसे और सहन नहीं हुआ, "सम्भव है, दास्तोवस्की, काफ़्का और पो से भी बड़ा हो, पर मैं कला उसे मानता हूँ, जो विषय और विधा का आदर्श समन्वय हो। कला ह्यूमैन एंग्ज़ाइटी के विभिन्न पहलुओं का, ज्ञानेन्द्रियों को अवसन्न कर देने वाला प्रस्तुतीकरण मात्र नहीं है, बल्कि दर्शक या पाठक को जीवन के प्रति अधिक सजग और संघर्षशील बनाने का माध्यम है। हिचकॉक सामान्य और पॉज़िटिव नहीं, एबनार्मल और नकारात्मक चरित्रों का रचयिता है और इसीलिए दूसरे दर्जे का कलाकार है। उसकी सारी चिन्ता दर्शक को मंत्र-बिद्ध करने की है, और यह काम वह अपने शिल्प के चमत्कार से करता है।"

"पॉज़िटिव से तुम्हारा तात्पर्य रूसी फ़िल्मों के नायकों से है—लाइफ़लैस रोबोट जैसे!" वह व्यंग्य से हँसा।

"नहीं, तुम जानते हो पॉज़िटिव से मेरा क्या तात्पर्य है," मेरा चेहरा उसके मज़ाक़ से दपदपा गया था। हर बात जब उसके वश के बाहर हो जाए, तो वह उसे उड़ा देने की कोशिश करता है।

कड़वाहट न बढ़ने देने के लिए मैं बात को कला की सैद्धान्तिकता से निकाल लाया।

"कब जा रहे हो?" मैंने पूछा।

"वही तो समस्या है!" यह गम्भीर हो गया।

"सीट की दिक़्क़त है क्या? जब का चाहो, रिज़र्वेशन हो जाएगा। अपना एक भक्त है बुकिंग में! बोलो, कब जाना चाहते हो?"

"कब नहीं, कल ही पहुँचना है!" उसने चिन्ता में कहा, "फ़ाइनेंसर से बात चल रही है।"

"तो हवाई जहाज़ से चले जाओ!" मैंने सुझाया।

"चऽचऽ! अरे भाई, चले कैसे जाओ? मेरे पास तो दस रुपये नहीं हैं।" उसने हताश स्वर में कहा।

यह समस्या है! मैं चुप हो गया। मैंने हिसाब लगाया, अन्दाज़न एक-डेढ़ हज़ार तो चाहिए ही। एक हज़ार उसने पहले ले रखे थे। ख़ैर, लौटा तो वह देगा, पर क्या मेरे पास इतने पैसे होंगे, मैं निश्चयपूर्वक कह नहीं सकता था।

नीलाम्बर मुझे ध्यान से देख रहा था। इससे पहले कि वह कुछ कहता, मैंने पूछा, "कितना पैसा चाहिए!"

"दे दो बीस-तीस हज़ार!" वह हँसा, "स्क्रिप्ट पूरी होते ही सूद सहित लौटा दूँगा!"

"ठीक है, चैक ले लो!" मैं भी हँसा। फिर मैंने गम्भीर होकर पूछा, "कम-से-कम कितना चाहिए।"

"यार, एक हज़ार से कम में कैसे काम चलेगा?" उसने सिर हिलाते हुए कहा।

मैं फिर सोचने लगा, हज़ार कैसे हो सकते हैं?

"क्या समस्या है?" उसने चिन्तित होकर पूछा।

"पिछड़ेपन की।"

वह हँसने लगा।

मेरी एक (और) ख़राब आदत 'पास-बुक' में 'एंट्री' न करवाना है। इसीलिए कभी यह पता नहीं रहता कि मेरे खाते में कितने पैसे हैं? नीलाम्बर ने इस पर मज़ाक़ में एक बार कहा था, 'आधुनिक सुविधाओं का लाभ उठाने के लिए आदमी को स्वयं भी आधुनिक होना चाहिए।'

"मोटा अन्दाज़ भी नहीं है?" उसने पूछा।

"पाँच-छह सौ तो होने ही चाहिए! बाक़ी भी मैं कर दूँगा, तुम चिन्ता न करो!" मैंने उसे आश्वस्त किया। साथ ही उसे अपनी योजना भी समझा दी कि कल किसको पकड़ा जा सकता है।

नीलाम्बर के चले जाने के बाद मैं देर तक सोचता रहा कि उसने अपने किसी और दोस्त से, मेरा मतलब पैसे वालों से है, क्यों नहीं कहा होगा! जैसी उसकी साख और सम्बन्ध हैं, उसमें दो-चार हज़ार इकट्ठा करना कोई मुश्किल काम नहीं था। यही नहीं, सुमन इतना पैसा तो अपने घर से सिर्फ़ दो शब्द बोलते ही ले सकती थी। यद्यपि मैंने यह बात उस दिन यह सोचकर नहीं पूछी थी कि कहीं वह यह न समझे कि पैसे देने से बचना चाहता है, पर लौटने के बाद उसने मेरे अपूछे प्रश्न का उत्तर स्वयं दे दिया था।

जहाँ तक सुमन के घर का सवाल था, वह उनके आगे हाथ नहीं पसारना चाहता था पर दूसरे लगभग सभी लोगों से वह उधार लिये हुए था और किसी को भी लौटा नहीं पा रहा था।

बम्बई से वह बहुत ख़ुश लौटा था।

साइन करने के पाँच हज़ार के अलावा 'मामाजी' ने आने-जाने का किराया भी दिया था। दस हज़ार स्क्रिप्ट पूरी होने पर मिलना तय हुआ था। वह इस रुपये पर काफ़ी आशाएँ बाँधे था। यद्यपि फ़िल्मी दुनिया को लेकर वह थोड़ा सशंकित था, पर उस दिन वह बम्बई जाकर बसने की 'टर्म' में सोच रहा था—राही मासूम रज़ा और कमलेश्वर की टक्कर पर!

'प्रतिबिम्ब' की सफलता को उसने लगभग निश्चित मान लिया था और मैं दावे से कह सकता हूँ कि नीलाम्बर का अनुमान ग़लत नहीं होना चाहिए था, पर फ़िल्म असफल हो गई। नीलाम्बर के कारण नहीं, 'मामाजी' के कारण। इस पर भी 'मामाजी' ने न जाने क्या गोट भिड़ाई कि अपनी सारी लटकेबाजी के बावजूद 'प्रतिबिंब' 1974 की सर्वोत्कृष्ट फ़िल्म घोषित हुई। फ़िल्म की पटकथा और संवादों की हर जगह तारीफ़ भी हुई, पर इसका लाभ नीलाम्बर को नहीं मिला।

फ़िल्म के 'टाइटिल्स' में स्क्रिप्ट-राइटर की जगह मनोरमा सेठी (उर्फ़ सुमन की मामी) का, जो पार्टीशन से पहले लायलपुर के किसी गाँव में दर्जा चार तक पढ़ी थीं, नाम देखकर नीलाम्बर को ही नहीं मुझको भी धक्का लगा था। पर मामाजी इतने ग़लत आदमी भी नहीं थे कि भानजी का ध्यान न रखते। 'स्टोरी डवलपमेंट' शीर्षक के अन्तर्गत शशि सेठी और कमल सेठी के बाद नीलाम्बर पांडे का भी नाम था।

'प्रतिबिम्ब' एक और कारण से भी नीलाम्बर के लिए हिचकॉक की फ़िल्म के किसी कथानक की तरह ही दुःस्वप्न बनी रही। वह था पैसा, जो उन दिनों उसकी सबसे बड़ी कमज़ोरी थी। एक तो कोई लिखत-पढ़त नहीं हुई थी, दूसरे काम सम्बन्धियों के बीच हो रहा था और तीसरे, उसे इस क्षेत्र का—जहाँ बाप-बेटे का नहीं होता—अनुभव नहीं था, इसलिए नीलाम्बर चीज़ों के दूसरे पहलू का कभी अनुमान ही नहीं कर पाता था। देखा जाए, तो उसके हाथ सिर्फ़ पाँच ही हज़ार आए (उनमें से भी आधे वैष्णव देवी की भेंट चढ़ गए)। हाँ, सुमन ने मामाजी से तीन हज़ार किसी तरह और झड़वा लिये, पर इनका पता उसे तब चला जब सुमन उन्हें स्वाहा कर चुकी थी।

लेकिन सबसे दुखद बात इस प्रसंग में 'मामाजी' का यह 'रिमार्क' सिद्ध हुई कि मैं तो सुमन की मदद कर रहा था; जीजाजी ने कहा था कि सुमन की माली हालत ख़राब है और मुंडा कुछ लिखदा-विखदा है, मैंने काम दे दिया, वरना ऐसे लिखने वाले तो सैकड़ों मिलते हैं। हम पचास-पचास रुपये में 'स्टोरी' ख़रीदते हैं।

कुल मिलाकर इसके साथ ही नीलाम्बर का 'फ़िल्मी सपना' 'ताश के पत्तों' वाले अन्तर्राष्ट्रीय मुहावरे की तरह ढह गया।

इसी दौरान एक बार जब वह कुछ कम उत्साही मूड में था, उसने मुझसे कहा था, "मुश्किल है, बहुत मुश्किल है! दूर से जो हरा-भरा मैदान नज़र आ रहा है,

वह काई का दलदल है। इसमें वही लोट सकता है, जो आकंठ कीचड़ में नहाने को तैयार हो। वैसे भी फ़िल्म में लेखक की भूमिका नगण्य है। वहाँ डायरेक्टर ही सब-कुछ है। इसलिए अगर जाना है, तो डायरेक्टर ही होकर। लेखक होने का कोई अर्थ नहीं है!"

समय के चेहरे पर

'असफलता' शब्द की शरण कामचोरों और कायरों को लेनी पड़ती है। हम पूँजीवादी समाज में रह रहे हैं। यहाँ हर चीज़ की क़ीमत होती है, प्रतिभा की भी। हमें सिर्फ़ क़ीमत देना आना चाहिए—ये नीलाम्बर के विचार थे और उसने कई मौक़ों पर, कई तरह से, यह बात दुहराई थी। वह मानने को तैयार नहीं होता था कि हर व्यक्ति की एक सीमा है—शारीरिक और मानसिक, हर क़िस्म की! "पंजाबियों को देखते हो," वह कहता, "उनकी सफलता का रहस्य सिर्फ़ उनकी कड़ी मेहनत और लगन है!"

उसकी इसी दृढ़ता और क़द को देखते हुए मैंने एक बार उससे कहा, "तुम्हारा नाम नीलाम्बर ग़लत है, नैपोलियन होना चाहिए था!"

"साहित्य का नैपोलियन!" वह मेरी बात से बहुत ख़ुश हुआ और कम-से-कम उस दिन उसने पहाड़ियों की काहिली को फिर नहीं कोसा था।

पर फ़िल्म वाले प्रसंग ने उसे बुरी तरह झकझोरा ही नहीं, एक विकृत क़िस्म के प्रतिशोध से भी भर दिया। वह जैसे अपनी प्रतिभा और महानता सिद्ध करने पर आमादा हो गया था।

उसने अचानक अपनी सारी क्षमताओं को समेट कर 'साहित्य क्षेत्रो' में लगा दिया।

"तुम आज शाम हमारे घर आ रहे हो!" उसने मुझे एक दिन फ़ोन पर तलब किया।

"कितने बजे?" मैंने पूछा। उसके स्वर के आग्रह और आदेश में इतना वज़न था कि मैं एक बार हौले से भी नहीं कह पाया कि मेरा फ़िल्म देखने का कार्यक्रम है। मुझे विश्वास है कि अगर मैं कहता, फ़िल्म 'जैब्रेस्की पाइंट' है, तो वह दूसरे दिन आने को कह देता।

"दफ़्तर से सीधे आ जाना!" उसने आदेश दिया, फिर पूछा, "कितने बजे पहुँचोगे? अच्छा ठीक है, सात बजे तक आ जाना!" और ख़ुद ही बताकर फ़ोन बन्द कर दिया।

मुझे विश्वास-सा हो गया कि कला के सम्बन्ध में बात करना चाहता है। अन्यथा उसके स्वर की इस गुरु गम्भीरता का क्या कारण हो सकता है?

अभी चाय चल रही थी कि उसने बात स्पष्ट कर दी।

"डॉ. रामभजन का इंटरव्यू छापना है!"

"ठीक है, हो जाएगा!" मैंने हौले से कहा। वैसे भी यह कोई बड़ी बात नहीं थी। यह तो फ़ोन पर भी कहा जा सकता था, मैंने सोचा।

"नहीं, इंटरव्यू मेरे पास है, इसी अंक में लगाना है!" उसने कहा।

"किसने लिया है?"

"मैंने!" वह मुझे देखता रहा।

"फिर क्या दिक़्क़त है?"

नीलाम्बर का नाम ही अपने-आप में किसी चीज़ को छपवाने के लिए पर्याप्त है।

"नहीं!" वह कुछ अटका, "मेरे नाम से नहीं छपना है!"

"ओऽऽ!" बात समझ में आने लगी।

"इस बार 'अपना चेहरा' पुरस्कार के लिए 'स्ट्रांग कंटैंडर' है। अगर इंटरव्यू मेरे नाम से छपा, तो उसका बुरा असर पड़ेगा!" उसने समझाया।

बिल्ली थैले के बाहर आ गई। डॉ. रामभजन साहित्य अकादेमी के अध्यक्ष थे। पर मेरे लिए सबसे ज़्यादा धक्केवाली बात उसके चेहरे पर एक शिकन तक न होना थी।

मेरे अन्दर तत्काल इतनी तीव्र जुगुप्सा पैदा हुई कि कुछ कहने की ज़रूरत नहीं पड़ी।

"देखो!" वह थोड़ा विचलित हुआ, उसने मेरे चेहरे से नज़र हटाकर कहना शुरू किया, "अभी तुम्हें बहुत कुछ सीखना है। यह कोई ऐसा काम नहीं है, जो पहली बार हो रहा है। सच्चाई यह है कि इन्हीं हथकंडों के चलते पिछली बार मेरी किताब रह गई थी और तुम जानते ही हो, पुरस्कार किसे मिला। मैं किसी का हक़ नहीं मार रहा हूँ, यह अपने ही हक़ की लड़ाई का एक हिस्सा है।"

"लेकिन..." मैं कुछ कहना चाहता था, पर उसने टोक दिया।

"सुनो! मैं तुम्हें अनुभव की बात बता रहा हूँ।" मैं उस समय 28-29 का रहा हूँगा, वह मुझसे चार-पाँच साल से ज़्यादा बड़ा कभी नहीं था। "इस ज़िन्दगी में अन्ततः सफलता ही मायने रखती है। जब आप सफल होते हैं और जब तक सफल रहते हैं, कोई नहीं पूछता कि आपने यह कैसे हथियाई!" वह मुस्कराया, "असल में सफलता सुन्दर औरत की तरह है और इसे जीतना ही इसकी नियति और हमारा धर्म है!"

"पर एक लेखक के लिए पुरस्कार का क्या अर्थ है? क्या पुरस्कार मिलने से वह बेहतर लिखने लगेगा?" मैंने व्यंग्य किया।

"निश्चित रूप से!" उसने मेरी आँखों में आँखें डालते हुए कहा, "ऐसा लेखक हर कुंठा से मुक्त होगा और जीवन को उसके सही परिप्रेक्ष्य में देखने की स्थिति में होगा। विक्टर ह्यूगो इसका उदाहरण है। सफलता और प्रसिद्धि के साथ-साथ वह बेहतर लिखता गया। यही बात ताल्सतॉय और मॉम के साथ भी है। मैंने जितना

आवश्यक था, संघर्ष किया है। इसके साथ ही प्रश्न है कि क्या मेरा लेखन तथाकथित पुरस्कृत लेखन के स्तर से किसी भी तरह कम है?"

"मैं तुम्हारी बात से सहमत नहीं हूँ!" अपने साथी का पतन दुख देता है, मैंने उसे रोकने का प्रयत्न किया, "लेखन क्या, हर बड़ी रचना सामाजिक या नियति के किसी-न-किसी असन्तुलन या अन्याय का सक्रिय विरोध है और इसे वही रचनाकार सही अभिव्यक्ति दे सकता है, जिसने इनका सामना किया है, महसूस किया है!" मैं उन दिनों तक पर्याप्त आदर्शवादी था, इसलिए प्रतिरोध भी ज़बरदस्त रहा।

"जहाँ तक कुंठा का सवाल है," मैं जारी रहा, "वह छोटे लोगों को घेरती है। रचनाकार उससे सबक़ लेता है, उसे रचनात्मकता की आग में तपाकर कलाकृति का रूप देता है। क्या काफ़्का या मुक्तिबोध सांसारिक रूप से सफल थे? मुझे नहीं मालूम, काफ़्का को कितने पुरस्कार मिले या मुक्तिबोध को जीते-जी कितना सम्मान प्राप्त हुआ?"

वह मेरा मुँह देखता रहा।

मैं बोलता गया, "असल में जिन्हें सफलता चाहिए, उनके लिए साहित्य ख़तरनाक है! साहित्य 'कैरियर' नहीं, तपस्या है!" मैंने फ़तवा दे डाला।

"तुम कहना क्या चाहते हो?" उसने सीधा प्रश्न किया।

"मैं यह कहना चाहता हूँ कि पुरस्कार मिलने से किसी लेखक की सफलता नहीं आँकी जाती।"

"इसमें मतभेद कहाँ है?" उसने तत्काल कहा, "जानते हो, साहित्य का पहला नोबेल पुरस्कार किसको मिला था? सुना है उसका नाम? सुल्ली प्रोद्योमे को! और किसको अनदेखा किया गया—तॉल्सतॉय को! चूँकि पुरस्कारों का रचनाकार की उत्कृष्टता से कोई सम्बन्ध कभी नहीं होता, इसलिए भी इसे लेने में हर्ज नहीं है!"

मैं चुप रहा।

"तुम मेरी बात समझने की कोशिश करो। हर पुरस्कार के पीछे अपनी क़ीमत के हिसाब से राजनीति होती है, जैसे कि नोबेल पुरस्कार के पीछे अन्तर्राष्ट्रीय राजनीति है और इसीलिए कभी पास्तरनाक तो कभी सोल्झेनित्सिन को पुरस्कार मिलता है। ज्ञानपीठ या साहित्य अकादेमी के पीछे राष्ट्रीय राजनीति है। तुम कोई ऐसा उदाहरण बता सकते हो, जब किसी ऐसे लेखक को ये पुरस्कार मिले हों, जो तत्कालीन सरकार के विरुद्ध रहा हो?"

उसने मेरी ओर देखा। मैं उसके कुतर्कों से अप्रभावित रहा।

"एक लेखक का क्या उद्देश्य है?" वह फिर बोलने लगा था, "पाठक तक पहुँचना। हम ऐसे समाज में रह रहे हैं, जहाँ पुस्तक उपभोग की एक सामग्री है और प्रकाशक इसका सिर्फ़ उतनी ही मात्रा में उत्पादन करता है, जितना कि वह कम-से-कम ख़तरा उठाकर अधिकतम लाभ कमाकर बेच सके। वह सिर्फ़ ऐसे लेखकों को छापता

है, जिनकी पुस्तकें आसानी से सरकार ख़रीद ले या जिन्हें पाठ्यक्रमों में लगवाया जा सके। और ऐसे लेखक वही हैं, जिन्हें सरकारी पुरस्कारों द्वारा मान्यता मिली हुई है।

"मैं इन्हें इन्हीं के खेल में मात करना चाहता हूँ!" अचानक उसकी आवाज़ तेज़ हो गई, "मैं इससे सहमत नहीं हूँ कि इन पुरस्कारों की प्रतीक्षा में जीवन के अमूल्य वर्ष बर्बाद कर दिये जाएँ या मुक्तिबोध और निराला की तरह भूख, हताशा और पागलपन में मरा जाए।

"पिकासो की महानता के बारे में कोई शंका है?" वह एक क्षण को रुका और तीखी नज़रों से मेरा निरीक्षण करते हुए बोला, "पिकासो ने कहा है कि सफलता किसी कलाकार के जीने के लिए ही आवश्यक नहीं है, बल्कि मूलतः इसलिए आवश्यक है कि कलाकार अपनी रचनाओं को पहचान सके!"

"क्या तुम्हें यह डर नहीं लगता कि किसी भी पुरस्कार को हथियाने में जो शक्ति और समय नष्ट होगा, वह किसी रचनाकार के लिए संहारक होगा?" मैंने पूछा।

"क्या यह काम करने में तुम्हारी नैतिकता आड़े आ रही है?" वह खीझ उठा था।

उसके प्रश्न से मैं थोड़ा सकपकाया, पर जल्दी ही सामान्य हो गया।

"नहीं, इसमें नैतिकता-अनैतिकता का नहीं, रचनात्मक सार्थकता का प्रश्न है। एक लेखक की नैतिकता अपने लेखन के प्रति उसकी प्रतिबद्धता से आँकी जाती है। सामान्य नैतिकता का उसके लिए कोई अर्थ नहीं होता!"

"यानी लेखक नैतिकता और सामाजिक बन्धनों से परे होता है।" वह व्यंग्य से मुस्कराया।

"मैंने यह कब कहा। मेरा तात्पर्य यह है कि लेखकीय या रचनात्मक नैतिकता सामान्य नैतिकता से कहीं ऊँची होती है, क्योंकि अन्ततः यही सामाजिक मूल्यों और मानदंडों को निर्धारित करती है!"

"तुम कहना क्या चाहते हो?" उसकी चिढ़ बढ़ती जा रही थी।

"मैं चाहता हूँ, तुम अपनी शक्ति रचनात्मक काम में लगाओ। अभी तुम्हें बहुत कुछ करना है। ये सारे सम्मान अपने-आप तुम्हारे क़दमों पर आ जाएँगे।

"वैसे भी मैं मानता हूँ कि पुरस्कार, समाज द्वारा किसी रचनाकार के सामाजिक योगदान को पुरस्कृत करना या उसके प्रति अपनी कृतज्ञता प्रकट करना है, इसलिए यह उसी रचनाकार को मिलना चाहिए जिसने अपना काम पूरा कर लिया हो। दूसरे अर्थों में, जो अपनी रचनात्मकता के उत्कर्ष पर पहुँच गया हो या थम गया हो!"

वह ज़ोर से हँसा—हा-हा-हा—कॉफ़ी हाउसी हँसी, जो उसने 'कल्टीवेट' की है। ऊपर से यह हँसी हँसनेवाले की उन्मुक्तता या सहृदयता का प्रतीक लगती है, पर वास्तव में यह सामने वाले को नैतिक रूप से नीचा दिखाने और उसका मख़ौल उड़ाने के लिए इस्तेमाल होती है।

मैं विचलित नहीं हुआ। हँसी थमी, तो वह बोला, "तुम पुरस्कारों को ज़रूरत से ज़्यादा महत्त्व दे रहे हो। इस साल इविंड जॉनसन और हैरी मार्टिनसन को साहित्य का नोबेल पुरस्कार मिला है, शायद तुम्हें पता न हो, ये दोनों ही स्वीडिश अकादेमी यानी पुरस्कार देनेवाली कमेटी के सदस्य हैं। अपने यहाँ के जॉनसनों और मार्टिनसनों से तुम परिचित हो। मुश्किल यह है कि तुम यथार्थ के प्रति शुतुर्मुर्गी रुख़ अपनाए हुए हो। यह जान लो, पुरस्कारों का समाज से क़ोई नाता नहीं है। यह शासक वर्ग द्वारा अपने दरबारियों को दिया जाने वाला टुकड़ा है, जो किसी भी रूप में हो सकता है—सरकारी से ज्ञानपीठ व नोबेल तक!"

"यह जानते हुए भी तुम पुरस्कारों के पीछे हो?" मैंने आश्चर्य दिखाया।

"मैं तुम्हें कारण बता चुका हूँ! ख़ैर छोड़ो! मैं यह काम किसी ऐसे आदमी से करवाऊँगा, जो मुझे नैतिकता न समझाए।"

मैं चुप हो गया था और चुप ही रहा। बातचीत समाप्त हो गई थी और जब मैं उठा, वह मुझे रोज़ की तरह बस-स्टॉप तक छोड़ने नहीं आया।

इंटरव्यू 'दिशा' में ही छपा पर उसमें मेरा नहीं, नीलाम्बर के नये चेले सुरेश वर्मा का नाम था।

इसके एक ही सप्ताह बाद एक और बात हुई।

सुबह जब मैं दफ़्तर पहुँचा, शर्माजी बोले, "अरे भई, भंडारी जी, बड़ा अच्छा लेख लिखा आपने। भैया, गुरु-दक्षिणा इसी तरह दी जाती है!" और उन्होंने 'स्वदेश' का नया अंक मेरे हाथ में थमा दिया।

मेरी समझ में कुछ नहीं आया, इसलिए चुपचाप पन्ने पलटने लगा। 'समय के चेहरे' शीर्षक के अन्तर्गत नीलाम्बर का मूल्यांकन किया गया था, कुछ बहुत ही निजी विवरणों के साथ। मैं खिन्न हो उठा। ऐसा लेख मेरे नाम से छपा था, जिसे मैंने कभी देखा भी नहीं था। लेख पहले दिया जा चुका होगा, अन्यथा उस दिन की बातचीत के बाद नीलाम्बर, कम-से-कम मेरे नाम से, नहीं छपवाता।

सारी तिकड़मों के बावजूद नीलाम्बर रह गया। जो हुआ, अच्छा ही हुआ। इसके बाद उसने पुरस्कार के चक्कर में कोई प्रयत्न किया हो, याद नहीं पड़ता।

मेरा कोट

सूर्य के उत्तर कर्क रेखा की ओर यात्रा शुरू करने में हफ़्ते के क़रीब रहा होगा। पगलाए जानवर-सी ठंड शहर में निर्द्वन्द्व घूम रही थी। चार दिन से लगातार बादल और धुंध थी। सूर्य, बेतहाशा पिट गए बॉक्सर-सा, मूर्च्छा में था। लोग दुबक गए थे। ऐसी ठंड कभी पहाड़ों में देखी हो, याद नहीं पड़ रहा था। वैसे अब ठंड मुझे ज़्यादा भाती भी नहीं है। गंगा-यमुना के मैदान के बदनाम ऐयाश मौसम का मैं भी शिकार हो गया हूँ—तुर्कों-मुग़लों से कहीं अधिक तेज़ी से।

दफ़्तर पहुँचे आधा घंटा ही हुआ होगा। मैं अभी तक चैस्टर उतार पाने की हिम्मत नहीं जुटा पाया था कि देखा, हॉल के दूसरे कोने के दरवाज़े से कला आ रही है। मैं एकदम खड़ा हो गया।

वह मुस्कराई।

"कैसे?" मैंने पूछा।

वह एक हल्का-सा कार्डिगन पहने थी और उसने चुन्नी से कान और चेहरा लपेट रखा था। कितने दिन बाद देख रहा था, मैं अनुमान लगाने तक की स्थिति में नहीं था। सिर्फ़ पन्द्रह दिन ही हुए हों। एक महीना भी हो सकता था! और छह महीने भी असम्भव नहीं थे। समय उन दिनों घड़ी और कैलेंडर की चीज़ नहीं रहा था। पर यह सुख बहुत तनावप्रद था। वह आज तक कभी मेरे ऑफ़िस नहीं आई थी।

"ऐसे ही!" उसने फिर मुस्कराने की कोशिश की।

"चलो! बाहर चलते हैं।" मैंने उसे मोड़ दिया। मैं नहीं चाहता था कि नीलाम्बर की बहन के आने का किसी को पता भी चले।

सीढ़ियाँ उतरते हुए मैंने कहा, "तुमने तो आना ही छोड़ दिया!" मेरी आवाज़ में उत्तेजना और घबराहट से इस तरह का हलका कम्पन-सा था, जिसे स्वयं आप ही महसूस करते हैं।

"मेरी अटैची बाहर 'रिसेप्शन' में रखी है!" उसने बहुत सहज भाव से कहा।

दोनों भाई-बहनों के आत्म-नियंत्रण का मुझ पर आतंक है। क्या वाक़ई सब-कुछ स्वाभाविक है! मैंने उसका चेहरा देखा। नाक और मुँह, हो सकता था, ठंड से लाल हुए हों, पर उसकी आँखें इस तरह की चमक लिये थीं, जैसे 'कंजेंक्टिवाइटिस' में हो जाती हैं।

"क्या मतलब?" मैंने सशंकित होकर पूछा। नाटक मेरे लिए सम्भव नहीं है।

"मैं भाभी का घर छोड़ आई हूँ!"

"कहाँ जाओगी?" मैं सवाल कर बैठा।

उसने तत्काल जवाब नहीं दिया। एक बार मेरे चेहरे को टटोलती नज़र से देखा और फिर रेलिंग के सहारे झाँकते हुए, जैसे किसी को नीचे से बुला रही हो, कहा, "जहाँ जगह मिलेगी!"

मेरे अन्दर बाहर की ठंड समाने लगी। बहुत ठंड है, अपने-आप से कहते हुए मैंने चेस्टर को कस कर लपेट लिया। कभी इसने यूरोप की ठंड झेली होगी। मुझे ऐसा फिट आता है कि अच्छे-अच्छे पहचान नहीं पाते, 'रैग' है या बनवाया हुआ! कुल पचास रुपये दिये थे। ख़रीदने से पहले कई दिन यह प्रश्न घेरे रहा कि किसी की उतरन पहनना क्या जायज़ है? न जाने वह आदमी कैसा रहा होगा, मृत या बीमार?

पर अन्ततः सुविधा की विजय हुई। मैंने तर्क गढ़ लिया—ठंड में मरने से बेहतर उतरन पहनना है। फिर इसे कौन नहीं पहन रहा आज!

शुरू में जब कोई कोट के बारे में कुछ पूछता, तो मैं थोड़ा नर्वस-सा महसूस करने लगता था। पर आज मैं धड़ल्ले से कहता हूँ, मेरे एक दोस्त ने यूरोप से भेजा था। लोगों की तारीफ़ मैं तहे-दिल से स्वीकार करता हूँ और ख़ुश होता रहता हूँ कि देखो, पकड़ा नहीं गया।

"तुम्हें ठंड नहीं लग रही?" मैंने उसकी नज़रों से बचते हुए पूछा।

"नहीं, कोई ज़्यादा नहीं है!" कहते हुए उसने ज़िद्दी बच्चों की तरह चुन्नी को भी कानों पर से हटा दिया।

"तुम्हारे पास कुछ और है?" मैंने 'रिसेप्शन' पर आकर पूछा। मेरा तात्पर्य गर्म कपड़े से था।

उसने 'रिसेप्शनिस्ट' के पीछे रखी अपनी अटैची को देखा, पर बोली कुछ नहीं।

"तुम एक मिनट ठहरो!" मैंने निर्णय लिया और दौड़ता हुआ दो मंज़िल चढ़ गया।

दराज़ से चैकबुक निकाल कर लौटने में मुझे तीन-चार मिनट से ज़्यादा नहीं लगे होंगे।

"चलो, चलें!" मैंने हाँफते हुए कहा। चेस्टर समेत दो मंज़िल चढ़ने-उतरने ने मुझे हिला दिया था।

"अटैची?" उसने पूछा।

"रहने दो!" बोलने में मुझे अभी भी परेशानी हो रही थी।

धीरे-धीरे हमने सड़क पार की और सामने वाले रेस्तराँ में जा बैठे।

ऑर्डर देने के बाद मैंने पूछा, "अब बतलाओ, क्या हुआ?"

"अब मैं यहाँ नहीं रहना चाहती, बस! अल्मोड़े जाना चाहती हूँ, आज ही?"

"पर हुआ क्या?"

"कुछ नहीं, मैं भाभी के तानों और उन दोनों की लड़ाई से पागल हो गई हूँ। कोई नई बात नहीं हुई," उसने मुँह बिगाड़ते हुए कहा, "रोज़ की ही बात है!"

"तो ऐसे समय तुमने घर छोड़ने का निर्णय क्यों लिया?"

"घर?" उसने अजीब ढंग से कहा, "घर नहीं, दिल्ली!"

"पर ऐसे समय!" मेरा इशारा मौसम की ओर था।

"घर जाने का भी कोई समय होता है? मैं अपने घर जा रही हूँ। यह मेरा घर नहीं है।"

"वो बात तो ठीक है, पर कोई बड़ी बात हुई है?" कुछ रुककर अपनी बात को वज़न देने के लिए मैंने कहा, "तुम शायद मुझे बताना नहीं चाहतीं।"

"वही रोज़ की बात है! आपको सब मालूम ही है! नई बात सिर्फ़ यह है कि भाभी को अब मेरी ज़रूरत नहीं रही!" वह आवेश में बोलती गई, "उसका बेटा अब काफ़ी बड़ा हो गया है!"

एडि स्कूल जाने लगा था। मुझे इसका आभास था भी।

"आज वह आपको लेकर उलटी-सीधी बातें कह रही थी!"

"क्या?" मैं घबरा गया।

"यही कि मैं आपके कमरे में जाती हूँ! मैंने आपको बतलाया तो था।" उसने मेरे चेहरे के आते-जाते रंगों को देखते हुए कहा।

हाँ! उसने इशारा किया था, पर मैंने ही शुतुर्मुर्ग की तरह उस पर ध्यान नहीं दिया। शायद इसीलिए इतने समय से वह ग़ायब थी। पिछले कुछ महीनों वह लगातार मेरे कमरे में आ रही थी। यद्यपि उसके साथ मेरा प्रत्यक्ष तौर पर ऐसा कोई सम्बन्ध नहीं था और वह मुझे 'दाज्यू' कहती रही थी, पर इस सबके बावजूद कहीं कुछ ऐसा था जो भावनात्मक स्तर पर मेरे और उसके बीच बुन रहा था। कई बार मैंने सोचा, इससे स्पष्ट और सच्ची बात कह दूँ, पर हिम्मत नहीं जुटा पाया। मान लो, कह दे कि मैं आपको बड़े भाई के समान मानती हूँ और आपके पास अपने एकाकीपन और तनाव में सहारा लेने आती हूँ, तो मेरा क्या मुँह रह जाएगा? क्या यह विश्वासघात नहीं होगा?

और अगर नीलाम्बर ने भी इसी विश्वासघात की बात की, तो? 'तो' का कोई जवाब मेरे पास नहीं था। मैं जानता था, नीलाम्बर 'लिबरल' आदमी है। जात-पाँत और ओढ़े सम्बन्धों की नैतिकता का उसके सामने कोई अर्थ नहीं है, पर एक चारदीवारी थी, शायद अपनी ही बनाई, जिसे मैं कभी लाँघ नहीं पाया। इसके अलावा मैं अन्दर-ही-अन्दर इस बात के लिए भी सजग था कि यह वह लक्ष्मण-रेखा है जिसे पार करते ही संकट शुरू होते हैं। योको के साथ अपने अनुभव के बाद मैं इससे कहीं बच भी रहा था। एक ओर अपने असफल सम्बन्धों का साया मेरे ऊपर किसी प्रेत की तरह सतत मँडराता रहता, दूसरी ओर इस असफलता से उपजी कमज़ोरी ने मुझे भावनात्मक रूप से असुरक्षित कर दिया था।

कला को लेकर पनपा अपराध-बोध देखते ही देखते बढ़कर इतना पीड़ादायक हो गया था कि मैं कभी भी सामान्य नहीं रह पाता था। जब वह नहीं होती, मैं उसे याद करता और जब वह सामने आ जाती तो अपने भावनात्मक द्वन्द्व में मैं लगातार यह मनाता कि वह जल्दी-से-जल्दी चली जाए। उसके बाद आत्म-दया और अवसाद का एक लम्बा दौर शुरू होता जिसे चरस और गहन कर देता। आज जब वह आई थी, मैं फिर उसी मनोदशा की ओर बढ़ रहा था।

"तुम मुझसे कुछ छिपा रही हो," मैंने लम्बी साँस ली, "शायद तुम मुझे इस लायक़ नहीं समझतीं!"

वह देर तक मुझे देखती रही।

धीरे-धीरे उसके होंठ फड़फड़ाने लगे। आँसुओं के दबाव में उसने निचले होंठ के बाएँ किनारे को दाँतों से दबा लिया।

मैं अचानक उठा और उसकी बग़ल में जा बैठा। धीरे से उसका हाथ अपने हाथ में लेकर दूसरे हाथ से मैंने उसे ढक लिया। बर्फ़ को मुट्ठी में बन्द करने की कोशिश की-सी असुविधा महसूस होने लगी। मेरे हाथ गर्म थे। 'रैग' से, उत्तेजना से। उसने आँखें बन्द कर ली थीं। सिर्फ़ एक आँसू कुछ दूर बाएँ गाल पर लुढ़का था। मैं देर तक आँसू पोंछने की सोचता रहा। वह हॉलीवुड की किसी भावुक फ़िल्म की नायिका के फ्रीज़ शॉट-सी न जाने कितनी देर बैठी रही। आँसू ख़ुद ही सूख गया।

"यहाँ अन्दर भी काफ़ी ठंड है!" मैंने कहा।

"आपने मेरा हाथ पकड़ रखा है, इसलिए!" वह मुस्कराई।

जैसे अंगारा आ गया हो, मैंने, उसका हाथ छोड़ दिया। वह खुलकर हँसी। इतनी हँसी कि उसे कई बार आँखें चुन्नी से पोंछनी पड़ीं। अपनी हरकत पर मैं देर तक झेंपता रहा।

"आपके हाथ बहुत गर्म हैं!" उसने दूसरा हाथ मेरे हाथ में रखते हुए कहा।

"तुम्हें ठंड लग रही होगी!" मैंने दूसरे हाथ से उसका हाथ ढक लिया।

"हाँ, अब लगता है," उसने कॉफ़ी की आख़िरी घूँट गटकते हुए कहा, "मुझे ठंड लग रही थी!"

"अब?" मुझे आश्चर्य हुआ।

"आपके हाथों की गर्मी से। आपको पसीना आ रहा है!" वह फिर हँसने लगी।

"हाँ, यहाँ गर्मी है!" मैं सकपका गया।

अजीब लड़की है। इतनी नाज़ुक स्थिति को भी मज़ाक़ में उड़ा रही है, मैं विस्मित था। मुझे मान लेना चाहिए कि जितनी बार भी मैं कला से मिला हूँ, उसका एक नया पहलू मेरे सामने आया है। फिर भी मुझे लगा है, वह एक 'आइसबर्ग' है जिसका सतह से नीचे का स्वरूप आज भी मेरे अनुमान से परे है।

कभी-कभी सोचता हूँ, औरत है ही एक पहेली, पर यह कहावती सच्चाई मुझे कभी सन्तुष्ट नहीं कर पाई। इतना सारा रहस्यवाद अपने-आप में एक चुनौती है। नहीं, कला भी एक सामान्य लड़की ही है। उसके चरित्र का जो भी असामान्य या नया पहलू मेरे सामने खुलता है, वह स्वयं मेरी असामान्यता के कारण है—जीवन को न देख व समझ पाने की मेरी सीमा।

"तुमने मेरी बात का जवाब नहीं दिया!" मैंने फिर गम्भीर मुद्रा अपना ली। सिगरेट निकालकर जैसे ही उसे सुलगाने जा रहा था कि उसने रोक दिया।

"ठहरिए, ये धुआँ मुझसे सहा नहीं जाता!"

"ठीक है!" मैंने सिगरेट जेब में रख ली, "एक-एक कप कॉफ़ी और पिएँगे।"

"हाँ, ठीक है!"

"अब बताओ!" मैंने फिर से आग्रह किया।

वह फिर चुप हो गई।

मैं उसे देखता रहा। उसका चेहरा धीरे-धीरे उदास और असहाय होता गया।

"आपको ऐसा नहीं कहना चाहिए था!" उसने मेरी ओर मुँह घुमाया।

"वेटर!" मैंने आवाज़ लगाई। उसकी 'हॉन्टिंग' आँखें मुझसे सहन नहीं होतीं।

"कॉफ़ी!" मैंने वेटर को टेबल तक आने नहीं दिया।

"आपको ऐसा नहीं कहना चाहिए था!" उसने दोहराया, "आपके अलावा यहाँ कौन है, जिससे बात भी की जा सके? यहाँ तक कि दाज्यू से भी बात नहीं हो पाती। उनके और मेरे बीच उम्र का ही नहीं, समझ का भी बहुत बड़ा अन्तर है। लेखक आप भी हैं, पर उनके ज्ञान के आगे मैं अपने को गूँगा पाती हूँ। मान लो, उनसे कहना हो कि इजा की चिट्ठी आई है, तो भी मैं हकलाने लगती हूँ। वह मुझसे शायद ही कभी ज़ोर से बोले हों...डाँटना तो रहा दूर! इस पर भी यह दूरी कैसे बनी, समझ नहीं आता। मुझे ऐसा लगता है, जैसे वह हमारे बीच के नहीं हैं!"

मैं मुस्कराया।

"सच कह रही हूँ। मैंने बाबू को भी उनसे आप-आप कहते हुए सुना है। सिर्फ़ इजा ही उनके आगे सामान्य रह पाती है। इजा का अज्ञान या, कहिए, सरलता इतनी महान है कि वह आज भी दाज्यू का सिंगाड़ साफ़ करने से बचने का ही क़िस्सा सुनाती है। वह आज भी उसी दुनिया में रह रही है!"

"तुम बहुत चंट हो!" मैंने उसके प्रवाह को रोका।

"क्यों, चंट क्यों?" उसने भौंहें सिकोड़ लीं।

"अरे, तुम से जो पूछा जा रहा है, उसको छोड़, तुम कहाँ-कहाँ घुमा रही हो!"

वह हँसी, "यह पृष्ठभूमि है।"

"तुम्हारा भाई ही लेखक नहीं है, तुममें भी लेखकों वाले सारे गुण हैं!" मैंने मज़ाक़ किया।

"गुण?"

"नहीं-नहीं, सॉरी! अवगुण!" मैं हँसा।

"हाँ, यह बात सही है!" उसने सिर हिलाया, "पर अब मैं भी क्या करूँ? इतने दिनों से लगातार लेखकों और कलाकारों के बीच रह रही हूँ, कुछ तो सीखना ही था!"

"अच्छा, तुम मतलब की बात पर आओ!" मैंने उसे टोका। अक्सर उसका व्यंग्य इतना तीख़ा और सहज होता था कि मैं भी उसकी ज़द में आ जाता था।

"कोई बात जैसी बात भी हो!" वह गम्भीर हो गई, "असल में आज सुबह दूध नहीं आया और रात का जो दूध था, उसकी चाय बन गई। आदित्य उठा, तो भाभी ने दूध माँगा। मैंने बतला दिया, दूध नहीं है। बस, क्या था, भाभी का पारा चढ़ गया! बोली, 'अपना तो चाय पीकर बैठ गए हैं और बच्चे के लिए दूध नहीं है।' मैंने बतलाया कि बोतल वाला नहीं आया है, तो बोली, 'रात का दूध कौन पी गया'?

"भाभी का तात्पर्य था कि मैं दूध पी गई, जबकि एक तो मैं दूध ही नहीं पीती और उस पर बोतल का दूध, जिसकी चाय तक में मुझे महक आती है! सच्चाई यह है कि रात को भी आदित्य, भाभी और दाज्यू ने ही दूध पिया था!"

वह कुछ रुकी।

"दूध तो बहाना था, असली बात तो यह है कि वह हमें देख ही नहीं पाती। एक बार कह रही थी, 'हमारे यहाँ बाप के बच्चों को बेटे नहीं पालते!' यानी वे मुझे पाल रहे हैं! आप जानते हैं, मैं यहाँ कैसे रह रही हूँ! क्या नौकर और मुझमें कोई अन्तर है? मैं उसी दिन जाना चाहती थी, पर भाई साहब का लिहाज़ कर गई!"

"जब तुम आईं, नीलाम्बर घर में था?" मैंने पूछा।

"नहीं, कॉलेज जा चुके थे!" वह मेरा मुँह देखने लगी।

मेरी चुप्पी ने उसे बेचैन कर दिया, "क्या मैंने ग़लत किया?" वह साँस लेने को रुकी, फिर बोली, "पर मैं भाभी से कहकर आई हूँ।"

"नहीं-नहीं, तुमने ठीक किया!" वह मुझसे समर्थन की आशा लेकर आई थी। किसी भी तरह की नैतिकता बघारना मुझे पाप-सा लगा।

"क्या इस समय कोई बस मिलेगी?" उसने बेचैनी से घड़ी देखते हुए पूछा।

"नहीं, शायद अब कोई बस नहीं है!" मैंने भी घड़ी देखी। बारह बजने को थे।

मेरी समझ में नहीं आ रहा था, क्या किया जाए? वापस वह जाएगी नहीं, यह स्पष्ट था, और अपने कमरे में रहने को कहने का साहस मुझमें नहीं था। हाँ, यह हो सकता था कि मैं उसे अपने कमरे में छोड़ कहीं और चला जाऊँ।

"हलद्वानी चली जाऊँगी!" उसने कहा।

"वहाँ कौन है?" मुझे थोड़ा सहारा मिला।

"कैंजा! कल सुबह वहाँ से बस मिल जाएगी!"

"ठीक है!" मैंने राहत की साँस ली। हम बिल देकर बाहर आ गए।

"आप सिगरेट पी लीजिए!" उसने याद दिलाई।

"पी लूँगा, चिन्ता न करो!" मैंने हाथों को जेब में ठूँस लिया।

"नहीं, चिन्ता नहीं, आपकी आदत है, इसलिए! वरना आप सोचेंगे, मैं अपने मूल्य आप पर थोप रही हूँ।" उसने 'मूल्य' शब्द पर ज़ोर दिया था।

"लेखकों के बारे में तुम्हारी राय कोई अच्छी नहीं है!" मैंने हँसते हुए कहा।

"क्यों, ऐसा कैसे कह सकते हैं?" वह मुस्करा रही थी।

"तुम्हारे कटाक्ष बता रहे हैं। ख़ैर, मूल्यों की बात न सही, पर धुआँ तो तुम्हें लगता ही है और फिर अगर मैं सिगरेट पियूँगा, तो तुमसे दूर चलना पड़ेगा!" मैंने उसका मुँह देखा, वह मुस्करा रही थी, "वैसे भी थोड़ा निकोटीन फेफड़ों में कम जाएगा, तो सम्भव है, ज़िन्दगी का एकाध साल बढ़ जाए, तुम्हारे बहाने ही सही!"

"नहीं, आप सिगरेट पीते हुए भी साथ चल सकते हैं!" वह अड़ गई।

और मुझे सिगरेट जलानी पड़ी।

"हम कहाँ जा रहे हैं?" उसने पूछा।

"अल्मोड़ा!" मैंने गम्भीर होकर कहा।

"वह तो मैं जा रही हूँ, मैंने 'हम' पूछा है!"

"ओ! हम यानी 'वी'! हम ज़रा बैंक तक जा रहे हैं। फिर कुछ पर्चेज़, फिर ऑफ़िस, बस-अड्डा! वहाँ से 'मैं' जी अल्मोड़ा और 'हम' का शेष वापस ऑफ़िस!"

बैंक से निकलकर हम स्टेट-इम्पोरियमों की तरफ़ मुड़े।

"क्या ख़रीदना है?" उसने पूछा।

"तुम थक तो नहीं गईं?"

"आप मेरी बातों का ग़लत अर्थ लगा रहे हैं!"

"क्यों, क्या अनर्थ कर रहा हूँ!" मैं मुस्कराया।

उसने मुँह बना लिया।

"क्या सही अर्थ नहीं लगा पा रहा हूँ?"

वह चुप रही।

"क्यों, बोलो न?"

वह अब भी चुप रही।

"हम एक शॉल ख़रीदने जा रहे हैं!" मैंने अन्ततः बता ही दिया।

"किसके लिए?" वह रुक गई। "कहीं आप मेरी दशा पर तरस तो नहीं खा रहे हैं?"

"अरे भई! तुम भी क्या बातें कर रही हो, मैं तो तुम्हारी मदद ले रहा हूँ। मेरी इजा ने एक शॉल मँगाया है। तुम जा ही रही हो, लेती जाना। आओ जल्दी!" और मैंने उसे बाजू से पकड़कर बढ़ाया और जब तक हम शॉल के काउंटर पर नहीं जा पहुँचे, पकड़े रहा।

जो रंग वह सुझाती, मुझे पसन्द नहीं आते, और जो मैं सुझाता वह यह कहकर कि बड़ी औरतों के लायक़ नहीं है, 'रिजैक्ट' कर देती। मुझे उसके अहं से खीझ उठने लगी। मैंने कई बार कहा, मेरी माँ चटक रंग पसन्द करती है, पर उसने मुझे मौक़ा ही नहीं दिया। अन्ततः काले रंग पर समझौता हुआ और ख़रीदते ही हम बाहर आ गए।

वहीं से स्कूटर-रिक्शा कर हम दफ़्तर आए और अटैची लेकर बस-अड्डे निकल गए।

वह अपने हाथों के बीच शॉल दबाए थी। स्कूटर के दौड़ाने से उसके बाल उड़ रहे थे। हवा से शरीर शर-शैया पर जड़ा जा रहा था। उसकी आँखों पर रह-रहकर इस तरह पानी तिरने लगता, जैसे किसी को तड़पाया जा रहा हो और अपनी अदम्य इच्छा-शक्ति से पीड़ा को तो वह पिये जा रहा हो, पर आँखें उसका साथ नहीं दे पा रहीं हों।

मैंने हिम्मत करके कहा, "अगर बुरा न मानो, तो एक बात कहूँ!"

"कहिए!" जैसे उसे पता हो, मैं क्या कहने जा रहा हूँ।

"शॉल को अल्मोड़ा तक ओढ़ लो!"

"मुझे ठंड नहीं लग रही है!" उसने हठपूर्वक कहा।

"मैं तुम्हारा किसी भी तरह अपमान नहीं कर रहा हूँ!" मेरी आवाज़ भावुकता और खीझ से काँप-सी गई थी। "न तुम पर दया कर रहा हूँ! पर आदमी होने के नाते हमारी यह ज़िम्मेदारी है कि एक-दूसरे के काम आएँ!"

मैं प्रतिक्रिया जानने को थोड़ा रुका। वह उसी तरह चुप रही।

"यदि कल को मुझे किसी चीज़ की आवश्यकता हुई और तुम उसे देने की स्थिति में हुईं, तो क्या यह मेरा अधिकार नहीं है कि मैं उसे माँग कर भी लूँ या तुम दो?"

"क्या कभी ऐसा होगा?"

मैंने उसकी शक्ल देखी, वह मुस्करा नहीं रही थी। ठंड से विकृत चेहरे से कुछ भी अनुमान सम्भव नहीं था।

"क्यों नहीं!" मैंने कहा, "क्या एक-दूसरे की मदद के बिना हम जी सकते हैं? तुम्हें नहीं पता, तुम्हारे भाई ने मेरे लिए क्या-क्या किया है! क्या उस सबको मैं दया मानूँ? अगर वह दया थी, तो आज जो रोटी मैं खा रहा हूँ, वह उसी का परिणाम है!"

वह अब भी चुप ही रही!

"क्या तुम मुझे इतना ग़ैर मानती हो कि मेरी चीज़ का इस्तेमाल भी निषिद्ध है? मैं तुम्हें कुछ दे नहीं रहा हूँ, यह तो सिर्फ़ उधार है, बल्कि उधार भी नहीं, एक ऐसी सुविधा जिसका, बिना किसी नुक़सान के या कमी के, तुम लाभ उठा सकती हो। शॉल तुम्हारे हाथ में रहे और अल्मोड़ा पहुँचते-पहुँचते तुम्हें निमोनिया हो जाए, क्या यह ठीक रहेगा? तुम मेरे पास आई हो, तुम्हें सही-सलामत पहुँचाना मेरी ज़िम्मेवारी

है! लाओ!" मैंने उसके हाथ से पैकेट लेकर शॉल उसे ओढ़ा दिया। उसने कोई प्रतिरोध नहीं किया।

"अल्मोड़ा जाकर मेरी इजा को दे देना। चाहो तो ड्राईक्लीन करवा सकती हो!" मैं मुस्कराया।

उसने मेरी ओर नहीं देखा।

काफ़ी देर बाद उसने शॉल ठीक से ओढ़ा और आँसू पोंछे। कह नहीं सकता, ये ठंडी हवा के कारण थे या भावावेश के।

इतनी ठंड में टैक्सी से आना चाहिए था, मैंने सोचा।

बस-अड्डे से लौटते हुए मैं सोच रहा था, आज नीलाम्बर अवश्य आएगा, पर मैं ग़लत साबित हुआ।

अगले सप्ताह दफ़्तर के पते पर कला का पत्र मिला। बिना किसी सम्बोधन के उसने लिखा था—मैं ठीक-ठाक पहुँच गई थी। इजा को मैंने आपके सारे उधार के बारे में बतला दिया है—टिकट से लेकर हाथ-ख़र्च तक। और हाँ, आपका शॉल आपके आदेशानुसार पहुँचा दिया है।

मुझे बुरा लगा।

मैं धीरे-धीरे पत्र मोड़ रहा था कि पिछली ओर कुछ लिखे पर नज़र पड़ी। लिखा था, "बुरा लगा! नहीं रे! शॉल उसने रख लिया है, जिसके लिए था। थैंक्यू!"

य = य

कला के चले जाने से कहीं एक राहत-सी भी महसूस हुई। उसके साथ बढ़ते रागात्मक सम्बन्धों ने मुझे लगभग आतंकित कर रखा था और इस अपराध-बोध से छुटकारा पाने की इससे सुविधाजनक क्या कोई और दैवी व्यवस्था हो सकती थी! इस अनुपस्थिति का, जिसे वह पत्रों के द्वारा शुरू में पूरा करना चाहती थी, मैंने पूरा लाभ उठाया। जाने के बाद वह लगातार पत्र भेजती रही थी। शुरू में मैंने एकाध का उत्तर दिया, पर बाद में मैं पत्र लिखना भूलने लगा। अन्ततः वह भी थक गई। वैसे भी वह बहुत आत्म-सजग और आत्म-सम्मान वाली लड़की थी, ऐसे आत्म-सम्मान वाली जो हठधर्मिता, बल्कि आत्म-पीड़न की सीमा तक पहुँच जाता है। कुछ दिन तक आए उसके एकतरफ़ा पत्र भी एक आश्चर्य ही थे। मुझे अपनी हरकत पर अफ़सोस होता, पर फिर सोचता, जो कर रहा हूँ, वह ठीक ही है। ज़्यादा 'इन्वॉल्वमैंट' उसके लिए भयानक हो सकता है, पर स्वयं पर होने वाले इसके नतीज़े का अनुमान मैं नहीं लगा पाया।

आज आठ-दस साल बाद, यह स्वीकार करते दुख है कि मैं उसे कभी भी प्रेम कर पाया होऊँ, ऐसा नहीं लगता। यह सिर्फ़ संस्कारों या जातिगम पूर्वाग्रहों के कारण ही नहीं था कि एक खसिये के साथ एक उच्चकुलीन ब्राह्मण की कन्या के विवाह से अल्मोड़े के बाज़ार में दंगा हो जाएगा, या मेरे और उसके परिवार को सामाजिक बहिष्कार का सामना करना पड़ेगा। बल्कि उलटे, मैं एक अरसे तक इस बचकानी आकांक्षा का शिकार रहा था कि किसी मुसलमान का दक्षिण भारतीय लड़की से शादी करूँ और समाज में रूढ़ियों को तोड़ने वाला कहलाऊँ।

मुझे मान लेना चाहिए कि उसके प्रति मैं अनचाहे ही लगातार दयाभाव से ग्रस्त रहा था, जिसे सम्भवतः वह भी जानती थी। शायद इसीलिए वह मुझे भाभी द्वारा हुए अपमान की बातें बहुत सजग होकर सुनाती थी और जाते समय इसीलिए वह शॉल लेने से इनकार कर रही थी। वह अपने प्रति मेरी संवेदनात्मक गहराई को आँक लेना चाहती थी।

वह मेरे और अपने सम्बन्धों को समान स्तर पर लाना चाहती थी। पर मैंने उसे अपने अंतस् तक कभी उतरने नहीं दिया। इस निर्मम तटस्थता के पीछे कई कारण थे।

पहला यह कि नीलाम्बर द्वारा किये गए उपकारों के नीचे दबा मैं अक्सर छटपटाने लगता था, जिनसे उऋण होने के चक्कर में मैं कला की हर तरह से, विशेषकर धन से, मदद करना चाहता था। यही कारण है कि नीलाम्बर भी जब कभी मेरे पास मदद के लिए आया, मैंने—जैसा भी हुआ—की। नीलाम्बर को लेकर मैं एक अजीब हीनभावना से ग्रस्त था और उसके प्रति बाद में बढ़ते मेरे असन्तोष का भी यही कारण था।

इसके अतिरिक्त मेरे ज़ेहन में जो औरत थी, उससे कला कहीं मेल नहीं खाती थी। मैं या तो सुमन जैसी लड़की चाहता था, जिसे देखते ही सारा शरीर काम की सनसनी से झनझना उठे, या ऐसी जो मेरे बौद्धिक अहं की तुष्टि कर सके।

कला को गए महीना भी नहीं हुआ होगा कि मैंने नया प्रेम शुरू कर दिया। योको के बाद यह 'फुल स्केल' पर दूसरा प्रेम था। इला सेठ उभरती लेखिका थी और मैं उसकी कविताओं का (और उसका) भक्त हो गया था। पर उसके साथ सम्बन्ध ज़्यादा नहीं चल पाए। न तो उसे इतनी फुरसत और धैर्य था कि वह मेरे साथ रहती और लिखती, और न ही उसकी बेचैनी ने मुझे कभी आश्वस्त किया था कि 'चढ़ाने' के बाद वह साथ रहेगी। हुआ भी यही, 'दर्पण' के पैंतालीस वर्षीय विवाहित सम्पादक से तीन महीने के परिचय में ही उसने विवाह कर लिया।

मैं फिर अकेला रह गया, नई औरत को तलाशता।

औरत के प्रति—बल्कि कहना चाहिए, ज़िन्दगी के प्रति—बदलते मेरे दृष्टिकोण के कई कारण हो सकते हैं, पर उम्र इनमें निर्णायक थी। मुझे तभी लगने लगा था कि अब कुछ हाथ नहीं आना है—न सफलता, न धन और न ही औरत। मेरी बौद्धिक और रचनात्मक सीमाओं ने दैहिक और भौतिक ज़रूरतों को, जो अब तक संस्कारवश दबी हुई थीं, अचानक ही विस्फोटक स्थिति पर पहुँचाने में 'कैंटेलिस्ट' का काम किया। सेक्स ने मेरे मानसिक संसार में प्रलय मचा दी। सेक्स के अलावा मैं कुछ भी सोच नहीं पा रहा था, मानो मेरी सारी ऊर्जा, रचनात्मकता और सार्थकता सिर्फ़ मेरी टाँगों के बीच केन्द्रित हो गई हो। मैं औरतों की तलाश प्रतिशोध से बौराए जानवर की तरह करता। यद्यपि हर संसर्ग में प्रारम्भ में लगता, जैसे जीवन की वह 'चीज़', जिसकी तलाश थी, पा रहा हूँ और हर स्खलन के साथ मेरा तनाव घट रहा है, पर अचानक मेरा आधार रेत के दलदल की तरह धँसने लगता। मैं थकने लगता—अपनी उत्तेजना से, स्खलन से और उस मादा शरीर से भी, जिसे फाँसने में मैंने कई महीने बरबाद किये होते। ये सम्बन्ध मुझे फिर से 'अपराध-बोध' की एकान्तिक धारा में छोड़ देते। दैहिक सन्तुष्टि के बावजूद मानसिक स्थिरता अजनबी बनी रहती।

असल में, ऊपरी विद्रोह के बावजूद 'सामाजिक मान्यता' की दबी लचीली परतें मेरे सप्रयत्न चुनकर रचे संसार को कभी स्थिर नहीं होने दे रही थीं और इस अस्थिरता के दबाव में हर औरत से अपने सम्बन्धों की वैधता और सामाजिक मान्यता के लिए मैं परेशान रहता। योको ने दो वर्ष पूर्व जिस 'वर्जित फल' का स्वाद चखाया था, उसके

जाने के बाद उस स्वाद के असर ने मुझे किसी तेज़ दवा के 'साइड इफ़ैक्ट' की तरह बेचैन कर दिया। जापानी के साथ अपने सम्बन्धों के दौरान मुझमें यह विश्वास था कि यह सब अन्ततः नैतिक और सामाजिक रूप से मान्य हो जाएगा, पर योको का जाना एक ऐसा धक्का साबित हुआ जिसने मेरी आशाओं का आधार ही ध्वस्त नहीं कर दिया, बल्कि मेरे मानसिक व भावनात्मक संसार में भी उथल-पुथल मचा दी। धीरे-धीरे जिसे मैं 'मुक्ति का साधन' माने हुए था, वही मेरा आतंक हो गया। मैं औरतों से ही डरने लगा। यह डर आधारहीन भी नहीं था। मुझे विश्वास हो गया था कि मैं पुंसत्वहीन होता जा रहा हूँ और हर बार इस कमी से उबरने के चक्कर में हीनता के और भी गहरे गर्त में धँस जाता। इसलिए फिर से नई औरत की तलाश (जो मेरी शारीरिक अक्षमता से अपरिचित होती) शुरू होती, जिसके आगे मैं कुछ दिन ही सही, अपने पुरुष-दंभ को बनाए रख पाता।

कला, साहित्य और औरतें—यह वह दुनिया थी, जिसमें लगातार रहने से मैं मानसिक थकन के ऐसे दौर में पहुँच गया था, जहाँ सृजनात्मकता कुंद हो जाती है। संवेदनाओं और ऐन्द्रिकता की दुनिया का सिर्फ़ दर्शक, श्रोता या पर्यवेक्षक होने ने मुझे इस तरह शिथिल कर दिया, जैसे कि दूसरों की रचनाओं ने मेरी सृजनात्मकता और संवेदना चूस ली हो। इस सबसे मेरे अन्दर जो भयानक असुरक्षा और ख़ालीपन जन्मा, उसे मैंने नशे से भरना शुरू किया। नशा भी चरस का, जो घंटों मेरी इन्द्रियों को अवसन्न कर दे, मुझे एक जीवित संसार से, कुछ देर के लिए ही सही, काट दे, त्राण दे, मुक्त कर दे!

इस ग्लानि व अपराध-बोध का एक कारण जीवन-दृष्टि में आई एक सार्वभौम तब्दीली भी था। चूँकि सफलता सर्वोपरि हो गई है, इसलिए उसे पाने में कुछ भी निषिद्ध नहीं रहा है। सारा कार्यकलाप व्यापारिक स्तर पर और उसी निरपेक्ष भाव से होने लगा कि हमारे पास यह है और इसकी क़ीमत आपको 'यह' चुकानी होगी। महिलाएँ भी इससे बची नहीं हैं। हर बार की यह सौदेबाज़ी भी उबा देनेवाली है। और इसे मैं जीवन के एक नियम के रूप में मान लेने की स्थिति में नहीं पहुँच पा रहा था।

अब एकान्त से भी घबराहट होने लगी थी। कई वर्षों से मैं घर नहीं गया था। मैं महसूस कर रहा था कि कुछ दिन के लिए घर जाकर रहना चाहिए, अपने माँ-बाप, भाई-भाभी और बच्चों के साथ। इसका एक हल विवाह भी लग रहा था, जो मैं अपनी ही शर्तों पर चाहता था (इसलिए आज तक बैठा हुआ हूँ)। इस स्थिति को समझने के लिए अन्ततः मुझे 'साइकैट्रिस्ट' का सहारा लेना पड़ा था। यानी मैं समझने लगा कि मैं असामान्य होता जा रहा हूँ।

डेढ़ साल बाद पता चला, कला बीमार है। जानी-पहचानी पहाड़ी बीमारी थी—टी.बी.। इस बीच मैं एक सप्ताह के लिए अल्मोड़ा भी गया। क्यों? इसका कोई निश्चित उत्तर

नहीं है—अपने एकान्त से बचने के लिए? साइकैट्रिस्ट की सलाह पर? विवाह के लिए घरवालों की मदद की आशा में या बीमार कला को देखने...अपराधी की तरह, अपराध-स्थल पर अपने कुकृत्य पर नज़र मारने?

वह सेनिटोरियम में थी। सोचा था, लौटते समय भवाली मिलता जाऊँगा, पर समय नहीं मिला—यह मैंने नीलाम्बर से कहा था, जो कुछ दिन पहले उसे देखकर लौटा था (अपराध का दूसरा भागीदार!) असल में कला के सामने जाने का साहस मुझमें नहीं था।

दिल्ली लौटकर सोचा, एक चिट्ठी डाल देता हूँ, पर कितनी ही कोशिशों के बावजूद लिख नहीं पाया।

वह जल्दी ठीक हो गई।

उसी साल जाड़ों की छुट्टियों में वह दिल्ली भी आई।

नीलाम्बर ने फ़ोन कया, "कला आई है, तुम्हें-याद कर रही है। शायद कुछ सामान है तुम्हारा!"

इतने सालों में उसने मुझे कभी किसी की मार्फ़त याद नहीं किया। न तब, जब वह अल्मोड़ा में थी; और न ही तब, जब वह सेनिटोरियम में थी! आज नीलाम्बर यह क्या कह रहा है?

"कब तक रहेगी?" मैंने धड़कते दिल से पूछा।

"एक हफ़्ता! उसने नौकरी कर ली है।"

"अच्छा!" मुझे ख़ुशी हुई, "तब तो लड्डू खाने आना ही पड़ेगा!" मैंने खोखली हँसी के साथ कहा।

"क्यों नहीं?" दूसरी ओर से नीलाम्बर की आवाज़ आई।

"ज़रा 'त्रिनाले' में लगा हुआ हूँ, कल रिव्यू देना है! हो सका तो कल, नहीं तो परसों आऊँगा!"

"ठीक है, जब सुविधा हो आ जाना! पर आना ज़रूर!" और उसने फ़ोन बन्द कर दिया।

मुझे लगा, नीलाम्बर मेरे बहाने से 'कंविन्स' नहीं हुआ था, इसीलिए उसने 'ज़रूर' शब्द का इस्तेमाल किया।

अल्मोड़ा रहकर कला ने बी.एड. किया और अब वह धारचुला में पढ़ा रही थी। उनके पिताजी का देहान्त हो चुका था। अल्मोड़ा का मकान बन्द कर दिया गया था और माँ उसके साथ ही थी।

मैं उस बार भी चूक गया।

ठीक सप्ताह बाद, सुबह-सुबह किसी ने दरवाज़ा खटखटाया।

मैं आधा सोया हुआ था। लगा, कला बाहर खड़ी है।

मैंने हड़बड़ाते हुए दरवाज़ा खोला।

"दाज्यू, नमस्कार!" गोपाल ने कहा।

"कैसे?" मेरा डर कम नहीं हुआ।

"कला दीदी ने ये थैला भेजा था!"

"कला कहाँ है?" मैंने पूछा।

"वो तो कल चली गईं!" गोपाल ने कहा।

"चली गईं!" मैंने राहत महसूस की।

उसे चाय बनाने को भेजकर मैंने थैला खोला। इजा का भेजा अपनी दुकान की मिठाई का डिब्बा और स्वेटर था। डिब्बे में बाल-सिंघौड़ी के ऊपर एक चिट्ठी रखी थी :

"आते समय अल्मोड़ा गई थी। मेरी इज़ा ने नहीं," कला ने लिखा था, "आप की इजा ने यह सामान भिजवाया।"

"आप नहीं आए। क्या आपको लगता है, मैं कुछ माँग लूँगी?"

नीचे हस्ताक्षर नहीं थे।

कला के अन्तिम दो वाक्यों ने जितना उद्वेलित किया, सम्भवत: उतनी पीड़ा मुझे अंग-भंग होने पर भी न हो।

मैं चोरी करके घर से भागे लड़के-सा था, जो दूसरे शहर जाकर भी कुछ नहीं कर पाया और अब किस मुँह से लौटूँ वाली स्थिति में पहुँच गया था।

मैं सोचने लगा, क्या मेरी बीमारी का इलाज कला नहीं हो सकती?

क्या मैं उससे कह सकता हूँ कि मैं शारीरिक रूप से थक चुका हूँ और मानसिक रूप से असन्तुलित हूँ?

क्या भूले हुए का घर में हर समय इन्तज़ार रहता है? अन्तराल चाहे कितना भी बड़ा क्यों न हो?

गोपाल चाय बना लाया था।

"कला इतनी जल्दी क्यों चली गई?" मेरी राहत देखते-देखते ग्लानि में बदलती जा रही थी।

"शादी की कोई बात थी," गोपाल समझाने लगा, "लड़के वालों ने बुलवाया था। अब तो मास्टरणी हो गई हैं, छुट्टी नहीं थी, इसलिए चली गईं!"

"पर जाड़ों की छुट्टियाँ तो होती हैं।"

"वह तो, दाज्यू, दिसम्बर में होंगी!" गोपाल ने याद दिलाया।

मुझे याद आया, अभी तो नवम्बर शुरू हो ही रहा है। मैं पहाड़ के बारे में कितना अनभिज्ञ होता जा रहा हूँ! ख़ुद मुझे शर्म आई।

अगर शादी पक्की हो जाए, तो अच्छा रहेगा, मैंने सोचा था। तब शायद मैं 'क्लीयर कान्शैन्स' से रह पाऊँगा। पर मुझे अनुमान नहीं था कि कला मुझे 'लेडी मैकबेथ' बना देगी।

कला ने इनकार कर दिया।

उसका कहना था, जब तक इजा ज़िन्दा है, मैं विवाह नहीं कर सकती।

नीलाम्बर के पास कोई उत्तर नहीं था।

शायद वह सही भी थी! अगर वह शादी कर लेती, तो उनकी माँ को कौन रखता? नीलाम्बर पर मुझे दया आई।

इजा अभी ज़िन्दा है। कला पढ़ा रही है।

उस दिन जब नीलाम्बर ने मुझे 'लव साउंड्स' सुनवाई, वह फिर आई हुई थी। पर इस बार नीलाम्बर ने यह भी नहीं कहा कि कला आई है, मिलना चाहती है तो दीगर बात है।

क्या कला मेरी प्रसिद्धि से अपरिचित होगी? बातें तेज़ी से फैलती हैं। नशेबाज़ और औरतबाज़ देब्बू को हर कोई जानता है। अल्मोड़ा दिल्ली से दूर नहीं है।

मेम शा'ब की चाय

रविवार था, उस दिन।

न जाने क्यों, जल से नीलाम्बर को नशे में धुत्त छोड़कर आया था, लगातार बेचैनी महसूस कर रहा था।

दो दिन पहले कॉलेज फ़ोन किया था, पर वह मिला नहीं। अन्ततः मुझसे रहा नहीं गया। तीन बजे के क़रीब मैं उनके घर के बाहर खड़ा था। मेरी घबराहट कुछ उस क़िस्म की थी, जैसी हिन्दुस्तानी प्रेमी की प्रेमिका के पिता से मिलने के पहले होती है।

वैसे भी मैं कभी सुमन के निकट सम्पर्क में नहीं आया था, पर इधर उसका स्वभाव मेरे लिए बहुत ही अप्रत्याशित हो गया था। रही-सही कसर छह-सात वर्षों के अन्तराल ने पूरी कर दी थी।

दरवाज़ा सुमन ने ही खोला।

मैंने थूक निगलते हुए पूछा, "है...?" उसके सामने नीलाम्बर का नाम लेने तक की मैं हिम्मत नहीं कर पाया।

वह इस जगमगाहट के साथ, जैसे गहरी काली पृष्ठभूमि पर कोई चमकीली छवि उभरती है, सामने खड़ी थी। मैं कुछ देर उसे एकटक देखता रहा। वह भूरे रंग की बहुत ही ख़ूबसूरत परम्परागत छापे की 'मिडि' पहने थी। 'हाई हील' के चैरी रंग की सैंडिलों के फ़ीते उसके धवल संगमरमरी सुडौल पैरों को इस तरह कसे थे, जैसे सौन्दर्य की यूनानी देवी की प्रतिमा खड़ी हो।

"आइए, आइए!" उसने मुस्कराकर कहा।

पिछले शनिवार के वाक़ये का उसके चेहरे पर नामोनिशान नहीं था। इस असामान्य सामान्यता ने मेरी घबराहट और बढ़ा दी। मैंने क़दम रखा ही था कि क़ालीन से उलझकर गिरता-गिरता बचा। कमरे में टेलीविज़न चल रहा था। बाहर से आने के कारण मैं कुछ देख नहीं पाया।

"सँभल के!" कहते हुए उसने रोशनी कर दी।

वहाँ बैठे तीन में से दो जन अजनबी थे।

सुमन ने परिचय करवाया, "पवन को तुम जानते हो!"

"क्यों नहीं!" कहते हुए हमने बहुत ही औपचारिक ढंग से हाथ मिलाया।

"ये सुभाष हैं, पवन के दोस्त! और ये हैं अंजली, हमारी होने वाली भाभी या कहा जाए, बहू! क्या कहेंगे पहाड़ी में?" उसने हँसते हुए पूछा। वह अपने पहाड़ी सम्बन्धों के प्रति सदा खेद के-से भाव से भरी रहती थी।

"बहू ही कहेंगे! छोटे भाई की पत्नी मेरे विचार से सारे हिन्दुस्तान में बहू ही कहलाती है!" मैंने मुस्कराते हुए व्यंग्य किया।

एक अंडाकार चेहरे वाली लड़की ने, जो लेटेस्ट फ़ैशन की 'मेडरिन' कालर व पफ़दार बाजू की फ्रिलवाली क़मीज़ और काली कार्डराई की तंग जीन पहने थी, बैठे ही बैठे अपने बीयर के गिलास को थोड़ा उठाकर 'हाय' कहा और फिर टी.वी. में मशगूल हो गई।

सुभाष जैसे जान-बूझकर अपना छह फुटा क़द दिखाने के लिए खड़ा हो गया था। उसने थोड़ा झुककर हाथ मिलाया। मुझे अपना क़द अखरने लगा।

"ये देवेन हैं, देवेन भंडारी...यंग हिन्दी पोएट एंड जर्नलिस्ट! ही इज़ एसिस्टेंट एडिटर, 'दिशा'!" सुमन कह रही थी।

सुभाष की बिना कालर वाली सिंथेटिक जैकेट की ज़िप ऊपर से नीचे तक खुली हुई थी। उसके बीयर थामे हाथ में सुनहरी घड़ी टेलीविज़न की स्क्रीन पर इमेज बदलने से इलैक्ट्रॉनिक प्रकाश में बीच-बीच में इस तरह कौंध उठती कि आपकी दृष्टि को, न चाहते हुए भी बाँध लेती। मैं सुभाष को पहचानने की कोशिश करने लगा। इसके बावजूद कि अपनी पूरी बनावट में वह असामान्य था—एक अजीब क़िस्म की दृढ़ता, जिसे हिंस्र भी कह सकते हैं, से आलोकित, तराशा चेहरा, भारी जबड़े और इस तरह की ठंडी आँखें कि गहराई आँकी न जात पाए—इस पर भी मुझे लग रहा था, जैसे मैंने उसे कई बार देखा है। कहाँ? याद नहीं आ रहा था।

"आपको कहीं देखा?" मैं अब भी याद करने की कोशिश कर रहा था।

"कहाँ देखा है, याद करिए?" सुमन ने बहुत ही उच्छृंखल ढंग से मुस्कराते हुए कहा।

वह अभी भी मेरा हाथ थामे खड़ा था। उसके चेहरे पर हल्की-सी मुस्कराहट थी, मेरी उलझन का आनन्द लेती-सी।

काफ़ी कोशिश के बावजूद याद नहीं कर पाया। मेरी असफलता पर सुमन खिलखिलाकर हँसी।

"मैं हिंट देती हूँ!" उसने प्रोत्साहन देने वाले अन्दाज़ में कहा, "किसी मैगज़ीन में देखा होगा, याद करिए!"

मैंने फिर से प्रयत्न किया।

क्लीनशेव व भरा चेहरा होने के बावजूद, किसी तरह की कोई स्त्रैण सौम्यता का आभास वहाँ नहीं था। इतना स्पष्ट चेहरा कि आप हर मांसपेशी और हड्डी का, चाहें तो, नाप ले सकते हैं।

और मुझे याद आया, "आपका चेहरा एलन दिलान से मिलता है!"

फ्रैंच फ़िल्म 'स्वीमिंगपूल' में जिस तरह से एलन दिलान ने अपने प्रतिद्वंद्वी को डुबा-डुबाकर मारा था, वह मैं कभी भूल नहीं पाता हूँ।

"ग्रेट!" सुमन किसी बच्ची की तरह चहकी। बाक़ी लोग भी हँसे।

"नहीं, रिज़ैम्बल वाली बात नहीं है, एक बार और ट्राई करिए, याद आ जाएगा!" उसने फिर मुझे भड़काया।

अब की मैंने चूक नहीं की।

"हाँ-हाँ! मैंने इन्हें सिगरेट के किसी विज्ञापन में देखा है।"

मुझे पूरा विज्ञापन याद हो आया। वह दाएँ हाथ में सुलगी सिगरेट लिये अँगूठे से गले के बाईं ओर सहला रहा था। साथ ही कन्धे पर डैनिम की जैकेट हुक की तरह बाएँ हाथ के अँगूठे पर अटकी हुई थी।

"देखा!" सुमन ने उसे अभिभूत निहारते हुए कहा, "आई टैल यू भाषी, यू कैन इज़ीली आउटडू सुरेश ओबेराय एंड जैकी श्रौफ। ह्वाई नाट टु हैव ए ट्राई!"

सुभाष ने कुछ वैसी ही सायास 'कैज़ुअल' और लापरवाह, अपनी उत्कृष्टता से पूरी तरह आश्वस्त, विज्ञापनी नज़र से सुमन को देखा।

"जस्ट फ़ॉर ए चेंज!" सुमन ने लगभग लाड़ में कहा।

मुझे बड़ा अजीब लगा, पर सुमन से किसी भी व्यवहार की आशा की जा सकती है।

"ग्लैड टु मीट यू!" शायद सुमन के व्यवहार ने भाषी को भी थोड़ा पसोपेश में डाल दिया था, "प्लीज़ हैव ए सीट!" कहकर उसने हाथ पकड़े ही पकड़े बग़ल के सोफ़े पर, जिसमें अब तक सुमन बैठी होगी, मुझे बैठा दिया। वह भी टी.वी. में खो गया, पर उसके वज़नी चौड़े हाथ का स्पर्श काफ़ी देर तक मैं अपनी हथेली पर महसूस करता रहा।

"सुभाष रिनाउंड गाल्फ़ प्लेयर है। 'विल्स कप' के लिए आया था!" सुमन चालू रही।

"कहाँ से?" मैंने लगभग वही प्रश्न किया, जिसके लिए मुझे घेरा जा रहा था।

"बग़दाद से! इराक़ में एक टाउनशिप बना रहे हैं!"

"इंजीनियर हैं?"

"नहीं-नहीं, अपना काम है!" सुमन ने ऐसे कहा, जैसे इंजीनियर कहकर मैंने तौहीन कर दी हो, "इनकी कम्पनी का आपने नाम सुना होगा—घई एंड को.। पर मिडिल ईस्ट का काम देखने के लिए अलग कम्पनी है 'घई इंटरनेशनल'। सुभाष इसे देखता है!"

"ओह!" पूरी तरह से प्रभावित हो मैंने कहा, "लेकिन आजकल तो...।"

"वार ने सब गड़बड कर दी है," इस बार सुभाष बीच में बोला, "दो महीने से यहीं पड़ा हूँ!"

उसने टी.वी. पर से नज़र नहीं उठाई थी। मुझे वह ईरान-इराक-युद्ध से कहीं अधिक क्रिकेट के लिए चिन्तित लगा।

"नीलाम्बर है?" मैंने उकताकर पूछा।

"हैं जी, बिलकुल हैं जी!" सुमन ने आँखें नचाते हुए कहा, "पर कभी-कभी नॉन-इंटलैक्चुअल्स के भी साथ बैठ जाया करते हैं!"

मजबूरी में बैठना पड़ा।

"क्या लेंगे आप?" सुमन ने पूछा।

"पानी!"

"पानी के अलावा?"

"जो आपकी श्रद्धा!" मैं मुस्कराया।

"बीयर चलेगी?" फ्रिज खोलते हुए सुमन ने पूछा।

"चलेगी नहीं, दौड़ेगी!" मैंने कहा।

पाँचवीं बोतल मेज़ पर आ गई।

"कौन-सा मैच चल रहा है?" मैंने पूछा।

कोई टेस्ट सीरीज़ तो चल नहीं रही थी, (अन्यथा डॉ. रेखा ने अब तक 'दिशा' के दो-एक अंक तो क्रिकेट विशेषांक कर ही दिये होते), फिर यह मैच कौन-सा हो सकता है, मेरी समझ में नहीं आया।

"ईरानी कप!" सुभाष ने अपने गिलास को नये सिरे से भरते हुए कहा।

जैसे ही मैंने प्यास के चक्कर में पूरा गिलास गटगटा जाने की कोशिश की, ऐसा लगा जैसे कई सारे दाँतों को कोई अनाड़ी डेंटिस्ट बिना 'एनिस्थीसिया' के, एक साथ उखाड़ रहा हो। मेरे शायद आँसू आ गए।

"क्या हुआ?" सुमन ने चिन्तित होकर पूछा।

किसी तरह से मैंने घूँट अन्दर गटककर कहा, "कैविटि है।"

"अरे भरवा लीजिए, बड़ा परेशान करती है!" उसने संवेदना प्रकट की।

"कौन बैटिंग कर रहा है?" मैंने सुभाष से पूछा। जिससे कि मेरी मेडिकल रिपोर्ट का बाक़ी हिस्सा शाया न हो पाए।

"रेस्ट ऑफ़ इंडिया!" उसने काफ़ी उत्साह से कहा, "वैसे अब तो 'फ़ॉर्मलिटी' रह गई है। पहली इनिंग की 'लीड' पर मैच दिल्ली 'आलरेडी' जीत चुकी है!"

"कल तो सुरेन्दर ने समा बाँध दिया था!" अंजली बोली, "एक्सक्यूज़ मी सुमन, विल यू प्लीज़ पुट आउट द लाइट!" कहते हुए उसने मेज़ पर पड़ा सिगरेट का पैकेट उठाया और मेरी ओर बढ़ाया, "लीजिए!"

"थैंक्यू!" मैंने सोत्साह सिगरेट ली और यह सोचते हुए कि 'कैंट' है, माचिस के लिए अपना थैला टटोल ही रहा था कि पवन ने क़मीज़ की जेब से लाइटर निकालकर पहले मेरी और फिर अंजली की सिगरेट जला दी। गैस की नीली लौ

में अंजली का चेहरा धधक उठा। लाइटर बुझ गया, पर लपट मेरे अन्दर दूर तक फैलती चली गई।

अंजली ने पवन की ओर पैकेट किया, पर उसने मना कर दिया।

"ये आदमी कौन है?" अपने अन्दर बढ़ती अग्नि से ध्यान हटाने के लिए मैंने नॉन-स्ट्राइकर एंड पर खड़े बैट्समैन की ओर इशारा करते हुए पूछा। मैं क्रिकेट को आम भारतीय की तरह—जय हो ए.आई.आर. की—सिर्फ़ सुनकर एनजॉय करने का आदी हूँ। देखने में झमेला बढ़ रहा था, पर गावस्कर को तो मैं भी पहचान गया था।

"बैटिंग गावस्कर कर रहा है!" सुभाष समझाने लगा, "दूसरी ओर श्रीनिवासन है। ये बड़ा डेशिंग बैट्समैन है। ही इज़ श्योर टु बी सलेक्टेड फ़ॉर ऑस्ट्रेलियन टूर!"

मैंने फिर थोड़ी देर देखकर समझने की समस्या को सुलझाने की कोशिश की, पर जल्दी ही उकता गया।

"क्या नीलाम्बर सो रहा है?" मैंने पूछ ही लिया।

"नहीं, शायद कुछ लिख रहे हैं!" सुमन ने बहुत ही तटस्थ बल्कि हिक़ारत भरे अन्दाज़ में कहा, "अभी बुलाती हूँ!"

पर बुलाने की ज़रूरत नहीं पड़ी। गोपाल पहले ही कह आया।

टेलीविज़न से निकली गड़गड़ाहट से नीलाम्बर की आवाज़ ऊँची साबित हुई। "कब आए?" उसने दरवाज़े से ही पूछा।

"अभी-अभी!" उसे देखकर मुझे ख़ुशी हुई।

बाजू वाली बनियान के ऊपर हाफ़ स्लीव्स के स्वेटर और बटिक की हरे-पीले छापों वाली लुंगी में वह किसी पंसारी-सा लग रहा था। तेज़ी से गंजे होते जा रहे सिर पर रहे-सहे बाल इस बेतरतीब ढंग से फैले थे, जैसे गुत्थम-गुत्था में गँवा कर लौट रहा हो। असल में लिखते-पढ़ते समय वह बालों में इस तरह उँगलियाँ फिराता रहता था, जैसे लटें सुलझा रहा हो, पर सबसे 'रिवीलिंग' बात यह थी कि वह अपनी दाईं बाजू पर रुद्राक्ष का एक दाना बाँधे था।

"इधर आ जाओ!" उसने भरपूर अधिकार जताते हुए आज्ञा दी।

किसी ने उसकी ओर नहीं देखा। बड़ी अजीब बात थी। लोगों को इस तरह नकारा जा सकता है, मैं सोच नहीं सकता था। पर नीलाम्बर का व्यवहार भी कोई सामान्य नहीं था। वह ऐसे बात कर रहा था, जैसे बाक़ी लोग कीड़े-मकोड़े हों।

मैं उठ खड़ा हुआ।

"अपनी बोतल और गिलास उठा लाओ!" उसने आख़िरी फ़रमान सुनाया और मुड़ गया।

गिलास और बोतल लेकर मैं दबे पाँव इस तरह निकला, जैसे कोई चोर।

नीलाम्बर ने रुककर मेरे कन्धे पर हाथ रखा, "क्या हाल हैं तुम्हारे?" आवाज़ से तल्ख़ी एकदम ग़ायब हो चुकी थी।

"तुम कैसे हो?"

"अरे यार, मुझे क्या होने वाला है!" वह हँसने लगा। फिर कुछ रुककर खेद से बोला, "उस रात तुम्हें काफ़ी परेशानी हुई।"

"नहीं तो! पर तुम ठीक हो न?" मैं अपनी चिन्ता छिपा नहीं पाया।

"ठीक हूँ! बिलकुल ठीक हूँ। देखो!" उसने कमरे के बीचोबीच खड़े होकर हाथ से अपने को दिखाया।

"बैठो!" उसने मुझे दोनों बाजुओं से पकड़कर पलंग पर बैठाया और ख़ुद कुर्सी पर बैठकर टटोलती नज़रों से कुछ देर देखता रहा, फिर बोला, "क्या उस रात कुछ हुआ था?"

"नहीं, वैसे तो कुछ नहीं हुआ, पर ज़रा...!" मैं इस आशा में कि वह समझ गया होगा, चुप हो गया।

"ज़रा क्या?" उसने भौंहें सिकोड़कर पूछा।

"सुमन नाराज़ हो रही थी!" मैं सामान्य तौर पर ऐसी बात नहीं करता, पर मुझे उस रात की हरकत बहुत बेज़ा लगी थी, इसलिए मैंने जान-बूझकर अपनी असहमति दिखा दी।

"अरे, छोड़ो उसे! यह तो रोज़ का क़िस्सा है!" उसने बहुत हिक़ारत से कहा, "जब ख़ुद पीती है, तो कुछ नहीं, हमने पी ली तो मुहल्ला इकट्ठा। और तो कुछ नहीं हुआ?"

"नहीं, और कुछ नहीं हुआ!" मैंने निश्चयात्मक लहज़े में गर्दन हिलाई और पास ही फ़र्श पर पड़े किताबों के ढेर को देखने लगा।

गॉड फ़ादर टैटू, जॉज़, गर्ल्स, बैट्सी जैसा अमेरिकी 'पल्प' था।

"क्या कर रहे हो इनका?" मैंने चारों ओर नज़र दौड़ते हुए कहा। सारा कमरा उथल-पुथल हुआ-हुआ था।

"कूड़ा छाँटा था?" उसने बिना पलक झपकाए कहा। फिर ढेर से एक किताब उठाई और मुझे थमाते हुए बोला, "फ़ालतू समय हो, तो इसे देखा जा सकता है।"

"अरे! यह तो ऑसबोर्न है!" मैंने किताब लपक ली।

"हूँ!" वह मुस्कराया।

"वही न जिसकी लुक बैक इन एंगर एक ज़माने में तहलका थी!"

"हाँ, वही जॉन ऑसबोर्न!"

"फेंक रहे हो?" मुझे आश्चर्य हुआ।

"इसे देखो! लेखक जब लक्ष्यहीन होता है, तो कहाँ पहुँचता है। यह जैक द रिपर जैसे किसी 'रीयल लाइफ़ करेक्टर' पर आधारित है। पर आश्चर्य की बात यह है कि लेखक इस बात की जाँच नहीं करता कि जो समाज ऐसे असामान्य और मानसिक रूप से बीमार चरित्र पैदा करता है, उसमें गड़बड़ कहाँ है, उलटे, चटखारे ले-लेकर वह सारे 'परवर्शन' और 'एबनार्मलिटिज़' का बखान करता है। इट्स ए

किक, नॉट ए शॉक! यू डू नॉट फील डिप्रेस्ड और एजिटेटेड! इट्स ए डैलिबरेट एटेम्प्ट टु एक्साइट यूअर बेसर इन्सटिंक्ट्स।...ए मॉरबिड एंड रिपल्सिव बुक!"

मैंने किताब थैले में रख ली और फिर से ढेर को उलटने-पलटने लगा। 'वोग,' 'एस्क्वायर', 'वीमैन एंड होम', 'प्लेबॉय' के अलावा 'फ़ैमिना', 'सोसाइटी', 'ईव्ज़ वीकली' जैसी पत्रिकाओं के साथ कुछ सिर्फ़ कपड़ों के डिज़ाइनों वाली पत्रिकाएँ भी थीं।

"चाहो, तो कुछ रख लो!" वह शरारत से मुस्कराया।

"अगर एक्सपोर्ट का धन्धा शुरू कर दिया तो?" मैं हँसा।

"तुम उसे छोड़ा!" उसे मज़ाक़ पसन्द नहीं आया, " 'प्लेबॉय' रख लो, बैचलर आदमी हो!"

"हाँ, इससे अकेले में औरत को 'विज़ुअलाइज़' करना आसान हो जाएगा!"

वह मेरी बात पर देर तक हँसता रहा।

कूड़े को छोड़ मैं उसकी ओर मुड़ा, "सुना, तुम कुछ लिख रहे हो?"

"हाँ, उपन्यास शुरू किया है।"

"तुम भी लो!" मैंने बीयर की ओर इशारा किया।

"नहीं, मैं चाय पीऊँगा। तुम जल्दी ख़त्म कर लो।"

"उपन्यास लिख रहे हो! कितना लिख लिया?" मैंने उत्साह से पूछा।

"अभी तो, समझो, शुरू किया है। फिर भी पचास-एक पेज तो हो ही गए होंगे।"

"एक हफ़्ते में?"

"नहीं, चार दिन में!" वह मुस्कराया।

"माई गॉड!" मैंने ऊपरी आश्चर्य से कहा। पर मैं उसकी क्षमताओं से परिचित था। वह अगर चाहे, तो दास्तोवस्की की तरह पन्द्रह दिन में दो सौ पेज का उपन्यास पूरा कर सकता था।

"विषयवस्तु क्या है?" मैंने दूसरा प्रश्न किया।

"अपने ऊपर लिख रहा हूँ।"

"आत्मकथात्मक!"

"कुछ ऐसा ही समझो!"

"वैसे तो अब हिन्दी में आत्मकथा लिखने का फ़ैशन है, तुम तो उपन्यास ही लिख रहे हो!" मैंने मज़ाक़ किया।

"हाँ, तुम्हारा कहना भी ठीक है। प्रणव ने तो अट्ठाईस वर्ष की उम्र में ही आत्मकथा लिख डाली!" वह भी हँसने लगा।

"तुम्हें भी आत्मकथा लिखनी चाहिए।" मैंने छेड़ा।

"हमारे नाटक, उपन्यास, कहानियाँ और कविताएँ आत्मकथा के अलावा क्या हैं?" वह गम्भीर हो गया, "अन्ततः हमारा—मेरा मतलब, हर लेखक का—मुख्य पात्र

स्वयं वह ही होता है। काफ़्का के सारे कहानी-उपन्यासों में एक ही व्यक्तित्व तो नज़र आता है। यही हाल हैमिंग्वे का है। उसके कथानकों में जो दूसरा पात्र होता है, जानते हो, वह कौन होता है? वह औरत जिसके साथ लेखक उस रचना के दौरान रहा था।

"असल में हर पात्र रचनाकार की अभिव्यक्ति का एक माध्यम है और इस माध्यम की आड़ में वह अपनी बात ही तो कह रहा होता है। लेविन, बेजुकोव और प्रिंस एंड्रयू क्या हैं? टालस्टॉय की ही एक छवि। 'ल एल्यूज़न परदुएस' का ल्यूसियन द रूबेम्पर क्या बालज़ाक नहीं है!"

नीलाम्बर से बात करना सदा एक आनन्दानुभूति-सा होता था, फिर चाहे आप उससे सहमत हों या न हों। और इस बार मैं यह आनन्द कई दिन बाद प्राप्त कर रहा था, इसलिए चुप सुनता रहा।

"हर कथानक, चाहे उपन्यास का हो या कहानी का, आख़िर क्या है? सामाजिक, राजनीतिक या सांस्कृतिक वातावरण से किसी व्यक्ति के सम्बन्धों का विवरण ही न! और हर मुख्य पात्र अपने रचनाकार का परिवर्द्धित संस्करण ही तो है, जो लेखक स्वयं बनना चाहता है या जिसके बहाने वह अपना आकलन करता है। इसलिए हर रचना लेखक की ही आत्मकथा है, फ़र्क़ सिर्फ़ यह है कि हर बार उसे कुछ नये सन्दर्भों में, नये नामों से रखा जाता है। सम्भवत: यही कारण है कि कोई भी बड़ा लेखक कभी आत्मकथा नहीं लिखता।" वह रुका, फिर मुस्कराया, "मैं चूँकि न तो बड़ा लेखक हूँ और न ऐसी कोई सम्भावना नज़र आ रही है, इसलिए आत्मकथात्मक लिख रहा हूँ या अपने जीवन का सीधा और सच्चा इस्तेमाल कर रहा हूँ!"

कहाँ ले जाकर मारा! मेरे ज़रा-से मज़ाक़ का इतना बड़ा उत्तर!

पर चूँकि ऐसा मौक़ा अब युगों बाद मिलता था, मैंने नये सिरे से छेड़ दिया, "शायद हिन्दी लेखकों के उस स्तर से तुम ऊपर उठ गए हो, जहाँ लोगों को कभी पता ही नहीं चलता था कि वे 'स्टैंड' कहाँ करते हैं—एक लेखक और एक व्यक्ति के रूप में भी!"

"तुम शायद सही हो। व्यक्तिगत तौर पर मुझे स्वीकार करने में कोई झिझक नहीं है कि मैं अब कहीं जाकर, अपनी सीमाओं को पहचानने लगा हूँ। हो सकता है, देर हो गई हो, पर सोचता हूँ, अब और समय नहीं ख़राब करना चाहिए!"

वह थोड़ा रुका। कुछ देर उसने मुझे घूरा, फिर कहने लगा, "मुझे कोई भ्रम नहीं है—अपने बारे में। पर जो भी काम मैं कर सकता हूँ, वह तो कम-से-कम करना चाहिए!"

"नहीं, ऐसी...!"

"ठहरो!" उसने मुझे रोक दिया, "मैं टॉलस्टॉय, बालज़ाक या हैमिंग्वे नहीं हो सकता हूँ। प्रेमचन्द और यशपाल के निकट भी पहुँच पाना मेरे लिए असम्भव है। पर एक व्यक्ति के रूप में मैं बहुत ही निज़ी क़िस्म की सफलता या सुख चाहता हूँ।

ऐसा सुख, जो बहुत नज़दीक होते हुए भी बहुत दूर रहता है। एक व्यक्ति के तौर पर आज मैं चाहता हूँ कि लिख पाऊँ, चाहे वह कैसा ही क्यों न हो। और चूँकि, मेरी सदा से इच्छा एक लेखक के रूप में जीने की रही है, मैं उसी रूप में अपनी सफलता देखता हूँ अपनी शान्ति तलाशता हूँ!"

और वह चुप हो गया।

अभी भी नीलाम्बर अपने 'डिप्रेशन' के दौर से नहीं उबर पाया था। या सम्भव है, वह रचनात्मकता के ऐसे मोड़ पर था, जब किसी भी तरह की रुकावट खिजलाहट, निराशा या क्रोध पैदा करती है।

मैंने मज़ाक़ किया, "मैं तुम्हारी जीवनी लिखूँगा, जैसे सार्त्र ने फ़्लबेयर की जीवनी लिखी है!"

वह दिल खोलकर हँसा, "अच्छा बेटा, तुम भी सार्त्र होने की मंशा दबाए बैठे हो!"

"पर तुम्हें भी तो फ़्लबेयर बना रहा हूँ!" मैंने हँसते हुए कहा।

"हाँ-हाँ, ठीक है!"

तनाव काफ़ी छँट गया। मैंने आराम की साँस ली।

"अच्छा, यह बताओ, तुम आए कैसे?"

"ऐसे ही, तुमसे मिलने!" मैं मुस्कराया।

"नहीं, मैं नहीं मानता!" उसके चेहरे पर वाक़ई अविश्वास था।

"सच! तुमसे ही मिलने आया हूँ।" मैंने ज़ोर देकर कहा। मैं थोड़ा रुका, "असल में तुम पिछली बार काफ़ी 'डिप्रेस्ड' लग रहे थे। जो मुझे असामान्य लगा था। सिर्फ़ इसीलिए चला आया!"

"क्यों मुझे 'डिप्रेस्ड' होने का अधिकार नहीं है?" उसने मुझे कुछ अजीब भाव-विह्वल नज़र से देखा। उसकी व्यथित आँखों में ऐसा अपनापन था, मानो किसी का खोया भाई वर्षों बाद लौटा हो।

क्या नीलाम्बर इतना अकेला हो गया होगा, मुझे आश्चर्य हुआ!

मुझे डर लगा, कहीं हम दोनों गले मिलकर न रोने लगें। मैंने अपने को मुश्किल से क़ाबू में रखते हुए कहा, "तुम्हारी तोंद निकल आई है!"

"क्या बहुत बढ़ गई है?" मेरा प्रश्न उसके लिए भी काफ़ी सुविधाजनक साबित हुआ।

"घटाओ इसे," मैंने कहा, "इससे तुम बूढ़े लगने लगे हो।"

उसकी तेज़ी से बढ़ती गंज और दो दिन की दाढ़ी में जगह-जगह चमकते सफ़ेद बालों पर मैंने एक नज़र दौड़ाई।

बूढ़ा कहलाना किसे अच्छा लगता है? मुझे अपनी मूर्खता पर ग़ुस्सा आया, "नहीं, नहीं," मैंने जल्दी से ग़लती सुधारनी चाही, "असल में यह गंजेपन के कारण है, वरना...!"

पर उसने मेरी बात नहीं सुनी। वह मुड़ा। अलमारी खोलकर उसने एक डब्बे से विग निकाला और झाड़कर उसे पहन लिया।

अचानक वह बहुत अजीब लगने लगा। मैं असहमति में मुस्कराया। उसने मेरी इससे-बेहतर-तो-गंजा-रहना-है मुस्कराहट पर ध्यान नहीं दिया। वह दो क़दम नापकर चला और लगभग कमरे के बीच जा खड़ा हुआ।

"आप मुझे जानते हैं?"

जो मुझे सम्बोधित कर रहा था, नीलाम्बर नहीं था।

"किसने कहा है, मैं बूढ़ा हो रहा हूँ? ज़रा मुझे दाढ़ी बनवाने दीजिए, फिर इस फ्रेन्च विग का कमाल देखिएगा! मैं फिर से सोलह साल का छोकरा हो जाऊँगा! जी हाँ! सोलह साल का!" अन्त तक उसकी आवाज़ इतनी मंद पड़ गई कि अनुमान से ही मैंने वाक्य समझा।

मैं ज़ोर से हँसा। वह देवानन्द की नक़ल कर रहा था। सुमन की नाटकीय प्रतिभा की छूत!

वह मुस्कराया तक नहीं। उसने सिर पर से 'विग' झटके से खींची और खिड़की के बाहर फेंक दी। मेरी हँसी उस तरह थम गई, जैसे बिजली चले जाने के कारण टी.वी. बुझ जाए।

हो सकता है, अभिनय सुमन का शौक़ रहा हो, पर नीलाम्बर की प्रतिभा नाटक और ज़िन्दगी के अन्तर को शब्दशः मिटा देती है।

"आई एम हैप्पी!" उसका स्वर स्वाभाविक हो गया, "मैं बूढ़ा हो रहा हूँ, वरना मुझे लगने लगा था कि मैं बहुत हास्यास्पद रूप से जवान नज़र आता हूँ। बल्कि कहना चाहिए 'वल्गर'!"

मैं स्तब्ध रह गया।

यह सही था कि उसका चेहरा पैंतीस साल की उम्र तक भी कुछ इस तरह लगता था, जैसे कोई बीस-बाईस साल का लड़का हो। लोग उसे हिन्दी साहित्य का देवानन्द कहा करते।

"मैं तो सोचता था, तुमने भी 'रिजुविनेशन' के इंजेक्शन लगवाए हुए हैं!" मैंने मुस्कराकर कहा।

"क्या मतलब?"

"जिस तरह मॉम ने स्विस डॉक्टर पाल निएनहैंस से सदा जवान होने के इंजेक्शन लगवाए थे! इसलिए मुझे विश्वास था कि तुम और चालीस-पचास साल बाद कभी, किसी सुबह पाओगे कि तुम सोए तो जवान थे, पर उठे तो बूढ़े हो गए हो!"

"नहीं-नहीं! मैं डोरिन ग्रे नहीं हूँ। मुझे अक्सर लगता है कि मैं विक्टर ह्यूगो के उन पात्रों-सा हो गया हूँ, जिनका जिप्सियों ने बचपन में ही अपहरण कर उनके चेहरे का इस तरह ऑपरेशन कर दिया था कि वे सदा हँसते नज़र आएँ।

"मैं पिछले आठ-दस वर्षों से जिस समाज में घुसने का प्रयत्न करता रहा हूँ, वहाँ लोग मेरी शक्ल और मेरी स्मार्टनैस की तारीफ़ करते हैं। मेरी बीवी मुझे एक बबुए की तरह प्रेजेंट करती है और यह सोच-सोचकर ख़ुश होती जाती है कि देखो, मेरा खसम शुद्ध लाला नहीं, 'इंटलेक्चुअल' और 'हैंडसम' भी है!"

वह कुछ रुका, "वह 'जिगिलो' वाली भूमिका 'रिपल्सिव' और नॉशिएटिंग है!"

"बीइंग रिड्यूस्ड टु ए स्टैड बुल इज़ डिग्रेडिंग। जिसे इसलिए खिलाया-पिलाया जाता है कि जब ज़रूरत हो, उसके शरीर का भरपूर उपयोग हो सके। यहाँ जीवन का अर्थ तीन चीज़ों की सन्तुष्टि है—जीभ, पेट और सेक्स। हम वापस असभ्यता की ओर बढ़ रहे हैं...जानवरों से प्रतिद्वन्द्विता करने।

"वह चाहती है कि मैं पढ़ने-पढ़ाने का धन्धा छोड़ दूँ, क्यों?" नीलाम्बर ने प्रश्न किया।

मैं चुप सुनता रहा।

"उसका मानना है कि मानसिक थकन, शारीरिक थकन से कहीं अधिक पंगु बनाने वाली है और ज़्यादा पढ़ने-लिखने से मैं संभोग के लायक़ नहीं रहता!"

सोचा, कह दूँ, यह दुनिया तुमने ख़ुद चुनी थी, अब रंज कैसा? पर उसके अवसाद को बढ़ाना मुझे अपराध-सा लगा।

"तुम यह हैमलेट की तरह क्या बड़बड़ा रहे हो!" मैंने मुस्कराकर कहा, "मुझे तुम्हारी समस्या कुछ अस्तित्ववादी क़िस्म की लग रही है!"

"हाँ, तुम ठीक कह रहे हो! हैमलेट! क्या मैं वाक़ई हैमलेट लग रहा हूँ?"

"नहीं, तुम मुझे किंग लीयर लग रहे हो!" मैंने खीझकर कहा, "अब बन्द भी करो न यार इस ड्रामे को!" उसकी उलट-पुलट बातों ने मुझे आतंकित कर दिया था।

"अच्छा, छोड़ देते हैं!" वह मुस्कराया, "शाम का बताओ, क्या कार्यक्रम है?" उसने एकदम सारी भावुकता पर क़ाबू पा लिया।

"कुछ भी नहीं!"

"तो चलो, कहीं चलते हैं! कहाँ चलोगे?"

नीलाम्बर के साथ ही मैं भी घुटन महसूस कर रहा था। इससे बढ़िया व आरामदेह बात और क्या हो सकती थी!

"जहाँ कहो!" मैंने कहा।

"फ़िलाडेल्फ़िया म्यूज़ियम वाली एग्ज़ीबिशन देखने चलें?"

"ठीक है!" मैंने हामी में सिर हिलाया।

"सुबह से मुँह तक नहीं धोया है। मैं दो मिनट में नहाकर आता हूँ, तुम तब तक 'प्ले बॉय' देखो!" उसने मज़ाक़ किया और उत्तर देने का अवसर दिये बग़ैर बाथरूम में बन्द हो गया।

नीलाम्बर ने नहाने में वाक़ई समय नहीं लगाया।

"तुम सच्चे ब्राह्मण हो!" मैंने कहा।

"क्या मतलब?"

"अपनी पहाड़ी कहावत याद है—ब्राह्मण का नहाना और ठाकुर का खाना बराबर समय लेता है!"

"तुम इस बीच क्या खा रहे थे?" उसने पूछा।

"प्ले बॉय की औरतें!" मैंने तुरंत जवाब दिया और हम दोनों देर तक हँसते रहे।

वह कपड़े पहनने लगा।

"पंडित जी, आपने इस रुद्राक्ष का माहात्म्य नहीं बताया?"

उसने मुझे देखा, मैं गम्भीर बना रहा।

"अगर तुम्हें बता दिया, तो तुम झपट लोगे।"

"नहीं, बताओ तो!" मैंने आग्रह किया।

"यह छह मुँहवाला रुद्राक्ष है। इसे कार्तिकेय का प्रतिरूप माना जाता है। यानी मंगल ग्रह का स्वामी और युद्ध का देवता। इसे सीधे हाथ में पहनना होता है जैसे मैंने पहन रखा है, फिर आप ब्रह्महत्या के पाप से भी मुक्त हो जाते हैं!"

"तुम किसकी हत्या करना चाहते हो?"

"तुम निश्चिंत रहो, तुम ब्रह्म नहीं हो!" वह हँसने लगा, "पर तुम्हारे लिए मैं दूसरा 'सजैस्ट' करूँगा!"

"कौन-सा?" मैंने सोत्साह पूछा।

"चार मुँह वाला। उस रुद्राक्ष में ब्रह्मा की आत्मा का वास माना जाता है। तांत्रिक मानते हैं, यदि आप ऐसे इक्कीस रुद्राक्षों की मंत्रित माला धारण करें, तो अगणित महिलाओं को जीत सकते हैं!"

"यार बताओ न, कहाँ से मंत्रित करवाया जाए!"

"जब इतना बड़ा पंडित तुम्हारे सामने बैठा हो, फिर कहीं और जाने की क्या ज़रूरत! लिख लो, मैं मंत्र बतला देता हूँ!"

और वह वाक़ई मंत्र बढ़ने लगा—

ओम चामुंडे, हुलु चुलु चुलु वाश मन्य मुखीम स्वाहा,
ओम चामुंडे जय जंभे मोहाय वाश मन्य मुखीम स्वाहा।

"याद हो गया!" मैंने हँसते हुए कहा। वह भी मेरे साथ हँसने लगा।

"दाज्यू को मेम शा'ब चाय पीने बुला रही हैं!" गोपाल ने सन्देशा दिया।

"चाय!" मेरी समझ में नहीं आया।

"मिल आओ, चाय तो बहाना है!" नीलाम्बर ने कहा, "मैं तुम्हें वहीं से बुला लूँगा।"

मैं उठकर ड्राइंग-रूम में आ गया।

टेलीविज़न बन्द हो चुका था।

मैं तीन बजे आया था। घड़ी पाँच से आगे की यात्रा पर चल चुकी थी।

ड्राइंग-रूम में चर्चा का विषय 'हिमालयन कार रैली' था।

"आइए!" सुमन ने स्वागत करते हुए कहा और चाय बनाने लगी।

"बैठिए!" उसने दुबारा कहा और चाय मेरे हाथों में थमा दी।

"हैट्स ऑफ़ टु मेरियन हॉफ़्नर एंड ओडा एंडरसन," अंजली कह रही थी, "उन्होंने शेखर मेहता को लगभग हरा दिया था!"

"ओ फ़ोरगेट!" पवन बोला, "मेहता ने दो बार अफ्रिकन सफारी जीती है। एंड प्रोबेब्ली इट्स द टफैस्ट रैली इन द वर्ल्ड!"

"मेहता कौन-सी गाड़ी में था?" सुमन ने बीच में पूछा।

"ओपेल एस्कोना," जवाब अंजली ने दिया, "और हॉफ़्नर की टोयोटा सेलिका थी। टोयोटा इज़ ए फ़ैंटास्टिक व्हीकल!" उसने आँखें नचाईं।

"अरे पवन, एक टोयोटा ले ले, भाई!"

सुमन ने अपने भाई को आँख मारी।

"अगर अपना एक्सपोर्ट का धन्धा चल पड़ा तो टोयोटा ही सही!" वह मुस्कराया।

"क्या कह रहे थे तुम?" अंजली को अचानक याद आया।

"क्या?" पवन समझ नहीं पाया।

"वो शेखर मेहता के बारे में..."

"अरे, उनके पैनल्टी पाइंट्स देखो न!" उसने थोड़ी सावधानी से कहा।

"नहीं, वह 'अफ्रिकन सफारी' वाली बात," वह थोड़ा रुकी, "तुम्हें पता है, हॉफ़्नर ने भी कई यूरोपियन रैलियाँ जीती हैं!"

मुझे लगा, अंजली 'मिलिटेंट' क़िस्म की 'फ़ैमिनिस्ट' है...'ब्रा बर्न' और बग़ल-वगल के बाल न साफ़ करने वाला टाइप।

"और जहाँ तक पैनल्टी पाइंट्स का सवाल है, उन्हें भी देख लो। बताओ कितने थे?" अंजली का स्वर बहुत ही आक्रामक था।

"मेहता के 212 और हॉफ़्नर के 247।" सुभाष ने भी बहस में शरीक़ होने की घोषणा कर दी।

"आई सिम्पली डोंट बिलीव!" कहते हुए अंजली ने अख़बार ढूँढ़-ढाँढ़ कर निकाला और थोड़ी देर देखने के बाद किनारे रख दिया।

"क्यों?" पवन मुस्कराया।

"बाई द वे, 35 पैनल्टी पाइंट का डिफ़रेंस इतनी बड़ी रैली में कुछ नहीं होता!" सुभाष ने अंजली को सहारा दिया।

"अरे छोड़ो," सुमन ने कहा, "पहले मतलब की बात कर लो!" और वह मेरी ओर मुख़ातिब हुई, "ऐसा है, देवेन जी, अपनी अंजली को भी लिखने-विखने का शौक़ है!"

"अरे वाह!" मैंने ख़ुशी ज़ाहिर की, "किस भाषा में लिखती हैं?" मेरे अन्दर नीली लौ फिर सुलग उठी।

"वैसे तो अंग्रेज़ी में ही लिखती हूँ। बट इफ़ आई ट्राई, आई कैन वेरी वैल राइट इन हिन्दी ऑलसो!"

"क्यों नहीं,!" मैंने प्रत्यक्ष तौर पर कहा और हाँ, कार रैली पर लिख सकती है, मन-ही-मन दुहराया।

"एक्चुअली इसकी प्रॉब्लम यह है कि इसे कोई जानता नहीं है," सुमन ने कहा, "और बिना पहचान के आप जानते ही हैं, आजकल कुछ होता नहीं है। आप बस इन्हें सर्किल में 'इंट्रोड्यूस' करा दें।"

"चलो!" नीलाम्बर कुर्त्ते-पाजामे के ऊपर ऊनी पंखी ओढ़े खड़ा था।

"ठीक है!" मैंने सुमन से कहा और उठ गया।

"कब मिलें ये आप से?" सुमन ने पूछा।

"कभी भी, शी इज़ ऑलवेज़ वैलकम!" मैंने ज़रा झुककर कहा।

"क्यों, क्या आजकल तुम भी प्रतिभाओं की तलाश में रहते हो!" नीलाम्बर ने बीच में बहुत ही विषैली मुस्कराहट में पूछा।

कमरे में सन्नाटा छा गया।

मैं सोचने लगा, अपने शरीर, डील-डौल और मैनरिज़्म में सुमन की कॉपी, अंजली को छपने में ज़्यादा दिक़्क़त नहीं होगी। ऐसी लड़कियाँ क्या लिखती हैं, यह शायद महत्त्वपूर्ण नहीं होता—सामान्यतः। वे कैसे बोलती हैं, यही मायने रखता है। इसका सम्पादकों से सिर्फ़ एक बार मिलना काफ़ी है। फिर जहाँ इतना कूड़ा छपता है वहाँ दो-चार-दस लाइनों में कौन-सा पहाड़ गिर जाएगा!

"तुम जा रहे हो?" सुमन नीलाम्बर से पूछ रही थी।

"क्यों, क्या तुमसे 'परमीशन' लेनी होगी?" नीलाम्बर बहुत ही विकराल मूड में लगा। मैं जल्दी से कमरे के बाहर हो गया।

"असल में आज शाम मौर्या में कार रैली के बॉल में जाना है!" वह मधुर स्वर में बोल रही थी।

"तो जाओ न, किसने रोका है!"

"तुम्हारा भी टिकट है।"

"यू हैव कम्पनी, गो एहैड! आई कान्ट एफ़ोर्ड टु वेस्ट माई टाइम विद बफ़ून्स एंड मंकीज़!" नीलाम्बर ने ज़ोर से दरवाज़ा बन्द किया और बाहर आ गया।

मैं आतंक से उसे देखता रह गया।

मेरी पसन्द

"क्या कह रही थी?" नीलाम्बर ने एक स्कूटर-रिक्शे को हाथ देकर रोकते हुए पूछा।

"कुछ नहीं, वह लड़की कविता लिखती है। 'इंट्रोड्यूस' करवाने की बात थी।"

"उसके बाप ने कभी कविता लिखी। कविता लिखती है!"

मैं चुप हो गया। अब तक हम स्कूटर में बैठ चुके थे।

"इंडिया गेट!" नीलाम्बर ने आदेश दिया। फिर वह मेरी ओर मुड़ा, "सुना, तुम बड़े 'प्लेबॉय' हो गए हो!"

वह अभी भी ग़ुस्से में था। मैं मुस्कराया, पर इससे उसकी भृकुटियों का तनाव कम नहीं हुआ।

"तुम क्या कर रहे हो?" उसकी आँखें मेरे चेहरे पर गड़-सी गईं थीं, "'सेन' आदमी के लिए एक औरत ही भुगतना मुश्किल हो जाता है—तुम नम्बर लगाए हुए हो। लिखने-पढ़ने वाले आदमी के पास औरतों को फुसलाने के लिए समय होता कहाँ है?"

मैं अब भी चुप रहा।

"गया हुआ समय लौटेगा नहीं, देब्बू! जहाँ तक शरीर का सवाल है, वह हर औरत का मूलत: एक ही है। औरतों को आम नहीं समझो कि दशहरी के बाद लँगड़ा, फिर सरौली और फिर चुस्की...चखते चले गए। औरत और आदमी के सम्बन्ध शुद्ध ऐन्द्रिक नहीं हैं। अपनी ग़लती का ख़ामियाज़ा भोगना पड़ेगा।"

"मैं उस लड़की को किसी से मिलाने नहीं ले जा रहा हूँ!" मैंने चिढ़कर कहा।

"बात को समझो!" नीलाम्बर पूरी तरह फ़ॉर्म में आ गया था, "कभी सोचा है, जो वर्ष तुमने औरतों के चक्कर में गँवाए, वो कितने महत्त्वपूर्ण थे! ज़िन्दगी क्या है, जानते हो? चूके समय का दूसरा नाम। यदि कुछ बचेगा, तो वह होगा—तुम्हारा काम। इसलिए जीवन को पकड़ना है, तो समय को बरबाद न करो!" वह सिर्फ़ साँस लेने को रुका।

"क्या किया है तुमने अपने बीस-बाईस साल के लेखन में? पत्रिकाओं में छपने वाली तारीफ़ से अभिभूत रहते हो या कभी सोचते भी हो?"

सोचने को कुछ रहा ही नहीं था। पिछले पाँच वर्षों से मैं इसके अलावा और क्या सोच रहा था!

वह कुछ रुका, "चलो, माना साहित्य नहीं, पत्रकारिता में ही कुछ करते। अब तो वह युग भी नहीं है कि सम्पादक होने के लिए बूढ़ा होना ज़रूरी हो। 'संडे', 'रविवार' और 'ऑनलुकर' के एडिटर तुमसे भी छोटे ही हैं और तुम दस साल से जहाँ के तहाँ हो!"

क्या हो गया है इस नीलाम्बर को, मेरी समझ में नहीं आया। कैसा महर्षि महेश योगी-सा बोल रहा है! कितना ही पढ़ जाओ, मैं सोच रहा था, संस्कारों को मिटाया नहीं जा सकता। इसका दबा पुरोहित अक्सर किसी प्रेत-सा मँडराने लगता है और यह शुद्ध पंडिताऊ क़िस्म के प्रवचन शुरू कर देता है।

"वैसे किसी भी सृजनात्मक लेखक के लिए पत्रकारिता संहारक है, पर हिन्दी का तो हर सम्पादक लेखक है। तुम तो यार सम्पादक भी नहीं हो! तुम तो अभी पत्रकारिता से उस तरह का आनन्द उठा रहे हो जैसा कि कैरियर के शुरू में नये लौंडे करते हैं कि हम पत्रकार हैं इसलिए मुफ़्त पीते हैं या फलाँ मिनिस्टर से हमने यह कह दिया और फ़लाँ के ख़िलाफ़ यह लिख मारा। निकलो, इस बचकाने सुख से। पत्रकारिता आज ईमानदार आदमी का पेशा नहीं है, सिर्फ़ 'ब्लैक-मेलर्स' के लिए रह गया है। तुम्हारे वश का है सेठ के टट्टे चूमना और मंत्रीजी के चूतड़ धोना, बोलो? तुम्हें जितनी जल्दी हो सके, कोई और धन्धा ढूँढ़ लेना चाहिए!"

नीलाम्बर जब बेहूदगी पर उतरता है, तो थमता नहीं। कौन-सा ऐसा पेशा है जो मुझे ईमानदार बना देगा, मैं पूछना चाहता था—पर मेरा काम सुनना था।

"हर छोटे से छोटे सुख की क़ीमत होती है, जो कभी-कभी जान-लेवा साबित होती है!" वह अपनी रौ में बोलता रहा। स्कूटर मूलचंद के चौराहे पर रुका हरी बत्ती का इन्तज़ार कर रहा था।

"मुझे देख रहे हो! मैंने अपनी सृजनात्मकता, अपने लेखन, अपनी स्वतंत्रता का सौदा एक गुड़िया, फ्रिज और मकान से कर लिया है। मैं अक्सर डॉक्टर फ़ॉस्टस की तरह अपनी बन्धक आत्मा को छुड़ाने के लिए छटपटाता रहता हूँ, पर कहीं रास्ता नज़र नहीं आता। मैं साउंड-प्रूफ़ एयर-कंडीशंड कमरे में बन्द-सा हूँ। सर्दी-गर्मी से परे, बिना आकाश के, बिना हवा के, अपनी ही सिगरेटों के धुएँ से घुटता।"

सारे भाषण ने एक अज़ीब मोड़ ले लिया था। वह चुप हो गया।

स्कूटर के इंजन की आवाज़ और आते-जाते यातायात की सनसनाहट से घिरे हम दोनों ही अपने-अपने संसार को टटोल रहे थे।

"अंजली है, ज़ोरदार!" अचानक उसने कहा। वह वाक़ई मुस्करा रहा था, "करा दो 'इंट्रोड्यूस' एकाध अख़बार वालों से, कोई हर्ज़ नहीं है, पर ख़याल रहे, पंछी जाल समेत न उड़ जाए!" वह सामान्य होने लगा।

मैं चुप ही रहा। मुझे टटोल रहा है! ऐसे मौक़ों पर मैं बहुत ही चौकन्ना और 'टची' हो जाता हूँ।

"कुछ कविताएँ अपने यहाँ छपवा दो!" वह कहता गया, "अगर अनुवाद काम के न हुए तो ख़ुद लिख देना। दो कविताओं के बदले अगर एक बार सो लिये, तो बुरा सौदा नहीं माना जाएगा!"

"क्या बात कर रहे हो!" मैं कमरे में घिरी बिल्ली-सा बौखला गया, "क्या तुम मुझे इतना कमीना समझते हो! क्या मुझे मालमू नहीं है कि वह तुम्हारे साले की होने वाली बीवी है?"

"होने वाली बीवी!" उसने अट्टहास किया। "पिछले दस साल में इस तरह की कुछ नहीं तो दस बीवियाँ तो मैं ही देख चुका हूँ।"

"क्या मतलब?"

"जी हाँ! यह भी उन्हीं में से है!"

"क्या सुमन यह बात जानती है?" मुझे आश्चर्य हुआ।

"क्यों, जानने में क्या बुराई है? बल्कि सुमन का तो उसे बड़ा भरोसा है!" नीलाम्बर बड़े विकृत क़िस्म से मुस्कराया। फिर कुछ रहस्य खोलने वाले-से अन्दाज़ में बोला, "जब मैं नहीं होता, सुमन उसे बेडरूम दे देती है!"

"माई गॉड!" मुझे धक्का लगा।

"क्यों क्या हुआ? वरना बिज़नेस पार्टनर, आदमी, क्या वैसे ही हो जाता है? ये जो टू-इन-वन, कैसेट, सैंट, साड़ी सुमन को भेंट मिलती है, तुम रक्षाबन्धन का चमत्कार तो नहीं माने बैठे हो!"

वह फिर हँसने लगा और हँसता ही चला गया, एक ऐसी खोखली हँसी, जिसकी असहायता ने मुझे उसके प्रति गहरी सहानुभूति से भर दिया।

"छोड़ो," मैंने कहा, "तुम क्यों अपना दिमाग़ ख़राब करते हो!"

"छोड़ो! कैसे छोड़ दो? मेरा घर चकला हो गया है और तुम कहते हो, छोड़ दो! मेरी बेटी क्या सीखेगी अपनी माँ से! जानते हो, आदित्य को मैंने क्यों बोर्डिंग भेजा? इसी सब गन्दगी के कारण। बहुत हो गया, अब और नहीं बढ़ने दिया जा सकता। इनॅफ़ इज़ इनॅफ़!"

स्कूटर जयपुर हाउस पहुँच रहा था। मैंने बाईं ओर रुकवाया और हम उतर गए।

गेट के अन्दर अभी घुसे भी नहीं थे कि नीलाम्बर बोला, "लो, तुम्हारी सहेली खड़ी है!"

पोर्टिको के नज़दीक पूर्णिमा खड़ी थी।

"मेरी या तुम्हारी?" मैंने मज़ाक़ किया।

"डैल्ही इज़ इनफैस्टेड बाई कल्चरल विचेज़!" नीलाम्बर ने मुँह बिगाड़ते हुए कहा।

"विचेज़ या बिचेज़?" मैंने उकसाया।

"सांस्कृतिक दुनिया की चुड़ैलें!" उसने मुस्कराते हुए हौले से स्पष्ट किया।

"कैसे हैं नीलाम्बर जी?" पूर्णिमा ने ज़ोर से पूछा।

औरतों में नीलाम्बर की लोकप्रियता अब भी बरकरार थी। मुझसे 'हैलो' तक नहीं हुई। नीलाम्बर जादूगर है, मैंने अपने को समझाया था।

"तुम सुनाओ, क्या कर रही हो?" नीलाम्बर का स्वर अस्वाभाविक रूप से सामान्य हो गया।

"आपका इन्तज़ार!" वह हँसी।

"हमारा इन्तज़ार, वह भला क्यों?" नीलाबर ने बेहतरीन नाटकीय प्रतिभा का प्रदर्शन किया।

"आप लोगों को आते देखा, रुक गई!"

"एग्ज़ीबीशन देख रही हैं?" मैंने पूछा।

"हाँ, देख भी और 'कवर' भी कर रहे हैं!" उसने बहुत ही फ़ख्र से कहा।

"किसके लिए?"

" 'स्वदेश' वाले कवर-स्टोरी बना रहे हैं।"

"बहुत बढ़िया," नीलाम्बर ने थपथपाया उसे और "चलो," मुझसे कहा।

इस अद्‌भुत और सुन्दर भवन में प्रवेश करते हुए मैं एक अरसे बाद फिर उसी तरह का ख़ौफ़ और घबराहट महसूस कर रहा था, जैसे दिल्ली आने पर शुरू में किया करता था। एक अजीब क़िस्म के अलगाव ने मुझे घेर लिया था। लगता, कोई अचानक पूछ बैठेगा, "आप कैसे?"

गैलरी के मुख्य द्वार पर सी.सार.पी. का बन्दूकधारी जवान तटस्थ मुस्तैदी से खड़ा था। मैं थोड़ा तेज़ होकर नीलाम्बर के एक क़दम और नज़दीक चलने लगा। अन्दर जगह-जगह कर्मचारी थे। हो सकता है, कुछ जासूस भी हों।

मान लो एक भी पेंटिंग खो गई, तो?

मुझे निश्चित पकड़ लिया जाएगा।

—पर उससे क्या होता है? मेरे पास प्रेस-कार्ड है। मैं पत्रकार हूँ। दैनिक 'नया दिन' के लिए पेंटिंग्स की समीक्षा करता हूँ।

मैंने ज़बरदस्ती इस विचार-शृंखला को तोड़ कर पेंटिंगों की ओर ध्यान लगाया। दिल नहीं लगा। शायद इसलिए भी कि मैं एक बार पहले देख चुका था।

अजीब बात यह थी कि मैं अनजाने ही लगातार कोशिश कर रहा था कि कर्मचारियों की नज़र में रहूँ, जिससे मुझ पर कभी भी शक न हो। मैं मुख्य हाल के बीच में लगी गद्‌दीदार बेंच पर बैठ गया। नीलाम्बर पूर्णिमा को 'ईव विद एन एप्पल' की बारीकियाँ देर से समझ रहा था। घुसते ही दरवाज़े के बाईं ओर रखी मैलोल की दो फुट की यह कांस्य कृति बरबस ध्यान खींच रही थी। गहरे रंग की प्रतिमा के उरोज और नाभि के पास का चक्र, ट्यूब की रोशनी में सुलग रहा था। उसकी कलात्मकता की जगह नग्नता ने, मुझे बाँध लिया।

"अभी आता हूँ, नीलाम्बर!" कहकर मैं बग़ल वाले खंड में अमृता शेरगिल के कई बार देखे चित्रों को देखने चला गया। अमृता मेरी प्रिय भारतीय चित्रकार है। उसके चरित्रों की उदासी और ठहराव मुझे बाँध लेते हैं, विशेषकर उसके महिला-चरित्र। जितना ही मैंने इन चित्रों को देखा है, उतनी ही निकटता महसूस की है। जैसे कि इनमें से हर आकृति मेरी पहचानी है और हर प्रसंग मेरा जिया हुआ। इन आकृतियों में एक चेहरा ऐसा भी है, जो मुझसे जुड़ा है और इस चेहरे की तलाश ही कभी मुझे शेरगिल और कभी मोदग्लियानी की ओर ले जाती है। यह स्त्री-चेहरा कौन है?

क्या कला इससे नहीं मिलती? अक्सर यह प्रश्न मुझे कचोटता है।

जब मैं लौटकर आया, वे सेज़ाँ के चित्र के सामने थे। मैं फिर बैठ गया।

नीलाम्बर समझा रहा था, "महानतम 'इम्प्रेशनिस्ट' पेंटर है सेज़ाँ।" पूर्णिमा बीच-बीच में नोट कर रही थी, " 'क्यूबिज़्म' को जितना इसने प्रभावित किया है, शायद ही किसी और ने किया हो!" नीलाम्बर कह रहा था, "पिकासो और ब्रॉक पर सेज़ाँ का ज़बरदस्त असर है। तुम इसको भी छाप सकती हो!"

"क्या इसके कलर उभर पाएँगे?" पूर्णिमा पूछ रही थी।

"वो कहाँ है!" नीलाम्बर को मेरी याद आई। फिर उसने इशारा किया, "ए ओल्ड मैन, यहाँ आओ!"

वह मुस्कराने लगी थी।

"क्या है?" मैंने मरे मन से उठते हुए पूछा।

"बताओ, क्या इसका 'रिप्रोडक्शन' हो सकता है?"

"हाँ, क्यों नहीं हो सकता! सारा मामला ट्रांसपैरेन्सियों पर निर्भर करेगा। छपेगा तो फ़ोटो-आफ़सेट पर? फ़ोटोग्राफर कौन है?" मैंने जान-बूझकर सारे मामले को तकनीकी पेचीदगियों से भर पूर्णिमा को आतंकित कर दिया।

"पता नहीं! उन्हीं के स्टाफ का कोई होगा। मुझे तो सिर्फ़ इतना बतलाना है कि कौन-कौन से चित्र लिये जाएँ!"

"कितने चित्र छपेंगे?" मैंने पूछा।

"सात-आठ कलर में, बाक़ी ब्लैक एंड व्हाइट। आप ज़रा मेरी मदद कर दें!" उसने प्रार्थना की।

"अरे आप तो ख़ुद एक्सपर्ट हैं! मैं क्या बता सकता हूँ, फिर नीलाम्बर भी हैं!" मैंने मज़ा लिया।

नीलाम्बर बोला, "बता तो हम सब कुछ देंगे, पर हमारा पारिश्रमिक ज़रा भारी पड़ता है।"

"आख़िर कितना भारी पड़ेगा? मिल जाएगा!" पूर्णिमा मुस्कराई।

"ज़्यादा नहीं, हमारे बराबर!" नीलाम्बर ने बेशरमी से कहा। मैंने मुँह दूसरी ओर मोड़ लिया।

"चलिए-चलिए, आगे चलिए!" पूर्णिमा ने उसे धक्का मारा।

वे फिर से पेंटिंगों में डूब गए। मैं वापस अपनी जगह आ बैठा।

काँच के दरवाज़े के उस पार सी.आर.पी. का जवान अभी भी वैसे ही खड़ा था। मैंने ध्यान से देखा। वह भी जम गया था, अन्तहीन स्थिरता में मैलोल की मूर्ति की तरह। इसके बाद धीरे-धीरे कभी मैलोल की मूर्ति सी.आर.पी. के जवान में और कभी सी.आर.पी. का जवान मैलोल की मूर्ति में समाने लगे। मैंने कई बार आँखें मलीं, पर सिलसिला जारी रहा। क्या कोई ऑडियो-विज़ुअल शो चल रहा है, या मुझे 'हैल्यूशिनेशन' हो रहे हैं? मेरी समझ में नहीं आया।

"चलो!" नीलाम्बर की आवाज़ ने सिलसिला तोड़ दिया।

"हो गया?" मैंने राहत की साँस लेते हुए पूछा।

"हाँ!" दोनों एक साथ बोले।

हम काँच के दरवाज़े से निकल आए थे और सिपाही के सामने से गुज़र रहे थे।

नीलाम्बर फिर से पूर्णिमा को समझाने लगा था, "अधिकांश कृतियाँ 'इम्प्रेशनिस्ट' व 'मॉर्डन पीरियड' की ही हैं!"

"एक मिनट!" कहकर मैं दाएँ मुड़ने की जगह वापस गैलरी की ओर लौट गया।

जब मैं आया, वे दोनों लॉन में देवीप्रसाद रायचौधरी की बनाई विशाल मूर्ति के सामने खड़े थे।

"जानती हो, फ़ॉविज़्म का अर्थ क्या है?" नीलाम्बर ने मेरे पहुँचते ही प्रश्न किया था।

पूर्णिमा ने नकार में सिर हिलाया।

वह मुस्कराया। "तुम्हें पता है?" उसने मुझसे पूछा, जैसे प्रश्न मेरी ही प्रतीक्षा में रहा हो।

मैं चुप रहा।

"इस शताब्दी के आरम्भ में जब हेनरी मातिस, आन्द्रे दरेन और मारिस बलामिंक ने पेरिस में अपने चित्रों की प्रदर्शनी की, तो तहलका मच गया। इस नई शैली की शुद्ध रंगों के माध्यम से अपनाई गई अभिव्यक्ति की स्वतंत्रता, रेखांकन व परिदृश्य की अतिरंजना से स्तंभित आलोचकों ने इसे 'ल फॉवेस' नाम दे डाला। यानी 'वाइल्ड बीस्ट' या जंगली जानवर।"

"1905 में मातिस की पेंटिंग 'लक्स कामे एत वल्यूप्ते' ने भी, जो इसमें है, कला-जगत को हिला ही दिया। मातिस ने नग्न आकृतियों को बेइन्तहा सरलीकृत कर पूरी तरह से सजावटी कर दिया था। इस चित्र में सिर्फ़ कुछ आकार नज़र आते हैं। आपका ध्यान इस ओर जाता ही नहीं कि नग्न शरीर स्त्रियों के हैं। यह पेंटिंग लैंडस्केप परम्परा को ही चुनौती-सी देती लगती है।"

"इसके अलावा तुम्हें पिकासो और ब्रॉक में से भी एक को लेना पड़ेगा। मैं तो सोचता हूँ, ब्रॉक को लो!"

"पिकासो तो ज़रूरी है!" पूर्णिमा ने पिकासो का नाम सुन रखा था।

"तो ले लो, पर यह कमज़ोर कृति है!"

" 'स्कल्पचर' ले सकती हैं!" मैंने सुझाया।

"राइट!" वह मुस्कराया, "देखा जाए तो ब्रॉक और पिकासो की क्यूबिस्ट पेंटिंग्स से तो ज़्यादा पावरफुल; मुझे दुशाँ और लैज़र लग रहे हैं। अब कितने नाम हो गए?" उसने पूछा।

"मातिस, रेनुआँ, सेज़ाँ, पिकासो और ब्रॉक!" पूर्णिमा ने हमारी ओर देखा।

"ऐसे नहीं!" मैंने टाँग फँसाई। आख़िर मैं भी तो एक 'नेशनल डेली' का 'क्रिटिक' हूँ।

"बताओ न!" नीलाम्बर ने हाथ से इशारा किया।

"रेनुआँ, सेज़ाँ, माने, पिसारो, ब्रेंकुसी, और मैं सोचता हूँ," पूर्णिमा के हाथ से कैटलॉग लेकर पलटते हुए मैंने कहा, "शगाल, पाल क्ले व जाँ आर्प की पेंटिंग्स ली जानी चाहिए तथा पिकासो, ब्रेंकुसी, दुशाँ और मैलोल के 'स्कल्पचर'!"

"तुम्हारा मतलब है, मातिस और दूसरी जो मूर्ति है औरत की, उसे छोड़ दिया जाए?" नीलाम्बर ने कुछ अजीब स्वर में पूछा, जैसे हल्के कहीं मेरे ज्ञान का मखौल उड़ा रहा हो।

"नहीं जी, औरतों को कैसे छोड़ा जा सकता है!" मैंने भी उतनी ही व्यंग्य से कहा।

वे दोनों हँस पड़े।

मैंने फिर से कैटलॉग उलटा-पलटा, "मातिस की मूर्ति 'ला सर्पेन्टाइन' तो मस्ट है। अब जहाँ तक सवाल है लिपशित्ज़ की औरत का, मैलोल के सामने वह क्यूबिस्ट भौंडी औरत नहीं चलेगी!"

"क्या कह रहे हो यार!" नीलाम्बर ने टोका।

"उसे भी ले लेते हैं!" पूर्णिमा ने नीलाम्बर की बात रख ली।

मैं कट गया, पर मैंने हार नहीं मानी।

"औरतों की बात पर याद आया, आपने औरतों के सबसे बड़े प्रेमी और जिसके लिए एक औरत ने पाँचवीं मंज़िल से कूद कर आत्महत्या की, उसे लिया?"

"कौन?" वे दोनों एक साथ बोले।

मैं जवाब देने की जगह सिर्फ़ मुस्कराया।

नीलाम्बर उखड़ गया, "ये क्या पहेलियाँ बुझा रहे हो!"

"मैं मोदग्लियानी की बात कर रहा हूँ।" मैंने बड़ी ही विजयी मुस्कराहट से कहा।

"माइनर पेंटर है!" नीलाम्बर ने उड़ाना चाहा।

"हो सकता है, पर उसकी औरतों का जवाब नहीं है!" मैं अड़ा रहा।

—

"आप वो पाँचवीं मंज़िल वाला क्या क़िस्सा बतला रहे थे!" पूर्णिमा का सिर्फ़ क़िस्सों और स्कैंडलों में ही ध्यान था।

"अरे, किसी भी किताब में मिल जाएगा!" नीलाम्बर बोला। शायद उसे लगने लगा था कि पूर्णिमा मेरी नज़रों में चढ़ने लगी है।

"थोड़ा बतलाइए तो!" उसने आग्रह किया।

"मेरे पास मोदग्लियानी पर किताब है। कभी घर आइए, ले जाइएगा!" नीलाम्बर की परवाह किये बग़ैर मैंने अपनी मंशा ज़ाहिर कर दी।

पूर्णिमा ने नीलाम्बर का मुँह देखा। नीलाम्बर ने मुझे घूरा। मैंने अनदेखा कर दिया।

जयपुर हाउस के कम्पाउंड से बाहर आकर हम साथ के एक खोखे पर चाय पीने खड़े हो गए थे। न जाने क्यों पूर्णिमा ने मुझसे पूछा, "आपको कौन-सा पेंटर प्रिय है?"

"सब पसन्द हैं!" मैंने मज़ाक़ में कहा। कम-से-कम यह तो स्पष्ट था कि मैंने उसे अपने ज्ञान से प्रभावित कर दिया है।

"नहीं बताइए न!" उसने आग्रह किया।

"रुबेन्स!" मैं हँसा।

"बहुत अच्छा!" नीलाम्बर मुस्कराया, "और इस अजनबी पसन्द का कारण मैं बताऊँ!"

"क्या?" पूर्णिमा को लेख लिखना था और वह हम दोनों की टक्कर का पूरा लाभ उठा लेना चाहती थी।

मैं चुप रहा।

"उसके चित्रों की सेंसुअसनेस! क्यों?"

मैं सिर्फ़ मुस्कराया! जैसी कि मुझे उम्मीद थी, नीलाम्बर ख़ुद ही बोलता गया, "उसकी पेंटिंग्स में एक अजीब क़िस्म का इरॉटिसिज़्म है। वह 'शेपली' औरतों की जगह 'वाल्पचुअस'—क़द्दावर औरतों को चित्रित करता है। उसकी सारी 'न्यूड्स' मोटी हैं!" और वह हँसने लगा।

"क्या मोटे सुन्दर नहीं होते?" मैंने आख़िरी चोट की।

पूर्णिमा सकपका गई। वह कुछ मोटी है। और नीलाम्बर भी फैल गया है। उसकी भी हँसी बन्द हो गई।

"मैं कब आऊँ?" पूर्णिमा ने चाय ख़त्म करके पूछा।

"जब चाहे, दोपहर बाद मैं घर पर ही रहता हूँ!" नीलाम्बर ने कहा।

"तो ठीक है, कल नहीं तो परसों मैं 'डेफ़िनेट' आऊँगी!" और वह चली गई।

"लेख, लगता है, तुम्हें ही पूरा करना पड़ेगा!" मैंने मज़ाक़ किया।

"ठीक है! हो जाएगा!" उसने हाथ नहीं धरने दिया।

"अब!" मैंने पूछा।

"तुम वापस क्या करने गए थे?" उलटा उसने प्रश्न किया।

उसे मेरा व्यवहार निश्चित रूप से असामान्य लगा था। वैसे भी उसकी नज़र से कोई चीज़ बच जाए, मैं जानता हूँ यह सम्भव नहीं है।

"सिपाही से बात करने।" मैंने कहा।

"क्या?" उसे आश्चर्य हुआ।

"यह जानने कि उसके हिसाब से इस 'एग्ज़िबीशन' की एक पेंटिंग का क्या दाम होगा?"

"क्या बोला?" नीलाम्बर की उत्सुकता बढ़ गई।

"पहले तो उसकी समझ में कुछ नहीं आया, पर जब मैंने दबाव दिया, तो बोला, चार-पाँच सौ, बहुत हुआ तो हज़ार! यह अनुमान भी उसने बहुत डरते-डरते लगाया था!"

नीलाम्बर ज़ोर से हँसा। "भजनलाल की प्रजा होगा," उसने कहा।

मैं भी मुस्कराया, पर बात मुझे रुचि नहीं। क्या हम सब कमोवेश उसी प्रजा का हिस्सा नहीं हैं, मैंने सोचा।

"जानते हो, यह औरत इतनी जल्दी इतनी बड़ी लेखिका और 'क्रिटिक' कैसे हो गई?" उसने पूछा।

"क्योंकि ख़ूबसूरत है!"

"नहीं, सिर्फ़ ख़ूबसूरती ने ही नहीं, पति ने भी इसकी मदद की। वह कर्नल है और आर्मी के लिए किताबों की ख़रीद करवाता है।"

"ओह, आई सी!" मेरे मुँह से स्वयं ही निकलता चला गया, "और 'स्वदेश' के सम्पादक की नई किताब आई है!"

"बिल्कुल ठीक!" नीलाम्बर ने मेरी पीठ वाक़ई थपथपा दी—काफ़ी समझदार हो गए हो वाले अन्दाज़ में!

वर्दी और नामर्दी

"हम कहाँ जा रहे हैं, पता है...?" नीलाम्बर ने एक स्कूटर-रिक्शा को रोकते हुए पूछा।

"कनॉट प्लेस!"

"नहीं, पहाड़गंज, ममो के यहाँ!"

"ममो?" मेरी समझ में नहीं आया।

"नई दिल्ली स्टेशन!" उसने ज़ोर से स्कूटर वाले को आदेश दिया।

"ममो यानी मदनमोहन। कई दिन हो गए हैं उससे मिले!"

"अरे! मैंने सोचा, तुम किसी पुरानी कोठे वाली के पास ले जा रहे हो।"

"ममो बड़ा ज़बरदस्त करेक्टर है!" उसने मेरे मज़ाक़ की ओर ध्यान नहीं दिया, "मेरे उपन्यास का एक प्रमुख पात्र वह भी है, इसलिए ज़रा याद ताज़ा करने की सोच रहा हूँ!"

"ओह! तो तुम अपने 'रीयल लाइफ़ करेक्टर' से मिलवाने ले जा रहे हो!" मैंने विशेष उत्साह नहीं दिखाया।

"तुम उससे ख़ुश नहीं लगते, क्यों?" उसने पूछा।

"ही इज़ एन एंग्री ओल्डमैन।" मैंने कुछ व्यंग्य में कहा।

" 'ओल्डमैन' क्यों कह रहे हो, यार! यही कोई 44-45 का होगा। अभी तो जैनेन्द्र और अज्ञेय भी बूढ़े नहीं हुए हैं, और राइटर तो तब बुढ़ाता है, जब चुक जाता है। तुम तो दो साल बाद मुझे भी बूढ़ा कहने लगोगे!"

"उसका 'फ्रस्ट्रेशन' मेरी समझ के बाहर है। कहने को तो मार्क्सिस्ट है, पर हर उस आदमी से नाराज़ रहता है, जो ज़रा भी खाता-पीता लगे!"

"कोई भी आदमी सिर्फ़ विचारधारा के बल पर कब तक जीवित रह सकता है! फिर मार्क्सिज़्म तो भौतिकवादी विचारधारा है, यह नहीं भूलना चाहिए।" वह थोड़ा रुका, "तुम उसकी पीड़ा नहीं समझ सकते। वह हमारी पीढ़ी का सबसे सशक्त लेखक है, पर अपनी 'ब्लंटनैस' के कारण उसने सबको नाराज़ कर लिया है। नतीजा यह है कि लोग उसे लेखक मानने को ही तैयार नहीं हैं।

"तुम्हें शायद पता न हो, उसने अपना कैरियर चपरासी की नौकरी से शुरू किया था। दस भी पास है या नहीं, भगवान जाने। इसलिए सलीके की कभी कोई

नौकरी नहीं मिल पाई। सात-आठ बच्चे हैं और रोज़ी का कोई पक्का ठिया आज भी नहीं है, जबकि लोग कहाँ से कहाँ पहुँच गए हैं! वह अनुवाद और प्रूफ़-रीडिंग से ही गाड़ी खींच रहा है। इसलिए उसकी बातों को 'फ़ेस वैल्यू' पर नहीं लेना चाहिए। अगर उसकी बातों में भी कड़वाहट न होगी, तो किसकी बातों में होगी! हर ईमानदार आदमी की नियति इस व्यवस्था में अन्ततः सनकी और अर्द्धविक्षिप्त हो जाना है। हमें देखते हो," वह रुका, "हममें कितनी हताशा है, कितनी 'बिटरनैस' है और कितना ज़हर है, जबकि हम सफल लोगों में से हैं! उसको तो, देब्बू, ख़ून भी माफ़ होना चाहिए!"

मैं हँस पड़ा।

"हाँ भई, ख़ून भी माफ़ होना चाहिए।" उसने ज़ोर देते हुए दोहराया।

स्कूटर वाले ने स्टेशन के सामने छोड़ दिया।

" 'शीला' पर कौन-सी फ़िल्म चल रही है?" नीलाम्बर ने भीड़-भरे बाज़ार में घुसते हुए पूछा।

"पता नहीं, ऐसे ही कोई बम्बइया मसाला है!" मैंने उसके साथ क़दम मिलाने की भरसक कोशिश करते हुए कहा।

मुझे लगा, वह कुछ तेज़ चल रहा है, पर यह उसकी पुरानी आदत थी। वह अपने साथी से अक्सर ही एकाध क़दम आगे हो जाता था, जिससे लगता, बाक़ी लोग उसके पीछे चल रहे हैं। वैसे यहाँ आदमी, साइकिल, ताँगों और स्कूटरों की भीड़ में साथ चल पाना मुश्किल भी था। मुझे रह-रहकर किसी साइकिल या आदमी को रास्ता देने के लिए पीछे होना पड़ता।

"एक ज़माना था, यह दिल्ली के सबसे पॉश थियेटरों में से था!" नीलाम्बर की बात को मैं पीछे से पकड़ने की कोशिश करता चलता रहा। "मैंने यहाँ 'माई फ़ेयर लेडी' और 'लारेंस ऑफ़ अरेबिया' जैसी फ़िल्में देखी थीं।"

"तुम्हें किस बात का अफ़सोस है, अब तो सारी अच्छी फ़िल्में तुम्हारे घर के नज़दीक ही लगती हैं। फ़िल्में ही क्या, हर अच्छी चीज़ अब उधर ही होती है। तुम इन ताँगा-युग में रह रहे लोगों से उम्मीद करते हो कि वे 'इनोसैंट्स विद् डर्टी हैंड्स' या 'क्रैमर वर्सेज़ क्रैमर' देखेंगे?" मैंने उसे खींचने वाले अन्दाज़ में पूछा।

"नहीं, अफ़सोस की बात नहीं है!" उसने दाईं ओर मस्जिद के बग़ल की एक गली में मुड़ते हुए कहा, "मैं तो सिर्फ़ उन दिनों की याद कर रहा हूँ!"

हम फिर चुपचाप चलने लगे—गली की गन्दगी और नाली से बाहर फैल आए पानी को पार करते हुए और टी.वी. पर आती फ़िल्म के संवादों को चीरते हुए। वह सही गली पहचानने के लिए कई बार रुका।

"भूल-भुलैया है।" मैंने कहा।

"कौन-सी फ़िल्म आ रही है?" उसने पूछा।

"पता नहीं। टी.वी. तो तुम्हारे पास है और 'मास कल्चर' के वकील भी तुम ही हो!"

वह हँसा, "हूँ, 'प्यार किये जा'। मज़ेदार फ़िल्म है!" उसने डायलॉगों से पता लगा लिया था।

दोनों ओर के सामान्यतः तीन-चार मंज़िलें पुराने क़िस्म के मकानों के बीच से आगे बढ़ते हुए उसने कहा, "अनरीयल सिटी!" फिर थोड़े अन्तराल से बोला, "किसी ज़माने में यह मुसलमानों का मुहल्ला था।"

सम्भवतः गन्दगी और संकीर्णता का चालू स्पष्टीकरण।

"आई हैड नॉट थॉट, डैथ हैड अनडन सो मैनी!" कहकर वह एक मकान के नज़दीक रुका। तेज़ी से बढ़ते अँधेरे में अब हर मकान एक-सा ही लगने लगा था। उसने लम्बी साँस ली और फिर से अंग्रेज़ी की लाइनें बोलने लगा, "साइज़ शार्ट एंड इनफ्रीक्वेंट, वर एक्सलल्ड, एंड ईच मैन फ़िक्स्ड हिज़ आइज़ बिफ़ोर हिज़ फीट!"

नहीं, यह मकान भी नहीं था। वह अगली गली में मुड़ गया।

मुझे गुस्सा आने लगा। न जाने कहाँ ला फाँसा! इससे तो कॉफ़ी हाउस में बैठते। इतवार होने के बावजूद कोई तो मिलता!

"तुम मूलतः ईश्वरवादी हो।" मैं अचानक आक्रामक हो उठा।

"क्या मतलब?" उसने मुड़कर मेरी ओर देखा।

"इतने सारे आदमियों को तुम मृत घोषित कर रहे हो। इन लोगों को, जो अपने हर पल के अस्तित्व के लिए संघर्ष कर रहे हैं—एक ऐसी शोषक और अमानवीय व्यवस्था से, जो इनके शोषण पर ही पनप रही है!"

मैं कहना चाहता था, इनके प्रति तुम्हारे अन्दर कोई 'सिम्पैथी' नहीं, बल्कि दया जैसी कोई चीज़ है या योगी जैसी असंपृक्तता।

"अरे भई! मैं तो ईलियट को 'कोट' कर रहा था।" उसने मुस्कराते हुए सफ़ाई दी।

"इसीलिए तो कह रहा हूँ। ईलियट मूलतः कैथॉलिक है—धार्मिक है।"

"अच्छा, ठीक है, भविष्य में नाज़िम हिकमत और मायकोवस्की को 'कोट' किया करूँगा!" उसने बहुत ही हल्के-फुल्के अन्दाज़ में कहा और अपना सारा ध्यान मकान पहचानने में लगाए रहा।

"तुम आजकल *गीता* पढ़ रहे हो?" मैंने आक्रमण तेज़ कर दिया।

"क्यों?" उसने मुड़कर पूछा। उसकी चाल थमती-सी लगी।

"मैंने तुम्हारे कमरे में देखी थी!" उसके लिए मैंने कोई गुंजाइश नहीं छोड़ी।

"हाँ!" उसने मुझे घूरा, "क्या अपनी संस्कृति और धर्म को समझने का प्रयत्न करना बुराई है?"

"नहीं, पर 'ह्यूमैन मिज़री' के लिए भाग्यवादी 'एक्सक्यूज़' देना बुराई है!" मैंने भी उतने ही विश्वास से कहा, "और मेरी समझ में अपनी हार के लिए धर्म की

शरण लेना भी बुराई है!" आख़िरी वाक्य मैं इस तरह बोला, जैसे किसी ऐतिहासिक नाटक में संवाद बोल रहा होऊँ—हर शब्द पर ज़रूरत से ज़्यादा ज़ोर देते हुए पृथ्वीराजकपूर-सा।

"क्या तुमको ऐसा लगा?" उसका स्वर बेतरह गम्भीर हो गया। मैंने उसके मर्म को भेद दिया था।

"तुम बरास्ता ईलियट *गीता* सुना रहे हो—देखो, सब मृत हैं। इनका कोई महत्त्व नहीं है। ये ख़ुद कुछ नहीं करते, जो करता हूँ 'मैं' करता हूँ!"

"तुम गीता नहीं समझे! गीता में इसके अलावा भी बहुत कुछ है।"

मैं कुछ और कहता कि वह बोला, "यह मकान है।"

बातों का सिलसिला टूट गया। हम एक पुराने-से मकान के सामने खड़े थे।

धीरे-धीरे टटोलते हुए एक अँधेरा जीना चढ़कर जैसे किसी चिमनी में प्रवेश कर रहे हों, हम तीसरी मंज़िल पर पहुँचे। इसके साथ ही जीना ख़त्म हो गया था। नीलाम्बर ने पहले धीरे-धीरे, फिर ज़ोर से दरवाज़ा खटखटाया।

"शायद कोई नहीं है!" मैंने हाँफते हुए कहा।

"नहीं, ऐसा कैसे हो सकता है?" नीलाम्बर मुझसे भी ज़्यादा हाँफ रहा था, "यहाँ ताला होना चाहिए था!" खटखटाना जारी था।

अन्दर कुछ आवाज़-सी होती लगी।

"रुको!" मैंने कहा।

"एक मिनट!" अन्दर से आवाज़ आई।

"हाँ, कोई है!" नीलाम्बर को भरोसा हुआ।

हम अँधेरे में अपनी-अपनी साँसों की आवाज़ से आतंकित, इंतज़ार करते रहे। हर पल युग की तरह सरक रहा था। कुछ नहीं, तो पाँच युग हमें प्रतीक्षा करनी पड़ी।

अजीब आदमी हैं, मैं सोच रहा था। साले, आख़िर कर क्या रहे हैं?

"ये कर क्या रहे हैं?" नीलाम्बर बड़बड़ाया।

दरवाज़ा क़िले के सिंहद्वार-सी ज़ोरदार आवाज़ करता हुआ छत पर खुला। पृष्ठभूमि से हलकी रोशनी आ रही थी।

"अरे तुम!" मदनमोहन ने चकित होकर पूछा।

"क्यों, हम नहीं आ सकते?" नीलाम्बर बोला।

"अबे, पर किसी शरीफ़ आदमी के घर आ रहे थे, ज़रा बताकर आते!" वह ज़ोर से हँसा।

हम अब तक चार-छह क़दम की खुली छत पार कर कमरे में पहुँच गए थे। उसने हमें पास लगी चारपाई पर बैठाया और ख़ुद एक हत्थे वाली कुर्सी पर बैठ गया। वह पुराना-सा पाजामा जिसका इज़ारबन्द बड़ी लापरवाही से झूल रहा था और फटी बनियान पहने हुए था। मुझे उसकी गन्दगी से घृणा होने लगी।

"तुम शरीफ़ कब से हो गए?" नीलाम्बर ने पूछा।

"अपने मोहल्ले में मैं सदा शरीफ़ था, हूँ और रहूँगा।" वह और ज़ोर से हँसा। उसका निचुड़ा और मोटे काँच के चश्मे से ढकी आँखों वाला चेहरा हँसी से डरावना हो जाता था। इसके अलावा इस हँसी का जो असर उसके बाक़ी नंगे गहरे रंग के, जो कभी गेहुँआ रहा होगा, शरीर पर पड़ता, वह और भी ज़्यादा वीभत्स था।

"तुम पहले क़मीज़ पहनो!" नीलाम्बर भी यह महसूस कर रहा था।

"क्यों मेरा नंगापन तुम्हारी मिडिल क्लास मॉरेलिटी को धक्का पहुँचा रहा है!" उसने फिर ज़ोरदार ठहाका लगाया और खूँटी से क़मीज़ उतारकर पहनने लगा।

मुझे उसके वहशी ठहाके असामान्य-से लग रहे थे।

"बस रहने दे!" नीलाम्बर ने मज़ाक़ में कहा, "बेमतलब ठंड-वंड लग जाएगी!"

"हिन्दी वालों का तो भला ही होगा! शोक-सभा के बहाने लोग मिल-मिला लेंगे और मुझमें कुछ अच्छाइयाँ भी नज़र आ जाएँगी!"

"पर हमें क्या फ़ायदा होगा?" नीलाम्बर भी मज़ाक़ के पूरे मूड में आ गया था।

"तुम मेरी चुनी रचनाओं का एक खंड सम्पादित कर देना। नाम और पैसा, दोनों मिल जाएँगे!"

"इनसे परिचित हो?" उसके भयानक क़िस्म के मज़ाक़ में नीलाम्बर तक आतंकित हो उठा था।

"क्यों नहीं, भाई! इनसे अपरिचित रहकर क्या दिल्ली में नहीं रहना है?" वह फिर हँसा।

"दिल्ली में या साहित्य में?" नीलाम्बर ने प्रश्न किया।

"सही कह रहे हो, साहित्य में!" उसने समर्थन किया।

"कैसे हैं, सम्पादक जी?" वह मेरी ओर मुख़ातिब हुआ।

"कृपा है!" मैंने, जितना हो सका, शुष्क स्वर में कहा।

"अच्छा, ये दरवाज़ा बन्द करके क्या कर रहे थे?" नीलाम्बर ने उसका ध्यान बँटाने के लिए पूछा।

"एकान्त का लाभ उठा रहे थे!" वह मुस्कराया।

"बच्चे कहाँ हैं?" नीलाम्बर पूछ रहा था।

"फ़िल्म देख रहे होंगे, कहीं पड़ोस में!"

"और भाभी?"

"वह यहीं हैं। अभी तुम्हारी चाय का इन्तज़ाम होता है, देखो!" और उसने आवाज़ लगाई, "अरे सुनती हो, तुम्हारे पुराने ज़माने के देवरजी आए हैं!"

"कौन?" अन्दर से महिला-स्वर ने पूछा।

"देखो, कौन हैं!" ममो ने कहा।

बीच का पर्दा उठा। एक थकी और बीमार-सी औरत ने अपने को सँभालते हुए प्रवेश किया।

"नमस्कार!" हम दोनों ने लगभग एक साथ कहा।

"इन्हें भी जानती हो? ये हैं देवेन भंडारी—युवा कहानीकार और 'दिशा' पाक्षिक के सहायक सम्पादक!" मदनमोहन ने मेरा परिचय दिया।

महिला कुछ अनावश्यक रूप से सजग और जल्दी में लगीं—घबराई-घबराई सी। उन्होंने बिना नज़र उठाए ही हाथ जोड़े और बिना कुछ कहे वापस चली गईं।

"अच्छा प्यारे!" नीलाम्बर ने अचानक मुस्कराकर कहा, "तुम एकान्त का यह 'ग़लत फ़ायदा' उठा रहे थे!"

"अब ग़लत समझो या सही, यही फ़ायदा है, जो हम कभी-कभार उठा पाते हैं!" उसने फिर ठहाका लगाया।

"यानी तुम्हारे दाम्पत्य जीवन को चलाने में हिन्दी फ़िल्में काफ़ी रचनात्मक भूमिका निभा रही हैं!" नीलाम्बर हँसते हुए बोला।

"क्या कहा? रचनात्मक!" इस बार मदनमोहन पागलों की तरह हँसा, "हाऽ! हाऽ! हाऽ! क्या बात है, रचनात्मक! अरे यार नीलाम्बर, तुम्हारा भी जवाब नहीं है!" और वह हँसता ही चला गया।

मुझे, उन दोनों, का मदनमोहन के दाम्पत्य जीवन के बिस्तरूनी सम्बन्धों पर इस तरह विस्तार और हल्के-फुल्के ढंग से चर्चा करना, बहुत ही आपत्तिजनक और शर्मनाक लग रहा था। मदनमोहन पर मुझे आश्चर्य हो रहा था कि यह आदमी अपनी हालत पर किस तरह बेबाक हँस लेता है? अपने पर हँसने की अक्सर क्यों तारीफ़ की जाती है, मेरी समझ में नहीं आ पाता है।

"नहीं यार, अब मामला रचनात्मक नहीं रहा! बस, भूमिका है!" वह फिर हँसा।

"अरे हाँ, भूमिका तक ही ठीक है! तुम्हारी रचनात्मक उपलब्धियाँ पर्याप्त से ज़्यादा ही हैं!" नीलाम्बर मुस्कराया।

लकड़ी के पार्टीशन पर लटके गन्दे पर्दे के पीछे से अब स्टोव जलने की आवाज़ आने लगी थी।

स्टोव की आवाज़ सुनकर नीलाम्बर ने कहा, "यार, चाय-वाय का झगड़ा न करो।"

"क्यों, कुछ और लोगे!" उसने पूछा।

"क्या मिलेगा?" नीलाम्बर ने मज़ाक़ में पूछा।

"शुद्ध देसी माल, घरेलू सैक्टर का।" ममो ने उँगलियों को नचाकर बताया। उसकी मंशा पर शक की गुंजाइश नहीं थी।

"अरे, भैया रहने दो।" नीलाम्बर ने दोनों हाथ जोड़ दिये, "ये पहाड़गंज है, यहीं तो घरेलू सैक्टर का माल पीकर लोग पिछले साल अंधे हो-होकर मरे थे। इससे तो बढ़िया चाय ही पी लेंगे!"

हम दोनों हँसने लगे।

"ये तुम्हारी मरज़ी! हम तो चाहते थे, कुछ कर दें, तुम्हें नहीं चाहते, तो छोड़ो!" वह मुस्कराया अवश्य, पर ख़ुश नहीं हुआ।

"लिख क्या रहे हो आजकल?" नीलाम्बर ने पूछा।

"एक उपन्यास अभी-अभी पूरा किया है," ममो की थकी पीली आँखें चमक उठीं, "साहित्य भंडार छाप रहा है। अगले महीने आ जाएगा!"

"वेरी गुड!" नीलाम्बर ने शाबाशी दी।

"और तुम क्या कर रहे हो?" उसने पूछा, "कपड़ों की सिलाई के अलावा!"

"उपन्यास शुरू किया है?" नीलाम्बर ने कुछ दबे स्वर में कहा।

"और व्यापार का क्या चल रहा है?"

"उसे सुमन देखती है। हमने विभागीकरण कर लिया है!" नीलाम्बर एक मरियल-सी हँसी हँसा।

"ये कम्पार्टमेंट वाटर-टाइट है?" उसने आँखें सिकोड़कर कुछ शंका से पूछा।

"अब कुछ भी हो, मैं वह नहीं करूँगा!" नीलाम्बर ने बहुत निर्णायक ढंग से सिर हिलाया।

"तब ठीक है! देर आयद दुरुस्त आयद!" और ममो ने फिर ठहाका लगाया, "लगता है, तुमने स्कूटर से सन्तोष कर लिया है!"

नीलाम्बर चुप हो गया। उसकी खिंचाई से मुझे भी थोड़ी बेचैनी-सी महसूस होने लगी थी। सौभाग्य से चाय आ गई और कुछ देर को हम उसी में उलझ गए।

हम दोनों को घिसे बेडौल कप मिले थे और ममो ने यह कहते हुए कि "यार, दो ही कप हैं," ख़ुद पीतल का गिलास उठा लिया था। गिलास जितना बड़ा और पुरातन था, उससे अनुमान लग जाता था कि दहेज का रहा होगा। ममो की स्थिति कभी बर्तन ख़रीदने की रही होगी, यह सोच पाना असम्भव था।

"और आपकी पत्रिका में क्या छप रहा है?" वह मेरी ओर मुड़ा।

"कुछ ख़ास नहीं, वही रोज़ का धन्धा है!" मैंने बहुत ही सामान्य ढंग से कहा, पर अन्दर ही अन्दर मैं उसके आक्रमण के लिए तैयार हो रहा था।

"यार नीलू! ये हिन्दी पत्रकारिता को हो क्या गया है! ये सारे के सारे 'पिगमीज़' इकट्ठा कहाँ से हो गए हैं?" उसने कुछ इतने कड़वे ढंग से कहा कि मैं तिलमिला गया।

"किसी भी साली पत्रिका को उठा लो," वह बोलता गया, "एक़ भी लेख ऐसा मिल जाए, जो पढ़ने लायक़ हो!"

"'पॉप्यूलर जर्नलिज़्म' ने ज़रा जल्दी ही हिन्दी को ग्रस लिया है!" नीलाम्बर मुस्कराया।

"पर साला 'पॉप्यूलर' तो हो! अंग्रेज़ी अख़बारों की जूठन क्या 'पॉप्यूलर' हो जाती है?"

"यार, असल में हिन्दी पत्रकारिता उन लोगों से भरी पड़ी है, जिन्हें कहीं रोज़गार नहीं मिल पाया, बल्कि...," उसने अपने को सुधारा, "जो और कुछ करने लायक़ ही नहीं हैं! प्रतियोगिता हिन्दी में है नहीं, जो ज़रा भी पढ़ा-लिखा है, वह अंग्रेज़ी की ही शरण जाता है और हिन्दी का जो सर्कूलेशन बढ़ रहा है, वह इसलिए नहीं कि सम्पादक कुछ कर रहे हैं, बल्कि पाठकों की संख्या बढ़ रही है—साक्षरता बढ़ रही है। ऐसे में सम्पादक की कुर्सी पर 'राम कथा में भरत का योगदान' जैसे विषय पर पी-एच.डी. डॉक्टर की जगह अगर सीधे किसी गधे को बैठा दिया जाए तो भी चल जाएगा!"

मैं यह तो नहीं कहूँगा कि नीलाम्बर बिलकुल ग़लत था, पर मुझे बुरा लगा। हमारे सम्पादक को अपने नाम के आगे डॉक्टर लगाने का ज़बरदस्त शौक़ था, जो विषय-सूची वाले पेज पर 'टॉप' में 16 पाइंट काले में छपा करता था—डॉ. सुरेशचन्द्र 'रेखा'।

"तुम सही कह रहे हो!" ममो ने नीलू की पीठ ठोकी, "आज हिन्दी में जितना सिफ़ारिशी स्टाफ़ है, उतना शायद ही दुनिया की किसी और भाषा में हो। कैसी विडम्बना है कि हिन्दी पत्रकारिता अपने पाठकों की अर्ध-शिक्षा के कारण पनप रही है, उनके अज्ञान और विकल्प न होने की मजबूरी के कारण पनप रही है। अब इनके सम्पादक डॉ. चन्द्र रेखाजी को ही देखिए। साला सेठ को रामायण सुनाया करता था, गला अच्छा था, सेठ ने ख़ुश होकर सम्पादक बना दिया!" उसने फिर ठहाका लगाया।

"तुम इनके यहाँ नहीं लिखते?" नीलाम्बर ने पूछा।

"इनके यहाँ!" उसने बड़ा लम्बा अट्टहास किया, "इनके यहाँ का क़िस्सा पता है?"

नीलाम्बर ने 'ना' में गरदन हिलाई।

"कपिल को तो जानते होगे, नया लड़का है, अच्छा लिखता है! वही बतला रहा था। इनके यहाँ एक अरसे से रचनाएँ भेज रहा था, सम्पादक से मिल रहा था, पर जो भेजो, सधन्यवाद वापस। लड़का तेज़ है। भाई ने, पुरानी रचना के पहले पेज के साथ ही लिंग भी बदल दिया, यानी कपिल की जगह कपिला कर दिया और रचना सादर कर दी। दो हफ़्ते में ही, प्यारे, स्वीकृति-पत्र आ गया और साथ में आया... किसी दिन कार्यालय आने का निमंत्रण!" वह फिर अपनी वहशियानी हँसी हँसने लगा।

मेरा रंग उड़ गया। क़िस्मत से यह पत्र मेरा नहीं था। नीलाम्बर थोड़ा हँसकर चुप हो गया। शायद उसे शक हुआ कि पत्र मैंने लिखा होगा।

"अब दूसरा क़िस्सा सुनो," उसने हँसी थमते ही कहा, "वैसे यह कीर्तिमान 'स्वदेश' को हासिल है। सम्पादक महोदय ने किसी ज़माने में एक कवयित्री बनाई होगी। रफ़्ता-रफ़्ता कवयित्री महोदया का विवाह हो गया। प्रेम तो अंधा होता है। सम्पादक महोदय इसके बावजूद उसे फ़ोन करते, और साम, दाम, दंड, भेद—यानी हर तरह से बुलाते। कुल मिलाकर ब्लैक-मेल कर रहे थे। सम्पादकजी का दुर्भाग्य देखिए

कि कवयित्री ने तंग आकर अपने वैवाहिक जीवन की ही बाज़ी लगा दी और सारा वृत्तान्त अपने कप्तान पति को कह सुनाया। कप्तान आख़िर कप्तान था। वह अपने दो जवानों के साथ आया और ऑफ़िस में ही सम्पादकजी की पिटाई कर चला गया।"

मैंने सोचा, अब ममो अपनी सनकी और ख़ौफ़नाक हँसी हँसेगा। पर नहीं, अभी पुच्छल्ला बाक़ी था।

"आजकल, सुना है, वह हर नवोदिता को श्रीकान्त वर्मा की लाइन सुनाकर चुनाव करने को कहते हैं!"

"कौन-सी लाइन?" नीलाम्बर ने पूछा।

"वही, 'कुछ लड़कियाँ प्यार करती हैं वर्दी से, कुछ नामर्दी से'।" और उसने अट्टहास किया।

"यानी आजकल वह 'कौन लड़की प्यार करती है वर्दी से, कौन नामर्दी से' के अन्तर्गत आँकड़े इकट्ठे कर रहे हैं।" जोड़कर नीलाम्बर इस बार उससे भी ज़ोर से हँसा—छत-फाड़ कॉफ़ी-हाउसी हँसी।

"यह कब का क़िस्सा है?" हँसी थमने पर उसने मुझसे पूछा।

"हाल ही का!" मैंने थके स्वर में कहा। यानी इला सेठ से उनके विवाह के बाद का यह क़िस्सा था। यद्यपि ममो सारे मामले को कुछ अतिरंजित करके सुना रहा था और एक बार मेरी इच्छा भी हुई थी कि कहूँ—नहीं, पीटा नहीं था। पर भरे ऑफ़िस में कालर पकड़कर रिवॉल्वर हाथ में ले, गालियाँ देने व धमकाने में तथा पीटने में कोई बहुत बड़ा अन्तर नहीं रह जाता। वाक़या मूल रूप से सही था।

"अरे यार, तुम लोगों की व्यक्तिगत ज़िन्दगी की ओर क्यों जाते हो?" नीलाम्बर ने मज़ा लेते हुए कहा, "आडेन ने जो कहा है, उसे सदा ध्यान में रखना चाहिए।"

"क्या?" मदनमोहन ने पूछा।

मैं घबरा गया था। नीलाम्बर भी हरामीपने पर उतर रहा था। वह सुनाने लगा, "प्राइवेट फ़ेसेज़ इन पब्लिक प्लेसेज़ आर वाइज़र एंड नाइसर दैन पब्लिक फ़ेसेज़ इन प्राइवेट प्लेसेज़। प्रेम 'प्राइवेट प्लेस' का मामला है।"

ममो इस बार नीलाम्बर के व्यंग्य पर मुस्कराया तक नहीं।

"न जाने क्या हो गया है पूरे हिन्दी-जगत को!" उसने बहुत खेद से कहना शुरू किया, "जहाँ देखो, यही हो रहा है। सब जानते हैं, आज डॉक्टरेट कैसे की जाती है, सम्पादक कैसे बना जाता है, लेखक की सफलता का क्या रहस्य है, और पुरस्कार का क्या मतलब है, पर प्रतिरोध करने की कोई हिम्मत नहीं रखता। नामर्दी के अपने लाभ हैं।

"ऐसे में तुम बतलाओ, कोई किसी को क्या रचना भेजे! वह ज़माना गुज़र गया, जब सम्पादक जानता था कि लेखन क्या होता है, इसलिए वह लेखकों का सम्मान करता था, उनसे रचनाएँ माँगता था। आज कोई ऐसा नज़र आता है?"

"मैं तुम्हारी बात से सहमत हूँ," नीलाम्बर ने कहा, "पर ममो, यह तो सब वही है न, जो समाज की इस समय मुख्य धारा है। लेखक क्या समाज से अलग है? और जहाँ तक..."

"देखो, जहाँ तक...," ममो ने कुछ कहना चाहा।

"मेरी बात सुनो," नीलाम्बर ने उसे रोक दिया, "जहाँ तक प्रतिरोध का प्रश्न है वह भी हो रहा है—क्या तुम नहीं कर रहे हो? और भी हैं तुम जैसे, जिन्होंने यह स्वीकार नहीं किया है। अन्ततः वही लोग लेखक माने जाएँगे, जिनमें कुछ है। सम्पादकों के बनाने-बिगाड़ने से कुछ नहीं होता—कभी नहीं हुआ!"

नीलाम्बर के स्वर में मदनमोहन के प्रति वास्तविक सम्मान और गर्व था। पर मुझे मदनमोहन का यह आदर्शवाद झक या हठीपन-सा लगा।

"प्रतिरोध की क़ीमत जान-लेवा होती है, दोस्त! देखते हैं, कब तक चल पाता है।"

वह मुस्कराया, एक ऐसी मुस्कराहट, जो उसके तेज़ी से टूटने का पैमाना थी। कौन-सी वह शक्ति है, जो उसे जिलाए है, जोड़े है और चला रही है—मेरी कल्पना के बाहर था। कोरी ईमानदारी, आदर्श या ज़िद के चलते कब तक खींचा जा सकता है।

"वैसे जहाँ तक सवाल समाज का है, वह मेरे विचार से लेखकों पर लागू नहीं किया जा सकता!" ममो कह रहा था, "लेखक समाज से आगे चलता है। सिर्फ़ उसे 'रिफ़लैक्ट' नहीं करता, बदलने का भी दम रखता है। लेखन बारूद है, बम है, जो मूल्यहीनता के क़िले उड़ा देता है। ऐसे लेखन की अगर आज कहीं दो पंक्तियाँ भी मिल जातीं, तो सन्तोष रहता। पर, कामरेड, तुम्हें बतला दूँ, मैं जब तक हूँ, 'सरेंडर' नहीं करने जा रहा।

"तुम क्या आशा करते हो कि मैं अपनी रचनाएँ इन मूर्ख-शिक्षितों को निर्णय करने को दूँ!" वह ज़हर उगलता रहा, "आज दस साल हो गए हैं, मैंने किसी भी व्यावसायिक पत्रिका में, फिर चाहे वह 'दिशा' हो या 'स्वदेश', एक शब्द नहीं लिखा। आख़िरी कहानी तुम्हारे ज़माने में ही छपी थी!"

"अब चलें!" मैंने घड़ी देखते हुए कहा। वैसे भी मैं उसके आत्मदंभ से उकता गया था।

"अरे बैठो, यार! अब तुम्हारे सम्पादक की बात नहीं करेंगे!" वह मुस्कराया।

मेरा दिल हुआ, साले को गाली दे दूँ।

"नहीं! तुम इसे रचना दो।" नीलाम्बर ने दुहराया, "इसे दो!" और मुझे सीधे टकराव से बचा लिया।

"ठीक है!" उसने बात को उड़ाते हुए कहा, "पर तुम लोग बैठो, खाना खाकर जाना!"

"अगली बार, सुमन से कहकर आऊँगा!" नीलाम्बर ने मज़ाक़ किया।

"तब ठीक है, भई! अगर 'परमीशन' नहीं है, तो अगली बार ही सही!" और वे दोनों हँसे। मैं सिर्फ़ मुस्कराया।

वह हमें गली के बारह तक छोड़ गया। मैंने लम्बी साँस ली, जैसे किसी ऑक्सीजन-विहीन गुफा से उबरा होऊँ।

"यह 'एक्यूट इंफ़ीरियरिटी' का शिकार है।" मैंने उसके जाते ही कहा।

"हूँ!" नीलाम्बर ने मेरी बात पर ध्यान नहीं दिया।

इस बार उसने भीड़ पर कोई 'कमेंट' नहीं किया, न ही, जैसा कि कहा था, नाज़िम हिकमत या मायकोवस्की की कविता सुनाई। रेलवे स्टेशन के सामने वाली सड़क पर आते ही जिसमें अब तक यातायात काफ़ी कम हो गया था, उसने पूछा—

"तुम *गीता* के बारे में क्या कह रहे थे?"

मैं चुप रहा। नीलाम्बर बात नहीं भूलता। मेरा मूड कतई ख़राब चल रहा था, मैं इस समय सिर्फ़ उस साले ममो को, जिसने आज की शाम बिगाड़ दी थी, कोस सकता था।

कनॉट प्लेस तक हम पैदल ही आए और वहाँ वह सीधा 'गिंजा' में जा घुसा—काँटे से छल्लेदार चीनी खाना खाने और चीनी मिट्टी की चम्मच से सूप पीने।

घर लौटते हुए मैंने पूछा, "ये तुम्हारा ममो इस अजीब तरीक़े से क्यों हँस रहा था?"

"तुमने देखा नहीं, वह कोई 'ड्रग' लिए था!" वह कुछ देर चुप रहा। फिर गर्दन हिलाते हुए दुख से बोला, "ही हैज़ बिकम इन एडिक्ट!"

बेगुनाह हाथों का रंग

मुझे छोड़ते हुए नीलाम्बर को निकल जाना था, पर जैसे ही मुख्य सड़क से टैक्सी मेरे कमरे की ओर मुड़ी, नीलाम्बर ने पूछा, "तुम्हारे पास कुछ है?"

"बहुत बढ़िया माल है," सारी थकन और चिड़चिड़ाहट के बावजूद मैंने मुस्कराकर कहा।

"क्या 'काला कश्मीरी?'" वह भी मुस्करा रहा था।

"हूँ, कुछ वैसा ही माल है!" और टैक्सी रुकवा कर वह भी मेरे साथ आ गया।

दोपहर जब से मैं नीलाम्बर के घर गया था—कुछ ले नहीं पाया था। एक बार इरादा हो रहा था, गिंज़ा में ही दम लगा लूँ, पर हिम्मत जवाब दे गई। कॉफ़ी हाउस की बात और है, अन्य जगहों पर अचानक यह सब नहीं किया जा सकता।

चरस की तलब ने मुझे अब तक लगभग बेहाल कर दिया था। मेरा सिर दर्द से फटा जा रहा था और अजीब क़िस्म की घबराहट ने चिड़चिड़ा और असहिष्णु बना दिया था। यह भी एक कारण था कि मैं ममो से बेमतलब चिढ़ रहा था। पर नीलाम्बर का मदिरा से बूटी की ओर मुड़ना कुछ अजीब था।

दरवाज़ा खोलते ही सबसे पहले मैंने सिगरेट तैयार की और नीलाम्बर को थमा दी।

हर दम के साथ नीले नशे ने मेरी तंत्रियों को एकसार कर दिया। पूरी सिगरेट जब तक धुआँ नहीं हो गई, हम एक-दूसरे से एक शब्द नहीं बोले।

सिगरेट ख़त्म होने पर भी जब वह चुप रहा, तो मैंने पूछा, "कैसा माल था?"

"अद्‌भुत था, भई!" उसने आँखें हौले से मूँद, फिर खोलते हुए कहा।

मुझे हँसी आ गई "एक और चलेगी?"

"करो भई, कुछ!" वह बहुत ही मासूम ढंग से मुस्कराया।

मैं नई सिगरेट बनाने में लग गया।

उसने तकिये के सहारे आधा लेटते हुए प्रश्न किया, "तुम्हें इस तरह के 'आइडियलिज़्म' का कोई अर्थ समझ में आता है?"

चरस ने इन्द्रियों को कुछ इतना संवेदनशील बना दिया था कि मुझे इस अप्रत्याशित प्रश्न का सन्दर्भ समझते पल नहीं लगा।

"हर 'आइडियलिज़्म' का अर्थ होता है।" मैंने बहुत ही गुरूह ढंग से कहा। ममो को लेकर नीलाम्बर ही नहीं, मैं भी परेशान था। आदमी इस तरह क्यों करता है कि दूसरों के अंतस् में काँटा बन जाए—अपने कष्ट उठाने से, अपनी अजेयता से, अपने विद्रोह से!

"क्या मतलब?" उसने हथेली पर चेहरा टिकाते हुए पूछा।

"मेरे कहने का अर्थ यह है कि आदमी सिर्फ़ इसलिए अन्य प्राणियों से अलग है कि उसके पास कुछ आदर्श हैं। क्या एक आदर्शहीन समाज की कल्पना हो सकती है?"

उसने मेरी बात का जवाब नहीं दिया। तकिये को सीधा किया और चित लेट गया, छत को ताकता।

"मेरे विचार से यही हम पर भी लागू होता है!" मैंने जोड़ा।

"हम मदनमोहन के आगे क्यों अपराधी हो गए थे? क्यों इतनी देर से लगातार वह हमारा पीछा कर रहा है?"

मैं एक के बाद एक प्रश्न करता जा रहा था। वह चुप रहा।

"क्या तुम्हें नहीं लगता कि हमारा...," मैंने उँगली से उसकी ओर इशारा किया, "तुम्हारा," फिर उसी उँगली से अपनी छाती ठोकी, "और मेरा संकट मूलतः आदर्शहीनता का ही है?

"व्हाई वी आर ड्रिफ्टिंग?" मैं अंग्रेज़ी पर उतर आया, "बिक़ॉज़ वी हैव लॉस्ट अवर आइडियलिज़्म बिफ़ोर वी कुड कमिट टु एनी!"

मैं यह क्या बोल गया।

क्या यह नशा था, जिसने इतना बड़ा सत्य, जिसकी तलाश मैं इतने दिन से कर रहा था, अचानक ही बुलवा दिया था, या ममो, जिसने पहले से ही उद्वेलित मेरे मानस को अचानक दर्पण दिखा दिया।

मैं स्वयं अपने वक्तव्य से दंग रह गया। नीलाम्बर भी मुझे देख रहा था—सम्भवतः उतना ही दंग और स्तब्ध!

वह अब भी नहीं बोला था। दूसरी सिगरेट तैयार हो गई थी। मैंने शुरुआत के लिए उसे देनी चाही, पर वह अविचलित रहा। मुझे ही जलानी पड़ी। इस बार उसने एक ही कश लिया, लेटे-लेटे।

अचानक वह उठा, "अच्छा चलता हूँ!" कहकर, इतना भी मौक़ा दिये बिना कि मैं कह पाऊँ, थोड़ा बैठो, वह चला गया।

दो-ढाई हफ़्ते हमारी मुलाक़ात नहीं हुई। न उसने फ़ोन किया, न मैंने। मेरे जाने का प्रश्न नहीं था।

नवम्बर चल रहा था, पर ठंड अभी दूर थी। मैं उस दिन भी रोज़ की तरह ही लौटा था। पड़ोसियों से पता चला, मेरा कोई मेहमान आया है, जो अपनी अटैची रख गया है।

आसमानी रंग की फ़ाइबर ग्लास की अटैची। मेरे परिचितों में इतनी आलीशान विज्ञापनी-अटैची किसकी हो सकती है, बहुत सोचने पर भी समझ में नहीं आया।

ऐसे मेहमान के इन्तज़ार में, जिसका मैं अनुमान नहीं लगा पा रहा था, उत्कंठाग्रस्त लेटा यों ही पत्रिका पलट रहा था कि नीलाम्बर प्रकट हुआ।

"आओ!" मैं उठकर बैठ गया।

चरस के चक्कर में आया होगा, मैंने सोचा।

"यार, मैं अटैची रख गया था!"

"तुम?" मैं खड़ा हो गया।

"हाँ! अरे, तुम ले आए!" सामने रखी अटैची को देखकर उसने मुस्कराने की कोशिश की।

अब मैंने नोट किया, उसका चेहरा तनाव के कारण इस तरह साँवला-सा हो गया था, जैसे किसी ज़बरदस्त मानसिक ऊहापोह से गुज़र रहा हो। पिछले डेढ़-दो हफ़्तों से उसने दाढ़ी फिर बढ़ानी शुरू कर दी थी और उस खिचड़ी दाढ़ी के कारण वह लगभग दस साल ज़्यादा बूढ़ा नज़र आने लगा था—हैमिंग्वे जैसा।

"मैं तुम्हारे दफ़्तर गया था!" उसने जूते उतारते हुए कहा। बाटा 'सिगनोर' धूल से बदरंग हो गया था। मैंने आज तक उसे इतनी अस्तव्यस्त हालत में नहीं देखा था। उसकी क़मीज़ पैंट से आधी बाहर को लटक रही थी, स्वेटर की पीठ और कोहनियों पर जगह-जगह घास की तिल्लियाँ चिपकी हुई थीं।

"अरे, लंच के बाद आए होगे!" मैंने कहा, "मैं असल में आज फ़िल्म देखने चला गया था। शाम को तो मैं कॉफ़ी हाउस ही में था, तुम वहाँ नहीं आए!"

"नहीं! एक तो कॉफ़ी हाउस आने की इच्छा नहीं हुई, दूसरा मैंने सोचा हो सकता है, तुम किसी लड़की के साथ होओ और कॉफ़ी हाउस न आओ!"

"लड़कियों से आजकल बच रहा हूँ!" मैंने मुस्कराकर कहा।

"क्यों?"

"इलाज करवा रहा हूँ!" मैंने उसी अन्दाज़ में कह दिया।

वह चुप रहा। उसने अपने दोनों होंठ मुँह के अन्दर की ओर कस लिये थे और वह दोनों हाथों से कुर्सी की हत्थियाँ थामे था!

"तो तुम दिन-भर कहाँ रहे?" मैं मतलब की बात पर लौट आया।

"शाम तक अमेरिकन लाइब्रेरी बैठा रहा। फिर सरदार के यहाँ खाना खाया और घूमता हुआ चला आया।"

"क्या मतलब? कनॉट प्लेस से पैदल आए?"

"हाँ!" वह मुस्कराया, "पैदल चले कई दिन हो गए थे! सोचा, आज समय है, तोंद घटा लें। इंडिया गेट थोड़ा आराम किया, एक आइस्क्रीम खाई और चला आया।"

वह थोड़ा रुका।

"दिल्ली बहुत ख़ूबसूरत है। विशेषकर इंडिया गेट के आसपास का इलाक़ा! ऐसा लगता है, आप कोई इन्द्रजाल देख रहे हों।" वह इस तरह बोल रहा था, जैसे कोई पहली बार दिल्ली आया हो।

"दिल्ली नहीं, नई दिल्ली!"

"हाँ, नई दिल्ली!" उसने स्वयं को सुधारा, "उस पर भी वह हिस्सा जो एडविन ल्यूटिन्स ने बनवाया था!" वह बोला, "यार, मैं नहाऊँगा!"

"इस समय?" मुझे आश्चर्य हुआ।

"क्यों, इस समय क्या नहीं नहाना चाहिए?" उसने उलट कर पूछा।

मैं चुप रहा।

"तुम बैठो," उसने खड़े होते हुए कहा, "मैं थोड़ा पानी गर्म करता हूँ, फिर एक कप चाय चलेगी!"

"अरे नहीं!" मैं उछलकर खड़ा हो गया। "तुम बैठो," मैंने उसे पकड़कर बैठाते हुए कहा, "तुम थके हुए हो!"

"नहीं, मैं बिलकुल नहीं थका हूँ! बल्कि, बहुत हलका महसूस कर रहा हूँ। इसी आनन्द को ज़्यादा गहरे महसूस करने के लिए ही नहाना चाहता हूँ"

पर उसकी बात ख़त्म होने से पहले ही मैं किचन में था।

"क्या हुआ?" मैंने चाय पीते हुए पूछा।

वह चेकवाली मद्रासी लुंगी और चिकन के कुर्ते में व्यापारी-सा नज़र आ रहा था—नहाने के बाद ताज़ा-ताज़ा गद्दी पर बैठा हुआ।

"आई एम हैप्पी, एवरी थिंग इज़ ओवर!" उसने लम्बा घूँट भरते हुए कहा। सुड़ऽऽऽड़ की आवाज़ से कमरा गूँज गया।

वह कभी भी इतना खुलकर—या बदतमीज़ी से—चाय नहीं पीता था, जैसे 'एवरी थिंग ओवर' के साथ वह सारा 'मैनरिज़्म' भी छोड़ आया हो।

"क्या मतलब?"

"हमने निर्णय कर लिया है और साथ रहना चूँकि सम्भव नहीं रहा, इसलिए दोस्तों की तरह जुदा हो लेते हैं!"

"लेकिन यह अचानक...!" मैंने वाक्य आधे में ही छोड़ दिया।

"अचानक नहीं, कई दिनों से, बल्कि सालों से चल रहा था, जो अब 'बर्स्ट' हो गया!" वह रुका, "तुम शायद 'इमिडियेट' कारण जानना चाहते हो। वह है तुम्हारी सहेली पूर्णिमा!

"नहीं, इस तरह तुम नहीं समझोगे! असल में, मैंने कई दिनों से गारमेंट्स का काम देखना बन्द कर दिया है, इसलिए सुमन मुझसे अन्दर ही अन्दर नाराज़ थी। मैंने यह अचानक नहीं किया। हमने इस पर बात कर ली थी और फ़ैसला हो गया

था कि मैं अपना काम देखूँगा—यानी पढ़ना-लिखना करूँगा, और वह अपना। मुझे उसके काम करने में कोई आपत्ति नहीं है, पर मैं उससे बार-बार कह रहा हूँ कि वह एक्सपोर्ट-इम्पोर्ट के घपले में न पड़े। लेकिन उसकी आकांक्षाओं और इच्छाओं ने तुष्ट होना सीखा ही नहीं है। पवन तो पहले से ही उसे भड़काता रहा है, सुभाष ने इसमें घी का काम किया है!" उसने लम्बी साँस ली।

"कौन सुभाष?" मैंने पूछा।

"अरे वही, जो हमारे यहाँ मिला था—लेबर एक्सपोर्ट का रैकेट चलाने वाला—बग़दाद से आया था।"

"हाँ-हाँ, समझ गया।" मुझे याद आया छह फुटा सुभाष, आर्मी के ऑफ़िसर-सा चुस्त और एक्टरों-सा फैशनेबल! तो क्या सुमन ने इसीलिए फिर से हाई हिल की सैंडिलें पहनना शुरू कर दी हैं—मुझे झटका लगा।

"तुम्हारी चाय ठंडी हो रही है!" मैंने नीलाम्बर को याद दिलाया।

"हूँ!" उसने घूँट भरी, "सुभाष का सुझाव है कि सुमन अपना कारोबार बढ़ाए और 'इंडियन मार्केट' भी देखे, क्योंकि एक तो ई.ई.सी. और अमेरिका ने इधर 'कॉटन' के 'इम्पोर्ट' पर पाबन्दी लगाई है और दूसरा हांगकांग व सिंगापुर से बढ़ते हुए 'कम्पटीशन' तथा चीन के भी बड़े पैमाने पर जल्दी ही 'वर्ल्ड मार्केट' में आने की सम्भावना से 'एक्सपोर्ट' का काम काफ़ी 'कम्पटीटिव' होने वाला है, जबकि इंडियन मार्केट में अभी काफ़ी गुंजाइश है। सुभाष का कहना है कि वह मोहन मुरजानी को जानता है और उससे 'टेकनिकल नो-हॉउ' ले लेगा।"

"ये मोहन मुरजानी क्या बला है?"

"तुमने इसका नाम ही नहीं सुना?" उसे आश्चर्य हुआ, "मुरजानी सिंधी है! उसका हांगकांग और अमेरिका में गारमेंट्स का ज़बरदस्त काम है, ख़ासकर जीन का। ग्लोरिया वैंडरबिल्ट की मुरजानी इंटरनेशनल के लिए डिज़ाइन की गई जीन, लेविस, रैंगलर और कैलविन क्लीन आदि टॉप के ब्रांडों के साथ आती हैं।"

"पर क्या ऐसा हो सकता है? मेरा मतलब पैंट सीने के लिए विदेशी 'नो-हाउ'?"

"हो क्यों नहीं सकता? एफ.यू.एस. क्या हिन्दुस्तानी नाम है? ये ब्रिटिश हैं। सुभाष चाहता है कि 'लार्ज स्केल' पर काम हो—ऑटोमैटिक मशीनों से। ज़्यादा ध्यान जीन पर दिया जाए, क्योंकि इसका मार्किट लगातार 'ग्रो' कर रहा है।"

"यार, ऑलरेडी न जाने कितनी तो कम्पनियाँ जीन बना रही हैं, आख़िर बिकेंगी कहाँ?"

"जानते हो, आज कितने की जीनें हिन्दुस्तान में बिकती हैं?" उसने प्रश्न पर प्रश्न किया।

मेरे पास कोई उत्तर नहीं था।

"चालीस करोड़ की!"

"चालीस करोड़!" मेरा मुँह खुला का खुला रह गया।

वह मुस्कराया, "उनका आइडिया है कि ऐसी जिन मार्केट में लाई जाएँ, जो अपनी स्टिचिंग व शेप में विदेशी जीनों की टक्कर की हों। 'मार्केट ग्रो' कर ही रही है और जहाँ तक छोटी-मोटी कम्पनियों का सवाल है, उन्हें बाहर करना मिनटों नहीं, तो घंटों का काम है। सुभाष के लिए दस-बीस लाख लगाना कोई मुश्किल नहीं है।"

"बीस लाख!" मैंने दोहराया।

"हूँ!" वह मुस्कराया, "ब्लैक का पैसा बहुत है उसके पास, और इसी से सुमन 'रणी' गई है!"

उसने टिपिकल कुमाऊँनी शब्द का इस्तेमाल किया। 'रणी' का हिन्दी समानार्थक मुझे सूझ नहीं रहा है। 'पगला जाने' से बात नहीं बनती।

"इतने बड़े काम के लिए, सुमन चाहती है कि मैं सक्रिय रहूँ। यह फ्रेन्च ऑर्डर के अलावा है। हाँ! पवन भी मेरी व्यवस्थापकीय क्षमता का क़ायल है, इसलिए सुमन फिर से दबाव दे रही है कि मैं नौकरी छोड़ दूँ। तुम समझ रहे हो न 'स्ट्रेटेजी'! एक बार मैं नौकरी छोड़ दूँगा तो मेरे लिए उनके साथ जाने के अलावा और कोई रास्ता नहीं रहेगा। यह पृष्ठभूमि है!" वह रुका।

"उस दिन पूर्णिमा ने आने को कहा था। वह आई और दो-तीन दिन आती रही चूँकि उसे लेख लिखना था, इसलिए हर रोज़ एकाध घंटे बैठना भी पड़ता था। इस पर एक दिन सुमन ताव खा गई। कहने लगी, 'तुम मेरे ही घर में, मेरे ही सामने ये 'वुमैनाइज़िंग' नहीं कर सकते!"

"पूर्णिमा के सामने?" मैंने आतंक में पूछा।

"हाँ, वह मेरा अपमान करने पर जो तुली हुई थी। इसके अलावा, सच्चाई यह है कि स्वयं मुझे कई दिन से महसूस हो रहा था कि सुमन का व्यवहार सुभाष के प्रति सामान्य नहीं है। दिन में छोड़ो, रात के बारह-बारह, एक-एक बजे फ़ोन किये जाते हैं। इसके अलावा कभी 'ओबेराय' जा रहे हैं, तो कभी 'मौर्या'!"

"यानी तुमने जान-बूझकर पूर्णिमा को अपने घर बुलवाया!"

"हाँ, यह बात लगभग सही है। मैं उसे बेडरूम में ही बुला लेता था और घंटों बैठाए रखता था। तुम जानते हो, पूर्णिमा रूबेन्स का-सा मॉडल होने के बावजूद ख़ूबसूरत है और मैनरिज़्म में भी सुमन से उन्नीस नहीं है। इसके अलावा वह साहित्य-वाहित्य भी थोड़ा कर लेती है, यानी कुल मिलाकर सुमन की टक्कर है, इसलिए देवी जी उखड़ गईं। झगड़ा बढ़ा। उसने मुझ पर आरोप लगाया, मैंने उस पर। और अन्ततः मैंने घर छोड़ने का, जिसे सुमन 'एक्सक्यूसिवली' अपना मानती है, निर्णय कर लिया। कीचड़ उछालने में धरा भी क्या है?"

"पर बच्चे?" मैंने पूछा।

"बच्चों को लेकर थोड़ी चिन्ता है!" वह ग़मगीन हो गया, "इस पर मैं लगातार सोचता रहा हूँ। इस जाल से निकलने की सबसे कमज़ोर कड़ी बच्चे ही थे। हर पक्ष पर विचार करने के बाद मैं इस निर्णय पर पहुँचा हूँ कि वह बच्चों को मुझसे बेहतर ढंग से देख सकती है। बाक़ी रहा उनका भाग्य!"

"झगड़ा आज हुआ?" मैंने पूछा।

"नहीं, चार-पाँच दिन हो गए हैं, पर मैंने अपना निर्णय कल सुनाया!"

"उसने मान लिया?"

"मुझे लगा, वह भी यह सब सोच चुकी है। इसके अलावा कहीं कुछ है, जो उसे 'गुड बाई' कहने में कठिनाई नहीं हुई!" उसने दीवार से पीठ लगाकर आँखें मूँद लीं।

"एक बात पूछूँ?"

"बोलो?" उसने आँखें खोलीं।

"अगर ख़ुदा न खास्ता सुमन शादी करे, तो...?"

"तो मैं तलाक़ इसी शर्त पर दूँगा कि वह बच्चे मेरे हवाले कर देगी!" उसने फिर से आँखें बन्द कर लीं।

मेरा दिल भर आया।

कुछ भी हो, नीलाम्बर इसके लायक़ नहीं था—इस स्थिति के, इस व्यवहार के!

"मैं कुछ दिनों तुम्हारे साथ रहूँगा!" उसने फिर कहा, "अभी अकेले रह पाना मेरे लिए सम्भव नहीं है!"

"अरे यार, यह भी कोई कहने की बात है! तुम सो जाओ!" मैंने उसे कम्बल उढ़ा दिया और अपने लिए ज़मीन पर बिस्तरा डाल दिया।

अपनी-अपनी ज़िन्दगी

मकान-मालिक ने मुझ पर मुक़दमा कर दिया था।

वादी का कहना था कि उसके लड़के का शीघ्र विवाह होने जा रहा है, इसलिए उन्हें कमरा चाहिए। चार प्राणियों के परिवार के पास चार ही कमरे हैं और अब नई बहू आ रही है, इसलिए पाँचवाँ कमरा भी चाहिए, जबकि कमरा, एक अविवाहित और आवारा क़िस्म का आदमी जो दुनिया के किसी भी कोने में रह सकता है, बहुत बेशर्मी से घेरे हुए है। अपील में यह भाषा नहीं थी, पर मन्तव्य दूसरा नहीं हो सकता था। इसलिए उन्हें न्याय की शरण में आना पड़ा था और न्यायालय ने फुर्ती से 'आवारा' को तलब कर लिया था।

मैं चाहता था कि अपने जवाब में कह दिया जाए कि मैं नई बहू के साथ कमरा 'शेयर' करने को तैयार हूँ, पर मेरा वकील भी वकील ही था, उसने इस तरह के उत्पात में भागीदार होने से साफ़ इनकार कर दिया।

मेरा गुस्सा इस बात पर था कि आख़िर न्यायालय ने उसकी अपील किस आधार पर स्वीकार की है—बहू अपने पति के कमरे में रहेगी या अलग? अलग-अलग ही रहना है, तो विवाह क्यों किया?

सच्चाई कुछ और थी, पर न्यायालय का सम्बन्ध सिर्फ़ न्याय से है। मकान-मालिक चाहता था कि किराया दोगुना यानी तीन सौ कर दिया जाए, पर मैं सिर्फ़ पचास रुपये बढ़ाने को राज़ी था।

नीलाम्बर की सलाह थी कि सौ में फ़ैसला 'माड़ा' नहीं है, पर मैं इसके लिए दो कारणों से राज़ी नहीं था। पहला, मैं अपनी वर्तमान तनख़्वाह में इतना रुपया किराये पर ख़र्च नहीं कर सकता, दूसरा, इसकी क्या गारंटी है कि एक साल बाद वह फिर से किराया बढ़ाने की माँग नहीं करेगा, क्योंकि तब तक एकाध पोता-पोती की सम्भावना को नज़रअन्दाज़ नहीं किया जा सकता था।

नीलाम्बर ने भरसक समझाया कि देखो, कोर्ट-कचहरी भले लोगों का धन्धा नहीं है। जहाँ तक तुम्हारा सवाल है, तुम्हें भूलना नहीं चाहिए कि तुम लेखक हो। मुक़दमा लड़ोगे या पढ़ना-लिखना करोगे! मान लो, मुक़दमा पाँच साल चला, सोचो, कितना नुक़सान होगा! असल में, मुक़दमेबाज़ी 'फुल टाइम' धन्धा है, तुम्हारे वश का नहीं!

कुल मिलाकर सौदा फ़ायदेमंद ही रहेगा, क्योंकि अब तुम्हें साउथ दिल्ली में ढाई सौ में गुसलख़ाना भी नहीं मिलेगा।

मेरा कहना था कि मुक़दमा पाँच साल चला, तो मैं पाँच साल इसी किराये पर और साउथ दिल्ली में ही रहूँगा। जहाँ तक समय का प्रश्न है, मैं कर ही क्या रहा हूँ, पहुँच जाऊँगा। यह नहीं कि नीलाम्बर की बात मैं समझ नहीं रहा था, पर चूँकि प्रतिष्ठा का प्रश्न बन चुका था, इसलिए पीछे हटना व्यावहारिकता नहीं, कायरता लग रही थी।

"तुम खसिया हो, मानोगे नहीं!" कहकर नीलाम्बर ने तर्क करना छोड़ दिया।

उस दिन पहली ही तारीख़ थी और कचहरी खुलने से पहले वकील के पास पहुँचना था।

रोज़ की तरह ही रात भी नीलाम्बर देर तक लिखता रहा था, इसलिए तब तक मैं भी सो नहीं पाया था। वह जब से आया था, भूत की तरह लिख रहा था—एक-एक दिन में 20-25 पेज़। कभी-कभी तो तीन-तीन, चार-चार दिन कमरे से निकलता ही नहीं था। वह कॉलेज भी जा रहा है या नहीं, मुझे मालूम नहीं था।

मैं जब निकला, नीलाम्बर सो ही रहा था। मैं किसी तरह एक कप चाय भर पी पाया, उस पर भी पौने नौ बज गए।

इन वकीलों का भी जवाब नहीं है। उसने क्यों इतनी सुबह बुलवाया, मेरी समझ में नहीं आया। शायद अपना महत्त्व जताने। साढ़े बारह तक मैं न्यायालय की भूल-भूलैया में (न्याय के इस दलदल को भूल-भूलैया कहना आसिफ़ उद्दौला का अपमान है, पर मुझे कोई और शब्द सूझ नहीं रहा है, जिससे अदालतों का 'मान' भी बना रहे और 'हानि' भी हो जाए) काफ़्का के किसी पात्र-सा अंतहीन इन्तज़ार करता रहा—कभी धूप सेंकता, कभी सिगरेट फूँकता, और कभी गैस की बीमारी के बावजूद चाय पीता। (नीलाम्बर ने न्यायलय के बाड़े में चरस की सख़्त मुमानियत कर रखी थी।) साढ़े बारह ही सही, पता चल गया कि न्यायाधीश महोदय को ठंड लग गई है, इसलिए नहीं आएँगे। एक महीने की तारीख़ मिल गई। मैंने राहत की साँस ली।

लौटते हुए, मैंने पूरे अनुभव पर, नीलाम्बर की सलाह को मद्देनज़र रखते हुए, नये सिरे से विचार किया। जाड़े के दिन। बेमतलब सुबह नाश्ता-पानी के बग़ैर वकील द्वारा दौड़ाया जाना। सात रुपये का स्कूटर-रिक्शा और पाँच रुपये का दिन-भर का चाय-नाश्ता, मुझे अखरा। लगा, यह लड़ाई भी मैं सिर्फ़ पिदाई से बचने के चक्कर में ही हार जाऊँगा। इसके अलावा अगर इसी तरह तारीख़ लगती रही तो मकान, सम्भव है, बच जाए, पर नौकरी जाती रहेगी। लेकिन जैसा कि नीलाम्बर का कहना था और कोर्ट की भीड़ भी साबित कर रही थी, मुझे लगा। मैं भी मुक़दमे-बाज़ी के 'फुल टाइम' धन्धे में लग सकता हूँ। आख़िर गवाहों की आवश्यकता तो सभी को होती है—पुलिस से लेकर अपराधी तक! क्या मैं दूसरा 'पानी वाला' नहीं हो सकता?

अगर वह अनपढ़ 'न्याय के लिए' एक हज़ार मुक़दमों में 'सत्य' बोल सकता है, तो क्या मैं पोस्ट-ग्रेजुएट सत्य की रक्षा के लिए न्याय के चक्कर में दो हज़ार गवाही नहीं दे सकता? इस ख़याल से मुझे बहुत सुकून मिला। और मैं नौकरी की चिन्ता से एक ही झटके में मुक्त हो गया।

अगली बार से 'राग दरबारी' साथ लेकर आऊँगा, मैंने फ़ैसला कर लिया और स्कूटर से आराम के साथ दफ़्तर जा पहुँचा।

सीट पर ठीक से बैठा भी नहीं था कि सरला—रेखाजी की असिस्टेंट—बोलीं, "भंडारीजी, आज आप कहाँ थे, आपकी सुबह से तलाश हो रही है?"

"क्यों क्या हुआ? मैं तो कहकर गया था!"

"नहीं, नीलाम्बर जी कहीं मिल नहीं रहे हैं! मदनमोहन जी का देहान्त हो गया है!"

"बाप रे! कैसे?" मैं खड़ा हो गया।

"ब्रेन हैमरेज से!"

कैसा मनहूस दिन था! पहले काले कोट वालों में फँस गया था और अब यह! मैं उलटे पाँव घर लौटा।

नीलाम्बर नहा रहा था।

"कितनी देर है?" मैंने बाहर से ही पूछा।

"अरे आ गए! समझौता कर आए क्या?"

"ज़रा जल्दी करो!" कहकर मैं कमरे में जा बैठा।

"क्या बात हो गई? मारपीट कर आए क्या?" उसने मेरे थके और गम्भीर चेहरे को देखकर दरवाज़े से ही पूछा।

गर्म पानी से नहाया होने के कारण, उठती भाप से उसका बेडौल शरीर छिलका निकले उबले आलू-सा लग रहा था। कोई और मौक़ा होता, तो मैं कहने से नहीं चूकता कि साले, दस-दस बजे तक सोये रहते हो, थोड़ी कसरत नहीं होती तुमसे! मैं जानता था, वह नेशनल स्पोर्ट्स क्लब का सदस्य है और स्क्वैश खेलने व तैरने वहाँ जाता है, पर नियमित रूप से जाता होगा, मुझे शक हुआ।

"अरे बोलो क्या हुआ?" उसने फिर पूछा।

"पहाड़गंज चलना है, तैयार हो जाओ!"

"पहाड़गंज! आख़िर बात क्या है? तुम ठीक से क्यों नहीं बताते?" वह बेचैन हो उठा।

"ममो के घर जाना है!" मैं थोड़ा अटका, "उसका आज सुबह देहान्त हो गया है!"

"कैसे?" उसकी आवाज़ अचानक ही बहुत डरावनी हो गई, जैसे अँधेरी गुफा में फँसा कोई चीख़ा हो।

"दिमाग़ की नस फटने से!" मैंने हौले से कहा।

"ओ गॉड!" आँखें बन्द कर वह पलंग पर पसर गया और देर तक दोनों हाथों से मुँह छिपाए पड़ा रहा।

थोड़ी देर मैं भी बैठ गया, फिर बेचैन टहलने लगा। जो होना था, सो हो गया, अब यह नीलाम्बर क्या कर रहा है, मेरी समझ में नहीं आ रहा था।

"नीलाम्बर!" मैंने पुकारा।

वह चुप रहा।

"चलो!"

धीरे-धीरे वह उठा,, एक शब्द भी बोले बिना उसने कपड़े पहने और हम बाहर आ गए।

"मौत घर में हुई या अस्पताल में?" सड़क पर आकर उसने पूछा।

"मालूम नहीं! मैंने यह सब पूछा ही नहीं!" कुछ क्षमा माँगने वाले से अन्दाज़ में मैंने कहा, "बस, सुनते ही चला आया!"

यद्यपि मेरा मदनमोहन से कभी कोई सम्बन्ध नहीं रहा था, पर उसकी अकाल मृत्यु ने मुझे भी हिला दिया था। कुछ इस तरह से जैसे कोई बाघ अचानक आपके साथी को उठा ले गया हो। असहायता का आतंक!

"जीने के लिए ज़िन्दगी की क़ीमत देनी होती है! नशा उसे अन्ततः ले डूबा!" नीलाम्बर धीरे-धीरे बुदबुदा रहा था और मैं स्कूटर की सनसनाहट और मृत्यु के धक्के में, शब्दों को मुश्किल से पकड़ पा रहा था "मैं जानता हूँ कि उसने किस तरह से संघर्ष किया है! वह सारी-सारी रात अनुवाद और प्रूफ़रीडिंग करता था। यह उसका शरीर नहीं, 'मैंड्रैक्स' और 'डेक्साइड्रिन' कर रही थी!"

रास्ते-भर वह इसी तरह मदनमोहन के जीवन-संघर्ष के बारे में बहुत ही मायूस और असंबद्ध ढंग से बताता रहा। स्कूटर ने आज फिर स्टेशन के सामने छोड़ दिया था।

बाज़ार और गलियों से लगभग भागते हुए, अँधेरी सीढ़ियों से जब हम ऊपर पहुँचे...ताला लगा था! पता चला, मृत्यु इरविन अस्पताल में हुई थी और वहीं से उसे श्मशान ले जाना था।

हम उलटे पैर अस्पताल पहुँचे। वहाँ भी कोई नहीं था।

जब हम श्मशान पहुँचे, लोग लौट रहे थे।

सब-कुछ इतनी जल्दी ख़त्म हुआ कि हमें हतप्रभ छोड़ गया था। असल में मुझे ही ग़लत ख़बर मिली थी या मैंने ग़लत सुना था। मृत्यु रात ही हो गई थी।

यह शहर अपने-आप में कितनी बड़ी बाधा हो गया है—सिर्फ़ अफ़सोस किया जा सकता था।

हम कनॉट प्लेस लौट आए। नीलाम्बर की इच्छा खाना खाने की नहीं हो रही थी, इसलिए मैंने भी सिर्फ़ कॉफ़ी ही पी। वह फिर से पहाड़गंज चला गया और मैं चार बजे कहीं दुबारा दफ़्तर पहुँचा।

पूरे महीने-भर वह मदनमोहन को लेकर ही व्यस्त रहा।

अगले दिन शोक-सभा उसी ने करवाई। फिर कई दिनों तक मदनमोहन के बेटे को लेकर नीलाम्बर शिक्षा-मंत्री के चक्कर काटता रहा और शायद नौकरी का आश्वासन लेकर ही उसने दम लिया।

मदनमोहन के छप रहे उपन्यास 'वापसी' को रुकवाकर उसने हमारे यहाँ धारावाहिक प्रकाशन की बात पक्की कर दी और अगले ही अंक में उसकी घोषणा करवा कर ममो की पत्नी को एक हज़ार अग्रिम दिलवा दिये तथा और भी कई जगह उसने मदनमोहन की रचनाएँ ठीक-ठाक कर छपने को दीं। इसके अलावा, उसने मदनमोहन की कहानियों को दो खंडों में छापने के लिए प्रकाशक को भी राज़ी कर लिया।

नीलाम्बर का लिखना रुक गया था।

उन दिनों मेरी-उसकी मुलाक़ात सिर्फ़ रात को ही हो पाती थी, उस पर भी कभी-कभी वह मेरे सो जाने के बाद आता और उठने से पहले तो ख़ैर रोज़ ही ग़ायब रहता था। उसकी इस 'गुड सेमेरिटन' की भूमिका पर मुझे आश्चर्य और कभी-कभी खीझ भी उठने लगी थी। मैं कई बार सोचता, इससे पूछूँ, क्या जो काम ममो ज़िन्दगी भर नहीं कर पाया, तुम एक दिन में कर देना चाहते हो?

पर देखा जाए, तो नीलाम्बर असम्भव को सम्भव कर देने का ही माहिर है। उसने लगभग वही कर दिखाया था।

उसका कुत्ता

नवें दशक के पहले साल ने क़वायद शुरू कर दी थी।

मदनमोहन की मृत्यु का सदमा और आतंक अब तक काफ़ी कम हो चुका था। इधर कुछ दिन से नीलाम्बर फिर ज़ोरों से लिख रहा था। उपन्यास के बाद वह नाटक शुरू करना चाहता था—'घासीराम कोतवाल' की तर्ज़ पर, जिसमें वह 'जागर' और 'झोडों' जैसे पहाड़ी नृत्यों के साथ पहाड़ी संगीत का भी इस्तेमाल करना चाहता था।

मैंने मज़ाक़ में कहा, "अपने नाटक को यूरोप ले जाना चाहते हो?"

"क्यों नहीं, अगर हो सका, तो ले जाऊँगा!" वह मेरे मज़ाक़ से अविचलित रहा।

वह वाक़ई गम्भीर था। वह स्वयं निर्देशन भी करना चाहता था। इसलिए नये नाटक-ग्रुप की तैयारी भी साथ-साथ कर रहा था। उसने लोकगायकों की एक सूची तैयार कर ली थी।

अब वह यदा-कदा ही सही, प्रदर्शनियों में भी जाने लगा था। स्वामीनाथन और रामकुमार की प्रदर्शनियों की समीक्षा मैंने उसी से 'डिस्कस' करके—कि स्वामी की चिड़ियों ने इस बीच कितनी उड़ान भरी है या रामकुमार पहाड़ों से और कितनी दूर देख रहे हैं—लिखी थी। इसके बावजूद मैं महसूस कर रहा था कि वह एकान्तप्रिय होता जा रहा है और घंटों अकेला बैठा रहता है।

वह असामान्य तरीक़े से कम बोलने लगा था। यद्यपि प्रत्यक्षत: उसके चेहरे पर कोई उदासी नज़र नहीं आती, पर लगता अन्दर ही अन्दर कुछ घट रहा है—अणुओं की आपसी टकराहट-सा सूक्ष्म और संहारक!

मेरे बहुत कहने पर उस शाम उसने कॉफ़ी हाउस आने का वायदा किया था, पर वह सात बजे तक नहीं आया। शिमला में शायद बर्फ़ गिरी थी। दिल्ली ठंड से काँप रही थी। ऐसे मौसम में सात के बाद कॉफ़ी हाउस में बेघर ही बैठते हैं। धीरे-धीरे सारे परिचित चले गए थे। मैं चिन्तित बैठा निर्णय नहीं कर पा रहा था, क्या करूँ कि तभी नीलांबर अपने हैरिस ट्वीड के कोट की बग़ल में अख़बारी काग़ज़ों में लिपटा एक बड़ा-सा बंडल लिये प्रकट हुआ ।

"बड़ी देर कर दी!" मैंने पूछा।

" चलने में ही देर हो गई!" उसने बिना किसी खेद के कहा ।

"यह क्या है?" बंडल की ओर इशारा करते हुए मैंने पूछा।

"कुछ नहीं!" कहकर उसने टाल दिया और बंडल को लोगों की नज़रों से बचाते हुए सावधानी से अपनी कुर्सी के नीचे रख दिया।

"क्या लोगे?"

"सिर्फ़ कॉफ़ी!" उसने कहा, "आज खाना खाकर चलेंगे!"

" चाइनीज़?" मैंने पूछा।

"नहीं, मुग़लई!" वह मुस्कराया।

असल में चाइनीज़ खानों का वह कुछ विशेष ही प्रेमी था ।

" क्या तुम चाइनीज़ खाना चाहते हो ?" मेरी चुप्पी पर उसने पूछा।

" नहीं! ऐसी बात नहीं है, पर छाँग पीने-की-सी तबीयत हो रही थी। लेकिन इतनी दूर माल रोड कौन जाएगा!"

"नहीं, बहुत ठंड है!" उसे विचार पसन्द नहीं आया, "यहाँ जनपथ के पीछे एक नया ढाबा खुला है, बहुत लज़ीज़ बिरयानी बनाता है। तुमने खाई कभी!"

"नहीं!" मैंने गर्दन हिला दी । नीलाम्बर मेरे लिए सदा एक रहस्य रहा है। आख़िर वह कहाँ से यह सब जानकारी इकट्ठी कर लेता है—नई किताब से लेकर नये ढाबे तक की!

कॉफ़ी हाउस से उतरते हुए मैंने बंडल लेना चाहा, पर उसने मुझे यह कहते हुए कि भारी नहीं है, हाथ तक नहीं लगाने दिया।

"थैले में रख लेता हूँ।" मैंने अपने शान्तिनिकेतनी की ओर इशारा किया।

"नहीं!" पहले उसने मना कर दिया, फिर बोला, "अच्छा, लाओ थैला!"

मैंने थैला थमा दिया, पर बंडल के प्रति उसकी सजगता ने मुझे हैरान कर रखा था। इस साले बंडल में आख़िर है क्या, मेरी कल्पना के परे हो रहा था।

नीचे की मंज़िल की दुकान में वह टॉफ़ियाँ ख़रीदने जा खड़ा हुआ। यह भी हाल ही में शुरू हुआ था। वह जब भी बाहर जाता, पड़ोसी बच्चों के लिए अवश्य ही कुछ लेकर लौटता था।

"तुम कुछ लोगे?" उसने पूछा।

"टॉफ़ी!" मैंने मज़ाक़ में कहा।

"नहीं, सुबह के लिए!" वह गम्भीर था।

"ले लो कुछ।"

"आमलेट, स्लाइसों ने बोर कर दिया है!" कहते हुए उसने एक पैकेट वैफ़र, एक पैकेट नमकीन और एक फ्रूट केक ले लिया।

टॉफ़ियाँ उसने जेब में डाल लीं और बाक़ी चीज़ों का पैकेट मेरे हाथ में थमा दिया।

कमरे में लौटते ही मैंने सबसे पहले बंडल खोला।

उसमें दस 'इवनिंग न्यूज़' और छह 'सांध्य टाइम्स' की प्रतियाँ थीं।

"क्या तुम्हारे बारे में कुछ छपा है?"

"नहीं तो!" वह मुस्कराया।

"फिर?" मुझे आश्चर्य हुआ।

"एक बच्चा बेच रहा था!" उसने कुछ झेंपते हुए कहा।

"ओह!" मैं समझ गया, आदित्य जैसा लगा होगा इसे, या उसकी उम्र का होगा।

बच्चों के प्रति उसका प्रेम अपनी सीमाएँ लाँघने लगा था। वह अक्सर सड़क पर चलते-चलते रुक जाता और कहता, "देखो-देखो, कैसी शैतान बच्ची है!"

उसका इशारा किसी बच्ची की छोटी-मोटी हरकत की ओर होता।

कभी किसी बच्ची को दिखाकर कहता, "देखो! अनुपमा, बिलकुल वैसी ही है!"

अपने बच्चों से उसे बेइन्तहा प्यार था, विशेषकर अनुपमा से, जो जन्म से अधिकांशत: उसी के साथ रही थी। बच्चों से दूरी उसे भारी पड़ने लगी थी, यह बात मुझे भी दुख पहुँचा रही थी। पड़ोसी बच्चों से उसकी दोस्ती इसी का परिणाम थी और वे भी पूरे दिल से उसका साथ निबाह रहे थे। वे बच्चे, जो कमरे में घुसना तो रहा दूर, मेरी शक्ल से ख़ौफ़ खाते थे, आजकल सुबह उठते ही आ धमकते थे और मेरी आँखों के आगे घंटों वह धमाचौकड़ी मचती थी कि चाहते हुए भी मैं कुछ कर नहीं पाता था।

रात हम देर तक बातचीत करते रहे।

वह अब अपने लिए अलग कमरा चाहता था।

मुझे बुरा लगा। मैं उसे समझाना चाहता था कि अलग रहना उसके लिए ठीक नहीं है। पर वह जिस तरीक़े से सुविधाओं का आदी हो गया था, वे न तो मेरे कमरे में मिल पा रही थीं और न ही मिलने की सम्भावना थी। लेकिन यहाँ एक तरह की भावनात्मक सुरक्षा थी, जो अलग रहने में, सम्भवत: न मिल पाती। और वर्तमान परिस्थितियों में यह मुझे उसके लिए आवश्यक लग रही थी।

अचानक उसने कहा, "ऐडी नैनीताल से आ गया होगा!"

"हाँ, जाड़ों की छुट्टियाँ शुरू हो गई हैं।" मैंने कहा।

वह चुप हो गया—देर तक।

"तुम उससे मिलने क्यों नहीं चले जाते?" मैंने सुझाव दिया।

"नहीं! मैं वहाँ नहीं जाना चाहता हूँ!" उसने दृढ़ स्वर में कहा।

"तो मैं जाकर ले आऊँ?" मैंने पूछा।

"ला सकते हो?" उसकी आँखें चमक उठीं।

"क्यों नहीं! मैं सुमन से कहूँगा कि तुम बच्चों से मिलना चाहते हो, शाम को पहुँचा दूँगा!"

"नहीं! नहीं! नहीं! सुमन से कुछ नहीं कहना है!" उसने बहुत ज़ोर से, जैसे करंट लगा हो, सिर हिलाया, "न वह मानेगी और न ही मैं उसके आगे अपनी कमज़ोरी दिखलाना चाहता हूँ!"

"इसमें न मानने या कमज़ोरी की क्या बात है? तुम लोग दोस्तों की तरह अलग हुए हो, फिर मिलना ही तो चाहते हो न, माँग तो नहीं रहे हो! इसके अलावा तुम पिता हो! अपने बच्चों के प्रति प्रेम दिखाना क्या अस्वाभाविक है?" मैंने तर्क दिया।

"नहीं!" उसने निर्णयात्मक स्वर में कहा, "मैं जानता हूँ, वह तुम्हें बच्चे नहीं लाने देगी! उलटे, तुम्हारा अपमान कर सकती है।"

"नहीं!" उसने फिर दोहराया, "मैं नहीं मिलना चाहता! रहने दो! सब बच्चे बराबर हैं, समझने का ही तो अन्तर है न!"

मैं उसकी बात पर हँसे बिना न हर सका।

"और नहीं तो क्या?" वह गम्भीर था, "पिता होने के नाते, तुम्हारी क्या भूमिका है? तुम्हें मानना ही तो है न कि एक 'पर्टिकुलर' बच्चा तुम्हारा है। क्या गारंटी है कि वह तुम्हारा है? उस बच्चे से, जिसे एक औरत ने नौ महीने बाद जन्म दिया, तुम्हारा क्या सम्बन्ध रहा? यही कि तुम उसकी माँ के साथ रहे या तुम भी रहे। मान लिया, तुम्हारी भूमिका असंदिग्ध नहीं रही, पर अगर वह औरत जिसके साथ तुम रहे, ग़ायब हो जाए और नौ महीने बाद तुम्हारे पास कुछ नवजात बच्चे लाए जाएँ, तो क्या उनमें तुम अपने बच्चे को पहचान लोगे?"

मैंने तनाव कम करने के लिए मज़ाक़ में कहा, " 'ह्यूमैन लैवकोसाइट एन्टीजेन टेस्ट' करवाऊँगा!"

उसने मेरी बात पर ध्यान नहीं दिया।

"सच्चाई यह है कि एक पिता का अपने बच्चे के साथ कोरा भावनात्मक सम्बन्ध है। वह तुम्हारा बच्चा मूलतः इसलिए है कि तुम उसे अपना मानते हो। अब तक मैं ऐडी और अनुपमा को अपना बेटा-बेटी मानता रहा था। भविष्य में अगर मुझे आवश्यकता होगी, तो मैं बबली और बंटी को अपना बेटा-बेटी मान लूँगा!" वह लेट गया।

मैं निश्चय नहीं कर पाया कि नीलाम्बर सुमन पर शक कर रहा है, या अपने गिरते मनोबल को सँभालने के लिए इस तरह के बेहद चालू तर्क दे रहा है।

मैंने थोड़ी देर बाद बत्ती बुझा दी। वह आँखें बन्द किये था, पर सोया कब, कह नहीं सकता।

दरवाज़े की खटखटाहट से नींद खुली।

चारों ओर से बन्द कमरे में समय का अनुमान नहीं हो पा रहा था, पर सवेरा हो चुका था।

खटखटाहट बढ़ती जा रही थी। मैं निश्चिन्त था, बबली-बंटी होंगे। मुझे ग़ुस्सा आने लगा। इस नीलाम्बर ने इन बच्चों को बहुत मुँह लगा लिया है, साले सोने तक नहीं देते।

अब खटखटाहट बिना रुके होने लगी थी, नहीं, यह बच्चों का खटखटाना नहीं था, जिसमें एक कोमलता, बेचैनी और उत्सुकता होती है। बल्कि यह एक अजीब क़िस्म के अक्खड़पन और आक्रामकता से भरी हुई थी।

आश्चर्य था कि नीलाम्बर इसके बावजूद ख़र्राटे ले रहा था। रात सोते में एक बार मैंने महसूस किया था कि वह उठकर कुछ टटोल रहा है। चरस की तलाश होगी? पर इतनी नहीं पीनी चाहिए! यह ख़तरनाक है। भविष्य में ऐसे रखूँगा कि उसे मिल न पाए।

"पापा!" बाहर से आवाज़ आई।

मैं कुछ समझ पाता कि नीलाम्बर उछलकर रज़ाई से बाहर आ गया, और, "ऐडी!" कहता हुआ दरवाज़े पर झपटा।

दरवाज़े के खुलने के साथ ही कई चीज़ें महसूस हुईं—ठंड का तेज़ झोंका, सुबह का स्वच्छ प्रकाश और ऐडी के पीछे खड़ी सुमन—सफ़ेद झबरे ल्हासा एप्सो का पट्टा थामे, जो मालिक के सम्मान में लगातार पूँछ हिलाने लगा था।

मैंने इतनी तेज़ी से बिस्तरा छोड़ा, जैसे बाघ देख लिया हो।

आदित्य अब तक नीलाम्बर से लिपट गया था। वह क़द में माँ पर गया है। नीलाम्बर को ज़्यादा झुकना नहीं पड़ रहा था।

"कब आए?" नीलाम्बर पूछ रहा था।

"मुझे तो आए बहुत दिन हो गए! आप आए नहीं!" ऐडी के स्वर की शिकायत ने मुझे भी हिला दिया।

"कौन लाया है तुम्हें?" नीलाम्बर का हाथ अब उसके कन्धे पर था।

"पवन अंकल!"

वे अब भी दरवाज़े पर ही थे। पीछे सुमन अपने चमड़े के चेस्टर में इतनी निर्विकार खड़ी थी जैसे शो-केस में लगी आदमक़द प्रतिमा।

"आइए! आइए! आइएगा!" मैंने हकलाते हुए सुमन को आमंत्रित किया।

सुमन की उपस्थिति मेरे लिए सदा की तरह स्तंभित करनेवाली सिद्ध हो रही थी, जैसे कोई शिकार शिकारी के आगे झटपटाने लगे। मेरे और उसके बीच इस घातक-मुग्धता का सम्बन्ध पुराना है। वह भी इसे जानती है और पूरा आनन्द भी लेती है। पर उस दिन वह हिली तक नहीं।

मैंने झटपट ज़मीन से बिस्तरा लपेटा, एक मात्र कुर्सी से उठाकर पत्र-पत्रिकाओं का, पहले से ही भरी मेज़ पर, चट्टा लगाया और अपने तौलिये से कुर्सी को पोंछा।

उसने इस पर भी मेरी ओर नहीं देखा।

"तुम मिलकर आ जाना, मैं कार में बैठी हूँ!" उसने ऐडी से कहा और अपने कुत्ते के साथ मुड़ने लगी।

मैं उसका रास्ता रोकने के लिए झपटा ही था कि हड़बड़ी में कुत्ते से जा टकराया। पहले तो कुत्ता चिंचिचाया, फिर भौंकने लगा।

"अरे! आप कहाँ जा रही हैं बैठिए न!" मैंने कुत्ते से टकरा जाने की दुर्घटना के बावजूद आपा नहीं खोया।

"नहीं, ठीक है!" उसका स्वर बर्फ़ से भी ठंडा था। उसी साँस में उसने अभी तक नाराज़ी से भौंकते कुत्ते को लताड़ा, "रॉकी! शटअप!"

रॉकी ने भौंकना बन्द कर, गुर्राना शुरू कर दिया। नीलाम्बर ने हमारी ओर देखा तक नहीं। पिता-पुत्र संवाद ज़ोरों पर था।

बड़ी मिन्नतों के बाद सुमन अन्दर आई। मैंने फटाफट हाथ-मुँह धोया और यह सोचते हुए कि ब्रुश बाद में करूँगा, आवभगत में जुट गया।

"आप क्या कर रहे हैं?" सुमन ने पूछा।

मैं कमरे में रात लाया केक और वैफ़र्स लेने, यह सोचता हुआ आया था कि देखो क़िस्मत अच्छी है, जो घर में कुछ पड़ा है।

उसके प्रश्न ने मेरी लाज-बच-गई विचार-शृंखला को भंग कर दिया। मैंने जितना हो सका, मुलायम स्वर में—जैसे हंगल ('अनुभव' देखी थी आपने) नौकर के रोल में बोलता है, कहा :

"कुछ नहीं, ज़रा चाय बना रहा हूँ!"

"नहीं, मेरे लिए नहीं बनाइएगा!" उसकी भृकुटियों का तनाव हिलने को नहीं आ रहा था।

"आपके लिए नहीं, हमें भी पीनी है!" कहकर मैं भागकर 'बंकर' में आ गया।

मैं जब चाय लाया, सुमन यथावत बैठी, नीलाम्बर और ऐडी से परे कहीं शून्य में देख रही थी।

मैं सुमन का कप किसी तरह जगह बनाकर मेज़ पर रखने को बढ़ा ही था कि कुत्ता फिर गुर्राने लगा।

"रॉकी!" सुमन ने कुत्ते को फिर डाँटा और मुझसे भी दोबारा कहा, "मैं चाय नहीं पियूँगी, प्लीज़, नहीं! अभी पीकर आए हैं।"

"थोड़ी! थोड़ी-सी लीजिए!" कहकर मैं केक और नमकीन की प्लेट लेने वापस मुड़ गया। पर उनसे मुझे सन्तोष नहीं हो रहा था।

रास्ते में खड़े नीलाम्बर से मैंने पूछा, "यार, कुछ और ले आऊँ?"

"नहीं, कुछ नहीं!" उसने मेरे उत्साह पर एक झटके में ही पानी फेर दिया।

"ब्रेकफ़ास्ट करके आए होगे?" उसने आदित्य से पूछा।

"हाँ, चाय पियूँगा!" ऐडी ने कहा।

मैंने देर नहीं की। फ़ौरन ऐडी के हाथ में कप पकड़ा दिया।

सुमन के आगे मुझे लगभग गिड़गिड़ाना पड़ा, तब कहीं उसने गिनकर दो घूँट पिये।

"पापा, मम्मी ने गाड़ी ली है।" आदित्य ने अचानक कहा।

वैसे कार के आने की घोषणा तो घुमाकर सुमन ने कर ही दी थी।

"अच्छा!" नीलाम्बर आश्चर्यजनक ढंग से सहज हो गया था, सुमन की उपस्थिति ने जैसे उसे बिलकुल प्रभावित ही न किया हो।

मैं सुमन को देख रहा था। नीलाम्बर की तटस्थता ने उसे पूरी तरह विचलित कर दिया था। वह बार-बार बेचैन कभी बाईं टाँग को दाईं पर और कभी दाईं को बाईं पर रख रही थी। अन्ततः उसने एक पत्रिका उठाई और पलटने लगी।

ज़िन्दगी के नाटक के लिए, मुझे लगा, कहीं अधिक अभिनय-क्षमता चाहिए। सुमन का मंचीय अनुभव बचकाना सिद्ध हो रहा था।

आदित्य नीलाम्बर का हाथ खींचते हुए कह रहा था, "आओ पापा, आपको दिखलाता हूँ। आपको चलानी आती है?"

"नहीं तो!" नीलाम्बर ने उसी सहज भाव से कहा।

"मुश्किल नहीं है। आप एक बार में सीख जाएँगे। ज़रा 'स्टेयरिंग' घुमाना और 'क्लच' दबाना आना चाहिए!"

"बस, इतना आसान!" नीलाम्बर ने ठंड से बचने के लिए चारखाने की सूती मैली-सी चादर लपेटते हुए कहा।

उसका इतनी गन्दी चादर लपेटना मुझे अच्छा नहीं लगा, जैसे उसने मेरी औक़ात दिखा दी हो। सुमन क्या सोच रही होगी, मैंने मन-ही-मन सिर पीटा।

आदित्य ने दोनों हाथों से उसका सीधा हाथ पकड़ लिया था और नीलाम्बर को वह लगभग दौड़ाता ले जाने लगा था।

"ऐडी! 'कीज़'!" सुमन ने आवाज़ लगाई और जेब से चाबियाँ निकालकर अपनी हथेली पर फैला दीं। ऐडी ख़रगोश की तरह आया और चाबियाँ झपट कर चला गया।

नीलाम्बर न तो रुका था और न ही उसने मुड़कर देखा।

सुमन ने पत्रिका को पूरा पलटे बिना ही सामने बिस्तर पर उछाल दिया।

कमरा पिंजड़ा हो गया, मैं ग्लेडियेटर। शेरनी से तीन फुट, सिर्फ़ तीन फुट की दूरी पर।

"आप लोग कितने बजे उठते हैं?" उसने चारों ओर नज़र दौड़ाते हुए पहला वार किया।

"आज असल में संडे के कारण देर हो गई!" मैंने खिसियाते हुए घड़ी देखी। साढ़े दस बज रहे थे। "इस समय तो ऑफ़िस को निकल जाना पड़ता है!"

मैं उठ खड़ा हुआ। सोचा, कल के कुछ स्लाइस हैं, एकाध रॉकी को दे दूँ! साला बहुत 'होस्टाइल' हो रहा है।

लौटकर मैंने बड़े प्यार से चुऽ चुऽ चुऽ कर उसके आगे स्लाइस डाल दी। अब सुमन भी ख़ुश हो जाएगी, मुझे विश्वास-सा हो गया था।

"नहीं खाएगा!" सुमन के कठोर स्वर ने मेरे स्वप्न-संसार को भंग कर दिया।

इस पर भी मैं पुचकारता गया। आख़िर साला कुत्ता ही तो है—कहने से थोड़े ही रुक जाएगा। रॉकी ने स्लाइस की ओर थूथन की। मेरा उत्साह द्विगुणित हो उठा। मैं उसे उस तरह पुचकारने लगा, जैसे कॉलेज के दिनों में विरोधी गोल की ओर बढ़ती अपनी हॉकी टीम को 'बक-अप' किया करता था।

सुमन ने उसे रोकने की कोशिश नहीं की। मुझे लगा, नाराज़गी दूर हो रही है।

रॉकी कुछ पल स्लाइस सूँघता रहा, फिर उसने पूँछ हिलाई और इसके बाद मेरे लाख पुचकारने के बावजूद वापस सुमन के पैरों से लग कर बैठ गया।

कमाल है! उसकी स्वामिभक्ति और सेना के-से अनुशासन ने मुझे हतप्रभ कर दिया।

सुमन ने एक बार मेरी, और फिर कुत्ते की ओर देखा। वह मुस्कराई—विजय की चमचमाती मुस्कराहट, जिससे न चाहते हुए भी सामने वाला चौंधियाए बिना नहीं रहता।

मैंने गर्दन नीची कर ली जैसे आपकी टीम ने आख़िरी 'पैनल्टी पुश' 'मिस' कर दिया हो।

"यह सूखे स्लाइस नहीं खाता! ही लाइक्स बटर!"

"अच्छा!" मैंने हार की झोंक को मर्दों की तरह झेलने के चक्कर में हँसने की कोशिश की।

'बटर' तो अपने खाने तक के लिए नहीं था।

इसके बाद अगले दस मिनट, जब तक नीलाम्बर और आदित्य लौट नहीं आए, वह कुछ नहीं बोली। मैं एकचित्त, बटर खाने वाले हरामज़ादे कुत्ते की—यह बताने की बात नहीं है कि मन-ही-मन—तीन पीढ़ियों को हर सम्भव रिश्ते से गाली देता रहा।

"मम्मी! पापा को गाड़ी पसन्द आई!" आदित्य ने घोषणा की, "पर मम्मी, ग्रे की जगह अगर क्रीम कलर होता, तो अच्छा रहता!"

नीलाम्बर का 'कॉमेंट' होगा, मैंने सोचा।

"क्रीम करवा लेंगे!" सुमन का अन्यथा सपाट स्वर बड़प्पन से सराबोर था।

"अब चलो!" वह खड़ी हो गई।

"पापा, आप भी चलो न!" आदित्य ने नीलाम्बर का हाथ पकड़े हुए ही आग्रह किया।

"बेटा! मैं यहाँ ज़रा काम कर रहा हूँ, ख़त्म होते ही आऊँगा!" नीलाम्बर ने समझाया।

"बुक लिख रहे हैं?" आदित्य ने प्रश्न किया।

सुमन दरवाज़े पर जाकर खड़ी हो गई थी।

"हाँ, बेटा!" नीलाम्बर ने कहा।

"क्या तुम्हारी ज़िद अभी पूरी नहीं हुई है?" अचानक सुमन रॉयल बंगाल टाइगर की-सी फुरती से पलटी। उसका चेहरा क्रोध और अपमान से सुलग रहा था।

इसके साथ ही नीलाम्बर के चेहरे से भी सारी कोमलता ग़ायब हो गई। वह सीधा खड़ा हो गया। (वूमैन-ईटर ऑफ़ कुमाऊँ! शाबाश!—मैंने मन-ही-मन कहा।)

आदित्य एकदम नीलाम्बर के पास से हटकर सुमन के पास जा पहुँचा और उसका हाथ खींचता हुआ बोला, "मम्मी, चलो!"

टकराव की सम्भावना ने उसे डरा दिया था। अपने माँ-बाप के बीच के झगड़ों से वह निश्चित रूप से परिचित होगा।

सुमन खड़ी रही।

नीलाम्बर के तनावग्रस्त चेहरे पर अजीब हिक़ारत का भाव था।

"मैं तुम से पूछ रही हूँ!" स्वयं को नियंत्रित रख पाना सुमन के लिए सम्भव नहीं हो पा रहा था, "तुम्हारी ज़िद अभी पूरी नहीं हुई?" उसने काँपते स्वर में दोहराया।

"किस बात की ज़िद?" नीलाम्बर ने बहुत ही नियंत्रित, पर चिढ़ाने वाले अन्दाज़ में पूछा, "वी आर मिसफ़िट्स, एज़ यू हैव ऑलरेडी सैड!...क्या यह बेहतर नहीं है कि हम अपने-अपने रास्तों पर चल रहे हैं?"

"दस साल बाद तुम्हें रियलाइज़ हुआ है कि हम 'मिसफिट' हैं!" सुमन ने व्यंग्य से मुस्कराते हुए कहा।

"नहीं!" नीलाम्बर ने भी उतने ही व्यंग्य से कहा, "रियलाइज़ तो बहुत पहले ही हो गया था, पर समझ अब पाया, जब तुमने बताया!"

"तुम सोचते हो, जो मैं कर रही हूँ वह सब अपने लिए है?" सुमन ने आवेश में पूछा।

"नहीं, जनता के लिए!" नीलाम्बर ने बहुत ही कड़वे ढंग से कहा।

"जनता की ठेका तुम्हारे पास है!" वह दहाड़ने लगी, "कब तक रहोगे इस 'इल्यूज़न' में? जनता, हूँऊ!" वह फुंकारी, "यू आर ए सैल्फ़िश मैन, यू मस्ट नो दिस!" और उसने हिक़ारत से मुँह बिगाड़ लिया।

"डोंट क्रिएट सीन, एटलीस्ट बिफ़ोर दिस बॉय!" नीलाम्बर ने चेतावनी वाले अन्दाज़ में कहा।

"मम्मी, चलो!" आदित्य ने, जो सुमन को लगातार खींच रहा था, फिर कहा।

झगड़े के बढ़ जाने ने मुझे भी डरा दिया था, पर मैं बोलने की हिम्मत नहीं कर पा रहा था।

"सच्ची बात बुरी ही लगती है। यू आर ए सैल्फ़िश मैन!" उसने फिर दोहराया, "तुम्हें बीवी-बच्चों से ज़्यादा अपना नाम प्यारा है, आई नो। तुम्हारे इस सारे 'इंटलैक्चुअल' और 'प्रोग्रेसिव मॉस्क' के पीछे एक बेहद 'सैल्फ़ सैंटर्ड' और 'सैल्फ़िश' आदमी बैठा हुआ है!"

उसने अपने मन्तव्य को स्पष्ट करना शुरू कर दिया था।

"हाँ, है!" नीलाम्बर ने किसी ढीठ बच्चे की तरह कहा, पर बात मर्म को छू गई थी।

"तुम क्यों लिखते हो?" सुमन ने प्रश्न किया।

"यह तुम्हारे समझने की बात नहीं है!" नीलाम्बर ने व्यंग्य से कहा।

"इसलिए कि तुम इतिहास में अमर होना चाहते हो! इसलिए कि सारी दुनिया में तुम्हारा नाम फैले! इसलिए कि तुम्हें नोबेल पुरस्कार मिले! इसलिए कि अख़बारों में तुम्हारे फ़ोटो छपें! इसलिए कि लोग तुम्हारी जय-जयकार करें! क्यों?"

नीलाम्बर सकपका गया था। उसने भी साँस ली।

"वरना, जो तुमने आज तक लिखा है," वह जारी रही, "और जो लिख रहे हो, क्या अर्थ है उसका? क्या 'रैलेवेंस' है? कौन पढ़ता है उसे? साधारण लोगों और जनता के नाम पर तुम किसको बेवकूफ़ बना रहे हो?"

नीलाम्बर के साथ लगा, वह मुझे भी नंगा कर रही है, इसलिए इस बार नीलाम्बर तक कुछ बोल नहीं पा रहा था।

"यही 'रीज़न' है कि तुमने अपने बीवी-बच्चे छोड़ दिये हैं। असल में, परिवार में रहने से हमें कई ज़िम्मेवारियाँ निबाहनी पड़ती हैं और कई 'एम्बीशन्स' का बलिदान करना पड़ता है। यू कांट डू दैट। यू आर लैस दैन एन आर्डिनरी मैन, यू फ़ॉलो!"

"चलो, मम्मी!" आदित्य रुआँसा हो आया था।

"चलते हैं, बेटा!" सारे ग़ुस्से के बावजूद सुमन ने उसके सिर पर हाथ फेरते हुए, बहुत ही नियंत्रित स्वर में कहा। अन्दाज़ नहीं लग सकता था कि यह औरत अभी एक क्षण पहले तक चीख़ रही होगी।

"तुम यहाँ क्यों रह रहे हो?" सुमन ने नया प्रश्न किया।

"क्या सम्बन्ध है तुम्हारा इस आदमी से?" उसने मेरी ओर उँगली करते हुए पूछा।

मैं डर के मारे खड़ा हो गया।

"तुम्हें इससे क्या लेना-देना?" नीलाम्बर ने भी उतने ही कड़े स्वर में कहा।

"है!" वह चीख़ी, "मैं अपने 'डाइवोर्स सूट' में यही कारण बतलाने जा रही हूँ!" उसने बहुत ही दबंग ढंग से कहा।

"क्या मतलब?" नीलाम्बर के साथ मैं भी चौंका।

"यही कि तुम लोगों के सम्बन्ध 'परवर्स' क़िस्म के हैं। आई विल नॉट लैट यू पिपॅल लिव सो ईज़ीली!"

"गेट आऊट!" इस बार नीलाम्बर दहाड़ा, वास्तविक बाघ की तरह!

"यू आर ए 'सिक वूमैन'। दिस इज़ यूअर कल्चर! यही तुमने सीखा है। यही तुमने किया है। और अगर तुमसे पूछा जाए कि क्या सम्बन्ध है तुम्हारा सुभाष से, क्या सम्बन्ध था तुम्हारा अरुण से, क्या सम्बन्ध था तुम्हारा जेम्स से? है कोई जवाब?

"करो सूट फ़ाइल, अगर हिम्मत है तो! पर सोच लेना मैं भी तुम्हें नहीं छोड़ूँगा। आई विल प्रूव यू इर्रिस्पोंसिबल एंड करैक्टरलैस एंड विल आस्क फ़ॉर चिल्ड्रन्स कस्टडी!"

सुमन अब तक दरवाज़े की ओर मुड़ चुकी थी और आदित्य उसे हर सम्भव तेज़ ले जाने की कोशिश में घसीट रहा था।

"कहाँ जा रही हो?" नीलाम्बर ने दरवाज़े पर आकर ललकारा, "वेट! लैट यूअर सन नो ए लिटिल एबाउट हिज़ ग्रेट लविंग मदर!"

सुमन ने मुड़कर नहीं देखा।

पड़ोस के लोग बाहर आ गए थे।

गाड़ी के स्टार्ट होने के बाद ही मेरा आत्म-विश्वास लौटा।

"छोड़ो यार! वह ग़ुस्से में बक गई, तुम अपना मुँह क्यों ख़राब कर रहे हो?" कहता हुआ मैं उसे किसी तरह धकेल कर अन्दर ले आया।

"नहीं! तुम नहीं जानते, ये शरीफ़ों की भाषा नहीं समझते!" वह अब भी उतनी ही ज़ोरों से बोल रहा था, "यह किस सीमा तक गिर सकती है, देखा तुमने!"

"नहीं, यार!" यद्यपि मैं सुमन के आरोप से अब भी काँप रहा था और बाद में भी कई रात सिर्फ़ इस बात की कल्पना-मात्र से नहीं सो पाया कि अगर वाक़ई उसने इसी आधार पर मुक़दमा दायर कर दिया, तो क्या होगा? 'होमो-सैक्सुअलिटी'! मुझे सोच-सोचकर शर्म आती रही थी। हम कहीं मुँह दिखाने लायक़ नहीं रहेंगे। पर मैंने उस समय नीलाम्बर को समझाने की कोशिश की, "वह तुम्हें प्यार करती है। आख़िर हिन्दुस्तानी औरत है, पति के बग़ैर रह पाना सम्भव नहीं है!"

"अरे यार! मुझे बता रहे हो! इसे पतियों की कोई कमी नहीं है!" यद्यपि प्रतिक्रिया अभी भी काफ़ी हिंसक क़िस्म की थी, पर आवाज़ सामान्य होने लगी थी, "यह तो एक समझदार पालतू जानवर चाहती है। एक मैनेज़र टाइप की चीज़—विश्वसनीय, ज़िम्मेदार और मेहनती!"

"कैसी बातें करते हो, यार?" मैं मुस्कराया, "क्या उसे इस देश में, जहाँ हर दूसरा आदमी रोज़गार की तलाश में है, मैनेजर नहीं मिलेगा?"

इस बार वह नहीं बोला।

मौक़ा देखकर मैं बोलता गया, "जहाँ तक व्यापार का सवाल है, यह जान लो कि तुम उसकी बराबरी नहीं कर सकते! व्यापार उसकी रग-रग में है। शी सिम्पली वांट्स यू!"

लम्बी चुप्पी के बाद वह बोला, "देखो! मुझे क्या हो गया है?"

अफ़सोस में देर तक उसका सिर हिलता रहा।

"कितना दुखद है यह सब, देब्बू!" वह थोड़ा रुका, "किसी निर्लज्ज और धूर्त आदमी के लिए जितना मुश्किल शालीन और सच्चा व्यवहार है, उससे कहीं ज़्यादा कठिन व पीड़ादायक शालीन आदमी के लिए नंगई पर उतरना है!"

यानी उसने मेरी बात सुनी ही नहीं थी। अपना अभद्र व्यवहार ही उसे साल रहा था।

यही तो मुश्किल है, मैंने सोचा, आख़िर कितने स्तरों पर जिया जा सकता है? कैसे? कब तक?

मैं फिर से चाय चढ़ा आया। वह लेट गया था। उसका एक हाथ सिर के नीचे था और दूसरे में सिगरेट अटकी थी।

"चाय पिओगे?" मैंने सिर्फ़ बात करने की गर्ज़ से पूछा।

"हूँ! मैं बनाऊँ?" उसने बिना हिले कहा।

"नहीं-नहीं, मैं चढ़ा आया हूँ!"

मैंने झोला उठाया और टटोलने लगा, पर कुछ मिला नहीं। कल की कुछ चरस थी, न जाने कहाँ चली गई थी।

"क्या ढूँढ़ रहे हो?" उसने पूछा।

"यार, एक पुड़िया थी!" मैंने हताश होते हुए कहा, "रात कहीं गिर गई लगती है!"

"नहीं, मेज़ पर रखी है!" उसने हाथ से इशारा किया।

यानी उसने वाक़ई रात चरस तलाशी थी।

पर चरस ने उदासी और हताशा को और बढ़ा दिया। ऐसे में 'मैंड्रेक्स' होनी चाहिए थी, मैंने सोचा। हमने चुपचाप चाय पी। वह फिर से लेट गया और मैं नहाने चला गया।

अपने एक सम्बन्धी के यहाँ मुझे न्यौते में जनकपुरी जाना था। तैयार होते हुए मैंने कहा, "यहाँ बैठे क्या करोगे! चलो मेरे साथ!"

"इसने आज का सारा दिन ख़राब कर दिया है!" नीलाम्बर बोला। बात सच थी। मैं भी अपना सन्तुलन गड़बड़ाया महसूस कर रहा था।

"चलो, तुम भी!" मैंने आग्रह किया।

"नहीं! तुम जाओ, मैं यहीं रहूँगा!" वह नहीं उठा।

मुझे अकेले ही निकलना पड़ा।

वहाँ भी मेरा मन नहीं लगा। मुझे विश्वास था कि नीलाम्बर खाना खाने भी नहीं उठा होगा और मुझे कुछ बनाकर रख आने का ख़याल नहीं रहा था।

"तुमने खाना खाया?" मैंने लौटकर कमरे में क़दम रखते ही पूछा।

"खा लिया!" वह लेटा ही रहा।

"सच!" मुझे यक़ीन नहीं हुआ।

"हूँ!" वह मुस्कराया, "खिचड़ी पकाई थी, थोड़ी तुम्हारे लिए भी बचा दी है।"

मुझे शान्ति हुई।

मैंने कपड़े उतारे और चाय चढ़ा दी।

"देखा तुमने!" मेरे बैठते ही वह कहने लगा, "ये औरतें बहुत बड़ी ज़ालिम हैं!"

'ज़ालिम' शब्द पर मुझे हँसी आ गई।

"बहुत ही बारीक़ मार करती हैं!" वह बोलता गया, "अनुपमा को जान-बूझकर नहीं लाई, क्योंकि उसे पता था कि अनुपमा के बग़ैर मैं रह नहीं पाता हूँ। फिर आकर कैसी बात कही!" वह कुछ देर को रुक गया।

"इट्स ए साइकोलॉजिकल वॉरफ़ेयर!" उसने अंग्रेज़ी में शुरू किया, "मुझे वह पूरी तरह से 'डिमॉरलाइज़' करने पर तुली है, और सदा यही करती रही है। अक्सर मुझे लगता है, जैसे मैं किसी 'मैंटल हॉस्पिटल' से लम्बे 'साइकैट्रिक ट्रीटमेंट' के बाद चला आ रहा होऊँ! न मालूम, कौन-सी वह चीज़ है जो, पालतू बनने के ख़िलाफ़ मेरे अन्दर लगातार संघर्ष करती रहती है!"

"अरे नहीं, यार! यह सब पासिंग फ़ेज़ है, गुज़र जाएगा। इस तरह की भावुकता से कहीं ज़िन्दगी चलती है! तुम्हें 'सरेंडर' नहीं करना है, बस!"

"तुम शायद न समझो, देब्बू! ऐसी औरत के साथ रहना, जो तुम्हें मानसिक रूप से अब किसी भी तरह प्रेरित न करती हो, एक आदमी की सबसे बड़ी ट्रेजेडी है। मानसिक थकन अन्ततः शारीरिक असफलता में बदल जाती है और हर शारीरिक असफलता के साथ मानसिक पंगुपन बढ़ता जाता है। औरत के आगे शारीरिक और मानसिक—हर रूप में असमर्थ हो जाने से यंत्रणादायक, सम्भवतः, और कुछ नहीं है। मुझे अक्सर लगता है, मैं मौक़ा चूक गया हूँ—नर मकड़ी की तरह अब मेरी नियति मेरा अन्त है!"

"यार, तुम तो किसी ग्रीक ट्रेजेडी के नायक की तरह बोल रहे हो!"

"क्या तुम्हें मैं 'सैल्फ़िश' आदमी लगता हूँ?" उसने प्रश्न किया।

मैं चुप रहा।

"सम्भवतः उसकी बात सही है, पर मैं इतना 'सैल्फ़िश' नहीं हूँ, जितनी कि वह ख़ुद...!" उसने बहुत टूटे स्वर में कहा।

मैंने बीच में ही टोका, "तुम किससे अपनी तुलना कर रहे हो! शायद हम सब किसी-न-किसी रूप में 'सैल्फ़िश' हैं, पर महत्त्वपूर्ण बात यह है कि इस 'सैल्फ़िशनैस' के पीछे क्या भावना काम कर रही है! मैं स्वार्थी हूँ इसलिए कि मुझे जीने का अपना अधिकार चाहिए और इसके लिए मैं हर क़ीमत पर लड़ूँगा! और मुझे लड़ना चाहिए। दूसरा स्वार्थी इसलिए है कि वह बाक़ी लोगों के भी अधिकार छीन लेना चाहता है!"

उसने मेरी बात की ओर ध्यान नहीं दिया।

"सम्भव है," उसका आत्मालाप जारी रहा, "प्रारम्भ में लिखने और छपने के पीछे आत्म-प्रचार, प्रसिद्धि और सम्मान की भावना या भूख मुख्य रही हो, पर आज वह बात नहीं है। पिछले वर्षों के अनुभवों ने, यन्त्रणा ने और आत्म-संघर्ष ने अभिव्यक्ति को मेरे लिए, नये सिरे से, लगभग अनिवार्य-सा कर दिया है। मैं लेखन के माध्यम से अपनी तलाश करना चाहता हूँ, अपने और समाज के सम्बन्धों की छानबीन करना चाहता हूँ। मैं आज जानना चाहता हूँ समाज में एक व्यक्ति का क्या

स्थान है, उसकी क्या भूमिका है और जिन सामाजिक मूल्यों के लिए हम खटते रहते हैं, उनका कोई औचित्य भी है? यह व्यक्ति के रूप में समाज में अपना 'रेलैवेन्स' तलाशने की प्रक्रिया का अंग है। अपनी सीमा पहचानने का तरीक़ा!"

"पानी उबल गया होगा!" कहकर मैं उठ गया।

चाय का कप पकड़ाते हुए मैंने, ध्यान बँटाने के लिए पूछा, "क्या पढ़ रहे थे?"

"देखो! ये लाइनें!" उसने औंधी रखी किताब उठाई और पढ़ने लगा :

देयर आर लोन सिमैट्रीज़
टोम्ब्स फुल ऑफ़ सउंडलैस बोन्स,
द हार्ट थ्रेडिंग ए टनल,
ए डार्क, डार्क टनल:
लाइक ऐ रैक वी डाइ टु ए एवरी कोर,
ऐज़ इफ़ ड्राउनिंग एट द हार्ट
ऑर कॉलैप्सिंग इन वर्ड्स फ्रॉम स्किन टु सोल।

वह पूरी कविता पढ़ रहा था—धीरे-धीरे। उसका उच्चारण और अन्दाज़ इतना गम्भीर था कि मुझे लगने लगा, जैसे मेरे चारों ओर का तापमान शून्य से नीचे गिरने लगा हो।

वह अन्तिम पंक्तियाँ पढ़ने लगा था :

डैथ लाइज़ इन अवर कॉटस:
इन द लेज़ी मैट्रेसेज़, द ब्लैक ब्लैंकेट्स,
लाइज़ ऐट फुल स्ट्रैच एंड दैन सडनली ब्लोज़
ब्लोज़ साउंड अननोन फ़िलिंग आउट द स्ट्रीट्स
एंड देयर आर बेड्स सेलिंग इन टु द हार्बर
व्हेयर डैथ इज़ वेटिंग ड्रैस्ड एज़ एन एडमिरल।

और जैसे 'मृत्यु' उसके शब्दों के साथ धीरे-धीरे कमरे की हर वस्तु को अपनी जकड़ में ले रही थी। मृत्यु को मैं देखने लगा था।

"जानते हो, कौन-सी कविता है?"

"नहीं।" मेरी धमनियाँ अभी काम कर रही थीं! उसके प्रश्न से मैंने राहत महसूस की।

"चलो, कहीं बाहर चलते हैं।" मैंने प्रार्थना की।

" 'डैथ एलोन'!" उसने नाम बताया।

कविता मैंने कई बार पढ़ी थी, पर इतना सर्द और मायूस बना सकती है, उसी समय जाना।

"चलो! बाहर चलते हैं।" मैंने दोहराया।

"चलेंगे, बैठो!" उसने हाथ पकड़कर मुझे बैठा लिया।

"एक व्यक्ति के सपने का क्या कोई अर्थ होता है?" उसने पूछा।

मैं उसे देखता रहा।

"मेरी बात समझ रहे हो, देब्बू! एक व्यक्ति के स्वप्न का कोई अर्थ नहीं होता!" उसने गर्दन हिलाते हुए कहा, "हम अपने को सबसे काट नहीं सकते। ऐसे स्वप्न जो बहुत निजी होते हैं, पागलपन की ओर ले जाते हैं—जैसे आप किसी बियाबान पिरामिड में छोड़ दिये गए हों, हर सुविधा से सम्पन्न, पर पिरामिड में! तूतनख़ामेन की क़ब्र में!"

मैं बहुत बेचैनी महसूस कर रहा था। कमरे में आते ही सुमन याद आने लगी थी और उसके शब्दों का अर्थ बहुत भयानक अन्दाज़ में घूमने लगा था, किसी बन्द ज़हरीले रैपटाइल-सा! मुझे क्रोध आने लगा—साली! कमीनी!

"पहले मैंने सोचा, तुम्हारा कमरा तत्काल छोड़ दूँ!" जैसे उसने मेरे अन्तर की बात ताड़ ली हो, "पर अन्ततः मैं इस निर्णय पर पहुँचा हूँ कि वह उसी की जीत है। वह मुझे पूरी तरह अकेला और असहाय कर देना चाहती है। तुम मेरे लिए एक बहुत बड़ा सहारा हो। तुम्हारे होने से लगता है, जैसे मैं परिवार ही में हूँ!"

"तुम पहाड़ क्यों नहीं चले जाते, कुछ दिन के लिए!" मैंने उसे सुझाया, "इज़ा के पास!"

"नहीं! बात तो वही है न!" उसने निर्णायक ढंग से कहा, "मैं कहीं नहीं जाऊँगा!"

निराशा और आत्मपीड़न का यह माहौल पूरे हफ़्ते हमें घेरे रहा। सुमन की मार वाक़ई बहुत गहरी साबित हो रही थी, पर अगले सप्ताह, सारी घटना ने नया ही मोड़ ले लिया।

योग क्षेम वहाम्यहम्

शाम नीलाम्बर ने दफ़्तर आया, न कॉफ़ी हाउस। कॉलेज अभी तक शीतकालीन बन्दी में थे—अध्यापकों से मेरी ईर्ष्या का मूल कारण। इसलिए उसका कार्यक्रम दिन-भर पढ़ने-लिखने का रहता था। जब वह थक जाता, कनॉट प्लेस आ जाया करता। वहाँ, जैसा भी होता, कार्यक्रम बना लेते।

पर उस दिन वह कहने के बावजूद नहीं आया।

नौ बजे के क़रीब मैं वापस पहुँचा। कमरे में ताला था। कहाँ चला गया होगा, समझ में नहीं आ रहा था। इतने 'डिप्रेशन' में उसका बिना बताए जाना चिन्ताजनक था। मैंने दूसरी चाभी से जल्दी-जल्दी ताला खोला और टेबल पर नज़र डाली। कोई सन्देश भी नहीं था। बिस्तरा क़रीने से लगा था। यहाँ तक कि सिरहाने पर किताबों का भी ढेर नहीं था।

सोचा, खाना बना लूँ, पर उद्वेग के कारण दिल नहीं हुआ। यह पहला दिन था, जब वह बिना बताए ग़ायब था, वरना पिछले दो-ढाई महीने के दौरान वह लगभग हर शाम मेरे साथ रहा था। उसके कमरे में रहने का मैं इतना आदी हो गया था कि कमरा वेटिंग-रूम लगने लगा।

सीटी बजाता हुआ वह दस बजे लौटा।

"कहाँ चले गए थे?" मैंने चिन्ता-मिश्रित ग़ुस्से से पूछा।

"यार, एडी और अनुपमा आ गए थे!" उसने प्रफुल्लित स्वर में कहा।

"हें! किसके साथ!" मुझे आश्चर्य हुआ।

"गोपाल लाया था।"

"कब?"

"दोपहर में! मैं उन्हें घुमाने ले गया था और अब छोड़कर आ रहा हूँ!"

"पर आ कैसे गए?" मेरा आश्चर्य थमने को नहीं आ रहा था।

"न मालूम कैसे आ गए?" उसने भौंहें और कन्धे एक साथ उचकाए।

"क्या मतलब? बिना सुमन की इज़ाजत के आ गए!"

"ऐसा हो सकता है? उसी ने भेजे थे!"

" 'सीज़फायर' हो रहा है। तुम्हारा 'थ्रेट' काम कर गया लगता है!" मैं मुस्कराया।

"नहीं, ऐसी बात नहीं है!" वह भी मुस्कराता रहा।

"तुम मिले, अभी?" मैंने टटोला।

"नहीं!" उसने सिर हिलाते हुए कहा, "मैं उन्हें बाहर ही छोड़ आया! वह ड्राइंग-रूम में बैठी थी!"

"उसका काम कैसा चल रहा है?"

"वही गड़बड़ लगता है!" वह मुस्कराया, "लगता है, सुभाष चला गया है और उनका 'एक्सपैंशन' का प्रोग्राम फ़िलहाल ठप्प है!"

"तुम कैसे कह रहे हो?" मैंने पूछा।

"गोपाल ने बताया। पता नहीं, ख़ुद कह रहा था या सुमन ने कहलवाया!" उसने कोट उतारते हुए पूछा, "खाने का कुछ राग है?"

"पर उस फ्रेन्च एक्सपोर्ट ऑर्डर का क्या हुआ?"

"इसीलिए तो चक्कर है। वे, लगता है, 'मैनेज' नहीं कर पा रहे हैं। तुम छोड़ो इस एक्सपोर्ट-इम्पोर्ट को, खाने का बताओ!"

"बाहर चलेंगे, तुम्हारे इन्तज़ार में मैंने कुछ नहीं किया!"

"क्यों, डर लग रहा था कि कहीं आत्महत्या न कर ली हो?" वह ज़ोर से हँसा।

"नहीं, पर दिल्ली में कुछ भरोसा है, कब क्या हो जाए!" मैंने कुछ झेंपते हुए कहा, "फिर मैं सोच रहा था कि अगर कहीं तुम्हें सुमन अपनी नई कार में 'किडनैप' कर ले गई हो, तो मुझे क्या करना चाहिए?"

"हाँ-हाँ, बहुत अहम सवाल था!" उसने मेरे साथ हँसते हुए कहा। फिर जोड़ा, "कभी ऐसा हुआ, तो तुम फ़ौरन पुलिस में रिपोर्ट कर देना!"

"चलो, भूख लगी है!" उसने मेरे कन्धे पर थपकी लगाई और अपना कोट फिर से पहन लिया।

बाहर निकलते हुए मैंने पूछा, "सुमन ने क्या वाक़ई कार ले ली है?"

"हाँ! लगता तो है!" अपनी आदत के मुताबिक़ उसने सूत्र-जवाब दिया।

"नई है!" मुझे हर चीज़ के लिए उसे कुरेदना पड़ता था।

"नहीं, 'सेकंडहैंड'! असल में उसके चाचा ने दस हज़ार में दे दी। ज़्यादा पुरानी भी नहीं है।"

"यह सब तुम कैसे जानते हो?" मैंने आश्चर्य से पूछा।

वह हँसा, "असल में बात कई दिन से चल रही थी।" फिर उसने कुछ घृणा से कहा, "अरे दी दस में, दिखलाए होंगे तीस! इस तरह 20 हज़ार 'व्हाइट' कर लिए और भतीजी को 'ओबलाइज़' भी!"

"कौन-सी है?"

"अरे यार, कौन-सी होगी! 76-मॉडल की 'प्रीमियर पद्मिनी' है!" वह मेरी छानबीन से खीझ उठा था।

और पूछताछ ख़तरनाक थी, फिर मेरी उत्सुकता भी लगभग तृप्त हो गई थी, मैं चुप हो गया।

"देखो! कोहरा कैसा लग रहा है...'गुमराह' के शॉट-सा! 'चलो एक बार फिर से अजनबी बन जाएँ...!" उसने आधी लाइन गाई और हँसा।

हम खाना खाकर लौट रहे थे। ठंड के मारे बुरा हाल था। घने कोहरे ने सब-कुछ जैसे ढक लिया था। दो क़दम के बाद दुनिया नहीं थी। स्ट्रीट-लाइटें इतनी मद्धिम और पीली हो गई थीं, जैसे अमावस्या की रात किसी अन्तहीन बंजर में दीया टिमटिमा रहा हो। ऐसे मौसम की तारीफ़ सिर्फ़ परदे पर ही की जा सकती थी। मैंने 'गुमराह' देखी नहीं थी, इसलिए इस बेहूदे मौसम की मैं तारीफ़ नहीं कर सका।

"बहुत ठंड लग रही है क्या?" मेरी चुप्पी पर उसने छेड़ा।

"लोग ठंड से मर रहे हैं!" मैंने हौले से कहा। मेरी नाक से पानी टपक रहा था और बार-बार साफ़ करने के लिए जेब से रूमाल तक निकालना कष्टकर हो गया था।

"मरना तो लोगों की नियति है!" वह हँसा, "मरने वाले तो मरेंगे। गर्मी हो, तो मरेंगे! बरसात हो, तो भी मरेंगे और सर्दी का 'स्कोर कार्ड' तो तुम्हारे पास है ही। पर तुम उनमें से नहीं हो!"

मैं कुछ नहीं बोला। ऐसा 'कैलस एटिट्यूड' चाहे मज़ाक़ में ही क्यों न हो, अकल्पनीय था।

"क्यों, क्या आज कुछ माल नहीं मिला या लगाया नहीं!" उसने फिर छेड़ा।

"था तो, पर तुम्हारी चिन्ता में सारा नशा काफ़ूर हो गया! इसके अलावा सोचा, कहीं पुलिस-स्टेशन जाना पड़ा, तो 'नार्मल' तो होना चाहिए!" मैंने व्यंग्य में कहा।

"यार, लगता है, तुम मेरी चिन्ता ऐसे करने लगे हो, जैसे कोई अपनी पत्नी या प्रेमिका की करता है। इस तरह तो तुम सुमन की बात को सिद्ध करके रहोगे!" और वह ख़ूब ज़ोर से हँसा। कोहरे को चीरती हुई उसकी हँसी आसपास के मकानों के बन्द दरवाज़ों और खिड़कियों पर अनधिकृत दस्तक देने लगी। इतनी सुनसान सड़क पर, इतनी रात, इतने सर्द और असामान्य मौसम में इतनी ज़ोर से हँसने ने मुझे सहमा दिया।

कमरे में पहुँचकर उसने कपड़े उतारे और, "तुम सिगरेट भरो, मैं कॉफ़ी बनाता हूँ; तुम्हारा मूड दुरुस्त हो जाएगा," कहता हुआ वह किचन में घुस गया।

कॉफ़ी पीते हुए उसने प्रश्न किया, "देब्बू, तुम बी.बी.सी. के लिए क्यों ट्राई नहीं करते?"

"बी.बी.सी.?" मेरी समझ में नहीं आया।

"बी.बी.सी. ने हिन्दी-सर्विस के लिए विज्ञापन निकाला है!" उसने स्पष्ट किया।

"मुझे कौन लेगा? 'डेली जर्नलिज़्म' का मेरा अनुभव कहाँ है?"

"डेली का न हो, 'जर्नलिज़्म' का तो है। वे तो अनुवादक चाहते हैं!"

"मैं अनुवाद भी नहीं कर सकता।"

"नहीं कर सकता, या करना नहीं चाहता?"

"जो भी समझो!" मैंने कहा।

बी.बी.सी. की बात ने मुझे अन्दर ही अन्दर रोमांचित कर दिया था, पर मुझे लगा, स्वयं नीलाम्बर के दिमाग़ में यह ख़याल है जो वह मेरे माध्यम से अभिव्यक्त करना चाहता है।

"तुम क्यों नहीं जाते?" मैंने पूछ ही लिया।

"तुम बताओ पहले कि तुम क्यों नहीं जाना चाहते?"

"क्यों जाया जाए?" मैंने कहना शुरू किया, "क्या सिर्फ़ इसलिए कि वहाँ पैसा अच्छा है?"

"नहीं!" उसने टोका, "सिर्फ़ पैसे के लिए नहीं, दुनिया देखने के लिए! सामान्य स्थितियों में हमारे लिए यह सम्भव नहीं है। वैसे भी घूमना किसी भी लेखक के लिए बहुत ज़रूरी है, बिना अनुभव के कोई क्या लिखेगा!"

"तुम चाहते हो, निर्मल वर्मा और महेन्द्र भल्ला की परम्परा और समृद्ध हो!" मैं हँसा, "पर अभी तो बहुत सारा हिन्दुस्तान ही मेरे लिए विदेश है। यहाँ ही इतना कुछ है जो मैं, सम्भवतः सारी ज़िन्दगी न देख पाऊँगा, न लिख पाऊँगा!"

मैंने रुककर उसका चेहरा देखा। मुस्कराने की जगह वह तनावग्रस्त होता जा रहा था। "पर सच्चाई यह है," मैंने जोड़ा, "अब मैं लेखक भी नहीं रहा हूँ। तुम देख ही रहे हो, क्या इतने दिनों में मैंने एक भी शब्द लिखा?"

"तुम अपनी कायरता, उद्यमहीनता और 'इनर्शिया' को आदर्शवादी बातों से ढक रहे हो!" उसने मुझे लताड़ना शुरू कर दिया, "तुम निरे पहाड़ी रहोगे, जो दाल-भात और सरकारी नौकरी से ही तृप्त रहता है!"

उसने जिस ज़हर-बुझे अन्दाज़ में सच्चाई उगली, उससे मैं एकदम शर्तहीन हथियार डालने वाली स्थिति में आ गया।

"तुम ठीक कह रहे हो!" मैंने निरीह हो कहा, "पर इसके साथ एक बात और है," मैंने साँस ली, "इस शहर में इतना अरसा अकेले रहते मेरे अन्दर जो असुरक्षा और अकेलापन पैदा हो गया है, तुम शायद उसे नहीं समझ सकते।"

"नहीं...!" वह कुछ कहना चाहता था।

"सुनो," मैं भावुक हो उठा था, "इसलिए सोचता हूँ कि सात समुन्दर पार पराये देश में, अजनबी लोगों के बीच कहाँ जाऊँगा!"

"नहीं, ऐसा कुछ नहीं है! वहाँ बहुत सारे हिन्दुस्तानी हैं!" उसने मेरी बात को एक हाथ से बरख़ास्त करते हुए कहा।

"तुम बताओ, तुम क्यों नहीं जाना चाहते?" मैंने फिर पूछा।

“मैं इस तरह के किसी भी अवसर को सौभाग्य समझता, पर अब बच्चों से दूर रह पाना सम्भव नहीं है। सुमन को तुम जानते ही हो, वह अपना कारोबार नहीं समेटेगी!”

“अन्ततः तुम्हारी भी वही समस्या है—भावनात्मक लगाव की। मेरे साथ फ़र्क़ यह है कि मैं अभी भी भावनात्मक असुरक्षा में ही हूँ, जबकि तुम अपनी सुरक्षा को बनाए रखना चाहते हो!”

इस बार उसने प्रतिवाद नहीं किया, बल्कि बातों का रुख़ ही बच्चों पर केन्द्रित हो गया।

वह मुग्ध होकर बताने लगा—ऐडी ऐसा कह रहा था, अनुपमा ने यों किया, वह आने नहीं दे रही थी, वग़ैरह-वग़ैरह।

फिर अचानक कहने लगा, “यार, एक क़िस्म से लगता है, सुमन भी ग़लत नहीं है कि ‘मैं यह सब अपने लिए नहीं कर रही हूँ।’ अगर आप आज चाहते हैं कि आपके बच्चे एक सामान्य और सुरक्षित जीवन बिताएँ तो आपको बहुत कुछ करना होगा!”

“यह तो है ही!” मैंने उसकी ओर देखा, “वरना जिस तरह की ‘योग क्षेम वहाम्यहम्’ वाली सुरक्षा हमें मिली हुई है, उसमें तो बदहाली और भुखमरी के अलावा कुछ भी निश्चित नहीं है। छोटी-से-छोटी चीज़ के लिए भी हमें कई-कई वर्ष तरसना-तड़पना पड़ता है, तब कहीं हम उसे छू पाते हैं!”

“सही बात है,” उसने हामी भरी, “जानते हो, आज बच्चों को घुमाने में कितने पैसे लगे—दो सौ! सिर्फ़ दो खिलौने लिए, बाक़ी टैक्सी और खाने-पीने में लग गए। बच्चे तो आख़िर बच्चे हैं, उन्हें हर चीज़ आकर्षित करती है और मैं सोचता हूँ, उन्हें सब कुछ न सही, आवश्यक चीज़ें तो मिलनी ही चाहिए, वरना आज के युग में उनका विकास कैसे होगा?”

“हूँ!” मैंने सिर हिलाया।

“अब टी.वी. को ही ले लो!” वह कहता गया, “जिस तरह की बातें हो रही हैं, उनसे लगता है, जल्दी ही ‘कलर’ आ जाएगा। हमारे पड़ोस में रंगीन सैटों को छोड़ो, वी.सी.आर. हैं। अब आप खिचड़ीपुर तो जा नहीं सकते। मोहल्ले में रहना है, तो कम-से-कम रंगीन सैट तो लेना ही होगा। लाइए दस हज़ार। आसपास में हैं रंगीन सैट और आपके यहाँ वही ‘ब्लैक एंड व्हाइट’ चल रहा है!—इसका असर बच्चों पर क्या पड़ेगा? आगे चलकर क्या उनका हाल भी हमारे जैसा नहीं हो जाएगा—हर चीज़ को देखकर दंग रहना और हर जगह नर्वस व ‘इंफ़ीरियरिटी कॉम्पलैक्स’ में मारे जाना, कुंठाओं में तपना! हमने तो फिर भी कुछ कर लिया, आज वह ज़माना नहीं है। हर दिन प्रतियोगिता बढ़ रही है, बच्चों को इसके लिए तैयार रखना है!”

उसकी बातों पर मुझे कभी देखा ‘न्यूयार्कर’ पत्रिका का एक कार्टून याद आ गया जिसमें एक बच्चा अपने पिता से कह रहा था, डैडी, मेरे सारे दोस्तों के यहाँ टी.वी. है पर हमारे यहाँ क्यों नहीं है?

—पिता का जवाब था, बेटा मैं आजकल बेरोज़गार हूँ।

—तो डैडी, हम अपनी छत पर एंटेना तो लगवा ही सकते हैं। बच्चे ने सुझाव दिया था।

एक बार दिल में आया, सुना दूँ। वह स्वयं को कम्यूनिस्ट कहता नहीं थकता। ग़रीबी पर अगर ग़लती से भी बात हो जाए, तो दांडेकर और रथ से भी अधिक आँकड़े उगल देता है। 'क्लास स्ट्रगल' और 'क्लास करेक्टर' पर ई.पी.डब्ल्यू. से भी छूट गए नुक्ते बताता है और बात ऐसी कर रहा है! पर सोचा, बच्चों से कई दिन बाद मिलने के कारण, सम्भवतः ऐसी मनःस्थिति हो गई है। कुछ कहना क्रूरता होगी—जाने दिया।

"औरत होने के नाते सुमन का सुविधाओं और सुरक्षा के लिए इस तरह चिन्तित रहना एक हद तक समझ में आता है," वह कह रहा था, "असल में, सारी असुरक्षा का शिकार समाज में अन्ततः औरतों को ही होना पड़ता है। सुमन चूँकि थोड़ी ज़्यादा सजग है, इसलिए चिन्तित भी अधिक रहती है!"

सुमन के प्रति उसके दृष्टिकोण की तब्दीली स्वाभाविक और अपेक्षित थी, पर आश्चर्य यह था कि कल तक उसकी जिन चीज़ों को वह बुराई बता रहा था, आज वे गुण हो गई थीं।

"सुमन से मुझे प्रेम है!" वह कहता रहा, "यह मानने में मुझे कोई उज्र नहीं है, पर झगड़ा मात्र इस बात का है कि जिन चीज़ों के लिए उसका खाना-पीना बन्द हो जाता है, वे मेरी नज़र में उतनी ज़रूरी नहीं होतीं और यहीं आकर टकराव हो जाता है। मैं कोशिश करता रहा हूँ कि हमारी वरीयताओं में कहीं सामंजस्य बैठ जाए, एक सन्तुलन हो पाए, बस! पर वह ज़्यादा 'एसर्टिव' है, यह मुझे बर्दाश्त नहीं। समझौते की एक सीमा है। मुझे उसके रहन-सहन पर आपत्ति नहीं है, पर चाहता हूँ कि यह मेरे ऊपर थोपा न जाए, बस!"

इसका अर्थ मैंने यह लगाया कि वह मूलतः वापस साथ रहने को तैयार है, पर अभी पूरी तरह स्वयं को 'कंविन्स' नहीं कर पाया है।

"तुम्हें अब विवाह कर लेना चाहिए!" मुझे नींद-सी आ रही थी, पर वह बोलने के ज़बरदस्त मूड में था।

"ज़्यादा अकेलपान ठीक नहीं होता!" वह ज़ारी रहा, "आधुनिक सभ्यता की यह सबसे बड़ी कमज़ोरी है कि पहले यह आदमी को आदमी से काटकर असंवाद की स्थिति में ला पटकती है, फिर उसके सारे मानवीय गुणों को सोख लेती है, जैसे रेत पानी पी जाता है!"

"तुम क्या कहना चाहते हो?" मैंने उनींदेपन से पूछा।

"ऐसी स्थिति में प्रेम हमारे लिए सेक्स हो जाता है—सपाट, यांत्रिक शारीरिक सम्बन्ध। 'ए सॉरडिड थिंग'। ऐसे सम्बन्धों की सीमा बहुत दूर नहीं होती, तब यह

भी थकाने वाला एक व्यसन बन जाता है, जहाँ हमें बार-बार न चाहते हुए भी लौटना पड़ता है!"

उसने मेरी ओर क्या-समझे वाले अन्दाज़ में देखा।

मुझे लगा वह 'बिलो द बैल्ट' चोट कर रहा है। मेरे वेश्यागमन के क़िस्से उसे मालूम थे। चाहता, तो मैं भी पलट कर कह सकता था कि सिर्फ़ सुविधा के लिए प्रेम का या विवाह का नाटक भी अमानवीयकरण का ही हिस्सा है और वेश्यागमन से किसी भी रूप में ऊँचा नहीं है या थोड़ा शालीन होकर ऑस्कर वाइल्ड को उद्धृत किया जा सकता था कि विवाह की एक विशेषता वंचना की ज़िन्दगी को दोनों पक्षों के लिए चरम आवश्यकता बना देना है और मैं अब वंचना को शेष (जी हाँ, शेष!) जीवन का विकल्प नहीं बनाना चाहता, पर मैंने उसके अद्भुत प्रसन्न मूड को नहीं बिगाड़ा।

"जिस दौर से तुम आज गुज़र रहे हो—रचनात्मक बंजरपन, असफल प्रेम, पारिवारिक सम्बन्धों के ताने-बाने से मुक्त—नहीं मालूम, यह तुम्हें कहाँ ले जाएगा!

"नहीं, यह नहीं है कि तुम्हारे सारे मानवीय गुण और भावनाएँ समाप्त हो चुकी हैं," उसने जल्दी से जोड़ा, "सिर्फ़ उन्हें एक सहारा चाहिए अभिव्यक्ति का एक रास्ता। तुम क्यों नहीं लिख पा रहे हो?"

वह उत्तर के लिए थोड़ा रुका पर जब उसे लगा कि मैं नहीं बोलूँगा, उसने स्वयं ही उत्तर दे दिया।

"क्योंकि तुमने अपने चारों ओर एक दीवार खड़ी कर ली है, जो तुम्हारे अनुभवों और रचनात्मक ऊर्जा के बीच से गुज़र रही है। इन दिनों जिस तरह तुम मेरी चिन्ता करते रहे हो, वह कोई पिता अपने पुत्र, बड़ा भाई अपने छोटे भाई और प्रेमी अपनी प्रेमिका के लिए ही कर सकता है!"

"मैं तुम्हारी चिन्ता सिर्फ़ इसलिए करता रहा कि तुम 'इमोशनली' बेइन्तहा 'डिस्टर्ब्ड' थे!" मैंने कुछ कड़े स्वर में कहा, "तुम्हें सहारे की आवश्यकता थी और आदमी होने के नाते मेरी ज़िम्मेवारी थी कि जितना हो सके, तुम्हें राहत पहुँचाऊँ!"

"तुम्हारा राहत-कार्य ही यह सब कहने को बाध्य कर रहा है!" वह मुस्कराते हुए कहता गया, "तुम इसे अन्यथा न लो। इस दौरान मुझे तुम्हें नज़दीक से, नये सिरे से देखने का मौक़ा मिला। तुम्हारे अन्दर का ख़ालीपन ख़तरनाक है, यह कहना मैं ज़रूरी समझता हूँ!"

"क्या विवाह इस ख़ालीपन को भर देगा?" मैंने कुछ चिढ़े अन्दाज़ में पूछा। उसके 'साइकोएनालिसिस' ने मेरी नींद ही उड़ा दी।

"नहीं, ऐसा मैंने कहाँ कहा? पर विवाह तुम्हें ज़िन्दगी को नये सिरे से, नये सम्बन्धों के मध्य, परखने का मौक़ा देगा। अनुभवों और सम्बन्धों की एक नई दुनिया दिखलाएगा और, हो सकता है, तुम्हारे ख़ालीपन को एक नई सार्थकता प्रदान करे!"

"क्या अर्थ है इस सार्थकता का? मेरे होने न होने से क्या बनता-बिगड़ता है?"

"सम्भवत: कुछ नहीं, क्योंकि एक व्यक्ति-विशेष का इस जीवन-व्यापार में कोई अतिरिक्त महत्त्व नहीं होता, पर तब एक-एक व्यक्ति से मिलकर ही तो समाज बनता है—संसार चलता है। ठीक है कि ज़िन्दगी का कोई अर्थ नहीं है और यह मूर्ख की गप्प है, इसके बावजूद हमें इसे एक अर्थ देना होता है, तब जीवन की सार्थकता का पता चलता है!"

"तुम्हारी क्या सार्थकता है!" मैंने व्यंग्य से पूछा।

"मेरे बच्चे!" उसने फ़ख्र से कहा।

यह मेरे अनुमान के परे था। साहित्य नहीं! कला नहीं! सामाजिक प्रतिबद्धता नहीं! बच्चे! यह नीलाम्बर कह रहा है। उसके जवाब ने मुझे हतप्रभ कर दिया।

"मैं जो लिखना चाहता हूँ, वह उन्हीं के लिए है, क्योंकि मैंने जो पाया है, वह मेरे माता-पिता और पूर्वजों की देन है। जैसा मैंने तुमसे कहा, हमारा एक व्यक्ति-विशेष के तौर पर कोई अर्थ नहीं है, पर हम इस सृजन, इस प्रकृति की चिरन्तनता और प्रवाह की ही एक कड़ी हैं!" वह रुका।

"मुझे इस परम्परागत विवाह में विश्वास नहीं है!" मैंने थककर कहा।

"बेहतर होता, तुम स्वयं कोई साथी चुनते, पर वह चूँकि नहीं हो पाया और तुम ऐसे छोर पर पहुँच गए हो जहाँ से एक भी क़दम बढ़ाना आत्मघाती होगा, तुम्हें देर नहीं करनी है।

"मेरे विचार तुम्हें पिछड़े लगें, पर जहाँ तक परम्परागत विवाह का प्रश्न है, मेरा मानना है कि भारतीय स्थिति में इसमें और प्रेम-विवाह में कोई ज़्यादा अन्तर नहीं है—चाहे प्रेम करके विवाह करें या विवाह करके प्रेम—कुल मिलाकर मसला प्रेम का है!"

वह हँसा। मैं भी हँसे बिना न रह सका।

"मज़ाक़ की बात नहीं है!" उसने हँसी थामकर कहा, "भारतीय युगल दोनों परिस्थितियों में एक-दूसरे के लिए समान रूप से अजनबी रहता है। ये हमारी सीमाएँ हैं कि हम अपने विवाह-पूर्व के सम्बन्धों में सारी निकटता के बावजूद औपचारिक परिचय के आसपास से आगे नहीं बढ़ पाते। मुझे तो लगता है, ऐसी स्थिति में विवाह के पश्चात् के प्रेम में ही ज़्यादा 'इन्टैन्सिटी' होगी, ज़्यादा स्थिरता होगी, और तुम हर तरह के विकार से मुक्त होगे!"

नीलाम्बर सही मानों में आधुनिक पत्रकार-सा है। वह जब चाहे जिधर से तर्क शुरू कर सकता है। पक्ष-विपक्ष उसकी सुविधा पर निर्भर करते हैं।

ऐसे में क्या किया जा सकता था, सिवा चुप्पी के?

जब उसे लगा, मैं कोई विशेष प्रभावित नहीं हूँ, वह फिर बोलने लगा, "जानते हो, समाज में आत्महत्याएँ क्यों होती हैं?"

वह अब मुझे डरा रहा था।

उत्तर की प्रतीक्षा के बिना वह चलता गया, "इमिल दुरखीम ने इसके तीन कारण बतलाए हैं—इगोइस्टिक, एनॉमिक और अल्टूइस्टिक।

"आज की अधिकांश आत्महत्याओं के पीछे कारण व्यक्ति का यह महसूस करने लगना है कि वह समाज से कट गया है, उसके पारिवारिक बन्धन कमज़ोर हो गए हैं और यह विश्वास हो जाना है कि उसके जीने और मरने से किसी को कोई अन्तर नहीं पड़ता है। ये 'इगोइस्टिक' कारण हैं।

" 'एनामिक' आत्महत्याएँ वे होती हैं, जहाँ आदमी यह समझने लगता है कि उसकी आदतों का वर्तमान समाज से कोई तालमेल नहीं रहा है तथा 'अल्टूइस्टिक' आत्महत्याएँ वे होती हैं, जब व्यक्ति समाज से अत्यधिक जुड़ा होने से निराश होता है, जैसे मिशीमा!"

"मैं तो पहली दोनों 'कैटेगरी' में फ़िट हो रहा हूँ!" मैंने हँसते हुए कहा, "तुम्हें लगता है, मैं बहुत जल्दी आत्महत्या करने वाला हूँ, क्यों?"

"बाई द वे," मैंने बात को टालने के लिए मिशीमा के ही सन्दर्भ में पूछा, "अगर किसी को आत्महत्या करनी ही पड़े, तो तुम्हारे विचार में कौन-सा तरीक़ा अपनाना चाहिए?"

मेरी बात पर वह मुस्कराया, "जहाँ तक मेरा सवाल है, मैं मिशीमा के चरित्रों की तरह सुहावने मौसम में, किसी पर्वत के ऊपर गोधूलि बेला में अपने हाथ से अपनी गर्दन उड़ाना पसन्द करूँगा!"

"यानी 'हाराकिरी'?" मैंने कहा।

"नहीं! न 'हाराकिरी', न 'सेप्पेकु'! बस, गर्दन उड़ा लूँगा!"

"सेप्पेकु?"

"जापानी से प्रेम किया और सेप्पेकु नहीं जानते!" वह मुस्कराया, " 'हाराकिरी' में आत्महंता पेट में तलवार घोंपकर उसे अन्दर इस तरह घुमा लेता है कि सारी आँतें कट जाएँ और 'सेप्पेकु' में आत्महत्या करने वाला पेट चीरने के बाद उसी तलवार से अपनी गर्दन उड़ा लेता है!"

"माई गॉड!" मैंने आतंक में आँखें बन्द करते हुए कहा, "कोई 'फ़ैनेटिक' ही ऐसा कर सकता है। तलवार को उठाने तक की कल्पना मेरे लिए असम्भव है। बल्कि रिवॉल्वर भी मुझे ठीक नहीं लगती। मरना शान्तिपूर्वक होना चाहिए, बिना किसी आवाज़ के। मैं 'बारबेचुरेट' पीकर सोने से ज़्यादा सुविधाजनक और कुछ नहीं समझता!"

"तुमसे किसने पूछा?" उसने मुझे चुप करने के लिए कहा, "मैं तो यह तरीक़ा इसलिए बता रहा था, क्योंकि आत्महत्या मेरे लिए कभी सम्भव ही नहीं है।

"चलो सो जाओ!" उसने बात आगे नहीं बढ़ने दी।

बत्ती बुझ गई, पर मैं मिशीमा से आत्महत्या के फ़ायदों पर बात करता रहा।

स्वप्न ही रहा होगा।

सफलता की कला

सब-कुछ योजनाबद्ध था जैसे!

ठीक दो दिन बाद, सुबह-सुबह एक मोटा-सा अधेड़ आदमी चला आया। देखा हुआ लगा, पर कहाँ, याद नहीं आया।

"नीलाम्बर जी, हैंगे?" उसने हाथ जोड़कर नमस्कार करते हुए विनीत स्वर में पूछा।

"जी हाँ! आइए!" मैंने नमस्कार कर अन्दर बुलाया, "बैठिए, अभी आते हैं!"

"कहीं गए हैं जी?" उन्होंने फिर पूछा।

"नहीं, टॉयलेट में हैं!" मैंने आश्वस्त किया।

"आपने पहचाना नहीं?" हिचकॉक के-से रंग और चरबी-चढ़े चेहरे, जो ठंड से और भी दमक रहा था, वाले सज्जन ने पूछा।

"जी नहीं!" मैंने गर्दन हिलाई। मैं दिमाग़ पर अब भी ज़ोर दे रहा था। चाहे जितना भी घटिया हो, लेखक इतना हृष्ट-पुष्ट और लाल नहीं हो सकता। कोई प्रकाशक है, मैंने सोचा। मुल्तान या अफ़ग़ानिस्तान की सीमा के पास का होगा, आदत के मुताबिक़ मैंने उसकी व्युत्पत्ति के बारे में अटकलें लगाईं। आधुनिक कपड़ों में भी वह मुझे मेवों का-सा व्यापारी ही लग रहा था—मारियो या मिक्की पटेल के कार्टूनों के लिए आदर्श पात्र।

"सुमन मेरी बेटी है, जी!" वह मुस्कराए।

"जी हाँ! जी हाँ! माफ़ करिएगा, मुझे याद तो आ रहा था, पर...," मेरे खिसियाने और क्षमा माँगने वाले अन्दाज़ पर उसे हँसी आ गई।

"कोई गल नहीं पुत्तर!" उन्होंने मुझसे निकटता क़ायम कर ली, "मैं भी तुम्हें अचानक मिलता, तो नहीं पहचान पाता। बारह-पन्द्रह साल बहुत होते हैं? तब तुम्हारी दाढ़ी आ रही थी, अब सफ़ेद भी होने लगी है!" फिर वह बहुत संयमित ढंग से हँसे।

जिस तरह से उसने एक वाक्य में समय और उम्र को पकड़ा था, वह प्रशंसनीय था, मैंने अपनी दाढ़ी में हाथ फेरा और बुढ़ापे की तीव्रता की दर्दनाक प्रतीति के बावजूद, मैं उसकी हँसी में शामिल हो गया।

"पापाजी, नमस्कार!" नीलाम्बर ने तौलिये से मुँह पोंछते हुए प्रवेश किया।

"जीते रहो, पुत्तर!" कहते हुए उन्होंने नीलाम्बर को सीने से लगा लिया।

"की हाल है?" उन्होंने दूसरा प्रश्न किया।

"ठीक-ठाक है, जी!" कहकर नीलाम्बर ने किसी तरह अपने को छुड़ाते हुए उन्हें कुर्सी पर वापस बैठा दिया।

ऐसे नाज़ुक मौक़े पर ससुर-दामाद के बीच से हटने का, चाय से बेहतर बहाना क्या हो सकता था। मैं किचन में आ गया। फिर मेरे किचन की सुविधा यह है कि आप अनुपस्थित होने के बावजूद कमरे में उपस्थित रहते हैं।

"सुना, बहुत नाराज़ हैं!" सरीन साहब पूछ रहे थे।

नीलाम्बर चुप था।

"मुझे तो अभी पिछले हफ़्ते ही पता चला कि तुम दो महीने से यहाँ रह रहे हो! ऐसा ग़ुस्सा किस काम का?"

"जी नहीं," नीलाम्बर के स्वर में ग़ुस्सा था, "मैं नाराज़ नहीं हूँ न झगड़कर ही आया हूँ। हम लोग सोच-समझकर अलग हुए हैं!"

"बेटा, कैसी बातें कर रहा है? शादी तो जन्म-जन्मान्तर दा रिश्ता है!" वह पंजाबी मिश्रित हिन्दी में समझाने लगे थे, "ओ, अपने बाल-बच्चों को कोई इस तरह छोड़कर आता है? ए बच्चों वाली गल है!"

"जब साथ रहना ही दूभर हो जाए, रोज़ तू-तू-मैं-मैं होती हो, तो अलग रहने में क्या बुराई है? विवाह आदमी शान्ति और प्रेम के लिए करता है, एक-दूसरे को समझने और साथ देने के लिए करता है, न कि बोझ बनने और नीचा दिखाने के लिए!" नीलाम्बर का स्वर आवेश से भरा था और वह किसी बहुत ही साधारण आदमी की तरह बोल रहा था। उसका ज्ञानी लेखक न जाने कहाँ ग़ायब हो गया था।

"सही गल है!" सरीन साहब उसकी आहत भावनाओं को सहलाने की कोशिश कर रहे थे, "रोज़ का झगड़ा बुरी बात है। बेटा, तुम लोग पढ़े-लिखे हो, इन बातों को समझते हो। और फिर तू तो राइटर है। मैं तुम्हें क्या समझा सकता हूँ, पर यह ज़रूर कहूँगा, यह बात शोभा नहीं देती! मेरी ख़ुद समझ में नहीं आता कि ऐसा क्यों हो रहा है। तुमने 'लव मैरिज' की है और अब इस तरह लड़ रहे हो! वैसे तुम्हारे बीच में बोलने का मेरा कोई इख़्तियार नहीं है पर बेटा, पिता होने के नाते, रहा नहीं जाता। यह न सोचना, मैं सुमन का बापू हूँ, तो उसकी साइड लूँगा," उन्होंने झट जोड़ा, "सच बात तो यह है कि मेरा प्रेम तेरे नाल कहीं ज़्यादा है। मैं तेरे ज्ञान की कदर करता हूँ, पर बेटा, हमारी भी फ़र्ज़ बनता है। तुम से भी ज़्यादा चिन्ता तुम्हारे बच्चों की रहती है, उनका क्या होगा?"

नीलाम्बर किसी स्कूली बच्चे-सा चुप था। यह उसकी सबसे कमज़ोर नस थी।

"देख बेटा!" उन्होंने आवश्यक 'पॉज़' के बाद कहना जारी रखा, "सुमन तेरी बीवी है। औरतों को ज़रूरत से ज़्यादा छूट नहीं देनी चाहिए। वह अगर कोई ग़लत

काम करती है, तो तेरा यह अधिकार है कि तू उसे रोके, अगर ज़रूरत हो तो दो चपेड़े भी लगा, पर इस तरह ख़ुद ही घर से भागना मर्द का काम नहीं है। तुझे अपना अधिकार जमाने का पूरा हक़ है। घर तभी चलता है, जब उसका कोई मुखिया होता है और तू ही मुखिया है!"

वे इसी तरह की बातें करते रहे...एकतरफ़ा! नीलाम्बर आश्चर्यजनक रूप से चुप रहा। मैं चाय देने गया, तब थोड़ी देर बातों का रुख़ मुड़ा। यह जानते हुए कि मैं हर बात से परिचित हूँ, वह जैसे मुझसे बच रहे थे।

उस दिन मैं दफ़्तर के लिए थोड़ा जल्दी निकल पड़ा।

पता नहीं, वे कब तक जमे!

शाम को दफ़्तर कुछ ज़्यादा देर तक बैठना पड़ा।

आख़िरी मंज़िल की सीढ़ियाँ उतरते हुए देखा, नीलाम्बर हमारे सम्पादकजी से बातें कर रहा था।

वह काले रंग का 'हाईनैक' के मशीनी स्वेटर के ऊपर भूरे रंग का कोट पहने था। संध्या के बिल्ली के माफ़िक बढ़ते जाने से उसके 'फ़ोटोक्रोमेटिक' चश्मे ने अपना रंग पूरी तरह अभी नहीं बदला था। गंजी चाँद, मँझोला भारी क़द और फूला-फूला-सा चेहरा, किसी बैंक-मैनेजर या इसी तरह की कोई चीज़ का आभास दे रहा था।

उसने मुझे देखकर हाथ हिलाया। आने की कोई बात नहीं थी, पर उसे देखकर मेरी उत्सुकता भड़क उठी। मैं प्रत्युत्तर में मुस्कराया और शेष सीढ़ियाँ लगभग फाँदता हुआ उसके पास जा पहुँचा।

डॉ. रेखा को कमरा छोड़े काफ़ी देर हो चुकी थी। मैंने अनुमान लगाया, कम-से-कम आधे घंटे से ये यहाँ खड़े बातें कर रहे होंगे।

"अब आपका इन्तज़ार पूरा हो गया है!" कहते हुए सम्पादक महोदय ने मौक़े का फ़ायदा उठाकर विदा ली। हम दोनों कॉफ़ी हाउस को चल पड़े।

यद्यपि नीलाम्बर के चेहरे पर बहुत ही सूक्ष्म सन्तोष की आभा थी और वह स्पष्ट रूप से तनावरहित लग रहा था, फिर भी उसने कहीं कुछ प्रकट नहीं होने दिया। रोज़ की तरह ही वह सम्पादकों, लेखकों और कविताओं पर बात करता रहा।

न चाहते हुए मुझे ही पूछना पड़ा, "क्या बात हुई?"

"कुछ नहीं, वैसे ही समझा रहा था।"

मेरी लम्बी चुप्पी पर वह फिर ख़ुद ही बोला, "असल में बुढ़ऊ का कोई दोष नहीं है। बच्चे उसके वश के बाहर हैं। कौन बाप चाहेगा कि उसकी बेटी तलाक़ ले, फिर हिन्दुस्तानी बाप! पर वह कर भी क्या सकता है, एक 'मॉरल प्रैशर' डालने के अलावा!"

मैं समझ गया, मामला इतना साफ़ और सीधा नहीं है, जितना कि वह बना रहा है। उनके बीच ज़रूर कोई बात हुई है, जिसे नीलाम्बर तब बताएगा, जब सारी दुनिया जान लेगी। सारी निकटता के बावजूद उसके और मेरे बीच एक ऐसी दूरी थी, जिसके चलते मैं कभी उसका राज़दार नहीं बन पाता था। या यह उसके इस विश्वास का परिणाम हो कि सफलता की सही कला, सबको अटकलें लगाते रहने की स्थिति में रखना है।

एक नर, एक नारी

ठंड के कारण आज कॉफ़ी हाउस कोई नहीं आया। फ़रवरी की शुरुआत के बावजूद मौसम नाराज़ चल रहा था। 'कोई नहीं' से मेरा तात्पर्य ऐसे लोगों से है, जिनके साथ मैं बैठ सकूँ। इसके अलावा 'कोई नहीं' की संख्या भी तो बढ़ रही है। नीलाम्बर के अलावा कई और खेत हो गए हैं, या फ़तह कर गए हैं—नौकरियाँ, बीवियाँ और सफलताएँ—कलाकार, नाटककार और लेखक, हर रूप में! कॉफ़ी हाउस संस्था के रूप में मर गया है।

मुझे भी कॉफ़ी हाउस नहीं आना चाहिए।

कहाँ जाना चाहिए?

त्रिवेणी! श्रीराम सेन्टर!

तब अन्तर कहाँ है?

अब भी कुछ लोग वहाँ बैठते हैं, जो 'कोई' में रहे थे, या हैं। मैं भी जाता हूँ, पर उनमें अब वह बात नहीं रही जो दस साल पहले या पाँच साल पहले तक भी थी।

क्या यह बात मूर्खतापूर्ण नहीं है?

दस साल पहले, या एक दिन पहले की भी चीज़ आज वही कैसे रहेगी!

उम्र समय के सहारा में बहती नदी है। बढ़ने के साथ घटती। शायद इसी विडम्बना को पहचानना सामयिकता है। नीलाम्बर ने इसे पहचान लिया है।

मेरे सामने यह तथ्य तैरने के महत्त्व को डूबते हुए पहचानने की तरह है। इसलिए मैं मृत-सागर की लहरों-सा इस किनारे से उस किनारे के बीच ही टकराता रहूँगा, यानी कॉफ़ी हाउस से त्रिवेणी, त्रिवेणी से श्रीराम सेन्टर, श्रीराम सेन्टर से कॉफ़ी हाउस और वापस त्रिवेणी आता-जाता रहूँगा।

बन्द हॉल में, पेंटरों या पेंटिंग की आड़ में देशी-विदेशी नशा करने और बेचने कई वर्षों से महाकाव्य से कुछ ऊपर की बात करने वाले उन्नीस-सौ-बासठी लेखकों (इसके अलावा इनकी दो रचनाएँ—कविताएँ, 1967 और 1971 में भी प्रकाशित हुईं। इतिहास—हिन्दी साहित्य का—साक्षी है) के बीच बैठे-बैठे हल्ले से मेरा दिमाग़ भन्नाने लगा था।

नीलाम्बर इन सबसे बात कर लेता है। (पर तब वह मेरे साथ भी तो रह लेता है, क्या मैं इसी तरह धीरे-धीरे अवांछित नहीं होता जा रहा हूँ!) और जब भी मैं इनके ख़िलाफ़ कुछ कहता हूँ, उसका जवाब होता है, हम सब कमोबेश 'रैकेटियर' हैं—कुछ जम गए हैं, कुछ रह गए हैं! तुम क्या समझते हो, ये सम्पादक नहीं हो सकते, इन्हें अकादमी पुरस्कार नहीं मिल सकते? फ़र्क़ यह है कि इनमें उतनी 'कान्सिस्टैन्सी' नहीं है, जितनी कि तुम में, मुझ में और सम्पादक डॉ. 'रेखा' में है। हर सफलता का आधार एक न एक फ्राड है और हर असफलता इस व्यवस्था का ख़ुलासा।

मेरे सामने प्रश्न था, कहाँ जाया जाए? त्रिवेणी और श्रीराम सेन्टर सात बजे बन्द हो जाते हैं। सात से ऊपर हो चुके थे। कोई रास्ता नहीं था। पर और बैठना अकेलेपन के आतंक में रहने से भी ज़्यादा पीड़ादायक था। कुछ पढूँगा, सोचकर मैं उठ गया।

कमरे का ताला खोलते हुए खाना बनाने की सूझी। न जोन कैसे कमरा ज़रूरत से ज़्यादा व्यवस्थित लगा। दूर-दराज़ के किसी पहाड़ी डाकबँगले-सा-मानवीय ऊष्मा और उपस्थिति से वंचित! बिस्तर पर कभी कोई बैठा ही नहीं था। अख़बारों का ढेर चारपाई के नीचे था और जहाँ-तहाँ फैली रहने वाली किताबें शैल्फ़ में करीने से लगी थीं। यहाँ तक कि वर्षों से छुई नहीं गई मेज़ भी इस तरह थी, जैसे साहब के इन्तज़ार में हो।

अपने घर में मैं अजनबी हो रहा था। पिछले दो-ढाई महीनों ने मुझे कुछ अंशों तक पारिवारिक ज़िन्दगी का स्वाद फिर से चखा दिया था और अनचाहे ही मैं समय, इन्तज़ार और चिन्ता की ज़द में जा खड़ा हुआ था। चाँदमारी के इलाक़े में पीतल के टुकड़ों की चाह में!

कुछ दिन पहले की बात है। नीलाम्बर कमरे में आया-आया ही था। उसके प्रति मेरी सहानुभूति और सद्भावना उन दिनों किसी पैग़म्बर-सी थी। मैं उसके आने से ज़रूरत से कुछ ज़्यादा ही भावुक रहा करता था। और उसी मूड में अक्सर शेरो-शायरी किया करता।

उस रात—अभी ठंड तीखी नहीं हुई थी—हम देर गए आई.टी.सी. के संगीत-सम्मेलन से लौट रहे थे। कुमार गन्धर्व के गाने ने मुझे आदतन उद्वेलित कर दिया था। मैंने उससे कहा—

विल की वाक ऑल नाइट थ्रू सॉलिटरी स्ट्रीट्स?
द ट्रीज़ एंड शेड टु शेड, लाइट्स आउट
इन द होम्स
वी विल बोथ बी लोनली!

यह उन दिनों की बात है जब वह कुछ ज़्यादा ही अस्त-व्यस्त था। ममो की मृत्यु हाल ही में हुई थी और उसे बच्चों की याद भी आने लगी थी।

उसने कविता चुपचाप सुनी। मैंने सोचा, वह ज़रूर तारीफ़ में कुछ कहेगा, पर वह मुस्करा कर रह गया था।

मुझे ग़ुस्सा आने लगा। कोई चिट्ठी तक नहीं डालता! दाज्यू को अपने परिवार से फ़ुरसत नहीं है। इजा नाती-पोतों में रमी है और बाबू के लिए बाल-सिंघौड़ी ज़्यादा ज़रूरी है।

पर तब मैंने ही किसी को कब लिखा?

नीलाम्बर की बात सही है, सबने अपने लिए एक अर्थ खोज लिया है और उसी में वह रमा है। मैं जिसे तुच्छ मान, हिक़ारत से देखता रहा था, आज वे चीज़ें ज़्यादा सार्थक लग रही हैं और अपनी उच्चलक्षता एक बेहूदगी, जिसके चलते मैंने स्वयं को हर चीज़ से काट लिया है। छत के लिए नींव ज़रूरी है।

कला को ख़त डालता हूँ। स्पष्ट लिख देता हूँ कि मैं...।

नहीं! पहले इजा को लिखता हूँ। उसे बुला लेता हूँ।

पर उसका यहाँ दिल नहीं लगता। उसका जोड़-जोड़ दर्द करता है। गठिया सर्दी में जान-लेवा हो जाता है, पर वह नहीं आती। दिन-भर के एकान्त से ज़्यादा उसे गठिया से जान देना पसन्द है।

मुझे इस सबसे निकल जाना चाहिए। ग़ालिब के शेर की तरह 'ग़ैर-ज़बानों' की दुनिया में।

योको को लिखता हूँ—मेरा यहाँ कोई नहीं है, क्या वहाँ जगह मिलेगी?

नहीं, सम्भवत: मैं किसी को नहीं लिख सकता। न कला को (क्या लिखूँगा?), न इजा को (वह आएगी नहीं), न ही योको को (गिड़गिड़ाना मेरी फ़ितरत नहीं है)।

पिछले ढाई महीने लगातार सिर्फ़ नीलाम्बर की बातें सुनता रहा था। सोचा था, जब सामान्य और स्थिर होगा, तब अपनी बात कहूँगा। वैसे उसके होने से अचानक लगने लगा था, कहने की कोई तात्कालिकता नहीं है।

जिस अनिद्रा का मैं लम्बे समय से शिकार था, वह ग़ायब थी और गैस से भी आराम था। यहाँ तक कि मेरे दाँतों ने ख़ून टपकाना बन्द कर दिया था। उन दिनों यह भी याद नहीं रहा था कि अकेलापन मुझे डराने लगा है। उसकी उपस्थिति मात्र सांत्वना का स्रोत थी।

आज फिर वही किसी बियाबान में खड़े अन्तहीन कमरों की हवेली में प्रवेश करने की अनिश्चितता का-सा आतंक है। रात के ख़याल मात्र से घबराहट है।

एक सर्द और ख़ौफ़नाक रात के गुज़ारने की तैयारी में खाना खाने का विचार त्याग, मैं पढ़ने बैठ जाता हूँ।

पढ़ना आसान नहीं रहा है। लगातार प्रश्न उठता है, मैं क्यों जी रहा हूँ? किसके लिए जी रहा हूँ। आख़िर इस सबसे मिलने वाला क्या है?

नीलाम्बर का कहना था, 'ज़्यादा अकेलापन ठीक नहीं होता!'

उसने दुरख़ीम का सहारा लिया था कि आज की अधिकांश आत्महत्याओं के पीछे व्यक्ति का यह महसूस करना है कि वह समाज से कट गया है कि उसके पारिवारिक बन्धन टूट गए हैं, कि उसके जीने और मरने से किसी को कोई अन्तर नहीं पड़ता।

तो क्या मैं साइकैट्री का 'क्लासिक केस' हो गया हूँ?

सुबह सुमन आई थी। ग़नीमत हुई कि उसे हमें उठाना नहीं पड़ा। वैसे उठने का समय था भी नहीं। जब सुबह ही आठ बजे होती हो, तो पहले कैसे उठा जा सकता है? पर नीलाम्बर जग गया था, न जाने कैसे!

चाय पीने के बाद वह अख़बार पढ़ रहा था।

दरवाज़ा सिर्फ़ भिड़ा हुआ था। सुमन के छूते ही खुल गया।

"क्या हो रहा है?"

उसकी आवाज़ ने मेरे आलस्य और उनींदेपन को आतंकित कर दिया।

"आओ!" नीलाम्बर ने बहुत शान्त स्वर में अधलेटे ही कहा।

मैं खड़ा हो चुका था।

वह दरवाज़े पर खड़ी हो गई थी, बस-ठीक-है वाले अन्दाज़ में।

दो बिस्तरों के एक साथ लगे होने के बाद कमरे में जगह नहीं रहती। मैंने झटपट बिस्तरा समेटना शुरू कर दिया।

"मैं तुमसे माफ़ी माँगने आई हूँ!" सुमन की आवाज़ का असर ऐसा था, जैसे किसी ने करंट लगा दिया हो। मैं थम गया।

बच्चे उसके पीछे से निकलकर अब तक नीलाम्बर को घेर चुके थे।

"मुझसे क्यों?" नीलाम्बर ने अनुपमा को जूतों समेत रज़ाई के ऊपर अपने पेट पर बैठाते हुए बड़ी सादगी से पूछा था।

"क्योंकि ग़लती सदा औरतों की ही होती है!" थोड़ा रुककर उसने फिर कहा, "एनी हाउ, ग़ुस्से में मैंने जो कहा, उसका मुझे अफ़सोस है! अब चलो!"

"मैं इसलिए नहीं अलग हुआ था कि तुम माफ़ी माँगोगी और मामला रफ़ा-दफ़ा हो जाएगा। हमारा मतभेद हमारे दृष्टिकोणों को लेकर है। आई स्टिल लव यू एंड प्रोबेब्ली विल ऑलवेज़ लव यू। पर शायद अब साथ रहना सम्भव नहीं है!" नीलाम्बर की आवाज़ धीरे-धीरे गुरु-गम्भीर हो गई थी।

"मैं माफ़ी मँगवाकर तुम्हें 'ह्यूमिलिएट' नहीं करना चाहता। यह मेरे लिए 'अनथिंकेबल' है!" कहते-कहते उसकी आवाज़ इस तरह काँपने लगी, मानों गला रुँध गया हो।

सुमन कुछ देर उसे देखती रही, फिर धीरे-धीरे पास आई और नीलाम्बर के सुन्दर धवल हाथ को अपने हाथ में ले लिया। वह देर तक इसी तरह खड़ी रही।

कोई कुछ नहीं बोला। सुमन की आँखों से धीरे-धीरे आँसू लुढ़कने लगे और बिना रोक-टोक बहते गए।

इन अंतरंग क्षणों में, न चाहता हुआ भी, मैं मंत्रबिद्ध-सा खड़ा का खड़ा रह गया था। पूरे दृश्य के भावातिरेक ने मुझे इस तरह वशीभूत कर लिया था, जैसे क्लाद् लैलॉश की फ़िल्म 'अन होमे अत अन फेमे' एक बार फिर देख रहा होऊँ या हॉलीवुड का कोई रोमांस हो, जो प्रेम और बिछोह की सतही भावनाओं का, अपनी तकनीकी उत्कृष्टता से, ऐसा वृहद और गहन उपयोग करता है कि आप आत्मविस्मृत बहे चले जाते हैं—'लव स्टोरी' सरीखा!

मैं ही नहीं, दोनों बच्चे भी स्तब्ध थे।

"आई कांट लिव विद्आउट यू," बड़ी देर बाद सुमन ने कहा और आँसू पोंछ लिए।

अनुपमा, जो शायद बड़ी देर से स्वयं को रोके थी, अचानक फूट पड़ी। और इसके साथ ही टूटी भावात्मक स्तब्धता।

नीलाम्बर ने चुप कराने की बहुत कोशिश की, पर वह चुप नहीं हुई। अन्ततः सुमन ने उसे अपनी छाती से लगा लिया। माँ के आगोश की गर्मी और सुरक्षा के बावजूद उसे चुप होने में देरी लगी।

अनुपमा के चुप होते ही सुमन ने नीलाम्बर को अधिकारपूर्वक बाजू से पकड़ कर कहा, "चलो!"

इसके साथ ही उसेन हँसते हुए बच्चों को इशारा किया, "खींचो, पापा को!"

तीनों मिलकर नीलाम्बर को खींचने लगे थे।

"सुनो तो! सुनो तो!" नीलाम्बर कहता रहा, पर बच्चे नहीं रुके।

"कुछ नहीं सुनना है, खींचो!" सुमन ने हँसते हुए बच्चों को उकसाया और उन्होंने नीलाम्बर को देखते-देखते बिस्तर से बाहर खड़ा कर दिया।

"अच्छा, तैयार तो होने दो!" नीलाम्बर ने हँसते हुए हथियार डाल दिया।

"नहीं, कुछ नहीं, तुम चलो। जो भी करना है, घर चलकर करना है!" कह सुमन ने, उसके जो भी कपड़े हाथ लगे, सूटकेस में ठूँसने शुरू कर दिये और इसके बाद वह उसकी किताबें और काग़ज़ छाँटने में लग गई।

"तुम हटो," नीलाम्बर ने उसे पकड़कर अलग किया और स्वयं काग़ज़ इकट्ठे करने लगा। किताबें वह साथ लाया नहीं था और इधर जो उसने ख़रीदी थीं, उन्हें उसने छुआ तक नहीं।

सुमन ने समय नहीं गँवाया। अटैची उठाई और कार में रख आई। फिर उसने लिखे-अधलिखे काग़ज़ जमा किये और उन्हें छोड़ने चली गई।

सारी बातें कुछ इस तरह हो रही थीं कि मैं उनका आकलन करने में असफल रहने के कारण अन्त तक यह निर्णय नहीं कर पाया कि मुझे ऐसे में क्या करना चाहिए!

वैसे भी मेरे लिए करने को कुछ बचा ही नहीं था।

नीलाम्बर मुझे देखकर मुस्कराया। मैंने भी मुस्कराहट में उत्तर दिया।

"मैं जा रहा हूँ, देब्बू!" वह बोला, "देखता हूँ, कब तक चलता है!" फिर मेरी पीठ थपथपाते हुए कहने लगा, "अकेलेपन से अब बचो! अति बुरी होती है!"

"हाँ!" मैं मुस्कराया, "घर जाने की सोच रहा हूँ!"

"चलो!" सुमन लौट आई थी और दरवाज़े से ही उसे बुला रही थी।

"अरे भई, मेरा स्वेटर!" नीलाम्बर बोला।

"वो तो मैंने अटैची में रख दिया!" वह मुस्कराई।

"मैं ठंड में कैसे जाऊँगा?"

"कार है! कोई स्कूटर में थोड़े ही जाना है!" उसने 'कार' शब्द पर विशेष ज़ोर दिया।

"मेरा ले लो।" मैं स्वेटर ढूँढ़ने लगा, इससे पहले कि ढूँढ़ पाता, नीलाम्बर सुमन के शॉल में लिपटा था।

"तुम्हें ठंड लगेगी!" वह कह रहा था।

"नहीं! तुम चलो!" सुमन ने उसका हाथ पकड़ लिया था।

मैंने स्वेटर वापस कुर्सी की ओर उछाल दिया और वह अब इस समय, रात तक, भी वैसा ही लटका था।

मैंने भी कहा था, "चलो!" और मैं बाहर तक साथ गया था।

"सी यू!" कार में बैठने से पहले नीलाम्बर ने कहा।

"किसी दिन घर आना!" पहली बार सुमन ने कहा था, वह भी शायद इसलिए कि नीलाम्बर बुरा न माने।

चलती कार से दूर तक बच्चे हाथ हिलाते रहे थे—टा-टा!

बच्चे बड़े प्यारे हैं, सोचता हुआ मैं लौट आया था।

सब कुछ फ़िल्म की तरह समाप्त हुआ था—सुखद और सर्वप्रिय!

सुमन इस सारे घटनाक्रम का गुनहगार और खलनायक मुझे मानती है, मुझे विश्वास-सा हो गया है। सम्भवत: नीलाम्बर की यह बात सही थी कि 'सुमन मुझे पूरी तरह अकेला कर देना चाहती है!' और शायद नीलाम्बर को न झुकने देने में मैं सहायक हो गया था।

किसी भी व्यक्ति का अपने परिवार के साथ मिलना ख़ुशी की बात है और जब यह व्यक्ति आपका दोस्त हो, तो और भी अच्छा! इसके बावजूद मुझे नीलाम्बर का इतना अचानक चले जाना कोई बहुत अच्छा नहीं लगा।

पर मैं इसे अचानक क्यों मान रहा हूँ? घटनाओं का एक सिलसिला था—व्यवस्थित और स्पष्ट!

हो सकता है, शुरू में अलग होने के अपने ठोस कारण रहे होंगे, पर तलाक़ वाली बात को उसने कभी गम्भीरता से लिया हो, मानना मुश्किल है।

"तलाक़ कोई अच्छी चीज़ नहीं है, देब्बू!" जब पहली बार एडी उससे मिलने आया, उस शाम उसने मुझसे कहा था।

"चैपमैन के बारे में तुमने पढ़ा ही होगा?"

"चैपमैन?" मैं समझ नहीं पाया था।

"मार्क डेविड चैपमैन, जिसने जॉन लेनन को गोली मारी, उसके माँ-बाप का भी तलाक़ हुआ था!" उसकी आँखें सिकुड़ गई थीं और वह दूर देखने लगा था, बन्द खिड़की के बाहर।

"परिवार का टूटना बच्चों को नर्वस और एबनार्मल बना देता है!"

अचानक उसका स्वर बहुत निर्णयात्मक हो गया था, "मैं कभी भी नहीं चाहूँगा कि मेरे बच्चे अन्ततः असामाजिक तत्त्व बन जाएँ!"

शुरू में वह अपनी किताबें भी लाना चाहता था, पर बाद में, मेरे याद दिलाने पर भी—उसका पुस्तकों का संग्रह मेरे लिए ईर्ष्या का कारण है—उसने कभी कोई उत्सुकता नहीं दिखाई।

वह अलग होने के लिए कभी आया ही नहीं था। यह सिर्फ़ सुमन को रास्ते पर लाने के लिए था, जो मैं सोचता हूँ, वह मनचाहे ढंग से कर सका है।

हो सकता है, मेरा भावनात्मक सम्बल—या शिखंडी के रूप में इस्तेमाल—नीलाम्बर की विजय और सुमन की हार के लिए महत्त्वपूर्ण सिद्ध हुआ हो, पर आज के सुमन के अन्दाज़ ने कहीं गहरे मेरे अन्दर यह अनुभूति छोड़ी कि वह भी जीत गई है।

पिछली बार, उसने—जिसके लिए उसने नीलाम्बर से माफ़ी माँगी—मुझे भी समान रूप में अपमानित किया था, आज औपचारिकता के लिए भी उसने नहीं कहा कि 'क्षमा करना, मैंने ग़ुस्से में बक दिया था।' यह सभ्यता का तकाज़ा था।

यानी मैं अपमानित ही नहीं हुआ, हार भी मेरी ही हुई।

उसके जाने के बाद सुबह मैं देर तक न जाने किस रौ में कमरा ही साफ़ करता रहा था। मैंने बिस्तरा ठीक किया था। चादर बदली थी। सुमन की उथल-पुथल की हुई किताबें ठीक से लगाईं और अख़बारों को चारपाई के नीचे डाल, झाड़ू भी लगाई थी। कई दिन बाद मैं आज नहा-धोकर दफ़्तर गया था। और अब लौटकर ख़ुद ही चकित हो रहा था।

नीलाम्बर से यह आख़िरी मुलाक़ात नहीं थी।

मछली-मछली

नई दिल्ली के उल्लूक, झाड़फानूस, जामुन और इमली के पेड़ हर झोंके के साथ नंगे हो रहे थे। मौसम आश्चर्यजनक तेज़ी से बदल गया था। एक महीने के अन्तराल ने ठंडी, धुंध-भरी, उत्पीड़क सुबहों और रातों को बहुत ही सह्य और सुखद बना दिया था।

वसंत था।

पर 'मेघदूत'-सा नहीं।

हर चीज़ बदल रही है। अब अप्रैल-मई तक पतझड़ ही रहता है। सम्भव है, कविता में वसंत नज़दीक रहे, पर मैंने सर्दी के बाद सदैव गर्मी देखी है। कहीं कोई राहत नहीं। हम एक अति से दूसरी अति में पटक दिये जाते हैं और अतियों के अन्याय में जीते चलते हैं—पत्तों-से, जो सर्दियों से शुरू होकर गर्मियों तक गिरते ही चले जाते हैं।

शनिवार को नीलाम्बर ने फ़ोन पर हिदायत दी कि कल कमरे में ही रहूँ।

सोचा, कुछ बात करना चाहता होगा। जब से गया था, कमरे में वह पहली बार आ रहा था। मैं सुबह से ही प्रतीक्षा में था, पर वह एक बजे के करीब पहुँचा।

"क्या कर रहे हो?" उसने घुसते ही पूछा।

"कपड़े धो रहा हूँ!" मैं साबुन से भरे हाथों को धोने लगा।

"छोड़ो इन्हें!" और मेरे बाहर आते-आते उसने आदेश दे दिया, "फ़ौरन तैयार हो जाओ!"

"कहाँ जाना है? क्या बात है?" मेरी समझ में उसकी जल्दी नहीं आ रही थी।

"खाना खाया?" उसने फिर पूछा।

"नहीं, यार! अभी बनाते हैं!"

"नहीं-नहीं, खाना नहीं बनाना है, तुम तैयार हो जाओ!"

"चाय भी नहीं पियोगे क्या?"

"नहीं, तुम बस तैयार हो जाओ!" कहकर वह किताबें उलटने-पलटने लगा और जब तक मैं तैयार हुआ, उन्हीं से उलझा रहा।

"कविता लिखी है!" कहकर उसने मेज़ से काग़ज़ उठा लिये।

"नहीं, काफ़ी दिन पहले लिखी थी, ज़रा सुधार रहा था!" मैंने बिना उत्साह दिखाए कहा।

"कब?"

"जब तुम यहाँ आए ही आए थे!"

"तुमने बताया तक नहीं!" वह पढ़ता भी जा रहा था और प्रश्न भी करता जा रहा था।

"सोचा था, फ़ाइनल करके दिखलाऊँगा, पर मौक़ा ही नहीं मिला!"

"मौक़ा! क्या कवि-सम्मेलन का इन्तज़ार था?"

मैं चुप रहा।

उसने कविता मोड़कर अपनी जेब में रख ली।

"अभी एक बार और देखनी है!" मैंने हलका-सा प्रतिरोध किया।

"तुममें बदलाव आ रहा है!" उसने खड़े होते हुए कहा, "जीवन अब तुम्हारी रचनाओं में स्पन्दित हो रहा है। मैं चकित हूँ कि तुम इस हद तक भी सेंसुअस और रोमांटिक हो सकते हो!"

बात मुझे कोई बहुत उत्साहवर्द्धक नहीं लगी। हम बाहर आ गए थे।

"कार में आए?" मैंने चमकती 'पद्मिनी' को देखकर पूछा।

"हूँ!" मुस्कराते हुए वह ड्राइवर की सीट पर जा बैठा और मेरे दूसरी ओर पहुँचने से पहले ही उसने बाएँ दरवाज़े को भी 'अनलॉक' कर दिया।

अन्दर एक असामान्य क़िस्म की महक थी—किसी विदेशी सेंट-सी, हलकी और औपचारिक। नहीं, यह वह मादक गंध नहीं थी, जो सुमन के साथ आया करती है। पर यह रैक्सीन और पेट्रोल के जलने की मिली-जुली गंध भी नहीं थी, जो अक्सर कारों में रहती है। कार के किसी 'डीओडरैंट' का इस्तेमाल किया गया था।

"सीख लिया है?" मैंने कुछ सशंकित स्वर में पूछा।

कार स्टार्ट हो चुकी थी। उसने गीयर बदला और हम सड़क के बीच में चलने लगे।

"धीरे-धीरे चलाता हूँ!" वह कुछ शरारती ढंग से मुस्कराया और उसने मुख्य सड़क पर आकर गाड़ी को ओवर ब्रिज की ओर मोड़ दिया। एक महीने के अन्दर ही नीलाम्बर जितनी सहजता से गाड़ी चला रहा था, वह उसकी आधुनिक चीज़ों के साथ फ़ौरन तालमेल बैठा लेने की क्षमता का प्रमाण था।

"हम कहाँ जा रहे हैं?" मैंने फिर पूछा। क्या किसी प्रकाशक के पास ले जा रहा है—मैं अनुमान नहीं लगा पा रहा था।

"पाँच मिनट और सब्र करो!" वह दत्तचित्त गाड़ी चलता रहा। हम चालीस-पचास के आसपास चल रहे होंगे और पाँच मिनट से भी पहले गाड़ी 'ओबेराय होटल' के अन्दर मुड़ रही थी।

"दावत कर रहे हो?" मैंने मज़ाक़ किया।

"उतरो!" उसकी आँखें में बच्चों की-सी शरारत थी।

मैंने हारकर पूछना छोड़ दिया। निश्चित ही किसी फ़िल्म वाले से मिलवा रहा है, मुझे विश्वास हो गया।

मेरी घबराहट, जो लाँज में प्रवेश करते ही शुरू हो गई थी, लिफ़्ट के हर मंज़िल तय करने के साथ बढ़ने लगी।

"तुम थके हुए-से क्यों लग रहे हो?" उसने पूछा।

"आजकल नींद नहीं आती!" मैंने आँखें बन्द करते हुए कहा।

"चलो!" लिफ़्ट रुक गई थी। उसका हाथ मेरी पीठ पर था और वह मुझे आगे बढ़ा रहा था।

कौन-सी मंज़िल थी, मुझे पता नहीं।

"स्काई लार्क," नीलाम्बर ने मुझे बिना पूछे बताया, "टैरेस रेस्तराँ!"

सुमन के हाथ को, जो हमें इशारा कर रहा था, मैंने दूर से ही पहचान लिया।

इतने सारे वैभव, इतने सुन्दर और अजनबी लोगों ने मुझे पूरी तरह असहज कर दिया। अब सहज और सामान्य होने के लिए मुझे थोड़ा समय चाहिए था।

"यार, टॉयलेट किधर होगा?" मैंने पूछा।

"आओ!" हम मुड़ गए। वह मुझे टॉयलेट के दरवाज़े तक छोड़ आया।

लौटते हुए मैंने दूर से ही देख लिया था कि वे लोग हँस रहे हैं। वे, यानी उन दोनों के अलावा पवन और अंजली भी वहाँ थे।

उनकी हँसी मुझे देखकर बढ़ गई।

"क्या बात है?" मैंने घबराकर ज़िप देखी। वह ठीक थी।

"कुछ नहीं, बैठो!" नीलाम्बर ने कहा।

"आख़िर कुछ तो है!" मेरा तनाव बढ़ता जा रहा था।

"यह सुमन तुम्हें चार्ल्स ब्रांसन कहती है!" नीलाम्बर ने सुमन के हल्के प्रतिरोध के बावजूद कह दिया।

"थैंक्यू, वैरी मच!" मैंने बैठते हुए पूरी ढीठता से कहा :

दर ख़ुर-ए क़हरो-ग़ज़ब जब कोई हम-सा न हुआ।
फिर ग़लत क्या है कि हम-सा कोई पैदा न हुआ।

"बहुत ख़ूब!" नीलाम्बर ने दाद दी।

"क्या मतलब?" अंजली की समझ में नहीं आया।

" 'दर ख़ुर-ए क़हरो-ग़ज़ब' यानी ग़ुस्से और अत्याचार का पात्र, बाक़ी 'क्लीयर' ही है!" नीलाम्बर ने समझाया।

मैं सुमन पर एक भरपूर नज़र डाल—जो गहरी नीली काँजीवरम की चौड़े बार्डर वाली कामदार रेशमी साड़ी और फ़िल्मी अभिनेत्रियों के-से सींक-कबाबी हेयर-स्टाइल में क़हर ढा रही थी—नीलाम्बर की ओर मुड़ा, उर्दू से इस बार अंग्रेज़ी

पर उतरता हुआ, "बट आई डोंट नो वैदर आई हैव गॉट दैट ही-मैन एट्रैक्शन फ़ॉर हर ऑर नॉट!" और मैंने एक लम्बी साँस खींची। सुमन और अंजली के सेंटों की महक गड्ड-मड्ड हो गई थी।

"सुना सुमन!" नीलाम्बर ने ठहाका लगाया, पाँच-तारा-डिलक्स की चिन्ता से परे। अंजली ने भी उसका साथ दिया।

अपने प्रति सुमन के विचारों से मैं अनभिज्ञ नहीं हूँ। बहुत पहले एक बार, जब योको यहीं थी, उसने कहा था, "तुम्हारे साथ योको को ऐसा नहीं लगता होगा कि वह अपने लोगों से दूर है!"

मैं उसके मज़ाक़ का तीखापन बहुत देर बाद समझ पाया था।

वह मेरे अर्द्ध-मंगोल चेहरे और मँझोले क़द की सदा खिल्ली उड़ाती रहती है। और मैं सदा से सुमन की अदम्य और असीमित कामुकता और आकर्षण का शिकार रहा हूँ। मैं जानता हूँ, न उसके सौन्दर्य और न मेरे कुरूप या भौंडेपन के लिए हम में से कोई ज़िम्मेवार है, इस पर भी वह दंभ और मैं हीनता से पीड़ित हूँ।

आज सुमन के प्रति मेरे मन में जो हिंसा है, उसका एक कारण यह अवहेलना और अपमान भी है। मैं किसी मदांध पशु-सा खूँख़ार होता जा रहा हूँ, हर तरह की—मानसिक और शारीरिक हिंसा से भरा हुआ। इसके बावजूद मैं हर बार मात खाता हूँ। जैसे, इस बार भी मैंने सोचा था कि नीलाम्बर और सुमन का समझौता मैं करवाऊँगा और इन्तज़ार में था, सुमन के प्रार्थना करने की।

"क्या सोचने लगे?" नीलाम्बर ने पूछा।

"कुछ नहीं!" मैं मुस्कराया।

हमारे सामने पानी के गिलास और मीनू पड़े थे।

"अरे भई, यह तो बता दो, हम यहाँ क्यों आए हैं?" नीलाम्बर ने बातों का रुख़ मोड़ा।

"तुम्हीं बतला दो न!" सुमन बोली।

"अरे बताओ न, तुम दावत दे रही हो, तुम्हें बतलाना चाहिए।" नीलाम्बर ने अंजली की सहमति चाही।

"वी आर सैलिब्रेटिंग अवर रियूनियन!" सुमन ने मुस्कराते हुए घोषणा की, "अब आप लोग ऑर्डर दीजिए!" देर से खड़े स्टुआर्ड की तरफ़ इशारा करते हुए उसने कहा।

लोगों ने मीनू पलटना शुरू कर दिया। मैंने छुआ तक नहीं।

"बोलो देवेन!" सुमन ने विशेष रूप से कहा।

"जो आप लोगों को ठीक लगे, हम भी ले लेंगे!" मैंने हाथ नहीं हिलाया।

"नहीं-नहीं, बोलो!" उसने मीनू मेरे सामने कर दिया।

मैंने मीनू देखा और मेरा सिर चकराने लगा।

—जी-बो हार!

—पीपीमकाओ!

—जुंग चुंग यू!

—ताओ सा वाक पिन!

—शाओ चू!

मेरी समझ में सुमन के आग्रह का रहस्य आ गया।

"यार, ये क्या अला-बला है?" मैंने नीलाम्बर की ओर देखा, "रियूनियन चाइनीज़ स्टाइल!"

मेरी बात पर सब हँस पड़े।

"चाइनीज़ नहीं, सिंगापुरी!" सुमन ने सुधारने वाले अन्दाज़ में कहा।

"अपने लिए सारा घपला एक ही है!" मैंने हथियार नहीं डाले, "अरे भई, हम ठहरे पहाड़ी, जंगल के लोग, कंदराओं से आए! हमें क्या पता, क्या चाइनीज़ है, क्या सिंगापुरी और क्या कांटिनैंटल! ये तुमने दावत दी है या आफ़त!"

मैंने मीनू नीलाम्बर को सौंपते हुए कहा, "लो यार! तुम्हीं मेरा ऑर्डर भी दे दो, अपने को पेट भरने से मतलब!"

"मैं बतलाती हूँ!" सुमन मेरे असहयोग आन्दोलन के सामने इतनी आसानी से हार नहीं मानने वाली थी।

"जी-बो हार है भुनी झींगा मछली, जुग चुंग यू है स्मोक्ड पामफ्रेट, चाउलान पाई कु है पोर्क और शाओ चू है रोस्टेड पिग!"

"ओह यानी मछली और सुअर! वैसे हम फ्रैश वाटर फ़िश पसन्द करते हैं!" मैंने कहा।

"जैसे?" सुमन ने कुछ ताने में पूछा।

"जैसे ट्राउट, रहू या महाशेर! पर जो नीलाम्बर उचित समझेगा, चलेगा।"

सुमन चुप हो गई थी। पवन इस बीच लगातार चुप था।

अंजली मेरे औघड़पन पर मुस्करा रही थी और नीलाम्बर मेरी आक्रामकता का मज़ा ले रहा था।

मेरे अन्दर, सुमन के 'वलगर शो' पर, वितृष्णा भरती जा रही थी और मैं अभी भी व्यंग्य से मुस्करा रहा था।

"क्यों मुस्करा रहे हो?" ऑर्डर देकर मीनू मेज़ पर रखते हुए नीलाम्बर ने पूछा।

"यों ही!" मेरी मुस्कराहट हँसी में बदल गई।

"अरे, बोलो न!" उसने पूछा।

"यों ही कुछ पंक्तियाँ याद आ रही हैं!" मैंने कहा।

"सुनाओ, इससे अच्छा मौक़ा कहाँ मिलेगा?"

मैं थोड़ा रुका।

"बोलिए!" अंजली ने भी आग्रह किया। वह अपनी साहित्यिक अभिरुचि का प्रमाण देने के हर मौक़े का लाभ उठाना जानती थी।

"एक ज़माने में तुम्हीं से ये लाइनें पहली बार सुनी थीं!"

"मुझसे तुमने बहुत कुछ पहली बार सुना था, पर अब बिना भूमिका के सुना जाओ!" नीलाम्बर ने मज़ाक़ किया।

सुमन के चेहरे पर चमक आ गई थी।

मैं थोड़ा झेंपा और मुस्कराकर सुनाने लगा :

यहाँ कितनों को अरमाँ तख़्तो-ताजों का, क्या कहिए,
जहाँ साइल को कास-ए-साइल नहीं मिलता!

अंजली मेरा मुँह देखने लगी थी। सुमन का शायद सुना हुआ होगा। कुछ भी हो, उसने कोई उत्सुकता नहीं दिखाई। वह खिड़की के बाहर देख रही थी।

"साइल माने भिखारी, कास-ए-साइल माने भीख माँगने का डिब्बा!" नीलाम्बर ने अंजली को समझाया।

वह मेरी ओर मुड़ा, "मैंने ऐसे नहीं सुनाया था," और वह ख़ुद सुनाने लगा :

वहाँ कितनों को तख़्तो-ताज का अरमाँ है, क्या कहिए,
जहाँ साइल को अक्सर कास-ए-साइल नहीं मिलता!

वह इतने पर नहीं रुका :

ये क़त्लेआम और बे-इज़्म क़त्लेआम, क्या कहिए,
ये बिस्मिल कैसे बिस्मिल हैं जिन्हें क़ातिल नहीं मिलता!

मैंने यह समझते हुए कि ऐसे मौक़े पर इस तरह की पंक्तियाँ उसे पसन्द नहीं आईं और उसने मेरी ग़लती नहीं सुधारी, मुझे झिड़का है, कुछ दबे स्वर में कहा, "बहुत बढ़िया! यार, अपनी स्मरण-शक्ति बहुत कमज़ोर हो गई है!"

उसने इस पर भी नहीं छोड़ा, "कमज़ोर नहीं, कुछ और हो गया है!"

मैं हँसा, "हाँ, सही कह रहे हो!"

"अच्छा, छोड़ो!" मेरी खिसियाहट को वह और नहीं बढ़ाना चाहता था, उसने सबको सम्बोधित करके कहा, "टु सैलिब्रेट द ऑकेज़न, मैं आपको एक ज़बरदस्त कविता सुनवा रहा हूँ!"

दिल्ली टेलीविज़न का वह सबसे बढ़िया कमेंटेटर, कॉम्पेयर माना जाता है। उसकी आवाज़ में वही अन्दाज़ था।

"यार, अभी तो...!" मैं अड़ियल घोड़े की तरह बैठने लगा।

"जैसी है, सुना दो!" नीलाम्बर और अंजली ने एक साथ आग्रह किया।

भाई-बहन को मेरा चढ़ाया जाना पसन्द नहीं आ रहा था। उनके हाव-भाव से उनकी असहमति छुप नहीं पा रही थी।

"शीर्षक है—'सर्दियों की पहली धूप'!" मैंने थोड़ा झिझकते हुए शुरू किया, "वैसे हम बैठे गर्मियों की पहली धूप में हैं!" मैं मुस्कराया।

"बी सीरियस!" नीलाम्बर ने टोका।

सच है कि मेरे
ख़तों की भाषा-शैली उद्वेग और
उदासी से भरी है...

मैं रुका, "यह लाइन रूसी कवि मुस्तई क़रीम की है। उसकी कविता का कहीं मैंने अनुवाद पढ़ा था।"

"फिर से!" नीलाम्बर को रुकना अखरा।

सच है कि
मेरे ख़तों की भाषा-शैली उद्वेग और
उदासी से भरी है;
और एक निराशा जकड़े है मुझे।
बावजूद इसके
कहीं कुछ है, जो
उद्वेग और उदासी को
देता है चीर
इस धुंध से तब
निकलता है सूरज
और देखता हूँ मैं
एक सम्पूर्ण संसार—
हरियाली से भरा, जगमगाता।
सुनता हूँ अपनी धड़कन
एक साझी दुनिया की हलचल, जो
तुम्हारी हथेलियों की
ऊर्जा से
शक्ति पाती
होती है विकसित
आह! मैं थामे हूँ
तुम्हारा हाथ कसकर

तुम्हारे पास हूँ
तुम्हारे वक्ष से सटा
तुम्हारी गोद में सिर रखे
सर्दियों की पहली धूप का
आनन्द लेता!

"ओ, ब्यूटीफुल!" अंजली ने दाद दी।

"बहुत सुन्दर! अब इसे छेड़ना नहीं," नीलाम्बर ने हिदायत दी, "बहुत अच्छी है। अगर तुमने ज़्यादा काट-छाँट की, तो निश्चित रूप से इसकी 'फ्रैशनैस' जाती रहेगी!"

"आपकी समझ में आई?" मैंने अंजली से पूछा।

"कुछ 'वर्ड्स डिफ़िकल्ट' थे, 'अदरवाइज़ आई इंजॉइड इट थॉरोली। इट्स ए ब्यूटिफुल एंड ए वेरी सैन्सिटिव पोएम'!"

"थैंक्यू! अब आप अपनी कविता सुनाइए!" मैंने उसके स्लीवलैस वी-शेप टी-शर्ट के अन्दर झाँकते हुए आग्रह किया।

खाना लगने लगा था।

मैंने नीलाम्बर की ओर देखा। वह ठंडा बना रहा।

"मुझे याद नहीं है!" अंजली ने हौले-हौले सिर हिलाते हुए कहा।

"कोई तो होगी!" मैं नीलाम्बर का इशारा समझने के बावजूद आग्रह करता रहा।

"नहीं, कोई भी याद नहीं है, फिर इतनी अच्छी कविता के बाद कुछ सुनने-सुनाने का मतलब नहीं है। हाँ, आप ही कुछ सुनाइए!"

"अंजली, लैट्स स्टार्ट!" सुमन ने टोका।

हम दोनों फिर भी व्यस्त रहे।

"मैं आपकी कविता ट्रान्सलेट करना चाहूँगी!" अंजली ने कहा।

" 'इट्स ए गुड आइडिया, यू कैन सी हिम लेटर'!" नीलाम्बर ने कहा, "तुम्हारी प्रैक्टिस भी हो जाएगी!"

" 'आई विल डैफिनिटली कम टु यू, सम टाइम!' " अंजली अभिभूत थी।

"मोस्ट वैलकम!" मैंने नीलाम्बर द्वारा थमाए जा रहे डोंगे को लेते हुए कहा।

नीलाम्बर उसे मेरे पास भेजने पर क्यों आमादा है, मेरी समझ में स्पष्ट कुछ नहीं आ रहा था। पर मुझे लगा, वह जैसे यह सब पवन को अपमानित करने के लिए कर रहा है। या हो सकता है, वह सुमन के प्रति मेरे आकर्षण से परिचित होने के कारण एक अनुकल्प प्रदान करना चाहता हो। जो भी हो, अंजली का जवाब नहीं था। सुमन की चमक उतर गई थी। अंजली ज़्यादा से ज़्यादा बाईस-तेईस की होगी। उसके शरीर का आभास मात्र सारी इन्द्रियों को झंकृत कर रहा था।

"खाना कैसा था?" डकारते हुए सुमन ने पूछा।

"लाजवाब!" मैंने नीलाम्बर से सिगरेट माँगते हुए कहा।

"मैं दूँ!" अंजली पर्स खोलने लगी थी।

"कौन-सी है?" मैंने पूछा।

"मार्लबरो!"

"नहीं, नहीं चलेगी! आई प्रैफ़र इंडियन सिगरेट्स!" मैंने थोड़ा अपमान करने वाले अन्दाज़ में कहा।

"चारमीनार?" उसने पूछा।

"बेहतर तो वही रहती, पर अब 'इंडिया किंग' ही सही!" मैंने नीलाम्बर की डिब्बी की ओर इशारा किया।

बाहर आते हुए अंजली ने नीलाम्बर से पूछा, "आपके 'कांटिनैंट' के प्रोग्राम का क्या हुआ?"

"अभी कुछ नहीं है!" उसने कोई उत्साह नहीं दिखाया।

मैं पूछने ही वाला था कि क्या तुम यूरोप जा रहे हो, कि तभी सुमन बोल उठी, "ऑलमोस्ट फ़ाइनल है!"

"कहाँ जा रहे हो?" मैंने पूछा नीलाम्बर से, पर जवाब सुमन ने ही दिया :

"वैस्ट जर्मनी, नीदरलैंड्स एंड फ्रान्स!"

"कब तक?" न चाहते हुए भी मैं पूछ बैठा।

"समर सीज़न शुरू होने वाला है, बस जाना ही पड़ेगा!"

लिफ़्ट ने हमें ग्राउंडफ़्लोर पर ला पटका था। सवाल की अब ज़रूरत नहीं थी। स्पष्ट था, वह कपड़े के व्यापार के सिलसिले में जा रहा है—पर जा तो रहा है।

कोई रास्ता नहीं है, मैंने सोचा।

हम होटल के बाहर आ चुके थे।

मेज़ ने कहा

सुमन, अंजली और पवन के साथ 'वॉक्सवाघन' में गई।

उन्हें कहीं और जाना है, नीलाम्बर ने बताया था।

हम दोनों 'पद्मिनी' में लौटे।

"तुम्हारी तबीयत ठीक है?" नीलाम्बर ने कार को दाईं ओर मोड़ते हुए फिर पूछा।

मैं चुप रहा।

"तुम्हारी तबीयत ठीक है?" उसने दुहराया।

रात अजीब बात हुई थी।

अपने-आप ही अपने-आप कमरे में थाली और हुड़का बजने लगा था।

आदेश! कलबिष्ट ने कहा।

आदेश! हरूहीत ने कहा।

आदेश! गंगनाथ ने कहां

आदेश! आदेश! आदेश! नीलूनाथ ने कहा।

जागर में एक के बाद एक देवता नाचने लगा था।

"पै! पै! पै! तुझे करना है ये काम!"

नीलूनाथ ने आदेश दिया था।

"श्रद्धांजलि तुझे अर्पित करनी है।"

"परमेश्वरा! इतने साल बाद क्यों?" मैंने पूछा था।

"ये उसकी मृत्यु का पाँचवाँ साल है, इसलिए उसे धूमधाम से याद किया जाएगा, आदेश!" नीलूनाथ ने कहा।

नीलाम्बर नीलूनाथ हो, कलबिष्ट, हरूहीत और गंगनाथ जैसे असमय मरे प्रेत-देवों में कैसे शामिल हो गया है, मेरी समझ में नहीं आ पा रहा था।

फिर भी देवताओं का आदेश था।

और मैं 'एलिजी' लिखने लगा। मर्सिया पढ़ने लगा और उसकी सूनी क़ब्र के पत्थर के लिए 'एपिटाफ़' यानी समाधि-लेख तैयार करने लगा था।

देवेन भंडारी : जन्म 3 अप्रैल, 1940

आख़िरी सपना : 1976

सन् '73 में उसके संग्रह पर हुई गोष्ठी में इसी नीलाम्बर ने, जो आज देवता बना बैठा है, कहा था—देवेन भंडारी की कविता विश्व काव्य-जगत की कई धाराओं का समन्वय है। वास्तविक अर्थों में हिन्दी की पहली 'कस्मोपोलिटन' कविताएँ। एक ओर बीट कविता के गुण, तो दूसरी ओर मॉडर्निस्ट! देवेन की कविता में आप कॉलरिज़ और गिन्सबर्ग को एक साथ देख सकते हैं। देवेन के काव्य-लोक में अतीन्द्रिय और ऐन्द्रिय अनुभवों और संवेदनाओं का 'जैक्स्टापोजीशन' गोदार की किसी फ़िल्म की तरह सामने आता है। उदाहरण के लिए 'क्वाई ओ' को ही ले लीजिए।

और वह कविता पढ़ने लगा था :

लगातार नाचती रही है
बन्द अँधेरे कमरे में
अपने सफ़ेद डैनों को

फैलाए वह
हिल तक नहीं पाए
होंठ
जबकि गला फाड़कर
कहना चाहता था मैं
'आओ! आ जाओ! लौट आओ।'
पहचानता हूँ किसने
सफ़ेद चिड़िया
एक ही तीर से भेद
मस्तूल पर लटकाई

नहीं! कोई नहीं मरेगा प्यासा,
कोई भी नहीं।
सब समुद्र हो जाएँगे।
तैरते शवों के सेतुबन्ध-से
आएगा हत्यारा
उसी क़ातिलाना अन्दाज़ में
और लड़खड़ा कर
गिर पड़ूँगा मैं अचानक ही
एक सनसनाहट के साथ

जिसे सुन नहीं पाएगा
कोई—तुम भी नहीं
हवा भी नहीं,
डोर भी नहीं
और स्वयं तीर भी नहीं

कौन करेगा प्रायश्चित
संताप, पश्चात्ताप और शोक
मैं ख़ुद ही रोऊँगा
उन नीली-हरी अनचाही
रोशनियों में
अपने शव को देख-देख
बेलौस स्वर में, जो
महासागर की अँधेरी,
ठंडी कंदराओं में
डूब जाएगा—
कफ़न हैं ये शब्द
कोरे कफ़न
अनुभूतियों के ठंडे
शवों पर लिपटे।
बहुत कुछ है अभी
मरा, वीभत्स, जुगुप्सित
वहीं
और वैसा
जहाँ उस रात
अधबुझे लैम्प की रोशनी में
श्वेत नाइटी में
अपने कमज़ोर डैनों को फैला
वह नाची
अकेली! बिलकुल अकेली।

देवेन कॉलरिज-गिन्सबर्ग के इस टू-इन-वन स्तर से नीचे नहीं आना चाहता था और स्तर था कि फिर से हाथ नहीं धरने दे रहा था।

इसलिए वह रिम्बो हो गया था।

स्कॉट फ़िट्ज़राल्ड।

पर उसने आत्महत्या नहीं की—हैमिंग्वे की तरह गोली मार कर कि अब अपनी छवि, अपनी शारीरिक शक्ति और रचनात्मकता को इष्टतम यानी 'ऑपटिमम' स्तर पर बनाए रखना सम्भव नहीं रहा है।

—काबाबाता की तरह नस काट कर कि अन्ततः हर महानता अर्थहीन है।

वह बहुत स्वाभाविक मौत मरा था—बहुत ही क्लीनिकल क़िस्म की—1976 में। यही वह साल था, जब उसकी अन्तिम रचना छपी थी—दीये की आख़िरी दपदपाहट! मरने से ठीक पहले की कहानी—'मैं और मन्दाकिनी'।

'मैं' उसके लिए सदा टोटके की तरह था, हर रचना की सफलता का पासपोर्ट।

उसका 'मैं' नीत्शे का 'सुपरमैन' सरीखा था।

हिटलर का आर्य और कैसियस् क्ले का 'ग्रेटेस्ट'।

अच्छा आदमी था और अच्छा-भला लेखक। बेचारा!

मेरा दिल बिना सेफ़्टीवाल्व के वाटर-टैंक की तरह भर आया और मैं दहाड़ मारकर रोने लगा था।

"क्या हो गया?" पड़ोसी दौड़े आए थे।

"देवेन भंडारी मर गया!" मैंने कहा।

"हम सब अमर हैं,!" गोस्वामीजी ने समझाया, "क्योंकि, आत्मा अमर है। जैसा कि श्रीकृष्ण ने कहा है :

न त्वेवाहं जातु नासं न त्वं नेमे जनाधिपाः
न चैत न विष्यामः सर्वे वयमतः परम्।

—समझे।"

"आत्मा अमर है, यह तो ठीक है।" मैंने समझ गया में सिर हिलाया, "पर कृष्ण ने यह कहाँ कहा है कि हर शरीर में आत्मा का होना लाज़मी है?" मैंने पूछा, "जिसके आत्मा ही न हो?"

"नहीं, आत्मा सबके होती है!" गोस्वामी जी का स्वर उतना विश्वस्त नहीं रह पाया था। उन्हें कोई श्लोक नहीं सूझा था मेरी बात की काट में।

"देवेन मेरा दोस्त था!" मैंने कहा था, "मेरा हमजुल्फ़, मेरा सहयोगी, मेरा प्रतिद्वंद्वी और मेरा दुश्मन! क्या आप उसके बारे में मुझसे ज़्यादा जानते हैं?" मैं सिसकने लगा था, "अगर वह किसी भी रूप में अमर रह पाता, तो फिर रोना ही क्या था?"

मैं नये सिरे से दहाड़ें मारने लगा।

"नशे में है!" किसी ने कहा।

"नशा?" मैंने फ़ौरन रोना बन्द कर जवाब दिया, "नशा किये तो मुझे तीन महीने हो गए हैं, एक महीने से मैंने एक कप चाय तक नहीं पी।"

और मैं तब तक रोता रहा, जब तक कि पड़ोसी हार कर चले नहीं गए, जब तक कि मेरा गला डाउन बैटरी के हार्न-सा 'हूँ! हूँ!' नहीं करने लगा, जब तक कि आँसू उँगली डालने पर भी निकलने से इनकार करने लगे।

थककर मुझे झपकी आई ही थी कि मेज़ ने जगा दिया।

और बेमतलब की तू-तू-मैं-मैं हो गई।

हाँ, मेज़ और मेरे बीच।

मेरा कहना था कि वह सागवान की है, पर वह कह रही थी कि मैं कैल की हूँ।

"अरे छोड़ो," मैंने कहा था, "जिस पेड़ से तुम्हें बनाया गया, मैं उसे ख़ूब अच्छी तरह जानता था।"

"तो बताओ?" मेज़ ने ठुमक कर मुझे ललकारा।

"वह पेड़ सिटौली के जंगल में था और मैं कई बार वहाँ गया हूँ!"

मुझे अपनी किताबों के बिखरने की चिन्ता होने लगी।

"सिटौली!" ये कहाँ है।

"देखा!" मैं हँसा था, "तुम्हें याद नहीं? अरे, अल्मोड़े के पास का जंगल!"

"ये अल्मोड़ा कहाँ है?" मेज़ लगातार प्रश्न कर रही थी।

"तुम मेरा दिमाग़ न खाओ!" मैं झल्ला गया।

"मैं तो मध्य प्रदेश में बस्तर की हूँ। अल्मोड़े का नाम ही मैं आज सुन रही हूँ!" और वह बहुत अभद्र ढंग से खिलखिलाने लगी थी।

"झूठ!" मैं दहाड़ा था।

वह डरी नहीं, बल्कि सारी रात रह-रहकर हँसती रही थी।

मैं सारी रात सो नहीं पाया था और इसीलिए अब बीमार लग रहा था।

"मुझे क्या हो गया है?" मैंने नीलाम्बर को सारा क़िस्सा सुनाने के बाद पूछा।

"चरस तुम्हें खा गई है, देब्बू! बन्द करो इसे!" वह भी घबरा गया और अगले दिन एक परिचित साइकैट्रिस्ट के पास ले गया था।

"पैरानोइया!" साइकैट्रिस्ट ने कहा था, "ए फ़ॉर्म ऑफ़ पैथोलॉजिकल डैवलपमेंट ऑफ़ पर्सनैलिटी!"

कई दवाओं के सेवन के साथ चरस बन्द करनी थी। और चरस तब बन्द हो सकती थी, जब मैं अकेला न रहूँ।

पूरे एक महीने मैं इलाज करवाता रहा था और अप्रैल के अन्त में, जब थोड़ा सुधार नज़र आने लगा, तो पहाड़ के लिए निकला था।

जाने से पहले मैं नीलाम्बर से मिलना चाहता था।

पन्द्रह दिन से उसका पता नहीं था। फ़ोन भी नहीं आया था, न मैंने ही किया था। सुमन का डर मुझे लगातार रहता था। न जाने कब क्या कह दे—ये पागलख़ाना नहीं है, बीमार हैं तो शाहदरा जाइए। वैसे भी मैं जानता था, वह व्यस्त हो गया होगा। बारह लाख का ऑर्डर 'अरेंज' करना कोई आसान काम नहीं है।

तभी एक दिन सुबह-सुबह अंजली आ गई। मैं दफ़्तर की तैयारी में था, पर मुझे बहुत ख़ुशी हुई। कई दिनों बाद किसी लड़की ने कमरे में क़दम रखा था—ओवेल फ़ेसवाली, केटी मिर्ज़ा से महान स्तनों वाली, रेखा से ज़्यादा चलायमान नितम्बों वाली, जीन पहनने वाली, अंगेज़ी बोलने वाली सुन्दरी, जिसके बाल परवीन बाबी-से सँवरे थे, जिसकी आँखों में बेहद बड़ा रंगीन चश्मा था, जो सिगरेट पीती थी और जिसे आदमी से डर नहीं था।

वह काफ़ी देर बैठी। कई कविताएँ उसने सुनाईं और कुछ मेरी भी सुनीं। मैंने उसकी कुछ कविताएँ रख लीं—यह सोचकर कि कुछ अनुवाद कर 'दिशा' में छाप दूँगा और कुछ को संडे मैगज़ीन को दे दूँगा।

"यूअर फ्रैंड इज़ ए क्यूरियस फ़ैलो!" नीलाम्बर पर बात चल पड़ी थी।

'क्यूरियस' शब्द से मैं चौंक उठा था।

"क्या मतलब?" मैंने तेज़ी से पूछा।

"मान लो, आपको यूरोप जाने का चांस मिले, तो आप जाएँगे या नहीं?" उसने प्रश्न किया।

"चांस पर डिपैन्ड करता है!" मैंने राहत महसूस की थी। 'क्यूरियस' से उसका अर्थ 'अजीब' से ही था!

"यानी?" उसने सिगरेट जलाते हुए पूछा।

"यानी आपको कौन भेज रहा है? क्यों भेज रहा है? इसमें आपकी क्या भूमिका, आई मीन 'रोल' है? और आपको क्या क़ीमत चुकानी है?"

"ओ कम ऑन! यू आर टॉकिंग लाइक गांधी!" वह हँसी, "अरे भई, भेज कौन रहा है? आपका काम है—घूम भी आइए और काम भी कर आइए, पर नीलाम्बर साहब तैयार ही नहीं हो रहे थे।" उसने स्पष्ट किया।

"वह इस झमेले में 'इनवॉल्व' नहीं होना चाहता!" मैंने नीलाम्बर का पक्ष स्पष्ट करने की कोशिश की, "ही नोज़ द कॉस्ट! हिज़ प्रॉयरिटीज़ आर डिफ़रेंट!"

दिल्ली में इतने साल रहने के कारण मैं भी अंग्रेज़ी सीख गया था और मेरी अंग्रेज़ी अक्सर लड़कियों के सामने—अंजली जैसी लड़कियों से मेरा तात्पर्य है—मुखरित हो उठती थी।

"आफ़्टर ऑल," मैंने जोड़ा, "नीलाम्बर इज बेसिकली ए राइटर, यू कांट चेंज हिम!"

"इट्स डिफ़िकल्ट टु एग्री विद यू। आज पैसे के बग़ैर भी कुछ हो सकता है? यू कैन परचेज़ एवरी थिंग प्रोवाइडेड आपके पास पैसा हो!" उसने मुझे जीवन का सत्य समझाया।

"क्या मतलब? क्या आप पैसे से लेखक बन सकती हैं?"

उसका स्टैंड ठीक मेरे विपरीत था। ऐसे मौक़े कभी-कभी आते हैं, जब उभय पक्ष उत्कृष्ट प्रदर्शन करने की स्थिति में होते हैं।

"टु सम एक्टैंट, यस!" अंजली का दृष्टिकोण मुझे चकित कर रहा था। वैसे भी 'राइटर इज़ बॉर्न' की अवधारणा को चुनौती देने का अर्थ था—मेरी, नीलाम्बर की, बल्कि हर राइटर की, हर रचनात्मक जन्तु की विशिष्टता और विशेषाधिकार को ही नकार कर, उससे जीने का बहाना ही छीन लेना।

"यदि आप," वह जारी रही, "राइटर के रूप में ही फ़ेम चाहते हैं, तो यू कैन आलवेज़ हायर ए राहटर, जैसे ज़फर!" वह हिन्दी में बोलने की लगातार कोशिश कर रही थी, जो मुझे अपमानजनक लग रहा था।

"ज़फर ने अपने नाम पर औरों से लिखवाया—ग़ालिब, मीर, न जाने किस-किसने उसके लिए लिखा। रोमन एम्परर नीरो की स्पीच सेनेका की लिखी होती थी। दूर क्यों जाते हैं, क्या 'प्रोफ़ाइल्स इन करेज' कैनेडी ने लिखी? टैड सोरेंसन को कौन जानता है?"

"यानी माँ बनने में चूँकि बहुत तकलीफ़ उठानी पड़ती है, इसलिए आप एक औरत को 'हायर' कर उसे अपने पति से गर्भवती बनने की दलील दे रही हैं और इस तरह उसकी सन्तान को अपनी बताना चाहती हैं।"

वह स्तब्ध रह गई।

"इस 'सिमली' के लिए क्षमा करेंगी," मैंने माफ़ी माँगते हुए कहा, "पर मुझे लगता है, इससे ज़्यादा 'पावरफुल' ढंग से मैं अपनी बात नहीं कह सकता।"

"इट्स ऑलराइट!" वह मुस्कराई। उसने स्वयं को अब तक नियंत्रित कर लिया था।

"देखिए!" मैंने कोमलतम स्वर में कहना शुरू किया, "जिस तरह किराये का गर्भ नहीं हो सकता, उसी तरह किराये के लेखक से लेखन नहीं करवाया जा सकता। आप इस पर चाहे कितने ही 'बोल्ड फ़ेस' में अपना नाम क्यों न छपवाएँ, यह रहेगी मूल लेखक की ही कृति।

"एक्चुली प्लैज़र ऑफ़ क्रिएशन इज़ नॉट इट्स एंड प्रोडक्ट, यानी वह फ़ायदा—फ़ेम या मनी, ह्वाटएवर इट एज़—जो आप इससे उठाना चाहते हैं। एक कृति का मूल आनन्द ही इसकी रचना की पीड़ा से गुज़रना है। यू आर ए वूमैन, यू कैन अंडरस्टैंड इट!"

वह हँसी, "आप 'मदरहुड' को ज़रूरत से ज़्यादा 'ग्लोरिफ़ाई' कर रहे हैं!"

"नहीं!" मैंने स्पष्ट किया, "किसी भी प्राणी की सफलता अन्ततः उसकी 'क्रिएटिव अर्ज' की सन्तुष्टि ही है। रचनात्मकता से विहीन प्राणी ठूँठ है। एक बुद्धिजीवी, लेखक या पेंटर के रूप में आप और मैं इस रचनात्मक भूख को दूसरे तरीक़े से मिटा सकते हैं पर सामान्य आदमी क्या करेगा? इसलिए 'मदरहुड' का ग्लोरिफ़िकेशन नैसेसरी इविल है।"

"आई थिंक यू आर राइट, बट मनी हैज़ गॉट इट्स वैल्यू!" उसने गर्दन हिलाते हुए कहा।

"आई डोंट डिनाई दैट, बट मनी इज़ नॉट ऑल!" मुझे याद आया, "पर नीलाम्बर है कहाँ?"

"यू डोंट नो?" उसने कन्धे उचकाते हुए कहा, "ही हैज़ गॉन!"

"गॉन?" मैंने सिर्फ़ इतना-भर कहा।

मुझे बुरा लगा, बताकर नहीं गया।

वापसी

मैं पहली बार पहाड़ों में इतना घूमा—और वह भी पैदल।

नहीं, यह 'प्रकृति को वापसी' रस्किन के प्रभाव में नहीं, साइकैट्रिस्ट की सलाह पर थी।

मैदानी या शहरी तनाव, अलगाव और गर्मी से दूरी ने, शरीर ही नहीं, आत्मा का भी जैसे कायाकल्प कर दिया। चीड़, देवदार, बाँज के बीच से गुज़रते और हिसालू-किल्मौड़ों की झाड़ियों से उलझते हुए आभास होने लगा कि मैं ऐसे मार्ग से गुज़र रहा हूँ, जो मुझे बीस-पच्चीस साल पीछे ले जा रहा है—अपनी किशोरावस्था और यौवन के सन्धि-स्थल पर! मैं इस तरह की ऊर्जा, उन्मुक्तता और प्रेरणा महसूस करता कि दूर तक फैली घाटियों और पहाड़ों को तैरता हुआ पार कर सकता हूँ। या सामने नज़र आती नन्दादेवी, पंचूली और त्रिशूल की चोटियों की ओर एक उड़ान में, ठंडी पहाड़ी हवा में, इस तरह हाथ मारता पहुँच सकता हूँ, जैसे कोई गर्मी की दोपहर में किसी ठंडे झरने में आराम से तैरता है। या किसी प्रवासी सारस-सा हौले-हौले अपने हर अंग-चालन का आनन्द लेता—एकाकी नर्तक-सा आत्म-मुग्ध—उड़ता चला जाऊँ...उद्‌देश्यहीन, बच्चे-सा प्रसन्न और दत्तचित्त।

रामगढ़ और मुक्तेश्वर होता हुआ जब मैं अल्मोड़ा पहुँचा, मई आधी से ज़्यादा गुज़र चुकी थी।

इजा बेताबी से इन्तज़ार कर रही थी।

"चल, अच्छा हुआ, तू आ गया! कल लड़की देखने जाना है!" मैं घर में क़दम रख भी नहीं पाया था कि चौखट पर ही उसने अपना कार्यक्रम बतला दिया।

"ये कौन है?" मैंने उसकी गोद के बच्चे के गाल थपथपाते हुए पूछा।

"कौन है!" उसने डाँटा, "हरीश का बेटा है, और कौन है रे!"

"बहुत बड़ा हो गया है!" मैंने झेंपते हुए कहा। यह दाज्यू का ढाई वर्ष का तीसरा बेटा था, जिसे मैं पहली बार देख रहा था।

वह मुझे देखकर रोने लगा और उसने मुँह दूसरी ओर कर लिया था।

"तूने ये क्या शक्ल बना रखी है? तुझे देखकर डर गया है!" कहकर इजा उसे चुप कराने लगी।

मैं मुस्कराकर रह गया।

इजा मुझसे हताश हो गई है। मुझे लगा, उसे अब और चकमा दे पाना सम्भव नहीं है। इस बार उसने कमर कस रखी है। इसके अलावा जब मैं चला था, दिमाग़ में कहीं इस बात के लिए तैयार भी था कि अगर कोई सही लड़की मिली, तो विवाह कर लूँगा।

"क्यों रे! कुछ बोल नहीं रहा है?" इजा ने पूछा।

"क्या?"

"लड़की के बारे में!" इजा की भृकुटियाँ तनी हुई थीं।

"अगर देखने लायक़ है तो ज़रूर देखूँगा!" मैंने हँसते हुए कहा।

"हाँ, है देखने लायक़। अब नीलाम्बर की दुल्हैणी जैसी की अगर उम्मीद हो, तो भैया दूसरी बात ठहरी!"

"अरे इजा, तू भी क्या बात कर रही है। तू जो लड़की छाँटती है उसका जवाब होता है? दाज्यू के लिए तूने लड़की छाँटी, है उसकी कोई टक्कर!" मैंने भाभी को देखकर मज़ाक़ किया।

"इजा, लगता है, यह अब भी विवाह के चक्कर में नहीं है!" भाभी ने प्रत्याक्रमण किया।

"तू अपनी दाढ़ी-वाढ़ी साफ़ बनवाकर, नहा-धोकर आदमी-जैसा हो जा, तब लेकर जाऊँगी तुझे। तेरे साथ तो चलने में भी शर्म आती है। क्यों रे, क्या अच्छी लगती है तुझे ये दाढ़ी? छि:! जोगी जैसा! तेरी मति मारी गई है, रे, देबुवा!" इजा ने अजीब मुँह बनाया।

"अरे, आपने भी कैसी शर्त रख दी!" भाभी ने मौक़ा नहीं चूका, "शादी न हो ना सही, दाढ़ी, आप देख लेना, नहीं कटेगी!"

इजा इस पर थोड़ा घबरा गई, "अच्छा, ठीक है बाल तो कटवा लेगा। नहा तो लेगा! कपड़े तो बदलेगा!" उसने खीझते हुए कहा।

अन्तत: भाभी और मेरे साथ वह ख़ुद भी हँसने लगी।

सप्ताह उम्मीद से कुछ ज़्यादा ही कठिन रहा। एक-एक दिन के अन्तर से इजा ने तीन लड़कियाँ दिखा दीं। यद्यपि भेड़-बकरी की तरह लड़की देखने जाना मुझे निहायत बेहूदा लग रहा था, पर कोई रास्ता नहीं था। न इजा को नाराज़ किया जा सकता था और न ही किसी चलती-फिरती लड़की को कहा जा सकता था कि मैंने आपसे विवाह का निर्णय किया है।

पर सच्चाई यह है कि मुझे एक भी लड़की नहीं जमी। सबसे बड़ी गड़बड़ यह थी कि कोई भी लड़की मुझसे दस-बारह साल से कम छोटी नहीं थी, शायद ज़्यादा भी हो। किसी ने पिछले साल बी.ए. किया था, तो किसी ने इस साल बी.ए.। इसके

अलावा लड़कियों के मासूम और घबराए चेहरे मुझे उनकी अपरिपक्वता का ही प्रमाण लग रहे थे। मैं बीवी चाहता था, शिष्या नहीं। आश्चर्य की बात थी, क्या मेरे लायक़ कोई लड़की नहीं होगी, या इजा मुझे इतना छोटा समझ रही है!

ठीक सातवें दिन इजा ने भाभी के साथ मिलकर घेराबन्दी कर दी।

"अच्छा, बोल?" इजा ने पूछा।

"क्या बोलूँ?" मैं मुस्कराया।

"मसखरी मत कर!" इजा ने डाँटा, "ठीक से बता, कौन-सी लड़की पसन्द है?"

"तू बता!" मैंने मज़ाक़ किया, "तुझे कौन-सी पसन्द है?"

"तू अपनी बता, शादी तुझे करनी है!" इजा हल्द्वानी-रामनगर के बनियों की तरह, माल भेड़ने में लगी रही।

"पहले तू बता!" मैंने ज़िद की।

"यह बात ग़लत है!" भाभी ने इजा को सहारा दिया, "आपको बताना है!"

"अच्छा ठीक है!" इजा ने मेरी बात रखते हुए कहा, "मैं बतलाती हूँ—गौरी! वह एम.ए. भी है और देखने में भी कम नहीं है!"

"गौरी, कौन?" मैं अनजान बना रहा।

"जो सबसे पहले देखी?" इजा ने उत्साह से समझाया।

"अच्छा, वो!"

"अच्छा वो क्या!" इजा ने पूछा।

मैं हँसता रहा।

"अरे बोल ना!" इजा खीझने लगी।

"ठीक है! मैंने तेरी पसन्द जान ली है, अब मुझे एकाध दिन सोचने दे।"

"क्या सोचेगा रे तू अब? जब इतने साल से नहीं सोचा गया, तो क्या दो दिन में सोच लेगा!" वह बिफर पड़ी।

"कुछ नहीं, अभी बताना होगा!" और वह अड़ गई, "मैं कल ही बात पक्की करूँगी और अगले ही हफ़्ते शादी करनी होगी!"

"तू क्या चाहती है?" मैं इजा के ग़ुस्से का अनुमान नहीं लगा पाया, "शादी करनी है, कर लूँगा! दो दिन में ही क्या फ़र्क़ पड़ जाएगा?" मैंने मुस्कराकर उसे मनाना चाहा।

"नहीं! आज ही जवाब देना है—हाँ या ना! मैं अब यह गड़बड़ नहीं चलने दूँगी!"

"अगर 'हाँ' तो?" मैंने उसका ग़ुस्सा कम करने की कोशिश की।

"तो शादी अगले हफ़्ते!" वह तनी रही।

"और 'ना' तो?" मैं मुस्कराता रहा।

"तो तेरा-मेरा रिश्ता ख़त्म! इसके बाद मुझे कोई मतलब नहीं कि तू शादी करता है या कुँवारा मरता है!" सम्भवत: मुझको लेकर जो निराशा इजा में थी, उसकी

हताशा अपनी सीमा पार कर चुकी थी। उसके लिए मेरे सुधरने की आशा में अब एक दिन भी जीना असम्भव हो गया था। हारते हुए ज़ुआरी की तरह उसने आख़िरी दाँव लगा दिया था।

"तू मेरी तरफ़ से है, या लड़कीवालों की तरफ़ से?" मैंने फिर इजा को हँसाना चाहा, मुस्कराई भाभी—वह भी मुँह छिपाकर।

"अच्छा, ठीक है, मैं एक बार लड़की से मिलकर बात करूँगा?" मैंने हथियार डाल दिये।

"नहीं?" इजा ने मुंडी हिलाकर मुझे स्तब्ध कर दिया।

आख़िर इस इजा को हो क्या गया है? सब-कुछ मेरे अनुमान और अनुभव से परे था।

"क्या तुझे मुझ पर विश्वास नहीं है?" वह कहने लगी, "मैंने लड़की देखी है, मैं उसे जानती हूँ। इससे अच्छी लड़की तुझे नहीं मिल सकती, यह तू लिखवा ले।"

मेरी समझ में नहीं आया, अब क्या बोलूँ।

"पर इजा," भाभी ने मध्यस्थता करने की कोशिश की, "अगर बात करना चाहते हैं तो क्या बुराई है?"

"बुराई है, बहू! मैं इस पर विश्वास नहीं कर सकती।" उसका गला भर आया।

"तू नहीं जानती इसे," उसने अपने को नियंत्रित कर कहा, "...इसने न जाने कितनी लड़कियाँ देखीं हैं! याद है तुझे, पाँच साल पहले भी यह ऐसे ही एक लड़की से बातचीत करके गया था और आज लौटा है। मेरी भी बेटी-पोतियाँ हैं। जानती है, इसके कारण मुझे कितना नीचा देखना पड़ा! ये अपने को समझता क्या है? देखी है इसने अपनी शक्ल कभी आईने में? चालीस साल का हो गया है, दाढ़ी के बाल तक पकने लगे हैं पर अक्ल नहीं आई। इसने लड़कियों को समझ क्या रखा है—आलू-प्याज़!"

"पर...," भाभी ने रोकने की कोशिश की।

"पर मैंने ऐसा कब कहा?" मैंने बहुत ही दबकर कहा।

"तू क्या कहेगा? किस मुँह से कहेगा?" इजा मुझ पर झपटी, "सोच ले अभी, जो करना है!"

"इतनी जल्दी नहीं हो सकता, मुझे टाइम चाहिए!" मुझे भी ग़ुस्सा आ गया।

"तो फ़ैसला हो गया!" ठकुराइन आपे के बाहर हो गई।

भाभी ने फिर उसे शान्त करने का प्रयत्न किया, "इजा...!"

पर वह रुकी नहीं, "सुन ले! तू आजन्म कुँवारा रहेगा," उसने हाथ से इस तरह इशारा किया, जैसे शाप दे रही हो।

"तू रणी गया है। पढ़ाई ने तेरा भेजा फेर दिया है, तुझे आदमी नहीं बनाया। दिल्ली वाली लड़कियों में तू पहाड़ी लड़कियों के गुण ढूँढ़ता है, और पहाड़ी लड़कियों में दिल्लीवालियों के। निहोणिये ऐसे ही होते हैं!" और वह उठकर चली गई।

उस समय मैंने सोचा था, इजा एकाध दिन में ठीक हो जाएगी, पर ऐसा नहीं हुआ। उसने मुझसे बोलना ही नहीं छोड़ा, घर में भी कम रहने लगी, जिससे सारा घर एक असहजता और तनाव से भारी हो गया।

मैंने सारे मामले पर शान्ति से सोचा और मुझे लगा कि मेरा निर्णय ठीक है। इजा चाहती है, मैं भी दाज्यू की तरह दस साल में चार बच्चे पैदा करूँ और घर से दुकान और दुकान से घर के बीच घूमने लगूँ। यही सामान्यता है!

क्या सारा, मामला जैवीय है? मैं चूँकि नर हूँ, इसलिए एक मादा चाहिए। नहीं, यह मुझे स्वीकार नहीं है। सम्भव है, एक 'बायोलॉजिकल एंटिटी' के रूप में हमारी भूमिका प्रजनन हो, पर आदमी सिर्फ़ 'बायोलॉजिकल एंटिटी' ही है क्या?

मैं लौटने की सोच ही रहा था कि एक दिन दिल्ली के कुछ परिचित लड़के मिल गए। ट्रैकिंग पर जा रहे थे, मैं साथ हो लिया।

दुर्भाग्य ऐसा था कि मुनस्यारी पहुँचने से पहले ही वर्षा शुरू हो गई। वहाँ से मिलम ग्लेसियर तक की 30 किलोमीटर की ट्रैकिंग शुरू होनी थी। दो दिन के इन्तज़ार के बाद वर्षा थोड़ी थमी थी, पर लोगों का कहना था कि मानसून जल्दी आ गया है और अब जाना ठीक नहीं, इसके बावजूद हम निकल पड़े और कुछ दूर ही गए होंगे कि वर्षा ने पकड़ लिया।

हम किसी तरह ग्लेसियर तक तो हो आए, पर 60 किलोमीटर लगातार भीगने से मुझे ठंड लग गई। मैं बुख़ार में ही अल्मोड़ा लौटा और डॉक्टर ने देखते ही निमोनिया क़रार दिया।

यद्यपि इजा मुझसे लौटकर भी एक शब्द नहीं बोली, पर जो भी हो सकता था उसी ने किया। इस सबके बावजूद मैं देख रहा था कि मुझसे कहीं अधिक चिन्ता इजा को दाज्यू के बेटे की है। ढाई साल का राजू उसके बिना एक मिनट भी नहीं रह सकता था और वह भी राजू के दूध के लिए मेरी दवाई भूल जाती थी। राजू ने ही मेरा स्थान नहीं ले लिया था, बल्कि मैं पूरे परिवार के ही सन्दर्भ में अप्रासांगिक हो गया था।

मैंने जब बीस-बाईस दिन बाद भाभी से लौटने की बात कही, इजा का ग़ुस्सा बरक़रार था। वह टस से मस नहीं हुई। न उसने ख़ुद रुकने को कहा और न ही किसी से कहलवाया। बाक़ी लोगों के कहने का कोई अर्थ नहीं था।

जब मैं उससे विदा लेने गया, सोच रहा था कि अगर एक बार भी कहेगी तो रुक जाऊँगा और दबाव डाला तो—बीमारी ने मुझे उस समय इस क़दर कमज़ोर बना रखा था—शादी भी कर लूँगा।

पर उसने आशीर्वाद-भर दिया। जिस दिन मैं लौटा, काफ़ी कमज़ोर था।

बीमारी के दौरान अकेले लेटे-लेटे और बाद में भी जो बात मुझे कोंचती रही वह थी, इजा का कहना 'कि दिल्ली वाली लड़कियों में तू पहाड़ी लड़कियों के और पहाड़ी लड़कियों में दिल्लीवाली लड़कियों के गुण ढूँढ़ता है।'

'स्प्लिट पर्सनेलिटी'—साइकैट्रिस्ट ने मेरी बीमारी का निदान बतलाया था।

दिल्ली, मैं एक टूटे आदमी की तरह पहुँचा। इजा से तक़रार बहुत कष्टकर सिद्ध हुआ।

मैं नीलाम्बर से मिलना चाहता था। वह दिल्ली में तो था, पर अपनी ही दुनिया में इतना मशगूल कि दोस्तों के लिए कोई जगह नहीं। लगातार प्रयत्न के बावजूद उससे मुलाक़ात नहीं हुई।

मैं उससे बहुत कुछ पूछना चाहता था—अपने बारे में, उसके उपन्यास के बारे में, नाटक के बारे में, यूरोप के बारे में और मैं...।

मिलने की अदम्य इच्छा के बावजूद मैं उसके घर जाने की हिम्मत नहीं जुटा पाया। जब भी फ़ोन किया, गोपाल ने उठाया। एक बार सुमन भी टकराई। उससे कुछ कह ही नहीं पाया। सुमन की छोड़ो, आश्चर्य की बात है, क्या गोपाल ने भी नीलाम्बर को मेरे फ़ोनों के बारे में नहीं बतलाया होगा?

क्या नीलाम्बर एक फ़ोन तक करने का वक़्त नहीं निकाल सकता?

धीरे-धीरे मैं स्वस्थ होता गया। समय और जीवन ने अपने में रमा लिया। इस बीच मैंने अंजली की दो कविताएँ 'दिशा' में छपवा दीं और दो 'डेलीन्यूज़' में! उसने, पता नहीं, मेरी कविताओं का क्या किया!

सुमन की जगह मेरे दिमाग़ में अंजली आ गई है। सच कहूँ, कई बार मैंने उसको लेकर एक सपना बुना है कि मैंने उससे शादी कर ली है और इजा से मिलने अल्मोड़े गया हुआ हूँ।

पर वह मुझसे दुबारा कभी मिलने नहीं आई। मैं अक्सर अकेली गर्म और उमस भरी रातों में, जब नींद दग़ा दे जाती है, उसी को याद करता हूँ। वह मेरे अकेलेपन का सहारा है। मेरे अपने-आप से तृप्त होने की प्रेरणा।

यह जानते हुए भी कि मेरे पास आने की दूर-दूर तक कोई सम्भावना नहीं है, मैं अनवरत प्रतीक्षा में हूँ और न जाने कब तक रहूँगा!

पर उस दिन 'टाइम्स ऑफ़ इंडिया' के पूरे पृष्ठ पर उसके चित्र ने मुझे कुछ देर के लिए ही सही, उत्तेजित कर दिया।

मैंने आँखें मलीं।

वही थी अंजली—वह पेज आज भी सामने चिपका हुआ है—मेरी ओर पीठ किये, पर कमर से बाईं ओर को मुड़ी, पीछे देखती हुई।

उसने जीन पहन रखी थी। उसके नितम्ब इस तरह से उभरे हुए थे कि मेरी भूखी आँखों में उनकी वृहदता हथौड़े-सा प्रहार करने लगी। उसके दोनों हाथ हिप-पॉकेटों में घुसे हुए थे और चेहरे पर कुछ ऐसी छिनाल, फाँसू क़िस्म की मुस्कराहट थी कि मैं कुछ और सोच ही नहीं सका था।

अन्ततः मैंने विज्ञापन पढ़ना शुरू किया :

विश्व-प्रसिद्ध जीन बनाने वाली
मुरजानी इंटरनेशनल, यू.एस.के. के सहयोग से
'परिधान'
प्रस्तुत करते हैं :
'ग्लोरिया वैंडरबिल्ट' की विशेषकर भारतीय ज़रूरतों को
ध्यान में रखकर डिज़ाइन की गई अन्तर्राष्ट्रीय स्तर की
पी.एम. डब्ल्यू. जीनें
'एक न्यू स्टाइल इन लिविंग'

परिधान!

परिधान तो सुमन की कम्पनी का नाम है।

यानी सुभाष लौट आया है और अब 'परिधान-मुरजानी-वीयर्स' भारतीय बाज़ार में आ गया है।

कमाल था। फ़रवरी से सितम्बर—सिर्फ़ आठ महीने में वे इतने बड़े पैमाने पर मार्केट में आ गए थे।

तो क्या नीलाम्बर स्टेट्स भी गया होगा मुरजानी से बात करने?

संशोधनवादी

फ़िक्र माबूस है, गुफ़तार पे ताज़ीरें हैं
अपनी हिम्मत है कि हम फिर भी जिए जाते हैं
ज़िन्दगी क्या किसी मुफ़लिस की कबा है जिसमें
हर घड़ी दर्द के पैबन्द लगे जाते हैं?

देवेन भंडारी ने देवने भंडारी को सुनाया!

"कैसी लाइनें हैं, अंजली?" देवेन ने पूछा।

"बहुत बढ़िया!" देवेने ने कहा।

"क्या तुम इनको ट्रान्सलेट कर सकती हो?" देवेन ने फिर पूछा।

"आप कहें तो कोशिश करूँ!" देवेन ने कहा।

रात-भर चले वार्तालाप का यह एक हिस्सा है।

अगली सुबह शर्माजी ने पूछा, "अरे भाई भंडारी जी, तबीयत तो ठीक है न!"

मैंने कहा, "फ़िक्र माबूस है...।"

"क्या बात है!" वह मुस्कराए।

"तबीयत तो ठीक है?" डॉ. रेखा ने पूछा।

"फ़िक्र माबूस है...", मैंने फिर चारों पंक्तियाँ सुना दीं।

फ़ैज़ की इन लाइनों को मैं गीता के 'कर्मण्येवाधिकारस्ते' वाले श्लोक की तरह, जिसे दसवीं कक्षा के दौरान विवेकानन्द हो जाने के चक्कर में मैंने रटा था, वक़्त-बेवक़्त दोहराने लगा था।

बढ़िया पंक्तियाँ हैं, इसमें दो राय नहीं, पर मुझे अचानक इतना भा जाने के कारण थे।

पहला यह कि मैं एक बार नये सिरे से अपनी कमज़ोरी और निराशा को जीत लेना चाहता था और दूसरा भुट्टो का तख़्ता पलट जाने के बाद से फ़ैज़ पाकिस्तान में घुसने की हिम्मत नहीं कर पाए थे और इधर पी. डब्ल्यू. ए. के बुलावे पर हिन्दुस्तान में शेर सुनाते फिर रहे थे। (कवि इसके अलावा कर भी क्या सकता है? वैसे मैंने

उन्हें बेरूत के पते पर ख़त लिखकर, हिन्दुस्तान का पता निश्चित नहीं हो पा रहा था, सुझाव भेजा था कि उन जैसे शायद को मुल्लाओं और फ़ौजियों से घबराना नहीं चाहिए। उन्हें ज़रूर-ज़रूर पाकिस्तान जाना चाहिए। बस हाँ, जहाज़ से उतरते समय उन्हें इतनी एतहियात बरतनी है कि मिल्टन की तरह इस शेर को किसी बढ़िया से क़ातिब से बोर्ड पर लिखवा कर अपने आगे-पीछे टाँग लेना है।)

हमने हाल ही में फ़ैज़ पर एक लेख छापा था और ये पंक्तियाँ उसी में उद्धृत थीं। पर यह पहली बार नहीं था कि मैं इन लाइनों को पढ़ रहा था। नीलाम्बर ने कई साल पहले मुझे इनसे परिचित करवाया था, लेकिन अपनी जन्मजात कमज़ोर स्मरण-शक्ति और काहिली के कारण मैं इन्हें तत्काल न याद कर पाया था, न नोट। सोचा था—अरे, फ़ैज़ कहाँ जा रहा है, और भूल गया। अब इनकी महानता व महत्त्व को मैंने फिर से 'डिस्कवर' कर लिया था और इस बार भुला नहीं पा रहा था।

इस सारे मामले पर कुछ करना चाहिए, एक रात अपने कमरे में मुझे मेरी आत्मा ने कोंचा। (आत्मा, सुना है, ऐसे ही बेवक़्त कोंचाकाँची करती है।)

क्या करना चाहिए, मैं सोचने लगा और सोचता गया। सुबह मेरे पास 'ब्रांड न्यू' योजना थी।

मैंने अपने सम्पादक डॉ. रेखा—बार-बार रेखा कहना मुझे बहुत अच्छा लगता है—के सामने योजना रखी। मैं पाकिस्तान जाकर फ़ैज़ के मसले पर जनरल ज़िया से इंटरव्यू लूँगा। इसके साथ ही हम एक 'खुला ख़त' कुर्त्त वाल्दहाइम और इन्दिरा गांधी के नाम भी छापेंगे।

मैंने रेखाजी को—देखा आपने, कितना प्यारा नाम है—समझाया कि अगर हम इस मामले को अन्तर्राष्ट्रीय स्तर पर लें, तो हमारा सर्कुलेशन ही नहीं बढ़ेगा, हमें अन्तर्राष्ट्रीय ख्याति भी मिलेगी।

डॉ. रेखा ने कई शंकाएँ प्रकट कीं—जैसे क्या जनरल ज़िया हमें इंटरव्यू देगा?

मेरा जवाब था—अगर 'इंडिया टुडे' को दे सकता है, तो हमें क्यों नहीं दे सकता—हमारा सर्कुलेशन उनसे ज़्यादा है।

उनकी दूसरी शंका थी, हिन्दी जब राष्ट्रीय भाषा ही नहीं है, तो हमें अन्तर्राष्ट्रीय ख्याति कैसे मिलेगी?

इस पर मुझे अन्दर ही अन्दर ग़ुस्सा आया था। दिल हुआ, कह दूँ, आपसे बेहतर सम्पादकी—जैसा कि नीलाम्बर का मानना था—कोई गधा कर सकता है! गधा भी ठेठ कच्छ का जंगली, धोबी वाला नहीं।

"देखिए!" पर मैंने कूटनीति से काम लिया, "भाषा तो अन्तर्राष्ट्रीय तब होगी न, जब आप उसे बनाएँगे। अटलजी ने दो साल पहले यू.एन.ओ. में हिन्दी में जब भाषण दिया था, तो क्या आप सोचते हैं कि लोग रातोंरात हिन्दी सीखकर आए थे!

फिर अगर फ्रैंच, जर्मन, रशियन, जैपनीज़ और चाइनीज़ में कोई महत्त्वपूर्ण बात कही या लिखी जाती है तो क्या वह अन्तर्राष्ट्रीय नहीं हो जाती?"

तीसरी और सबसे बड़ी शंका रेखाजी को यह थी कि इसमें 'पॉलिटिक्स इन्वॉल्व' है।

इसका सीधा जवाब तो यह था कि अगर साले, पॉलिटिक्स से इतना घबराते हो, तो पत्रकारिता में अपनी माँ...! पर वह सम्पादक था और मुझे अपने भविष्य को भी ध्यान में रखना था।

"नहीं!" मैंने उसे समझाया, "हमारी विशेषता ही यह होगी कि हम राजनीति पर बिलकुल बात नहीं करेंगे!" इसके अलावा मैंने सिद्ध कर दिया था कि किसी भी समझदार राजनीतिज्ञ की तरह जनरल ज़िया भी पॉलिटिक्स से बचता है और उसे ग़ैर-राजनीतिक चर्चा में मज़ा आएगा।

रेखाजी के पास जवाब नहीं था।

"मैं इस पर सोचूँगा!" उन्होंने कहा।

"ठीक है, मैं भी तब तक इसके अन्य पहलुओं पर विचार करता हूँ!" कहकर मैं बाहर आ गया था।

'साला, चित्त हो गया है,' मैंने सोचा। इसे तो अपना 'जब मुर्दा चलने लगा,' जैसे लेखों के अलावा और कुछ सूझ ही नहीं सकता।

मैं उससे रोज़ सुबह पूछता, क्या सोचा आपने और साथ ही इस बीच तत्सम्बन्धी नई बातें, जो मैंने खोजी होतीं, बता देता।

वह कई दिन तक सिर्फ़, 'अभी सोच रहा हूँ' ही कहता रहा, पर बाद में उसने मुझे यह कहकर एक महीने की छुट्टी दे दी कि बहुत काम करने से चूँकि आप थक गए हैं, इसलिए आपको आराम करना चाहिए।

क्या अपने-आप में यह अजीब बात नहीं थी? मैं अभी तीन महीने पहले ही जुलाई में दो महीने की छुट्टियाँ काट कर आया था, अब फिर छुट्टी? जानता हूँ ख़ता मेरी थी। मैं डॉक्टर रेखा से डॉलर का 'रेट' पूछ बैठा था।

मुझे सम्पादक की मंशा पर ही शक हो गया। क्या हिन्दी की स्थिति को देखते हुए—जिसमें मौलिकता का सर्वथा अभाव है—यह ग़लत था? स्पष्ट था कि मुझे छुट्टी के बहाने काट कर वह सारी योजना का श्रेय ख़ुद ले लेना चाहता है। ग़लती हुई थी, पर मैं इतना अनाड़ी भी नहीं था।

जबरन छुट्टी के बावजूद मैंने दफ़्तर जाना नहीं छोड़ा।

मैं हर अंक और हर बात पर नज़र रखता कि साले कर क्या रहे हैं, पर लगा, डॉक्टर रेखा ने सारे लोगों को फोड़ लिया है।

बिकाऊ! मैंने अपने-आप से कहा, हिन्दी का ही क्या, सारे भारत का हर पत्रकार बिकाऊ है, वरना क्या इन्हें अपने एक साथी को सहयोग नहीं देना था। मुझे कोई भी

कुछ बता नहीं रहा था। उलटे, स्टाफ़ का हर आदमी, यहाँ तक कि चपरासी साहब तक, सलाह देते, "भंडारी जी, आप क्यों परेशान हो रहे हैं, अंक तो निकलते रहेंगे, आप आराम करिए!"

वे समझ नहीं रहे थे कि अपने साथी से गद्दारी कितना बड़ा पाप है! यह मामला सिर्फ़ अंक निकालने का नहीं है, मैं उन्हें समझाना चाहता था, इसमें मानवीय स्वतंत्रता और अधिकारों के मूलभूत प्रश्न जुड़े हैं, जिनका असर पूरी मानव-जाति पर दूरगामी पड़ने जा रहा है।

पर इस तरह समझाने में एक गड़बड़ थी। इस मामले को उठाने से नोबेल नहीं तो मैगसासे पुरस्कार मिलना लाज़मी था और मैं जिसे भी यह बताता, वही सबसे पहले मुझे काटने में लग जाता। (बीस हज़ार डॉलर! बन्धु, बीस हज़ार!)

ऐसी स्थिति में जबकि मेरे ही साथ इतना बड़ा अन्याय होने जा रहा हो, क्या मुझे बिस्तर पर पड़े रहना था! मेरा क्या धर्म है, मैंने अपने-आप से पूछा। जवाब कुछ इस तरह आया—मैं क्षत्रियों का वंशज हूँ और मेरे ही एक पूर्वज को भगवान कृष्ण ने समझाया था—अगर ज़रूरत पड़े, तो अपने भाई-बहन तक को काट दो। मैं क्षात्र-धर्म निबाहने के लिए उठ खड़ा हुआ। मैंने अपना निर्णय सबको सुना दिया कि मैं दो दिन बाद सोमवार से 'ड्यूटी ज्वाइन' कर रहा हूँ।

वह सोमवार ही नहीं आया।

शुक्र की शाम का वाक़या है। मैं जब कमरे में पहुँचा, बहुत थका महसूस कर रहा था और जूतों समेत ही लेटा था कि लगने लगा, मेरे अन्दर दैवी शक्तियों का वास है और वे धीरे-धीरे स्पष्ट हो रही हैं।

मेरे आगे जड़ और चेतन का अन्तर समाप्त हो गया है। मैं हर वस्तु से बात कर सकता हूँ, प्राणियों की तो बात ही छोड़ें! इसके अलावा कुछ और शक्तियाँ भी मैंने प्राप्त कर ली हैं, जिनमें प्रमुख हैं—पानी की सतह पर चल सकने की और दूसरी, भूत और भविष्य को एक साथ देख पाने की।

क़िस्मत अच्छी थी कि 'पानी की सतह' पर चलने की शक्ति का प्रयोग करने की नौबत नहीं आई, पर जहाँ तक दूसरी शक्ति का प्रश्न था, वह मैं लगातार इस तरह महसूस करने लगा, जैसे किसी फ़ीचर फ़िल्म की रीलें आगे-पीछे लगा दी गई हों।

मेरे सामने कुर्सी पर योको आ बैठी थी।

"तुम!" मैं खड़ा हो गया, "कब आईं?"

"बस आ ही रही हूँ!" उसने मुस्कराकर कहा।

"सीधे एयरपोर्ट से?"

"नहीं, रेलवे स्टेशन से!"

"रेलवे स्टेशन!" मुझे आश्चर्य हुआ।

"तुम्हें पता नहीं," वह कपड़े उतारते हुए बोली, "तोक्यो-दिल्ली सीधी ट्रेन है—शिन-कनसेन। आठ घंटे में आ गई!"

"क्या?" मैं एकटक उसका किमोनो उतरता देख रहा था।

"शिन-कनसेन, यानी सुपर-फ़ास्ट रेल!" उसने समझाया।

किमोनो फ़र्श पर पड़ा था और दोनों हाथ पीछे कर, वह अब अपनी ब्रेसरी उतार रही थी।

"क्या तुम्हारे पास भी काली ब्रेसरी है?" मैंने पूछा। वैसी ही ब्रेसरी, जो आज से बारह-तेरह वर्ष पूर्व पहली मुलाक़ात वाली शाम 'आधे अधूरे' देखते हुए सुमन ने टॉयलेट में उतारी थी और मेरे सामने पर्स में रखी थी।

"नहीं, सुमन की है!" योको ने ब्रेसरी मेरी ओर फेंकते हुए कहा।

मैंने उसे लपकने की कोशिश तक नहीं की। मेरा सारा ध्यान उसके उरोजों पर था। मैलोल की 'ईव विद एन एप्पल' साक्षात सामने थी।

"तुम्हारे स्तन पहले से बड़े हो गए हैं!" मैंने ख़ुशी ज़ाहिर की।

"हूँ!" वह मुस्कराई, "मैंने ऑपरेशन करवाया है। तुम सुमन के स्तनों की तारीफ़ किया करते थे न!" उसने व्यंग्य किया।

"नहाओगी?" मैंने बात पलटी।

"नहीं, चाय पियूँगी!" उसने कहा और वह मेरे पायताने पर आ बैठी।

मैं झटके से खड़ा हो गया। मैंने झुककर उसे हाथ जोड़े और झुके-झुके ही शेर प्रस्तुत किया :

लौट जाती है उधर को भी नज़र, क्या कीजे!
अब भी दिलकश है तेरा हुस्न मगर, क्या कीजे!
और भी ग़म हैं ज़माने में मुहब्बत के सिवा
राहतें और भी हैं वस्ल की राहत के सिवा
मुझसे पहली-सी मोहब्बत मेरे महबूब न माँग!

"मैं समझी नहीं!" वह मेरी जगह लेट गई।

"तुम हिन्दी तो जानती हो।"

"पर यह उर्दू है।"

"हिन्दी-उर्दू में अन्तर है?"

"नहीं, बात चूँकि असुविधाजनक है, इसलिए मैं उर्दू भूल गई हूँ।" और वह ज़ोर से खिलखिलाई।

"तुम्हारा साइनोसिस कैसा है?" हँसी थमने पर उसने पूछा।

"क्यों?" मैं सशंकित हो उठा।

"तबीयत पूछ रही हूँ! क्या एक प्रेमिका को अपने प्रेमी के स्वास्थ्य के बारे में नहीं पूछना चाहिए?" वह अब भी मुस्करा रही थी। मेरी समझ में नहीं आ रहा था कि यह उसकी अभी की खिलखिलाहट की तलछट है या एकदम नई मुस्कराहट।

"साइनोसिस नहीं, रिह्नोरिया!" मैंने थोड़ा चिढ़े स्वर में कहा।

"जो भी हो," उसकी मुस्कराहट जारी थी, "मेरा मतलब तुम्हारे जुकाम से है!"

"ठीक है, अब!" मैंने मुस्कराते हुए कहा। मैं सावधान हो गया था। या तो वह मुझे शर्मिन्दा करना चाहती है अथवा नाक के बहाने भड़काकर अपनी दैहिक तृप्ति का साधन बनाना चाहती है।

"यानी तुम्हारी नाक अब नहीं बहती!" उसने अपना मुँह इस तरह से पोंछा, जैसे वाक़ई नाक लग गई हो।

"बिलकुल नहीं!" मैंने हड़बड़ाते हुए कहा।

वह फिर खिलखिलाने लगी।

मेरी पहाड़ी नाक—चपटी, छोटी के अलावा लगातार बहने वाली मेरे लिए चिरन्तन परेशानी और लज्जा का ही कारण नहीं रही है, बल्कि मेरे प्रेम में भी आड़े आती रही है। योको का इशारा भी इसी ओर था। मैं जब भी उसके साथ लेटा होता, ऊपर से नाक टपक जाती थी और इससे हमारे प्रेम के उन सघन क्षणों में एक नैतिक संकट पैदा हो जाता। इसके लिए मुझे डाँट ही नहीं खानी पड़ती थी, बल्कि वह अक्सर ही मेरे प्रेम से तौबा करने लग जाती और मेरा सारा शरीर 'स्विच ऑफ़' वाली तेज़ी से ठंडा होने लगता था।

असभ्य! कितनी अच्छी लड़की हुआ करती थी—मैंने शर्मिन्दगी और घबराहट में जल्दी-जल्दी सोचा—हिन्दुस्तान आकर यह भी बर्बाद हो गई है।

बिना उसकी ओर देखे मैं मुड़ा और चाय बनाने किचन में घुस गया। किचन भी क्या चीज़ है, कंक्रीट के बंकर की तरह आपको हर क़िस्म की गोलाबारी से बचा लेती है! इसीलिए शायद औरतें किचन की चिन्ता अपने पति से ज़्यादा करती हैं।

पर उसकी नीलाम्बर जैसी बेहूदी खिलखिलाहट बड़ी देर तक मुझे उस 'बंकर' में भी इस तरह परेशान करती रही, मानो सिर के ऊपर से तोपें सवाल-जवाब कर रही हों।

किसी तरह हिम्मत कर, मैंने पैर कमरे में रखा ही था कि आवाज़ आई, "मेरी किताब!"

"कौन-सी किताब?" मैंने चाय के प्याले मेज़ पर रख, मुड़कर पूछा।

"मोदग्लियानी की। आपने देने का वायदा किया था!" पूर्णिमा लेटे-लेटे पूछ रही थी।

"इतने दिन बाद?" पर योको कहाँ गई, मेरी समझ में नहीं आ पा रहा था।

"तब मौक़ा नहीं मिला!" वह खड़ी हो गई।

मैंने झट से दरवाज़ा बन्द कर लिया। साला वैसे ही मकान-मालिक से मुक़दमा चल रहा है, ये औरतें रही-सही कसर भी पूरी कर देंगी।

"तुम्हारा किमोनो कहाँ है?" मैंने कुछ कड़ी आवाज़ में पूछा।

"किमोनो?" वह खिलखिलाई, "मैं तो साड़ी पहने थी!" और वह कपड़े पहनने लगी।

"वो योको कहाँ गई?"

"योको?" उसने काली ब्रेसरी को हुक किया, फिर पूछा, "कौन योको?"

अचानक मेरा सिर घूमने लगा और मितली आने लगी। मैं दौड़कर बाश-बेसिन पर जा झुका और देर तक उल्टी करता रहा। जब मन कुछ हलका हुआ, मैं कमरे में लौट आया।

"पूर्णिमा!" मैंने आवाज़ लगाई। कोई नहीं बोला।

"योको!" मैंने फिर आवाज़ लगाई। अब भी कोई उत्तर नहीं आया।

वहाँ कोई था भी नहीं, पर मेज़ पर चाय के दो भरे प्याले अभी भी पड़े थे। आँखों से आँसू पोंछते हुए और वमन की तेज़ी से खिंच गए शरीर को बिस्तर पर डाल, मैं सोचने लगा।

दफ़्तर में चाय पी थी, सम्पादक के कमरे में। कहीं उसी ने तो कुछ नहीं मिला दिया? उसे तंत्र में बड़ा विश्वास है, कौन जाने कोई टोना ही करवा दिया हो!

मुझे चाय से डर लगने लगा।

मुझे मेज़ से डर लगने लगा। वह सागवान और कैलवाला झगड़ा खड़ा कर देती थी।

मुझे कमरे से ही डर लगने लगा, दरवाज़ा बन्द करते ही कभी योको, तो कभी पूर्णिमा आ जाती है।

कुल मिलाकर मैं सारी रात सो नहीं पाया और अगले दिन सवेरा होते ही नीलाम्बर के दोस्त साइकैट्रिस्ट के पास फिर जा पहुँचा।

वह सारा मामला विस्तार से सुनता रहा।

"तुम औरत से कब से दूर हो?" उसने प्रश्न किया।

"जन्म से!" मैंने कहा।

"नहीं, पिछली बार तुम किसी औरत के साथ कब सोए?"

"नीलाम्बर के आने से एक दिन पहले!"

"नीलाम्बर कब आया?"

"जिस दिन मुझे 'गनोरिया' हो गया था।"

"और कुछ?" उसने पूछा।

मैंने उसे फ़ैज़ वाला सारा मामला समझाते हुए बताया कि सम्पादक का षड्यंत्र ही इस 'पैरानोइया' (पिछली बार उसने कहा था—'ए फ़ॉर्म ऑफ़ पैथोलॉजिकल डैवलपमेन्ट ऑफ़ पर्सनलिटी') का कारण है।

वह थोड़ी देर सिर हिलाता रहा, फिर बोला, "आबसैसिव डिल्यूज़न ऑफ़ बीइंग ए चैम्पियन ऑफ़ टुथ एंड जस्टिस!"

"क्या?" मैं सुनकर चकरा गया।

"पैरानोइया!"

मैं उसे बीच में काटकर ही चीख़ा, "विद ए प्रेजेन्स ऑफ़ रिफ़ॉर्मिस्ट आइडियाज़।"

देखा! साला वही 'टर्म' इस्तेमाल कर रहा है, जो रूस में विरोधियों को पागलख़ाने भेजने के लिए इस्तेमाल की जाती है।

मुझे इसके पास नहीं आना चाहिए था। मनोचिकित्सा पर हम, यानी 'दिशा' ने, इसके कई लेख छापे थे। यह डॉक्टर भी सम्पादक का चमचा है। साला फ़ोटो छपवाने के चक्कर में कुछ भी करने को तैयार हो गया है।

"नहीं! नहीं!" वह सिर हिला-हिलाकर कह रहा था, "नो रिफ़ॉर्मिस्ट आइडियाज़। इट इज़ सिम्पल सीज़ोफ्रेनिया। यू आर इल!"

मेरा इलाज नये सिरे से शुरू हो गया।

देब्बू का दाँत

मैं मुक़दमा हार गया था। हार के बावजूद ग़म से परे था।

मेरी मानसिक अस्वस्थता की दलील पर ही 'इवैक्युएशन ऑर्डर' रुका था। पता नहीं, इस बार नीलाम्बर ने पालकीवाला 'एंगेज़' किया या गर्ग पर मुझे बाद में बताया गया कि बहस ज़बरदस्त रही। हमारे वकील ने कहा, "मेरा मुवक्किल आर्टिस्ट है, राइटर है, पोएट है—आई मीन एक सैन्सिटिव प्राणी। इन दिनों वह एक 'इपिक' पर काम कर रहा था और ऐसे मौक़े पर मकान-मालिक का उससे मकान छोड़ने को कहना घातक सिद्ध हुआ, जिसने उसकी 'क्रिएटिविटी' को ही प्रभावित नहीं किया, बल्कि उसके 'मैंटल बैलेन्स' को भी बिगाड़ दिया है और 'नेशन' को एक 'क्लासिक' से महरूम कर दिया है।"

डैस्क थपथपाते हुए (यह मैं कल्पना कर रहा हूँ) उसने कहा था कि, "इन फ़ैक्ट इट्स ए सीरियस मैटर ह्विच इज़ डायरेक्टली रिलेटेड टु अवर फंडामैंटल राइट ऑफ़ फ्रीडम ऑफ़ एक्सप्रेशन।"

उसने कहा, "इट्स ए पिटी कि हम अपने 'राइटरों' और 'आर्टिस्टों' को 'फ़ैसिलिटीज़' देने की जगह उनके पास जो थोड़ा बहुत है, उससे भी 'डिप्राइव' करने में लगे हुए हैं।" दास्तोवस्की से मेरी तुलना करते हुए—नीलाम्बर मुझे हिन्दी का सिर्फ़ कॉलरिज़ ही मानता था—उसने दिल्ली विकास प्राधिकरण, निर्माण एवं आवास मंत्रालय और योजना आयोग के आँकड़े प्रस्तुत कर, दिल्ली की आवासीय समस्या को ऐसे आतंककारी रूप में रखा कि जज साहब ने 'अनकंडीशनल स्टे' के साथ-साथ डी.डी.ए. को भी सलाह दे डाली कि वह राइटरों और आर्टिस्टों के लिए कुछ विशेष प्रबन्ध करे। (इधर लेखक लोग जज साहब के संकेत को ऑर्डर बताकर—अपनी आवासीय समस्या को सुलझाने के लिए डी.डी.ए. की बाईस मंज़िल इमारत की सीढ़ियाँ नाप रहे हैं।)

यद्यपि अस्वस्थता के विविध उपयोगों में से यह भी एक उपयोग था, पर इसका अर्थ नहीं है कि मैं अभी भी आपे में नहीं था।

कमरा आज भी वही है, पर योको या पूर्णिमा (इसको उलटा करके भी कहा जा सकता है) ने अब वक़्त-बेवक़्त आना छोड़ दिया है। यानी, मेरे स्वास्थ्य में निश्चित सुधार है।

इस स्वास्थ्य-लाभ उर्फ़ 'पूर्ण व्यक्तित्व' की पुनः-प्राप्ति और जान बची लाखों पाए वाली आत्म-तुष्टि को सिर्फ़ एक वाक्य ने साफ़ कर दिया।

सुबह आठ से एक बजे तक का समय मैंने बड़ी मुश्किल से काटा। चिन्ता और तनाव में एकाध बार दिल हुआ, फ़ोन पर कोशिश करूँ, पर गोपाल ने मना कर रखा था। मैंने इन पाँच घंटों में कुछ नहीं, तो पचास बार वह फुलस्केप पेज पढ़ा, जिसमें सिर्फ़ एक वाक्य लिखा था—" 'किल मी, ऑर एल्स यू आर ए मर्डरर!'—काफ़्का!"

यद्यपि लिखावट पहचानने में मुझे सेकंड नहीं लगा, पर हर शब्द इस तरह काँप रहा था, जैसे किसी ने बेइन्तहा मानसिक दबाव में लिखा हो या ऐसे हाथ की लिखावट, जो तेज़ी से फ़ालिज की ओर बढ़ रहा हो।

फ्रेंज काफ़्का की संकलित रचनाओं का संग्रह नीलाम्बर ने पिछले वर्ष दिसम्बर में मेरे सामने ख़रीदा था। यह वाक्य—'मेरे प्राणों को मुक्त करो, अन्यथा हत्या तुम्हारे सिर है'—उसने भूमिका से ही पढ़कर सुनाया था। क्या कोई इस वाक्य को भूल सकता है?

कमाल है यह नीलाम्बर भी! मैं दाद दिये बग़ैर नहीं रह सका। अगर सुमन के हाथ यह पर्चा पड़ भी जाता, तो क्या वह जान पाती कि यह सन्देशा है! पूरा वाक्य मेरे दिमाग़ में, मेरी चेतना में, मेरी संवेदना में, मेरी इन्द्रियों में, मेरे रोम-रोम में अपनी पूरी विराटता में इस तरह 'डिसाइफ़र' होने लगा, जैसे किसी 'रिएक्टर' में परमाणु विखंडित होता है। गोपाल अगर कुछ भी नहीं बताता, तो भी मैं नीलाम्बर की मानसिक और शारीरिक दशा को समझ गया था।

मैंने मार्किट के नज़दीक ही स्कूटर-रिक्शा रुकवा दिया। अभी ठीक से डेढ़ नहीं बजा था। तीस मिनट का इन्तज़ार और था। मार्किट से नीलाम्बर के घर की दूरी ज़्यादा से ज़्यादा सात-आठ मिनट की है। मैंने चाय के प्याले पर समय काटने की सोची।

गर्मी ख़राब गाड़ी की तरह अब भी हाँफती-हाँफती चल रही थी। रेस्तराँ से निकल थोड़ा हटकर, एक पेड़ के नीचे मैंने काँपते हाथों से सिगरेट भरी और गिनकर छह कश में राख कर दी। हर कश के साथ मैं संयत होता गया और आख़िरी कश तक मेरी घबराहट ग़ायब हो गई। दो बज रहे थे। मैं विश्वास के साथ बढ़ने लगा।

उनके घर की ओर मुड़ने के बाद 'गाड़ियों' की सनसनाहट बैकग्राउंड म्यूज़िक-सी विचार-शृंखला के कुछ विशेष बिन्दुओं को उद्दीप्त-भर करने लगी थी।

दोपहर की धूप में कोठियाँ अलसायी वधुओं-सी ऊँघ रही थीं। उनके मकान के आगे मैं कुछ रुका—एकाध लम्बी साँस ली—कोठी का जायज़ा लेने की कोशिश की और बिना किसी अनुमान के फाटक खोलकर दो सीढ़ियाँ चढ़ मैंने डिंग-डाँग, डिंग-डाँग दो बार घंटी बजा दी।

"कौन?"

माई गॉड! नशे के विश्वास के बावजूद मैं काँप गया। सुमन! मैंने अपने-आप से कहा।

भागूँ? मैंने सोचा।

निर्णय में देर हो गई। दरवाज़ा खुल चुका था और बिना पट्टे का ल्हॉसा एप्सो बहुत ही आक्रामक अन्दाज़ में भौंकता मेरी ओर बढ़ रहा था। मालकिन पीछे बीच दरवाज़े पर खड़ी थी।

"नमस्कार!" मैंने हाथ जोड़े।

"कहिए?" मुस्कराई तक नहीं।

"नीलाम्बर है?" मैंने पूछा।

"नहीं तो! ही इज़ आउट!" उसने बहुत ही रूखे स्वर में कहा।

वह जहाँ की तहाँ खड़ी रही। उसकी बदतमीज़ी ने मुझे स्तब्ध कर दिया। क्या किया जाए, मेरी समझ में नहीं आ रहा था। क्या गोपाल झूठ बोल रहा था कि नीलाम्बर ने दो दिन पहले सोने की गोलियाँ खाकर आत्महत्या की कोशिश की थी और उसे डॉक्टर ने घर में ही ग्लूकोज़ चढ़ाया था तथा अब भी वह बिस्तर पर ही पड़ा है।

क्या मुझे फिर 'हैल्यूमिनेशन' होने लगा था? हो सकता है, गोपाल आया ही न हो, पर तब नीलाम्बर का लिखा हुआ तो भ्रम नहीं था। उसे आख़िरी बार मैंने चाय की दुकान में पढ़ा था। पर सुमन जिस तरह से दरवाज़े के बीचोबीच खड़ी थी, वह मेरे अस्वस्थ न होने का सबसे बड़ा प्रमाण था। सारे मुखौटों के बावजूद वह घबराहट छिपा नहीं पा रही थी। नाटक में ज़िन्दगी को सफलतापूर्वक निबाहा जा सकता है, पर ज़िन्दगी में नाटक चलाना ज़रा मुश्किल काम है।

"उसकी तबीयत ठीक है?" मैंने, जितना हो सका, स्वर को कोमल बनाते हुए कहा।

"क्यों, उसे क्या होना था?"

"लेकिन मैंने सुना कि..."

"किससे सुना?"

उसका उद्धत व्यवहार असहनीय होता जा रहा था।

"वह बीमार है या नहीं? मैं यह जानना चाहता हूँ!" मेरी आवाज़ अचानक ही कठोर हो गई थी, "किससे सुना और किसने कहा, दिस आई थिंक, इज़ इनसिगनिफ़िकैंट!"

"ही इज़ नॉट हियर, आई हैव टोल्ड यू! जब आएगा, मैं बतला दूँगी, आप आए थे!" और वह दरवाज़ा बन्द करने लगी।

"ठहरो ज़रा!" मैंने हाथ से दरवाज़े को बन्द होने से रोक दिया। नीलाम्बर पर मेरा भी हक़ है, किसी ने मेरे अन्दर कहा। वह पति के अलावा भी बहुत कुछ है—"मैं उसे देखना चाहता हूँ!" मैंने कह दिया।

"मैं कह चुकी हूँ, वह यहाँ नहीं है।"

"मैं जानता हूँ, वह कहाँ है। मैं मिले बग़ैर नहीं जाऊँगा!" मैं अड़ा रहा।

"मैं घर में अकेली हूँ!" वह मेरी ज़िद से थोड़ा हतप्रभ हो गई थी, "यू आर मैंटली सिक एंड हैव टेकन सम ड्रग!" फिर उसने चेतावनी दी, "अगर तुमने ज़बरदस्ती घुसने की कोशिश की, तो मुझे पुलिस बुलानी पड़ेगी!" और एक बार फिर दरवाज़ा बन्द करने का प्रयत्न किया।

"प्लीज़! काल द पोलिस!" मैं प्राण के फ़िल्म 'आवारा' वाले अन्दाज़ में मुस्कराया, "एंड फ़ॉर यूअर इंफ़ॉर्मेशन आई हैव नॉट टेकन एनी ड्रग। इट इज़ काल्ड हैश!"

दरवाज़े पर मेरा पैर अड़ा था, वह बन्द नहीं कर पाई।

"एनी वे, बेहतर यह होगा कि तुम मुझे मिलने दो!" मैंने उलटा उसे डराया, "वरना शायद मुझे पुलिस के पास जाना पड़े!"

"तुम उससे नहीं मिल सकते!" उसके हारने के लक्षण नज़र आने लगे थे।

"यह हुई न बात! इसका अर्थ यह है कि मेरी इंफ़ॉर्मेशन सही है!" मैंने मनोवैज्ञानिक दबाव जारी रखा।

"यह मेरा घर है, तुम नहीं घुस सकते! बाहर जिससे चाहे मिलो, मुझे कोई लेना-देना नहीं है!"

एप्सो की भौं-भौं ने मेरा धैर्य समाप्त कर दिया। मुझे लगा, अब कोई रास्ता नहीं है, सिवा धक्का मार कर घुसने के!

सुमन को एक झटके से अलग कर, मैं अन्दर घुसा ही था कि कुत्ता मुझ पर झपटा। मैंने आव देखा न ताव, कसकर ऐसी भरपूर लात उस बटरखाऊ के मारी कि उसी चिचिहाहट के साथ ही सुमन भी चीख़ी, "रफ़ीक!"

और जितनी देर में मैं समझ पाता कि नहीं, यही कलियुग है, अब कुत्ते आदमियों की भाषा नहीं बोलते यह सुमन है कि दोनों हाथों से उसने मुझे पकड़ लिया।

एक लम्बा-चौड़ा आदमी गले में इंची टेप लटकाए और हाथ में कैंची लिए दौड़ता हुआ अन्दर से आया। उसके साथ ही आया गोपाल।

"इस उल्लू के पट्ठे को बाहर निकाल दो!" सुमन ने चीख़ते हुए दोनों को आदेश दिया।

कुत्ता अब भी रिरिया रहा था।

इससे पहले कि मैं कुत्ते से कह पाता, "ले और खाता है मक्खन" कि रफ़ीक का हाथ मेरी गर्दन पर था।

"सुनिए! सुनिए...!" मैंने रफ़ीक के साथ लेखक बनने की कोशिश की।

"आप पहले बाहर हो जाइए, फिर सुनेंगे!" उसने धकेलना शुरू कर दिया।

उससे झगड़ना ख़तरनाक था। मैंने अपने को थोड़ा ढीला छोड़ा और जब उसे मेरे अस्थिपंजर को देखते हुए लगा कि इसने हाथ-पैर छोड़ दिये हैं, अचानक मैंने

पूरी ताक़त से एक झटका मारा और अपने को छुड़ा लिया। पर इस चक्कर में, न चाहते हुए भी, मेरे सीधे हाथ की कोहनी पूरे ज़ोर से उसके पेट पर पड़ गई।

दर्द से वह थोड़ा सामने को झुका और अभी मैं पूरी तरह सचेत भी नहीं हो पाया था कि उसने मेरे सिर का निशाना बना, घुमाकर कैंची मारी। बचते-बचते भी कैंची मेरे दाएँ कन्धे पर इतनी ज़ोर से लगी कि मेरा सिर घूमने लगा और मैं घुटनों के बल ज़मीन पर गिर पड़ा। मैं कन्धा दबाए अभी कराह ही रहा था कि उसने दो बार मेरे मुँह पर घुटना मारा और मेरा कालर पकड़ घसीटता हुआ गेट के बाहर ले आया।

एक बार फिर पूरी आत्मशक्ति जुटाकर मैंने अपने सिर से जैसे भी हो सकी एक टक्कर उसके मुँह पर मारी और अपने को छुड़ाकर मैं बरामदे में खड़ी सुमन की ओर चीख़ता हुआ झपटा, "कमीनी! हत्यारी औरत! मैं तुझे छोड़ूँगा नहीं!"

सुमन डर कर अन्दर दौड़ गई। पर मैं अभी सीढ़ियाँ चढ़ ही नहीं पाया था कि रफ़ीक ने झपट कर पीछे से मुझे पकड़ लिया। वह फिर से मुझे कालर से पकड़कर गेट के बाहर ले आया और कुछ देर तौलते हुए एक के बाद एक न जाने कितने घूँसे मेरे मुँह पर मार, सड़क पर गिरा दिया।

मेरी आँखों के आगे देर तक सिर्फ़ तारे मँडराते रहे। सारा मुँह ही ख़ून से नहीं भरा था, बल्कि एक दाँत भी इधर-उधर के दाँतों से टकराने लगा था। मैंने पड़े-पड़े ही थूका। ख़ून के साथ दाँत भी बाहर जा गिरा।

रफ़ीक खूँख़ार हो चुका था और मेरे अन्दर का सारा प्रतिरोध समाप्त। उसने गालियों के अन्तहीन प्रवाह में पहले दो लात मारीं। फिर फ़िल्मी अन्दाज़ में मेरा कालर पकड़कर मुझे उठाने जा ही रहा था कि मैं अचानक मांस के लोथड़े-सा उसके हाथ से छूट धप्प, वहीं पर गिर गया।

धुँधली पड़ आई आँखों को मिचमिचाते हुए मैंने ज़मीन पर पड़े-पड़े ही देखा, गोपाल ने पीछे से उसकी गर्दन पकड़ ली है। फिर उसने एक हाथ रफ़ीक की गर्दन पर मारा और इससे पहले कि रफ़ीक की समझ में कुछ आता, उसे उठाकर बग़ल की नाली में पटक दिया।

"शाले!" गोपाल की तटस्थता टूट गई थी, "अगर अब के हाथ लगाया, तो जान से मार दूँगा!" और ग़ुस्से में वह काँपने लगा था।

छह फुट का रफ़ीक सिर्फ़ दो ही हाथ खाने के बाद नाली में इस तरह असहाय जा पड़ा था, जैसे कोई शराबी। मैंने उठने की कोशिश की, गोपाल ने सहारा दिया। उसने मेरी मिट्टी झाड़ी, मुझे किनारे बैठाकर मेरा बिखरा सामान थैले में समेटा और अपने कन्धे में लटका लिया। फिर उसने सहारा देकर मुझे खड़ा किया। मेरा सिर अब भी चकरा रहा था। मैं लगातार मुँह में भर जाते ख़ून को थूकते व फटे होंठ को रूमाल से पोंछते हुए धीरे-धीरे चलने लगा। मैंने एक बार मुड़कर देखा। खड़े होने के प्रयत्न में रफ़ीक चौपाया हो रहा था।

गोपाल ने स्कूटर किया और हम दोनों कमरे पर लौट आए।

उसने मुझे सहारा देकर उतारा और लिटा दिया। फिर उसने चाय बनाई और पानी गर्म करने लगा।

मुझे अब क्या करना चाहिए? मैं सोचने लगा। पुलिस में रिपोर्ट कर दूँ! पर तब क्या कहूँगा कि नीलाम्बर ने आत्महत्या की कोशिश की है और अब उसका पता नहीं है, कि उसके ग़ायब होने में उसकी पत्नी का हाथ है! और सुमन ने, जब मैं उसके पति से मिलने जा रहा था, मुझे पिटवाया!

मेरी उलझन बढ़ती ही जा रही थी।

गोपाल गर्म पानी से मेरा कंधा सेकने लगा था।

मैंने पूछा, "यह आदमी कौन था?"

"रफ़ीक! कटर!"

"तुमने तो कहा था कि सुमन को बाहर जाना है!" मैंने फिर पूछा।

"जाना तो था, पर बाद में न जाने क्या हुआ कि उन्होंने रफ़ीक को ही बुला लिया!" वह थोड़ा रुका, "दाज्यू, लगता है, उन्हें शक हो गया था। सुबह जब मैं आपके यहाँ से लौटा, तो बहुत देर तक खोद-खोदकर पूछती रहीं कि मैं कहाँ से आ रहा हूँ!"

"तूने क्या कहा?"

"सब्ज़ी लेकर! मैं वाक़ई सब्ज़ी लेने निकला था!"

"क्या ज़्यादा देर लग गई थी?"

"नहीं तो, मैं स्कूटर में आया और उसी में लौटा!"

मैं चुप रहा।

"जब आप गेट खोल रहे थे, मैंने देख लिया था, पर इससे पहले कि मैं निकलता, उन्होंने दरवाज़ा खोल दिया!"

"अब तुम कैसे जाओगे?" मैंने उसे टटोला।

वह चुप रहा।

"मेरे साथ रहो!"

आठ साल पहले जब मैंने गोपाल को देखा था, वह गाँव से आया-आया ही था। उसकी मूँछें फूटनी शुरू भी नहीं हुई थीं—पतला-दुबला पीला चेहरा और चमकीली आँखें, जिनमें एक बाल-सुलभ विस्मय और उत्सुकता झाँकती रहती। मुझे देखकर वह बहुत प्रसन्न हो जाता था। शायद इसीलिए कि मैं उससे सदा कुमाऊँनी में बात करता था।

एक बार नीलाम्बर ने मज़ाक़ किया था, "यह गोपाल तुम्हारी बड़ी सेवा करता है!"

"मेरे गाँव के नज़दीक का है!" मैंने बात को टालना चाहा था।

"इसके अलावा तुम दोनों खसिये भी तो हो!" उसने चुटकी ली थी।

"हो सकता है," मैंने गम्भीर होते हुए कहा था, "पर इसके साथ मेरी निकटता का दूसरा कारण यह है कि इसमें मैं किसी न किसी रूप में अपनी झलक पाता हूँ!"

"क्या मतलब!" नीलाम्बर ने पूछा था।

"मेरा कहने का तात्पर्य यह है कि अगर मेरे पिता ने हलवाई का काम नहीं शुरू किया होता, तो सोचो मैं क्या होता? औसत पहाड़ी लड़का, जिसकी नियति बर्तन माँजना और खाना पकाना है!"

नीलाम्बर थोड़ी देर चुप रहा था, फिर बोला था, "पर यह तुम्हारी ही नियति नहीं है, बल्कि सत्तर प्रतिशत हिन्दुस्तानी इसी सीमा-क्षेत्र में रहता है!"

आज गोपाल वह नहीं रहा है। उसकी घनी मूँछें और बलिष्ठ भुजाएँ देख, मैं कहीं गहरे स्वयं को अत्यन्त सुरक्षित और आश्वस्त महसूस कर रहा था।

"मैं उससे डरता नहीं हूँ," गोपाल कह रहा था, "पर अब मैं घर का काम नहीं करूँगा!" उसने थोड़ा झिझकते हुए जोड़ा।

"नहीं, तुम मेरे मेहमान हो!" फिर मैंने स्वयं को सुधारा, "मेरे भाई हो।"

"पर शाब की चिन्ता हो रही है!"

"वहाँ जाना ख़तरनाक है। वह तुम्हें पुलिस में दे सकती है!" मैंने कराहते हुए आगाह किया।

"सही बात है, दाज्यू! पवन सारे पुलिस वालों को जानता है!"

"हूँ! मुझे मालूम है!" मैंने गर्दन हिलाई। वह पुलिस से भी ज़्यादा ख़तरनाक हो सकता था।

"एक बात मेरी समझ में नहीं आई!" मुझे याद आया।

"क्या?"

"इतने हल्ले के बावजूद नीलाम्बर बाहर क्यों नहीं आया? क्या वह इतना बीमार है?"

"नहीं!" गोपाल ने तेज़ी से कहा, "बाहर से ताला लगा हुआ था। मेम शाब ने आपको देख लिया था!"

"नऽऽ हींऽऽ हीं!" मैं कराह उठा।

अचानक गोपाल ने मेरा दायाँ हाथ सेकने के चक्कर में ऊपर उठा दिया था।

"क्या हुआ?" वह डर गया।

"बहुत दर्द है!" मैंने कहा।

"आयोडक्श है? वो मलने वाला!" नाम को लेकर वह निश्चित नहीं था।

"नहीं, उससे कुछ नहीं होगा!" मैंने दर्द से गर्दन झटकते हुए कहा, "लगता है, हड्डी टूट गई है! डॉक्टर के पास जाना पड़ेगा!"

वैसे भी मुझे चीज़ें लगातार धुँधली-धुँधली नज़र आ रही थीं। दर्द कहाँ-कहाँ था, यह मैं निर्णय नहीं कर पा रहा था।

वह मेरा चेहरा देखने लगा था। उसकी आँखों की दहशत और संवेदना बड़ी अजीब थी।

"डॉक्टर के पास चलें?" उसने कहा।

"ज़रा आईना लाना!" मैंने मेज़ पर उलटे रखे आईने की ओर इशारा किया।

वह थोड़ा झिझका, फिर उसने उठाकर आईना मेरे सामने कर दिया। एक विचित्र चेहरा चमकने लगा।

मैंने आईना झटक लिया।

नीचे का होंठ फट ही नहीं गया था, सूजकर लटक भी रहा था। बाईं आँख एक काले उभरे धब्बे से घिरी थी। मैंने मुँह खोला। ऊपर के जबड़े के बीचोबीच एक दाँत की जगह ख़ाली हो गई थी और कुल्ला कर लेने के बावजूद मुँह अभी भी ख़ून की रंगत से चमक रहा था।

मैं थोड़ी देर हतप्रभ देखता रहा। फिर मुझे हँसी आ गई।

क्या मार खाया आदमी इतना हास्यास्पद हो जाता है?

गोपाल कुछ देर देखता रहा, फिर वह भी मेरे साथ हँसने लगा।